U0782410

张军 ○ 著

YU
CHENGTUO

山西出版传媒集团　北岳文艺出版社

·太原·

图书在版编目（CIP）数据

玉秤砣 / 张军著 . -- 太原：北岳文艺出版社，
2025. 4. -- ISBN 978-7-5378-7022-1

Ⅰ . I247.5

中国国家版本馆 CIP 数据核字第 2025ZM0358 号

玉秤砣
YU CHENGTUO

张军◎著

出版发行：山西出版传媒集团·北岳文艺出版社

地址：山西省太原市并州南路 57 号　邮编：030012

电话：0351-5628696（发行部）　0351-5628688（总编室）

责任编辑

王朝军

传真：0351-5628680

经销商：新华书店

印刷装订：山西新华印业有限公司

封面题字

李钰桓

成品尺寸：170 mm×240 mm

字数：531 千

印张：34.5

书籍设计

张永文

版次：2025 年 4 月第 1 版

印次：2025 年 4 月山西第 1 次印刷

书号：ISBN 978-7-5378-7022-1

定价：78.90 元

印装监制

郭　勇

本书版权为本社独家所有，未经本社同意不得转载、摘编或复制

愿《玉秤砣》温暖历史

澎湃吾心

　　　　　　　柴荣镍 🔲

　　　　　　　二零二一年一月十八日

序

　　小说《玉秤砣》反映的是 20 世纪初山西的爱国绅商在西方列强公然瓜分中国、大举攫取矿权的背景下，奋而掀起声势浩大的保矿运动，并收回矿权的可歌可泣的斗争故事。

　　小说中的山西绅商是一个特殊的群体，大部分出身商人家庭，接受传统教育求得功名，又在洋务运动期间受西方文化熏陶，倾心民族工业。他们继承晋商诚实守信传统，既有开拓进取、务实经营的雅量，又有环顾海外、胸怀祖国的气度；既识商业致富之理，又明实业救国之要，俨然为家国图存和民族救亡的中坚力量。

　　《玉秤砣》紧扣近代救亡图存的主题，以保护矿权为脉络，以爱国绅商为代表，演绎了一幕有理有节又惊心动魄的历史剧。主人公渠本翘自幼勤奋好学，三十中进士，四十任领事，开民族工业先河，惊悉山西矿权大半旁落列强之手，毅然高举义旗，舌战诸臣，借助民意，联合巡抚，力挽时艰，动员家族慷慨捐输七十五万两白银，凑足二百七十五万两赎金，迫使英国福公司放弃矿权，取得了保矿运动的彻底胜利。

　　小说以刻画人物为中心，通过故事情节和环境描写反映当时的社会状态。可以说，这是一部历史与文学、真实性与艺术性高度统一的杰作，也是一部将艺术表现和价值关怀有机结合的力作，更是一部经世致用、以古鉴今，颂扬爱国主义精神的佳作。

　　作者张军约我作序，本人不谙文学，又不愿爽约，勉为序。

山西省晋商文化基金会会长　李茂盛

2023 年 9 月 18 日

笔者寄语

一百年前，一群忠义爱国的晋商联合朝廷官员、学生和矿民，从英国人手里夺回了山西的矿权。

山西近百年来一直受益于煤炭行业的红利，尤其是改革开放后，山西的煤炭享誉海内外。可有多少人知道百年以前山西煤矿的矿权是在英国人手里？又有多少人知道，这奠定山西百年基业的煤炭开采权是如何回到山西人手里的？

写这个故事源于一种感动。我大学同学的父亲渠荣鑅是山西祁县渠家大院原主人渠仁甫先生的长房长孙，是渠本翘的曾侄孙。在和他的一次交谈中，我对渠本翘不在民国为官之事疑惑不解，因为渠本翘不同于其他晋商，从小聪颖过人，乡试中了解元，后考上了进士，在京城为官长达十年，担任内阁中书。慈禧太后和光绪皇帝避难山西，他毅然追随。与袁世凯、曹锟等军阀关系密切，阎锡山在官场上都是他的晚辈。当时的山西，商贸之风盛行，晋商群体中很少有人通过科举获取功名，更多的是用钱来捐官和寻租。渠家是大家大业，不缺银两，而渠本翘却不拿钱捐官，坚持走正经仕途，靠科举而取功名。民国政府曾多次邀请他担当重任，渠本翘都断然拒绝，退隐天津。当我问到渠荣鑅其中真实缘由时，他只说了一句话："他认为他是清朝人。"我顿时茅塞顿开，似乎隐约了解到真实的渠本翘，感觉他心里始终藏着两个字：效忠。后人在描述清政府时，提及的词多是昏庸腐败、软弱无能，可当时身在其中的国人，谁会知道百年之后时代更迭并不以百姓意志为转移，社会的进步总是倾向于讴歌革新的先驱。中华民族的特性蕴藏于绝大多数循规蹈矩的人中，正是这些对家族的"孝"、对国家的"忠"，才使得中华民族

1

千年屹立不倒。渠本翘忠于他的朝廷，有人也许会说这种"忠"是封建制度的余孽。可倘若我们不加政治色彩，还本溯源，渠本翘的思想何尝不是社会稳定的基石？为取得山西矿权，渠本翘力挺用钱赎回，被很多人批评为软弱、妥协主义或商人的狭隘手段。但我们是否想到，停止对抗，就是避免了战争，避免了流血。英国人是拿到了补偿，但中国人也获得了主权和矿权。这个过程应该让大家有所了解，也值得我写出来。

这是一个真实的爱国主义故事，故事桥段源于史料记载和晋商后人的传述。之前你所了解的晋商品格大多是"诚信、勤奋、简朴、会挣钱"，可这里讲述的是晋商的"忠义仁勇"。这不是有意在挖掘晋商的爱国故事，而是这个爱国故事的主角恰恰是晋商。以往抗击外敌入侵的爱国主义故事更多的是舞枪弄棒，把敌人赶出国门；这个故事讲的却是通过和平手段，通过坐下来谈判，维护主权、争取利益，与中国目前与外域博弈异曲同工。在中西方文明冲突的时刻，展现出爱好和平、坚持正义、尊重契约、诚实守信的民族精神。主人公忠于国家、勇于担当，"苟利国家生死以，岂因祸福避趋之"的铁肩道义值得学习和效仿。

关于保矿运动，留下了很多史料，但大多是记载了始因和结果，没有中间的过程。整个运动不是一个人所为，而是一群人的集体选择和行动。笔者希望通过史料的蛛丝马迹和民间传述，还原一个完整的故事，展现出这个群体智慧与精神的协力。

也许你对晋商的印象是有"钱"，

也许你知道晋商的经商之道是靠"诚"，

也许你知道的晋商人物只有乔致庸；

但这里讲述的是晋商在国家危难时的"忠"，

这里展现的是外敌入侵时晋商的坚守"正"道和支持正"义"。

对，这个故事的主人公是你以前不大熟悉的晋商的另一个代表人物——渠本翘。

目录

第一章

双福火柴树立洋务典范
学生争矿围堵巡抚官衙

＊＊＊

1905年深秋，山西太原府，西风瑟瑟，秋叶凋零，永祚寺里的双塔俯视着城区，几座城门楼巍峨矗立，城墙环抱着城区。站在迎泽门城墙上眺望太原城区，近处是南海子，远处最高的就是鼓楼的飞檐翘顶，街道上虽显荒凉，但也是熙熙攘攘，人来人往。

三桥街的双福火柴厂青砖灰瓦，雕梁画栋。四合院大门的左侧挂着一个竖牌，"太原府双福火柴公司"，金漆耀眼。院内有个影壁，正房五间，属硬山顶，左右厢房各五间，后院五间。正厅门头挂一横幅，上写：双福火柴三年庆典。院子里摆着十几桌酒席，拉着彩带，张灯结彩，气氛喜庆。

渠本翘身穿藏蓝色薄棉长袍，上着缎面小袄，帽子上缀着一块翠玉，和好友乔殿森站在大院门口拱手迎客。

来客拱手行礼："渠东家、乔东家，恭喜，贺喜啊。"

渠本翘和乔殿森回礼："请进，请进。"

客人们相互打着招呼，入座。

常赞春、常旭春来到门口行礼："乔东家、楚南兄，恭喜恭喜。"

乔殿森上前一步道："常家的二位东家来了。"

渠本翘站在原地没动，说："我还就是盯着你们俩了，就怕你们来迟了。"

常赞春手里拎着礼盒，笑道："楚南兄，我和旭春可是天不亮就出发了，榆次到这儿可得几十里地啊，没迟到吧？"

001

乔殿森打着圆场："没迟到，没迟到，二位辛苦啊。"

渠本翘挥手道："赶快进去吧，咱们就准备开席啦。"

院内正厅里，原巡抚胡聘之双手倒背，仰头看着牌匾，脸部表情凝重，自言自语着："今非昔比了。"

这时有人进来轻声说了一句："胡大人，请您入席。"

胡聘之背着手走出屋子，入席。

后院车间里工人们忙碌着，装配着火柴盒。乔石头来回巡视。

大门口，乔殿森转身看了一下就座的宾客，对着渠本翘说："楚南，我看差不多了。"

渠本翘也转身回头看了一下，说："好的，那咱们就开始吧。"

两人走回院子。

彩纸搭建的花棚遮住了整个前院，十几张八仙桌红布盖面，碟碗错落，来往的宾客熙熙攘攘，与寒冷的天气形成了鲜明的对比。厨师在前院架起了灶台煎炒烹炸。

乔殿森边走边提高嗓门："各位请就座，庆典就要开始了。"

渠本翘来到桌子旁边，打开老白汾的盖子，倒满了酒，手举酒杯站在正厅的台阶上，气宇轩昂，目光炯炯。

他咳了一下嗓子，说："各位大人，各位相与，各位朋友，承蒙诸位关照，双福火柴三年来人心凝聚，产出增加，销路通达，已有盈余。就在去年，贝子溥伦率我大清代表团参加了美国圣路易斯博览会，带去了茶叶、丝绸和陶瓷，受到了外邦民众的喜爱。可贝子看到其他国家参展的东西却是电报机、汽车等等。这些工业品物件稀少，价格昂贵，但给人们带来了极大的便利。这就是洋人工业革命的成果。我们大清国也要发展自己的工业，生产我们大清国的工业品，这个洋火厂就是胡大人创立的我们大清国的工业。我和雨亭接手过来，也是想让我们的国人用上我们自己生产的洋火。国人用国货是我们的心愿。今天，我们已经初具规模，有此成就，感谢诸位的帮助和支持。今摆薄酒，招呼诸位，略表我和雨亭的答谢之心，望诸位随性开怀，不醉不归。"

乔殿森已经站到了渠本翘的身边，双手捧杯道："我和楚南先干为敬。"

两人面对大家一饮而尽。来宾们也迎合着干了一杯。

皇华楼的伙计们在酒桌之间穿梭着上菜。酥鱼、海蜇、糖醋排骨这些下酒菜颇受欢迎。

渠本翘来到上桌胡聘之身旁，说："胡大人，楚南敬您一杯。"

胡聘之端起酒杯，指着自己的一身便服，说："楚南，老夫已是解甲之人，不必官称。"

渠本翘双手举杯说："我是习惯了，您也不必在意，就随大家的称谓吧。大人一直以洋务为先，转手火柴局的时候就对我们俩再三叮咛，现在双福火柴没有辜负您的期望，楚南和雨亭可算有个交代了。"

胡聘之将了将胡子，点头道："火柴局自建立以来，三次易手，亏损近十二万两白银，成了一个烫手山芋，今天能在你俩手里浴血重生，我当谢你们啊。"

乔殿森在一旁帮衬道："胡大人，那都是您建议在商标上添了两只蝙蝠带来的福分啊。"

胡聘之大笑道："如果是我的建议拯救了火柴厂，那也是沾了你们渠家和乔家两家的福分啊。"

三个人大笑着举杯，一饮而尽。

胡聘之放下酒杯，说道："现在的双福火柴既安全又方便，人们现在都不用火石和焌灯儿了。"

乔殿森急忙端起酒壶斟满了酒。

胡聘之又端起酒杯站起身来，正色道："在座诸位，老夫想借此机会说上几句话。"

酒宴间顿时一片肃静。

胡聘之走到宴席的中央位置，一手端酒杯，一手将胡须，派头十足。

"双福火柴自官办转为民办，创历史之先河。楚南和雨亭思想开通，经营有方。他们雇洋人，购洋器，用洋法，造洋火，既造福百姓又盈利颇丰，这就是皇上推举洋务的心思。洋务运动就是要洋为中用，富民强国，双福火柴就是咱们晋省洋务之典范。"

来宾们的情绪被调动了，掌声响起。

胡聘之有点激动，声音微颤，说："今天在座的有很多晋省商帮的大户，你们在商业方面成绩斐然，可是否想过百年大计不能只是以商养商，应该考虑走出商业圈子。西洋人和东洋人都已经发展了工业，尤其是机械制造，促使各个方面突飞猛进。相比而言，我们大清国已经落后了很多。我晋省乃内陆之地，利源匮乏，如不发展工业，则恐无出路。现楚南和雨亭示范为先，老夫我真是欣慰至极。让我们一起举杯，愿天朝强盛，民富安康。"

"天朝强盛，民富安康。"众人响应着。

胡聘之坐了下来，面颊红润，微微地笑着。

皇华楼的伙计端上了火锅，火锅里的木炭喷射着火苗，嘎嘎作响。院子里蒸汽、烟气搅混在一起，是让人醉酒的氛围。

渠本翘和乔殿森来到日本工程师松本先生的身旁。

渠本翘手端酒杯道："松本君，非常感谢您的尽心尽力。"

松本急忙起身，点着头，鞠着躬，说道："二位东家的信任，让我松本不胜荣幸。"

松本的话音未落，"啪"的一声，旁边桌的乔尚谦愤然摔杯，晃悠着站起身，手指松本厉色道："我就看不惯这个东洋人。"

乔殿森一步跨了过去，扶住乔尚谦，说道："筱山，你是喝多了吧，怎么开始说胡话了？"

乔尚谦斜他一眼，道："我没喝多，我脑子清醒着呢。"

乔殿森压低声音说道："松本先生是我聘请来帮助我们的，你有什么看不惯的啊？"

乔尚谦口齿不清，但声音很大，说道："聘请东洋人，就是个耻辱。"

渠本翘走了过来，面色严峻，说道："话不能这样讲，我曾经出使东瀛，亲眼所见当地人勤奋好学，致力于制造，请他们来教我们技术有何耻辱？"

乔尚谦有点跌跌撞撞，说道："甲午之战，东洋人不光明磊落，我是满肚子不服气。"

渠本翘生气了，说道："甲午战败，说明我们技不如人，更应振作奋起，而非颓废懈怠。海纳百川，有容乃大，牢骚满腹是解不了气的。"

乔尚谦不屑一顾，说道："我颓废，我懈怠？哈哈，你渠楚南就从没把我看在眼里，我对你死心塌地，你却站在洋人一边。"

渠本翘微微一笑，说道："好了好了，都说这汾酒不上头，你刚开始喝，就糊涂了。"

乔尚谦不依不饶，问道："我才没糊涂呢，我比你小两岁，对吧？"

渠本翘回答道："对，没错。"

乔尚谦挺了挺胸脯，撇了一下嘴，说道："萝卜虽小，长在辈上。论辈分，我是你舅舅。你渠楚南从小在我们乔家长大，吃我们乔家，喝我们乔家，你科举成名，中了解元，是我拎着包送你去京城上任。我是怎么对你的，可你又是怎么对我的？为了一个东洋人，你就侮辱我，嘲笑我，这还有天理吗，你还有良心没有啊？"

渠本翘哈哈大笑，说道："这不至于吧，你这是小题大做，借酒闹事儿吧。"

乔尚谦一脸不服气地说："我憋屈好多年了，借不借酒，我可算是说出来了。"

渠本翘赔着不是，"好了，好了，我给你赔不是，我敬你一杯酒，行了吧？"

乔尚谦晃着脑袋，"不喝。"

渠仁甫从邻桌快步跑了过来，端起酒杯，"这么好的酒，怎么能不喝啊？"

乔尚谦一脸不高兴，"叫舅爷。"

渠仁甫愣了一下，马上反应过来，"哦，舅爷，您别生气了，我替您喝了这杯。"转向渠本翘说道："二伯，您也别生气。我筱山舅爷今日不胜酒力，摔杯失礼，还望二伯和松本先生见谅。我替我舅爷喝了这杯酒，也算向松本先生表示歉意。"

乔尚谦接着话说："看看人家仁甫，小小年纪就这么懂事，嘴又甜，让人感觉舒服。"

松本略带微笑，刚才的尴尬让脸部的肌肉还在微微地颤动。他连连点头，说道："不胜荣幸，不胜荣幸。"

渠本翘、松本和渠仁甫三人碰了一下酒杯，仰脖喝了下去。

此时从后院跑出一个伙计，一边跑一边探头张望。看到乔殿森，他径直冲了过去，喊道："乔东家，乔东家。"

乔殿森把乔尚谦交给渠仁甫，说："仁甫，你招呼一下你舅爷。"

渠仁甫应了一声。

乔殿森转身皱起眉头问伙计："什么事情啊？"

伙计上气不接下气地说："乔东家，不好了，后院打起来了。"

＊＊＊

后院车间里，伙计们一字排开，面对面坐在台案前包装着火柴。管事乔石头巡视着每个工位，来到渠正财的身旁，打开一盒火柴，检查火柴的数量。

乔石头对着正在包装火柴的渠正财说道："正财，还是少了三根，我这是第三次检查到你了。"

渠正财没有抬头，嘟哝道："差不多就行了。"

乔石头立刻绷起了脸，说道："我说过了，一根都不能差。"

渠正财抬起头，目视着乔石头，说道："就少三两根，有什么大不了的？"

乔石头说话也不客气，"你这就是偷工减料，这就是大事。"

渠正财看着乔石头，喊道："那我就想看看这事到底有多大。我就是差了，你想怎么着？"

乔石头一脸严肃地说："警告了你两次，你都不改，扣十天的工钱。"

"啪"的一声，渠正财把手里的盒子扔到台案上，质问道："你凭什么扣我工钱？"

乔石头也不含糊，回道："我是这里的管事，就有权扣你工钱。"

渠正财瞪着眼珠子，怼道："你应该给我赏钱，你知道不知道？我每盒洋火少三根，是为了给东家省钱。"

乔石头提高了嗓门，说："松本先生多次给大家训话，七十五根洋火，根根带头，一根不能少。每个人都必须执行，否则洋火不能出厂。"

渠正财站起身子，上下打量着乔石头，说："松本先生，松本先生，你天天喊着不离嘴。他是个东洋人，不是我们的东家，你认错主子了吧。"

乔石头边说边转向其他人，"松本先生是东洋人，那是东家请来传授洋火手艺的东洋人。东家说了，洋火制作的所有事情，都要听松本先生的。"

听到这里，渠正财更是不屑，"但他毕竟是个东洋人，应付一下就得了，何必那么认真啊？"

乔石头不为所动，说："那不行，这是原则问题。"

渠正财停顿了一下，咽了一下口水，"乔管事，能不能不扣工钱了？你姓乔，我姓渠，怎么说都是和东家沾亲带故的，咱们都是祁县的人，出来做工不容易，我家里就指望我的工钱了。"

乔石头看着渠正财，毫不退让，说："不行，工钱必须扣。"

渠正财着急了，求道："你就通融一下，不是什么大事。"

乔石头把头扭到了一边，"能通融的，不叫乔石头。"

渠正财顿时大怒，"乔石头，你就是条东洋狗，吃里爬外，知道不？"

乔石头凑近渠正财，质问道："你刚才说我是什么？"

渠正财大声喊道："东洋狗，东洋狗，一只摇着尾巴的东洋狗。"

话音未落，乔石头的拳头啪地打在了渠正财的下巴上。

渠正财"啊"地惨叫一声，转身向乔石头冲了过去，两人扭打到了一起。

***

乔殿森对着来通报的伙计说道："这里这么多客人，不要慌里慌张的。"

乔殿森转向渠本翘说道："楚南，我去处理一下。"

渠本翘微微点了一下头。

皇华楼伙计端上了晋南的花馍，有兔子，有小猪，白馍上的粉红色格外喜庆。

"七财主"武荣光与别人敬完酒，路过渠本翘的身旁时，渠本翘拉了他一把，说："七哥，您什么时候来太原的？"

武荣光坐到渠本翘身边，道："我前天就来了，刚才看您忙着，都没机会打招呼。"

渠本翘给武荣光倒了一杯酒，问道："祁县中学堂情况怎么样？"

武荣光接过酒杯，答道："基本理顺当了。就是这国学高手易找，理化先生难求，有一位理化先生因为在浙江，所以来祁县教书要一百两聘酬，是否聘请正在犹豫，我还想着这事儿和你啰唆一下。"

渠本翘与武荣光碰了一下酒杯，说："七哥，你是代理总办，你做主就好。只要先生教得好，就不惜银两。教育乃民族之本，省吃省穿也不能省教育。"

武荣光饮下酒，应道："楚南，这理儿明白了，放心吧。"

渠本翘拍了一下武荣光的肩膀，道："反正中学堂的事儿就指望七哥了。"

武荣光发着牢骚："你啊，就是会笼络人。巡抚衙门的批文是咱们四个人筹建祁县中学堂，你是个大忙人，雨亭又招呼这火柴厂，只有我和乔佑谦了，你说我还有什么办法推辞？"

渠本翘一仰身子，笑道："所以说只能仰仗七哥和二舅了，你们是最好的人手。"

武荣光撇着嘴，笑道："来点实际行动，比甜言蜜语强啊。"

渠本翘端起酒杯，说："那我自罚一杯。"

武荣光大笑起来，说："这还差不多。"

渠本翘一饮而尽，说："忙过这阵子，我和雨亭回下祁县，具体的事情咱们再合计合计。"

武荣光应了一声。

***

大门外一阵骚乱，掺杂着牲口的叫声，好像牲口被惊着了。

胡聘之来到渠本翘的面前，说："楚南，老夫已经酒足饭饱，我先走一步了。"

渠本翘拱手道："招待不周，望胡大人见谅。"

胡聘之捋着胡须边走边说："楚南啊，抽时间来找我一下，我还有事要叙。"

渠本翘回应了一声。

渠本翘见乔殿森走出后院，向他招了一下手。

乔殿森赶忙快走几步，跟了过来。

渠本翘和乔殿森送胡聘之走出门外，只见几十个学生手拿着旗子和标语从坡子街涌了过来，挤满了街道。胡聘之的马车被挤到了墙边，辕马躁动不安。车夫拉着缰绳，嘴里嘟嘟囔囔念叨着。

胡聘之问马夫："这是怎么了？"

马夫回应道："好像是学生们在向抚衙集合。"

三人站到墙边，等待着学生们过去。

一个学生模样的人停了下来，对着渠本翘鞠了一躬。

"渠先生。"

渠本翘满脸疑惑。

对方向前凑了一下，"您不记得我了？我是山西大学堂西斋的学生，张鸿寿，我家是平定的。"

渠本翘用手指着张鸿寿，说："哦，想起来了，你是学采矿冶金专业的，那次我在学堂演讲，是你发言提问的。"

张鸿寿点着头，回道："是我啊，渠先生。"

"你不是今年毕业了吗，怎么没有回平定啊？"

张鸿寿手里举着旗子，说："我回去了，是又来太原了。英国人在我家乡霸占矿产，不许中国人采矿，这段时间闹得可凶了。太原的学生决定今天到抚衙请愿，我爹张士林让我带着平定的学生过来声援，刚路过这里，就看到您了。"

渠本翘看着张鸿寿问道："平定'永字号'的张士林？"

张鸿寿回答道："是啊。"

"你是张士林的儿子？"

"是的，是大儿子。"

胡聘之在旁边又是搓手又是挪脚，躁动不安。

"楚南，雨亭。我上车先走了。"胡聘之说。

渠本翘转过头，说："好的，胡大人，那您先走。"

车夫搭凳扶着胡聘之上了马车。

此时，张鸿寿站到了路中间，对着过往的学生们喊话："同学们，给让开个道儿。"

胡聘之的马车渐渐远去。

渠本翘和乔殿森望着马车的背影，两人对视了一下。

渠本翘回头问道："张鸿寿，你确定霸占矿产的是英国人吗？"

张鸿寿语气坚定地答道："渠先生，是英国的福公司，听说他们好几年前就跟朝廷签了协议，平定的矿权都卖给他们了。"

渠本翘继续追问："你看到了什么？"

"平定城里住了好多英国人，还有洋女人和洋小孩呢。"

"那你在太原府待几天啊，住哪儿了？"

"我们都住永乐客栈，是我爹给出的钱。平定的学生明天就回去了，我还要待几天，去学堂看看。"

"那你赶紧去抚衙吧，有什么事情可以找我。"

"好的，渠先生。"

张鸿寿鞠了一个躬，举着旗子追赶同学去了。

＊＊＊

院内酒席间，"三晋源"分号的孙掌柜站起身子拱手说道："各位掌柜，你们吃得如何啊？我要先走一步了。"

一掌柜说道："孙掌柜，你不会又是急着回票号吧？"

"是啊，没办法，不能出来太久啊。"

另一掌柜接过话头："你们三晋源的伙计个个都是俊小伙，你掌柜的回不回去，买卖也差不了。"

孙掌柜摇着头，说："咱们做掌柜的主要是要压阵，群龙无首，就难免惹是生非。我要回了，你们回不回啊？"

一掌柜放下筷子，说："这明显是不让吃了，好不容易吃你们少东家一顿。"

孙掌柜赶紧接话："我可不是这个意思啊，你们该吃吃，该喝喝。再说了，我们少东家可不抠门啊。"

"玩笑，玩笑，还是一起走吧。"

几个掌柜走向院门。

孙掌柜走到门口，拱手行礼道："少东家，乔东家，我们告辞了。"

渠本翘看着其他人，问道："怎么都走了，吃好了没有啊？"

掌柜们应和着："吃好了，吃好了。"

两人拱手，笑道："多谢各位掌柜啊。"

掌柜们赶紧拱手回礼，齐说道："客气了东家，二位东家留步。"

渠本翘看着几人远去，转身问乔殿森："刚才后院怎么了？"

"管事把工人给打了，我让他们反思呢。"

渠本翘边走边说："走，看看去。"

＊＊＊

渠本翘和乔殿森坐在火柴厂后院的厅堂。乔殿森调高了嗓门说："来人，把那两个打架的带上来。"

乔石头和渠正财都低着头，委屈地走了进来。

乔殿森喝了一口茶，看了一下两人，道："你们俩谁先说说，为什么打架啊？"

渠正财抢着回答道："乔东家，我不是打架，我是被打了。"

乔殿森看了一下乔石头，问："乔石头，你身为管事，为什么打工人啊？"

渠正财抢着说："管事打工人？"

乔石头没理会渠正财，向渠本翘和乔殿森拱手解释："二位东家，松本先生要求每盒洋火必须装七十五根火柴，可渠正财不是少两根，就是少三根。这是我第三次查到他了，就决定扣他十天的工钱。他就骂我是东洋狗，我就打了他。"

渠正财立刻反驳："我少装几根，是为了给东家省钱。"

乔石头也毫不退让，说："省不省钱我不知道，我只知道按厂章办事。你违反三次厂章，我就罚你的工钱。"

"你死搬教条。我给东家省钱，你却罚我的工钱，你是什么管事？让东家们给评评理。"

乔殿森放下茶杯，说："国有国法，家有家规，厂有厂章，触犯者必惩戒处罚。按照厂章规定，出现差错三次必须扣工钱，这个没有错。"

渠正财不服气地问："那乔石头打人就没错吗？"

乔殿森一脸严肃，说："渠正财违反厂章三次，工钱必须扣。乔石头身为管事，打人也有错，撤管事之职，听候发落。"

渠正财狡辩着："我是为了两位东家省钱，却被扣了工钱，哪有这样

011

的道理？"

乔殿森态度坚决地说："你看似为了省钱，可你坏了双福洋火的声誉。"

渠正财面对渠本翘拱手说道："渠东家，咱们是本家，乔东家就是护着乔家人，找借口打压渠家，希望渠东家给我做主。"

渠本翘的手"啪"地拍在茶几上。

"我怎么听着这么不舒服，就事论事，你扯什么渠家和乔家啊，你这是挑拨两族的矛盾吗？"

渠正财一副委屈的样子，说："我是想把真相告诉您。"

渠本翘一脸不悦，道："洋火厂的事务是乔东家说了算。刚才乔东家的处罚有理有据，不偏不倚。工厂里大多数都是祁县人，都是沾亲带故的乡里乡亲，不存在亲疏远近。谁都必须遵守厂章，无人例外。"

渠正财有点放肆了，拍打了一下袖口，说："我以为来这里做工，能相互关照，没想到二位东家不念情义，我得了个好心没好报。"

乔殿森侧了一下身子，说："这里是工厂，我们是对外讲情义，对内讲规章，你不要混为一谈。"

渠正财歪着头说："乔东家，我再问一句，这次能不能不扣工钱？"

"不能，这次必须扣。"

渠正财咬着牙，晃着身子，说："那对不起嘞，我不想伺候二位东家了。"

乔殿森大喊一声："管家。"

管家飞快地跑了进来。

乔殿森指着渠正财对管家说道："到账房给他支取三个月的工钱，扣除罚金，送他回祁县老家。"

"走就走，有什么了不起！"渠正财随即愤然离去，并回头道，"有你们后悔的时候。"

管家急忙安抚："少说几句吧。"

渠正财摆出不屑一顾的样子，说："我都被开除了，我怕什么。离开这火柴厂，我一样活得好。你们走着瞧，我渠正财一定混出个模样给你们看看。"

屋内，乔殿森转向乔石头问道："乔石头，你有什么要说的？"

"东家，我没什么可说的，我愿意接受处罚。"

"那你退下吧。"

乔石头转身就走。

渠本翘说："等一下。"

乔石头停住了脚步。

"你叫什么名字啊？"

"渠东家，我叫乔石头。"

乔殿森接过话，说："是祁县南庄的一个远房亲戚。"

渠本翘问道："乔东家的处罚，你不做辩解，你是接受了？"

"接受。"

渠本翘疑惑地问道："你接受处罚，不做申辩，为什么啊？"

乔石头挺了一下腰板，说："打他的时候我就知道后果，但是我选择了打，那就接受这个后果，没什么可申辩的。"

渠本翘点着头，说："有种，敢作敢当。看他受伤的样子，你练过拳脚？"

"我从小随父练拳，练过形意拳和八卦掌。"

"你的管事职务被撤了，下一步有什么打算？"

"跟着二位东家我会尽职尽责，哪怕让我回到家中种田，我也会精心耕作。"

渠本翘和乔殿森四目相对，点点头。

渠本翘低头端起了茶杯，说："你可以下去了。"

乔石头拱手行礼，转身退下。

渠本翘看着乔石头的背影，转向乔殿森说："雨亭，这个人给我吧。我身边缺一个常随，我想收了他。"

乔殿森点头，说："石头是个靠得住的人，忠厚老实，只是有一股子倔脾气。"

渠本翘放下茶杯，说："我就喜欢这个倔脾气。"

＊＊＊

太原府的渠本翘宅院，干净整洁。

渠太太的丫鬟渠珍珍挽着篮子往外走。渠太太从屋内探出身子，问："珍珍，干什么去？"

渠珍珍转身说："太太，我到街上打点大酱。"

"打酱啊，我也去，等我一下。"渠太太转身回屋。

渠珍珍拎着篮子，等了半天也不见太太出来，仰头看了一下天空，快步走进屋子。

渠太太正在梳妆台前收拾。

渠珍珍说："太太，咱们就是去打酱，还要收拾这么精致吗？"

"去，你懂什么，打不打酱无所谓，关键是我们要出门见外人，邋里邋遢有损名声。"

渠珍珍干脆坐在了椅子上等太太。

渠太太瞥了一下渠珍珍，说："不只是渠家的名声，我爹可是翰林。"

"翰林，这官大吗？"

"那当然，我是真正的大家闺秀。"

"太太，我帮您插头饰吧。"

"好了，不戴了，走吧。"

两人走到大门口，太太停住了脚步。珍珍转身问道："啥事儿，太太？"

渠太太左右张望着问道："马车呢？"

"我没安排马车，就在前面街上打酱，还要坐马车吗？"

"怎么不坐？不坐就让车跟着。"

"太太等会儿啊，我去马棚。"

渠珍珍急忙跑向马棚。

一群孩子踢着皮球路过门口。皮球滚到了渠太太的身边，渠太太一脚踢了过去，环顾周围，整整衣襟，摆出一副若无其事的样子。

渠家的马车行驶在街道上，格外显眼。

"太太，前面街道人多，车过不去了。"

"好的，那咱们下车走。"

两人走在街道上，行人摩肩接踵。不远处"酱园居"的旗子懒散地飘来飘去，正门上方的牌匾掉了一块漆。

渠珍珍用手指了一下，说："太太就在这儿打酱，您进去吗？"

渠太太站在门口的菜摊前，说："我在这儿看看大葱，你进去打吧。"

渠珍珍走进酱园居，掌柜打着招呼："要点什么？"渠珍珍从篮子里拿出酱罐子，说："打一斤黄酱。"

掌柜赶紧接过了酱罐子，说："这儿有两种黄酱，一种甜一点儿，一种咸一点儿。"

"我能尝尝吗？"

"当然可以了。"

渠珍珍用指头蘸了些尝了尝，说："就要这个甜一点的。"

掌柜应了一声，把一块酱板子伸进酱缸，往罐子里打酱，放在秤盘上，嘴上还吆喝着："好了，一斤黄酱。"

渠珍珍凑近看着秤杆子，说："给够了啊，高高的。"

掌柜用酱板子又打了一点儿，说："没问题，高高的。"

渠珍珍拿起另外一块酱板板又盛了一点酱放进了罐子里。

"这不行，姑娘，这都快多出一两了。"

"怎么这么抠门啊，多给一点怎么了？"

"多给一点儿没关系，可你这也太多了。"

渠太太走进店铺，问："珍珍，怎么还没打好啊？"

渠珍珍指着掌柜，说："他一会儿多一会儿少的，总打不准啊。"

渠太太一把夺过酱罐子，又拿酱板板添得满满的，说："就这一罐子，多少就是它了。"

掌柜一边把称，一边唠叨着："还是太太爽快，不像你，斤斤计较的。"

渠太太把罐子往篮子里一放，边提起篮子往外走，边说："珍珍，结账。"

渠珍珍把银子往掌柜手里一塞，"哼"了一声就往外走。

掌柜挥着手，说："慢走。"

门口的菜摊前，渠太太把打了捆的大葱放到了篮子里。渠珍珍跑了出来，接过了篮子，问："太太，多少钱？"

"别管了，结了账了。"

两人走在街市上，路边有人吆喝着："煎饼，山东煎饼。"

渠太太凑了过去（说着山东话）："山东的？"

卖煎饼的抬了一下头，说："是山东的，您也山东的？"

渠太太看着煎饼摊，说："济南的。"

卖煎饼的没停下手里的活儿，说："我莱州的。"

"怎么来山西了？"

"投亲靠友。"

"给我现烙几张煎饼，我尝尝地道不？"

卖煎饼的应了一声，抹油，摊面，翻了两下，往摊桌上甩出一张煎饼，说："您先尝尝。"

渠太太从珍珍提的篮子里抽出一根大葱，扒了扒皮，用饼一卷，打开酱罐子沾了一下，大口大口地吃了起来。

渠珍珍皱着眉头，说："太太，您？"

渠太太把煎饼往前一推，说："你也尝一口，山东味道，可香了。"

渠珍珍躲闪着，说："我不吃，我不吃。"

卖煎饼的也应和着："尝尝吧。"

渠珍珍犹豫着。

渠太太嘴里嚼着煎饼，手里拿着煎饼往渠珍珍嘴边递。

突然，远处有人大喊："抓小偷，抓住他。"

远处一人在跑，一人在追。前面那个人推开人群，撞倒了一个摊位，往这边跑来。

渠太太从篮子里抽出一根大葱，转身，甩手打在小偷的脸上。小偷仰面倒地，又爬了起来。渠太太横扫一脚，踢在小偷的身上。

"哎哟——"声音是渠太太发出的。后面的人追了上来，扑上去，压住了小偷。

渠太太捂着一只脚，龇着牙，来回跳着。渠珍珍不知所措地问道："太太，您怎么了？"

"我踢到什么上面了，这家伙浑身是铁啊。"

抓小偷的人从小偷的口袋里掏出一个铁秤砣，说："这家伙偷了我的秤砣。"

渠太太强忍着疼痛，叉着腰，说："敢偷秤砣，严惩不贷，送他去官府。"

小偷被众人押走了。

渠太太活动着脚腕。

"太太，您没事儿吧？"

"没事儿，走吧。"

卖煎饼的小贩看得目瞪口呆，说："这打扮也不像女侠啊。"

渠珍珍瞥了他一眼，说："什么女侠，那是我们太太。"渠珍珍回头一看，渠太太已经一瘸一拐地走远了。

***

山西巡抚衙门外，一群学生举着标语，喊着口号："收回矿权，还我利源。"

张鸿寿对着身边的学生高喊："咱们不能总站在这里喊口号，咱们冲进去找巡抚大人。"

学生应和："对，冲进去，我们要见巡抚大人。"

衙门口的官兵严阵以待。眼看冲突即将发生。

敦崇礼一头黄发，个子高高的，格外显眼，挥着双臂挤到学生中间。

"同学们，不要闹事儿，不要采取过激行动，你们冲进去就触犯了我朝的法律。我们是读书人，我们不能鲁莽行事。"

张鸿寿回头大喊道："敦校长，我们在这空喊口号，官府都不重视我们，我们必须要冲进去。"

学生们应和："对，我们要冲进去。"

敦崇礼咳嗽着，挥着手。

"万万不可，张，你要对同学们的人身安全负责。"

张鸿寿没有理会敦崇礼，一边挥着旗子，一边高喊："我们的矿权都丢了，老百姓没有了利源，吃什么，喝什么？我们要为他们讨个说法，就不怕牺牲自己。"

一学生高喊着："我们什么也不怕，我们冲进去再说。冲啊！"

学生们向前蠕动着，与第一排的官兵互相推挤着。官兵统领站到了高处，喊："你们听好了，如果你们冲过警戒线，我们将格杀勿论，长矛手准备。"

第二排的长矛手将长矛指向了前方。学生们还是拥挤着。

"臬台大人到。"有人高喊一声。

官兵闪开一个空间。

丁宝铨带着人走到学生的面前。丁宝铨一身崭新的朝服，显得格外精神，两眼炯炯有神，对视着张鸿寿。人群停了下来。

丁宝铨嗓门洪亮，底气十足，说道："我是新上任的按察使丁宝铨，你们有什么事情可以跟我说。"

敦崇礼走到丁宝铨面前，说："丁大人，不用怪罪这些孩子，是我们学校没有教育好啊。"

"敦先生，既然学生们来了，就让他们把想说的话说出来，我们共同想个解决的办法。"

张鸿寿向前迈了一步，说："丁大人，英国人在我们平定州圈地勘探，不准当地百姓开矿挖煤。报纸上已经披露消息，说官府几年前就把山西的矿权卖给了英国人。对此我们坚决反对，煤炭是我晋省百姓谋生之财源，矿存山西存，矿亡山西亡。我们要见巡抚大人，要求撤销与英国人签署的不平等合约，收回矿权，国人自办！"

学生们高喊："收回矿权，国人自办！"

丁宝铨高举双手，示意安静，说："你们的诉求，我知道了。我刚刚上任按察使，作为司法长官，安定社会、澄清吏治，是我的职责。关于矿权之事容我调查事因状况，报禀巡抚大人，再给你们一个准确的答复。你们先回学校上课，不要耽误了学业。十五天后你们找我丁宝铨要个说法，你们觉得这样处理如何啊？"

丁宝铨的话把学生们镇住了，大家不知所措。

敦崇礼急忙上前对张鸿寿说道："丁大人态度诚恳，你们应该看出他是真心实意的，先让同学们回去上课，静候丁大人的消息。"

张鸿寿没想到官府的人这么痛快，一时也不知道如何应对了。他看了看周围的同学，个个都是大眼瞪小眼。

"好吧，丁大人，我们相信您一次。"张鸿寿转身高喊道，"同学们，我们先回去吧。十五天以后，我们再来讨说法。"

刚才的疾风暴雨戛然而止，学生们开始散去。

有人凑近张鸿寿低声说道："鸿寿，同盟会的人从日本回来了。"

"好的，我去见一下。"

***

渠家茶馆，客人们进进出出，很是热闹。张鸿寿和刘懋赏对坐在包间里。

张鸿寿给刘懋赏倒了一杯茶，说："劝功兄，同盟会对山西矿权的事儿是什么意见？"

刘懋赏接过茶杯，说："我刚从日本回来，追随了孙文先生。同盟会山西分会在日本东京成立了，留日的山西学生心系家乡，非常关注晋省矿权之事。他们认为矿权是关乎山西命脉之大事，官府把盂县、平阳府、泽州、潞安等地的矿产开采权出卖给英国人，等于掐断了百姓的生活来源。对此，他们无比愤慨，他们已经发出了公开信，呼吁全省民众奋起一战，收回矿权，保住利源。"

张鸿寿眼睛睁大了一圈，说："有同盟会和留日学生会的支持，我们就底气十足了，刚才学生们在巡抚衙门游行示威，臬台丁大人答应十五日后给答复。"

刘懋赏放下了茶杯，说："与英国人签订的矿权合约就是官府的背景，他们能答复什么，还不是官官相护，应付百姓？"

张鸿寿往前凑了一下身子，说："听说是刘鹗通过胡聘之与英国人签的合约。"

刘懋赏语气坚定地说："他们出卖矿权，从中牟利，都是家国蠹虫。我们一定要把他们揭露出来，绝不能再让他们祸害国家。"

"听说胡大人就是因为此事才让皇上给免职了。"

"这么大的事情，免了职就完了？矿权还是到了英国人手里了。"

"劝功兄，矿权现在是在英国人手里，可光凭我们能夺回来吗？"

"光靠我们当然不行了。"

"那下一步该怎么办？"

刘懋赏喝了一口茶，停顿了一下，说："联合一切可以联合的力量，有钱的出钱，没钱的出力，最主要的是要让人们觉醒，要把人们鼓动起来。英国人抢走了我们的矿权，是因为清朝政府软弱无力、腐败无能，我们要夺回矿权，更要驱除鞑虏，恢复中华。这也是同盟会的奋斗目标。"

张鸿寿点了点头说道："我今天遇见渠先生了。"

"哪个渠先生，渠本翘？"

"是啊，你认识啊？"

"认识啊，祁县渠家的少东家。他在日本横滨做领事的时候，我也在日本，我当时有个小麻烦，是他帮助了我。"

"什么事情？"

"这你就别问了。"

张鸿寿岔开了话题，又说："他帮咱们山西人做了很多事情，咱们山西去日本的留学生名额大部分是他争取的。"

刘懋赏突然想起了什么，问："你和他说什么了？"

"没说什么。"

"那遇见就白遇见了，什么都没说？"

"是在游行的路上遇见的，打了个招呼而已。"

"他可是个有分量的人物，家里有钱有势，官居四品，那可不是用钱买的虚职啊。"

"这我知道，他还是山西大学堂的督查。"

"这可能是个机会，不能错过了。"

张鸿寿叹了一口气，说道："就是不知道渠先生肯不肯出头露面，帮助我们。"

"矿权是咱们晋省的，也是中国的，只要是有良知的中国人，都会站出来的。"

"那可不一定。息事宁人，保全自己，不想惹麻烦的人多了去了。"

刘懋赏追问："那你把矿权的事情给他说了吗，他什么态度？"

"他只是问了一下，我也是随口一说，他没什么态度。"

"如果下次有机会，一定要好好给他说说。"

"明白了。"

刘懋赏站起身，说："今天就到这吧，我还要去见个人。"

张鸿寿起身撩起门帘，说："小二，结账。"

店小二应了一声，跑了过来。

张鸿寿给了一块碎银，两人走出茶庄。

茶庄外，渠仁甫的马车停到了门口。

渠仁甫搀扶着乔尚谦下车，梁仁甫说："您都喝成这样了，我说送您回家歇着，您却要来茶庄喝茶。"

乔尚谦说话已经大舌头了："我能回家吗？我家那老婆子，一定会嘟嘟囔囔，说个没完没了，这你还不清楚啊？"

"那我安排您到后屋去睡觉吧。"

乔尚谦一个踉跄，又说："那就得睡到明天了，给我来点浓茶醒醒酒，歇一会儿就回去了。"

渠仁甫对着迎上来的伙计说道："把乔老爷扶到里屋，上杯浓茶。"

伙计应了一声，搀扶着乔尚谦。

渠仁甫走进茶庄，掌柜迎了上来，说："东家，有笔账目想和您商量一下。"

渠仁甫挥了一下手，说："到里面说吧。"

两人走进里屋。

渠仁甫坐定，问："是什么账目啊？"

掌柜拿着账本，说："福建崇安有个茶商，几年前给我们发了一批茶。"

掌柜话还没说完，一个伙计闯了进来，说："东家，您二伯来了。"

渠仁甫站了起来，说："我二伯怎么来了？等等再说啊，我先去看看。"

掌柜也跟着迎了出去。

渠仁甫快步穿过渠家茶庄大厅，说："二伯，您怎么来了？"渠本翘已经走了进来，问："你舅爷在这儿呢？"

"是啊，他喝醉了，怕我舅奶说他，就在我这儿歇会儿。"

渠本翘停住了脚步，说："我是来看看他。刚才在酒席上，我说的话是不是有点过了？怕他接受不了，所以过来看看。"

"没事儿的，二伯，他是故意跟您恹气呢。"

"这我知道，他现在在哪儿了？"

"在里屋歇着呢。"

"走，带我去看看他。"

快到里屋门口了，渠本翘故意放大音量："小舅舅，我来看看你啊。"

乔尚谦正在里屋喝茶，听见动静急忙躺到床上，脸往里面一侧，打起了呼噜。

渠本翘走了进来，说："小舅舅，您睡着了啊？"

乔尚谦还在打呼噜。

渠仁甫笑着说："睡得还挺好。"

渠本翘看着乔尚谦，微微一笑，说道："那就让他睡着吧，我还说有人想跟他讨一幅墨宝，做成匾挂起来。既然他睡着了，那就算错过了这一出了。"

乔尚谦突然咳嗽起来，转过了身子，眯缝着眼睛说："是谁来了，我这是在哪儿啊？"

渠本翘凑了过去，推了一把，说道："小舅舅，您醒了。"

乔尚谦发着含糊的声音："哦，是楚南啊，你找我有事儿啊？"

渠本翘转身坐在了椅子上，说："没什么事儿，知道您喝多了，我就是来看看。"

乔尚谦一骨碌坐了起来，问道："你刚才说什么墨宝？"

渠本翘倒着茶水，说："没说墨宝啊。"

乔尚谦低头找鞋子，说："你刚才说了，说谁想跟我要墨宝做匾。"

渠本翘端起了架子："您刚才睡着了，怎么能听见我说话啊？"

乔尚谦皱起了眉头，说："楚南，你又在逗我啊，我服气了，行了吧？以后还是都听你的。"

渠本翘笑着说："快过来喝点茶吧，这次真的不是逗你。晋王祠要替换几块牌匾，我推荐了你，你考虑一下，写什么字。等你写好了，我找最好的雕刻师傅给你做块匾。"

乔尚谦乐开了花，说："楚南，这下你可戳到我的心窝子上了。自从光绪十五年你那'永锡难老'的篆书横匾挂在晋祠难老泉上，我心里就多了一个结儿。"

"不至于吧?"

"怎么不至于?你我和佑谦还有振翼兄,咱们一起读私塾,一起长大,可你一路狂飙,啥都领先我们。如果是兄弟也就罢了,可你是小辈,是我们的外甥子,你让外人怎么说?乔家这么多人,比不过渠家的外甥子。"

渠本翘递过一杯茶,说:"我的小舅,我叫你舅是因为咱们是一家人,什么乔家渠家的,你是不是打心里就把我当外人了?"

乔尚谦双手接过了茶杯,说:"天地良心,你妈是我姐,我对你啥时候有过一丁点儿三心二意和怠慢?外人根本就没觉得我是你舅舅,都觉得我是跟随着我哥混事儿呢。"

渠本翘哈哈大笑:"谁让你比我年纪小呢?平常咱们都是兄弟相待,是你这次借酒说事的。"

"我这不是逗你玩儿了吗?"

"好了,我也是逗你玩了,不过牌匾的事那可是真事儿啊。"

乔尚谦手上还端着茶杯,说:"这事儿要是办了,我就更佩服你了,今后还是死心塌地地追随你。"

渠本翘指着乔尚谦说:"好了,一言为定。"

渠仁甫在旁边搭讪:"二伯,以前我叫他筱山叔,现在他要我叫他舅爷,您说这不是乱了套了吗?"

乔尚谦一扭脸,笑道:"乱什么套,叫什么你都不吃亏,哪天我把闺女嫁给你,你还得叫我岳父呢。"

渠本翘哈哈大笑:"是啊,都是一家人,叫什么都可以,无所谓的。"

渠仁甫向前欠了一下身子,面向乔尚谦,说道:"那我提前敬您一杯茶。"

乔尚谦绷住了脸,说:"你觉得不应该吗?"

渠仁甫赶紧倒茶,说:"应该,应该。"

站在一旁的丁掌柜帮着腔:"这表面看,渠乔是两家,可谁都知道,你们是一家人。"

渠仁甫突然想起了什么,问道:"丁掌柜,你刚才说一笔款项,是啥事儿啊？"

"我那点小事儿，还打扰这么多东家？"

乔尚谦看着丁掌柜，说："刚才你还说一家人呢，是不想让我听渠家的买卖啊。"

丁掌柜急忙解释："我可不是那意思。"

渠仁甫挥了一下手，说："你就说吧。"

丁掌柜只好打开了账本，说："前几年咱们在福建安溪办了一批铁观音，合约定的是一级茶，可他们发的是二级茶。如果按一级茶结账，咱们还有尾款没付清，如果按二级茶结账，他们还得退还咱们的茶款。这都几年了，现在咱们都在湖北办茶了。听说福建那个茶场的东家改行了，也就联系不上了，这笔账一直挂着，我也不知道该如何处理了。"

乔尚谦叹了口气："自从太平军切断了万里茶路，对咱们的影响不小，对闽茶的影响也很大，听说闽茶改为南下，销往南洋一带了。"

渠仁甫问道："还能找到那个茶场东家吗？"

"派人去一趟，估计能找到。"

渠仁甫接着问："那品级间的差价有多少？"

丁掌柜看着账本说："一担茶要差一两多。"

渠仁甫思考了一下，说："咱们一直是靠着诚信做买卖，既然合约上是欠人家的，那就给人家把尾款补上。"

渠本翘接过了话头："我看未必是这个理儿。"

渠仁甫看着渠本翘，问："二伯，您是什么意思？"

渠本翘喝了一口茶，说："人无信不立，业无信不兴，国无信不强，我倒觉得诚信和契约相同也不同。经商讲诚信是我们立足之本，但是尊重契约，也是公平之道。既然我们约定的是一级茶，可发来的却是二级茶，这就不是道义和情感的问题了。买卖就应该尊重规矩，没有规矩就不成方圆，经商做买卖按照所签合约之规定那是天经地义。"

乔尚谦点着头，说："我也赞同楚南所讲。诚者，天之道也；思诚者，人之道也。情感归情感，规矩归规矩，如果混为一谈，那就不是买卖了。"

渠仁甫转向乔尚谦，问："那这不就成了无商不奸了？"

渠本翘接着说："这话也无可厚非，商定的东西就要按照商定的办，亏了赚了都得认，这就是买卖人的规矩。"

渠仁甫看了看账本，说："要这么说，我们还多给他们银子了。"

乔尚谦靠在椅子上说："不管对方改没改行，找到他就得把银子要回来，咱们的银子也不是大风刮来的。"

渠仁甫抬起头说道："我倒是不在乎这点银子，我是觉得这样公平。"

丁掌柜接过了账本，说："放心吧，东家，我知道该怎么办了。"

渠本翘站起身，说道："小舅公，这时间也不早了，咱们也该走了吧。"

乔尚谦也站了起来，说："走啊，走啊，该回家面对自己的婆娘了。"

***

夜色已深，渠太太坐在床上，龇牙咧嘴地看着自己的脚。渠本翘走了进来。

渠太太赶紧说："回来了。"

"脚怎么了？"

"没大事儿。"

渠本翘应了一声，脱掉外衣后，看着太太的脚，问："呦，你这脚是怎么了，瘀青了？"

"没什么大事儿。"

渠本翘转身，倒热水烫了个热毛巾，说："来，我给你敷敷。"

渠太太龇牙咧嘴。

"这是怎么弄的？"

"今天和珍珍上街遇见个小偷。"

"结果怎样？"

"那能怎样，我一脚就把他踢翻了。"

"就把自己的脚踢肿了？"

"那个小偷啊，偷了个秤砣。我一脚踢在那个秤砣上了，能不肿吗？"

渠本翘按着太太的脚，问："怎么样，感觉如何？"

渠太太很享受地说："舒服多了。"

"我再给你换一块毛巾。"

"不用敷了，好多了，你也不说我踢了一脚对不对？"

"你让我说什么，有什么对不对的？那是你的性格，不踢那脚，才不是你呢。"

太太凑了过来，说："他们都说我是女侠。"

"挺晚了，睡吧。"

两人上床。渠太太看着渠本翘，渠本翘瞟了一眼太太问："看什么？睡觉。"

"你过来点。"

"怎么了？"

渠太太悄声地说："离我那么远干什么？"

渠本翘动一下身子，说："哪儿离得远了，这不挨着了吗？"

渠太太撒着娇："哪儿挨着了？"

"脚挨着了。"

"脚挨着不算挨着。"

"那怎么才算挨着？"

渠太太支起身子趴在渠本翘身上，吹灭了渠本翘身旁的油灯，说："这才是挨着呢。"

第二章

乔石头渠珍珍邂逅相遇
晋商赛诗尽显经纶才华

**

天色朦胧，渠本翘宅院里，槐树上的麻雀睡醒了，叽叽喳喳，相互打着招呼。

渠珍珍睡眼蒙眬地来到了杂房，打开水缸的木盖子，往里面看了一下，拎起旁边的水桶和扁担转身就跑。

乔石头在大槐树下练形意拳，寸拳道劲带风。

渠珍珍担着水刚进大门，就觉得眼前有个人影晃动，头还没抬起来，脚下已经打滑，"啊"的一声，摔倒在地，水桶里的水淌了一院子。

乔石头急忙上前搀扶。

渠珍珍一边躲闪一边说："你是什么人？吓死我了。"

乔石头见没扶住渠珍珍，急忙收拾水桶，说："对不住啊，吓着你了，我是新来的。"

渠珍珍还是一脸疑惑，问："你是干什么的，谁让你来的？"

乔石头拎着水桶站直了身子，说："我是东家新招的常随，昨天晚上才来，以前是火柴厂的。"

渠珍珍疑惑地看着乔石头，说："吓死我了，你叫什么？"

"我叫乔石头，是祁县南庄的。"

渠珍珍撇了一下嘴，说："我祁县县城的。"

乔石头打量着渠珍珍，问："那你是谁啊？"

渠珍珍摆开了谱："我叫渠珍珍，是太太的丫鬟。"渠珍珍这才觉得膝盖有点疼，咧着嘴，弯腰揉膝盖。

乔石头边准备上前，边说："是跌伤了吧？我来给你看看。"渠珍珍往后退着说："不用，不用，后退后退。"

乔石头后退了一步，说："那我帮你打水吧，井在哪里？"

"这还差不多，去吧，就在门口。"

渠珍珍看着乔石头走出了院门，龇牙咧嘴的，一瘸一拐地走向杂房。

渠本翘站在堂屋里，舒展着双臂，见门帘一挑，太太搀扶着娘走了进来，后面跟着睡眼惺忪的升儿和鹤儿。渠本翘退了一步，欠了一下身子，问："娘，睡得可好？"

老太太哼了一声，坐到了餐桌的上位。太太安顿好两个孩子后，坐在渠本翘的身旁。

渠珍珍一瘸一拐地带着乔石头走进了屋子，乔石头端着大大的托盘。

渠太太看着渠珍珍，问："怎么了珍珍，一瘸一拐的？"

渠珍珍低着头说："不当事儿的，摔了一下。"

大家看到了乔石头，眼睛都直直的。

渠本翘赶忙说道："这是我新收的常随，叫乔石头，是火柴厂的，雨亭的亲戚。"

乔石头急忙低了一下头说："见过老太太，见过太太。"

老太太轻声细语地说："哦，是我们乔家的人。"

乔石头应和着："我是祁县南庄的。"

老太太哼了一声。渠珍珍给大家分发着碗筷。刚才还眯着眼的鹤儿突然抬起了头，眼睛滴溜溜地看着乔石头，问："你是桥上面的石头吗？"

升儿也来了精神，说："你真笨，人家那是名字。"

鹤儿噘着嘴说："奶奶，哥哥总说我笨。"

老太太依旧是慢条斯理地说："鹤儿一点儿也不笨，我家鹤儿最爱琢磨事儿了。"

鹤儿瞥了一眼升儿，说："就是啊，名字也是有来历的啊，你叫升儿，奶奶说你是早上生的，太阳刚刚升起的时候。"鹤儿一字一句说得非常认真。

升儿提高了嗓门说："山里有石头，河里有石头，你见过桥上有石头啊？"

鹤儿不甘示弱，说："那就有用石头做的桥啊。"

渠太太打断了两个孩子的话："好了，快点吃饭，吃完饭要去学堂的。"

渠本翘脸上露着微笑，一边给母亲夹着菜，一边说道："别看鹤儿小，挺爱琢磨事儿的。"

老太太点点头，说："他就是个机灵鬼，外加捣蛋鬼。"

鹤儿狡辩："我是人，我可不是鬼。"

渠本翘拿起了筷子，说："好了，都快吃饭吧。娘，您吃点米饭吗？"

"还是你自己吃米吧，我们吃面。"

渠本翘端着碗，把米饭分成四份，一份一份地吃。

鹤儿拿着筷子看着渠本翘问："爹，为什么要把米饭分成四份啊？怎么不分成五份啊？"

升儿嘴里还嚼着东西，说："说你笨吧，你总不承认，画个十字就能分成四份，那五份怎么分啊？"

鹤儿"啪"地把筷子摔在桌子上，说："我不吃了，哥哥又说我笨。"

老太太正夹着块猪头肉，说："升儿，不能再说弟弟笨了。"

太太安抚着鹤儿。

渠本翘看了一眼鹤儿，说："分几份无所谓，是怕吃不完剩下了，下次还能吃。粮食很重要，你们都应该学会节省。"

乔石头第一次看到了大户人家的气派，早餐就这么丰富，所用的器皿虽然自己也说不上来是啥品质，只是感觉非常讲究。

一家子吃完了早饭，各干各的事情去了。乔石头坐在杂间的小凳子上发呆，渠珍珍递过来一碗面，说："吃饭了，发什么呆呢？"

乔石头接过碗筷，看着渠珍珍，说："第一天就开眼了。"

渠珍珍也端着碗坐了下来，问："有什么开眼的？"

"早上饭就这么丰盛。"

渠珍珍瞥了一眼乔石头，说："这有什么啊，这是最普通的了，过年过节那才叫个丰盛呢。"

"大户人家就是不一样。"

渠珍珍翻着白眼，说："你个土包子，我们渠家就这样。"

乔石头抬起头看着渠珍珍，说："还有好多不明白的。"

"啥不明白，尽管问。"

"咋就东家吃米，其他人吃面啊？"

"东家读的书多，见识也多，走的地儿也多，所以就不爱总吃面，爱吃米，那是专门从南方运来的米。"

"我第一次看到把米分成四份儿吃。"

渠珍珍一脸傲气，说："别看我们渠家是山西数一数二的大户人家，东家们都可节省了，你学着点儿。"

乔石头不服气地说道："我们乔家也是响当当的大户啊。"

渠珍珍撇着嘴说："切。"

乔石头放下碗筷，说："你以后能不能别再说'我们渠家，你们乔家'了，我听得怎么那么别扭。"

"不能。"

"为什么？"

"这是事实啊，我姓渠，你姓乔，就是两家人啊。"

"老东家姓渠，老太太姓乔，这不一家人吗？"

渠珍珍也放下碗筷说："人家是东家，我是说咱俩。"

"你总这么说，好像我欠你什么似的。"

"你就欠我了。"

乔石头瞪起眼睛，说："我第一天来，以前我都没见过你，我怎么就欠下你了？"

渠珍珍也瞪着眼睛，说："正因为是第一天，你就欠下我了。"

"我欠你什么了？"

"你大早上就吓得我磕破了腿，是不是欠下我了？"

乔石头立刻嬉皮笑脸地说："哦，对不起，对不起，我把这事儿给忘了。"

渠珍珍叉着腰说："还敢说不欠我的。"

乔石头满脸堆笑地说："欠了，欠了，那能不能弥补呢？"

"这就要看你的表现了。"

"好的，好的，我一定好好表现。"

渠珍珍仰着头说道："听我吩咐，先去给东家送杯茶去。"

乔石头做了个鬼脸，一个立正，说："遵令。"扭头跑了出去。

渠珍珍挥着手说："唉，先把面吃了。"

乔石头已经不见踪影。

乔石头端着茶碗走进书房，双手抖得厉害，茶碗儿叮叮当当地响着，说："东家，茶。"

渠本翘抬头看着乔石头。乔石头已经一头汗，笑了笑说："有点紧张。"

"没关系的，慢慢适应吧。"

乔石头擦了一把汗，说："东家，还有事儿吗？"

"下午你去一下永乐客栈，把平定来的张鸿寿接过来，和你住在一起。"

乔石头哼了一声。

太太走进书房，乔石头退下。渠太太回头看了一下乔石头。

渠本翘放下手里的书，问："有事儿啊？"

"也没什么大事儿，今天来的这个乔石头还算机灵，可是。"渠太太话说了一半，欲言又止。

"想说什么就直说啊。"

"阿贵和金锁都安排到票号里了，你收了这个乔石头挺好的，只是家里面还缺一个做杂事儿的。"

"那就把乔石头留给你们吧。"

"我是觉得年龄大了点儿，如果能遇见年纪小点儿的就留个心。"

"好的，我知道了。你身体怎么样了，脚还疼吗？"

"问题不大，偶尔还是有点疼。"

"没伤着骨头，只是表皮有点淤青，我估计问题也不大。"

渠太太低着头，搓着手，说："你每天在外面跑着，也不知道在忙些什么，以前在京城的时候，你散值了就回家，现在越来越没时间陪人家了。"

"瞧瞧，又开始了。"

"啥叫又开始了？"

"这不是回太原了吗？你总是提京城京城的。"

"怎么就不能提了？京城和太原府就是不一样啊。"

"怎么就不一样了？"

"在京城还有能走动的，在太原没几个认识的，都聊不来，当然也就不一样了。"

"是你看着人家土气，没京城的人洋气。"

"可事实就是这样啊，周围的几个太太从穿着到想法都和京城来往的不一样，所以我待在家里无聊。"

渠本翘站起身，搂住太太的肩膀，说："好了好了，别挑剔那么多了，你说的话我都记得了。"

渠太太扭动着身体，说："我不是在难为你，只是想跟你说说话儿。"

"知道了，我理解的。"

"那你忙吧，我去看能干点什么活儿。"

渠太太往外走。

渠本翘追了一句："孩子们呢？"

"都去学堂了。"渠太太没有回头，应了一句。

＊＊＊

渠珍珍在杂间里收拾摆放着餐具碗筷。乔石头端着一个托盘，上面放了一只茶碗。

渠珍珍看了一眼，问："你干什么呢？"

"练练。"

"练什么？"

"练端盘子啊。"

渠珍珍没有停下手里的活儿，说："那是得好好练，端茶倒水也不是个简单活儿。"

"我见人家茶楼的伙计都一只手托着盘子，我怎么两只手端着还抖啊？"

渠珍珍撇了一下嘴角，说："那是功夫。"

"我也会功夫啊。"

"这功夫和你那武功可不一样，拿来，瞧我的。"

渠珍珍说着从乔石头手里抢过托盘，一只手背后，一只手托起，说："看见没？这样走两步。"

渠珍珍一个趔趄，"啪"一声，托盘和茶杯摔在了地上。两人傻眼了，乔石头指着地上，说："你把茶碗摔碎了。"

渠珍珍停顿了片刻，一挺腰板，说："这是你的错。"

乔石头茫然地看着渠珍珍问："怎么是我的错了？"

渠珍珍也看着乔石头，突然弯身捂住了腿，蹲在了地上，咧嘴大哭："人家腿疼。"

乔石头赶紧搀扶，服软："哦，我的错，我的错。"

"砰砰砰"，有人在拍打大门。

"有人敲门呢。"渠珍珍站起了身子，"哎哟。"随即双手扶住了膝盖。

"我去开门。"乔石头跑向了大门。

"嘎吱"一声，乔石头打开大门，见两个人站在门口。前面的人身穿绸面小袄，棉质长袍，黑色的瓜皮帽子，显得精明强干。后面的人好像是个伙计，双手端着几床被子。

乔石头欠了一下身子，问道："请问你们找谁？"

穿绸面小袄的人底气很足地问："你是新来的啊？"

"是的。"

"那你通报一下少东家，就说孙掌柜来了。"说着迈步就进。

乔石头抢在前面跑进了书房，说："东家，有个孙掌柜要见您。"

渠本翘招了一下手，说："快请进。"

渠本翘来到了厅堂，渠老太太和渠太太正在厅堂摆弄着针线。孙掌柜已经大步流星地走了进来。拱手行礼道："少东家，老东家，少奶奶。"

渠本翘看着有人端着被子，说道："孙掌柜，您这是什么意思？"

"少东家，这不天冷了，分号例行的规矩，给各官府上送点温暖，今儿给老东家和少奶奶也捎过来几床被褥。"

孙掌柜朝伙计挥挥手，伙计把被褥抱给老太太和太太。

老太太抚摸着被子，说："就你们掌柜的懂礼数，还是缎面的。"

孙掌柜接着话头说："老东家，咱开票号不只是收支银子，还得打点好方方面面，都顺畅了才好做买卖啊。"

渠本翘点了一下头，说："胡大人府上送了吗？"

"送了，胡大人的家眷不在太原府，所以没有送被褥，送了一车煤炭。"

渠本翘见母亲和媳妇抱着被子下去了，对着孙掌柜说了声："书房坐吧。"

两人一前一后走进书房,靠窗处放着一张桌子,渠本翘和孙掌柜两边就座。

渠本翘扭头说了一声:"石头,上茶。"

乔石头突然醒悟过来,飞快地跑向杂房。渠珍珍见乔石头慌慌张张跑了进来,急忙问道:"怎么了,慌慌张张的?"

乔石头气喘吁吁地问:"茶叶在哪儿?"

"在墙边台面的罐罐里。"

乔石头一边倒着茶叶,一边问渠珍珍:"那人是哪儿的掌柜的?身板直直的,好气派。"

渠珍珍头也没回,说:"三晋源分号的孙掌柜。我们渠家票号里的伙计个个都是光眉俊眼,更别说掌柜的了。你们乔家……"

渠珍珍的话还没说完,一回头,乔石头已经不见踪影。

书房里,乔石头努力控制着托盘,放好后倒水。渠本翘从腰间拿出玉秤砣把玩着,问:"最近号上的买卖怎么样?"

孙掌柜叹了一口气,慢慢说道:"不咋地。"

渠本翘皱了一下眉头,问:"怎么回事儿?"

孙掌柜端起茶杯,喝了一口,说:"户部银行成立以后,官银汇兑全部交由户部银行办理,前几年最赚钱的买卖几乎瞬间没有了。以前从票号借款垫付的税款和赔款也都改向银行了,这些大宗的放款收息买卖咱们也没有了。另外银行还在挤压票号的存银,票号存银利息至多不过四厘息,而银行给到了五厘六厘。"

渠本翘也喝了一口茶,问:"这些事儿我爹知道吗?"

"总号的段大掌柜告诉过老东家。"

"我爹怎么说?"

"老东家说那是掌柜的管的事儿。"

"那你有什么想法吗?"

孙掌柜凑近了渠本翘,说:"少东家,咱们能不能做煤炭买卖啊?"

渠本翘放下了茶杯,看着孙掌柜,问:"煤炭买卖是怎么回事啊?"

孙掌柜又向前靠了靠身子,说:"时下冶业兴起,煤炭的需求剧增,平定一带的煤炭每担十几文，运出来就是每斤十几钱，而且还有看涨的趋势。"

"有这么多的利差啊？"

"比我们做票号赚钱还多了。"

渠本翘也向前靠了一下身子，说："可昨天听学生们说，晋省煤矿都让英国人占了。"

孙掌柜点点头说："是英国的福公司，他们前几年就跟朝廷签署了开矿协议，结果让人在皇上面前奏了一本，咱们胡大人就是因为这个事儿被罢的官。"

渠本翘看着孙掌柜，问："可英国人不是没走吗？"

孙掌柜点头，说："是啊，所以学生们想赶他们走。"

"那他们跟朝廷签的协议怎么办？"

孙掌柜又凑了一下身，说："这不学生们说了，那是卖国协议，让它作废，到时候不就成咱们的了？"

渠本翘皱了一下眉头，说："那怎么能行啊？"

"能行的，那是英国人抢我们的，我们还认什么狗屁协议呢？"

渠本翘眉头更紧了，说："就算他们是强盗，我们也不能做流氓啊。"

"那把强盗赶走，可以吧？"

"谈何容易！"

渠本翘站起身子，在堂屋里踱起步来，说："再说了，咱们对煤炭买卖也不熟悉，还是干好咱们的本行吧。"

孙掌柜跟着话儿："说起本行，那咱们能不能也合股银行？"

渠本翘还在踱着步说："合股银行，乔家的贾继英，蔚家的李宏龄都找我说过银行的事儿，但总号的大掌柜们都心有余悸，《南洋官报》还登载了说帖，也没什么人响应。"

孙掌柜脸色也不好看，说："反正票号是越来越不好干了。"

渠本翘停住脚步，说："你真觉得合股银行是个出路吗？"

"我觉得势在必行。"

"那段大掌柜就应该察觉到这个情况啊。"

孙掌柜看着渠本翘说："我就是个分号掌柜，只能是说说想法，大掌柜有大掌柜的想法，我除了敲敲边鼓，其他的真是爱莫能助。"

渠本翘踱着步，孙掌柜见渠本翘不说话了，就站起了身子，说："少东家，今天分号招募学徒，我得回去了，咱们改天再倒歇吧。"

孙掌柜拱手行礼。

渠本翘哼了一声，突然回头问道："今天招人？"

"是啊。"

渠本翘追问："是招学徒吗？"

"是啊，少东家有什么想法？"

渠本翘背起了手，说："刚才太太还跟我说，家里还缺个帮手，看看有没有小学徒。"

"那您也去看看，看有没有合适的？"

渠本翘想了一下，说："走，那就去看看。"

两人一起走了出去。

＊＊＊

渠珍珍躲在房间里撸起裤腿，对着磕破的伤口吹气，痛得她龇牙咧嘴。

渠太太走了进来。渠珍珍急忙盖住伤口。渠太太推开渠珍珍的手，看到伤口，说："怎么跌成这样了？"

"没事的太太，就磕破了点皮。"

"还说没事儿，看看这伤口好大一块啊。"渠太太说完转身走了出去。

"太太，您要去哪儿？我陪您去。"

外屋传来渠太太的声音："在这儿待着，别动。"

渠太太来到自己屋里，在抽屉里拿出一个小药瓶，又回到渠珍珍的屋里，说道："这是东家从日本带回的外伤药，叫红药水，你试试。"

"不用了，太太，过两天就好了。"

太太一边给渠珍珍敷药，一边说："瞧你一瘸一拐的，不上药好不了。这要好不了啊，成了瘸子那可怎么办？以后还嫁不出去了。"

渠珍珍笑着说："嫁不出去，我就跟着您一辈子。"

"我可不想耽误了你。"

"太太，这药水真的是红红的啊。"

“所以说叫红药水。”

“那能不能涂到别的地方啊？”

渠太太看着渠珍珍问：“你想啥呢？”

渠珍珍笑而不语。

渠太太好像猜到了什么，便说：“你想涂红脸蛋啊。”

渠珍珍笑着说道：“我是瞎想。”

“可别犯傻啊，这可是药水，不是胭脂。”

“我知道的，太太。”

“珍珍，你在吗？”窗户外面传来了乔石头的声音，渠珍珍抬头看了一下太太，太太没有任何反应，继续敷着药。

“珍珍，你在吗？”乔石头又说了一遍。

太太收起了药瓶，对着渠珍珍努了一下嘴。

“在呢。”渠珍珍对着窗外说道。

“我能进来吗？”乔石头问道。

渠珍珍看了一下太太。太太微微地点了一下头。

“进来吧。”渠珍珍对着窗外，嗓门挺大。

乔石头在门外猫着腰推开了屋门，看到一个人挡在了门口。乔石头慢慢地抬头，见太太一脸严肃地站在门口。

乔石头一脸尴尬地说：“太太。”

渠太太严厉地问道：“你来干什么？”

乔石头一脸蒙圈儿，嘴巴张着，抬头看着太太，慢慢展开握着的手，说：“我，我给珍珍拿了点香灰。”

“从哪儿拿的？”

乔石头吞吞吐吐地说：“那香炉里拿的。”

“以后不能用这种脏东西敷伤口。”说着从下面打在乔石头的手背上。

香灰撒了乔石头满脸。

***

三晋源分号厅房里，渠本翘隔着一道竹帘看孙掌柜招学徒。

孙掌柜对着一个学徒招了一下手，说："好了，你穿上这双铁鞋去里屋给东家行个礼就行了。"

孙掌柜扭头对身旁的伙计抬了一下头，伙计会意，从旁边拿出一双铁鞋，摆在应招人的面前。

应招的小伙子穿不进去，脱了鞋再穿，还是穿不进去。

"掌柜的，这鞋也太小了，穿不进去啊。"

孙掌柜皱了一下眉头，说："那就非常遗憾了，穿不进铁鞋，那就是你的脚太大了，也就是说不符合号上的规矩，不能录用你了。"

应招的小伙子摇着头走了出去。

孙掌柜高声喊道："下一位。"

一个眉清目秀的小孩走了进来，说："掌柜的好。"

孙掌柜随意地问了一句："叫什么名字啊？"

"渠传耀。"

"多大了？"

"十四。"

孙掌柜上下打量一番，说："我们要招十五岁以上的，你年龄不够啊。"

"掌柜的，你们是要招学徒吧？"

"是啊。"

"我觉得招学徒，十四岁正好。"

孙掌柜愣了一下，问："那为什么呢？"

渠传耀有板有眼地说："因为十三岁太小，不懂事，十五岁大了，不好使唤，十四岁又懂事了，还听话。从十四岁开始做学徒正合适。"

孙掌柜顿时打起了精神，又仔细打量着这个小孩，说："你还挺会说话啊。"

渠传耀笑了一下，说："在票号里必须会说话，客官才能跟咱们做买卖。"

孙掌柜点点头，问："你会打算盘吗？"

"会啊。"

"那你把这几个数字加一加。"

渠传耀走到算盘前，噼里啪啦打着算盘，说："一共是两千四百三十六。"

孙掌柜看得目瞪口呆，说："这是谁教你的啊？这么熟练。"

"我爹教的。"

"那你一定会写字吧？"

"会啊。"

"那你写几笔，我看看。"

渠传耀提笔写了起来。

孙掌柜背着手走到渠传耀的身边，看着看着，自言自语道："未登龙虎地，先进发财门。"

孙掌柜点着头，说："不错，工整有力。"

"这也是我爹教的。"

"那我再问你一下，据你的观察，你说票号里主要的颜色有哪几种啊？"

渠传耀左右看了一下，说："有三种，黑、白、金。"

"为什么是这几个颜色啊？"

渠传耀看着孙掌柜："白属金，金生水，水立财，黑色在五行中也属水，都是发财的意思。"

孙掌柜频频点头，说道："你小小年纪怎么懂得这么多啊？"

"都是我爹教的，我爹是秀才。"

孙掌柜还在点着头，说："那你也穿一下铁鞋，如果能穿上，就到里屋给东家行个礼。如果穿不上，那就不能录用了。"

孙掌柜扭头对着伙计点了一下头，伙计又拿出一双铁鞋，放在了渠传耀的面前。

渠传耀一下就穿了进去，兴奋地说："我穿进去了，我穿进去了。"

渠传耀幼稚的脸上露出天真的笑容。渠传耀穿着铁鞋走到里屋，来到渠本翘的面前鞠了一躬，说："东家好。"

渠本翘点了一下头，说："快脱了铁鞋吧，怪沉的。"

渠传耀一边脱铁鞋，一边说道："我就知道我能穿上铁鞋。"

渠本翘微微一笑，问："你怎么会知道呢？"

渠传耀一副神秘的样子，说："那个伙计拿出的铁鞋不是上一双，是又一双。这两双鞋看起来一样大，可里面是一大一小。如果被录用了，掌柜的就点一下头，伙计就拿出那双大的。如果不录用，掌柜的就抬一下头，伙计就拿出那双小的。"

渠本翘哈哈大笑，说："那你怎么知道你穿的是那双大的啊？"

"我看见掌柜的点头了啊。"

渠本翘也是点头，说："不错，你真是人小鬼大。"

"我爹告我要注意观察。"

"你爹是哪里的？"

"祁县塔寺村的。"

"塔寺村有个刘财东，你认识吗？"

渠传耀说着掏出了保函，说："认识啊，我的保函还是他给开的。"

渠本翘接过保函，说："那你为什么到太原来做学徒啊？"

"太原是大地方啊，离家远。"

"为什么要到离家远的地方呢？别人都想离家近啊。"

渠传耀背起双手，说："麻雀守家，大雁远飞，离开家才能做大事儿。"

渠本翘又是点头，说："那你想做什么大事儿啊？"

渠传耀摸摸头不好意思地说："我现在还不知道，再大点就知道了。"

"那你愿意跟着我做点小事儿吗？"

"愿意，小事我都会做。"

"为什么愿意跟我呢？"

渠传耀一本正经地说："我姓渠，您也姓渠，我们是本家，我愿意为渠家做事儿。"

渠本翘追问："你知道你是渠家哪一支的吗？"

渠传耀点点头："渠家忠义支的。"

渠本翘对着孙掌柜点点头，说："孙掌柜，我看可以了。"

孙掌柜走了过来，说："渠传耀。"

渠传耀挺了一下胸脯，说："在。"

"你被录用了，三年学徒，跟着东家五壶四把，没有假日，管吃管住，三年探亲一次，差旅费号里报销。你愿意吗？"

渠传耀很兴奋："我愿意，掌柜的。"

"好，那就跟着东家吧，希望你用心尽力，不要舞弊，日后一定能有大的发展。"

渠传耀一一鞠躬，说："谢谢东家，谢谢掌柜的。"

***

"东家回来了。"

渠本翘走进了院子，渠传耀背着个小包袱跟在后面。渠太太，乔石头，渠珍珍都迎了出来。

渠本翘对着渠传耀说道："这是太太。"

渠传耀向太太鞠了一躬，说："太太好。"

渠本翘看着太太，说："这是号上新招的学徒，让我领回家了，是塔寺村忠义支的，叫渠传耀，就在你身边帮个忙吧。"

渠太太面带微笑，说："长得眉清目秀的。"

渠本翘应和道："还是个鬼机灵呢。"

渠太太说着指了一下渠珍珍，说："这是你珍珍姐，以后干什么活儿啊，就听她的安排。"

渠珍珍一瘸一拐地往前走了两步。

渠传耀对着渠珍珍鞠了一躬，说："姐姐好。"

渠本翘看着渠珍珍，又看了一眼乔石头，问："这都是怎么了？"

乔石头不好意思地笑了笑，抹了一把脸上的灰，更成了大花脸，说："没事儿的，东家。"

"让小传耀跟你一起住，看他瘦的，多照顾他一下。"

"好的，东家。"乔石头上前接过了包袱，"以后叫我石头哥就行了。"

渠传耀又鞠了一躬，说："石头哥。"

一辆马车停在了门口，升儿和鹤儿跳下车，跑了进来。

"我们放学了。"

升儿一边跑一边说着："又来人了。"

鹤儿跑在后面，说："又是哪儿的石头啊？"

041

渠本翘微笑地看着两个孩子，说："升儿，鹤儿，这个小哥哥叫传耀，哥哥字写得很好，还会珠算，以后多向他学学啊。"

升儿抢先说："太好了，太好了。"

渠传耀又鞠一躬，说："少爷好。"

鹤儿打量着渠传耀，说："传耀，传宗耀祖。"

升儿推了一下鹤儿，说："又开始了，你总是爱说别人的名字。"

鹤儿躲在升儿的身后，说："能陪我们玩吗？"

升儿对着弟弟说道："人家一定是学徒，是来学本事的，怎么能陪你玩呢？"

渠本翘背着双手，说："好了，好了，你们都下去吧。"

其他人都各自退下。

渠太太对着渠本翘说道："看孩子们挺高兴的，要不就让小传耀做学童？"

"可以啊，让他们有个伴儿。"

渠本翘说着径直走向书房。

* * *

黄昏时分，余阳透过窗户打在桌案上，渠本翘提着笔，左手动了动桌案上的宣纸，躲过窗格的阴影。

乔石头带着张鸿寿走进了屋子，说："东家，平定的张鸿寿我接来了。"

张鸿寿上前行礼，说："渠先生。"

渠本翘没有抬头，说："鸿寿，你先坐一下，我马上写完了。"

乔石头赶忙沏茶。张鸿寿走了过来，边欣赏，边说："渠先生，您这是写谁的诗篇啊？"

渠本翘吹了一下墨迹，说："这是傅山先生的《丹枫阁记》。"

张鸿寿追问："是游记啊？"

"算是吧。"

"丹枫阁在哪里啊？"

"原来在祁县。"

"原来在祁县，那现在呢？"

渠本翘放下笔，说："已经被大火烧了。"

张鸿寿看着渠本翘问道："傅山先生能写《丹枫阁记》，那丹枫阁一定非常漂亮。"

渠本翘来了兴致，说："我也没见过，据说丹枫阁重彩朱红大漆，远远望去，红光满天，势比通天烈火，名曰神梦仙境。傅山先生游至此地，大受感慨，受戴廷栻之邀写了《丹枫阁记》。"

"原来如此啊。"

渠本翘挥手示意张鸿寿坐下，说："鸿寿啊，我找你来是想让你说说，平定那边的煤矿到底是怎么回事？"

张鸿寿坐了下来，说："渠先生，我也是毕业回去后才知道的，有个英国的福公司不许中国人开矿采煤，说朝廷给了他们六十年的采矿权，盂县、平定、泽州和潞安都是他们的。"

"平定当地现在是什么情况？"

"当地各界人士都已经开始了抗争。我爹张士林说，山河破碎，利源尽失，岂能无视？他已经拿出几千两银子，支持夺回矿权。"

渠本翘点点头，说："是要夺回矿权吗？"

"是啊。"

渠本翘又问："那怎么夺呢？"

张鸿寿语气坚定地说："游行啊，举标语，让衙门的人看到啊。"

"是朝廷给了英国人的采矿权，皇上应该知道这事儿，你们游行，举标语又有什么用呢？"

张鸿寿情绪激动地说："那也不能让洋人霸占我们的东西啊，这不就是亡国吗？"

渠本翘站起身，说："鸿寿，你就在我这儿住下吧，以后来太原府了，都可以在我这儿吃住。"

张鸿寿也站起身，说："渠先生，我不是游山玩水的，我想把洋人赶走，保住我的家乡。"

"知道了，那也得吃饭住宿啊！"

渠本翘转向乔石头说道："石头，你给安排好。"

乔石头答应了一声。

张鸿寿疑惑地问道："渠先生，您这就问完了？我还没有开始说呢。"

渠本翘拍了一下张鸿寿的肩膀，说："好了，天不早了，先去休息吧，咱们改天再聊。"

张鸿寿噘着嘴跟着乔石头往后院去了。

＊＊＊

太阳又要爬出来了，渠太太给升儿和鹤儿整理着衣服，说："去了学堂要听先生的话，好好读书啊。"

渠传耀背上箱篓。

渠太太拉着鹤儿往院子里走，说道："传耀啊，以后你就招呼少爷们读书，出去多长个心眼儿，他们不听话啊，你就回来告我。"

"放心吧，太太。"

鹤儿满脸的不情愿，随手拾起一条树枝，说："每天都要去学堂，真没劲。"

渠太太边走边说："鹤儿，你要知道，不是每个人都能去学堂的，你应该好好珍惜。"

鹤儿噘着嘴。

一辆马车已经等在门外，渠传耀放好板凳，升儿和鹤儿登上马车，渠传耀坐在车前。

升儿和鹤儿从车窗探出头，说："娘，再见。"

渠太太挥挥手，说："再见。"

马车行驶在街道上，渠太太目送马车远去。

鹤儿在车上指着渠传耀，小声对升儿说："哥哥，咱们有学童了，不用自己背箱篓了。"

升儿推了鹤儿一把。

鹤儿掰断手里的树枝，调皮地插在渠传耀背着的箱篓上。

＊＊＊

渠正财在街上溜达，渠家的马车从他身边驰过。渠正财的肚子里咕噜咕噜地响，他本能地摸了摸口袋里的碎银子，抬头四处踅摸着。路边一间店铺的牌匾写着"郝家面馆"，渠正财走进面馆。

044

渠正财找了个座位坐下，说："掌柜的，来一碗刀削面，外加一碗面汤。"

掌柜吆喝着："好了，刀削面一碗，送面汤。"

渠正财剥了两瓣蒜，见掌柜的端上了面就问道："掌柜的，需要伙计吗？我想寻个事儿做。"

"客官，我是有伙计的，今天他家里有事儿，明天就来了。你要寻个事儿做啊，对面的货仓需要人，零工，装卸货的，工钱现结。"掌柜指着门外。

渠正财转身看了一眼，拿起醋瓶，咕咚咚倒了一股子醋，端起面碗吃了个干净，不知是老陈醋的酸，还是刚出锅的面烫，他张大了嘴哈了一口气，顿感神清气爽，用袖子往嘴上一抹，说："掌柜的，结账。"

"好的，来了。"

渠正财走出面馆，站在货仓门口，看着招牌，十几个小伙子扛着麻包鱼贯而行，渠正财走进了货仓。

渠正财来到掌柜面前，问："掌柜的，还要人吗？"

货仓的掌柜叼着烟袋锅，打着算盘，瞥了渠正财一眼，说："这可是苦力啊。"

渠正财点头说："掌柜的，我有的是力气。"

掌柜低着头打着算盘，说："有体力也不一定能干了这活儿。"

"您让我试试。"

掌柜抬头看着渠正财，说："可以试工一个上午，如果干不了就算白干，不给工钱啊。"

渠正财赶忙点头，说："行行，我试试。"

掌柜指着货包，说："那你试试吧。"

渠正财走过去扛起一个货包，掂了一掂说："还行。"

掌柜吐了一口烟，说："那你走几趟。"

渠正财兴高采烈地应和着："好了，瞧好吧。"

渠正财加入了扛包的队伍，来回几趟就满头大汗。渠正财走在跳板上，麻包压得他左右摇晃，双腿颤抖得厉害，只能一小步一小步地挪着。所有人都因为他停住了脚步。有人已经急不可耐地喊："嘿，新来的小子，你行不行啊？不行就让开。"

渠正财越被催越紧张，更是挪不开步子，跳板上已经挤了好几个人。他喘着大气，汗珠子滴答滴答地往下掉，大声喊着："行的，行的，我行的。"

有人喊道："掌柜的，过来看啊，这人挡着道不走了。"

掌柜叼着烟袋锅子走了过来，在跳板下指着渠正财，说："你，下来吧。"

渠正财双腿哆嗦着，实在是坚持不住了，把肩头的麻包往下一卸，麻包砸在跳板上，跳板的弹性让所有人都失去了重心，几个人连人带货摔下了跳板。

一瘸一拐的渠正财走在街道上，见有一块空地，一个转身瘫坐在地上，大口大口地喘着粗气，拿起土块摔在了地上，说："渠本翘，乔石头，我跟你们不共戴天。"

"渠正财。"有人喊着他的名字。

渠正财抬头一看，说："二柱子。"

二柱子弯腰看着渠正财，问："你怎么坐在这里啊，你不是在火柴厂吗？"

"一言难尽，我辞工了。"

二柱子指着渠正财，说："你看你，像个乞丐似的，要不是你喊渠本翘，我都懒得看你一眼。"

渠正财脸色有点发红，问："二柱子，你怎么在这儿？不在村里种田了？"

"我来太原府一阵子了，在刘家牛房，就在隔壁。来来来，别说了，跟我进来。"

＊＊＊

渠正财跟着二柱子来到了刘家牛房。

二柱子拿出几个窝头和一小碟咸菜，递给了渠正财。

渠正财狼吞虎咽地吃着窝头。

"你慢点吃，别噎着，好像几天没吃饭似的。"

渠正财嚼了几块咸菜，口腔生津，窝头终于咽了下去，问："二柱子，

046

这东家是干什么的，怎么在城里面还养牛啊？"

"这养的牛啊，不是用于耕地的，是为了喝牛乳的。"

渠正财愣了一下，问："喝牛乳的，这谁能喝得起啊？"

"这牛乳啊是很贵的，但是买卖可好着呢，什么教会里的洋人啊，官府的太太，富商的子女都喝牛乳，我每天送牛乳都送不过来。"

渠正财看着二柱子问："那工钱也好吧？"

"牛房的东家姓刘，抠着呢，不过啊，管吃管住，也还行吧。"

"那你家里的地谁种呢？"

"我爹和我弟啊。他们种地能有点吃的就不错了，我挣点工钱，还能接济点儿家里。"

渠正财喝了一口水，说："那你这算混得不错了。"

"说说你，现在是怎么回事儿，怎么从火柴厂辞工了？"

"一言难尽啊。"

渠正财正准备把肚子的怨气说出来，一个人喘着粗气跑了进来，说："哥。"

二柱子站起了身子，说："三柱子，你怎么来了？"

三柱子停顿了一下，咽了下口水，说："哥，咱爹病了，恐怕是不行了，让我来叫你回去呢。"

"爹怎么了？"

"一直咳嗽，这几天喘不上气来了。"

二柱子着急了，说："那你等着，我给东家说一声。哦，还认识吗？这是咱们村的，你正财哥。"

三柱子点着头，说："正财哥。"

渠正财也点了下头。

二柱子转身往外走，说："你们等着啊，我去去就来。"

牛房的东家在房里抽着烟袋锅子，一副很享受的样子。二柱子直接冲了进去，说："东家。"

刘东家激灵了一下，说："喊什么，这么大声儿，吓我一大跳。"

"我爹病了，我想回家去看看。"

刘东家坐直了身子，说："回家？这正是产奶的节骨眼儿上，你这走了，这牛房可怎么办？"

"东家，刚才我弟弟才告诉我，我爹病得很重，估计怕不行了，我必须得回去啊。"

"那你走了，谁去送牛乳啊？这客人订的牛乳没人送，这不是砸买卖吗，再说了，我从哪里能马上找到帮工啊？不行，不能走。"

二柱子乞求着："东家，人命关天啊。"

"我买卖要是倒了，那也是人命关天啊。"

二柱子一抹头，说："哦，东家，我正好遇见了个同乡，现在就在咱们牛房呢，我让他顶我，你看怎么样？"

"那你给他说说看，如果他能干了你的活儿，你就可以回去看你爹。"

"好的，东家，我这就说说。"

二柱子急匆匆走了进来，问："正财，你愿不愿意留下来在牛房干活儿啊？"

渠正财一时摸不着头脑，问："什么意思啊？"

"我要是回村看我爹，这牛房就有个空缺，反正你也从火柴厂辞工了，就在这儿干吧，省得你流浪街头。"

渠正财犹豫一下，说："你们东家同意吗？"

"只要你愿意，我去给他说。"

"倒是还有人想请我过去呢。可如果我不顶你的工，就怕你们东家不放你走。同乡吗，相互照应吧，我就答应你吧。"

"谢谢啊，正财，那就跟我去见一下东家。"

"好的。"

二柱子带着渠正财见到了刘东家。二柱子说："东家，这就是我的同乡渠正财，我回家看我爹，您就让他顶我的工好了。"

刘东家上下看着渠正财，问："你跟二柱子是同乡啊？"

"是同村的，我们一起玩大的。"

"哦，那这么说彼此知根知底，那好的，你就留下来吧。"

二柱子弯了弯腰，说："谢谢，东家。"

"二柱子，那你把该干的活儿交代一下，把他教会了，你才能离开啊。"

二柱子拉着渠正财就走，说："好的东家，放心吧。"

***

三晋源票号内，孙掌柜正襟危坐，挺着笔直的腰板，打着算盘。两个英俊的伙计站在柜台里。

伙计闲得没事，双手揣进袖筒，来到正在记账的孙掌柜身旁，说："掌柜的，这一天了也没几单买卖，再这么下去可怎么得了？"

孙掌柜放下笔墨，不紧不慢地回答："买卖永远都是有好有坏，有旺有淡，耐得住性子，才能长久。"

伙计接住问："听说别家的票号要改成银行了，咱们票号什么时候改啊？"

"谁家的票号改了？听谁胡说的？银行是银行，票号是票号，谁说我们要改啊！"

"伙计们私下都在议论，蔚泰厚京城的李掌柜和总号的大掌柜闹得可凶了，都说蔚字号会首先改成银行。"

孙掌柜指着伙计："这些关你们什么事儿？改不改银行，那是东家和大掌柜的事儿，你们操什么闲心啊？"

伙计揣着手走开了，还说："您别生气啊，这不没事儿闲聊了？"

"闲聊也别瞎聊。再说了，改成银行对你们有什么好处？银行的规矩是洋人定的，和我们现在的规矩完全不同，到时候你们都得卷铺盖回家。"

"我们只是随便说说。"

孙掌柜瞪着伙计，说："还有，改成银行就没有自家的招牌了，你们也就没有自己的东家和掌柜了，还有谁能关照你们，就你们几个，只凭光眉俊眼顶个屁用，好好给我盯着柜台，别光胡思乱想。"

伙计不吭声了，低着头。

孙掌柜不依不饶："你们几个给我听好了，最近学生们上街游行，你们都不能去看热闹，让我发现了，一律开除。"

几个伙计相互看了一眼，嘴里嘟嘟囔囔。

＊＊＊

渠本翘的马车行驶在太原府街头，海子边东口人头攒动，街道两边挑筐的、担担的、推车的，把街道堵了个满满当当，马夫高举马鞭吆喝，乔石头坐在旁边问马夫："咱们这是赶上集市了？"

"是的，今天是初六。"

"那绕到桥头街走吧。"

车夫应了一声，马车转向桥头街。乔石头坐在车上看着两旁的店铺，一眼看见了榆次陈家油糕，那油锅咕噜噜地翻着油花，黄澄澄、香喷喷的黄米枣泥馅的开花油糕，吸引了一群人围观。

车子到了靴巷巷口停下了。

渠本翘掀起车帘看出去，问道："怎么停下了？"

"东家，到靴巷了。"

渠本翘放下了车帘，说："到亨升久鞋号北边的书业德。"

书业德是靴巷里的书店。马车停稳，渠本翘下车。渠仁甫已经站在马车旁。

渠仁甫搀扶了一下渠本翘，说："二伯，您来了。"

渠本翘抬头看了一下书业德的门楼子，问："大家都到齐了？"

"到齐了。"

渠本翘走进院子，左右观望了一会儿，说："仁甫，这宅子不错，啥时候买的？"

渠仁甫跟在身后，说："我现在只是买了后院的西楼，这院子有二十八间房，前店后宅，东西两楼。我其实是看上前面的书业德了，可他不卖。我就把他的后院买下了，我就每天盯着他，看他卖不卖。"

渠本翘停下了脚步，问："你是想买书业德？"

"是啊，想买下来。"

渠本翘笑了笑，说："你这样盯着他，他就卖你了？"

渠仁甫语气坚定地说："我要用我的诚意打动他，哪天我要买下了，就改名书业诚。"

渠本翘点了点头说："拿下最大的书坊，好想法。"

"还是二伯理解我。"

渠本翘突然转身往回走,说:"那我进去露个面儿。"

"二伯认识书业德的人啊?"

"可以说不认识,但不知道他们是不是认识我。"

渠仁甫紧跟着渠本翘。两人走进书业德,渠本翘低着头,翻着书。掌柜跟渠仁甫打着招呼:"渠东家,您又来了,我们东家不是跟您说了吗,这书业德啊,不卖。"

"掌柜的,别紧张,我不是来谈买店的,我是请客人来后院喝茶,顺便进来看看。"

掌柜看着渠本翘,问:"这是您的朋友啊?"

渠本翘抬起了头。

掌柜上下打量着,非常吃惊地问:"您是渠大人吧?"

渠仁甫接了一句:"这是我二伯,渠本翘。"

掌柜赶紧抱拳道:"渠大人,失礼失礼,我们东家今天不在,我在这有礼了。"

"没关系的,今天我是来世侄这儿喝茶,所以进来看看。"

掌柜满脸堆笑地说:"渠大人,我们东家总是念叨着您,说找个机会报答您,可听说您去东洋做使节去了,一直也联系不上您。"

"哦,已经回来了,今天只是碰巧进来看看。"

掌柜弯腰说道:"渠大人,既然您都来的,就多坐一会儿,我派人赶紧去找东家。"

渠本翘拿起一本地图,说:"不必了,我这就走了,这本地图是新出的吗?"

掌柜看了一下,说:"是啊,这是《大清帝国全图》,是上海商务印书馆发行的,刚刚出版的。"

渠本翘打开翻阅着,说:"这就是我们中国全部的版图啊,我买一本。"

"这本地图就送您了。"

"那可不行,怎么能白拿呢?"

"您还是先在这儿坐一会儿,我让伙计叫东家过来。"

渠本翘边说边往外走:"后院还有好多朋友在等着我。仁甫,那一会儿你给掌柜的结了书钱。"

渠仁甫应了一声。

掌柜跟在后面，说："渠大人，真让我过意不去，都来店里了，连杯茶都没喝。"

"没关系的，问你们东家好啊。"

渠仁甫跟着渠本翘走向后院，仁甫说："二伯，这掌柜的满口感激的话，您这是对书业德有恩啊？"

渠本翘边走边说："也说不上有恩，戊戌年间，书业德卖梁启超的书籍，官府抓了他们东家，是我帮着周旋了一下。"

"难怪掌柜的这么客气啊。"

"我就帮了一个小忙。"

"这还小啊，这是人命关天的大事儿啊。"

"快走吧，楼上的一定等急了。"

渠仁甫笑了笑，说："二伯，你可要有思想准备啊，他们一定会怪你迟到的。"

两人走上了楼梯。

＊＊＊

渠府院内，渠珍珍坐在台阶上做针线活儿，张鸿寿从后院走了出来，说道："你好，姑娘，做针线呢？"

渠珍珍扭头问道："你是谁啊？"

"我是渠先生请来的。"

渠珍珍看着张鸿寿问："哦，您是石头哥昨天接过来的吧？"

"对啊，是乔石头接我过来的。"

渠珍珍一边认针，一边说："东家和石头哥一大早就出去了，您随便转转吧。"

张鸿寿坐在台阶上，说："那我就坐这儿，和你聊会儿天吧。"

渠珍珍站起身，说："我给您搬个凳子去。"

张鸿寿一把抓住做针线活儿的笸箩，说："不用，不用。"

针线撒了一地。张鸿寿赶紧起身帮着收拾，渠珍珍将东西收拾起来，一根针掉进石头缝隙。渠珍珍怎么也拿不出来。张鸿寿很尴尬地说："不好意思，姑娘，给你弄撒了。"

渠珍珍一边勾着针，一边说："没关系的，是我没拿好。"

张鸿寿看着渠珍珍在石板缝里钩针，问："怎么了，是针掉进去了吗？"

"是的。"

张鸿寿看了一下石头缝里的针，猛地站起身来，说："看我给你变个戏法吧。"

渠珍珍疑惑地看着张鸿寿，问："变什么戏法？"

张鸿寿从口袋里掏出一块小石头，说："给我一点线，我就能把你的针弄出来。"

渠珍珍扯了一截线递给张鸿寿，问："您这是要干什么？"

张鸿寿用线绑住了小石头，说："你就看好吧。"

张鸿寿拽着线头把小石头放进石头缝，针被小石头吸住，拽了出来。

渠珍珍眼睛睁得很大，嘴都张开了，说："好神奇啊，您这是怎么个戏法啊？"

张鸿寿把针还给渠珍珍，拿着小石头得意地说："这叫磁石，也叫吸铁石，针是铁的，就被我的吸铁石吸出来了。"

"您怎么有这个东西啊？"

"我是山西大学堂西斋的学生，我是学矿业的，这磁石就是一种矿石。"

渠珍珍很兴奋，也觉得和这个人近乎了许多，便问："我怎么称呼您啊？"

"我姓张，我家是平定的。"

渠珍珍脱口就说："那就叫您张公子。"

张鸿寿笑道："你叫乔石头都叫哥，为什么不能叫我哥啊？"

渠珍珍搬来凳子，说："您先坐，再说说您的吸铁石啊。"

＊＊＊

渠本翘和渠仁甫上了书业德后院的二楼，渠仁甫抢前几步推开了屋门。渠本翘见乔尚谦、常赞春、常旭春在喝茶聊天，便说道："诸位，对不住，我来晚了。"

常赞春首先开口："我们的大官人总算到了。"

乔尚谦绷着脸说："咱们这个读诗会啊，缺你开不成。"

"我这不是到了吗？"

常旭春也埋怨着："就是因为你这个大忙人，弄得聚聚散散，停停断断的。"

乔尚谦不依不饶地说道："官越大，架子就越大，要不是仁甫的撺掇，这次聚会还不知道等到何时？"

渠本翘边坐边说："小舅舅大脾气，我以后不做官了，咱们就定期定时读诗。"

乔尚谦接了话茬："你做官上瘾，难说你还去不去。"

渠本翘看着乔尚谦，说："你看看你们，我就晚到了一会儿，这矛头都对着我了。你上次给松本摔杯子，让我好丢面子，我都没怪你。今天应该罚你先开诗。"

渠仁甫端上一杯茶，说："二伯其实早到了，陪我在楼下办了个事儿。二伯，你先尝尝今年的新茶。"

乔尚谦叹了一口气，说："酗酒摔杯实不该，理当作诗自罚之，那我就先开始了。"

渠本翘接过茶杯，说："小舅舅的这个态度是值得肯定的。"

乔尚谦润润嗓子："先生骨鲠世无齐，年少也曾读书来。一入棘围天颜动，重做陶令吾欲回。"

常赞春点点头，说："筱山兄，这随口就来的还真不错，有感而发啊。"

乔尚谦对常赞春说道："诗词随性，当然要有感觉了，你接几句啊。"

常赞春咳嗽了一声，说："读君诗文见君心，知君仍是读书身。半生碌碌饥寒态，一世耿耿节义臣。"

乔尚谦笑了笑，说："过奖了，过奖了。"

常赞春兴致来了，说："为官能叹宦囊苦，治民已蒙恩佑深。从此不小七品吏，仁人迹处万类欣。"

"好诗。"

"精彩。"

"佩服。"

渠本翘、乔尚谦和渠仁甫不约而同地鼓掌称赞。

渠本翘感慨道："赞春虽吟乡曲，无补国事，然陶铸人才，砥砺士风，使国脉不绝，其功不小。小舅不喜迎合，却有箕山颍水之志，诗风沉郁。"

渠仁甫拍着手道："真是太精彩了，今天我可是开眼了。"

乔尚谦转问渠仁甫："仁甫，你可感悟一二？"

渠仁甫站在椅子后面答道："我就是旁听，怎敢妄加评判？只是疑惑为何诗句多有贫苦穷愁之句，不堪负载家累之叹。你们也乃名门望族，为何抒发愁苦之言？"

乔尚谦对常赞春说道："仁甫年轻，不知子襄内心之意。"

常赞春哈哈大笑："楚南知我，你给倒歇倒歇。"

渠本翘放下茶杯，说道："叹老嗟卑，此乃诗风，不关家贫。诗之悲苦，表达在国家支离，民生凋敝，仕途无望，乡愁别绪。"

渠仁甫连连点头，道："哦，是这样啊，我明白了。"

乔尚谦说道："当下洋人进犯，朝廷疏堵不力，一味退让，只怕河山不保，此时诗风哪有不悲的理由？"

常旭春接过话："听说英国人已经签了山西矿权六十年，甚是可悲。"

乔尚谦站起身大声说道："乡国矿产富五都，一纸错约满盘输。"

常旭春补了一句："山河破碎，利权尽失啊。"

乔尚谦情绪激动地说："楚南，咱们能做点什么啊？矿存则山西存，矿亡则山西亡啊。"

渠本翘叹了口气说："朝廷都已认可，我等又怎奈何？"

"总不能就这么看着吧？"

渠本翘对着乔尚谦说："不看着怎么办？再说了，英国人不会退出的，就算退出了，我们怎么办？你们会采煤吗？"

乔尚谦态度坚定地说："那也得赶走洋人，夺回矿产，合力自办才是公平正义。"

渠仁甫赶紧插了一句："上尊国体，下顺舆情，山右矿业，晋人自办。"

常赞春马上打断，说道："自办，哪有那么容易啊？"

渠仁甫眉头一皱，低声细语地说："我是在给二伯打气。"

渠本翘看着手里的玉秤砣，说："的确不容易。"

常赞春感觉气氛僵硬，便说："国家大事我是爱莫能助啊，还是回到现实生活中来吧。仁甫，你是年轻人，别受这些悲悲切切诗词的影响，你给咱们来一首活泼的、欣欣向荣的。"

渠仁甫搓了搓手，说："都是长辈，哪能轮到我啊？"

常赞春哈哈一笑，说："青出于蓝而胜于蓝，长江后浪推前浪，你还怕超过我们啊？"

乔尚谦噘了噘嘴，说："我倒是希望他超过我，就看他有没有这个本事了。"

"好吧，我就献丑了。"渠仁甫往前走了两步。

"好雨当春过一犁，风微云敛晓烟迷。村边高树笼轻雾，道上行人踏浅泥。鸭泛浮光塘水漫，莺沾余湿柳枝低。田家处处欢声起，共道渐渐麦秀齐。"

常赞春伸出了大拇指，说："好，这才是青春洋溢啊。"

乔尚谦点头道："后生可畏。"

渠仁甫面带微笑说："各位长辈见笑啊。"

渠本翘目视了一下众人，说道："看到没有，我们还是有希望的，但愿我们的家园变得郁郁葱葱，我们的子孙后代处处欢歌笑语。"

***

鹤儿和七八个孩子端坐学堂，渠传耀蹲在门口偷听。白胡子老先生慢悠悠地说："非常遗憾地告诉大家，我明天就要回老家了，这是我给你们上的最后一堂课。"

鹤儿鼓掌道："好啊，不用上学了。"

众人哄笑。

"啪"的一声，老先生的戒尺打在了桌上，气愤地说："渠晋鹤，你胡言乱语什么？"

鹤儿不以为然，回道："您回老家了，我们就没有老师了，就不用上学了，我没胡说啊。"

众人又是哄笑。

老先生瞪着鹤儿，说："我不给你们上课，还有其他老师上课。朝廷已颁布规章，废除科举，以后你们要学新学了，我这八股儒学没有了。"

鹤儿站起身，问道："先生，您就回家好好休养吧。"

还是哄笑。

先生一拍戒尺，说："你给我坐下！虽说规章不能违，但老夫还是心存疑虑，新学是好，了解了理化生物，但你们何以致用啊？都说八股儒学虚而不实，可治国的根本在于礼仪教化，不能因为我们跟洋人打了败仗，就舍弃本而逐其末，坚船利炮只是表象，内修于心才是精髓所在。我管不了你们今后的仕途前景了，我只尊重我的内心所想，今天最后教你们一次我的所长。"老先生捋着胡须。

"八股分为破题、承题、起讲、入题、起股、中股、后股、束股。以前我们做的对课练习就是为做八股文做准备的，大家还记得吗？"

学生们拉长声调："记得。"

老先生走到了鹤儿的桌前，鹤儿摇摇晃晃打着瞌睡。

"啪"的一声，戒尺打在桌子上，鹤儿猛地惊醒。满堂大笑。

老先生指着门外，说："你给我出去，罚站。"

鹤儿低着头走出课堂。渠传耀蹲在地上跟鹤儿挤眼睛。鹤儿不理睬渠传耀。屋里传出先生的声音："一直给我站着，敢坐下就打十戒尺。"

鹤儿在门外面站了很久了，渠传耀在下面拉着鹤儿，鹤儿不敢坐下，渠传耀跪在了地上，让鹤儿坐在了身上。

"铛铛铛"下课的铃铛声响起，学生们都冲出了课堂，跑到院子里。渠传耀跑到了墙根。升儿从其他屋子里跑了出来，看见鹤儿站在门口，赶紧跑了过来问："鹤儿，你怎么了？"

鹤儿噘着嘴："我被罚站呢。"

"你又捣蛋了啊？"

"没有捣蛋，就是顶了几句嘴，打了一会儿瞌睡。"

"那你给先生认错没？"

鹤儿噘着嘴说："我认什么错啊？我没什么错啊。"

"没错，没错先生罚你站啊？"

"这是多大的错啊？"

"一会儿先生来了赶紧认错啊。"

鹤儿噘着嘴不吭声了。

先生手拿戒尺走了出来问："渠晋鹤，你知道错了吗？"

鹤儿哼哼唧唧满脸不情愿，升儿在一旁用手推着鹤儿，鹤儿低声说道："知道了。"

"啪啪啪"，先生用戒尺敲打着墙壁，说道："大家都静一静，你们也都来听听，他错在哪里？"

学生们都安静了。

"你错在哪儿了？"

"我不该顶嘴。"

"错不在此。"

"我打瞌睡了。"

"这也无足轻重。"

鹤儿委屈地看着老先生，问："那我错在哪里了？"

"罚站不是目的，是要通过罚站让你自省，知道错在哪里。"

升儿向先生鞠了一躬，说："先生，渠晋鹤是我弟弟，他年龄还小，自悟能力还差，您就给点悟一下吧。"

老先生放下了戒尺，说："你们的父母给你们出银子，把你们送到学堂，你们可能都认为是为了学文识字，却忽略了在学堂要学的最重要的东西，你们知道是什么吗？"

学生你一言我一语地说道："我们就是来学文识字的啊。"

老先生非常认真地说："来学堂除了学文识字，最重要的是要学习规矩的。"

"规矩？"

"对，规矩。西汉时期的文集《淮南子》就告诫我们：'矩不正，不可为方，规不正，不可为圆。'可知规矩的重要，讲规矩，守规矩，才能井然有序，你们在家，要守家里的规矩，在学堂，要守学堂的规矩，走到哪里都要遵守规矩，这一点是最重要的。"

鹤儿插嘴："先生，您说的是什么规矩呢？"

"仁义礼智信，温良恭俭让，忠孝廉耻勇，这些都是规矩。在学堂上睡觉，不服教训，强词夺理，这就是不守规矩，你知道错在哪里了吗？"

"好像知道了。"

"渠晋鹤，不要以为事情虽小，我是小题大做。规矩是一把尺度，衡量着一个人的是非曲直，破坏了规矩，就得受到惩罚，我只是给你罚站，如果我不纠正你，以后也许你会犯了大错，那时你就后悔不已了。"

"我明白了，先生。"

"叮叮叮"，上课的铃铛响起，学生们跑回各自的课堂。老先生背着手踱了几圈，问道："你觉得委屈吗？"

鹤儿支支吾吾。

"我希望你能觉得自己委屈，因为你长大以后会遇见各种各样的委屈，但是不一定是真正的委屈，有些很难解释，有些并不需要解释，最好的办法就是自我反省，转换了心态就可能成为强大的动力。鹤儿，我相信你是个好孩子，一定会想明白的，你可以进课堂了。"

鹤儿鞠了一躬说："谢谢，先生。"

渠传耀趴在窗户上看着。

＊＊＊

天近黄昏，乔石头跑进了客厅，说："东家，张鸿寿带了一位客人来。"

话音未落，张鸿寿已经走了进来，说道："渠先生，我给您带来了一个人，您看认识吗？"

渠本翘抬头打量着来人，问道："你是？"

刘懋赏拱手行礼，说道："渠大人，一年前在日本是我给您添的麻烦。"

渠本翘突然想起了什么，说："你就是那个被日本军警抓起来的小老乡，你叫刘懋赏。"

"是我啊，渠大人。"

"你什么时候回国的？"

"我刚刚回来，就遇见了张鸿寿，他说在您家里住，我就来拜访您了。"

渠本翘招呼两人坐下，说："石头，上茶。"

张鸿寿转脸问着刘懋赏："你还被日本人抓过啊？"

"在日本留学时，我从东京到横滨去看同学，和一个日本人打起来了，

059

结果进了警察局，是渠大人把我保出来的。"

渠本翘坐定后问道："在日本和你一起的好像还有一个姓冯的山西同学？"

"叫冯济川，他也回来了。"

"你和张鸿寿怎么认识的啊？"

张鸿寿看了一下刘懋赏，说："他是中斋的师兄，那天保矿人士开会，我们遇见了。"

刘懋赏接着说道："孙文先生在日本成立了中国同盟会，很多山西同乡都参加了，同盟会首要的宗旨就是驱除鞑虏，恢复中华。满清政府软弱无能，洋人已经侵占了我们太多的地权、路权和矿权。我在日本就听说了家乡的矿权被英国人霸占，这次回国就是为了山西的矿权，回来第一个想见的人就是您，正好遇见了张鸿寿。"

渠本翘手里把玩着玉秤砣，面朝门外长叹一声，说道："《马关条约》后紧接着就是《辛丑条约》，朝廷已经无力承受，洋人已欺我太甚，我赞成强我中华，但不要在这里提推翻朝廷。"

刘懋赏接话道："根朽枝枯，孙文先生看到了这一点，才提出要建立民国。"

"孙文先生的言行过于激进，虽然国难当头，但老百姓要的是安居乐业，剜肉医疮必会伤及无辜。"

刘懋赏力争说服渠本翘："矿权即地权，矿失即地失，地失即国亡，没有了国家，百姓如何安居乐业？"

渠本翘看着窗外，说："满朝官吏，自有考虑。自做自事，不要越俎代庖。"

刘懋赏站了起来，说："渠大人，国家兴亡，匹夫有责，袖手旁观，只能做亡国之奴。"

渠本翘来回踱着步说："你们刚出学堂，涉世不深，容易被激进思想所左右，为国担忧是应该的，送你们出国留学，就是为了让你们回来为国家排忧解难。治国不比治家，'国破则家亡'这句话不仅仅适合外敌入侵，同样适合内部的崩塌。"

"渠大人，我知道您肝胆忠烈、忧国忧民，所以才找您探究出路。国之将倾，何以扶之？"

渠本翘停住脚步，说道："矿失收矿，地失收地，矿在地在，地在国在。虚论浮谈，只能是误国误民。"

张鸿寿兴奋地跑了过来，说道："渠先生所言极是，得寸则寸，足履实地。"

刘懋赏追问了一句："渠大人，您的意思是？"

"咱们去一趟平定吧，看看真相。"

刘懋赏和张鸿寿抱在了一起，同时说道："太好了。"

第三章

楚南亲赴平定考察实情
知府断案智斗蛮横英商

***

黎明时分，渠本翘、刘懋赏、张鸿寿和乔石头策马直奔平定，高山峻岭之间，泛起一道尘烟。

几个人奔上一道高岗，张鸿寿拉住了缰绳，说："渠先生，你们看，前面就是我的家乡，美丽的大平定。"

刘懋赏手搭凉棚张望，说道："这地方表面上看不算富庶，可这片土地下面藏着挖不完的宝藏。"

张鸿寿眺望着远方说："是啊，都是黑金子。"

渠本翘转向张鸿寿问道："我们先去哪里？"

"先去我家，我已经给我爹传信了，他一定在等着我们呢。"

"好的，走吧。"

几个人策马扬鞭，马蹄下石子儿飞溅。

山坡前一个巨大的石头山门，正中间雕刻四个大字："银圆山庄"。四人在"银圆山庄"前下马。银圆山庄的主人张士林已经在门口等待多时。

张士林上前一步，拱手行礼道："渠大人，平定人士张士林在此恭候大人光临。"

渠本翘拱手回礼道："张东家，客气了。"

"以前虽未谋面，但渠大人的名气，似当空皓月，士林久仰了。"

"张东家，此行平定，乃个私旅行，不必官谓。"

张士林把手一挥，说道："好的，渠东家，请。"

众人走进银圆山庄。

张士林边走边说道："渠东家，鸿寿乃我长子，在学堂的时候，每次提到渠东家都是欣喜若狂，此次他去太原遇见了渠东家，就捎信给我。我让他一定动员渠东家来一趟平定，来光顾一次银圆山庄，此乃我张士林之幸事啊。"

渠本翘环顾山庄回应道："楚南也久仰士林兄的威名，只是一直无缘相见，此次拜访银圆山庄，得见山庄气势宏伟，别具一格，果真名不虚传啊。"

张士林哈哈大笑道："银圆山庄乃山野之居，怎比渠家大院？其占地半城，威名八方啊。"

渠本翘摇头说道："徒有虚名。"

"渠东家不必过谦，不过我这个山庄与你们晋中大院的风格不一样，它是坐西朝东依山而建，建筑由高到低逐层兴建，随形生变，依势而曲，一共有十层。"

"看出来了，这种层峦叠嶂的感觉就像是个气势恢宏的城堡。"

"还真让您说中了，我这山庄啊，暗道交错，表面看是个宅院，关上门啊，那就是个严实的城堡。对面还有一股观音泉，四季有水。"

渠本翘观察着四周，说："这石雕和砖雕可谓精彩绝伦。"

"那也比不过你们渠家大院的造诣啊。"

"张东家真是太客气了。"

众人正厅落座。渠本翘对着乔石头招了一下手，石头急忙上前。

"我给您带了点渠家茶庄的砖茶，请张东家尝尝。"

张士林说着接了过来："呦，渠家川字青砖茶。"

"张东家品尝过这茶吗？"

"何止是品尝，只要我用三个指头在这三道沟上一按，就知道是不是正宗的川字茶。"

"没想到张东家如此了解川字茶。"

张士林补充道："渠家茶庄的茶叶盛名远扬，堪称茶道上的楷模。"

"张东家一路盛赞，让楚南难以为颜。"

"渠东家不必客谦，初次见面，实感惺惺相惜。"

渠本翘呷了一口茶说道："张东家，楚南此次平定之行，是为矿权而来。学生们在太原府游行抗议，我大致了解一些，此次是想来平定听一听看一看。"

"渠东家，英洋人与朝廷签约山西矿权已有几年之久，一直按兵没动，直至今年阳泉铁路修通，他们就开始埋桩划界钻孔勘探。"

渠本翘放下茶杯，问："平定府衙是什么态度？"

"因为英洋人拿的是朝廷的约章，平定府衙也无可奈何，睁一只眼闭一只眼，朝廷还下令平定府衙协助洋人查封私窑，不准出煤，这才引起众怒。"

渠本翘看了张鸿寿一眼，说："此次鸿寿到太原府，驰援学生集会游行，才知张东家已在平定举义抗争。楚南身为矿业协会会长，深感事态严重，但是不敢妄为，所以才亲赴平定一看究竟。"

张士林接过话题说道："渠东家，我张士林也是个买卖人，本乐见与洋人合作，互通有无，互取之需。可这英国福公司却强占土地，驱赶国人，独占矿权，实为掠夺。煤炭乃百年生物，取之不复，所以才出头阻拦。"

刘懋赏接过话："听说是英国女王看中了平定煤炭燃尽无烟的特性，特许皇室专用。"

张士林点点头说："福公司就是为此而来。"

张鸿寿插了一句："听说这个福公司来头很大，其股东都是皇室成员。"

刘懋赏哼了一声，说道："我在日本还听说，朝廷和洋人所签的协议极不公平，大头利益都在洋人一方。"

张鸿寿接过话："我们学生也是看不惯朝廷为了讨好洋人变卖家底的做法。"

张士林看着渠本翘，说："渠东家，您现在是山西商会的会长，也是矿业协会的会长，煤矿乃咱们山西的资产，这要是让洋人夺走了，我们就少了造福子孙的根本了。"

渠本翘回应着："此事重大，关乎民生社稷和外事规章，如何解决，我尚未理出头绪。"

张士林站了起来，说道："此事不急，渠东家能来平定实属不易，多住几日，从长计议。先吃饭休息，稍后去实地看看。"

***

张士林带着渠本翘几个人来到矿山，漫山遍野都是印有"福公司"的三角旗。

张士林面对渠本翘说道："渠东家，您看看，我大清国土，现在到处都是洋人的旗帜。"

渠本翘拔掉一个旗子拿在手中，说："福公司。"

张士林点点头，说："就是这个福公司，英国人的公司，现在在平定到处探矿、测量，还插旗子。"

几个人来到一个被封的坑口。坑口被木桩子封住，周边插着福公司的三角旗。

渠本翘仔细看着坑口，说："这就是我们当地的煤窑啊？"

张士林站到了煤窑的坑口旁，说："是的，本地的小煤窑一律不能采煤，坑口都被他们封住了，好几个煤窑主因为抗争被打了。"

"如果被打，可以报官啊？"

"不能指望官府啊，他们不敢得罪洋人，一有纠纷就是和稀泥。"

刘懋赏接过话："所以说，孙文先生主张驱除鞑虏是对的，不革命就不能从根本上让国家强大。"

渠本翘看了一下刘懋赏，说："要让国家强大，不能只靠简单的口号，我们现在是想解决英国人占矿的事儿。"

张鸿寿向前一步说："那我们现在能做什么呢？"

张士林指着那些三角旗，说："现在我们能做的就是拔旗子。"

张士林向家丁挥了挥手，说道："来人，给我把洋人的旗子全部拔掉，立上我们的标志。"

张士林的家丁冲上前去，拔掉了三角旗，在山石上刷上"固本""矿界"字样的红漆。

山头岩石旁一个放哨的人，瞭望见此场景后，转身跑下山去。

放哨的人上气不接下气地跑进了福公司的院子，买办安原书迎面挡

065

住，结巴地说着："着着着什么急啊？"

放哨人喘着粗气说："不好了，有人在山上拔旗子呢，我要报告萧蜜德先生。"

安原书瞥了来人一眼，说："报报告也是我报告，你你跟着我。"

安原书带着放哨人走进了里屋，安原书说："萧萧蜜德先生，有人，有人拔拔旗子呢。"

萧蜜德趴在桌子上看着地图，抬起头，问："什么人，在哪里拔旗子？"

安原书对着放哨人："是，是，你你说。"

放哨人向前一步，说道："萧蜜德先生，我刚才在山上看见七八个人，在拔福公司的旗子，还在那儿刷油漆。"

萧蜜德一脸严肃地问："都是什么人，这么大的胆子？"

"我只认识有银圆山庄的张财东，其他人不认识，感觉像是外地人。"

萧蜜德背着双手，说："管他们是谁，他们敢拔大英帝国的旗帜，这种挑战绝对不能容忍。怀特，带上枪，牵着狗，上山。"

怀特应了一声，跑了出去。

萧蜜德穿衣整装。安原书转身要走，说道："萧萧蜜德先生，那我那我也走了。"

萧蜜德大喊一声："安，你去哪里？"

安原书转身回答："您您太太让我买牛牛奶。"

"你先跟着我上山。"

"可牛牛奶，谁买？"

萧蜜德穿好了衣服，说："什么时候了还去买牛奶？先上山，回来再说。"

萧蜜德带着安原书走出屋门。怀特和两个英国人已经等在门口，三人手持长枪，肩挎子弹带，全副武装，牵着一只大狼狗。

萧蜜德一挥手说："上山。"

几个人快步走出院子。

***

张士林指挥手下人涂刷油漆。

066

"东家，洋鬼子来了。"有人喊道。

"不要管他，继续干。"张士林扭头看了一下。

萧蜜德和安原书等人赶奔到现场，狼狗狂吠，萧蜜德拿起被拔掉的旗子，说："住手，你们是在干什么？"

张士林双手叉腰，说："我们在我们自己的土地上干应该干的事情。"

"这是我们大英帝国的旗帜，旗帜所在之处，就是大英帝国之所在。"

张士林不屑一顾地看着萧蜜德，说："什么大英帝国，这里是大清的国土，轮不到你在此说话。"

"我们和大清国政府是有协议的，协议规定这片土地归我们使用。"

"什么狗屁协议？这里天高皇帝远，协议不好使。"

"你们就是一群刁民。"萧蜜德一挥手，说道，"来啊，把大英帝国的旗帜全部插上。"

张士林带头冲了上去，喊道："看你们谁敢插旗。"

双方人员争夺旗帜，扭打在一起。

"嘟嘟"，安原书吹响了哨子，怀特牵着的狼狗狂吠着，两个洋人拉开架子举枪瞄准，张士林的家丁手举棍棒形成对峙。

刘懋赏和乔石头上前用身体挡住了渠本翘。

"住手，全部住手。"

平定州知府王为干率领衙役赶到。王为干一边跑，一边大喊："住手，全部住手。"

双方停止了争抢。

王为干站到了双方中间，说："萧蜜德先生，这是我的地盘，出了乱子本官不好交代，请收枪。"

萧蜜德一挥手，怀特等人持枪后退了两步。

王为干转脸对张士林说："张财东，您怎么又要动武了啊？不是说好了吗，您有什么事情直接找我啊，您与洋人动武，万万使不得啊。"

张士林拱手行礼道："王大人，您也看到了，这大清国土上插满了洋人的旗帜，这能让我不动武吗？"

王为干安抚着张士林说道："张财东，插个旗子算什么啊？洋人能不能开矿，那是朝廷决定的事情，不是我们能管得了的。您带着家丁与洋人动武，这是不合规矩的。"

张士林不服气地问："插旗子还是小事儿吗？你问问这个洋鬼子，他插旗子可不是为了好玩好看。"

王为干转向萧蜜德说："萧蜜德先生，这荒山秃岭的，您插旗子是为何公干啊？"

"知府大人，我们和你们政府签了协议，你是知道的，这里的矿区是归我们大英帝国福公司的，我们插旗子是为了做标记，任何人不得入内。"

张士林指着萧蜜德，问王为干："听到了没有？洋人这是霸占矿区，您是朝廷的官，那您来评评理，给个公平的交代。"

"如何评判也不是一句半句就能说得清楚啊，张财东，您带这么多人上山拔旗子，实为不妥啊。"

王为干又看了一下渠本翘问道："这几位不是本地人吧？"

张士林指着渠本翘说道："这位是四品补用道渠本翘大人，祁县渠家的少东家。"

王为干急忙行礼道："渠大人在此，下官有所不知，恕本官无礼。"

渠本翘回应道："王大人，张财东带我上山巡游，这漫山遍野都是洋人的旗帜，据洋人所说这旗帜所在之处就是大英帝国所在之地，这不就是霸占土地吗？希望王大人以我大清利益为重，秉公执法。"

王为干答道："本官吃大清之俸禄，为朝廷尽责，不敢怠慢。本官对渠大人早有耳闻，今有幸相见，不如随本官一同前往州衙，平息此事。"

"好啊，我愿意随同前往。"

王为干一挥手，说："全部带回府衙。"

张士林甩着手走到前头，说："走到哪里，也得讲理。"

众人下山。

下山小路上，张士林瞅准机会对着张鸿寿使了个眼色。张鸿寿会意，落在了后面，趁官兵不备藏到了路边树林里。

张鸿寿跌跌撞撞冲进了黄府，喊："黄叔伯，黄叔伯。"

黄守渊从屋里迎了出来，问："鸿寿，你怎么来了？"

张鸿寿喘着大气说："黄叔伯，我爹和渠先生被官府抓走了。"

"哪个渠先生？"

"祁县渠家少东家渠本翘。"

"渠东家怎么来平定了？"

"您别问那么多了，赶快救人吧。"

"人现在在哪儿呢？"

"让王知府都带到府衙了。"

黄守渊大喊一声："楞脖子。"

楞脖子在旁边答应了一声："我在。"

黄守渊一边走一边说："敲锣，带上家伙，去府衙救人。"

楞脖子跟在黄守渊身后敲着两短一长的锣点，Duang Duang Duang。街道上各家大门打开，人们拿着锄头、铁锹、棍棒，加入了队伍。

***

张士林和萧蜜德带着各自的人来到了衙门。府衙里，两拨人左右落座，王知府端坐中央。

"啪"，王为干一拍惊堂木，说："本官今日开堂审理聚众打架一案，双方报上姓甚名谁。"

张士林打断了王知府的话，说："知府大人，这明明是矿权纠纷，这怎么成了打架了？"

王为干不以为然地说："本官只看见聚众打架。"

一名衙役冲了进来，说："大人，打架了，打架了。"

王为干瞪着衙役问："慌张什么，大人不是正要审理打架吗？"

"不是，大人，是门口打起来了。"

"什么人这么嚣张，敢在我府衙门口打架？"

"报告大人，是本地乡绅黄守渊带人把看门的衙役打了，说是要进来救人。"

王为干拂袖起身说："岂有此理，这个黄守渊吃了豹子胆了，我一定严惩不贷。"

王为干怒气冲冲来到门口，大声呵斥："黄守渊。"

黄守渊挺直腰板站在门口，差点与王为干撞个满怀。王为干抬头一看，黑压压一片人都带着锄头铁锨，马上改口："黄乡绅，您这是来干什么啊？"

黄守渊不卑不亢地说："王大人，您要抓人得要个理由吧？这大清国度，朗朗乾坤，想抓人就抓人，这不好交代吧？"

"黄乡绅，你所言差矣啊，我什么时候抓人了？你说得我一头雾水啊。"

"王大人，男子汉敢作敢当，你做了什么事情，自己最清楚。"

"我还真的不清楚，还望黄乡绅提个醒啊。"

"张财东和渠东家现在在哪里？"

王为干哈哈一笑，说："哦，你是说张财东他们啊，你可是冤枉我了。我是请他们来府衙了解情况，再说了渠大人也是四品道员，我怎么敢抓人呢，我是请渠大人一同监督办案。"

"我要见人为安。"

"这没问题，那就请黄乡绅一同参加啊。"

黄守渊走进大门，衙役挡住了楞脖子等人。黄守渊扭头说道："你们在门口等着吧，我进去看看。"

黄守渊快步走向张士林，说："士林兄，你没事儿吧？"

张士林站起身说："铸公，你来了。"

"鸿寿给我传的信儿。"

张士林赶紧给渠本翘介绍："渠东家，这位是我们平定保矿的领头人黄守渊。"

黄守渊拱手行礼道："在下黄铸卿。"

渠本翘站起身拱手道："铸公辛苦。"

张士林说道："渠东家头次来咱们平定，我就怕有什么闪失，所以就让鸿寿给你传个信儿。"

黄守渊点了一下头说："我一得到信儿，就带来了几十人。"

王为干坐到了台案前面，拍了两下惊堂木，说："肃静，肃静，我们继续开堂。我们说到哪里了？"

张士林等人坐了下来，说："大人，还要报名吗？"

王为干严肃地说："对 对，报上姓名。"

张士林一肚子的火，说："本人，大清国民张士林，平定人士。"

王为干向萧蜜德抬抬手，说："该您了。"

萧蜜德疑惑地问："什么该我了？"

王为干一字一句地说："您是哪的人，叫什么名字？"

"我是英国人，名叫威廉·萧蜜德。"

王为干客气地问道："您是英国人？我对你们洋人看不明白，都是高鼻子、黄头发，怎么证明您是英国人啊？"

萧蜜德傲慢地说："我有大英帝国的护照。"

王为干面对萧蜜德，赔着笑："本官还没见过英国的护照，呈上来给本官看看。"

萧蜜德上前交出了护照。

王为干一边翻着护照一边漫不经心地拉着长音发问："说说你们两拨人为什么要聚众打架啊？"

张士林怒气冲冲地说："王大人，您是明知故问啊，英国人四处插旗，霸占矿山，凭借洋枪欺压国人，这您看不到吗？"

王为干摆弄着护照没有抬头，说："这是厅堂会审，问什么就得答什么，因为这要记录在案的。"

张士林满脸的不服气。

王为干抬起头，满脸堆笑地说："萧蜜德先生，我再问您一遍，您为什么满山遍野地插小旗啊？"

萧蜜德有点不耐烦，说道："那不是小旗儿，是我们大英帝国的标志，这个矿区是大英帝国福公司的财产，我是代表大英帝国福公司来这里开矿的。你们中国人不遵守协定，每天在山上捣乱，所以我们要插上旗子以示警告。"萧蜜德说着磕巴的中国话。

张士林义愤填膺道："这是大清国的土地，这个矿区祖祖辈辈都是我们中国的，怎么成了你们英国的了？"

萧蜜德反驳着："我们和你们政府是有协议的，协议约定这里的矿权是我们的。"

王为干晃动着护照说道："萧蜜德先生，您刚才说您是代表英国来这里开矿的？"

萧蜜德态度强硬地说："是的，没错。"

王为干不紧不慢地说："您这护照都是洋码码，我也看不懂，可这里大清国的签章是游历签章。既然是游历签章，您就应该在我大清国游山玩水、品花赏月，怎么开起矿了？这可是违反大清国律的。"

萧蜜德高声辩护："这是我们和清国政府协定的，我没有违反法律。"

王为干慢条斯理地说："本官乃地方官吏，不谈矿是谁的，也不管由谁来开矿，本官只知道您的签章与您现在的行为不符，我奉劝萧蜜德先生尽速离开此地。这里的山、这里的水，您也看够了，可以回去了。如果还想来此开矿，您先回到英国，到大清国使馆办理使节签章。我王某人再见到您，一定以礼相待，您意下如何啊？"

萧蜜德愣了一会儿说："你这是故意找碴，为难我。"

王为干不紧不慢地说："我这是秉公执法，何谈为难您？如果萧蜜德先生不听劝阻，那就是您为难于我了。"

"开矿之事还没有完成，我是不会离开这里的。"

"萧蜜德先生，您的护照签章有瑕疵，已被我查明，我也告知于你，必须更换签章。能不能驱逐您离开大清国，我王某人还真没这个本事，可是让您离开平定州，此乃我辖内之事，我是能做到的。"

萧蜜德不知所言，哼唧道："你……你这是蔑视大英帝国，我要去告你。"

王为干不卑不亢地说："您要告我，那是您的权利，看您把我告到哪儿了，告诉大英皇帝，我不归他管，告诉大清皇帝，他也不认识我。"

萧蜜德咬牙切齿地说："我不会就此罢休的。"

"罢不罢休是您的事儿，我只管当我的官，断我的案。"

萧蜜德带着安原书怒气冲冲往外面走。

王为干一挥手，说："请留步。"

萧蜜德愣在了原地。

王为干满脸堆笑地说："萧蜜德先生，您的护照。"

萧蜜德一把夺过护照就往外走。

王为干又一挥手，说："还请留步。"

萧蜜德猛地回头，龇牙咧嘴地问："还有什么事情？"

王为干拉着腔调高声宣读："本官宣布，两伙人打架，形成对峙，只有意愿，未成事实，另查明其中一方身份有瑕，已责令其速回原籍更换签章，双方接受，都无异议，此案终结。笔录备查。"

王为干后面的腔调拉着长音儿。

萧蜜德气得面部变形，带着人快步离去。

在座的所有人都整齐地鼓着掌。

王为干走下台案，对着张士林走去，说："张东家，您这打架的案子我审理完结了，今后您这架还打吗？"

张士林拱手行礼道："打，继续打。有您王知府王大人公平判案，我要打他个天翻地覆，打出一片新天地。"

王为干向渠本翘拱手道："渠大人，下官为偏远小吏，没见过世面，大事不敢评断，小事和和稀泥，只能如此也。"

渠本翘拱手回礼道："王大人，仕途艰辛，人人皆知，但如此迂回，实为巧妙，大清基层藏龙卧虎啊。"

"不敢当，不敢当，渠大人初次光临本衙，如不见外，下官准备小菜薄酒。"

张士林大声回应："王大人不必烦劳，我张士林做东，祝贺我打架不败。"

大家仰天大笑。

萧蜜德气冲冲地走进福公司的院子，安原书跟在后面说："啊萧，萧蜜德先生。"

萧蜜德停下脚步说："啊个屁，快说。"

"啊，我去买买牛乳。"

萧蜜德气不打一处来，说："你就是个大笨蛋。"

安原书憋得满脸通红地说："啊是，是您太太交代买牛乳。"

"滚。"

萧蜜德把手里的护照摔在桌子上。怀特上前说道："萧蜜德先生，平定的知府给我们下了软刀子，下一步我们可怎么办啊？"

"什么怎么办？原来怎么办现在继续办，我们还要继续勘探，不能有任何退缩，你在这里继续带着人插旗子。我要去一下京城见哲姆森先生，让大英公使通告清国政府，必须遵守协议，否则必将受到惩罚。"

怀特应了一声。

***

张士林设宴招待渠本翘。王为干、黄守渊、刘懋赏、张鸿寿等人就座。渠本翘环顾四周说："能否见到平定人士蔡蓉田？"

话音未落，蔡蓉田和黄熹年走进了包间。

张士林一指门口说："说曹操，曹操到。"

蔡蓉田进门拱手行礼道："渠东家，我蔡某到了。"

渠本翘赶紧回礼道："蔡公可好？"

"我好着呢，这不，铸公派人捎信给我，我马上就赶来了。哦，介绍一下，这位是黄家兄弟。"

黄熹年拱手道："在下黄熹年。"

王为干招呼着大家："大家快坐吧，今天平定的头面人物基本上到齐了。"

渠本翘坐在了椅子上说："你们护矿保艾的义举让楚南震惊，今实地体验，我深感敬佩。"

张士林接话："渠东家，您这话说得我们内疚啊，平定是我们的家乡，矿业是我们的祖产，现在洋人来了，您也看到了，到处插旗设标，不让我们进入，封矿拆窑，切断百姓利源，我们保不住家乡，守不住祖产，真是愧对祖宗啊。"

王为干赶紧接话："我可提前声明啊，我与你们不一样，你们都是绅商巨贾，家大业大，你们想的都是光宗耀祖，我在地方为官仅仅是为了养家糊口，许多事情不能为我左右。所以啊，我尽量不左不右，也就谈不上对祖宗有愧了。"

黄守渊笑了一下说："王大人，为官之难我们都有感触，处理内部事务免不了左差右偏，您是地方长官，您说了算，我们也就没啥说的了。可洋人是外人，内外有亲疏，您总不能亲外疏内吧？"

"我为官只讲一个'理'字，你们痛恨洋人，可洋人也有洋人的道理啊。"

张士林一听，不高兴了，说："洋人有什么道理？"

王为干不紧不慢地说："洋人跟咱们朝廷的确签有协约，你看今天我是回绝了萧蜜德，可我只是说他的护照签章不符，他如果换了签章，我就有责任保护他，这就叫履行契约。"

刘懋赏听不下去了，说："所以说问题出在朝廷，朝廷惧怕外强，软弱无能，孙文先生主张推翻朝廷，建立民国是正确之路。"

王为干看了一下刘懋赏，说："这位小兄弟，所言差矣，你不为官不知为官难。不论哪位大臣代表朝廷与洋人签署了协约，都不会是为了卖国求荣而去的，一定是有为人底线的，就像医生治病可能会治死人，但他一定不会为了治死人而去治病。"

刘懋赏不服气地说："可现在事实是洋人已经霸占了我们的矿产，就算有协约，那也是卖国协约，难道朝廷的官员不是心知肚明吗？难道只有老百姓才能看明白吗？"

王为干接着说道："国有国的法制，家有家的规矩，有失就补，有过就改，解决问题不能鲁莽行事，就算是洋人占了我们的矿产，总不能把他们打出去吧？我们不能得理而失道。"

刘懋赏斜视了一眼王为干，说："就怕你们不敢打，也打不过。"

王为干猛地站起身，说："你——"

渠本翘赶忙劝阻道："好了诸位，今天这个场合我们不宜深入探讨，矿产之事总有解决之道。我渠楚南先敬大家一杯，感谢诸位的抬爱，感谢平定的盛情。"

张士林端起了酒杯道："是啊，矿产之事我们从长计议，渠东家此次能来平定，就是对我们平定的莫大关心，也是对我们保矿的最大支持，我们干了这一杯，以示感谢。"

众人起身干杯。

渠本翘落座后对着蔡蓉田说道："蔡公，平定矿产分会的事情筹备得如何了？"

"渠东家，我按照咱们在太原府商议的意见正在抓紧办理。"

"现在形势更加紧迫，成立矿产公会势在必行。矿产公会的宗旨就是联群情、保利源，把矿主们都联合起来，大家团结在一起，既能保护自己的利权，又能统一行动一致对外，还望蔡公抓紧此事。"

"放心吧，渠东家。王大人一直支持我们成立矿产公会，已经给我们提供了所有注册矿主的名册，我们正在一家一户地联络，相信很快就会达成一致意见。"

"那太好了，关于与洋人的矿权纠纷一事，我想说说我的看法。我作为山西矿业协会的会长，对此事不能无动于衷，此次平定之行，首先是想亲眼看到矿区的状况，其次是听取各方的意见，最后希望能有解决问题之办法。我深知一点，就是你们作为平定人，对矿产矿权的感触是最为深刻的，没有人比你们更知道矿产矿权对你们的意义，它就是你们的生命，就是你们的娘，是绝不能丢的。但是我也赞同刚才王大人所言，要站得住理，行得端，走得正。虽然我们还不知道解决之道在哪里，所以我们此时应当保持克制，不退让，不鲁莽。我做过外交使节，也深知国与国的协约之重要。王大人说得好，我们不能得之理而失之道。有礼有节，才能得道多助。我回到太原府，一定会有所行动。保住晋省利源，也是我责任所在。"

张士林点着头，说："渠东家不愧为栋梁之材，站得高看得远，句句都说在点儿上。"

王为干也点点头说："渠大人是做过京官的，还留过洋，博学多才，渠大人此话，明其根本，有礼有节。"

黄守渊接过了话题："渠东家，矿权之事始于平定，但解决之道也许不在平定。您见多识广，渠道畅通，就有劳您费心运作，我们在平定一定配合行动。我们现在已经成立了保艾会、固本会，下一步支持蔡公尽快把矿业公会建立起来。动员一切可以联合的力量，步调一致，统一行动，我们坚信利源不失，祖业不丢。"

张士林点头道："铸公乃此次护矿之首发，黄家兄弟捐出黄家祠堂作为召集场所，捐钱捐物，为保艾护矿贡献非凡。"

渠本翘举起了酒杯，说："太好了，平定利源也是晋省利源，更关乎国家之利源，楚南不敢怠慢，一定为之竭力。我们合力为之，定能成事。"

众人举杯响应。

银圆山庄门口，渠本翘、刘懋赏和乔石头牵着马与张士林和张鸿寿告别。

张士林满脸遗憾地说：“渠东家，再多待几天就好了。”

“这几天有劳张东家费心款待，楚南再次感谢。”

“照顾不周，还望渠东家见谅。”

“张东家，矿权之事还需商议对策，现在百姓抗争只是民间的态度，我思谋着如果朝廷不作为，此事难有实质推进。”

“渠东家，这话在理，您官场人脉广泛，有劳将矿权实情上报朝廷，我等上下配合，一定能护住祖产不失利源。我代表平定百姓，拜托了。”

张士林拱手相拜。

渠本翘回礼道：“楚南一定尽力而为。”

张鸿寿走了过来说：“渠先生，我就不随你们回太原府了，我要留在家乡与洋人抗争。”

刘懋赏拍了一下张鸿寿的肩膀说：“你们的抗争不会是孤单的，等着我们的消息吧。”

张鸿寿拿了一包东西递给了乔石头，说：“石头兄弟，这是我爹给渠先生带的一点土特产。”

渠本翘摆摆手，说：“张东家这么客气。”

“这是平定的特产黄瓜干，也叫‘龙筋’，是上供皇上的。”

“多谢张东家。”

“不必客气。”

三人上马。张鸿寿悄悄凑近乔石头低声说了句：“石头兄弟，麻烦给珍珍姑娘送一盒。”

乔石头一脸错愕。

张鸿寿一巴掌拍在马屁股上，说：“一路平安。”

马儿奔腾，三人背影渐渐远去。

＊＊＊

渠正财站在牛房的大锅旁，煮着牛奶。

刘东家走了过来说：“怎么样，都会了吗？”

“都会了，东家。”

刘东家指着大锅说："开一锅就行了，杀一下细菌，别一直煮着，浪费柴火。"

渠正财搅动着勺子说："知道了。"

"看见那些奶罐了吗？那上面都写着地址名字，照着送去就行。"

"好的。"

渠正财拿起奶罐往里面盛奶。

刘东家背着手问："加水了吗？"

渠正财一脸疑惑地问："加什么水？"

"我就怕你落了这个环节，二柱子没告你吗？这牛乳一定要加水，不加水，你让我挣什么银子啊？"

"二柱子倒是告我加水，但是我不知道怎么加。"

"两桶奶加一桶水，赶紧加，赶紧加。"

渠正财拎着桶往奶里加水。

渠正财走出了教堂院子，把几个奶罐放进车里，推着板车继续送奶。渠正财把车停在门口，抱着几个奶罐往里走，路过马车旁，看见马车辕子上写着"渠"字。

渠正财问车夫："你是渠家的？"

车夫应了一声。

渠正财又问："哪个渠家？"

"还有哪个渠家，晋省有几个渠家啊？"

渠正财继续问："东家是渠本翘？"

"是啊，怎么了？"

"没事，我是送牛乳的。"

"你是刚来的吧，以前没见过你。"

"是啊，第一次来，刚接了别人的活儿。"

渠正财把奶罐递给了车夫，说："这是给少爷喝的牛乳吗？"

"是啊。"

"那我现在给了你就行了吧？"

"你送到学堂里面吧，有个学童，叫传耀，你给了他就行了。"

渠正财应了一声，走进学堂，看见了蹲着的渠传耀。

"你是传耀？"

"是啊，什么事儿？"

"我是送牛乳的。"

"换人了？"

"是啊，这牛乳给你吗？"

"给我就行了。"

渠正财递过两罐。

"把那两罐也给我吧，我帮你送给他们，一个是布政使刘大人的公子，一个是张大户的公子。这是四个空罐，你拿走。"

"好的，你这两罐是渠本翘东家的两个少爷的吗？"

"是的。"

"以后就是我送牛乳了，你给关照着一下。"

"没问题，我就是个书童，咱们彼此关照着。"

渠正财接过了罐子，应了一声。

渠正财走出了学堂，拿着渠家的两个奶罐子，恶狠狠地盯着奶罐，心里思忖着："你们也有掉我手里的时候。"

＊＊＊

渠本翘和乔石头走进院门，渠珍珍陪着太太在屋门口等候着。

乔石头偷偷看了一眼渠珍珍。

渠太太上前打招呼："你回来了？"

渠本翘"嗯"了一声，径直进屋。

渠本翘坐定后问道："升儿和鹤儿呢？"

"都在学堂呢，还没有回来。"

"娘呢？"

"娘在后屋，她不知道你回来。"

渠本翘站起身就要走，说："那我去给娘问安，石头拿一盒礼物来。"

乔石头递给太太一盒礼物。

渠太太接过了礼物问："这是什么？"

079

"这是平定的特产，黄瓜干，是给皇上的贡品，也叫龙筋。"

渠太太拿过一盒黄瓜干陪着渠本翘转身走向后屋。

渠珍珍走向杂间。

乔石头追到杂间，拿出一盒黄瓜干，说："珍珍，这盒黄瓜干给你。"

渠珍珍高兴地接了过来说："谢谢石头哥，你还记得送人家东西。"

"这不是我送你的，是有人让我送给你的。"

"谁啊？"

"平定的张公子。"

"他送我东西干什么？我不要。"

"我也不知道他为什么要送你东西，反正是他说要送你一盒的。"

渠珍珍把东西推给了乔石头，说："我以为是你买的，他的东西，我不要。我凭什么要他的东西？"

"你不收下，那我怎么办？毕竟是张公子嘱托我办的事情。"

渠珍珍一本正经地看着乔石头，说："乔石头，你身为东家的常随，你就应该知道什么事能办，什么事不能办，这个事这么办，那个事那么办，明白了？"

乔石头摇摇头说："不明白。"

"你怎么一根筋啊，我是说做事要灵活点，要想把事情办成，不砸在手上，就得学会变通，关键的时候可以断章取义。"

"怎么断？怎么取？"

"你怎么这么笨啊，这是谁送我的？"

"这是张公子托我送你的。"

"把'托'字和前面的字去掉。"

"我送你的。"

渠珍珍一把抢过黄瓜干，说："哎，这不就对了嘛。"

乔石头吐了口气，说："这不是断章取义啊，这是改变了原意啊。"

渠珍珍晃着脑袋，说："好了，就这么办了，谢谢你的礼物啊。"

乔石头比较尴尬，面带笑容地看着渠珍珍的背影。

"爹，我们回来了。"

升儿和鹤儿从大门外冲了进来。

渠本翘和太太从里屋迎了出来，说："升儿、鹤儿，放学了。"

鹤儿跑在前面，纵身一跳，扑到了渠本翘的怀里。渠本翘顺势转了一圈。

"快来，爹给你们带礼物了。"

渠本翘一手抱着鹤儿，一手拉着升儿坐到了椅子上，打开了黄瓜干。"这是给皇上吃的，尝尝，看好吃不？"

两个孩子开心地吃着黄瓜干说："好吃，脆生生的。"

"你们的书念得怎么样了？"

鹤儿嚼着黄瓜干，说："哥哥被先生打手板了。"

升儿瞪着鹤儿说："你怎么这样啊？我都没有告你的状，你却告我的状。"

鹤儿不以为然，继续嚼着黄瓜干。

渠本翘看着升儿问："怎么回事儿，为什么让先生打板子了？"

鹤儿坐在渠本翘的怀里，还在嚼着黄瓜干，说："学堂增加了历史课，哥哥不想学，就跑出去了。"

升儿气得直跺脚。

"升儿，怎么能逃课呢？"

升儿咬了一口黄瓜干，说："历史课讲东洋史，我不想听东洋人的故事，所以就跑了。"

"为什么不想听东洋故事啊？"

升儿噘着嘴说："我有个好朋友的爹是水师的，他说他爹的船被东洋人打沉了，他爹也死了。"

渠本翘抚摸着升儿的头，说："是这样啊。"

升儿"嗯"了一声。

渠本翘继续抚摸着升儿，说："东洋人的确打沉了我们的船，那是因为我们不知道他们的故事，而轻视了他们。爹也去过东洋，东洋有很多东西比我们的好，如果我们不想再被他们打，就要知道他们的故事。"

升儿看着渠本翘问："知道了他们的故事，有什么用？"

"知道了他们的故事，就能把他们好的东西学回来，再把我们的东西造好，如果我们的东西比他们的好了，我们的船就不会被打沉，你好朋友的爹就不会死。"

升儿点了点头。

太太抱过了鹤儿，说："好了，别再缠着爹了，咱们吃饭吧。"

渠珍珍看见渠传耀端着碗筷的托盘走过来，摆了摆手说："传耀，过来一下。"

渠传耀面带微笑地走了过来，问："什么事儿，姐姐？"

渠珍珍拿过黄瓜干，说："这是石头哥带回来的黄瓜干，给你。"

"你吃吧，姐姐，我不要。"

"这是皇上吃的，可好吃了。"

"这是石头哥给你的，我不吃。"

"你石头哥就是个石头，石头哥给我了，这就是我的。我给你吃，你就吃吧。可好吃了。"

渠传耀扭头就走，说着："不要，我不要。"

渠珍珍呵斥了一声："回来。"

渠传耀愣了一下。

渠珍珍绷住了脸，说："不听姐姐的话吧？"

渠传耀一副无辜的样子，说道："姐姐。"

渠珍珍把手一伸，说道："拿着。"

"好吧，那就谢谢姐姐了。"

"这孩子真乖。"渠珍珍抚摸了一下渠传耀的头。

落叶覆盖着渠家的院落，乔石头在院子里打扫着落叶。屋子里传出渠本翘的声音："石头，备车。"

石头应了一声，放下扫把，快步走了出去。

渠本翘从院子里走出，乔石头和车夫已经站在门口等候。

渠本翘跳上了马车，说："去趟商务局。"

乔石头问了句："在海子边？"

"对。"

"去海子边。"

车夫一甩马鞭，马车离开渠府。

***

山西商务局总办贾景仁端坐在台案后面看着卷宗，见渠本翘进来放下了卷宗，说："呦，这不是渠少东家吗，什么风把您吹到我这儿了？"

渠本翘拱手行礼，道："见过贾大人。"

贾景仁招呼渠本翘就座。

"少东家现在可是大红人啊，随太后和皇上西行一游，加官进品，让人羡慕，这次回到山西如鱼得水，事事顺达啊。"

"贾大人，好不容易来找您一趟，我怎么觉得您话中有话啊？"

贾景仁哈哈一笑道："说吧，不知今天到此有何指教啊？"

"指教不敢，只是反映一些所见。"

"请讲。"

"贾大人，楚南近日游历平定，漫山遍野都是英国人的旗子，英国人驱赶百姓，霸占矿区，当地百姓不忍屈辱，奋起抗争，想必贾大人一定了解此事。"

"渠少东家，英商福公司修路开矿，是得到朝廷的许可的。他们出钱出力帮助我们，朝廷和民间都能获利，百姓何谈屈辱啊？"

"这矿产是平定人的祖业，英商封堵国人煤矿，独占矿权，与掠夺无异，我等不能视而不见啊。"

"您在内阁和总理衙门都供过职，不会像老百姓一样只见其表，不见其中吧？英国人和大清国是有协议的，协议之事乃国家大事，一不留神就会引起外事纷争，既已签约，守约为本，此乃正道。你们渠家行商在外，也是守信之人，两国签约，绝非儿戏，毁约失信，岂不丢掉大清的颜面？"

"现在，百姓怨声载道，质疑协议的公正。既然此事发生在晋省，那商务局就有责过问此事。"

贾景仁哈哈一笑道："我受禄朝廷，听命于圣上，百姓的质疑与我无关。您也是候补道员，每年都拿着朝廷的俸禄，您是听皇上的还是听百姓的？国之契约可不是儿戏，怎么能因百姓质疑说改就改呢？"

083

"据我所知，这并非国与国的契约，而是民间商业章程，既能立，就能撤。"

"渠少东家，我再说一遍，契约已定，难以纠正，不论对错，本官爱莫能助。"贾景仁不耐烦了。

"贾大人，山右之地，荒芜贫瘠，唯有煤炭，尚可谋生，利源一断，百姓涂炭。楚南在此恳请贾大人为民着急，为大清所虑，挺身而出，扭转颓局，建功立业，名传天下。"

贾景仁起身，拍了一下桌子，说："您是坐着说话不腰疼，论官您有官，论商您有钱，您怎么不挺身而出？您怎么不建功立业啊？您若能扭转颓局，也必将名传天下。"

"您是商务总办，此事应当协调办理。"

贾景仁双手按在桌子上，说："您这婆婆妈妈的还有完没完？我就把话放这儿了，我协调不了，我办理不了，满意了吗？"

"话怎么能这样说？"

"我的话就这么说了，能怎么样？我也劝您这个大公子，好吃好喝，该玩该乐，干啥都行，就是别掺和这个矿权的事儿，这里面的水可深了，不是您能蹚得起的。"

渠本翘已经气得说不出话了。

"对不起，渠少东家，本总办还有公务，不陪了。"

贾景仁断然回绝了渠本翘。

渠本翘见逐客令已下，无奈拱手行礼。

"告辞。"

"不送。"

渠本翘气愤地走了出去。

乔石头看见渠本翘脸色灰白，垂头丧气地出来，问："东家，怎么了？您脸色不好。"

渠本翘气不打一处来，说："回家。"

渠本翘怒气冲冲回到家中，径直走进卧室躺在床上。渠太太见势头不对，赶紧跟着凑了过来问："这是怎么了？"

"头疼。"

渠珍珍站在门口观望着，看见乔石头走了出来，问："石头哥，东家是怎么了？脸色蜡白的。"

乔石头停下了脚步，说："刚才去了一趟商务局，出来就脸色不好。"

"是不是生气了？"

"估计是遇见不开心的事儿了。"

屋里传出渠太太的声音："珍珍，洗一块凉毛巾来。"

渠珍珍应了一声，赶紧跑向杂间。很快端了一盆里面泡着毛巾的水走进内室。

渠太太把毛巾敷在渠本翘的额头，说："还是感觉很烫。"

渠珍珍上前说道："不行就请大夫来吧。"

"那你让传耀去一趟。"

渠珍珍转身走出房门，高声喊道："传耀。"

渠传耀跑了过来问："怎么了，珍珍姐？"

"你快去一趟永春原药店，让坐堂大夫赶紧来一下，就说东家头疼，还烫得厉害。"

渠传耀应了一声转身就跑，刚跑了几步就跑了回来，问："姐姐，请大夫要不要拿银子？"

"傻孩子，永春原药店是咱们渠家的字号。"

渠传耀应了一声，一溜烟跑了。

渠太太往渠本翘头上敷着毛巾问："是不是跟人生气了？"

"嗯。"

"这都什么年纪了，气性还这么大？"

渠本翘捂着毛巾问道："孩子们都上学去了吗？"

"升儿去了，鹤儿有点不舒服，在娘屋里呢。"

"怎么了？"

"没大碍，身上有点烫，刚才吃了药了。"

渠本翘挣扎着要坐起身，说："那我去看看。"

渠太太按住了渠本翘，说："你就先躺会儿吧，自己身体不舒服，等会儿再去吧。"

乔石头站在门口咳嗽了一声。

渠太太问道："谁在门外？"

"太太，是我，石头。"

"怎么了，石头？"

"有人给东家捎信了。"

"东家身子不舒服，过后再说吧。"

"好的，太太。"

渠本翘问道："是谁捎的信啊？"

"是胡大人派的人。"

渠本翘说道："进来说。"

乔石头走进了内室。

"胡大人怎么说？"

"胡大人差人送话，要东家现在去一趟浑源会馆。"

渠本翘坐起身就穿衣服。

渠太太赶紧扶住渠本翘，说："你这身子可怎么去啊？"

"胡大人一般不叫我的，一定是有事儿了。石头，备车。"

"这怎么什么事儿都搁一起了。"渠太太拿出了一件大氅披在渠本翘身上，"外面冷，多穿一件衣服吧。"

渠本翘一边穿衣服，一边对太太说："鹤儿我顾不上了，你就多照应点。"

渠太太应了一声，一副委屈的样子。乔石头陪着渠本翘走出了屋门，渠珍珍站在一旁目送。乔石头转头看了一眼，四目相对，悄然无声。

第四章

罢官巡抚暗自策划争矿
少爷被陷害遭牢狱之灾

***

太原府起凤街，行人稀少，辕马趾高气扬地高抬着蹄子，显得孤傲神气。马车来到浑源会馆门口，乔石头拿过板凳，渠本翘下车，门口的伙计引路，道："渠东家，胡大人在楼上等您。"

渠本翘默不作声地上楼。

胡聘之看见渠本翘挑帘进来，指着坐在旁边的一个人说道："楚南，你看谁在这儿？"

刘笃敬站起身拱手行礼道："楚南，京城一别，多年不见。"

渠本翘惊愕地看着刘笃敬，眼圈顿时湿润，上前握住了刘笃敬的手，说："缉臣兄，是你啊。"说完撩袍就跪。

刘笃敬一把扶住渠本翘，说："楚南，这是为何啊？"

渠本翘站起身子，拱手行了一个大礼，说："感谢缉臣兄搭救老师之恩。"

刘笃敬扶起了渠本翘，说："楚南，不必如此。"

两人抱在一起，渠本翘放声大哭道："老师冤枉啊。"

刘笃敬用手拍着渠本翘的后背，眼泪也夺眶而出。

胡聘之在一旁说道："楚南，节哀吧，知道你想念你的老师了，他杨深秀的在天之灵也会感动的，这么多年了，还有人如此念着他。"

渠本翘再次大哭道："老师为朝廷呕心沥血，真的是死得冤枉啊。"

刘笃敬一边安抚着渠本翘，一边说道："事已过多年了，不必太悲伤了。"

渠本翘平复了一下情绪，说："我只听说缉臣兄冒死给老师收尸，护送灵柩回了老家，就再没您的音讯了。"

刘笃敬扶着渠本翘坐下，说："离开京城后，我就再也不想回去了。当时虽身在刑部，也无能保住你老师。回到山西遇见了胡大人，我俩一见如故，在他的推举下，我出国考察了几年，这不才回来，胡大人提到了你，我也很想见你，所以我们又见面了。"

渠本翘擦了一下眼泪道："我心里一直过不去这个坎儿，老师为了给皇上变法，丢掉了性命，可是现在……"

胡聘之接过了话题："变法是大势所趋，太后也不得不变。"

刘笃敬面对着渠本翘说："我在国外这几年也看到了我们的差距，我们已经落后很多，必须振作追赶了。"

渠本翘愤愤不平地说："追赶谈何容易，今天我见了贾景仁，和他谈了山西矿权的事儿，结果被扫地出门了。"

胡聘之"哼"了一声，道："你以后不要再找贾景仁了，他和洋人猫鼠同眠，不可救药了，今天找你来其实就和他有关。"

渠本翘打起了精神道："您说，到底怎么回事儿？"

胡聘之将了将胡子慢慢说道："知道我们今天这是在哪儿吗？"

"浑源帮的地盘。"

"没错，我找了浑源士绅李廷飏，让他保举缉臣为山西商务局总办，换掉贾景仁。"

渠本翘眼睛一亮，说："那太好了，听说李士绅和朝廷关系很近。"

"关键是和太后关系很近，他去京城了，楚南可认识？"

"未曾谋面，只是听说。"

胡聘之看着刘笃敬，说："缉臣做晋省的商务总办是众望所归，缉臣又是熟悉商务的候补道员，再经李廷飏举荐一定成功。"

刘笃敬拱手行礼道："多谢胡大人栽培。"

渠本翘精神了很多，说："缉臣兄只要能当上商务总办，晋省的事情就好办了。"

胡聘之紧锁眉头，说："再有件事就是想当着你们两个人的面，澄清一些事情。"

"胡大人，您讲。"

胡聘之叹了一口气道："这事儿压在我心头，让我喘不过气来。"

"都不是外人了，您就说吧。"

胡聘之端起茶碗，说："在做山西布政使的时候，我就想着追随张之洞大人推动洋务，强国富民。山西煤铁富甲天下，从南到北所在皆有，且取之不尽，老夫就设想采煤，开利源佐国用，可当时朝廷财力匮乏，士绅商贾也不感兴趣，就想借洋人之力，掘之我用。我大清国策是限制洋人拥有大清矿藏的，以确保国家利权不流失于外，所以力推民间借款，商借商还。丹徒人刘鹗精于算计，善于实操，被英国福公司聘为华经理，找我多次研讨，筹借洋债。他认为，虽然办矿资金来自外洋，但用工、用料、用地均来自当地，实为形成'辗转相资'的拉动效应，山西由此分利者不下十余万人。再者建矿挖煤，必修铁路，运路既通，土产之销可旺。民富国强屈指可及。招商局马建忠也写信给我，力劝'用洋人为本，谋华民之生'。"

渠本翘插话道："您被说动了？"

胡聘之叹了一口气，说："是的。"

刘笃敬插了一句："刘鹗其人的确能量巨大。"

"听说他背景强硬，除了李傅相，还有庆亲王、肃亲王。"

胡聘之低着头说："刘鹗深通国策，注册'晋丰公司'以避洋名，英国人承诺，如'晋丰公司'拿到采矿权，将放出一千万两的贷款。我心动了，随批'请办晋省矿务合同和章程'。"

"此乃移花接木。"

胡聘之点了点头道："这倒无妨，只因借款心切，答应福公司获利居首，以保还款，此乃祸根之所在。这个消息传到了京城，左都御史徐树铭、史裕德和内阁中书邓邦彦率先对我发难，给皇上奏本请废，之后总理衙门将商借改为了官借，皇上批我'昏谬妄为'，解甲辞官，老夫我最后落了个卖国贼的骂名。"

胡聘之叹息一声。

渠本翘目视胡聘之，说："这就是大人被革职的原因。"

"是啊，朝廷也给足了老夫面子，一直对外不宣，众人不知详情，我

089

回到天门坐卧不安，所以才回归晋省，就望有一天，此事了矣。"

刘笃敬说道："矿权事态日趋扩大，官民瞩目，不知能有何结果。"

渠本翘回应着："你我等人，于国于己都不能坐视不管了。"

"我已经老了，也疲惫不堪，现无力挽回了，但背此骂名进棺材，我无脸拜见列祖列宗，老夫拜托二位尽使办法，夺回矿权。我跪请了。"

胡聘之说着就撩袍下跪。

渠本翘和刘笃敬急忙上前搀扶。

刘笃敬扶着胡聘之，说："胡大人不必如此，我和楚南不会徒叹谋生之路被洋人断绝，一定会竭力而为夺回矿权。"

＊＊＊

萧蜜德到京城见到了福公司的董事长哲姆森。

"哲姆森先生，平定的局势非常严峻，我大英福公司的旗子插了被拔，拔了再插，勘探的工作已经无法进行了。"

"萧蜜德先生，你来到北京就是要告诉我这些吗？旗子被拔就打桩子，桩子被拔就立碑子。那已经是我们大英的矿产，没有什么不能做的。"

萧蜜德说道："捣乱的中国人越来越多，赶都赶不走。"

"中国人再多，能多过我们的子弹吗？只要有越界的就开枪，我就不信他们谁能扛得住我们的子弹。"

哲姆森用手比画着。

"这样做是不是太极端了？毕竟是在中国的国土上，我们不能把事态搞大了，否则难以收场啊。"

哲姆森背着手来回踱步，说："萧蜜德先生，你可能忽略了一个事实。现在的清国手无缚鸡之力，我们大英帝国势如破竹，所向披靡。你就放心大胆地去干吧，不要怕把事态搞大，大能大到哪里？他们的皇帝都不敢出声。"

"他们的政府好对付，我考虑的是如何对待他们的民众，如果用极端的手段可能会立竿见影，但是对我们长期立足是很不利的。"

"如果不遏制住这种势头，我们将前功尽弃。"

"所以我才来找您商量对策，哲姆森先生。"

哲姆森问道："那你想到有什么办法？"

"我觉得必须多管齐下。"

"怎么个多管齐下？您说说看。"

"首先，请英国公使沙道义先生出面，对清政府施加压力，说明利害关系，大英帝国的利益必须维护，让清政府敦促地方遵守协议。其次，立刻让山西方面发开矿凭条，当地老百姓也就哑口无言了。第三，要招兵买马，购进军火，壮大护矿力量。我们英国人只做培训，要招收中国人成立火枪队，让中国人打中国人。"

哲姆森哈哈一笑，说道："萧蜜德，你可谓是老谋深算啊，我总感觉这是中国人的招数。"

"中国人的话讲，叫作'入乡随俗，学以致用'。"

"真没想到，你在中国短短时间就变成中国通了。"

"这是形势所迫。"

哲姆森点点头说："你刚才这些主意非常好，我们立即行动。我先和沙道义先生谈谈，然后亲自去一趟山西，其他的事情由你来办。"

"好的，哲姆森先生。"

哲姆森指着桌子上的洋酒、香水和巧克力，说："这些东西你拿去。"

"这是什么意思？"

"这不是给你的，在山西必须要有给我们说话的人，你刚才说了中国话叫作'入乡随俗'，在中国拜码头是必须的，没有当地人支持我们是不行的。"

"明白了，哲姆森先生。"

***

太原府靴巷的路上摆满了红红的鞭炮，有人点着了鞭炮，顿时鞭炮声响成一片。

渠本翘和渠仁甫拉下了红绸，"书业诚"的牌匾金字闪烁。众人鼓掌。

"仁甫，你的愿望终于实现了。"

"二伯，没有您的帮助和支持，这书业诚不会这么快开张的。"

"好了，你把这对联给大家念念吧。"

渠仁甫站在一侧指着对联大声念道："书无尽藏，福地琅嬛钟慧业；诚以将事，洞天清秘尝奇文。"

众人鼓掌。

王掌柜看到渠仁甫走进了书业诚，说："仁甫东家，我们东家说了，你们都是读书之人，爱书之人，把书业德转让给您，他心甘情愿。"

"我会让这个书业发扬光大的。"

"仁甫东家，书业德也变成书业诚了，我的职责也要告一段落了，我也老了，我也准备回老家啊。"

"王掌柜，老家还有什么人吗？"

"我老婆死得早，我膝下无儿无女，这一辈子就是和书打交道了，老家还有一套老宅子，我收拾收拾，就颐养天年了。"

渠仁甫拿起一本书，说："王掌柜，你知道我为什么要把书业德改名书业诚吗？"

"我想是要讲诚信，不欺诈，不骗客。"

"是有这个意思。但用这个'诚'字，不仅仅是对顾客，更是想体现对书的忠诚，不放弃，不厌倦。书业诚今后要改变经营方式，不仅是要卖书，卖字画，还要买书，买字画。我要通过书业诚把流散到民间的善本都搜集起来，传承下去。"

王掌柜有点激动，说："仁甫东家的想法真是好啊。"

"王掌柜，你留下来吧，就待在书业诚，我给你养老送终。"

"仁甫东家，这可使不得啊，我留下来还能做些什么啊？"

"善本不是所有人都能看得出来的，你就帮我看着收回来的书籍，只要是善本就帮我留下，这是我最在意的事情，没有你，这事情办不成。"

王掌柜犹豫了一下，挺了一下身子说："多谢仁甫东家对我的抬爱，善本的三性九条我是熟知的，古话说，'人以藏书为贵'，仁甫东家真是远见之人，我一定尽心尽力，为书业诚干到最后一口气。"

***

乔石头引着刘笃敬走进了渠本翘的客房。

渠本翘拱手行礼道:"缉臣兄,请进,你怎么来了?"

刘笃敬直接落座,说:"我想去一趟济南,临走前在街上溜达溜达,路过这儿,就进来了。"

"只是路过啊?"

刘笃敬挠了挠头,说:"当然,还有点小事儿。"

"快坐吧,想喝什么茶啊?"

"来了渠家当然是渠家的待客茶啊,听说你的待客茶都是茶中极品啊。"

渠本翘面对乔石头说道:"把我那珍藏的洒面条拿出来,要煮一下啊。"

乔石头疑惑着走了出来。

乔石头低着头走进了杂间。渠珍珍见乔石头皱着眉头,问:"你怎么了,石头哥?"

"东家让我把面条煮一下给客人,还说要拿那个珍藏的面条。"

渠珍珍也皱起了眉头,问:"东家原话是怎么说的?"

"东家说,'把我那珍藏的洒面条拿出来,要煮一下。'我当然知道面条要煮了。"

渠珍珍捂着嘴大笑道:"东家是说让你煮茶,不要沏茶。"

乔石头还是没明白,问:"这是一种黑话吗?"

"什么黑话啊,洒面条是我们渠家川字茶最高的级别,也就是一等品,我们川字茶分为面茶和里茶,面茶的一等品就叫洒面条,二等品叫二面条。"

乔石头摸了摸头发,说:"我以为让给客人煮面条呢。"

渠珍珍指着墙角,说:"洒面条在那个蓝罐罐里。快去煮吧。"

乔石头应了一声。

客房里,渠本翘和刘笃敬并排而坐,梁本翘说:"缉臣兄,说说是什么小事儿啊？"

"反正不是什么大事儿，那天看见你手里把了一款玉石，就是想来品观一下。"

渠本翘从腰间取下玉秤砣，问："您是说的这块玉啊？"

刘笃敬接过玉秤砣掂量，说："好物件啊。"

"缉臣兄是个玩玉的行家，您对玉可是见多识广啊。"

刘笃敬哈哈大笑道："在大明湖畔的确见过很多玉石。"

"您那个'正立当'应该是当朝最大的当铺吧？"

"这我倒没比过。"

渠本翘指着玉秤砣，问："您觉得这块玉如何啊？"

"想听听吗？"

"我当然想听听您这个大玩主的看法了。"

刘笃敬摆弄着玉秤砣不紧不慢地说道："我只能给他四个字。"

"哪四个字？"

"忠沉实公。"

"这怎么解释？"

刘笃敬看着玉秤砣说："'忠'就是忠诚，认准的理儿就要认到底，不动摇，不偏离，忠心耿耿，忠于职守。'沉'就是沉稳，不急不躁，沉得下心，沉得住气，有自信，很放心。'实'就是实在，不空不虚，实实在在，同呼吸共命运，饱含感情和责任。'公'就是公正公平，不偏不倚，分毫不差，正气盎然，旗帜鲜明。"

刘笃敬站起身把玉秤砣交还给渠本翘，背着手就往外走。

渠本翘一时摸不着头脑了，问："缉臣兄，您这是？"

刘笃敬背着手走到了门口，转过身子，说："我的事儿办完了，我要走了。"

渠本翘跟在后头，说："您这就说完了？"

"说完了。"

"您刚才说的是玉吗？"

刘笃敬一字一句地说道："我是说那秤砣。"

"那玉呢？"

刘笃敬仰头大喊："那就是正直无私，光明磊落。"

渠本翘疑惑道："这也不是在说玉啊。"

刘笃敬走出了大门口，回头说："加在一起就是玉秤砣。"

渠本翘看着刘笃敬的背影，心想："他脑袋壳子出什么问题了，这是唱的哪一出啊？"

渠本翘背着手走了回来。乔石头端着茶盘走了过来，说："东家，茶煮好了。"

渠本翘摸着头来回踱步，说："不用了，客人走了。"

乔石头端着茶盘又走进了杂间。

渠珍珍问道："怎么又端回来了？"

"客人走了。"

"没喝茶就走了。"

乔石头摇摇头道："不知道唱的哪一出。"

渠珍珍收拾着扁担和箩筐。

"珍珍，你这是要去哪儿？"

渠珍珍停下手里的活儿说："太太让我给厨房买点东西，要买很多，所以要准备扁担和箩筐。"

"要买很多吗？我陪你去吧。"

"东家这儿没事儿吗？"

"估计没事儿，我去问问。"

乔石头跑了出去。

渠本翘坐在桌前，摆弄着玉秤砣。乔石头跑了进来问道："东家，你现在有事儿吗？"

"怎么了？"

"太太让珍珍给厨房买点东西，我想帮她担担子。"

"去吧，我这里没事了。"

乔石头应了一声，跑了出去。

渠本翘看着手里的玉秤砣自言自语地念叨着："正直无私，光明磊落。"

***

集市上人头攒动，熙熙攘攘。渠珍珍跟商贩们讨价还价，乔石头担着担子跟在后面，一会儿工夫，担子里装满了蔬菜和猪肉。两人来到一间杂货店门口，乔石头放下担子说："珍珍，你帮我看一下，我进去一下。"

"你要买什么啊？"

"我看看就出来。"

"这是卖针线杂物的，都是女人用的。"

"这我知道。"

乔石头说着走进杂货铺。

渠珍珍撇嘴说："一个大男人，什么毛病。"

乔石头走进杂货店内，说："掌柜的，要二尺红绳。"

掌柜客气地迎了上来，问："您要什么样的红绳？"

"就是女人扎头发的红绳子。"

掌柜量着尺寸，说："好了，给您。"

"多少钱？"

"两个小钱。"

"这么贵啊？"

"这还贵啊，这年头钱都不经花。"

乔石头付了钱转身要走，突然想起了什么，问："老板，能不能给我包一下？"

"用什么包啊？"

乔石头想了想说："用红纸包。"

"这红纸啊也要两个小钱。"

"掌柜的，您这生意做得厉害，是让我走不出您这门吧？"

"不是啊，客官，这红纸啊，是洋货，看到没，光面的，咱们做不了。"

乔石头拿出一个小钱，说："给一个小钱吧，就算照顾我这个老顾客吧。"

掌柜一脸疑惑道："您好像是第一次来我这店吧。"

乔石头认真地说："你看，刚才买的红头绳，现在又买了红纸，买了两次，这不就是老顾客了吗？"

老板哈哈大笑，收下小钱，说："好了好了，我认了，您要是不去做买卖，那就太可惜了。"

乔石头拿着包好的红纸往外走，随口说了一句："老板嘴甜心好，恭喜发财啊。"

渠珍珍见乔石头走了出来，问："怎么这么长时间啊，一个大男人在里面磨蹭什么？"

乔石头挑起担子拉着渠珍珍就走。

渠珍珍跟着乔石头跑了几步，问："这是怎么了？"

乔石头拉着渠珍珍找了个安静的地方，拿出了红纸包，说："这是我正式送你的礼物。"

渠珍珍接过了红纸包，说："这也没过年，还给发红包啊。"

"不是红包，是红头绳。"

渠珍珍拿着红头绳比画着，欢喜万分，突然一变脸，递给乔石头，说："我不要。"

"怎么了？扎辫子可漂亮了。"

"那我也不要。"

"是嫌弃这东西便宜吗？"

"不是。"

乔石头拿着红纸包低着头，说："珍珍，我不能比张公子，他送你的龙筋，我可买不起。"

渠珍珍噘着嘴说："谁让你提张公子了？我是说你为什么要送人家红头绳。"

乔石头抬头看着渠珍珍，说："上次我是借花献佛，心里特别不舒服，我一直想给你买个东西。"

"我要是拒绝呢？"

"我相信你不会拒绝。"

"为什么？"

乔石头面带着微笑，说："因为渠家人都是大气之人，不会为一些鸡毛蒜皮的小事推来推去，再说了乔家人送渠家人礼物，是对渠家人的尊重。"

"这话说到我心坎上了，渠家本姑娘就收下了。"

渠珍珍一把夺过了红包。渠珍珍打开红包，把红包扔在地上，拿出了红头绳，说道："这红头绳我好喜欢。"

乔石头从地上捡起红纸，做了个鬼脸，说："这红纸不能扔，这是洋货，要两个小钱。"

渠珍珍撇着嘴说："你个乔家的抠门货。"

乔石头担着担子哼着小曲儿走在大街上，陈家炸糕香气扑鼻，乔石头站在翻着花儿的油锅旁走不动路了。

渠珍珍走上前去，看了一下，问："又怎么了？快走啊，石头哥。"

乔石头眼睛发直，咽了一口吐沫，说："珍珍，我请你吃油糕吧，好不好？"

"我们都出来好久了，再不回去，太太会着急的。"

乔石头堆着笑脸，说："没关系的，咱们买上，边走边吃。"

渠珍珍站在油锅旁，看着油糕也嘴馋了，扭头看着乔石头，问："那你还有钱啊？"

"油糕还是能买得起的，掌柜的，来四个油糕。"

"我只吃一个。"

乔石头看着渠珍珍说："多好的油糕啊，你吃两个，一次吃个饱。"

"我一个就够了。"

乔石头笑着说道："可我想吃两个。"

"那买三个，我吃一个，你吃两个。"

乔石头点点头说："好吧，掌柜的，三个油糕。"

掌柜用纸包了油糕递给了乔石头。两人拿着油糕，边走边吃，脸上充满了喜悦。

*　*　*

刘家牛房里，渠正财躲在屋里环视着，见没人，偷偷地走进屋内。渠正财从桌上拿起火柴盒，抽出了几根火柴揣到了怀里，转身往外走，迎面碰上了刘东家。

"你到屋里干什么了？"

渠正财有点惊慌，说："没干什么，我是来找您的。"

"找我什么事儿啊？"

"我是想告诉您，那劈柴不多了。"

刘东家指点着渠正财说："我让你省着点儿，省着点儿，这劈柴也是钱买的。"

"知道了。"

"我随后再买吧，你快去送牛乳，这都什么时辰了。"

渠正财边说边走："这就去。"

刘东家的儿子圆眼镜走了进来，与渠正财打了个照面，圆眼镜看了一下渠正财问："爹，这是谁啊？"

"这是牛房里新来的。"

圆眼镜问道："二柱子呢？"

"二柱子回家了，他爹病了。"

渠正财鞠了个躬说："少爷好，我叫渠正财，有事儿请关照。"

圆眼镜应了一声。

刘东家坐在椅子上添着烟袋锅，说："儿子，你给洋人办事，那洋人也要喝牛乳啊，要不让正财送几罐过去啊，先让他们尝尝。"

渠正财看着圆眼镜，说："少爷，您要往哪送，就吱我一声。"

圆眼镜坐到了椅子上，说："过几天吧，洋人过几天就要来太原府了，到那时候你再送吧。"

"好的，少爷。那我去送牛乳了。"

渠正财回到牛房，掏出了那几根火柴棍，又拿起两个奶罐掂了掂，想了一下，揣起了火柴棍，把奶罐放进了平车的箱子里。推着小车走了出去。

学堂门口，渠正财和渠家的车夫打了个招呼走进学堂。

渠正财走进学堂院内，看见了渠传耀，说："传耀，牛乳来了。"

渠传耀接过了奶罐。渠正财看着渠传耀旁边的饭盒说道："你们是每天带饭啊？"

渠传耀回答着："是啊。"

"今天给少爷带的什么饭啊？"

"是包子，肉馅的。"

"真不错，正好我没事儿，跟你聊聊天。"

渠传耀腾了个地方，说："来，你坐这儿。"

渠正财突然摸了一下头，说："呦，我都忘了我那车箱子的盖儿盖上了没有。传耀啊，麻烦你去帮我看一眼，你年龄小，跑得快。"

"没问题，我帮你看。"渠传耀说着跑了出去。

渠正财赶紧转身打开了饭盒的盖子，里面有几个包子。渠正财从怀里掏出了那几根火柴棍，慌慌张张地操作着，呼吸急促，头上的汗都渗了出来。

渠传耀跑到门口看了一眼渠正财的板车，转身就往回跑，和渠正财撞了个满怀。

"你不是让我看你的车吗？"

渠正财边走边说着："我还是不放心，要是丢几罐牛乳啊，我可赔不起，传耀，咱们改天再聊天吧。"

渠正财推着车子匆匆离开。渠传耀看着渠正财的背影摇摇头。

一个校工摇响了下课铃，孩子们冲出了教室。

鹤儿和刘公子蹲在地上玩着扎刀刀，鹤儿输了，刘公子在鹤儿额头上弹一下，又输了，又弹了一下，鹤儿皱起了眉毛。升儿走了过来，看着弟弟的额头，推了一下刘三儿。

"刘三儿，你是不是作弊啊，怎么每次都赢啊？"

刘三儿噘着嘴，站了起来，挺着小胖肚子说："你是他哥，你就能瞎说啊？是他赢不了我，你怎么说我作弊啊？"

"我弟弟他小，当然没有你反应快啊，你以大欺小，不害臊吗？"

刘三儿满脸的不服气，说道："我说渠晋升，你这是狗咬耗子多管闲事儿啊，我们玩得好好的，你在这儿插什么杠子啊？"

"他是我弟，你把他额头都弹红了。"

"一个愿打一个愿挨，认赌服输，天经地义。"

"要不咱俩玩一把？"

"我凭什么要跟你玩儿，你比我大，我要赢了，我弹你，你都不疼。"

"你要赢了，我就给你东西。"

"给什么啊？"

升儿扭头看了一下，说："给你一罐牛乳。"

刘三儿撇了一下嘴说："我才不要牛乳呢，我也有一罐呢。"

"那给你两个肉包子。"

"包子，啥馅儿的？"

"当然是肉馅了，可香了。"

刘三儿吧嗒着嘴儿说："那行，咱们一局定胜负。"

"行啊。"

升儿和刘三儿都挽了挽袖子，两人趴在地上开始了扎刀刀，一群孩子围观着。一局下来，升儿输了。

刘三儿蹦了起来，趾高气扬地说："两个肉包子。"

升儿走到渠传耀面前，说："拿两个肉包子。"

"那你中午吃什么？"

"拿来就是了。"

渠传耀不情愿地打开饭盒，拿出了两个包子。升儿把包子递给了刘三儿。

刘三儿闻了闻，咬了一大口，说："不错。"

"刘三儿，给我们也尝尝。"其他的孩子也吵嚷着。

刘三儿大口吃着包子，说："那可不行，这是我挣来的，瞧你们这点出息，没吃过肉包子啊？"

"别人家的饭比自己家的香。"一个孩子凑了过来说。

"你说得有道理，别人家的包子是和自己家的味道不一样。"刘三儿大口大口嚼着包子。

升儿和鹤儿远远看着他们，气不打一处来。鹤儿拿过一个包子，说："哥，没事，别生气，来，吃我的。"

"不吃，你吃吧，看我下次怎么教训他。"

渠传耀端着牛乳递给了升儿，升儿看着刘三儿吃包子的样子，拿着牛乳咕咚咚一饮而尽。

升儿和刘三儿面对面对峙着，升儿抹着嘴，刘三儿打着嗝，吐出了一个火柴头。

升儿瞪着刘三儿问："我家的包子，好吃吧？"

刘三儿低着头看着手里的火柴头，说："好吃是好吃，就是有两个火柴头。"

升儿看着刘三儿的手，说道："你咋吃出火柴头了？"

刘三儿突然捂住肚子，呕吐。有人围过来询问着，刘三儿突然跑进茅厕。

教书的先生走了出来问升儿："怎么回事儿？"

刘三儿在茅厕大喊了一声。先生对着茅厕喊道："刘三儿，你怎么了？"

刘三儿提着裤子走出了茅厕，大哭起来："我尿的尿是红色的。"

"快去请大夫。"

药店的坐堂大夫被请了过来，学堂腾了一间房子让刘三儿躺在了桌子上。

大夫坐在刘三儿的身旁号脉，问："你什么感觉啊？"

"又吐又拉，还尿血了。"

"你吃了什么？"

"我就吃了渠晋升的两个包子。"

"包子有什么不一样吗？"

"好吃，比我家里的香。"

大家笑了起来。

刘三儿想了一想，又说："就是有两个火柴头。"

"火柴头，咽了吗？"

"没咽，吐到院里了。"

"还能找到吗？"

刘三儿指着院里的地，说："好像就在那儿。"

大夫走到了院里，在地上果然找到了两个火柴头，捡了起来，说："哦，黄磷中毒，快拿一盆盐水来，要不会死人的。"

大伙儿帮着找来了盆子，调制盐水。

刘三儿哇哇大哭："我不要死，我不要死，快找我爹，快找我爹。"

大夫端着大盆子给刘三儿灌盐水。学堂的先生在旁边焦急地看着，说：

"大夫，一定不能让他死啊，要救活他，他是布政使刘大人的公子。"

"快，让他把这一盆子盐水都喝了。"

刘三儿实在喝不动了，开始呕吐，肚子里的东西全都吐了出来。大夫指挥着大家："再给他喝盐水，再让他吐。"

先生悄悄地凑近大夫问："这黄磷中毒严重吗？"

"黄磷中毒很可怕的，不死也得成傻子。"

刘三儿还在呕吐着，挣扎着说："是是渠晋升给我下的毒。"

刘三儿头一歪，瘫在了地上，众人呼喊。

升儿、鹤儿和渠传耀呆在了那里。

***

渠太太站在院子里，迎放学的孩子们，渠传耀背着书箱跟在升儿、鹤儿的身后，三个人都垂头丧气的。"升儿、鹤儿，放学了？"

两人没吭声，低着头。

"这是怎么了？"

鹤儿忍不住了，说："娘，刘三儿吃了咱家的包子，又吐又拉，还尿血了。"

"这是怎么回事？咱家的包子又没有毒。"

"他们说是我哥下的毒。"

渠太太激灵了一下，突然感到了事情的严重性，说："这不是胡说八道了，升儿跟这刘三儿无冤无仇的，为什么要下毒？"

"刘三儿欺负我，哥哥帮我收拾他。"

渠太太赶紧抱住了鹤儿，说："这话可不能乱说啊。"

正在这时，"砰砰砰"，有人拍打着院门，乔石头跑了出来，大门开着，一个衙头带着两个衙役走了进来。

渠太太看见是官府的人，问："你们是？"

衙头微微点了一下头说："太太，我们是奉命缉拿渠晋升，请问哪位是渠晋升？"

渠太太一把拉过了升儿说："他还是个孩子，不能抓孩子。"

衙头说话还是很客气的："太太，请您放心，我们知道咱们大清的毛幼的例律，不会亏待少爷的，只是因为涉及命案，所以才要带回府衙。"

升儿钻到了渠太太的怀里说："娘，我不想去府衙。"

乔石头一看不对劲儿，三步并作两步跑了进去，渠本翘从屋里走了出来问："怎么回事儿啊？"

衙头拱手行礼道："渠大人，打扰了，贵公子涉案人命，我奉命必须带走。"

渠本翘问道："涉案什么人，人死了吗？"

衙头回答道："是布政使刘大人的公子，生死不明，所以为了稳妥起见，我们奉命羁押贵公子到府衙。"

"生死不明，那就是说人还没死，人没死就不是重罪，就可以收赎，不用关押。你们要关押一个孩子，这样不妥吧？"

"渠大人，我们也是奉命行事，是否关押不是我们能定的，要不您可以稍后去府衙旁听，我们先带公子回去。"

渠太太还是紧紧地抱着两个孩子，说："都没弄明白是什么事情，就要把人带走，你们觉得合适吗？"

"太太，我们都是当差的，具体情况也不太清楚，您就配合一下我们，不要难为我们，我们会照顾好公子的。"

渠本翘扶住了太太的肩膀说："好吧，那请衙头关照一下孩子。"

"渠大人，这个敬请放心。"

渠太太安抚着升儿说："没事儿的升儿，你爹一会儿就去府衙，你会马上回来的。"

升儿开始大哭起来："爹、娘，快来救我啊，我没有下毒啊，快来救我啊。"

官兵带走了升儿。

渠太太哭喊着捶打着渠本翘："你快想想办法啊，要不咱们赶紧去府衙？"

"现在去府衙没有用，要先看看刘大人的公子是死是活，如果刘公子出事儿，那升儿可就麻烦了。"

第五章

楚南屈身受辱力救爱子
平定矿民展现争矿雄心

***

布政使刘大人背着手来回踱步，渠本翘走了进来，见到了刘大人拱手行礼道："渠本翘拜见刘大人。"

"你瞧瞧你家公子闯了多大的祸，把我儿子弄得上吐下泻，现在都尿血了，这要是有个三长两短的，谁来担这个责任？"

"刘大人，我听说是小孩子们在学堂游戏，贵公子不慎发病，不知现在身体如何，我特登门拜访，此表道歉。"

刘大人停住了脚步说："道歉就完了，有人指证你儿子在包子里故意放了黄磷火柴，这可是故意杀人啊。"

"此事尚未查明因果，事故责任先不要追究，贵公子身体安好才是最重要的。我带了永春堂的坐堂大夫，你看就让大夫给贵公子看看有无大碍？"

刘大人挥挥手，渠本翘和大夫走进了里屋。

永春堂的大夫给刘三儿号脉，看看舌苔，翻翻眼皮，站起身取来了药包。

渠本翘凑了过去问："怎么样？"

大夫把药递给了渠本翘，说："据我的诊断，刘公子没有大碍了，但是这个金刚剂还是吃了吧。"

渠本翘接过了药，走出内室把药递给了刘大人，说："刘大人，大夫已经看过贵公子了，没有什么大碍了，只需休养几日，身体即可恢复。这是我们永春堂特制的解毒药，金刚剂，您让孩子内服下去，有毒解毒，无毒防病。"

刘大人接过了金刚剂，说："没有大碍就好，如果我们刘家的根苗有什么闪失，我是不会放过你的。"

"刘大人，这话说得就有点刺耳了。国有国法，家有家规，杀人偿命，欠债还钱，这些都无可非议，什么叫不放过我啊？事情既然已经发生了，就说如何解决问题，我也没有推卸责任。"

"我只是就事论事，公事公办。"

"既然公事公办，那就按照大清的律例办事，但是你刘大人明知大清有耄幼律法，十五岁以下孩童有收赎之规，你却下令羁押渠晋升，你这是何意啊？"

刘大人又开始踱起步来，说："人命关天，事态重大，虽是孩童也有潜逃推责之嫌，收押看管也不为过啊。"

"你身为布政使应当尊重国法和律规，事情涉及你的眷属，你就不管不顾太原府衙的判定，越级施压，羁押孩童，你这是徇情枉法、假公济私。"

"你这是言过其实，血口喷人。我这样做怎么了？谁都有人情世故，谁都有远近亲疏，现在还不能说我儿子身体无恙，万一有个三长两短，那可怎么得了？"

"治事理政，讲究的是公正廉明，私情行而公法毁。对你这样的做法，我深感痛心。"

"你这是在教训我啊，你儿子闯下的祸，你反而有理了，你不就是个富家的少东家吗，有什么了不起吗？你无权在我面前指手画脚的，我就这么做了，怎么了？你有本事告我去。"

"话既然说到这儿，道不同，不相为谋，志不同，不相为友，咱们大路朝天，各走半边。"

"别在我面前瞎咧咧，我就看不上你们这些所谓的文人墨客，多看几本书就了不起了，咬文嚼字的，有意思吗？别说那虚头巴脑的，说点儿实际的，我儿子的事儿就这么完了？你来道个歉，就不了了之了？"

"那你还想怎么样？"

刘大人嘿嘿一笑道："你就没想着拿出点银子补偿一下啊？"

"人非圣贤，孰能无过？知错就改，内心无愧。孩童游戏玩耍，即使伤害，也非蓄意而为。虽原因尚未查明，我也愿以资安慰，我会让掌柜给贵公子送来安慰金的。"

"补偿就是补偿，说什么安慰？"

"随你理解吧，我也就告辞了。"

"不送。"

刘大人看着渠本翘走出了院门，转身走进内室。刘三儿呼噜呼噜吃着面条。

刘大人赶紧凑了过去，说："你小子到底是有事儿没事儿啊？"

刘三儿一边吃着一边说着："现在没事儿了。"

"家里好吃好喝什么东西没有啊，就你嘴馋吃人家的什么包子。"

"他家包子可香了。"

"瞧你那点儿出息。"

刘太太在一旁帮着腔："小孩子啊，谁不是馋别人家的东西。吃他个包子怎么了？也不能往里面下毒啊。"

"现在还说不准是不是包子有毒。"

"就是包子有毒，要不咱们三儿能上吐下泻吗？"

"以后注意点，别吃人家的东西。"

刘太太瞪着自己的丈夫说："你这胳膊肘怎么往外拐啊？你不去教训他们，教训咱三儿算什么本事啊？"

"现在这事儿不是说不清楚吗？"

刘太太抱怨着："怎么说不清楚了，吃了他家的包子就中毒了，这不很清楚吗？"

"你就不能少说几句？"

"我家孩子中毒了，凭什么要我少说，我就要说，我和他们没完，我到哪儿都要说他们。"

"得了得了，这是解毒的金刚剂，你让三儿喝下去。"

刘太太接过了药包说："三儿，吃完饭把这药喝了。"

"我不喝药，药太苦了。"

"良药苦口。"

"那也不喝。"

刘大人摇着脑袋，往外走。刘太太对着外面大声喊着："不能就这样完了啊，还得让他们赔偿呢。"

刘三儿端着饭碗，说："娘，再来一碗面条。"

刘大人刚走到院内，一官兵来报："大人，有两个洋人和一个戴眼镜的中国人要见您。"

"洋人，哪儿的洋人？"

"是英国福公司的萧蜜德先生。"

刘大人犹豫了一下，说："他来找我干什么？让他们在客厅等着。"

官兵应了一声。

萧蜜德、怀特和圆眼镜坐在客厅内，左右环顾着。

刘大人走了进来，说："萧蜜德先生，稀客啊。"

萧蜜德起身行礼道："刘大人，我给您带了一些我们英国的特产。"

"什么稀罕玩意儿啊？真没想到你们洋人也时兴送礼物啊。"

"你们中国人不是有句话，叫作'万事礼为先'吗？"

刘大人大笑道："我们说的那礼，可不是你这个礼啊。"

萧蜜德也哈哈大笑道："哪种礼都是礼，礼多人不怪啊。"

刘大人招呼着入座，说："真没想到，萧蜜德先生还是个中国通啊。"

"哪里哪里，我也在慢慢学习。"

"想必萧蜜德先生来我这儿，不只是为了送这个礼吧？"

"刘大人，我们福公司董事长哲姆森先生过几天要来拜访您，他特地让我先给您打个招呼。"

"哦，是有什么事情吗？"

"这个您想必也清楚此事，我们英国福公司在山西矿权之事遭到了无理阻挡，平定一带的矿民野蛮粗鲁，刘大人不能不管啊。"

"矿权之事不是有约在先吗？按照合约行事不就行了？"

"刘大人的确是个公平之人，此事有约在先，按照合约各行其是，可是有人在背后煽风点火，鼓动对抗，矿民觉得有人撑腰做主，所以才如此漠视规章，撒野闹事。"

"是谁这么惹是生非，没事儿找事儿？"

"刘大人，我在平定遇见过此人，是个叫渠本翘的，据说是个大户的少东家，在你们朝廷还是个什么官。"

"渠本翘，我刚跟他打过交道，他是个什么狗屁官，只是家里有那么点儿银子。"

"正是此人。"

"你有什么证据说他煽风点火，惹是生非啊？"

"我和他在平定见过面，他联合当地的乡绅，在矿地上毁坏我们福公司的财产，鼓动当地的官员与英国人对抗，这本是太平的日子从此就不得安宁了。"

刘大人站起身子，来回走动着，说："这个渠本翘想干什么？有几个臭钱就开始飞扬跋扈了。"

"我只是给您通个风儿，让您也有所预防，不要让此人破坏了我们两国的友好交往。庚子年山西教案是个深痛的教训，我们必须引以为戒。"

"这个您请放心，我晋省现在也可谓是安宁太平，如果有人想惹是生非，破坏安宁的局势，那是绝对不容许的。关于国与国的交往，我们是有前车之鉴的，希望我们能和平共处，不起事端。"

"刘大人真可谓开明豁达，希望刘大人官运亨通，前程似锦。"

"谢谢您的吉言，至于那个渠本翘，翻不起什么大浪花，我会找机会教训他的。"

萧蜜德起身行礼道："那我们就告辞了，以后还望刘大人多多关照啊。"

"关照谈不上，都是职责所在。"

萧蜜德等人走了出去。

＊＊＊

天近黄昏，渠本翘带着升儿走出了衙门，乔石头招呼他们上了马车。马车一路小跑，来到了渠家大门口，升儿跳下马车，渠太太上前抱住了升儿，说："没事儿吧，升儿？"

"娘，我没事的。"

夜深了，渠本翘和太太呆坐在堂屋内，渠珍珍端来洗漱的铜盆。太太说了句："先放那儿吧，一会儿再洗。"

渠珍珍放下了铜盆，退了出去。

渠太太看着渠本翘，说："升儿这就算是放出来了吧，没事儿了吧？"

"本来就不应该抓，升儿不满十五岁，就应该按照收赎之规执行，是那个刘大人徇私舞弊，假公济私。"

"咱们是本分之家，孩子又是那么好，怎么就摊上这事儿了？"

"我也不知道，吃包子怎么会中毒呢？"

"包子是五妈包的，这么多人都吃了，也没事儿，他吃了就中毒了，有这么诬陷人的吗？"

"你让升儿在家歇两天吧。吩咐一下厨房，以后东西都要洗干净，不要有发霉变质的东西。"

"好的，你洗漱吧，水都快凉了。"

乔石头也在自己屋里洗漱着，渠传耀蒙着头躺着。乔石头看了一下渠传耀，问："怎么了这是，还在想少爷的事儿呢？"

渠传耀一骨碌爬起来，说："石头哥，你说是我亲自拿出来的包子，刘三儿吃了怎么会上吐下泻呢？"

"这我也说不清楚。"

"这就奇了怪了。"

乔石头用毛巾擦着脸，说："反正啊，以后吃的东西当心着点，吃东西前要洗手。"

"石头哥，这你说对了，他们在地上刚玩了插刀刀，拿起包子就吃，一定是手上有不干净的东西了。"

"有可能。"

"以后必须让他们洗手。"

"好了，别说了，不早了，睡吧。"

乔石头吹灭了油灯。

渠本翘还在洗漱，渠太太端着一盘包子走了进来，坐下就大口大口地吃包子。

渠本翘放下毛巾，问："你这是干什么？"

"这是剩下的包子，我要看看是不是有毒？"

渠本翘上去阻止，说："别犯傻了，这包子怎么能有毒呢？"

渠太太把包子摔在了地上，大哭起来，说："这都是什么事儿啊，人家就是在欺负我们，害得升儿还被抓起来。"

渠本翘上前抱住了太太，说："你这是弄什么啊？这大半夜的，鬼哭狼嚎的。"

渠太太收住哭声，看着渠本翘说："不行，我不能忍受这欺负，我得找他算账。"

渠本翘依然抱着太太说："这成何体统了，你这哪像个大家闺秀啊？"

"我才不管你怎么说，闺不闺秀无所谓了，我是大户人家出身，我受不了这个气。"

渠本翘抚摸着太太说："好了，好了，这事儿我来解决，好了吧？"

"你就是太软弱，才被人家欺负的，他姓刘的不就是个布政使，有什么了不起的？你要是怕他，我就去京城找我干爹。"

"身正不怕影子斜，我怕他什么？你就别掺和了，我的姑奶奶。"

渠太太撒着娇："我是你老婆，不是你姑奶奶。"

渠本翘嘿嘿笑出了声儿，说道："你这是要气死我啊？"

渠太太扶住渠本翘，说："好了，好了，不闹了，上床睡觉。"

渠本翘顺势躺在了床上。

***

乔殿森的马车刚到火柴厂门口，乔殿森就看见一队官兵从院内往外驱赶着工人。

有人看见了马车跑了过来，说："乔东家，不好了，官兵来封门了。"

乔殿森赶紧跑上前去，拦住了官兵，问："这位兵爷，这是怎么回事儿啊，为什么要封门？"

"布政使刘大人有令，你们生产的火柴有毒，有人已经误食中毒，现在停产查封。"

乔殿森解释着："火柴是引火工具，本身就不是吃的东西，误食中毒

111

跟我们火柴厂有什么关系啊？"

"我不跟你理论对错，我只是奉命行事，把人全部赶出去，一个人都不留。"

人们被赶出了院子，官兵贴上了封条。

乔殿森站在台阶上，说："大家先散了吧，回家等消息，这事儿很快就能解决。"

大家都走了，松本还站在门口。

"松本先生，你怎么还站在这儿？"

松本拉着乔殿森的手，说："乔东家，我有个事情必须告诉你。"

"什么事情快说啊？"

"我正在研制配方，就被他们赶出来了，那黄磷还在试剂里面呢，必须把它放好，要不然会爆炸的。"

"啊，那还了得，还不赶紧去把它放好？"

"这不是被赶出来了吗？"

乔殿森转身看见门上贴着的封条，叹了口气。

乔殿森环顾了一下，说："快跟我来。"

乔殿森拉着松本绕着围墙跑。乔殿森找了个地方就往墙上爬，松本抱着乔殿森往上举。

乔殿森突然退了下来，说："我上去干什么？你上去。"

松本往墙上爬，乔殿森跪在地上，松本踩着乔殿森的肩膀爬了进去。乔殿森在外面焦急地等着。没过一会儿，松本翻墙跳了出来。

乔殿森问道："怎么样，放好了吗？"

"放好了。"

乔殿森叹了口气，说："那就好了，这要是爆炸了，那这事儿可就闹大了。"

"放心吧，乔东家。"

"你先回家歇着吧，我这就去找渠东家。"

乔石头引着乔殿森跑了进来，乔殿森一见到渠本翘赶紧说道："楚南，不好了，出事儿了。"

渠本翘放下手中的毛笔，问："怎么了？"

"火柴厂被封了。"

"为什么被封？"

"说是布政使刘大人的命令，说咱们火柴有毒。"

"他这是冲着我来的。"

"怎么是冲着你来的？"

渠本翘站起了身，说："刘大人的儿子在学堂吃了升儿带去的包子，上吐下泻，有中毒的迹象，他说在包子里发现了火柴头，说是火柴头有毒。"

"包子里怎么会有火柴头呢？"

"不知道。"

"这件事情很蹊跷。"

"他现在又封了火柴厂，很明显是冲着我来的。"

"那这事情怎么办？"

"我已经见过他了，也给他道歉了，但感觉他还是有怨气，我再找他一次，冤家宜解不宜结，给点银子，服个软吧。"

乔殿森有点不服气，说："这明显是公报私仇。"

"不管怎么样，还是人家抓住咱们的短，也就不要计较太多了。"

"那这样，我去见他，你就不要出面了，这公事和私事尽量不要搅和在一起，我送点银子，就算是认罚了。"

"也好，但是这件事也给我们提了个醒儿，火柴，我们还需要改进。"

乔殿森点点头道："我也是这么想的，主要是安全问题，这黄磷的确有毒，松本先生正在研制新配方了，他也说想回一趟日本，看看其他国家在火柴配方上有没有突破？"

"这个事情要抓紧，我们火柴厂只是个买卖，可不能为了买卖就制造有毒的东西。"

"另外还有个安全问题。"

渠本翘看着乔殿森，问："还有什么？"

"这火柴杆和火柴皮都堆在厂子里，这万一有个火星，整个厂子报废不说，这周围的居民也就遭了殃。"

"你有什么想法？"

"我想把原材料和组装厂分开，火柴杆和火柴皮放到木材产地去加工，然后拉回来在厂子里组装一下，我觉得这样就安全多了。"

"这个想法很好，你先选选地方，咱们抽时候去考察一下。"

"好的，就这么办，那我就先走了。"

渠本翘点点头，说："好的，去办吧。"

乔石头陪着乔殿森走了出来，遇见渠太太端着针线筐从外往里走。

渠太太微笑着打招呼："乔东家，这慌慌张张的，怎么了？"

"哦，弟妹啊，火柴厂被查封了。"

"为什么啊？"

"说火柴头有毒，所以给封了。"

"岂有此理，这是谁让封的？"

"布政使刘大人。"

"啪"的一声，渠太太把针线筐摔在了地上，说："这还没完没了了？我找他理论去。"

渠本翘听到了动静，跑了出来，拉住了太太，说："你个妇道人家能不能不掺和啊？"

渠太太挣扎着，说："妇道人家怎么了？我要让姓刘的知道马王爷几只眼。"

渠本翘拉着太太的手说："雨亭，你赶紧去吧，我拉着她呢。"

乔殿森尴尬地转身走了。

渠珍珍跑了过来问："这是怎么了，太太？"

渠本翘指着地下的东西，说："珍珍，快把地上的东西收拾了，扶太太进屋。"

渠太太挣扎出双手，叉着腰，说："还反了他了。"

渠珍珍捡起针线筐，扶着太太走了进去。

乔石头看了看两人的背影，又看着渠本翘，说："东家，这刘大人在山西是多大的官啊？"

渠本翘背着手往屋里走，说："很大的官。"

"这么厉害。"

渠本翘停住脚步，转身问道："谁厉害？"

乔石头摸了摸头，说："我觉得太太厉害。"

渠本翘笑着走回屋里。

山西巡抚衙门布政司里，刘大人背着双手在屋子里踱步。一官兵进来通报："大人，双福火柴厂的东家乔殿森求见。"

刘大人停住脚步说："那火柴厂的东家不是渠本翘吗？"

"是他们两个人合伙的。"

"火柴厂封了没有？"

"已经查封了。"

刘大人点点头说："好，让他进来吧。"

乔殿森走了进来，拱手行礼道："乔殿森拜见刘大人。"

"你就是乔东家啊，是为了火柴厂的事情吧？"

"正是此事。"

"我也跟你直说了，有人举报你们火柴厂生产有毒的火柴，伤及百姓，危害社会，百姓怨声载道，苦不堪言。本官不能坐视不管，所以查封整顿，以观后效。"

"刘大人，这火柴厂的前身是官办火柴局，有朝廷正式的批准关防，我们只是接管续办，此事是为了遵照皇上的旨意，兴办洋务，发展工业，造福百姓，贡献社会。说是伤及百姓，危害社会，我们是万万不敢啊。"

"可的确是有人因为火柴头而中毒，这又如何解释？"

"这火柴本身就不是食用之物，只要不是食物，那吃了什么都会伤及身体，再说了，就算有人误食，那也是当事人之责任，您总不能因为吃了铁锈而去抓了那个铁匠吧？"

刘大人拉下了脸，说："大胆，这儿是布政司，你来我这儿还敢教训我。"

"大人误会，我只是为了说明此事与我们无关。"

"你是来推卸责任的？"

乔殿森把手揣到了兜里，说："是否有责任，我相信大人能够秉公执法，明察秋毫，把此事弄他个水落石出。既然出现了中毒的事情，我们也不会做缩头乌龟，不闻不问，推卸责任。大人，这张五百两的银票，请您收下，一是慰藉中毒当事人，二是算我们整改的保证，我们将尽快研制更加安全的火柴，以杜绝误食之伤害。"

刘大人点点头，说："这个态度我还是可以接受的，乔东家，喝口茶，我还有一件事情需要给你们点明了。"

"大人请讲。"

刘大人来回走动着，说："我身为承宣布政，行走在巡抚大人左右，有责任为晋省的安宁和平顺尽一份力，你们身为士绅也同样应该按规矩做事，不起事端，对你们自己，对晋省的时局都是有益无害的。"

乔殿森看着刘大人，说："大人不必兜圈子，有什么事情就请直说。"

"我查封火柴厂只是想给你们提个醒，尤其是那个渠本翘，应当安分守己，不要惹是生非，没事找事。"

"大人，您能不能再说得明白点？"

"这还不明白吗？有人见他去平定游说煽动矿民对抗英国人，这是个极大的错误。"

"大人，矿权纠纷那是民意所向，并不是渠本翘所能煽动的。"

"我不想管那些起始原因，我只想晋省能够平平安安，不起事端。我本来是想让那个渠本翘来见我的，可是你来了，那就帮我捎个话儿给他。"

乔殿森向前凑了一点，说："捎什么话儿？"

"你就告诉渠本翘，管好自己的事儿，平定的事儿，让平定人自己解决。"

"放心吧大人，这话儿我一定捎到。你看火柴厂的事儿？"

刘大人挥挥手说："你先回去吧，我稍后派人解封。"

乔殿森起身拱手道："多谢刘大人。"

＊＊＊

平定街头空地上搭起了高台，上面拉着一条横幅："平定州矿产公会成立典礼。"

台上知府王为干端坐中央，张士林、黄守渊、黄熹年、蔡蓉田都在台上就座。台下挤满了看热闹的人。

张士林站在台子中央，大声说道："大家安静了，现在我宣布，平定

116

州矿产公会成立典礼现在开始。"

全场爆发了热烈的掌声。

张士林举了一下手说："首先有请平定州的父母官知府王大人做开场致辞。"

王为干来到台子中央，清了一下嗓子说："父老乡亲们，平定矿产公会今天正式成立了。这个公会由平定士绅发起，已经报请山西抚衙核准，负责掌管平定矿产之事务。此乃吾州之大事。此公会的设立目的只有一个，那就是联群情而保利源。煤铁两项，乃我平定天生之宝，也是父老乡亲生存之源。我们必须官民协力，保护和守卫，希望公会以此为宗旨，依法照章办事，平定州衙一定严明公正，全力辅佐。"

众人鼓掌。

张士林的嗓门很高："下面有请平定士绅黄守渊。"

黄守渊站起身子，来到中央，说："吾乡之煤矿乃民生之所系，古往今来，休戚与荣，民之权也。起居日常，或乃婚丧寿时，无不依赖煤炭。很多人以其为生，赚钱养家。今洋人到此，心怀鬼胎，目显狰狞，前有俄洋，后有法人，继有英人，都在图谋我们的煤炭。我们怎么能将肥肉拱手送给洋人，让人家摆上宴席呢？吾民之权不容外人践踏，白话天下，子龙何在，廉颇老矣，尚能食否？矿之不存，民将安否？我们身为大清臣民，不能任之流失。区区矿地，实乃我大清国土，绝不能拱手让与英洋人。要挡住英洋人，我们必须团结一心，只有团结，我们才能保住民权，保住民生，保住民主，矿权回归，也是众望所归。"

张士林听了黄守渊的讲话，情绪澎湃，说道："大风起兮云遮月，晋省保矿兮平潭起；群情联兮谋生计，废约自办兮艾固移。大风起兮云飞扬，矿权归来兮保晋嶂；士绅民兮众乡往，吾采吾销兮民自强。今天成立的矿产公会是民心所向，'保艾''固本'两个分公司空前团结，就是要誓死保卫我千年固有之宝地，守住百姓谋生的利权。英国商人霸我矿权，占我土地，断我财路，竭我材源，我们同不同意？"

台下众人高喊着："绝不答应，联群情，保利源！联群情，保利源！"

会场上群情激动，口号声此起彼伏，一浪高过一浪。

张士林又举起双手安抚了一下会场气氛，说："下面请平定矿产公会会长蔡蓉田具体说明章程要求。"

蔡蓉田走上台说："矿产公会成立后，不论新旧煤窑，各位窑主都要将矿地登记造册，或以山名或以地名，即以该山该地为定点，登记产主姓名，作为矿产公会的公产，只能自办，不得私售外人，此为保全矿产之义务，必须合力同心，谨守遵办。此后如发现华洋工师在本州勘探矿苗，各村保甲人等应速报公会，公会即行报官，询问来历，验实核办。其他乡绅也要多占地、多开矿，不给洋人留下可乘之机。铁路沿线的简子沟、小南坑、燕之沟这些蓄矿之山，均需围垒石块，或者大书'固本''保艾'字样以及'不得侵占'等语，同时拔掉福公司的旗子，绝不容许洋人圈占开矿。"

"还矿权，保利源！还矿权，保利源！"口号声再次响起。

主席台上，上来了两个身穿戏服的男女，摇着花扇唱起了歌谣：

嗨，嗨。

（女）吾家的天，吾家的地。

（男）吾家的矿炭往家移。

（女）哪容那强盗胡惦记？

（男）哪容那强盗来放屁。

（女）福公司，胡日鬼。

（男）吾家的矿产怎就吞到尔肚里？

（女）为了活头，咱快点抠。

（男）马上尔就成了豁豁嘴。

（女）看尔还日鬼不日鬼？

场下哈哈大笑。

平定福公司在平定正街上，离旗杆院不远。安原书气喘吁吁地跑了进来，说："萧萧蜜德先生，他们在开开会。"

萧蜜德看了下安原书，问："什么人在开会？"

"夺夺矿的那帮人。"

"什么内容？"

"矿矿产公会成立大会。"

"他们开会，那我们也开会。"

"开开什么会？"

萧蜜德面对门口，说："他们要夺矿，我们就护矿，他们开矿产公会大会，我们就开护矿队大会。马上召集护矿队，开会。"

安原书点头哈腰道："哦，是。"

平定州福公司院内的空地上，二十多人组成护矿队。安原书站在队列前面大喊一声："哦，立立正。"

队伍做出英式踏步。

安原书转向萧蜜德说："有有请萧啊萧蜜德先生。"

萧蜜德来回走动看着这支队伍，说："护矿队的弟兄们，你们现在代表的是大英帝国，要保护的是大英帝国的矿产，这是你们的荣耀，也是你们的职责。我们早已经同清国政府有协议，出钱购买了这个矿区，现在有刁民寻衅滋事，恶意侵占矿产，这是大英帝国绝对不能接受的。之所以招募你们，就是为了坚守公平，维护协定，你们……"

话没说完，有人就捂着肚子举手，说："报告，我要上茅房。"

又有人举手，说："报告，我也要上茅房。"

"报告，我也要去。"

二十多人的队伍瞬间跑掉了一大半。

萧蜜德大怒，对着安原书大声喊道："这是怎么回事？"

安原书疑惑地看着萧蜜德，说："不不知道啊。"

"快去看看，到底怎么回事？"

安原书答应了一声，急忙跑了过去。院子角落茅厕的草棚子前面挤满了人，人们都捂着肚子发着牢骚："快点啊，我都憋死了。"

"再不出来，我就拉了。"

安原书跑前跑后地问着："你是怎么回事？"

"我也不知道，就是肚子疼，想拉。"回答的人皱着眉头。

萧蜜德皱着眉头，背着双手在屋里来回走动着，鼻孔里喷着粗气。安原书跑了进来。

萧蜜德急着问道："到底怎么回事？"

安原书比画着说："他他们，拉稀了。"

"什么是拉稀？"

"就就是肚子疼，要上茅房里拉。"

"为什么要上茅房？"

安原书吞吞吐吐地解释着："估计是吃坏了，吃了不不干净的东西了。"

"快去调查，看看什么东西不干净。"

话没说完，萧蜜德突然捂住肚子。

"萧萧蜜德先生，您您怎么了？"

萧蜜德捂着肚子往后屋走，向安原书摆摆手，说："快去。"

安原书又跑到了茅厕旁边，人们还捂着肚子排着队。有人还蹲在了地上。安原书拉住一个人的袖子问道："你你早上都吃吃什么了？"

"大家吃的都是一样啊，白馍馍和菜。"

"早早上是是谁做的饭？"

"就那个楞脖子啊。"

安原书跑到厨房喊："楞楞脖子。"

安原书连喊几声，见没人回答，上前掀开锅盖，用勺子在锅里搅和着，眼神一愣。

安原书跑进了萧蜜德房间，没见到萧蜜德就大喊道："萧萧蜜德先生，萧——"

萧蜜德捂着肚子从后屋走了进来。

"报报告萧蜜德先生，原原因找到了。"

萧蜜德呵斥道："是谁在捣鬼？"

"是，是它，在菜锅里找到的。"安原书拎着一只死老鼠的尾巴展示在萧蜜德的面前。萧蜜德"啪"地打掉了安原书手里的死老鼠。

"这是什么情况？"

"有有人往锅里放了死死老鼠。"

"把那厨师给我抓起来。"

安原书摊开双手，说："做做饭的，跑了。"

萧蜜德推了一把安原书，说："那还不赶快报官？"

安原书突然捂住了肚子，说："我，我也要拉拉稀。"

萧蜜德指着安原书骂道："你这个笨蛋。"

天色已晚，楞脖子躲在黄府门口，左右观察，见周围没人，轻轻地敲门，门开，他急忙闪了进去。

"铸公，我回来了。"

黄守渊、张士林和张鸿寿正围坐在八仙桌旁攀谈。黄守渊见楞脖子进来，急忙问道："楞脖子，不是让你给洋人做饭去了吗，你怎么回来了？"

楞脖子晃着膀子，得意扬扬地说："我给他们做了一顿大餐就回来了。"

张士林问道："怎么回事儿？"

楞脖子抓起一只茶杯一饮而尽，说："洋人和他们的护矿队吃了我的大餐都拉稀了。"楞脖子说完哈哈大笑。

黄守渊追问着："你做什么了？"

楞脖子抹了一把嘴，说："我给他们放进了两只死老鼠，给他们加了点荤。"

黄守渊叹了一口气，说："我是想让你长期混在他们里面，能了解他们的动向，你可好，这么一弄，你就在那儿就待不住了。"

张士林也皱起了眉头，说："你这可破坏了我们的计划。"

"铸公，张东家，我是个粗人，你让我打打杀杀都没问题，可你让我忍气吞声受洋人摆布，我哪儿能受得了啊？"

"这不是你有做饭的手艺吗？"

"快算了吧，铸公，我在那儿都快憋死了。最可气的就是那个洋人狗腿子安原书，是个大结巴不说，每天训这个训那个，就是狗仗人势，我早想给他个大嘴巴子了。"

张士林摇摇头道："小不忍则乱大谋。"

黄守渊看着楞脖子说："你这下回不去了吧？"

楞脖子低着头说："听说他们让官府抓我了，所以我趁天黑才来这儿的。"

张士林看了一下黄守渊说："好了，好了，回不去就不回了，再派别人去吧。"

楞脖子摆出一副神秘的样子，说："不过啊，我这次也没白去，我也发现了洋人的好多情况。"

张士林问道："什么情况？"

"他们有一屋子洋枪。"

"有多少？"

"有几十支。"

张士林看着黄守渊说："这倒是个重要情况，应该尽快告诉知府王大人。"

黄守渊对着楞脖子说道："好了，你到后院休息吧，没事儿别往外跑，小心官府抓了你。"

楞脖子往外走，嘴里还嘟囔着："抓我也不怕，炖个老鼠汤，算犯什么法。"

张士林见楞脖子出去了，对着黄守渊说道："我们应该把咱这里的情况告诉胡大人和渠东家。"

"是啊，再打听打听太原府那里有什么进展。"

"那就让蔡公去一趟。"

"还是让熹年去吧，矿产公会刚成立，蔡公忙得很。"

张鸿寿半天没说话了，终于找到了个话题："爹，我去吧。"

张士林看着儿子说："你不是刚回来吗？"

"太原府的情况我熟悉，再说了我去太原府能住在渠东家那里，这不给你省下银子了。"

"谁让你省银子了？"

黄守渊点点头，说："我看行，就让鸿寿再跑一趟吧。"

"好吧。"

第六章

书业诚惊现傅青主真迹
英商赴太原府疏通周旋

***

一辆马车停在书业诚门口，渠仁甫从院里走了出来，撩起车帘准备上车。

王掌柜从门店里走了出来，说："仁甫东家，您这是要出去啊？"

渠仁甫转过身说："哦，王掌柜，我要去一趟祁县。"

"您能不能稍等一会儿？就一会儿。"

"有什么事儿吗？"

王掌柜一脸神秘的表情，说："有好东西了。"

渠仁甫赶紧收回伸出去的腿，面带微笑地说："您早说啊。"

两人快步走进书业诚。

王掌柜从柜台底下拿出了一个手卷。

渠仁甫好奇地看着问："这是什么？"

"您先看看。"

渠仁甫小心翼翼地打开了手卷，说："啊，《太原三先生传》，这是傅山先生写的啊。"

王掌柜指着手卷的下角，说："东家，您看这落款。"

渠仁甫离得很近，仔细地看着说："是真迹啊。没错，是傅山先生的真迹。"

王掌柜看着渠仁甫笑道："是啊，东家，我也认为是真迹。"

渠仁甫眼角上扬，目光灼热，屋内好像都有了焦煳味儿，说："这可是个稀罕物件啊。"

王掌柜点着头说："我以前只是听说傅山先生在监狱中写过《太原三先生传》，拿到这物件我就怕是赝品，我仔细研究了一下，我觉得这就是真迹。"

渠仁甫看着王掌柜问："什么人卖的？"

"是个太原人，但我觉得他跟祁县有关系。"

"太幸运了，这是傅山先生书法中的上乘之作，是难得一见的精品啊。"

"听说这个手卷一直在戴家，可这个太原人跟戴家有什么联系我就不清楚了，也不好问。从甲午年到现在，这手卷还保存得这么完好，也是难得啊。"

渠仁甫扭晃着身子，左右欣赏着手卷，说："我太喜欢了，傅山先生的书法就是与众不同。你看这儿，前面还是楷书，往后就是行书，越写越草，到后面都龙飞凤舞了。"

王掌柜点着头说："他的很多书法作品都是这样，有人说他近乎荒诞。"

"见字如见人，他的字画时常给人以粗野、纷乱、狂放甚至是荒诞的感觉，是因为他追求的是一种不经雕琢的天然之美，所以他说宁丑不媚，就是不想迎合世俗，就是要坚持自己的信念。"

"难怪有人说他就跟秤砣一样死心眼。"

"这才是他的价值所在。"

王掌柜小心翼翼地收拾着手卷，说："这就得好好收藏了。"

"用最好的材料绢裱起来，再做一个红木盒子。"

"放心吧东家，我会给它最高待遇的。"

渠仁甫点点头，背着手，哼着晋剧唱腔走了出去，上了马车。

马车路过学堂，渠仁甫掀起车帘往外看了一眼，放下车帘说了句："直接去祁县吧。"

＊＊＊

渠正财推着牛乳车停到了学堂门口，跟车夫打着招呼。

车夫蹲在墙角抽着烟问："这么早就来送牛乳啊？"

"是啊，今天先来学堂给你们送，然后再去教堂。"

"我说怎么这么早啊？"

"那个书童在里面吗？"

车夫回答道："传耀啊，在里面呢，你送里面吧。"

渠正财拿着四罐牛乳走进了学堂，走向渠传耀。渠传耀站起身说："今天两罐就行了。"

"我拿了四罐，你不是都帮着给收下吗？那两罐你也帮着给了他们吧。"

"我家的留下一罐，刘公子今天也没来，他的你也不要放了。"

"这是怎么回事啊？"

"具体的你也不用管了，留下两罐就行了。"

渠正财探着头问："你家只来了一个少爷？"

"哦。"

"怎么就来了一个啊？"

"我说了，你就不要问了。"

渠正财停顿了一下说："哦，一个月快到头了，我们东家说该结账了。"

"那你明天把账单给我，我回去结了款就给你。"

"好的。"

渠正财抱着牛奶罐走了出来。渠正财一边往车上放牛奶罐子，一边跟车夫说着话："你说我这拿进去四罐，可只收了两罐，这东家一定会骂我的。"

车夫抽着烟袋锅说："那骂什么啊，就说有两个没来学堂。"

"可东家不信怎么办，又不知道为什么不来，肯定东家以为我在说瞎话。"

"这是事实啊，就是有事儿没来。"

渠正财往车夫身边靠了一下，说："你知道为什么没来吗？"

"这事儿谁都知道啊。"

"我就不知道，到底是啥事儿？"

车夫有点不耐烦了，说："刘大人家的公子吃了我们少爷的包子中毒了。"

"刘大人的公子中毒了，厉害吗？"

"没事儿，缓过来了。"

"那你家少爷呢？"

"我家少爷没事儿。"

"你说这刘公子怎么会中毒呢？"

"那谁知道啊，说是吃了我们家的包子。我家的包子怎么会有毒呢？不可能的事儿，谁知道他是吃了什么不干净的东西了。"

渠正财拿出一罐牛乳，说："老哥，这刘公子的牛乳啊，我拿回去也不好交代，你拿进去给了那个书童，到晌午啊，你们俩分着喝了吧。"

"那怎么合适啊？"

"怎么不合适啊？合适，你们不拿上，我这儿就不合适了，就算帮我个帮了。"

"这，这行吗？"

"行，没问题。这牛乳啊，好喝着呢，你们都没喝过，这机会来了，一定要尝尝，再说了，你不喝，那书童也要喝啊。"

车夫接过了牛乳罐子，笑着说："那就尝尝。"

"你把这拿进去，把那刘公子的空罐子拿出来就行了。"

"好嘞。"

渠正财看见车夫进了学堂，急忙从路边捡起一块石头，把马车车轴的销子砸了出来，见四周没人，扔了石头。

车夫拿着空罐走了出来，说："谢谢啊，我就说是你非要留下的。"

"没错，就是我要留下给你们喝的。"

"真有点不好意思啊。"

"咱们还得常来常往呢，不用客气。"

"有什么要我帮忙的，你也别客气。"

渠正财把空罐放好，说："好的，那我走了。"

"当啷，当啷"放学的铃铛响了，孩子们跑出了学堂。鹤儿一步就跳上了马车，说："传耀，快上来啊。"

渠传耀跳上了车，说："老王头，回家。"

车夫应了一声，一鞭子下去，辕马跑了起来。马车越跑越快，车轮子快掉了出来。

渠传耀感觉有点不对劲儿，说："老王头，今天这车子怎么晃得这么厉害啊？"

鹤儿也插了一句："我也觉得有点摇摆。"

车夫摇晃着鞭子，没有回头，说："我在前面，没觉得晃啊。"

渠传耀在车上伸出头看着车外，突然大喊："快停车。"

话音未落，一边的车轴辘甩了出去，马车翻倒在一边，渠传耀被摔了出去，鹤儿被扣在了车轿子里。车夫的头也磕破了，从车轿子里拉出了鹤儿，问："少爷，您没事儿吧？"

"我没事，快看看传耀怎么了？"

两人跑向躺在路边的渠传耀。渠传耀慢慢睁开了眼睛，说："刚才好像翻车了。"

"传耀，你醒了。是的，我们的马车翻了，把你甩出来了。"

"你没事儿吧，少爷？"

"我没事。"

渠传耀勉强坐了起来，说："老王头，你快来看，车子还能走不？"

车夫立刻跑过去低头看着，说："这车倒是没大碍，就是车轴的销子掉了。"

渠传耀伸着脑袋看着马车问："那车销子不是砸死的吗，怎么会掉了呢？"

"我也不知道啊，来的时候还好好的。"

"那怎么办啊？"

"传耀，跟少爷在这等一会儿，前面就有个修车铺，我去买一个销子。"

"好的，快去快回，我们在这儿等你。"

鹤儿看着渠传耀哇哇哭了起来说："传耀，你脑袋一直在流血。"

街上的路人围了一圈。

"这是谁家的车翻了？"

"好像是渠家的马车。"

"这孩子伤得不轻啊。"

正在这时，布政使刘大人的马车路过此处，几个官兵吆喝着："闪开了，闪开。"

有人拦住马车，说："官爷，这孩子受伤了，能不能拉他去看大夫啊？"

刘大人隔着车帘问道："什么事啊？"

"大人，好像是有辆马车翻了，有个孩子受伤了。"

"去看看谁家的。"

官兵应了一声，没过一会儿，跑了回来，说："禀告大人，好像是渠家的马车。"

刘大人在车上闭上了眼睛，说："我还有公务在身，就不要管这闲事儿了。"

官兵们吆喝着："闪开，闪开，不要挡着道儿。"

马车穿过人群，驶去。

渠珍珍上街买菜，看见前面围了一群人，渠珍珍拎着菜篮子挤进了人群，喊道："少爷，传耀。"

鹤儿一看见渠珍珍，哭声更大了，说："珍珍姐，咱家马车翻了，传耀也受伤了，你快告诉我爹去。"

渠珍珍着急得蹲在地上，说："老爷出远门了，不在家。"

"那石头哥也不在？"

"不在啊，他也陪老爷出去了。"

鹤儿坐在地上大哭起来，说："爹，快来救我们啊。"

车夫拿着铁销子挤了进来，说："大家让让，帮忙搭把手，我把车轱辘安上啊。"

众人合力抬起了马车帮子，车夫把车轱辘套进了车轴，砸上了铁销子。渠珍珍和鹤儿扶着渠传耀坐进了马车，车夫马鞭一甩，喊了一声："驾！"

马车沿着街道行驶，渠正财推着送奶的车子停在路边，悄悄地看着马车，拉低了帽檐。马车的轿子都扭曲变形了。

渠珍珍抱着渠传耀说："老王头，你快点。"

车夫甩着马鞭，马车绝尘而去。

***

济南大明湖畔"正立当"后院，屋檐下，刘笃敬与掌柜正在喝茶攀谈。

掌柜给刘笃敬倒上茶，双手递了过去，说："东家，您这次来济南，会多住几天吧？"

"说不准啊，太原府也许很快就有消息。"

正立当门外，一匹快马疾驰而来，来人飞身下马，大喊一声："东家在哪儿？"

接应的伙计牵过马缰绳，说："和掌柜在后院喝茶呢。"

来人飞快地跑向后院，一边跑一边大声喊道："东家，东家。"

刘笃敬和掌柜听到了喊声，放下了手里的茶碗，来人已经冲到了面前。

刘笃敬皱了皱眉头问道："慌张什么？大喊大叫的。"

"速回太原，速回太原。"

刘笃敬向前欠了一下身子，问："快说，什么事？"

来人喘了几口大气，说："农工商部任命东家为山西商务局总办，让立刻上任。我连夜从太原赶来，就怕耽误了。"

刘笃敬站起身来，舒了一口气说："知道了，你下去吧。"

掌柜的也跟着起身，说："东家又要当官了？"

刘笃敬有点兴奋，背着手踱着步说道："戊戌年后，我离开京城，曾发誓不再做官，可眼下英商垄断晋省矿权，民怨颇深，我是受人举荐才得以任用，此时为官，肩负重托。"

掌柜看着刘笃敬，说："东家的内心我最了解，戊戌年，京城菜市口杀了六个人，其中的杨深秀是您的挚友。为此您隐居了三年，但您变法维新富民强帮的心一直没变。变革就是会有人被误解，被冤枉甚至被杀头。"

刘笃敬转过身子，说："你怎么看矿权之事？"

"东家，此次洋人霸占矿权，攫取了晋省的利源，也阻碍了我们的生意。赶不走洋人，我们平定的铁沟煤矿也无法生存，我相信您不会袖手旁观的。"

"是啊，但我也清楚这势必会触碰到许多人的利益，尤其是洋人的利益，他们的坚船利炮无所不摧，割地赔款势不可挡，还没有一次失手过。"

“东家想拿回晋省矿权，必定是难上加难，他们为了利益会不择手段，望东家三思对策，巧妙应对，避免刀光血影。此次东家官职是商务局总办，微妙恰当，一定大有作为。”

“此乃我意，推诿回避不是我的性格，但如何周旋应对，思路还不太清楚。不多说了，车到山前必有路，船到桥头自然直，先上任了再说。赶快给我备车，我连夜赶往太原府。”

“不必过急，我这就安排，东家明天一早启程就好。”

刘笃敬点点头说：“好的，就听你安排。”

太原府渠府内，大夫和渠珍珍给躺在床上的渠传耀敷药、包扎。

渠太太站在一旁，焦急地看着，说：“最近这是怎么了？接二连三出事情。这是招谁惹谁了，是谁跟我们过不去了？不停地出事儿啊。”

鹤儿也站在一旁说：“我觉得都是哥哥惹的事儿。”

升儿看着鹤儿说：“跟我有什么关系啊？我这两天都没去学堂。”

鹤儿用胳膊顶了升儿，说：“那你说是不是刘三儿在捣鬼啊？”

升儿躲了一下，说：“这我哪里知道啊？”

渠太太搭住两个孩子的肩膀，说：“还真是的，这都和学堂有关系，你爹还不在家，尽在外面瞎忙活，也不管家里的事儿，你们俩这两天都别去学堂了，等你爹回来了再说。”

鹤儿跳了起来，说：“太好了，能在家里玩儿了。”

升儿推了一把，说：“你就知道玩儿。”

渠太太拉住鹤儿，说：“在家里也不能光玩了，升儿，你带着弟弟看书写字。鹤儿要听哥哥的话啊。”

升儿看着鹤儿说：“听见没，你必须听我的。”

鹤儿噘着嘴，“哼”了一声。

“先缓上两天，等你爹回来看看到底问题出在哪儿了。”

＊＊＊

渠本翘和乔殿森走在交城关帝山的山间小路上，乔石头跟在后面。

渠本翘深深地吸了一口气，说："这关帝山的风景好美啊。"

乔殿森不由自主地也吸了一口气，说："是啊，这里号称三晋第一山。"

乔石头紧紧地跟在后面，向前追了一步，问道："乔东家，这里为什么叫关帝山啊？"

"据说是关公关老爷曾经在这里驻扎过，所以起名关帝山，前面还有座关帝庙。"

渠本翘接过了话："这应该是在交城和方山之间，很有'曲径通幽处，禅房花木深'的韵味啊。"

乔殿森指着前面的树林子，说："楚南啊，我说的就是这片林子，有油松、白桦、山杨，都是做火柴梗的好材料。"

渠本翘顺着所指的方向看去，说："不错，但是我们还要考虑成本问题，量要大，成本还低。"

乔殿森看着渠本翘，说："那就选杨木。"

"这里是什么杨木？"

"是小叶杨，材质细软，容易加工。"

"你的意思是在这里就加工成火柴梗，再运回太原？"

乔殿森点点头说："是啊，在这里加工费用会降低很多，一是就近取材，效率会很高，工人的成本也很低；二是我们运输的是火柴梗的半成品，比运输原木要精细了很多，所以这样我们能省下很多钱。"

"这个想法很好啊，就按你说的办吧。"

三个人不知不觉来到了关帝庙门口。游客熙熙攘攘，络绎不绝。

三个人仰头看着庙门。

乔石头问了一下渠本翘："东家，我们要去烧香吗？"

"当然要烧了。"

乔石头边快步跑进去边说："那我去拿香。"

三人依次烧香磕头，然后走出了关帝庙，径直来到山顶的亭子里欣赏风景。

131

乔石头站在亭子的边缘，俯视着关帝庙，说："东家，为什么这么多人来祭拜关老爷啊？"

渠本翘坐在了亭子的边上，说："忠义仁勇礼智信，这七个字说的就是关老爷，再没人能配得上这七个字，所以人们都崇敬他、传颂他，把他当成圣人祭拜他。"

"那关老爷的精髓是让人向善吗？"

"关老爷的精髓是忠义仁勇，就是忠于国家、忠于朝廷、忠于族群、忠于自己选择的事业。用仁慈的内心对待他人，并且勇敢地和敌人抗争。"

乔殿森看着渠本翘说："楚南，你总结得精辟啊。三国的争战，实际上是一场正义与野心、忠诚与阴谋的较量，多数人追求的是实际利益和个人前途，关公选择了正义的事业，选择了志同道合的兄弟，选择了与暴虐抗争。"

"关老爷忠于明主、义不负心、以仁待人和敢作敢为的精神何尝不是我们中华精神的写照啊！"

"楚南，我觉得你好像要面对什么。"

"人这一生会面对很多事，不由得自己去选择，事情来了也不必听这个劝那个说的，照着自己的良心，大胆去做就是了。"

乔石头点着头说："东家，我好像明白了许多。"

乔殿森说道："石头，你还年轻，今后遇见的事情会很多，也许还有生死抉择，渠东家所说的就是个原则，如何选择还是要靠你自己。"

"二位东家的话，我都能听明白。"

渠本翘看了一下太阳，说："好了，时间不早了，我们下山吧。"

乔殿森站起身子说："反正咱们出来了，就去一趟祁县中学堂吧。"

"好的，很久没去了，七哥都有意见了，我们就顺道去一趟。"

三人下山。

＊＊＊

渠本翘和乔殿森来到了祁县中学堂，武荣光和乔尚谦陪同他们来到了祁县中学堂的大门口。

渠本翘看着学校的牌匾说道："七哥，这牌匾写得好啊，魏碑楷书，

132

文正端庄，既刚健豪放又圆滑典雅。"

武荣光笑着回答道："楚南，你这么说有人会幸灾乐祸的。"

"谁会幸灾乐祸？"

乔尚谦得意扬扬道："小舅舅能得此夸奖，心满意足了。"

渠本翘指了指乔尚谦，说："猜到就是你，你啊，就舍不得你那点辈分儿。"

"我辈分大这是事实啊，但我从无气恼吧，别人说我从小追随外甥子，我一点儿不介意啊，而且是毫无吝惜地追随。"

"这学堂之事意在育人，育人之道乃立国之道，你更不能吝惜。"

乔尚谦不服气地说："你问问七哥，我捐钱捐物，还兼职授课，啥时候吝惜怠慢过？"

武荣光面对渠本翘说道："没错，你小舅舅真的是全力以赴，不遗余力啊，这忙前忙后的，就数他卖力了。"

"七哥就是个公正之人，楚南交代我办的事情，我是毫无怨言，任劳任怨。"

"这就对了，因为你是我从小的玩伴，真诚的挚友和可爱的小舅。"渠本翘说后哈哈大笑。

几个人巡视着学堂。

乔殿森一边走着一边延续着刚才的话题："你们这哪像是两辈人啊！"

乔尚谦赶紧接话："尤其是晚辈儿欺负长辈儿。"

"谁让你年龄小了？"

"这能由我自己决定吗？"

"那你就别计较了。"

"我有啥计较的，这不都是在开玩笑吗？"

"这逗逗乐也挺有意思的。"

乔尚谦笑道："是啊，我们其实更像是兄弟。"

乔殿森也笑了起来说："还是志同道合的兄弟。"

"那还真是。"

渠本翘转头问武荣光："七哥，学堂的章程怎么样了？"

"学堂的章程又做了修改，学部已经批准了，朝廷也在极力推广新学堂。"

乔殿森接过了话："朝廷已经正式下诏，乡试、岁科的考试一律停止，我们的新学堂开办的正是时候。"

几个人步入课堂，学生们起立，齐声说："先生好。"

武荣光招手示意大家坐下，向大家介绍渠本翘："同学们，这位就是我们祁县中学堂的校董渠本翘先生，现在我们请他给大家讲话。"

学生们热烈鼓掌。

几人就座前排，渠本翘站立在课堂中央。

"同学们，废科举设学堂，乃吾国莫大之举动，求强致富乃变动的基因，你们年龄还小，对外面发生的事情了解不多，说白了，设学堂，学新学是因为我们落后了，我们不如洋人了。以前都是潜心八股，为的是中科入仕，可洋人擅长新学，精通天文和自然，造出了机器和枪炮。我们受欺负了，但是无力回击，就是因为我们不懂新学，学而无用。今天你们有幸成为首届学堂的学生，不应再遵循旧习只为考取功名，而应研学理化，中学为本，西学为用，师夷长技以制夷。我们的学堂不求千百学士，只求三五杰才，还望同学忘我攻读，学以致用，心怀梦想，强吾中华。"

学生们鼓掌。

下课铃声响起。

武荣光站起身说道："感谢校董的讲话，现在同学们可以到外面做体操了。"

学生们起身鞠躬，冲出了教室。

几个人也走出了教室，边走边说。武荣光指着一间房屋说道："楚南，这里是学校的阅书馆。"

"存书量有多少？"

武荣光想了想，说："光祁县的乡绅捐赠的古籍图书就已经有上万册了。"

"这个规模是很大了。"

"是啊，这在晋省是少有的。"

渠本翘说道："我准备派人去德国和其他欧洲国家采购高精度显微镜和人体生物标本，要把理化实验室建起来，一定要培养出实用的顶尖

134

人才。”

“这太好了，理化之学是新学之关键，能做实验，学生即可观其神奇，学习效果必定明显。”

渠本翘问道："其他还有什么困难？"

“现在最大的问题是没有全国的统编课本，尤其是理化等新学，都是教习自定课章。课本都是由学生自行抄写，很是费工。”

渠本翘点点头，说："这事我来办，我可以在京城找到翻译的新学课本，再让书社印刷。你告诉我数量即可。"

渠本翘和武荣光来到了账房。渠本翘坐下后问道："学堂的资金是什么情况？"

“昭馀书院余银有二万两，各界士绅捐款二万二千两。”

渠本翘惊讶道："有这么多啊！"

“这是咱们晋省第一家中学堂，各方各界都表示了大力支持，还有人不断地捐钱，估计得超过五万两。”

渠本翘追问着："我爹捐了吗？"

“捐了，渠家和乔家占了大部分。”

“我爹一向仔细，没想到这次倒爽快。”

“老东家抠的是自己，为了攒银子，自己干什么都舍不得，对孩子们那可是毫不吝啬的。”

渠本翘笑了一下说："我怎么没觉得对我大方过？"

“你是少东家，以后还不都是你的？”

“我倒没觉得。”

“少不了的。”

渠本翘合上了账本，说："把所有的钱款一并存入票号，建立一个基金，年收息应该有三千五百两白银，祁县中学堂要借此基金永不间断地办下去，这是真正的百年大计，绝不能含糊。"

“好的，您就放心吧。”武荣光回应着。

乔石头站在学堂账房门外守候着，看见渠仁甫走了过来，赶紧迎了上去，问候："仁甫东家。"

渠仁甫看见了乔石头，问："你怎么在这儿？"

"我们东家在这儿啊。"

"我二伯来了？"

"是啊，和武校长在里面呢。"

渠仁甫挑帘进屋，喊："二伯。"

渠本翘抬头问道："仁甫，你怎么来了？"

"我昨天来祁县的，是来看看爷爷。"

"那你怎么来学堂了？"

"爷爷让我拿一千两银票给学堂。"

渠仁甫边说边掏出银票。

武荣光哈哈大笑道："我刚才说什么来着，田喜财主这是怕落后给旺财主啊。"

渠本翘接过了银票说道："他们老哥俩抠起来一起抠，大方起来一个比一个大方，啥事儿都爱在一起较真。"

"二伯说得太对了，我爷爷就是听说二爷爷给学堂捐了钱，就让我来捐一千两，要超过二爷爷。"

渠本翘把银票递给了武荣光，说："你看我猜也是这么回事儿。"

武荣光拿着银票，说："他们俩较真儿是好事儿啊，咱们学堂可是受益了。"

"快存起来吧，又多了一千两。"

"我得给田喜财主记了账。"

门帘掀起，乔石头走了进来。渠本翘转头问道："怎么了，什么事儿？"

"东家，外面有个卖糖葫芦的小孩子要见您，赶也赶不走。"

"卖糖葫芦的小孩，找我干什么？"

"他也不说，就说要见您。"

"现在在哪儿了？"

"还在学堂门口等你呢。"

渠本翘看看武荣光，说："那咱们就去看看。"

武荣光还在记着账，说："别管他了吧，小孩子家，不会有什么大事儿。"

"我还没遇见过小孩子找我呢。"

武荣光放下笔，合上账本，说："好吧，那就去看看。"

渠本翘和武荣光来到门口，看见一个小孩扛着一个糖葫芦串子。

渠本翘上前打量着小孩，问："你在这儿有什么事儿啊？"

"我要找渠本翘。"

"你找他干什么啊？"

小孩瞥了一眼渠本翘，说："这你不用管，我见了他才说呢。"

渠本翘笑了一下说："我就是渠本翘，你能说了吗？"

"你是学堂的东家吗？"

武荣光接过话："学堂不论东家，是论校长。"

小孩看着渠本翘问："那你就是渠校长吗？"

"是啊，我就是。"

"你不会骗我吧？"

"不会。"

"骗我就是小狗子。"

武荣光瞪了一眼，说："你怎么说话呢？"

渠本翘拦住武荣光，说："好的，你可以问了。"

小孩抱着糖葫芦串子想了想，说："他们都说你们学堂是学新学，新学是什么学啊？"

"新学就是学有用的学问。"

"我一直纳闷过年放的炮仗是怎么飞上天的啊，为什么炮仗会响两声？"

渠本翘走向前蹲下身，扶住小孩的双肩说道："真没想到你会问这个问题，你要是上了学堂，就会知道为什么，这里面有物理和化学的学问。"

小孩说道："那你现在就告诉我啊。"

"学堂专门有老师告诉你这是怎么回事，你来我们学堂上学来吧，以后一定会有大出息的。"

"那，你们这里收学费吗？"

"收的，如果你家里交不起学费，我答应不收你的学费。"

"那太好了。"

"你喜欢上学吗？"

"我喜欢玩。"

渠本翘笑了笑说："学堂里有很多好玩的啊，可以打球和做体操，还能知道炮仗是怎么飞上天的，还会告诉你为什么炮仗会响两声。"

小孩转身就跑。渠本翘急忙站起身说道："你别跑啊，你想上学就不收你学费啊。"

小孩停了下来，转过身喊道："我家是卖糖葫芦的，交得起学费，我回家把糖葫芦串子还给我爹就回来。"

几个人哈哈大笑。

乔殿森对着渠本翘说道："楚南，这都来了祁县了，还不去看看老爷子？"

渠本翘犹豫着："我是想去看看我爹，可就怕他说东说西，总是挑我的不是。"

"爹说儿子那还不是很正常啊，再说了他说他的，你做你的，跟自己的爹较什么真啊。"

"他那脾气你不是不知道，别说我了，我娘不就是受不了他那脾气，一直跟着我，就不想见我爹。"

"这样，我陪你一起去，我也好久没见旺财主了，还有点生意上的事情想跟他说说呢。"

渠本翘点了下头，说："那好啊，有你陪着我心里就踏实多了。"

"你这是见自己的爹，看把你吓成这样了。"

"我见他，我心里真的有顾虑。"

"好了，啥也别说了，咱们去吧。"

"好吧，走，去看看。"

***

两驾马车行驶在太原府的街道上，前面的马车停在了福公司门口，后面的马车上坐着刘笃敬，刘笃敬的马车超过前面的马车，疾驰而去。哲姆森和梁恪思下了马车，圆眼镜迎了上来，说："哲姆森先生，您辛苦了。"

哲姆森指着车后面的行李说："把行李拿进去。"

圆眼镜快步跑向车后。哲姆森和梁恪思转身走进大门。

刘笃敬的马车来到了胡聘之住处，马车停稳后，刘笃敬下了马车，走进了胡府。

胡聘之招呼着刘笃敬："快坐，缉臣。"

"我刚从济南赶回来就来找您了。"

"收到任命公文了？"

刘笃敬点点头道："收到了。"

"你能接替贾景仁，这太好了。"

刘笃敬坐到了椅子上，说："胡大人，我来找您是想要您一句透亮话儿，因为有一件事情我心里没底。"

"你讲。"

刘笃敬与胡聘之四目相对，刘笃敬说："您对我有知遇之恩，担任商务局总办我义不容辞，我一定尽力而为，下一步一定会面临与洋人的矿权之争，于私于公，于情于理，我都会全力以赴。这中间一定会涉及您。"

"你是想说什么？"

刘笃敬看着胡聘之，说："刘鹗成立晋丰公司，从您手里批到了煤矿的开采权，可他无力开采，转手搭上了英国的福公司，以联合开采的名义把煤矿的开采权转给了福公司。是这样吗？"

"是这样的，此人神通广大啊。"

刘笃敬盯着胡聘之说："不是他神通广大，是钱神通广大吧？"

"这怎么讲？"

"据我所知，刘鹗是花了两万两银子给了一个姓庸的捐客才搭上的福公司。大人，您以前认识刘鹗吗？"

胡聘之摇摇头说："不认识。"

"那他怎么就轻而易举地从您手里批到了煤矿的开采权。"

"我那不是洋务心切吗？"

"就没有别的原因？"

"你的意思是我收了他的银子？"

139

"胡大人，这已经是过去的事情了，本不应该问您这无礼的问题，可这涉及今后对待洋人的态度，我能做到心中有底。这里就咱俩，不论什么结果我都不会说出去，您就给一个敞亮话儿，您收他的银子了吗？"

胡聘之也看着刘笃敬，说："我明白你的意思了，缉臣，我已是解官之人，之所以从天门又回到太原，惦记着矿权之事，就是因为我做了错事，愧对内心，百年之后无脸面对祖宗啊。我本身就是有罪之人，但我的罪过朝廷已经查明，是轻是重，我不想计较，我也能看得出来，对我的惩罚都是网开一面，手下留情了，我对皇上感恩戴德。错就是错了，失误谁都难免，但我错得问心无愧，起初的动因对得起天地良心，我只想给你说一句话，今后你与洋人打交道，如果涉及我，你不必有任何顾虑，我是干干净净的。"

刘笃敬点点头，说："我明白了，胡大人。"

＊＊＊

太原府福公司的客厅里，圆眼镜给哲姆森端上了咖啡，说："哲姆森先生，您先喝杯咖啡。"

哲姆森应了一声，问道："萧蜜德先生哪天离开的太原府？"

圆眼镜赶紧回答："萧蜜德先生去了平定，走了有几天了。"

哲姆森又问道："他去了巡抚衙门了吗？"

"去过了，哲姆森先生。"

"知道去拜访谁了吗？"

"是去拜访了布政使刘大人，我陪着去的。"

哲姆森喝了一口咖啡，问："刘大人是什么态度？"

"刘大人态度挺好的，他表示理解我们福公司。"

"看来效果不错，本来就应该如此，因为有合约在此，我们说话是理直气壮的，只是因为个别人在里面挑事儿，影响我们两国的合作。"

圆眼镜靠近了一点，说："但刘大人也是个胆小怕事儿的人，现在的这些官员，就是想着保住自己的乌纱帽。哲姆森先生，你不要指望刘大人能为我们挺身而出，估计只能是暗地里帮忙。"

"这个我有思想准备，没有什么可担心的，只要是公事公办就可以了。"

"现在是学生和刁民在闹事儿，刘大人也知道搞不好会引火烧身。"

哲姆森"哼"了一声，说："指望这些官员，我们将一事无成，只能是利用他们给我们提供一些便利，要想真正完成我们的计划还要靠我们大英帝国的力量。在太原府只是一些学生喊喊口号游行示威，起不了什么实质性的作用，真正难对付的是矿区的那些刁民，就看萧蜜德在平定如何应对他们了。"

第七章

平定聚义巧夺洋人军火
学生冲闯会场吓瘫英商

***

平定州黄府院内，楞脖子从后院出来，左右看了看，就大步往外走，不想被伙计拦住，说："楞脖子，你去哪儿啊？"

楞脖子把手指放在嘴唇上，悄声说："我在后院待着都快长毛了，出去遛遛。"

伙计推了一下楞脖子，说："铸公说了，不让你出去。"

楞脖子向后闪了一下，说："怕什么？"

"铸公说官府还在找你呢。"

楞脖子晃着脑袋，说："我天王老子都不怕，还怕他官府，能把我怎么样？"

"反正铸公不让你出去。"

"没事儿的，我出去放放风就回来了。"

"那铸公怪罪下来，怎么办？"

楞脖子推开了伙计，说："就说是我硬要出去的，跟你们没关系啊。放心吧，我去去就回。"

楞脖子走出大门，左右看了看，径直走向大街。安原书在黄宅对面窥视着，转身跑了。

街市上一片繁华，熙熙攘攘，楞脖子开心地逛着街市，左看看，右瞧瞧。安原书带着衙役跟了上来，一指楞脖子，喊："就是他。"

衙役大喊一声："楞脖子，别动。"

楞脖子才不管那套，一看见衙役，撒腿就跑。安原书牵着狼狗就追。

小摊被撞翻，街人被撞倒。楞脖子被迎面堵截的衙役按倒在地，安原书牵着的狼狗狂吠着。

楞脖子看着安原书，说："姓安的，你可牵好了你那条破狗啊，要是咬着老子，老子连你带狗都给你弄死。"

安原书牵着狗，得意扬扬地说："楞楞脖子，你你都死到临头了，还还敢教训我。"那洋狗一边吼叫着，一边左蹦右跳，要没有牵狗绳，楞脖子一定被狼狗撕咬了。

楞脖子反抗着说："话我给你放这儿了，我要不死，就先弄死这洋人的破狗。"

楞脖子被五花大绑地押走。

平定州府衙里，知府王为干端坐条案后面，楞脖子被五花大绑着，跪在中央，安原书幸灾乐祸地坐在旁边。

王为干慢条斯理地说着："下面之人报上姓名。"

楞脖子虽然跪着，底气十足："楞脖子。"

王为干"啪"地拍了一下惊堂，说："姓什么，叫什么？不是问你外号。"

楞脖子梗了一下脖子，说："这不是外号，我从小就这一个名字。"

"那你爹姓什么叫什么？"

"我没爹也没妈，我是吃百家饭穿百衲衣长大的，所有人都知道我叫楞脖子。"

王为干"哼"了一声，说："楞脖子，那你知罪吗？"

"不知罪，我犯什么罪了？"

"现有人控告你投毒伤害良民，如果此事核实这可是重罪，你可知道？"

"大人，我从来没有投毒伤害良民，我被冤枉了。"

安原书插嘴道："大大人，就就是他投毒了。"

王为干对着安原书问道："你告他投毒，有什么证据吗？"

"有，有。"

王为干看了一眼楞脖子，说："楞脖子，对方出示证据之前，我再问你一遍，如果证据证明是你下毒，那就会罪加一等，如果你现在承认了，本大人可以酌情减轻你的罪过。"

楞脖子挺了一下胸脯，说："大人，我没下毒。"

"好，控告方，把证据拿上来。"

安原书走到条案前，放上去两只死老鼠。

王为干向后一躲，问："这是什么证据？"

安原书指着楞脖子，说："他他把死老鼠放进了菜锅里，差差点毒死了洋人。"

王为干问着安原书："他是给洋人做饭的？"

"是，是的。"

王为干转向楞脖子，说："楞脖子，这些事实你认吗？"

"我是给他们做饭了，其他的不认。"

"为什么不认？"

"我给洋人做饭不假，但他怎么证明是我放的死老鼠啊，怎么就不会是老鼠自己跑到锅里被淹死了？"

王为干点点头："说得也有道理。"

安原书有点着急了，说："就就是他放的。"

"你看见了？"

"没没有。"

"那你怎么证明是楞脖子把老鼠放进菜锅，而不是老鼠自己跑进去的？"

"老老鼠为啥要自己跑进锅里啊？"

楞脖子接过了话："因为我做饭香，老鼠爱吃。"

王为干对着安原书问道："他做饭香吗？"

"香，啊香。"

"那你爱吃吗？"

"爱，爱吃。"

楞脖子说道："你都爱吃，老鼠也爱吃，所以老鼠去偷吃，掉到锅里淹死了。"

王为干问道："是这样吗？"

144

安原书急忙回答："大大人，不，不是这样的，老鼠是死了才被放进去的。"

楞脖子质问安原书："老鼠怎么进去的，你怎么知道？"

"大大人，老鼠进锅里的时候一定是死老鼠而不是活老鼠。"

王为干问道："你怎么知道的？"

"因因为福公司的护矿队都拉拉稀了，洋人也拉稀了。"

楞脖子说道："你们拉稀关我屁事儿。"

"死死老鼠有毒，活老鼠没毒，所以一定是他把死老鼠放到了锅里想害死洋人。"

楞脖子说道："你这不是胡扯吗？你吃过活老鼠啊，你就知道活老鼠没毒啊？老鼠有没有毒，跟死的活的有什么关系？你就是栽赃陷害，血口喷人。王大人，望您明断啊。"

王为干离开条案，走了出来，来到安原书身后，问："洋人死了吗？"

"没没有。"

"那谁死了？"

"谁谁都没死。哦，大人，老鼠死了。"

"老鼠怎么死的？"

"不，不知道。"

王为干点点头说："哦，那就知道了。"

安原书疑惑地看着王为干："什，什么知道了？"

王为干坐回原位，一拍惊堂木，说道："本官结案。福公司安原书控告厨师楞脖子投毒害人一案，本官认为老鼠是否有毒不好判定，老鼠如何进入菜锅不好判定，进锅之前是死的还是活的不好判定，拉稀的人是不是因为老鼠所致不好判定，所以本官判定，安原书控告楞脖子投毒害人不能成立。"

楞脖子哈哈大笑起来，说："王大人英明。"

安原书满脸的不服，说："大大人，就就是他啊。"

"空口无凭，本官只能这么判了。来人，给下面的人松绑。"

楞脖子被松绑了，他拍打着衣服，说："谢谢大人，还有，那他污蔑诽谤要不要判罪啊？"

王为干挥挥手，说："去去去，回家去吧。"

楞脖子趾高气扬地往外面走，突然停住脚步，说："大人，还有一事我要报官。"

王为干问道："什么事儿啊？"

"洋人私藏枪支算不算违法？"

"洋人以自卫为由，所拥有枪支已经在本衙造册备案了，那不算违法。"

楞脖子"哼"了一声，说："拿几十支枪用于自卫吗？"

王为干眼睛一亮，说："你说什么？几十支，他们备案的只有两支。"

"大人，那就是私藏枪支。"

"楞脖子，这话可不能瞎说啊，这要是弄错了，那可就得罪了洋人了，我这乌纱帽也就丢了。"

楞脖子瞪着大眼睛看着王为干，说："大人，我敢用性命担保，如果我说错了，我甘愿人头落地。"

"安原书，那你说说，洋人到底有多少支枪啊？"

"这这，这我不知道。"

"来人，把安原书给我拿下，诬告之罪我还没有追究，竟敢对本大人隐瞒实情不报，大刑伺候。"

众衙役一拥而上，按住了安原书。

安原书顿时吓尿了，大喊："大大人，别打，别打，我说，我说。"

"如实招来。"

"大大人，我在洋人那儿也就是为了混口饭吃，这我要是说了，洋人那儿我就干不成了，我家里还要养活老婆孩子和老娘，我能不能开个条件？"

"你敢给我讨价还价讲条件，来人，给我上刑。"

安原书大喊："不不是条件，不是条件，是是可怜可怜我，我求求您了，大人。"

王为干挥了一下手说："你说说看。"

"洋人的确有几十支枪，就就藏在后院的屋子里，能不能不让他们知道是我说的？要不我一家老小都得饿肚子了。"

王为干想了想说："这样吧，楞脖子举报有功，一会儿啊，奖励二两

146

银子，你安原书知情不报，当量罪惩处，如果你能配合我们行事，就算戴罪立功，我就可既往不咎，也帮你不露检举之事。"

"谢，谢谢大人，谢谢大人，我一定戴罪立功。"

王为干说道："安原书，你给我听好了。"

"大人，我听着呢。"

"一会儿，你带上四个便衣捕头，先进入洋人的宅院，把他们带到枪房你就可以离开了，然后到洋人那里报到，你也就有了不在现场的证据，你看能办到吗？"

安原书点着头，"一，一定办到，一定办到。"

王为干看了一下两侧，说："金捕头。"

金捕头上前抱拳，道："在。"

"你会使快枪吗？"

"会的，大人。"

"你带上三名精干的兄弟，暗藏兵器，跟着安原书进入洋宅，率先占领藏枪的屋子，以放爆竹为号，我随后带领大队人马冲入，查抄私藏的枪支。千万记住，让你们率先占领枪房的目的是不让他们的护矿队拿上枪支，否则我们进去查抄，火拼起来，吃亏的是我们。明白了没有？"

"明白了大人。"

"另外速派人通知宋提刑，召集二十名绿营军和二十名乡勇州衙集合。"

"遵令。"

金捕头急匆匆离去。

王为干走到了州衙院内，楞脖子追了出来，说："王大人，我也要跟着您一起去。"

王为干摆摆手，说："去去去，回家去，这里没你的事儿了。"

楞脖子噘着嘴嘟囔着："我刚才举报有功，怎么现在就没我的事儿了？"

"哦，差点忘记了，过来，这是二两银子奖励你的。"

王为干掏出了银子。

"我不要银子，我要去抓洋人。"

王为干瞪眼道："拿上钱赶紧走，不走就还把你抓起来。"

楞脖子拿着钱嘟囔着走出了州衙。

王为干来到自己的屋内，整理好官服，取出了钢刀——压簧抽刀，一道寒光闪烁，然后推刀入鞘，挂在了腰间。

"提刑宋大人到。"

王为干走出大门，宋提刑带着官兵赶到。

宋提刑抱拳行礼道："王大人，我奉命前来报到。"

"宋提刑，你带着绿营军和乡勇，随我查抄私藏的枪支，这次是对付洋人，我们并不是要与他们干仗，而是要打击他们的嚣张气焰。之所以让你带这么多人，要在气势上压住洋人，他们就不敢反抗，这个你明白吗？"

"明白了，大人。"

王为干一挥手道："出发。"

＊＊＊

安原书牵着狗带着金捕头等人来到福公司。安原书上前敲门，看门的打开了大门。

"你怎么回来了，你不是去抓那个厨子去了吗？"

安原书若无其事地说："让那小子跑了，没抓到。"

看门的指着金捕头问："这几个人是谁啊？"

"这是我找来驯狗的，到一下后院的犬舍。"

金捕头带着人跟着安原书来到后院，安原书指了一下屋门。金捕头牵过了狗，点了一下头，安原书转身离开。捕快用刀子撬开了门锁，几个人闪进了枪房，一看满屋子的枪支。

金捕头说了一句："发信号。"

一个捕快掏出爆竹，"咚，嘎"，爆竹在空中爆炸。

院内有人喊了一声："怎么了？"

金捕头赶紧接了一句："没事儿，驯狗呢。"

大门口外，王为干和宋提刑听到了爆竹信号，带着人马堵住了大门，兵勇上去敲门。看门的开门问道："兵爷，这是洋人的地盘，你们这是干

148

什么？"

王为干上前说道："你弄清楚了，这只是洋人住的宅子，不是洋人的地盘，你赶紧打开大门，我们要进去搜查。"

"大人，您这是要干什么啊？这儿不能硬闯啊，容我通报一声啊。"

"少废话，快把你洋人主子叫出来。"

看门的应了一声，跑了进去。

不一会儿，萧蜜德带着怀特和安原书走了出来。王为干态度大变，面带笑容说道："萧蜜德先生，您好啊。"

萧蜜德非常生气地说："知府大人，您带人闯院子，这是想干什么？"

"萧蜜德先生，真不好意思，有人举报说你们这个宅子里私藏枪支，我只好带队稽查啊。"

"什么私藏枪支？我们的枪支都在衙门造册备案了，我们是为了防身之用。"

"谁说不是啊，没错，这个我是知道的，你们的枪支是造册备案了。"

"那是办了合法手续的。"

"萧蜜德先生，我记得你们报备了两支长枪，没错吧？"

"没错。"

"那这么说，超出两支长枪就是有人栽赃陷害您了。"

"是的，一定是有人栽赃陷害。"

"来人啊。"

众人回答："在。"

"除了两支自卫枪支以外，若发现其他枪支就是贼人陷害萧蜜德先生的证物，全部收缴充公，给我搜。"

众人："是。"

萧蜜德大喊一声："慢。"

萧蜜德对着怀特使了一下眼色，怀特转身离开。

"王大人，你们不能随意搜查我们的院子，这是我们英国人的地盘，我们是受保护的。"

怀特已经带着人冲向后院枪房，说："快快，快去拿枪。"

怀特打开房门，四支黑洞洞的枪口对准了他们。

149

金捕头等人手持快枪对准了怀特，说："全部抱头蹲下，否则我就开枪了。"

怀特无奈，只好抱头蹲在地上。

前院的王为干还在跟萧蜜德周旋着："萧蜜德先生，我们就是来保护你们的。有人可能故意把枪支藏到这里，可萧蜜德先生并不知晓，这就是陷害。您可知道按照大清律例，凡私藏火器未报者，一件杖八十，私造者罪加一等。"

"反正你们不能搜查这里。"

"萧蜜德先生，我今天搜查了，就是贼人的赃物，就是陷害您的罪证，如果今天不搜出来，那就是你们私藏枪支，罪在你们，您是想有罪啊还是无罪啊？"

萧蜜德有点不置可否，说："这，这。"

王为干转头说道："宋提刑，为了洗脱萧蜜德先生的清白，让你的人进行彻底搜查，一定要把赃物搜出来。"

宋提刑一挥手，说："给我搜。"

兵勇一哄而上，冲了进去。

一会儿工夫，金捕头等人用枪指着怀特等人，兵勇抱着几十支枪支走了出来。

王为干哈哈大笑道："都搜出来了吗？"

金捕头回答道："都搜出来了。"

"那两支自卫的枪留下了吗？"

"留下了大人。"

"萧蜜德先生，贼人就是狡诈，为了破坏我们两个国家的外交关系，不惜将枪支藏匿你处就是想栽赃陷害您，还好，今天被我一举查获。您放心，我们一定会找到线索，缉拿藏枪的歹人，还萧蜜德先生一个清白。撤。"

王为干转身就走。萧蜜德哑口无言，呆若木鸡。

***

楞脖子晃晃悠悠地逛着街市，看到有人在前面买狗，挤了进去。

楞脖子看上两条大狗，问："这是什么土狗啊？"

狗贩子赶紧解释："这可不是土狗，这是纯种的狼青犬。"

楞脖子抚摸着狗背问："这狗厉害不？"

"要说它厉不厉害，那可找对了，你看这眼神，多凶啊，别看他个头不大，那可厉害了。"

"能不能打过洋人的狼狗啊？"

"您看这狗，还不到一岁，可谓年轻力壮，洋人的狗是德国的牧羊犬，个头大，看得凶，可要和狼青打起来，这狼青一定厉害。"

楞脖子满意地说："我要了，多少钱一只？"

狗贩子伸出一个指头说："一两宝银。"

楞脖子摇着头说："不行，不行，太贵了，买不起。"

"这两只是一窝的，您要两只都买那就一两五。"

"不啰唆，两只我都要了，一共一两银子。遇见我，就算你赚了，现在人们连饭都吃不起，谁还有钱买狗啊？我是喜狗之人，一定会调教好这两只狗崽子的。"

狗贩子无奈地说道："话说到这儿了，我也就忍痛割爱，这狼青啊，特别忠诚，野性十足，攻击欲高，警觉性强，你要是训练好了，那看家护院是最好的料。"

楞脖子掏出银子，说："成交。"

楞脖子牵着两条狗得意扬扬地离开了。

黄府院内，张士林看着来回走动的黄守渊不知道说什么好。黄守渊对着伙计发火："谁让楞脖子出去了？我给你们说过了，只能让他待在后院，不能让他出去，这点事儿你们都办不了？"

伙计看着黄守渊，委屈地说："铸公，这不能怪我们啊，他自己要出去的。"

"那你不知道官府在通缉他啊，你们就不知道拦住他。"

"拦了，可没拦住。"

"楞脖子这出去啊，凶多吉少，一定会被抓住的，楞脖子可完蛋了。"

正说着，楞脖子牵着狗走了进来，说："谁说我完蛋了，我没完蛋，我楞脖子回来了。"

黄守渊和张士林围了上去问："你跑哪儿去了？官府正抓你呢。"

"已经抓完了。"

"抓完了，什么意思？"

楞脖子一副得意的样子，说："官府把我抓了，结果呢，无罪释放啊，还得到了奖赏。"

张士林看着楞脖子牵着的狗，问："这怎么回事儿，从哪儿弄了两条狗？"

"这就是奖赏。"

张士林疑惑地打量着楞脖子，问："到底是怎么回事儿，真的没事儿了？"

"我没事儿，是老鼠摊上事儿了。"

"关老鼠什么事儿？"

楞脖子非常认真地讲了起来："老鼠啊，它是怎么进的菜锅里的？它为什么要跑到菜锅里呢？进锅的时候是死的还是活的呢？现在说不清了。"

张士林和黄守渊一头雾水，说："什么乱七八糟的。"

***

祁县渠家大院门口，渠本翘、乔殿森、渠仁甫和乔石头四人站到了门口。渠仁甫抬头看着牌楼上的牌匾，说："二伯，你说这'纳川'二字是谁写的？"

渠本翘仰望着牌匾，说："纳川，取自'海纳百川有容乃大'，字如其人，立品为先，这能看出在沧海横流的年代，我们祖先的那种雄心壮志和博大胸怀。至于是谁写的，那就要追溯到乾隆爷年代了，也许是你爷爷的爷爷的爷爷的爷爷写的。"

几个人大笑着。

渠家的管家迎了出来，说："少东家回来了，乔东家也来了。"

乔殿森问道："旺财主在家吧？"

管家回答道："在家呢，你们慢慢溜达着，我去禀报一声。"

大门口，一些身穿戏服的人进进出出，有文生、武生，正旦、小旦、刀马旦，大花脸、二花脸。渠本翘看着这些人问道："这是怎么了，唱堂会呢？"

渠仁甫接过话："这是三爷爷戏班的人。"

乔殿森侧了侧身子，让戏班的人过去，自己顺着墙边一边走一边欣赏着院内的砖雕，说："我每次来你们渠家大院都被你家的砖雕所折服。"

渠本翘说道："你们乔家，还有曹家和榆次的常家，不都有砖雕吗？"

"你要是仔细观察还是不一样啊，你们渠家的砖雕种类极其丰富，几乎无砖不雕，你看这门头、栏杆、柱头、照壁、脊饰、瓦当，到处都是砖雕，而且这花纹丰富多样。"

"没想到你对建筑还观察得这么仔细。"

"何止是观察，我这是研究，你们渠家人都不一定能有我说得准确。"

渠仁甫来兴趣了，说："雨亭叔，不识庐山真面目，只因身在此山中，我想听听您的研究。"

"你看啊，龙纹主要分布在门头、脊饰、鸱尾，其中二龙戏珠的题材最为常见。麒麟纹一般出现在门头正中，有麒麟送子、麒吐玉书。鹿鹤桐松主要在影壁的正反面，这就有很多寓意了，鹿鹤同寿、禄在眼前、松鹤延年、六合通顺。你们看这鹿和鹤都口含灵芝，意为衔环报恩。仁甫，那你知道你家砖雕上面有多少种植物？"

渠仁甫想了一下说："应该有莲花、牡丹、梅花、兰花、竹子、葡萄。"

"没错，三进院和四进院之间的那块砖雕才是砖雕的集大成者，那里面还有琴棋书画纹饰，还有拂尘、宝剑等佛家的纹饰，兼备了'成教化，助人伦'的功能。乔家、曹家、渠家的建筑各有千秋，但是单论雕刻，渠家还是独占鳌头啊。"

"我倒是觉得砖雕还是不够气魄，如果我有机会改造这个院落，我就用石雕，青石浮雕，那会更有韵味。"

渠本翘接话："你是渠家的长房长孙，以后啊，一定会有你展现才能的机会。"

渠仁甫嘿嘿笑了笑，说："我只是有这个想法。"

乔殿森也笑了起来，说："要果真是那样，这渠家大院就更与众不同了。"

几个人往里院走着，管家迎面出来，脸上一副尴尬的表情，说："少东家，老爷说他有事儿要出去，让您自己安排。"

渠本翘看着乔殿森说道："看见了吧，我爹也不想见我。"

乔殿森点了点头，说："也许他有他的想法吧。"

渠仁甫说道："二伯，我们都到我爷爷院里住吧？"

渠本翘感觉轻松了很多，说："今天难得清闲，咱们就先去三叔院里好好看一场戏。"

渠仁甫说道："这主意好，我都没正经看过，我先去告三爷爷一声。"

渠仁甫抢先跑了过去。

渠本翘和乔殿森走进了戏台院。院里热闹非凡，金财主和渠仁甫迎了出来。渠本翘赶紧打招呼："三叔，你老可好啊？"

金财主面带微笑说："楚南，我好着呢。快进来，快进来。"

乔殿森也拱手行礼道："金爷，雨亭有礼了。"

"呦，雨亭也来了，都给我坐到这儿。你们可算有福气啊，今天聚梨园全班人马排练新戏，让你们赶上了。"

渠仁甫说道："三爷爷，那这成了我们的专场堂会了。"

"没错，就当是我们几个的专场。"

几个人坐好了。戏班班主走过来说："金爷，咱们开始吧？"

"开始。"

渠仁甫一边看着戏，一边问着金财主："三爷爷，咱们这戏是不是叫梆子戏？"

"准确地说这在山西叫中路梆子，最早是由蒲州梆子与祁太秧歌和晋中曲调结合而成的。"

渠本翘问道："三叔，今天唱的是什么曲目啊？"

乔殿森接了一句："上次我听的是《打金枝》。"

金财主指着戏台说道："今天是个新曲目叫《忠报国》，讲的是明朝隆庆年间的故事。"

＊＊＊

山西巡抚衙门内，山西布政使刘大人与按察使丁宝铨坐在书桌旁。刘大人看着手里的卷宗，说："这偷抢扒盗案件数量大幅度降低，说明丁大人严管治安的对策大见成效啊。"

丁宝铨喝了一口茶，说："刑事案件的确是有所下降，但是还存在着很多不安定因素。"

"丁大人指的是哪些因素不安定啊？"

"比如，学生的抗议游行，在社会上影响很大，有本地学生也有外地学生，其中游行队伍中也掺杂着闲散人等，很难分辨。前几天钟楼街一个小贩说是被学生模样的人抢了银子，我们分析那一定不是学生。"

"你说这些学生不好好在学堂上课，跑到街上搞什么游行，那矿权跟他们有什么关系，是不是有人在后面煽动？"

丁宝铨点点头说："别的我不知道，同盟会的人可是不嫌事大。"

"听说派出日本的留学生大部分都加入了同盟会，朝廷给他们出银子让他们留洋学习，他们可好，都跟着那个孙文跑了。"

"所以说这些都是不安定的因素。"

"那丁大人作为按察使，可有什么办法？"

"我跟学生们接触过，他们就是想让朝廷把矿权收回来，可洋人有与朝廷签署的协约，这个难度很大。几年前，外务部、矿路总局和商部先后几次指定矿务章程，想把洋人办矿归属到中国矿章的管辖之下，并依据法律限制洋人的矿权扩张，同时收回违法违约的洋人矿权。"

"这样很好啊。"

"但洋人获得矿权的协议大都是在总理衙门和外务部支持下签订并奏准的，洋人以此坚称矿约具有国际协定的性质，不受中国国内法律约束，所以通过法律手段挽回矿权的可能性微乎其微。"

"那可怎么办啊？"

"所以学生游行也就只能制造点声势，解决不了实际问题。"

"还有什么办法？"

丁宝铨摇头道："我现在也无能为力。"

一官兵走进来通报："禀报大人，有两个洋人求见。"

"什么洋人？"

"他们说是英国福公司的，一个叫哲姆森，一个叫梁恪思。"

刘大人站起身，说："是英国人。"

丁宝铨说道："一定跟矿权有关。"

刘大人来回踱步，说："这可怎么办，这可怎么办？就说我不在，不见。"

丁宝铨说道："刘大人，今天不见，明天他们还得来。"

"那怎么办，那怎么办？"

"不如听听他们要说什么。"

"那他们如果提要求，我答应不了怎么办？"

"那就推给别人啊。"

刘大人指着丁宝铨，说："聪明，好主意。来人，有请。"

巡抚衙院内，官兵列队，站立两旁，圆眼镜陪着哲姆森和梁恪思走了进来。

刘大人迎了出来，说："二位远道而来，失迎失迎。"

哲姆森学着中国礼节拱手行礼道："拜见刘大人。"

双方拱手行礼。落座。

刘大人面带微笑地问："二位何时到的太原府啊？"

哲姆森没有正面回答："刘大人，我们此次来山西抚衙，是因为你们犯了一个很大的错误。"

刘大人对这种单刀直入感到惊讶，说："这个你们可以说说，我们何错之有啊？"

"我们大英帝国和你们清国政府签订的山西矿权协议，您知道吧？"

"这个我知道。"

"那为什么不给我们办理相应的手续呢？"

"您指的是什么手续？"

梁恪思接过了话："开矿凭条。"

刘大人支支吾吾道："这个吗，这个我就不大清楚了。"

哲姆森变得理直气壮地说："刘大人，根据我们与清国政府总理衙门的协议，我们要求你们发放开矿凭条，允许福公司开矿采煤。"

刘大人不紧不慢地说着："不用这么着急吧，哲姆森先生，我们是第一次见面，我是很讲礼数的，一定会招待好你们的，你们先喝茶，中午我们一起吃饭，山西这个地方的面食还是很有特色的。"

"刘大人，我们是来办公事的，我们希望您照章办事。"

"没错，我就是照章办事，什么事情都有规矩和流程，礼仪待人，款待来宾也是我们大清的规章。"

哲姆森始终不离开煤矿的话题，说："那你们什么时候才能给我们发放凭条？"

刘大人笑着应对："哲姆森先生，中午吃了饭，下午你们休息一下，明天我们看看您所说的协议，也许我们还要和总理衙门核实一下……"

刘大人摇晃着脑袋。

"你这是在推诿，这是毫不负责任的。"

"我这就是照章办事，完全符合您刚才的期望。"

梁恪思说道："刘大人，这件事情您必须重视，认真对待，这关系到大英国和清国的外事关系，你如果搪塞推诿拖延不办，我们会直接通报你们清国的最高层，到时候别怪我们不给你情面。"

刘大人赔着笑脸道："有事说事，不必这样吓唬人。"

哲姆森态度强硬地说道："这不是吓唬你们，我们遭到了无理的拒绝，我们就只有让国与国对话了。"

刘大人突然捂住了肚子，咧着嘴说道："哎哟，我肚子疼，吃坏了，吃坏了。"

哲姆森顿时不知所措地问："这是怎么了？"

刘大人捂着肚子，说："不好意思，二位先生，我突然肚子疼，估计是吃坏肚子了，我不能陪你们了，请你们改天再来吧。"

哲姆森一屁股又坐在椅子上，说："刘大人，您这是在耍我们吧？不行，我们不走了。"

梁恪思接着说："如果不给发开矿凭条，我们就不走了。"

刘大人一看此招不灵，满脸堆笑地说道："二位先生，这样吧，我因为身体不适已经不能再跟你们谈话了。凭条之事是由商务局专门掌管，你们跟新调换的总办去谈谈，他姓刘，和我同姓，呵呵，他会给你们满意答复的。"

"来人，带二位先生到商务局。"刘大人龇牙咧嘴地边走边说，"哎哟，肚子疼，肚子疼。"

＊＊＊

位于太原府侯家巷的山西大学堂院内，山西大学堂的学生集聚在一起，举着标语。

刘懋赏带头高喊着口号："还我矿权。"

众学生："还我矿权。"

刘懋赏："晋人自办。"

众学生："晋人自办。"

口号声此起彼伏。

敦崇礼不停地咳嗽，依然伏案写东西，听到了喊声，起身走了出去。敦崇礼还是在咳嗽，他走向操场，安抚着学生们："同学们，同学们。"

学生们停止了口号。

"同学们，同学们，你们现在的职责是上课学习，不要管政府之间的事情。"

一个学生高声回应着："不合理的，我们就要管。"

"这不是你们的职责。"

"国家兴亡，匹夫有责。"

敦崇礼气喘吁吁地说着："你们能来学习，是很不容易的，机会难得。你们要抓紧时间学习，不要把时间浪费到无关的事情上。"

学生："国家不保，学习又有何用？"

刘懋赏举起手臂高喊着："还我矿权，晋人自办。"

学生们响应："还我矿权，晋人自办。"

敦崇礼走到了刘懋赏的身边，说："刘先生，请到我办公室来一下。"

刘懋赏跟着敦崇礼来到了办公室。

158

"刘先生，我知道你在中斋做过庶务长，在学生中享有很高的名气和威望，我想你应该发挥这个优势，多劝说同学好好学习，可你每天都来鼓动学生们罢课游行，我觉得你这样做很不合适。"

刘懋赏客气地说："总教习先生，学生也有学生的自由和权利，我没有绑架他们，也没有强迫他们，是他们自己选择的罢课和游行。"

"刘先生，你的政治追求，我不予干涉，学生们是很单纯的，很难有正确的判断力，他们很年轻，就像一堆干柴，只要遇见火种，就无法控制地开始爆燃。你不去影响他们，他们就会静静地待在教室。"

"他们不是木头，他们有血有肉，他们有情感，他们有认同，他们能自己支配自己的行为，而不是提线木偶。"

"刘先生，我找你来，是想让你能体谅我的难处。我是总教习，让学生学到知识，学有成就是我的责任，尤其是西斋的建立，就是想为你们国家培养实用的、能造福大众的人才。现在学生们罢课游行，必将占用时间、分散精力、影响学业，我作为总教习，不能制止这种不当行为，深感惭愧，我希望刘先生能够理解我，帮助我维持校园的秩序，让学生回到课堂，创造出平静安宁的学习环境。在此，我表示感谢了。"

"对不起总教习先生，您有您的职责，我有我的责任，您考虑的是校园，我考虑的是家园，您想告诉学生学习知识，学以致用，我想提醒学生要知道为谁而学，用在何处。如果一个人的家园被人入侵，他却还在闷头学习，学完了还为入侵者出力，那这个学生就毫无价值，与其说是坚持，不如说是背叛。"

"刘先生，您这个理论不适用于还在学堂的学生。"

"我认为这是个普遍的理论，适用于所有的人。"

这时，一个学生跑了进来，说："刘学长。"

"什么事？"

学生喘着粗气说道："英国人到商务局去领开矿凭条了，他们拿到凭条就能开矿了。"

刘懋赏腾地站了起来，说："绝不能让他们拿到凭条，赶快召集同学们，我们到商务局去。"

学生扭头边跑边说："好的。"

敦崇礼展开双手，根本无法阻挡住。

* * *

山西商务局会客厅里，刘笃敬、李延飚和哲姆森、梁恪思面对面坐着。圆眼镜站在一旁。

哲姆森对着刘笃敬说道："总办先生，刘大人让我们与商务局具体洽谈开矿凭条之事，希望总办先生能给我们一个满意的答复。"

刘笃敬不卑不亢地说："开矿凭条是煤矿开采的法律凭证，条件成熟我一定发放，请二位放心。"

梁恪思脸上露出一丝微笑，说："真没想到，刘总办如此爽快。"

"我不是爽快，我是依法依规，照章办事。"

哲姆森点点头说："说得好，我们也是希望依法依规，所以在开矿之前一定要拿到开矿凭条。"

"这很好，据我了解，英国的法律体系成熟而健全，公民的法律意识普及而自觉，希望你们在我大清的经济行为也能遵守我大清的法律法规，依法行事，按规办理。"

哲姆森说道："好的，这样我们就有合作的基础，这是个文明的方式，避免了粗野和无礼。"

"绅士不愧是绅士，说了就要做到，言必行，行必果，不能出尔反尔。"

"一言为定。"

梁恪思问道："那什么时候给我们发放凭条？"

刘笃敬回答："请问你们有征地合同了吗？"

梁恪思摇摇头说："还没有。"

"现在你们无法提供将在哪块矿地上开矿，我如何给你们办理凭条？"

哲姆森说道："平定的矿民不卖给我们矿地。"

梁恪思接着说道："平定的矿民还在协议规定的区域乱开乱采。"

刘笃敬看了看两个人，说："土地是当地矿民的，他们有权处置自己的私有财产，你们要开挖坑口必须经过他们的同意，征地是必过的首项。"

哲姆森说道："当地矿民无视我们英国和清国签署的协议，到处胡挖乱采，已经严重影响了矿脉，这种行为你们必须严厉禁止。"

李延飑接过了话："哲姆森先生，矿民是在他们自己的土地上开矿，系本地人自务本业，何能禁止啊？"

刘笃敬点点头说："再说了，协议内并无不准晋人自行开采的字样，我们没有依据禁民开采，如果强行禁止，必定引发百姓不满，社会动荡。这与协议规定的预息纷争之意相悖，恐难以照办。"

"总办先生，您是想让我们这次空跑一趟了？"

刘笃敬笑了一声说："此话差矣，何谈空跑，我们第一次相见，彼此有了了解，相互做了沟通，交换了意见，应该说是收获颇丰。我和李管事新近接管商务局，以后和二位也会常来常往，打交道的机会就会很多了，我们也会严格把握协议精神，依法依规，照章办事。"

哲姆森问道："那我们拿不到矿地，该如何办理？"

"我们是代表大清政府照章办事，刚才我已经说过了，确认矿地，提交征地合同是开矿的前提和必须，至于如何取得，我们就爱莫能助了。"

正在此时门外一阵骚乱。几十名学生已经围住了商务局大门。

刘懋赏带头喊着口号："废除协议，还我矿权。"

敦崇礼边咳嗽边站在最前面阻挡。

有人喊道："洋人就在里面。"

"抓住洋人，赶出山西。"

门口的清兵也挡不住学生的冲击。

哲姆森听到了外面的喧闹，心里开始发慌，说："总办先生，我们是来找您办理公务的，我们的安全必须得到保证。"

刘笃敬说道："放心吧，在我这里很安全啊。"

梁恪思说道："怎么能让我们放心？学生们就要冲进来了。"

刘笃敬看看四周，说："你们要是害怕，那就躲一躲。"

梁恪思问道："这哪里能躲啊？"

李延飑掀起桌子的盖布，说："二位，如果你们觉得不安全，就到这里面躲会儿吧。"

外面的学生已经冲到了院子里，哲姆森和梁恪思已经顾不上许多，钻在桌子下面。

学生们冲了进来。

刘笃敬抬起手臂说道："同学们，你们来到商务局是为何啊？"

"我们要找洋人讲理。"

一学生拿着标语说："让他们归还晋省矿权。"

敦崇礼还是一边咳嗽一边劝阻着学生。

刘笃敬迎上前去说："同学们，矿权关乎晋省的命脉，朝廷对此也非常重视，我们一定会竭尽全力保护利源，请同学们放心。同学们先回去安心上课，等待我们的消息。"

一学生喊道："不行，不夺回矿权，我们绝不复课。"

刘懋赏对着刘笃敬说道："把洋人交出来，让他们归还矿权。"

敦崇礼咳嗽着，体力不支，摇摇晃晃，晕倒在地。大家都聚了上去，刘笃敬大喊道："快把你们校长送到医院去。"

学生们顾不上喊口号、抓洋人了，抬着敦崇礼撤了出去。学生们把敦崇礼抬到门口，一个学生问刘懋赏："学长，那洋人怎么办？"

刘懋赏说道："先送总教习去医院吧，洋人跑不了。"

敦崇礼坐在地上呼吸微弱。

"快找个车子。"

学生搀扶着敦崇礼坐上了一辆人力车离开。

刘笃敬见学生们都撤走了，转身来到桌子旁边，掀起了桌布，说："二位，出来吧，学生们都走了。"

圆眼镜赶紧上前招呼着，哲姆森和梁恪思探出头看看，确实没学生了才爬出了桌子。

哲姆森拍了拍身上的灰尘，整理了一下衣服，说："你确定他们是帮学生，而不是义和团？"

刘笃敬回应："义和团的事情早已经过去了，这是山西大学堂的学生。"

哲姆森"哼"了一声，说："山西大学堂是我们英国人筹建的学堂，这些学生怎么还是如此无知？"

刘笃敬说道："山西大学堂的确是英国人筹建的，但是你们不要指望学生们会拥戴英国人，他们首先是中国人，他们有自己的根，有自主的灵魂。中国人是善良的，是讲究感恩戴德的，但得公平公正，办学堂兴教育，这是对中国的帮助，也是对人类的贡献。如果兴学办教是为了让学生们倾向于西方，让学生们成为西方的代言人，那也许是打错了算盘。"

"我们为了帮助你们也是付出心血的。"

"没错，比如说敦崇礼先生，真的是为了学生操碎了心，他作为山西大学堂西斋的总教习可谓是呕心沥血啊，你们先把矿权的事情放一放，去医院看看他吧。"

哲姆森说道："今天就到此为止了，矿权的事情还没谈完，这件事情必须解决，我们回头还得谈。"

哲姆森带人急匆匆走了出去。

刘笃敬看着洋人的背影，说："快点去吧，去晚了怕你们见不上敦先生了。"

第八章
山大学堂外籍教习病逝
李提摩太出面平息学潮

***

小东门内有一片杏林，博爱医院被包裹在杏花丛中。敦崇礼躺在病床上，不停咳嗽，太太陪在旁边。屋内有两个洋人医生。圆眼镜陪着哲姆森和梁恪思在门外等候。看见医生出来了，哲姆森问道："医生，病人怎么样了？"

医生轻声地说着："情况非常不好，敦先生是肺结核，已经很严重了。"

哲姆森问道："能进去看一下吗？"

"可以，他这个病飞沫传染，请二位戴上纱布。"

哲姆森和梁恪思用两层纱布中间夹了一层药棉，裹住了口鼻走进了病房。敦崇礼看见有人进来，咳嗽着抬起了身子。

哲姆森站在病床旁边示意他不要挪动，说道："总教习先生，您好点了吗？"

敦崇礼继续咳嗽着，说："不是很好。"

敦太太在旁边照顾着敦崇礼，说："他是太辛苦了。"

哲姆森说道："您不必太操心，教育更得慢慢来啊。"

"我感到我的身体可能不行了。"

"您会好起来的。"

敦崇礼还在咳嗽，说："我辜负了李提摩太先生的信任，可能我会死在这个地方。"

哲姆森说道："李提摩太先生一直致力于用教育来改变中国人，可现在的效果很不好，学生们公开反对大英帝国，侵害大英帝国的利益，这

164

个问题很严重。"

敦崇礼咳嗽着，说："所有的办法都想尽了，学生们都不肯复课，我这个总教习很失职。"

哲姆森安慰道："你就安心地休养吧，不要想得太多了。"

哲姆森和梁恪思走出了病房，往医院外面走着。

哲姆森说道："看来我们是指望不上他了，立刻电请李提摩太先生回山西，安抚住学生是当务之急。"

梁恪思点点头说："好的，我立刻就办。"

哲姆森对着圆眼镜说道："刘，去卖点茶叶，要你们这里最好的茶叶啊。"

圆眼镜点着头说："好的，好的，放心吧，哲姆森先生，你们先回去休息。"

哲姆森和梁恪思上车离开。

病房内，敦崇礼握住太太的手，说："杰西，现在几点了，快要吃饭了吗？"

"你饿了吗？我去给你弄点吃的吧。"

"我不饿，我是想着学堂今天是什么饭，还是面条吗？"

"亲爱的，你身体都这样了，还想着学堂，他们会安排得很好的，你就管好你自己就行了。"

"我还是不放心啊，我的课交给威廉了，可我怕我的讲义稿他看不明白。"

"亲爱的，你看你现在，说话都没有力气了。以前他们都说你三快，吃饭快、讲话快、走路快，现在你哪样都不快了。好好养身体，等身体好了啊，你再考虑学堂的事情好不好？"

敦崇礼笑了笑说："我现在还有一快，就是脑子快，我也控制不住，脑子转得飞快。学生们罢课，夺矿权，我很是为他们担心，再这样下去——啊，就——耽误了。"

敦崇礼不停地咳嗽。太太哭出了声。

"不要哭了，服从上帝的安排吧，他要是召唤我，我也没什么抱怨的。"

"亲爱的，你别想那么多了，你会好的。"

"来到中国，也做了很多的事情，要不是现在的身体不行了，我还有很多事情要做。"

"咱们回英国吧？"

"英国太远了，我们回不去了，死就死在中国吧。"

"你不会死的，上帝会保佑你的。"

"要是我真的死了，就把我葬在西斋后面的乌金山上，那里地势高，能看见西斋的校园，能看见学生们读书的样子。"

杰西大哭起来。

"中国的孩子们是很聪明的，只要让他们读书，让他们掌握知识，让他们了解世界，中国是会改变的，中国是会进步的，中国是会富裕的，中国……"

敦崇礼的声音越来越小。

杰西太太急忙喊道："医生，医生。"

＊＊＊

渠家茶庄外停着几辆马车，几个工人搬运茶叶，圆眼镜走进茶庄。

"掌柜的，拿出你们这里最好的茶叶。"

掌柜迎了上来，说："这位客官，喝茶无高低，品茶无好坏，众口难调，各有喜好，适合自己的才是最好的。"

圆眼镜点点头说："掌柜的，你倒是很会说话啊，那这喜好怎么区分啊？"

掌柜面带微笑地说："有人喜好绿茶，清新爽口、清香醒神；有人喜好大红袍，霸气十足、韵味悠长；有人喜好红茶，是因为红艳温情；有人喜好生普，是因为甘滑柔顺、绵甜爽口。如果你喜欢平实温馨，那么不妨试试崖茶；如若您是个有故事的人，不妨品品茶气深厚的普洱；如若您向往姿彩绚丽，何不试试红茶？"

"我听得云里雾里了，那你认为你们这里最好的茶是什么茶啊？"

"我们渠家的渠家茶庄是百年的老字号，川字牌青砖茶是以鄂南山区的老青茶为原料，色泽青褐，质香纯正，关键是有多种成分滋补身体。"

"好了，好了，就它了，来两块。"

掌柜转身取茶叶，说："好了，客官稍等，我给您包好了。"

圆眼镜夹着砖茶走出茶庄。渠仁甫站在门口看着门上的青石浮雕。

一个伙计看见了渠仁甫说："仁甫东家来了。"

掌柜正在柜台打着算盘，急忙迎了出来。

"仁甫东家，您这是来转转？"

渠仁甫指着青石浮雕说道："那浮雕上的灰尘太多了，用水冲刷一下就漂亮了。"

"好的，我就安排人去办。"

"这买卖不像以前红火了。"

"客人少多了。"

"怎么回事啊？"

掌柜指了一下里屋，说："您进来喝点茶吧。"

渠仁甫走进里间，掌柜给渠仁甫沏茶倒水。渠仁甫坐在了椅子上，问："买卖到底是怎么了？"

"东家，咱们的万里茶路快要断了。"

"怎么回事？"

掌柜倒好了茶水，说："西伯利亚铁路通车了，您知道吗？"

"我不知道，这是最近的事儿吗？"

"是的。"

"俄国人自己办茶了。"

"俄国人自己来办茶并不可怕，怕就怕在他们绕开了恰克图，我们的万里茶道就要被废了。"

"你的意思是他们新开辟了茶道？"

"是的，我们将茶叶运到莫斯科要十九个月，他们现在只用一个月，而且成本比我们低得多。"

渠仁甫喝了一口茶，说："这么严重？那得赶紧想办法啊。"

"我也在想其他的办法啊。"

"还有别的路可走吗？"

掌柜指着墙上挂着的地图，说："东家您看，我们从福建武夷山过武

167

汉，走河南到达祁县，东线经雁门关过张家口到恰克图。西线经杀虎口过归化到恰克图。这万里茶路上我们是逢关纳税，遇卡征厘，还有水贼响马，路途之艰难可想而知，可这我们仍有利可图，关键问题是俄国人离不开我们的茶叶，不论是上层贵族还是大众平民，我们的茶叶是他们的每天必备。后来俄国商人通过水运在天津上岸，拿去了我们一半的买卖。现在西伯利亚通了铁路，俄国商人就不走内陆，直接海运到海参崴，通过铁路直达莫斯科和欧洲，这样的话，我们还会有买卖吗？现在恰克图还是自由买卖税费很低，哪天俄国人新的办茶道路通畅了，在恰克图对我们课以重税，我们这条百年茶路就会被彻底封死了。"

渠仁甫放下了茶杯说："这事态真的很严重啊。"

"东家要有个心理准备，也许这一天迟早要来的。"

"现在你想怎么办？"

"没什么根本的办法，我已经告诉恰克图的茶庄给俄国的中小茶商赊账，但愿能挽留住这些客商。"

"这也就是权宜之计。"

"是啊，您有没有什么好办法？"

"我们能不能不做贩运了？"

"您的意思是？"

"把住源头，我们去买茶山，建茶场。"

"这是个办法，但毕竟不在我们的地头上，怕当地人把住利源不松手。"

"可以尝试一下，这茶马古道估计是守不住了。"

"东家，我知道这川字号茶庄是你们家的祖业，如果在我手上衰败了，我会心愧内疚的。"

"尽力而为吧。"

渠仁甫站起身，走出茶庄，蹲在门前的过道上，用手抚摸着石板上的车印子，说："这百年车辙终归成为历史。"

"东家，车到山前必有路。"

"是啊，事在人为，只要争取就行了，天无绝人之路。"

一辆马车停了下来，李宏龄跳下马车跑了过来。李宏龄上前问道："仁甫东家，您怎么了？"

渠仁甫抬起头，说："哦，李掌柜，我没事儿啊。"

"那怎么蹲在这马路上？"

渠仁甫站起身，拍了拍手上的土，说："我是在看这车辙，这是茶马古道的见证啊。"

李宏龄舒了一口气，说："吓我一大跳，我看见你蹲在马路上，还以为发生什么事情了。"

"你不是在京城了吗，回来有事儿啊？"

"我是回祁县述职，顺便来看看你二伯。"

"我们刚从祁县回来。"

"就因为知道你们去祁县了，我才一路上追过来的。"

"我二伯回家了，要不先在我这儿喝点茶啊。"

李宏龄摆摆手，说："不了，我这就过去找他啊，是有点急事儿找他商量。"

"那好吧，有时间了就过来。"

"好的，告辞了。"

李宏龄跟渠仁甫和掌柜拱手行礼。

＊＊＊

渠本翘正在书房写书法，乔石头走进屋通报："东家，蔚丰厚的李掌柜要见您。"

渠本翘抬起头说道："快请进来。"

李宏龄走了进来说："少东家，可算追上你了。"

"李掌柜，你怎么来了？"

"我去总号述职，听说你在祁县，我就赶到了祁县，结果说您刚离开，我这不就又追到太原府了。"

"快坐，快坐。"

"就是让我坐下，我也是坐卧不宁啊。"

"烦乱什么？"

"不得不烦乱啊。"

169

"怎么了？"

李宏龄叹了一口气，说："少东家，你是东家，我是掌柜，可咱俩能说得来，一直亲如兄弟，掏心窝子的话我都是第一个说给你。"

"别拐弯抹角，兜来兜去了，到底怎么了？"

"我心里憋了一句话，和谁也不能直接说，不知能不能对你说？"

"你今天怎么了？平日里心直口快的，有话你就直接说吧。"

"这话不一样，我说了怕你暴跳如雷。"

"好吧，你就让我暴跳如雷一次。"

李宏龄犹豫了一下，看着渠本翘说道："所有的票号都要败了。"

渠本翘端起茶杯，说："喝点茶吧。"

李宏龄看着渠本翘，说："你是真的平静还是故作平静？"

渠本翘看了一眼李宏龄，说："有什么值得焦急的？"

"这也关乎你祖业的根基，也许会瞬间轰然崩塌。这你也不急吗？"

"有成功就有失败，有辉煌就有暗淡，人无千日好花无百日红，买卖败了那又有什么呢？古人还说，善败者不亡。如果有人败都不知道败在何处，告诉他就要失败，他仍不改之，那就让他亡，亡得悄声无息。"

李宏龄点点头说："少东家，我明白了，你永远高我一筹，胜我一步，你早看到了票号要败，所以你才如此平静。"

"票号的衰退，这只是个趋势，并不是不可救药，该挽救我们还得全力以赴。"

李宏龄说道："我已经发了多次电信，不是不回信就是潦草应付，我实在是着急了，就从京城赶到平遥总号亲自相劝，结果被彻底否决了。"

"你是说改组银行的事？"

"是的，户部尚书鹿大人奉旨组建户部银行，给我们开出了优惠的条件让我们入股入人，这是个千载难逢的机会。户部银行作为官办银行，除了一般银行业务外，它还有承领银铜铸币、发行纸币、代理部存等特权。鹿大人是在关照我们，如果我们不加入，以前最赚钱的官兑和税银就一分没有了，这不就挖了票号的百年老根吗？也就必败无疑了。"

渠本翘点点头说："我能想象出所有大掌柜的样子，无动于衷。"

"急就急在这儿，气也气在这儿。浙江绸缎商们早已经虎视眈眈，只要我们不理会，他们就会跟进，山西票号必将退出历史舞台。"

"我知道大掌柜们不这么想，他们只为东家负责，在意的是自己的薪俸和身股，如果改组了银行，他们吃什么喝什么。"

"没错，那东家就眼睁睁地看着这百年基业轰然倒下？"

渠本翘说道："东伙合作是票号的创举，这种制度让票号走向辉煌，也许还是这个制度彻底摧毁了票号，可谓是成也萧何，败萧何啊。"

"少东家，所以说站得高看得远啊，你是早就看到了这一步，所以你更热衷洋人的工业。"

"我已经说了，还有挽回的余地，并没有山穷水尽。"

"好吧，我听你的。"

"什么时候回京城啊？"

"此行无功而返，明天就回啊。"

"你去京城帮我给人送一封信。"

"谁啊？"

渠本翘转身拿过了一封信递给李宏龄。

李宏龄接过信，抬头看了一下渠本翘，说："是他？"

"认识吗？"

"不认识，知道这个人，他好像是平阳人。"

"我是不知道他住在京城哪里，你去打听一下，把信送给他，就说我向他问好。"

"放心吧，少东家。听说此人官不大但是权力很大，能直接上奏皇上。"

"没错，所以我找他帮忙。"

"是矿权之事？"

渠木翘点点头。

乔石头走了进来。渠本翘问道："有事啊？"

"刚才有个人捎话儿，说有个洋人李什么魔先生到太原府了，请您有时间去大学堂找他。"

"李提摩太。"

乔石头点点头："对对。"

"好的，知道了。"

李宏龄说道："该说的话也说完了，我也该走了。"

"不能走，留下一起吃饭。"

李宏龄笑着问道："能推辞吗？"

渠本翘拉着李宏龄，说："还没开始说话呢，再聊聊其他事儿。"

"好吧，好吧，恭敬不如从命。"

＊＊＊

渠本翘带着乔石头走进山西大学堂，迎面遇见刘懋赏和几个学生走了出来。

刘懋赏赶紧行礼道："渠先生。"

渠本翘看了下刘懋赏，问："你手里拿的什么啊？"

"我们正要给您送报纸呢，《晋阳公报》首刊印出来了。"

"这是好事情啊。"

渠本翘看了一眼报纸，问："《敬告乡民公启》，这是谁写的？"

刘懋赏说道："这是日本山西同乡会写的。平定的张士林写信给了日本山西同乡会，把山西矿权的事情告诉了他们，他们非常气愤，就写了这篇文章号召大家背水一战，争回矿权。"

渠本翘念着报纸："'此事若争之亡，不争亦亡，与其不争而亡，贻千秋顺民之羞，何如争之而亡，留廿世亡国之念。'这篇文章写得深刻，鼓舞人心。"

"留日的山西同乡群情激愤，他们通过各种方式给国内鼓舞斗志。"

"那你们连续转载，一定会有效果的。"

"是的，下一期还会有。这首刊刚一出来，很快就卖完了。"

"你们干得不错啊，报纸印得也不错，内容也很丰富。"

"渠先生，多亏了您的捐助，我们用您的钱买了铅印机，效率可高了，一个小时能印一百多份。"

"关键是要用心办报。报者，国家之耳目喉舌也，是将来之灯，精神之粮。万万不可潦草行事。"

"放心吧，渠先生，我们刚收到了胡聘之大人的一份稿件，还想和您商议何时发表。"

"什么内容？"

"题目是'晋矿危乎晋民生乎'。"

"你就尽快发表吧。"

"好的，明白了。您去学堂办事啊？"

渠本翘应了一声，说："李提摩太先生来了，让我去见他一下，要不你也一起去，我想一定和罢课的事有关。"

刘懋赏赶紧答应："好的。"

刘懋赏把报纸交给其他同学，说："你们先去吧，我和渠先生进去一下。"

渠本翘和刘懋赏一起来到学堂办公室。李提摩太正在看书，见渠本翘进来，李提摩太站起了身，说："渠先生，你好啊。"

"李先生，您好。"

"我是没有办法了，所以才去请您的。"

"您说，找我什么事啊？"

李提摩太招呼着渠本翘和刘懋赏坐下，说："还不是学生罢课游行的事啊，我找学生们谈了，但是没有效果，敦崇礼也病倒了。"

"可我又能怎么办呢？"

"渠先生，您一直致力于山西大学堂的教育，在学生当中有很高的威望，我想您一定有办法让学堂恢复往日的宁静。"

渠本翘看着李提摩太，说："中斋我还是能说说话的，西斋主要是敦崇礼先生管理，我怕不好说话吧？"

"渠先生，西斋您也必须得管。记得是辛丑年您来找我，劝我将中西大学堂并入山西大学堂，您的精诚所至感动了我，我才同意成立西斋并入山西大学堂，它就像你的孩子一样，您不能放弃它。"

"既然您这么说了，我会尽力而为的，但是学生的诉求得不到满足，他们怎么能复课呢？"

刘懋赏接过了话："就是啊，条件不满足怎么复课啊？"

李提摩太看着刘懋赏发起了脾气："我知道你以前是中斋的学生，你现在是罢课的领导者，敦崇礼先生就是你气病的。"

刘懋赏说道："我对事儿不对人。"

李提摩太拍案而起，说："刘先生，你带头罢课是不对的。"

刘懋赏说道："您致力办学，一直说是想让中国摆脱贫穷，现在矿权到了你们英国人手里，我们会更加贫穷，这您怎么解释？"

"福公司办矿也是为了你们中国的发展。"

"大头儿都让福公司拿走了，中国如何发展？"

李提摩太说道："我知道你追随孙文，力主维新，但维新是政府之事，不要鼓动着学生来闹事。"

"学生不闹事，政府如何重视？"

"刘先生，我当时筹建这所大学堂的时候就和朝廷有过协议，虽然这些教授大多是传教士，但是要求他们绝不为自己或基督教抱有任何的政治企图，这个事业完全是道德性和精神性的，我们无意以任何方式干扰政府的运作，也建议传教士保持警惕，防止教会被利用以达到某些革命的目的。我们这样说了，也这样做了，校园应该是干净的、圣洁的，我也不希望你们利用学生的单纯而达到你们推翻政府的目的。这是我不想看到的。"

"学校不是教堂，学生也不是教徒，他们的思想是自由的，他们没有受到任何的强迫和威胁，都是自觉自愿的。"

"哪有什么自觉自愿？都是引导和鼓动。学生们是单纯的，不论最后的结果如何，耽误了学业是他们最大的损失。"

"损失了自我，拯救了大众，每个人都不能只顾自己的得失，必须心系民族，关注国家。"

李提摩太说道："他们还是一群孩子，你这是道德绑架。"

"我做得问心无愧。"

"你这是极度的自私。"

"我不认可你的观点。"

渠本翘大喊一声："不要再吵了。"

两人顿时停止了争吵。渠本翘对着刘懋赏说："劝功，学生关心国家的命运，这是必须和必然的，但矿权问题非常复杂，不是一时一刻就能解决。李提摩太先生全身心地关心我们国家，这是有目共睹的，他不仅传教扶贫兴办教育，也在传播着科学思想。几年前，李提摩太先生在

174

《万国公报》上给我们介绍了一位名叫马克思的人，还介绍了马克思《共产党宣言》的部分思想，孙文提倡的民族、民权、民生，深受其影响，你追随孙文无可厚非，但李提摩太先生的意见也要重视。朝廷已经对山西矿权之事予以重视，学生罢课游行的目的基本达到，应该复课读书了，下一步视事态的发展可以随时跟进，你看这样可以吗？"

刘懋赏说道："渠先生，学生们的思想不是我能左右的。"

李提摩太说道："刘先生，你们的心情是可以理解的，中国现在还很贫穷，要摆脱贫穷，首先要开放思想，接受科学的理念，不能狭隘地看待新的事物。我是个英国人，福公司也是英国的，但请你们不要把我和福公司等同起来，我们有联系也有区别，我现在想说的就是想让学堂正常运行，恢复秩序。我更希望能得到刘同学的支持和帮助，你也许不能左右学生们的思想，但能说服他们，让他们了解到他们的行动已经得到了朝廷的重视。只有好好地学习，去除无知和愚昧，上帝才能拯救你们的灵魂，拯救你们的国家。"

渠本翘接着说道："明天是大学堂运动会，中西斋和中洋老师都要参加，希望你能利用这个机会，多和同学们讲解，你就试着说服一下他们。"

刘懋赏说道："那我就试试。"

渠本翘拍了一下刘懋赏的肩膀，说："那这事儿就说到这儿，我们一起去医院看一下敦崇礼先生吧。"

李提摩太、渠本翘和刘懋赏来到了医院。杰西看见李提摩太走了过来，喊了声："爹地。"

李提摩太上前抱住了女儿，说："杰西。"

杰西哭着。

"敦崇礼怎么样了？"

杰西抱住了李提摩太哭了起来，说："爹地，他病得很重，现在情况非常不好。"

"医生怎么说？"

"医生说，是严重的肺结核。"

"还能治疗吗？"

"医生说很危险。"

"不行就回英国去治疗。"

杰西又哭了起来说："怕是回不到英国了。"

……

李提摩太给杰西介绍着："这是渠先生、刘先生。"

"谢谢你们来看他。"

李提摩太说道："我们进去看看。"

"等一下，爹地。"

杰西和医生帮着几人戴上了纱布。几个人遵照医生的嘱托，进病房几分钟就走出了病房。从病房出来，来到医院门口。李提摩太脸色灰白，说道："看来他是不行了。"

渠本翘说道："要不就赶紧回到英国医治？"

"估计来不及了。"

"西斋怎么办？"

李提摩太思考着："要尽快找一个人来顶替他。"

"您有人选吗？"

"有个叫苏慧廉的，他来做这个总教习很合适。"

"他现在在英国吗？"

"不，他现在在温州办学校，我马上给他发电报。"

***

山西大学堂操场上，中斋、西斋的学生全部到齐，在此举行一年一度的全校运动会。

丁宝铨、李提摩太和渠本翘就座主席台。

有人走到李提摩太的身边耳语了几句。李提摩太面目凝重。

渠本翘感觉有事儿发生了，轻声地问道："怎么了，有事儿吗？"

李提摩太舒了口气说："敦崇礼上天堂了。"

梁善济主持开幕式，他站在主席台中间，高声喊着："下面请山西大学堂监督、山西按察使丁宝铨丁臬台讲话。"

丁宝铨来到了主席台中央说道："我代表山西省巡抚衙门及我个人对山西大学堂中西两斋运动会的召开表示热烈祝贺，运动会乃我晋省召开之首例，开创学堂发展之先河，让我看到生机勃勃。中西斋教授相处融洽，两斋学生携手同行，看到你们，我就想到阳光，想到雨露。山西大学堂开办几年来，桃李天下，硕果累累。今天，我们均应感谢山西大学堂西斋的创立者，尊敬的李提摩太先生。"

众人鼓掌，李提摩太起身来到主席台中央。

李提摩太表情凝重地说道："运动会是山西大学堂的盛会，中西两斋的同学们期盼已久，但在此时我却心情沉重，我想先告诉大家一个不幸的消息，西斋总教习敦崇礼先生听从上帝的召唤，过世人间。山西大学堂的成功归功于中西两斋的共同努力，西斋的成就更应归功于敦崇礼先生非凡的工作热情和永不疲倦的精力，归功于他对中国人和中国文化的了解，以及他的聪明睿智和处理事务的实际工作能力，作为一个无畏的、诚实的和能干的管理者，他赢得了所有人的尊敬。我们都是上帝的使者，传播福音，职责所在，为此生死无足挂齿。我们要学习敦崇礼先生，成为像他那样的人，要成为一位把人类向前推动一步的人，要成为一位通过自己的诚挚勇气和坚定品格，为其他人树立好榜样的人。我们来到中国传教，不仅是要拯救人的灵魂，而且还包括在居高不下的死亡率下拯救被饥饿疾病折磨的肉体，这也许是我们与他人传教之不同。兴学办教，就是想解放那些比妇女的裹足更危险的扭曲的心智。但是，如果中华民族从无知和恶习的禁锢下获得解脱，并且沐浴到科学的、工业的、文明的教育之光，中华民族可能成为这个地球上最强大的民族之一。"

众人掌声。

梁善济高声宣布："下面，检阅仪式开始。"

中斋的学生身穿朝服，红顶花翎、蓝顶蓝翎、水晶顶蓝翎依次排开，甩着大袖，飘然而过。

"下面有请西斋兵操演练。"

西斋学生手持步枪排成列队，统一身穿青色西式军装，辫子塞在帽子里。老师手握指挥刀，走着英式步伐，用的英语口令，Forward march（齐步走），Turn right（向右转）。

"下面请中斋拳操演练。"

中斋学生身穿朝服打着太极拳。

"下面项目比赛开始。"

短跑，跳远……中西斋服装各异，对比明显，场面滑稽。跑道起点，中斋学生带着仆人，仆人帮着拎衣服和靴子。

主席台上，梁善济对着渠本翘说道："楚南，你看这中西斋学生的差异还是很大的。"

"我看到了，就这服饰而言，这中斋学生穿的衣服明显不易于做运动。"

"没错，你看这西斋的衬衣衬裤就精干了很多，中斋的长袍马褂感觉就行动不便。"

"另外，在思想上也存在着巨大的差异，中斋的学生把自己定位成老爷，还有家仆在身边伺候着，这种习惯必须取消。"

"这种差异说到底还是文化上的差异。"

"东西方的文化各有所长，应该取长补短、互通有无，否则两者之间的矛盾难以解决。"

***

两个洋女人拎着菜篮子走在平定街头。

众人起哄。

其中一个洋女人转过身，挥着手，说："乔治·查尔斯，路边这些人好像在侮辱我们。"

两个洋人牵着大狼狗从后面走了过来，指着路人说："你们，不要没有礼貌，侮辱女人是绝对不容许的。"

狼狗狂吠着，扑向路人，吓得路人四散逃跑。一个小孩飞快地沿着马路奔跑。

空地上，楞脖子正在训练两只狼青。小孩跑了过来，说："楞脖子，洋人放狗咬人了。"

"什么，洋人的狗出来了？"

"出来了，是两个洋人牵着呢。"

楞脖子急忙用绳子拴住狗脖子，说："快，快，给我带路，截住那些洋人。"

马路上，楞脖子牵的狗与洋人牵着的狗相遇了。两只狼青非常兴奋，狂吠着冲向黑背，洋人的黑背吓得就跑，洋人牵也牵不住。

众人欢呼。

楞脖子双手叉腰，说："我早就准备着收拾洋人的狼狗了，这下，它可不敢出来了。"

"楞脖子，你给我们出了气了，这大狼狗就是狗仗人势，这回可灭了它的威风了。"

楞脖子对着路人大声喊道："大家以后不要怕了，我估计它不敢来这里了，如果来，你们就马上通知我，我这叫以狗治狗，要把它治得服服帖帖的。"

第九章

张公子偶遇渠珍珍动情
商部转旨责令接洽矿权

***

太原渠府院内，乔石头手拿一把单刀走到院子里。放下单刀，打起了形意拳。升儿、鹤儿和渠传耀跑了出来，一齐喊："快来看，石头哥练武了。"

乔石头打完拳后，拿起刀，打了一套刀法。升儿拍着手说："太棒了，我想学刀法。"

"这刀太重了，你们不好练，要不先练拳法。"

升儿说道："拳也想练，但是我更喜欢练刀。"

鹤儿凑了过来，说："我也要练，我也要练。"

"好，还没问题，我教你们。"

升儿问道："可我们没刀啊？"

渠传耀接过话："我会一点木工，要不我给你做一把木刀？"

鹤儿说道："做两把，我也要一把。"

渠传耀点点头说："好的。"

乔石头说道："行了，先用木刀练，学会招式，以后再用钢刀。"

渠本翘穿戴得精干整齐，从屋里走了出来，径直走到了空地，说道："你们干什么呢？"

升儿抢着回答道："我们想跟石头哥学武术。"

"这不错，学习武术可以强身健体，还可以自卫。"

鹤儿拉着渠本翘的手，说："爹，我也要学的。"

"我们鹤儿什么都落不下，跟着哥哥们好好学。"

升儿说道："我还要学刀法。"

渠本翘摸摸升儿的头，说："好的，我要带石头先出去办事儿，等有时间了让他再教你们。"

乔石头把钢刀递给了渠传耀："传耀，把刀放屋里去，不要让少爷们玩儿，这是开了刃的，很锋利的。"

渠传耀接过钢刀，说："好的。"

渠本翘带着乔石头走了出去。

升儿看着两人走出了院子，对着渠传耀说道："传耀，给我刀，我看一下。"

渠传耀递过了钢刀，说："少爷，小心刀口啊，这是开了刃的。"

鹤儿伸着脑袋，说："什么是开刃啊？我也看看。"

升儿推了一把鹤儿，说："你别动。"

"我咋就不能动了？就你能动。"

"你还小了，这是真刀，割住手就流血了。"

鹤儿反问着："割住你的手就不流血吗？"

"我不会让割住的。"

"我也不会，给我。"

两个人开始抢夺钢刀，刀刃晃来晃去。

渠传耀看得都提心吊胆的，说："都别抢了，我还是放回去吧，这太危险了。"

鹤儿松开手，说："我不玩也不让你玩儿。"

渠传耀说道："我去找木头给你们做木刀去。"

升儿瞪着眼，说："就做一把，别给鹤儿做。"

鹤儿哇哇大哭道："为什么不给我做？我也要。"

渠传耀轻声地说道："少爷，别哭，我也给你做一把。"

升儿对着渠传耀说道："把刀放回去吧，把毽子拿出来，咱们先踢会儿毽子，这也是武术啊。"

渠传耀转身边走边说道："你们等着啊。"

渠传耀进屋放好了钢刀，拿上毽子就跑了出来。升儿、鹤儿和渠传耀踢着毽子。

升儿一边踢毽子一边唱着："一个毽儿踢八踢，马兰开花二十一，二五六，二五七，二八二九三十一。"

张鸿寿推开大门走了进来。渠传耀停止踢毽儿，扭头问道："你怎么进来了？"

张鸿寿看了一下大门，说："这门没关。"

"你找谁啊？"

"渠先生在吗？"

"东家刚刚出去了。"

"那就找一下乔石头。"

"石头哥跟着东家出去了。"

"那就找一下渠珍珍。"

渠传耀叉起了双手，问道："你到底是找谁啊？"

升儿收起毽子和鹤儿走了过来，也问："你是什么人啊？"

鹤儿在身后拉着升儿的衣襟，说："哥，我觉得他不像好人。"

张鸿寿说道："我是从平定来的，我不是坏人。"

鹤儿还是躲在升儿的身后，说："坏人也不写在脸上。"

"我在你家住过的。"

升儿问道："你在我家住过啊？"

"是啊，我是渠先生的客人，所以我跟乔石头和渠珍珍也很熟悉啊。"

鹤儿说道："那也无法证明啊。"

"你们吃过黄瓜干吗？那种脆脆的，也叫龙筋。"

鹤儿点点头，说："吃过。"

"那就是渠先生到平定，也就是去我家的时候带回来的。那龙筋啊，是我们平定的特产。"

鹤儿看着升儿，说："哥，这人好像不是坏人。"

升儿说道："我多出去了，你如果想等他可以进来等着。"

张鸿寿说道："那我能不能找一下渠珍珍啊？"

"可以啊。传耀，那你带着进去吧。"

"那跟我来吧。"

渠传耀带着张鸿寿来到了杂间，渠珍珍正在忙活着。渠传耀说："珍珍姐，有人找你。"

渠珍珍扭头一看，忙说："呦，是张公子，您什么时候来的？"

"我刚到，看看你在忙什么呢？"

渠传耀看见两人聊上了，对着渠珍珍说道："姐姐，你们聊吧，我走了。"

渠传耀跑了出去。

渠珍珍用围裙擦了擦手，说："张公子，你找我干什么，是有什么事情吗？"

"我本来是找渠先生的，他出去了，我就来看看你。"

"你看这乱七八糟的，也没个坐的地方。"

"没关系的，我不坐了。渠先生不在，我一会儿去一下胡大人那里，然后再来。"

"好的，张公子，那我送您出去。"

张鸿寿拿出一个红布包，说："珍珍，这是个银镯子，我想送给你。"

"不行不行，我不能收您的东西。"

"这不算什么，那天我在银铺里看到这个镯子很好看，就想送给你。"

"不行的，我不能收您的东西的。"

"为什么不能收我的东西啊，是因为乔石头吗？"

"这和石头哥没关系。上次您捎来的黄瓜干我就很为难，这银镯子这么贵重，我更不能收了。"

"珍珍，你不用介意，我送你东西就是想表达一下我的心意，我想让你开心，仅此而已。"

渠珍珍看着张鸿寿说道："我挺开心的。张公子，您是富家子弟，见多识广，您上次用磁石帮我拿出那根针，我感到特别神奇。我只是个小丫鬟，只会干点家务事，您帮助了我，我特别感谢。您想着给我买东西，我也特别感谢。您的心意我领了，东西我是绝对不会收的。"

"珍珍，你这是拒绝我吗？"

"张公子，您看我还有很多事要做，要是没别的事儿，我就去干活儿了。"

渠珍珍干起活儿来。张鸿寿略显尴尬地说："好吧，珍珍，那你忙吧，我只是想表达一下心意。"

渠珍珍没有回应，继续干着活儿。

院子里，几个人踢着毽子，"五五六五五七，五八五九六十一。"张鸿寿低着头走了出来。渠传耀跑了过来，说："您跟珍珍姐聊完了？"

张鸿寿点点头。鹤儿停止踢毽，也跑了过来，问："您为什么垂头丧气的？"

张鸿寿一摊双手，说："事情没有办好啊。"

升儿也走了过来，说："那也不用不开心啊，您跟我们一起玩游戏吧，玩一会儿您就开心了。"

鹤儿说道："对，玩老鹰捉小鸡，我们正缺一个人呢。"

张鸿寿笑了一下，说："好啊，那我陪你们玩游戏，你们能不能帮我办件事儿啊？"

升儿说道："行啊，你做老鹰，如果抓住了小鸡，我们就帮你。"

张鸿寿说道："一言为定。"

鹤儿接过话："驷马难追。"

张鸿寿扮老鹰，升儿张开双臂扮母鸡，渠传耀和鹤儿藏在升儿身后扮小鸡。张鸿寿大喊一声："嗷西。"

三个人跑动着，咯咯咯地笑。

张鸿寿左右晃动着跑，鹤儿跑着摔倒在地，张鸿寿扑了过去，抱住了鹤儿，几个人大笑着。张鸿寿也躺在地上，说："这下你们该帮我了吧？"

升儿说道："你说吧，是什么事情？"

张鸿寿掏出红布包，说："把这个给了渠珍珍。"

升儿问道："这个要告诉我爹吗？"

张鸿寿说道："我的大少爷，谁都不能告。好了，你们玩吧，我也该走了。"

张鸿寿走出大门，和吴妈擦肩而过。吴妈看了一眼张鸿寿，端着一碗炸糕走了进来，说："升儿，你妈在吗？"

"我妈在屋里呢。"

"快去喊一声。"

升儿跑进了屋里，说："娘，栓柱他妈来了。"

话音未落，吴妈走了进来。升儿转身就往外跑，见门后有一块木板，随手拿了出来。升儿拿着木板喊着："传耀，你看这块板子能做木刀吗？"

渠传耀接过木板，说："可以啊，能做两把。"

鹤儿高兴地跳了起来，说："哦，做木刀了。"

渠传耀拿出来锯子和刨子，拿着炭笔在木板上画着刀的图案。屋内，吴妈端着碗对着渠太太说道："我炸了点糕，给老太太尝尝，她不是喜欢吃黏的东西吗？"

渠太太急忙接了过来，说："吴妈，亏着你想着我们老太太，快来，坐一会儿。"

"老太太身子骨还挺硬朗吧？"

"是啊，硬朗得很。"

吴妈坐了下来，说："老太太跟着你们住，都很久了吧？"

"可不，有小二十年了，打京城就跟着我们住了。"

吴妈问道："也没看见你家公公来啊？"

渠太太叹了一口气，说："各家有本难念的经，我家婆婆和公公闹不来，婆婆不回去，公公也不来，所以啊，婆婆一直跟着我们住。"

"你家东家可真是个孝子，又当着官，还开着工厂，对娘孝顺，对你和孩子也好，真让人羡慕。你看我家栓柱他爹，跟你家东家没法比。"

"有什么好的啊？这人啊，都是看着别人家的好，穿的鞋舒服不舒服，只有自己的脚知道。"

"你可别不知足，别人啊都是拿钱捐的虚职，你家的都是自己一步一步考的官，多了不起啊！"

"有什么了不起的？他就是死板不活套，家里又不是没钱，打点一下多走动走动，早不是这个官了。"

吴妈笑着说道："你就知足吧。"

渠太太撇了一下嘴，说："我就是不知足，以前嫁给他，因为他在京

185

城做官，要是知道回山西，我才不嫁他呢。"

"山西当然不能和京城比了，可你也不愁吃不愁喝啊，做着少奶奶，我们可比不了你啊。"

"你们也不错啊，一家子总在一起，其乐融融的。"

栓柱和鹤儿跑了进来。

栓柱进门就喊："娘，我爹叫你回家赶紧做饭。"

"看到没，我这儿有什么好？就一个老妈子，天天就是伺候他们。"

吴妈拉着栓柱走了，鹤儿跟着渠太太端着炸糕走进后屋。渠太太说："娘，隔壁吴妈炸的糕，给您送了点，让您尝尝。"

渠老太太咧着嘴笑着说："吴妈还惦记着我，替我谢人家了没有？"

"谢了。"

渠老太太把炸糕端向鹤儿，说："鹤儿，来，先尝个炸糕。"

鹤儿伸手就去抓炸糕，渠太太拍了一下鹤儿的手，说："洗手没？就抓着吃。"

"鹤儿，来，奶奶给擦擦手。"

鹤儿擦了手，抓起来就吃。

渠老太太问媳妇子："桥儿又去忙了？"

"娘，您抽时间也说说他，我说他，他也不听。"

"又怎么了，说什么了不听？"

渠太太噘着嘴说道："他天天在外面跑着不着家，晚上翻来覆去睡不着，像是碰到什么不顺心的事儿了，又像是什么事儿压在心里，话也少了，不想跟我说话，也不知道他每天忙什么。"

渠老太太慢条斯理地说着："老爷们不能让他窝在家里，该出去跑还得让他出去跑着。晚上睡不好，叫唤了没有？"

"叫唤了，有时候睡着了还嗷嗷地叫。"

鹤儿嘴里还嚼着炸糕，说："我爹睡觉还叫唤啊，我都不叫。"

渠老太太说道："他有这个毛病，小时候被他爹吓得，但都是有害怕的事儿才叫，最近他有什么害怕的事儿吗？"

渠太太说道："这我哪知道？他也没说。"

渠老太太看着媳妇子，说："你也应该多关心着点他，总得多问问，

186

做媳妇的啥也不知道。"

"娘，我是想找您说说他，您可好，说开我了。"

"我不是说你，该说他啊，我也得说。"

鹤儿擦着嘴，说："那我问问我爹，每天都忙什么了？"

渠太太指着鹤儿，说："小孩子家，你问？你多嘴小心揍你。"

"我爹才不揍我呢，揍我哥哥，也不揍我。"

渠老太太笑着说道："那是因为你小，你爹护着你。"

渠太太把鹤儿拉了过来，说："好了，别在这儿缠着奶奶了，该吃饭了。"

"要等我爹吃饭吗？"

渠太太拉着鹤儿就往外走，说："你爹在外面办大事儿呢，他不饿。"

***

商务局里，刘笃敬和李廷飏在屋子里面交谈，有人来报："大人，渠家少东家来了。"

"有请。"刘笃敬回了一声。

渠本翘快步走了进来。

刘笃敬看着渠本翘说道："楚南，你来得正好，这就是浑源帮帮主、商务局主事李廷飏，你们认识吗？"

李廷飏抢先开口："少东家，首次相见，幸会幸会。"

渠本翘抱拳回应："李帮主是名声远扬啊，胡大人多次提到您为晋省之事费心周旋，楚南深感敬佩。"

"客气了。"

三人落座。

刘笃敬看着渠本翘，说："我们正想着去找你。"

"有什么消息吗？"

刘笃敬拿着一张电报，说："这是刚收到的商部电报。有人上奏皇上说明了山西矿权的纠纷，皇上甚为重视，商部转旨过来，让山西商务局负责具体接洽英商福公司的矿权事宜。"

渠本翘接过了电报，说："这么快？"

刘笃敬感到纳闷，说："什么这么快？"

渠本翘说道："我是说这么快就有消息了。"

李延飏插了一句："是少东家托人了吧？"

"这无关紧要，关键的是我觉得矿权纠纷能走到官路上，才有可能彻底解决。"

李延飏说道："没错，老百姓吵吵闹闹，根本解决不了问题。"

渠本翘看着电报，说："看来现在朝廷重视此事了。"

李延飏说道："您看，电报上只说让山西商务局负责接洽，也没说该如何办理。"

渠本翘抬起头看着刘笃敬，说："缉臣兄，你怎么看待此事？"

"这不很明显吗？外务部和商部把我们当过河的卒子在用。"

渠本翘放下电报，说："此话怎讲？"

刘笃敬说道："皇上是批折了，可他们也不知道该怎么办，就让我们去试试水。和洋人谈成了，他们办事得力，我们谈崩了，他们还有回旋余地。"

李延飏补了一句："此话有理，他们谁都不想碰洋人的事儿，都知道这事儿非常棘手。"

刘笃敬接着说："这件事儿出自山西，但协议已收回总理衙门办理，现又下放山西，说明他们知道这是个烫手的山芋。当时罢免胡大人的时候，其实就是默认矿权之事不妥，但鉴于协议已签，又不好得罪洋人，还得给百官一个交代，给老百姓一个说法，所以就罢免胡大人，惩戒了刘鹗。现在又有人奏请此事，他们当然不敢轻举妄动，先推给山西再说吧。"

李延飏说道："那我们也不能不接啊。"

刘笃敬说道："接一定要接，你们推举我做着这个总办，不就是要接管矿权之事吗？我是怕办不好，有点紧张和担心。"

渠本翘点点头，说："矿权之事能得旨再议，已经实属不易，机不可失，时不再来。缉臣兄善于幕后，运筹帷幄，今被推到风口浪尖也是无奈。矿权之事需多方合力，但谈判斡旋是首先要考虑的，不顶住这个关口，其他各方都发力无效。望缉臣兄勇挑重担，不负众望。"

李延飏看着刘笃敬说："刘大人，您不必太担心，您也不是孤军奋战，胡大人、渠东家都在出主意想办法，我们都在您的周围，您担心什么，不就是个总办吗？"

"我不是担心我个人，我后路多的是，我是担心和洋人谈判的效果，是不是能抓得住要害，是不是能有说服力？正式谈判跟我们闲聊就不一样了，那是涉及国与国的外事关系。"

李延飏说道："这方面，渠东家有经验。"

渠本翘接过话："外事礼仪方面倒无关紧要，外事谈判的关键不在于在气势上谁压倒谁，而是有理有据，实事求是。洋人很在意契约守信，我们就得从签订的协议内容入手，首先要确立协议的合法性，然后再看协议的约束条件，枝节问题可以让步，原则问题一点不能退让。只要目标清晰，逻辑缜密，关键问题据理力争，我们的谈判就能成功。"

李延飏点点头说："还是渠东家见多识广，博学多才啊。"

刘笃敬"哼"了一声，说："看来我们就得从协议的内容上下功夫了。"

李延飏说道："还有时间，我们把协议吃透了，嚼烂了，不信我们谈不过他们。"

渠本翘站起身，说："好了，是该下点功夫了，你们好好研究吧。我去见一下胡大人。"

***

李提摩太来到福公司见到了哲姆森。哲姆森对李提摩太满口称赞："李提摩太先生，您这次来山西可谓立竿见影，学生们都回学堂上课了，您可算是解决了一个大麻烦啊。"

李提摩太说道："我给他们做工作，他们没听，我是搬出了山西的士绅渠本翘，他在学生当中有相当的影响力，那些学生的领袖还是听他的。"

"我听说过这个人，好像是个大户的少东家。"

梁恪思说道："此人在京城做过官，还去日本做过领事。"

李提摩太点点头说："这些都无关紧要，主要是他一直致力于教育，跟我有很多的交往，我请他来帮忙，他也是给了我面子。"

哲姆森说道："教育问题是您最看重的，您争取了庚子赔款里的银子，兴建学堂，企图通过教育改变中国人的思想，但现在的效果很不理想，他们仍然是那样愚昧无知，不听教化，您的心血可能会前功尽弃。"

李提摩太看着哲姆森说："教育本身就不是个立竿见影的事情，需要长期的坚持才能有效果。"

哲姆森问道："您估计需要多少时间，十年还是二十年？"

"也许需要几代人。"

哲姆森站了起来说："李提摩太先生，您这是在做无用之功，花了那么多银子，是为了我们都看不到的事情，您这是太天真、太理想化了吧？"

"中国是个大国，中国现在还很积弱，主要的原因是保守，僵化的保守主义导致他们缺乏改革的意愿，但总有一天会开化的，会变得强壮。到那个时候，我们不能让中国跟我们对立，更不能让中国信马由缰，要想改变中国，唯一的办法就是深入他们的思想。那种深入骨髓的思想，这就要通过教育，潜移默化地让他们接受我们，接受我们的思想，接受我们的文化，面对这么大的块头，别说几代人，只要能够改变了他们，就是再长的时间，也是值得的。也许百年之后才是真正的较量，我们现在做的绝对不会是无用之功。"

哲姆森来回走动着，说："我等不了那么久，我所关心的更多的是眼前，是我们在山西何时能开矿采煤？"

"所以您也只能是个商人。"

"我是商人怎么了？我是大英帝国的商人，我是为大英帝国赚取利益，我不搞那些虚头巴脑的东西，我更喜欢立竿见影。"

圆眼镜站在门口，不知道该进不进。

梁恪思看了一眼圆眼镜，说："站在那里干什么？"

圆眼镜哈了一下腰，说："有封急信。"

梁恪思说道："拿进来吧。"

圆眼镜将信件递给了哲姆森。哲姆森打开一看，哈哈大笑道："山西商务局邀请我们谈判了。"

梁恪思凑了过来问："这次他们怎么主动了？"

"上面写的是奉皇上批奏。"

梁恪思接过了信件，转身对着圆眼镜说道："你先下去吧。"

哲姆森看见圆眼镜走出了房间，对着李提摩太说道："李提摩太先生，山西矿权之事一直困扰着我们，您是不是此时应该帮我们一把？"

李提摩太毫无表情地说："我对这些枝节小事不感兴趣，当年我说服张之洞和胡聘之推动洋务，你们才有机会修建铁路、开发矿山。起初的目的是为了改善山西地狭人稠、田不足耕的局面，让闭塞的山西得到欧风美雨的滋润，可你们在其中掺杂了贪婪和血腥，攫取了大部分利润不说，还与当地的老百姓形成了对抗。这样的局面我是爱莫能助。"

"别忘了您是英国人，应该维护大英帝国的利益。"

"我是上帝的仆人，更有恩惠天下的责任。"

哲姆森摇了摇头说："那好吧，愿上帝保佑你。"

＊＊＊

胡聘之在院子里晾晒着辣椒，侄子胡青松坐在一旁用石臼捣着辣椒。渠本翘带着乔石头走了进来。

"胡大人，您这是晒辣椒啊？"

"楚南，这不有个老乡给我捎了一袋辣椒，我做一点辣椒酱，其他的晒成干。"

"我也给您捎东西了，看，正宗的黄河鲤鱼。"

"呦，这么大的鲤鱼啊！"

渠本翘指着鲤鱼说道："这可是我们这儿的好东西啊，李白都说过，'黄河二尺鲤，本在孟津居。点额不成龙，归来伴凡鱼……'"

胡聘之点点头说："鲤鱼不简单的，鱼跃龙门，过而为龙，就是说的鲤鱼啊。"

"快拿到厨房去吧。"

"你们留着吃吧。"

渠本翘说道："山西人不会做鱼，只有你们南方人才是烹饪鱼的高手。"

胡聘之挥挥手说："松青，那你去给露一手，一会儿咱们和少东家一起吃鱼。"

胡青松答应了一声，和乔石头走向了厨房。

"楚南，就坐这儿吧。"胡聘之拿过来一个板凳递给渠本翘。

191

渠本翘接过了板凳，说："胡大人，皇上批折了，让山西商务局与福公司商讨矿权之事。"

胡聘之问道："有人上奏折了？"

渠本翘点点头。

"太好了，矿权之事算是开始再议了。"

"缉臣他们在研究协议，准备谈判。"

"万事开头难，这起步阶段是要多做准备啊。"

两个人谈得正起劲儿，张鸿寿拍了一下门，走了进来。渠本翘扭头问道："鸿寿，你怎么来了？"

"渠先生，您在这儿啊，刚才我去您家您不在。"

胡聘之问道："鸿寿来是有事吧？"

张鸿寿也拿来一个小板凳坐下，从怀里拿出书信，说："我爹和铸公让我来给你们俩送信呢。"

胡聘之打开信封阅读着。

渠本翘问道："你是刚到太原府吗？"

"是的，一大早出发的。到您家里还和升儿鹤儿玩了一会儿游戏呢。"

渠本翘又问："他们没有去学堂吗？"

"放学回来了，我们一起玩老鹰抓小鸡了。"

胡聘之看完了信，说："平定不愧是保矿第一线啊，他们把能联系的人都联系起来了。"

胡聘之把信件交给渠本翘。

渠本翘看着信说："矿产公会也成立了，所有的矿地都登记造册了。"

张鸿寿说道："这次窑主们最是积极，联合起来人多力量大。有些被封坑口的窑主，把封坑口的木桩都拔了。"

胡聘之说道："你回去告诉你爹还有铸公，尽量避免与洋人正面对抗，做事要有礼有节，不要鲁莽冲动。"

渠本翘接着说道："还有，皇上已经批折，让商务局与洋人的福公司商讨矿权。"

张鸿寿高兴地站了起来，说："这太好了，我一定转告他们，他们一定很高兴。"

渠本翘说道："坐下来谈判也许是最好的办法。平定的洋人有枪，你们一定要注意安全，避免不必要的伤害。"

"我一定转告，那我就告辞了。"

胡聘之说道："不着急走，渠东家给我送了一条大鱼，一起尝尝湖北风味的红烧鲤鱼。"

张鸿寿又坐了下来，说："这我就不走了，错过红烧鲤鱼我可亏大发了。"

胡聘之笑了笑，说："好好吃一顿，明天再回。"

*　*　*

渠正财急匆匆地跑到福公司的院门口，敲打着大门，门卫开门问："你找谁啊？"

渠正财喘着粗气，说："我找一下刘公子，那个戴眼镜的。"

圆眼镜走了出来，一脸不悦地说："什么事儿啊，怎么找到这儿来了？"

"少爷，您快回家看看吧，老爷病了，很厉害。"

圆眼镜一下子紧张起来，说："啊，怎么回事？"

"老爷肚疼得厉害，我不知道怎么办了，所以才找您的。"

圆眼镜挥挥手说："快走。"

两个人急急忙忙地赶回了家中，刘东家捂着肚子在床上打着滚，嘴里哎呀妈啊地叫着。圆眼镜扶着躺在床上的刘东家，说："爹，爹，你怎么了？"

"肚子疼得厉害，一点力气都没有了。"

圆眼镜扭头问渠正财："老爷吃什么了？"

渠正财想了半天才支支吾吾地说："这您还不知道，老爷每天都吃鸦片膏，那东西长时间吃能不吃坏身子啊？"

"快快，快送医院吧。正财，你快去备车。"

渠正财一溜烟儿地跑了，套上车就又跑了进来。圆眼镜和渠正财搀扶着刘东家上了马车。

渠正财也跳上马车，挥舞着马鞭子，问："少爷，去哪个医院啊？"

"就英国人开的那个，斯科菲尔德医院。"

"就是杏花岭那个啊？"

"对，就是那个，快赶车。"

渠正财赶着马车，不一会儿就到了医院。刘东家躺在床上哼啊哈啊地叫着，洋护士陪着大夫走了进来。

"您是哪里不舒服？"

刘东家捂着肚子说："满肚子疼，哪儿都不舒服。"

圆眼镜着急地说着："您快给看看吧，他主要是肚子疼。"

洋大夫掏出听诊器要听诊。

刘东家看见听诊器顿时吓坏了，问："这是什么玩意儿啊？还带两个管子。儿啊，咱们不在这儿了，咱们走吧。"

圆眼镜扶着刘东家，说："不要怕，爹，这是洋大夫的看病工具，给你听听，就知道您是哪儿的毛病了。"

洋大夫按住刘东家的肚子，说："呼气。"

刘东家打着呼噜。

"是呼气。"

刘东家发出一串鼻音，最后气差点没上来。

洋大夫做着示范，说："是呼气。"

刘东家冲着洋大夫的脖子和衣领之间用力吹气。

"No，No，不是这样，往上吐气。"

"这不是折腾我了吗？"刘东家对着大夫脸上就吹了一口。圆眼镜按住刘东家。

洋大夫问圆眼镜："他平时爱吃什么？"

"不瞒您大夫，我爹平时就经常肚子疼，你就爱自己吃点烟膏，一吃就好了，今天疼得厉害，吃烟膏也不顶用了。"

大夫摸着刘东家的肚子，说："初步诊断是严重的胃溃疡穿孔，要马上做手术，否则生命都难保得住。"

"这么严重啊？"

"您这是送来得及时，还有做手术的机会。"

圆眼镜安抚着刘东家，说："爹，洋大夫一会儿给您做手术，您就会好的。"

"什么是手术啊？"

"就是现在您肚子里有个地方坏了，刺开肚子，把那坏的东西拿出来就好了。"

刘东家摆着手，说："不行不行，那就是开膛破肚啊，牲口有病才那样治呢。快把我拉回去，去永春堂开个方子就行了。"

"爹，您现在是急症，这洋人的医院治病的方法快速有效，您要是去开方子喝汤药，估计来不及了。"

洋大夫说道："先生您不必害怕，这种手术成功率是很高的，不会有什么危险的，但是耽误了时间，那就不好说了。"

"大夫，您别听他的，救命要紧啊，赶紧手术吧。"

洋大夫对着护士说道："准备手术。"

＊＊＊

渠府院内，渠传耀把木刀做好了。升儿和鹤儿各拿一把相互比画着，一齐说："我们有刀了。"

升儿对着鹤儿说道："刀能砍头，你过来让我砍一下，看疼不疼。"

"为什么砍我？我还要砍你呢。"

升儿说道："我的刀好，所以我要砍你。"

"我的刀才好呢，我要砍你。"

两个人用刀互相砍着。升儿挥舞了几下停了下来，说："要不咱们玩监斩官游戏吧。"

鹤儿问道："咋玩了？"

"石头剪刀布，谁赢了谁就是监斩官，把对方绑起来砍头。"

"行了。"

两个人都背过一只手，喊："石头、剪刀、布。"升儿赢了。

"我是监斩官，砍你的头。"

鹤儿躲闪着，说："我不。"

"你输了，就得砍你的头。"

"那也不让你砍头。"

升儿看追不上鹤儿就径直跑进屋去了。鹤儿喘着粗气，噘着嘴，在

195

那儿生气。渠传耀走了过来问："怎么了，少爷？"

"升儿要砍我的头。"

渠传耀笑了一下，说："那是跟你闹着玩，假的，又不是真的砍你的头。"

"我害怕，我不想让他砍我。"

这时，升儿跑了出来，穿着渠本翘的官服，戴着官帽，还戴了个茶镜。

升儿抱着刀喊道："鹤儿，跪下，开始斩头。"

鹤儿大哭起来，说："我不想被斩头。"

升儿哈哈大笑，说："愿赌服输，你输了，就得斩头。"

渠传耀安抚着鹤儿："少爷，别哭了，我替你斩头。"

鹤儿顿时来了精神，说："你替我斩头？"

渠传耀跪在了地上，说："来，斩我的头。"

升儿推了一下墨镜，严厉地说："那我是监斩官，鹤儿，那你就是刽子手，听我的口令。"

鹤儿拿着木刀抵在渠传耀的脖子上。渠太太走了出来，大喊了一声："你们干什么呢？"

鹤儿扭头说道："我们玩监斩官游戏呢，我哥是监斩官，我是刽子手。"

"胡闹什么！传耀，起来。"

"我们是玩游戏。"

渠太太大吼着："玩什么不好玩这个。玩玩玩，就知道玩，玩了一天了。"

几个人都低下了头。

"升儿，你还敢动你爸的官服，反了你，快拿回去。"

升儿脱着衣服。

"都回屋里去。天都要黑了，看疯得你们。"

几个人灰溜溜地走开了。

＊＊＊

天黑了，渠正财和圆眼镜面对面坐着，桌子上摆着一碟牛肉，一碟

196

花生米,还有一碟萝卜条。圆眼镜端起了酒杯,说:"正财,请你喝这个酒,是为了表示感谢。今天要不是你,我爹可能就不行了。"

渠正财也端起了酒杯,说:"少爷,不必这么客气。"

两人碰了一下杯子,一饮而尽。

"我是想着啊,等我爹好了啊,就送他回乡下啊,什么也别干了,那两头牛也卖了,牛乳也不送了,回老家好好养身体。"

渠正财看着圆眼镜问:"那我?"

"你不必担心,牛房关了,你就跟着我干,给洋人干活儿,挣得还多。"

"给洋人干活,我恐怕是不行。"

"有什么行不行的?有我在,我保你有吃有喝的。"

"我是怕别人说闲话。"

圆眼镜夹了一口菜,说:"闲话是能当饭吃啊,还是当水喝啊,肚子要紧。再说了,你来这儿,还有可能发大财呢。我可能都要指望着你呢。"

渠正财笑了笑说:"那不是开玩笑吗,怎么可能呢?"

圆眼镜掏出一块怀表,说:"看见这块表了吗?"

渠正财很吃惊地说:"你也有怀表啊,很贵的吧?"

"这是地道的瑞士货,纯银的。当然了,金表我还买不起。"

"你从哪里弄这么多钱啊,刘东家不会有这么多钱吧?"

"我爹可没钱买洋表,这是我自己挣得。"

渠正财瞪大了眼睛问:"你在洋人那儿,能挣这么多钱啊?"

圆眼镜眯缝着眼睛问道:"你知道外面的人对我们这些帮着洋人办事儿的人叫什么?"

"假洋人、狗腿子。"

圆眼镜一拍桌子,生气地说:"那是他们胡说八道,咱们干的是正儿八经的行当。"

"咱们这是什么行当?"

圆眼镜凑近了渠正财说:"买办。"

"买办,这就是行当?"

"是的,洋人来到咱们这里,人生地不熟的,不论想干什么事儿,都得找当地人帮他们。比方说语言不通,就得找懂双方语言的翻译。想买东西,卖东西,解决生活上的事儿都得找当地人帮忙,这些人就都叫买办。"

渠正财看着圆眼镜,说:"那要跟着你,我也是买办了?"

"当然了,不过买办也分大小,你好好干,说不准,你以后能成为大买办。"

渠正财还是不明白,问:"那做买办怎么能挣钱呢?"

"你怎么这都没开窍啊?你出去办事就代表洋人,你回来给洋人交代就代表当地人,他们之间又不见面,是你在中间左右逢源,这就有利益的差别了。你说,这油水能少了吗?"

渠正财点了点头说道:"哦,我有点明白了,以前我只是等着领工钱,没想到这里面还有这么大的学问。"

"啥行道都有学问,就看你能不能看明白了。"

渠正财双手端起了酒杯,说:"少爷,我敬您一杯,以后啊,可得靠您多多指点啊。"

圆眼镜卖着关子说:"我可以给你指个道,也许你会因此发了大财。"

渠正财将酒一饮而尽,有点迫不及待地问:"少爷,有什么道道?您说说看。"

"渠本翘,你认识吧?"

"认识啊,那是我的本家,以前是我的东家。"

圆眼镜摆出一副神秘的样子,凑近渠正财说:"你抱着这么大的金矿还在讨饭。"

渠正财一头雾水,不解地问:"我认识他,跟我有什么关系啊?"

"他家是山西有了名的大户,富可敌国,你在他家的锅里稍微挖上一勺子就够你吃一辈子的了。"

"你越说我越糊涂了,我怎么挖啊?"

圆眼镜吃了一口菜,说:"你别着急,等待时机,以我的判断,这个机会很快就要来了。"

渠正财给圆眼镜倒满了酒,说:"您见识广,心眼也多,您就跟我直说,如果我能发了财,一定忘不了您。"

圆眼镜喝了一口酒,说:"你说洋人来咱们山西是奔什么来的?"

"我感觉是为了煤和铁。"

"没错，那现在这里的小煤窑和小铁厂是谁办的？"

"都是本地的乡绅大户。"

圆眼镜点点头说："说得对，洋人们要弄煤铁，乡绅大户们也要弄煤铁，这就会出现矛盾冲突。就需要沟通协调，洋人找大户，大户找洋人，谁做中间人啊，就是你和我啊。他们弄得都是大买卖，咱们稍微得到一点，就够咱们活了啊。"

渠正财"嘿"了一声，说："少爷，您看得太深奥了，可渠家做的都是票号和茶叶啊，没有弄煤铁啊。"

"你就等着吧，他们一定会弄的。"

"好的，我就听你一次，赌你一把。"

圆眼镜扶了一下眼镜，说："我眼镜不是白戴的，也是留过洋，喝过墨汁的人。"

渠本翘举起酒杯，说："共同发财。"

圆眼镜也端起酒杯，说："发了财，可别忘了我的指点啊。"

"放心吧。"

碰了一下酒杯，两人一饮而尽。

＊＊＊

夜深了，渠本翘才回到家中。渠本翘进门就脱衣。渠太太接过衣服，问："怎么这么晚才回来，晚上在哪儿吃的饭？"

"在胡大人家吃的。"

渠太太鼻子抽搐了一下，问："你喝酒了？"

"哦，胡大人的侄子做了一条大鲤鱼，湖北的做法，挺香的，所以喝了点酒。"

"今天晚上你又得打呼噜了。"

"不可能，我睡觉就不打呼噜。"

"你喝了酒就会打呼噜。"

"那就是呼吸重，不是打呼噜。"

渠太太安顿渠本翘躺下，说："我想和你说个事儿。"

"都大半夜了，还说什么事儿啊？"

199

"那大白天也见不到你啊。"

"好，好，你说吧。"

渠太太停顿了一下，说："我说啊，要不你活动活动打点一下，也去京城弄个官做。"

"我不已经是道员了吗，那不是官啊？"

渠太太推了一把渠本翘，说："我是说去京城做官，你现在是什么官啊？还是个候补道员。"

"这不从日本回来还没等到官缺吗？"

"挂了个官的虚名，每天也不知道在瞎忙什么？"

"这又是怎么了？最近总是唠里唠叨的。"

"我还不是为了你好，为了这个家好。"

渠本翘坐了起来，说："为了我好就不要总是烦我，我本来就事儿多，回来还得听你唠叨。"

"我唠叨什么了？我跟你说几句话，你就怪我烦你。娘也怪我，说我不关心你，不知道你在干什么。你们都怪我。"

渠太太委屈得想哭。

渠本翘伸手抱住了太太的肩膀，说："我不是怪你，我不想跟你说事儿，是怕你操我的心。"

渠太太哭道："嫁给你这么多年了，你让我操的心还少啊？"

渠本翘拍着太太的肩膀，说："好了好了，别越扯越远了，明天一早你还得招呼孩子们上学堂，快睡吧。"

第十章

中英谈判针尖麦芒相对
盛宣怀趁机下场捞油水

***

天蒙蒙亮，升儿、鹤儿和渠传耀在院子里扎马步。乔石头一脸严肃地说："马步冲拳，挺胸抬头收腹，脚尖内扣，坚持住，旋转出拳，一、二、三、四。"

三个孩子很认真地练习着，一会儿工夫都已经汗流浃背。渠太太走了过来，说："好了，歇一会儿吧，洗漱吃早饭，准备去学堂。"

鹤儿摇晃着肩膀，说："练功真累了，腰酸腿疼的。"

升儿说道："你就是跟着瞎起哄。"

"你才是起哄。"

"练功哪有不累的？嫌累你就别练啊，娇里娇气的，刚练个马步就不行了。"

鹤儿撇了一下嘴，说："谁说不行了？我要练拳，我还要练刀呢。"

"我要练刀你就练刀，不行。"

"我就要练。"

"就不行。"

鹤儿哭着找妈妈，说："娘，我哥欺负我。"

"升儿，你是哥哥，要有个哥哥的样子，你就不能让着点弟弟。"

升儿推了一把鹤儿，说："就知道告状。"

乔石头在屋里洗脸。渠传耀凑了过来说："石头哥。"

"啥事儿？"

"没啥大事儿。"

乔石头用毛巾擦着脸，问："有事儿就说吧。"

渠传耀支支吾吾地说："有个事儿，我也不知道当讲不当讲。"

"别吞吞吐吐的，你就直说。"

"是关于珍珍姐的。"

乔石头凑了过来说："那就更应该说了，你珍珍姐的啥事儿？"

"前两天有个公子送了珍珍姐一个银手镯。"

乔石头把毛巾扔到了盆里，问："哪个公子？"

"好像是从平定来的。"

"姓张？"

"那我就不知道了，他没说。"

"到底是怎么回事儿？"

渠传耀说道："那个公子跟我们一起玩游戏，说要是他赢了就让升儿少爷把一个红布包交给珍珍姐。等他走了，升儿少爷打开了红布包，我看见里面包着一个银手镯。"

"你珍珍姐收了吗？"

"升儿少爷给了她，她就接过去了。"

"戴上了吗？"

"那我就不知道了。"

"哦，是这样啊。"

渠传耀摸摸头问："石头哥，我这算是嚼舌头吗？"

"传耀，石头哥平时对你好不？"

"好啊。"

"那你也得对石头哥好，这件事吧不算嚼舌头。尤其是你珍珍姐的事儿，知道了一定要告诉我，好吗？"

渠传耀点点头。

乔石头端着脸盆来到了院子里，渠珍珍正在洗衣服。渠珍珍看到乔石头走过来，说道："石头哥，你洗衣服啊？"

乔石头堆着笑脸，说："是啊，珍珍，我这衣服上有块油点子，怎么也洗不掉，所以找你帮着给搓一下。"

渠珍珍接过盆子说："给我，我给你洗。"

乔石头蹲在旁边左右看着梁珍珍。渠珍珍一边洗着衣服，一边问："石头哥，你看什么啊？"

"没什么，珍珍你把袖子挽起来一点，要不就湿了。"

"没关系的，不用挽袖子就能洗。"

"你还是挽起来吧。"

"就这么点水，不会湿了袖子的。"

"那要不我再加点水？"

渠珍珍笑了笑说："石头哥，你到底想干什么？"

"没事儿，没事儿的。我就怕湿了你的袖子。"

"好的，挽起来了，这样行了吧？"

乔石头一看没有镯子就接过盆子，说："洗好了，洗好了，不用你洗了，还是我自己洗吧。"

渠珍珍看着乔石头的背影，说："这是怎么了？莫名其妙的。"

正在这时，有人敲门。乔石头放下脸盆赶紧跑向大门。乔石头打开院门见几个官兵站在门口问："你们是？"

一个官兵说道："大同知府翁斌孙大人要见渠本翘，渠东家。"

乔石头赶紧推开大门，说："你们请进，我去通报一声。"说完三步并作两步跑了进去。翁斌孙带人走进渠府，有个官兵扛着一个麻袋。渠本翘迎了出来，笑道："弢夫兄，你不在大同来太原府干什么？"

翁斌孙满脸笑容，说："楚南，这不要去巡抚衙门办点事儿，先来看看你。"

"快请进。快请进。"

渠本翘指着背麻袋的官兵问："你这是？"

翁斌孙赶紧说道："给你弄了一头羊。"

"弢夫兄，那么麻烦干什么？这大老远的，扛了一头羊。"

翁斌孙指着扛麻袋的官兵，说："去，送到厨房去。"

乔石头引着官兵走开。

渠本翘和翁斌孙走进屋内，两人就座，乔石头也跑了进来，沏茶倒水。

渠本翘问道："在大同还好吧？"

"不好干啊。"

"你是知府大人，地方的首脑，又没人能管得了你，想怎么办就怎么办，有什么不好干的？"

翁斌孙叹了口气说："就因为是地方首脑，考虑的事情才是千头万绪的。"

"这倒是实话，你是百姓的父母官啊，吃喝拉撒都得管啊。"

翁斌孙点点头说："可不，这就是咱们的特点，你要想让社会安宁祥和，想让老百姓尊敬和顺从，你就得有个父母官的样子，就得什么都管，这样老百姓才能服你。"

"这一点我相信你得心应手。"

"不容易啊，大同现在是军事要塞，可经贸乏力，主要是交通不便啊，邮传部早就对西北开发定了调子，叫作经武、通商。可没有交通如何通商啊，我个知府有什么本事扭转时局啊？"

"据说大同的煤炭储量巨大，可以以此作为利源啊。"

"我也是正为此事犯愁啊，现在煤炭产量每天六千斤，价钱也是不错的，可是运不出去。"

"你考虑过铁路吗？"

"铁路的事儿我找了他们好多次了，邮传部立项了京张铁路，没有往宣化、大同这边修的意思。从美国回来的詹天佑正在张家口修铁路呢，据说很快就能修到京城了。虽然宣化、大同也是要塞，但是无法代替张家口作为察哈尔的中心地位，靠骆驼、牛车和马匹来通商，怎么能比得上铁路啊？"

渠本翘点点头说："东面不行就考虑向南啊，通不了京城就通太原。正太铁路已经通车了，如果大同连到太原，不就能连到京城了吗？"

"我就是这么想的，这不我到巡抚衙门就是想说这个事儿的。要修铁路不只是要通到太原，我的想法是要通到永济、蒲州，修一条同蒲铁路，整个山西由北向南全部贯通。"

"这个想法好啊。"

"想法是好啊，可银子？修路需要银子啊。"

"集资发股票啊？朝廷的银子你就不要指望了，只能走商办这条路子。"

翁斌孙指着渠本翘说："还是你渠楚南脑子灵光，我总想着去巡抚衙门要钱。"

"他们哪里有钱啊？"

翁斌孙"哼"了一声，说："每年都有新的税种，收那些税都不知道干什么用了。"

"你是知府，你还不清楚朝廷里的那点事儿啊？收的永远没有花的多，再说了给洋人的赔款还占了一个大头呢，别指望他们了，得自己想办法。"

翁斌孙往渠本翘一边凑了一下，说："那发行股票的时候，你可得出力啊，尤其是票号，不过你放心，咱们可是商务集资啊，投入一定有回报的。"

"这没问题，我帮你宣传鼓动，各大票号对这种商务投资是感兴趣的。"

翁斌孙哈哈大笑道："看来这一趟我没白来，见着你就是最大的收获。"

"见我就是为了说这事儿啊？"

翁斌孙瞪着眼睛说道："谁说的，那不是来给你送羊来了吗？"

渠本翘哈哈大笑："一只羊就打发了我了？"

翁斌孙赶紧说道："这话说的，我那儿不缺的就是牛和羊，你要多少，我都给你弄来。"

渠本翘给翁斌孙倒上了茶，说："我是给你开个玩笑，可别当真。哦，对了，我还有个事儿想问？"

"你说。"

"老师过世已经两年有余，朝廷有没有给个谥号？"

翁斌孙摇摇头道："没有，人死，云过往，家叔祖已经让人遗忘了。"

"老师一生清正廉洁、律己爱民、公忠体国，最后落了个这样的下场，真让人寒心啊。"

"家叔祖后期颐养天年，没有被杀，已是万幸。"

"老师一生忠君爱国，尽心尽力，让外人看到如此下场，还有谁辅佐皇上，还有谁为国家办事？"

205

"楚南，国之振兴不在于几个人的功与过，也不在于坐而论道、夸夸其谈，用道德救世只会是一厢情愿，只有实力救国才是唯一的出路。国不强，仗不赢；国不强，腰不直；国不强，言不硬。清正廉洁是为官之本，无可非议，但是故步自封，墨守常经，也是误国害己。"

"可人无完人，不可能十全十美，能做到一方极致已实属难得。"

"我现在也不想那么多了，自己能做点事情就尽力而为，不愧对良心，不随波逐流，对与错，功与过就让后人评论吧。"

渠本翘问道："京城的宅子还在吧？"

"还在，家眷还在居住，我身为外官，一年也回不去几次。"

"多多保重吧，回去后代我问嫂夫人好。"

"好的，那我就不多打扰了，我还要去见一下巡抚大人。"

"中午在这儿吃饭吧。"

"再找机会吧，父母官不好当啊，离开几天就心惊胆战的，总怕出点什么事儿，我还得抓紧回大同呢。"

"好吧，多多保重，别来无恙。"

翁斌孙走出渠府，马车驰向巡抚衙门。

***

巡抚衙门内，和英国人的第一次正式谈判正在进行，谈判会场的长条桌两旁双方都凝视着对方。刘笃敬旁边坐着李廷飏、刘懋赏。哲姆森、梁恪思西装笔挺，趾高气扬。

刘笃敬首先开口："尊敬的哲姆森先生、梁恪思先生，我乃大清国晋省商务总办刘笃敬，受大清国皇帝委派与英国福公司就晋省矿权事宜进行商议，希望我们双方秉持相互尊重、平等互利的原则，实事求是阐述缘由，契合实际提出诉求，用包容理解的态度解决争议，下面先请你们申诉缘由。"

哲姆森咳嗽了一声，说："尊敬的刘大人，光绪二十三年，大英帝国福公司与清国山西商务局签署了《山西开矿制铁以及转运各色矿产章程》，其中明确规定专办盂县、平定州、潞安、泽州与平阳府属煤、铁，以及他处煤矿，转请福公司办理，限六十年为期。然我方矿师勘探受阻，上述矿区之矿民私自开矿，严重违背我司专办之规定，时至今日，清国山西商务局仍然不予发放开矿凭条，让此事无法推进，我们强烈要求清国遵守协议，并对矿民所做不法之事做出解释。"

刘笃敬说道："我首先要澄清的是光绪二十三年订立的只是章程，请看题目，上面是《山西开矿制铁以及转运各色矿产章程》，这是一种共同办事的条规，没有契约的起码的要素，不是完全意义的契约。其次，章程署名者是意大利人罗沙第，而现在福公司的法人是英国人哲姆森，此章程明确规定不得转让他人，我方并未得到转让的通报和批准，有理由认定你方违约，而视其无效。"

梁恪思接过了话题："此协议是大英帝国和清国的共同意愿，你乃下层官吏无权宣布无效。"

刘笃敬笑了笑说："我本人微不足道，但我们是受大清皇帝委任，此次商议之事能全权负责，不妥之责我们也全数承担。"

梁恪思说道："协议乃严肃之事，不能因一些枝节琐事而轻率废除，你们并没有充分的理由。"

刘笃敬拿起了文件，说："我赞同刚才梁恪思先生所说，这个文件的签署，的确代表着双方的共同意愿。我也了解你们也以欧洲的文明引以自傲，你们自认为追崇契约精神是高尚之举。现在我们就谈谈这个契约，你们到底是尊重了契约还是违背了契约？"

哲姆森接着说道："刘大人说得对，遵守契约是文明的体现。我们福公司一直遵守贵国的法律，遵守契约的规定，是你们不遵守契约，处处设阻为难我们。"

"好的，哲姆森先生，既然您这么说了，那我提几个问题，请你们如实回答。"

"请讲。"

"章程规定签字后，双方应立即执行，超过十八个月未履行，章程视为自行解除。福公司从签字至今六年时间没有任何实际行动，只是近期才开始勘探制图，这是不是遵守了契约，是不是应该视为自行解除？"

哲姆森说道："签约不久，大清国就发生了义和团闹事，我们的人身安全得不到保障，而且我们一直在修建铁路，虽然当时没有立即开矿，但也不能视为我们没有任何实际行动。"

"章程第十条规定以联络官民，预息纷争为宗旨，此乃福公司必尽义务。而福公司禁止当地矿民采矿，激发民愤，几乎酿成变乱。你们未尽章程之义务，我们可否视其作废？"

梁恪思接过话："刘大人，平定的乡绅敲着锣鼓，带着矿民巡山，随意一指，就开洞挖煤，严重破坏了矿脉资源，所以我们才禁止当地矿民采矿。"

"那是他们的矿地，他们有任意处置的权利。"

梁恪思说道："你们政府就应该禁止这样的破坏行为。"

"文件上并没写明我方有此义务和责任。你们没拿到矿地，却要阻止别人在自己的矿地上开矿，岂有此理。"

梁恪思抢着说道："他们不卖给我们矿地。"

"这说明你们没有能力来执行这个章程的规定。既然没有能力，那约定也就自然解除了。"

哲姆森接过话："我们的能力毋庸置疑，我们有的是办法拿到矿地。"

"好啊，那我们拭目以待。"

哲姆森问道："还有什么问题？"

刘笃敬看了一眼章程，说："章程十五条规定，每开一矿，可视资金所需，出售股票，你们现今一矿未开，就在伦敦出售股票，取名山西股票，每张一英镑的股票，你们卖了一百五十二万张。这难道不是明显违反章程规定吗？"

哲姆森说道："商业运作不能刻板守旧，也需要灵活掌握。"

刘笃敬接着说道："章程规定，山西商务局在财务和用人方面有'会同办理权'。你们何人、何时、在何地找过我方商议过此事？"

"这也不能视为违约。"

刘笃敬看着哲姆森说道："你们口口声声说着契约精神，却无处不在践踏契约。对你们有利的时候，你们就强调契约；对你们不利的时候，你们就不谈契约，这就是你们崇尚的公平公正吗，这就是你们西方文明的精髓所在吗？你们这是典型的以强欺弱，欺辱霸凌。"

哲姆森笑了一下，说："我们是想尊重契约，可你们故意推诿，有意阻挠，让我们无法顺利推进，至今你们也不肯发放开矿凭条。"

刘笃敬说道："章程第一条就规定勘探划界必须无碍地方情形，可你们的勘探图中包括了河流和多处当地百姓已开的矿井，所以我们不能核发开矿凭单。现如今你们搬出英国公使给我国政府施压，要求必须发放，这与强行侵占有何区别？"

哲姆森猛地站起身，推开身后的椅子，大发雷霆道："这是什么商议会？这简直成了批判会。我严重抗议，我们拒绝参加这样的会议。"

"与你们商议，是因为我们友善，你大发雷霆，说明你理屈词穷，看来英国的绅士也不过如此。"

"你这是对大英帝国的侮辱。"

刘笃敬也站起身来说："我们据理力争，不是为了与你争吵，是为了追求公平正义，大清的利益也需要维护，大清国也需要尊严。"

哲姆森冷笑道："尊严是要靠实力作为基础的，你们根本就没有实力开发煤炭，正因如此，你们才有求于我们。现在认为有利可图就出尔反尔，这样是极不道德的。"

刘笃敬说道："土地是我们的，煤炭也是我们的，我们讨论自己的东西如何开发，怎么就是不道德了，难道霸占别人的东西就是有道德吗？这是什么逻辑呢？"

梁恪思打断了刘笃敬，说道："我们是出过钱的，我们费心费力，我们是有合约商定的。现在你们又要讨论以前的合约是否合理，这就是不守信、不道德，我们是无法接受的。"

李廷飏听不下去了，说道："我们没有要推翻以前的合约，现在在讨论是否违约、责任在谁的事项。"

梁恪思说道："你们是鸡蛋里面挑骨头，故意找碴。"

李廷飏说道："既然讨论合约，那就是逐条逐款地讨论，怎么说是找碴呢？"

哲姆森离开了桌子，愤怒地说："你们谈判的动机我们表示怀疑，谈判的内容与我们期待的也相差甚远。如果是这样，我们没有可谈的了。"

刘笃敬走了过去，说："我们是抱着真诚的态度，你们的态度反而强势傲慢。你们如果不想谈了，那我们也没有办法，什么时候想谈，我们依然随时恭候。"

哲姆森和梁恪思怒气冲冲地离开了会场。看着两人离去的背影，李廷飏抱拳说道："刘大人的应对精彩绝伦，无懈可击，堪称经典。"

刘懋赏站起了身，说："洋人也是理屈词穷，哑口无言。"

刘笃敬将了一下胡须说道："此役胜于表面，洋人并无妥协之意，我们还需从长计议。"

李廷飏说道："凡事都无一蹴而就，得一役已是兴事，只需静观其变，步步为营，万事可达。"

刘懋赏点点头说："我们的报纸会立刻报道此事，呼吁更多的人群起而攻之，不信洋人不退让妥协。"

刘笃敬转身说道："来人，给商部和外务部去电，陈情商议结果。"

＊＊＊

哲姆森和梁恪思回到了福公司的住所，哲姆森背着手来回踱步。圆眼镜端茶倒水，哲姆森的衣袖碰倒了茶杯。圆眼镜急忙说道："对不起，哲姆森先生。"

哲姆森大喊一声："滚出去。"

圆眼镜一脸怨气地走了出来。渠正财正在院里扫地，看见圆眼镜脸色不好，急忙走了过来问道："少爷，这是怎么了？"

"洋人有时候也是神经病，莫名其妙的。"

"是挨训了？"

圆眼镜舒了一口气说："没什么，做咱们这行当，有时候也得忍气吞声。"

这时，萧蜜德从大门口走了进来。圆眼镜顿时面带微笑地说："萧蜜德先生，您回来了。"

萧蜜德径直往里走着问："哲姆森先生呢？"

"在屋里，在屋里。"

渠正财看着萧蜜德的背影问道："这位是谁？"

"这是福公司在平定的主管萧蜜德。"

210

哲姆森看见萧蜜德走了进来，怨气还没有消，质问道："萧蜜德，你怎么才来？"

"对不起，哲姆森先生，半路上车坏了，所以耽误了。"

哲姆森大喊着："你知道耽误了什么吗？耽误了谈判，丢掉了大英帝国气势，损失了我们福公司的利益。"

萧蜜德对着梁恪思问道："谈判结束了？"

"结束了。"

"怎么样？"

"谈得不好。"

梁恪思接着说："也不能说我们失败，我们的协议还在，他们奈何不了我们什么。"

哲姆森来回踱着步，对梁恪思说："你作为一个谈判专家，你让他们抓住了我们的短处，我们无力反击，你很失败。"

梁恪思一脸委屈，道："哲姆森先生，这个刘笃敬今天态度如此强硬，绝非他个人性格使然，他的背后有了强硬的推手。"

"这种强硬是绝对不能容忍的，这是对我们的侮辱，大英帝国的尊严绝对不容触碰，煤铁的生意不能丢，我们的声誉也不能丢。"

"哲姆森先生，我并没有退让。"

"你是没有退让，但是我们没有推进，现在问题仍然没有解决，不能开矿采煤，一切都等于零。"

梁恪思点点头道："我们需要继续给他们施加压力，最后的胜利一定是我们的。"

"你不要再说这些没用的大话了，我们需要具体的办法，这件事不能再拖了，女王陛下的壁炉里还在等着我们的煤炭呢。"

哲姆森停住了脚步，说道："萧蜜德，你不要在太原停留了，立刻回到平定，采取强硬手段保护好我们的矿权，他们拔旗子，你们就打桩子、立碑子，他们如果胆敢拔桩砸碑，你们就开枪。关于收购矿地一事，必须马上落实，可以抬高价格，租买均可，那帮矿民乃一群乌合之众，不信他们不见钱眼开。我和梁恪思马上去找沙道义先生商量对策，无论如何大英帝国的利益不能损失，山西煤炭的开采权必须控制在我们手里。"

＊＊＊

李廷飏在太原浑源会馆设宴，渠本翘坐着马车赶到，挑帘进门看见胡大人、刘笃敬和刘懋赏正和李廷飏攀谈。渠本翘拱手行礼道："恭喜各位，听说首次谈判就旗开得胜。"

刘笃敬说道："哪有什么胜？只是没输而已。"

"那也需要庆贺一下。"

李廷飏说道："洋人还是非常强势，一点退让的意思都没有。"

胡聘之招呼渠本翘坐在了身边，说："楚南，你一直强调尊重契约，主张和平谈判，可洋人不会轻易接受解约的。"

刘笃敬接过话："是啊，通过这场谈判我是看到了，洋人执行的是双重标准，对他们有利，他们就讲契约，对他们不利，他们根本不认账。"

渠本翘说道："谈判是必须的，他们不认账说明他们现在还把握着优势，当然我们还是要做多方面的准备，多想想谈成了怎么办或谈不成怎么办。"

刘懋赏插了一句："谈成就更好，谈不成就打，把洋人赶出去。"

李廷飏笑了一下问道："你能打得过他们？"

胡聘之撸着胡须点点头说："是啊，我大清国在海上和陆上都打了，都没打赢。"

渠本翘也点点头道："走向对抗不是出路，还是要讲究策略，最好以理服人。"

刘笃敬说道："我们现在还没有一套完整的计划，只是盲目愤怒和应对。别说没有夺回矿权，就是夺回来了，我们怎么办？"

刘懋赏又插一句："晋人自办啊。"

胡聘之说道："说归说，做归做，如何晋人自办呢？"

刘懋赏想了想说："那能不能我们也成立个矿务公司，接替英国福公司，自己开矿采煤？"

刘笃敬来了兴趣，道："这个想法好。"

李廷飏也点头说："感觉这个是条路子。"

刘懋赏接着说："刘总办，您不是有个煤矿吗？把它做大，接替洋人

212

开矿。"

刘笃敬摇摇头说："我们现在不是需要煤矿，是需要一个和福公司一样体量的公司，合盘能接管过来。"

李延飏看着胡聘之说："胡大人，您觉得这个主意怎样？"

胡聘之捋着胡须说道："余之虫，馊洋躯也。"

李延飏眨眨眼睛道："您的意思是我们要像虫子一样，掏空挖净洋人的身躯，让其不得完肤。"

"正是此意。"

李延飏转向渠本翘，问："楚南，你觉得呢？"

"成立新的公司对抗福公司，这是个办法，但一定会受到福公司抵制。"

刘懋赏说道："不管他高兴不高兴了，我们的目的是收回矿权。"

刘笃敬接着说："只要我们有了公司，就能收购矿地，有了矿地，我们就占据了主动权。洋人之所以没有开矿采煤，就是因为他们没有矿地，今天谈判之后，他们一定会疯狂征收矿地。"

李延飏点点头，道："那现在争夺矿权的关键就变成争夺矿地了。"

渠本翘说道："说得很对，矿地非常关键，洋人拿不到矿地，那他的契约就形同虚设。"

＊＊＊

京城袁府，袁世凯和盛宣怀喝茶聊天。袁世凯放下了茶杯，说："盛大人，同济公司筹备得如何了？"

盛宣怀叹了一口气，说："近期江南汪洋一片，两江总督周馥和江苏巡抚陈奎龙邀我义赈救灾，同济公司之事无暇催办。我以邮传部的名义请准，商部的那个满人载振却故意刁难，只准购买矿地，却不准开矿。我也无暇与其理论。"

"能收购矿地，这就足够了。"

盛宣怀问道："只有矿地没有矿权，这怎么够呢？"

"盛大人，做事儿不要那么死板，晋省最近纷争严重，主要是洋人的矿权和当地人矿地的纠纷。英国公使沙道义多次提出照会，申诉英商福公司手握晋省矿权，但受到矿民抵制，拿不到矿地。这不是天赐良机吗？"

"您的意思是我们先收购矿地，然后转卖给英商。"

袁世凯瞪了一下眼睛，说："矿地乃国家产业，断不能属于英国人。"

"那该如何运作？"

"晋省煤炭富甲天下，远超开平和滦州。新军和水师急需军饷，但朝廷补充不济，只有我们自行解决。英商虽有矿权，但得不到矿地，形同虚设。此时我们收购矿地，再与英商合股，英商一定期盼不已，我们占据大股也不是为难事，可谓因夷治夷，一举两得。"

盛宣怀点了点头，说："此计高妙，只是不知晋省人可否接受。"

"他们是在抵制洋人，并无意排挤国人。同济公司乃邮传部下属，收购矿地就是不让土地落入洋人之手，他们有何理由不接受？"

盛宣怀笑了笑说："还是您有计谋啊。"

袁世凯哈哈大笑道："事不宜迟，要抓紧办理，还要委派得力人员。如果抓住时机，我们就能赚到大把的银子。"

"您现在对银子越来越感兴趣了。"

袁世凯看了一眼盛宣怀，说："我现在真是万般无奈，靠朝廷的军饷已经是不可能了，只有自己想办法筹集饷银，要不这么多人的吃喝拉撒、武器装备等，没银子怎么能行啊。"

盛宣怀喝了一口茶水，说："这个载振就知道照顾八旗子弟，对我们汉官就是克扣盘剥。"

"这个也好理解，但是也难不住我们，他当道，我们就绕着他走。同济公司弄好了，就是我们的又一条财路。"

"我这就着手运作，但愿载振不要再仗势欺人，从中作梗。"

"我说盛大人，他载振有庆亲王，你有李傅相，怕什么怕？满官和汉官，还说不准是谁最后赢呢。"

***

平定集市街头，有人一边在墙上张贴告示一边高声喊着："征地了，高价征收矿地了。"

人们簇拥过来看告示，有人说话："这矿产公会不让出售矿地啊。"

又有人说道："可是这个价钱不低啊。"

一个穿着黑色马褂的人站在前面，说："乡亲们，我们是同济矿务公司的，我们是经过县衙的许可发此告示，征收矿地是为了发展我们民族矿业，就是为了对抗洋人，不让洋人拿走我们的矿地。矿产公会是号召大家不对洋人出售矿地，我们同济公司隶属于邮传部，是经过商部批准注册的公司。有矿地的乡亲们，你们尽管放心，我们的收购价格绝对让你们满意，你们出售了矿地，就是抵抗洋人的具体表现，就是造福子孙的具体表现，希望你们积极出手，支持我们。"

一个人挤到了前面，说："我家有矿地，我卖给你们。"

黑马褂急忙说道："好啊，这位老乡，我们可以去你家看看地契吗？"

"可以啊，那跟我走吧。"说完带着黑马褂离开。有人转身跑开，去报告张士林。

平定黄宅，张士林和黄守渊正在谈话，有人跑了进来，说："张东家，铸公。"

黄守渊回头问道："怎么了，火急火燎的？"

"有人在街市上张贴告示，征收矿地呢。"

"是什么人？"

"他们说是同济公司的。"

张士林皱了一下眉头，说："同济公司？"

黄守渊问道："他们是哪儿的？"

"他们说是隶属邮传部的，经过商部注册的。"

黄守渊自言自语道："邮传部，盛宣怀。"

张士林说道："那别说了，这盛宣怀的买卖可是无孔不入，他为什么这个时候来平定收矿地？"

黄守渊问道："他们人在哪儿呢？"

"在王老六家呢。"

"走，看看去。"

黑马褂正坐在王老六家里看地契，黄守渊和张士林带人冲了进来。王老六急忙站起了身子，说："二位东家怎么来我们家了？"

张士林看着王老六，说："听说你要卖矿地。"

"是啊，这不他们在这儿呢。"

张士林对着黑马褂问道："你们是什么人啊？"

黑马褂站起身，说："我们是同济公司的。"

"为什么来这儿收矿地啊？"

"我们是买卖人，收矿地是要准备开矿。"

"我们现在和洋人有矿权纠纷，你不知道吗？"

"这跟我们没关系，我们收我们的地，开我们的矿，我们不想介入这些纠纷。"

"怎么和你们没关系？是中国人就要联合起来一致对外，你们只是事不关己高高挂起，是想发国难财啊。"

"您说得偏颇了。买卖人谈不上那么高尚，就是为了挣点银子养家糊口，国家的事情我们够不着。"

张士林一把夺过了地契，说："少废话，这矿地不能买。王老六，我也告诉你，你是和公会签过合同的，你的矿地也不能卖。"

王老六一脸委屈道："张东家，不是说不能卖给洋人吗，可他们不是洋人啊？"

黑马褂也挺直了腰板说："我们是正经注册的公司，是邮传部盛大人关照的。"

张士林看着黑马褂说："这是拉虎皮扯大旗啊，拿盛大人来吓唬人啊，告诉你，今天说什么都不好使，你买不了这矿地。"

黑马褂拉下了脸，说："你是想惹麻烦吗？"

张士林将身子靠了过去，说："在平定地头上，我还就想惹这麻烦了，我管什么盛不盛大人，有我在，你这矿地还就买不了。"

黑马褂指着张士林说："你敢挡我们的财路，我让你吃不了兜着走。"

"我就挡了，怎么样？"

众人上去将两人拉开。

黄守渊说道："这位公子，平定的矿窑和矿地都已经登记造册，并在府衙备案，不管你是出于什么目的来这里征收矿地，都需要矿产公会查明情况。"

黑马褂回应："这个情况其实很清楚了，我们是中国的公司，我们买

216

地开矿正好符合你们提出的国人自办。现在的问题是我们中国没有能力开发我们的煤炭，才让洋人钻了空子，我们同治公司实力雄厚，有能力自我开矿，这样的机会实为难得，你们不应该阻挡，反而应该大力支持才对。"

黄守渊说道："这样吧，这事儿先停下来，暂缓几日，我们会核实一下，随后会给你一个明确答复。"

"我都给你们说明白了，还有什么要核实的？"

黄守渊说道："没必要这么火急火燎的吧？几天时间也不耽误你们什么，我也说到做到，如果真如你所说，也许我们还会替你们大力地宣传。"

黑马褂说道："这位仁兄既然话说到这儿了，我们也就不多计较，都是为了个买卖，也不必着急斗狠。"

"这就请你不必介意了，张东家也是心里着急，言语可能有所不妥，还请你谅解。"

"好的，那今天就到这吧，我们改日再来。"

黑马褂带人离开。

* * *

楞脖子在空地上训练两只狼青，奔跑、撕咬，一只咬住树上悬挂的沙包，悬空着。楞脖子坐在地上抽烟，没有发令，狼青一直悬挂在半空，周围人都赞叹好狗。

看热闹的人喊着："楞脖子，你怎么突然喜欢驯狗了？"

"这有什么稀罕的？我这是以洋人之道还以洋人。"

"啥意思，要跟洋人斗狗啊？"

"没错，我要看看是我的狗厉害还是洋人的狗厉害？"

"洋人的狗是德国的狗，你的能打过他们的吗？"

"不管是哪儿的狗，关键是把狗训好，我这叫以牙还牙，以狗对狗。"

"楞脖子，我看好你啊。"

楞脖子躺在地上，跷着二郎腿，说："你就等着瞧好吧。"

黄守渊、张士林和张鸿寿一起回到黄宅。张士林说道："我越来越觉

217

得这个同济公司不对劲儿。"

黄守渊点点头说："我也是怀疑啊，可现在还说不上来是哪里不对劲。"

张鸿寿插话："他们来这儿的时间点也太巧合了。"

张士林"哼"了一声，说："我就怕是洋人在搞什么鬼。"

黄守渊说道："还真的不排除这种可能，这个盛宣怀不是什么好东西。"

"那如果真的是盛宣怀想开发煤炭，我们是让还是不让？"

黄守渊说道："要说不让，我们也没有理由啊，他们也不是洋人，出的价钱还高，老百姓一定喜欢和他们合作。"

张士林点点头道："那如果把矿地卖给他们，他们再转给洋人，我们可就彻底瞎了。"

"所以现在还不能冒这个风险。"

"这事儿可如何是好啊？"

黄守渊说道："要不和太原方面通报一下。"

"对，告诉一下胡大人和渠东家。"

"对，让他们查一下这个同济公司的底细。"

张鸿寿说道："那我跑一趟。"

黄守渊摇摇头说："你刚回来，太辛苦了，我让熹年去吧。"

"我能行的。"

"听我的，不要争了。"

胡聘之看完了信件，说："熹年，这事情我知道了，我会马上安排人与农工商部进行核实，你先在太原住上两天，等我一下消息。"

黄熹年说道："好的，胡大人。铸公也很着急，他答应同济公司这几天回话。"

"我知道了，稍等两天。"

黄熹年告辞。

同济公司的总办董崇仁坐在布政使刘大人的家中，把银票在桌上一

218

推，说："刘大人这一千两银票请您收下，算我孝敬您的一点小意思。"

刘大人摆摆手说："董总办，你这是干什么？袁大人对我一直不薄，再说了你们同济公司在平定收地也是名正言顺，并没有什么不妥，我可是无功不受禄啊。"

董崇仁说道："刘大人，袁大人只是关照我时常来看看您，我们也不想给刘大人添任何麻烦，只是这矿产公会故意刁难，我们只想让大人主持公道，维护正义，公平地对待此事即可。"

"这没问题，买卖就应该公平公正，不能因为成立了公会就垄断一方，排斥竞争。这山西矿产公会的头儿是谁啊？"

"是渠家的少东家渠本翘。"

"又是这个渠本翘。"

董崇仁跟了一句："怎么，他还有其他的事儿？"

"哦，没什么，这事这样办，我也不想专门针对这个渠本翘，咱们就来个公事公办。我让布政司下一道通告，公会也好，商帮也罢，制定的行规一定要以增进同业之公共利益和矫正营业之弊害为宗旨，行业的准入必须坚持自愿的原则，不得强求入会，也不能设置苛刻条件，要一视同仁、公平公正，公会和商帮必须接受朝廷的监督和约束，不得超越官府的法律和规章。同时强调一下同济公司已经农工商部注册核准，其合法经营的权利不得受到挤压和约束，如果出现封锁、限制、排挤正常的生产和营业的情形，官府将对公会予以处罚和取缔。"

董崇仁竖起大拇指，说："刘大人真是为官公正啊。"

"这是公事公办。"

董崇仁推了一下银票，说："我认为你收下这张银票，是理所应当。"

"那我就不客气了。"

董崇仁说道："袁大人和盛大人一定会盛赞您的品行和能力的。"

刘大人哈哈一笑，说："到时候董总办还得在两位大人面前多多替我美言几句啊。"

"这个您就放心吧，我希望大人能够官运亨通，一路发达。"

"那就借您吉言了。"

"您看什么时候能够下达通告？"

刘大人想了想，说："这个你就放心吧，他渠本翘明天就能收到通告了，你们也可以大胆地干了。"

"多谢大人的关照。"

"百姓受益、造福一方，必须要得到关照啊。"

两人大笑。

商务局里，李廷飏拿着电报递给了刘笃敬，说："商部的回复电报来了。"

刘笃敬抬头问道："怎么说？"

"同济公司根本就没有开矿的权利。"

"那这问题就大了。"

李廷飏指着电报说："电报上明确说了，商部就没有批准同济公司开矿的申请。"

刘笃敬说道："你马上派人去通知一下胡大人，让他去一趟渠家茶庄，我在那里等他。"

"好的。"

渠本翘看着布政司的通告，"啪"地摔在了桌子上。

"还有这样冠冕堂皇的庇护啊！石头，备车。"

渠本翘的马车行驶在街道上，刘笃敬的马车也行驶在街道上。乔石头对着车内说道："东家，好像是刘总办的马车。"

"那就赶紧叫住。"

乔石头高声喊着："那是刘总办的马车吗？"

两驾马车相向而行，都刹住了车。刘笃敬掀起车帘，问道："是楚南啊？"

渠本翘赶忙答应："缉臣兄，我正要去找你呢。"

"我要去渠家茶庄。"

渠本翘挥挥手道："那咱们一起去吧。"

两辆马车一前一后行驶在街道上。

两个人坐在了渠家茶庄的包间内，渠仁甫给两位倒茶水。刘笃敬首先开口："楚南，找我什么事啊？"

　　"布政司下了一份通告，提了一堆对行业公会的要求，但是特意点名同济公司的合法性，我是想问问你，这个同济公司到底有没有开矿的资格？"

　　刘笃敬说道："我也是为了同济公司约了胡大人到这儿的。同济公司根本就没有开矿的资格。"

　　"这个消息确切吗？"

　　刘笃敬拿出电报，说："我专门就此事咨询了农工商部，这不，回复的电报。"

　　渠本翘接过电报正看着，胡聘之走了进来。

　　刘笃敬站起身，说："胡大人，你托我的事情有消息了。"

　　"这么快？"

　　"现在有电报了，消息回复是很快的。"

　　胡聘之问道："怎么样？"

　　刘笃敬说道："我刚给楚南说过，同济公司没有开矿的资格，他们的确是提出申请了，但是农工商部没有批准。"

　　渠本翘递过了电报。

　　胡聘之接了过来，说："这就说明必须抵制这个同济公司。"

　　渠本翘说道："可气的是，我刚刚收到布政司的通告，要矿产公会支持同济公司，不得排挤和阻挡。"

　　"谁签发的通告？"

　　"布政使刘大人。"

　　"这是明显的假公济私。"

　　刘笃敬说道："估计是同济公司私下疏通运作了。"

　　"他没有开矿权却大肆收购矿地，这里面有很大的可能是为了转手卖地。"

　　渠本翘说道："那现在只有洋人迫切需要矿地。"

　　刘笃敬点点头道："转手卖给洋人就能大赚一笔。"

　　"那他们不怕引起众怒？"

　　胡聘之说道："那如果是不直接转卖，而是入股洋人，也能达到一样的效果呢？"

渠本翘点头道："那这一招就更隐蔽了，外人很难发现的。"

刘笃敬说道："真是有高人啊。"

胡聘之捋着胡子道："这样一来，洋人就得逞了，我们就前功尽弃了。"

渠本翘看着胡聘之，说："赶紧告诉平定方面啊。"

胡聘之说道："我这就回家写信，平定的熹年还等着传递消息呢。"

外面已经漆黑一片，胡聘之端坐在家中的条案桌前收笔，叠纸，装进了信封。胡聘之走向黄熹年，说："这封回信请尽快交给铸公吧。"

黄熹年接过信件，说："好的，胡大人还有什么嘱托？"

"别的没什么了，平定乃晋省保矿之前沿，一定要把守好。坚决不卖矿地，洋人就没办法，洋人若拿到了矿地，就会马上开矿采煤，我们其他的努力都会功亏一篑。"

黄熹年点点头："放心吧胡大人，洋人不会买到一寸矿地的。"

"你们今晚就住在我这儿，这里什么都方便，明天一早就回平定，这事儿事不宜迟啊。"

"胡大人，我们要连夜赶回去，车子在外面等着呢。"

"那你们辛苦了，路上多加小心。"

黄熹年拱手道别。

第十一章

黄氏兄弟怒拔界桩殉难
知府施压英商跪地谢罪

***

黄熹年带着伙计走在崎岖的小路上，一排木桩竖立在山间，上面写着红色的"福"字。黄熹年自言自语道："这是福公司打的界桩啊。"

伙计跑过去一看，说道："没错，东家，是福公司的。"

"洋人真是变本加厉了，不插旗子了，改成打界桩了。"

"东家，你说怎么办？"

"我们给他拔了。"

"好的。"

两人脱掉了大褂，开始拔桩。

离界桩不远处，福公司看山放哨的人往这边眺望着，看见有人拔桩子，转身跑回去报信。

萧蜜德正趴在福公司的桌子前查看勘探图，报信的慌里慌张地跑了进来，说："萧蜜德先生，有人在山上拔界桩了。"

"在什么地方？"

"在南天门。"

"什么时候？"

"就是刚才，我看见了就立刻来报信了。"

"几个人？"

"两个。"

萧蜜德转身喊道："怀特。"

"在。"

"你带上安，立刻出发，保护住界桩，不让任何人靠近。"

怀特和安原书应了一声，跑了出去。

福公司的护矿队，清一色的中国人，列队完毕后，怀特站在前面训话："现在是我们护矿队大显身手的时候了，有人在南天门拔界桩，这就是对我们大英帝国财产的蔑视，这是绝对不能容忍的。保护大英帝国的财产你们能不能做到？"

"能。"

怀特喊道："牵狗，带刀。"

福公司院子的角落里摆着几个铁笼，铁笼里几只黑背德牧龇牙咧嘴，狂吠着，异常凶猛。安原书牵着狗链子，他被拖得跌跌撞撞。刚走到大门口，安原书一个踉跄摔倒在地，道："怀怀特，队队长，我的脚崴了。"

怀特一把拽过狗链子，说："你个笨蛋。"

怀特带人冲了出去。

安原书爬起来，拍拍身上的土，看着怀特的背影吐了一口，说："呸，你你才是个大笨蛋。"

***

阳光透过窗户射进了渠府的客厅，客厅里明亮光洁。渠本翘坐在茶桌旁摆弄着茶具，乔殿森在书桌旁铺纸研墨。乔殿森问道："楚南，这要成立公司对抗福公司，那到底要成立个什么公司啊？"

"刘懋赏只是提议了一下，还没有完整的思路，所以让你给先起草个简章。"

"那就先把公司的宗旨和重要的事项先酝酿一下。"

渠本翘扭头看了一下乔殿森，说："你有起草火柴厂章程的经验，你就先给打个草稿吧，然后拿出来让大家讨论。"

乔殿森拿起了毛笔，说："既然我们要对抗福公司，那就不能再用我们的东伙制了，得按照洋人的做法，大家入股，搞成股份制。"

"没错，要搞一个股份有限公司。"

"那什么人能入股？"

"都能入啊，除了晋省的，外省的也可以入。"

乔殿森一边写着字一边说着："洋人不能入。"

"那是当然，洋人绝不能染指这个公司。"

"那这就出来了，本公司设为股份制有限公司，宗旨为开辟本省利源，期将各种矿产一律开采以兴地利而裕民生，唯收华股不收洋股，持股者如私将股票售与外人，经公司查明或经他人转告立将所入之股注销不认。"

"好，定得好。"

"楚南，如果本金招股，一定会有官股进入，那我们是定位官办还是商办啊？"

"不能定成官办，火柴局的教训还不深刻啊？官股可以进来，但是一定要定成商办，所有股本一视同仁，没有高低之分别。"

"那就明确定为商办，所有入股者无论何人一律均以股东看待。"

渠本翘点点头，说："这一点很重要，另外还要注明本公司用人办事以商务为宗，不得丝毫沾染官场习气，也不沿用各局所名称。"

"好，写上了。"

***

平定矿区的小路旁，黄熹年和伙计正在拔福公司的界桩，怀特带着人赶到了。

怀特大声喊着："不能拔桩。"

黄熹年停住手，看了一下怀特，说："你们管不着。"

怀特大喊："你们就是刁民，好大的胆子，敢拔大英帝国的界桩。"

"呸，你们算什么东西？跑到大清国来打桩子，这不是你们的土地。"

怀特抖动了一下手中的狗链子，说："你们是吃了熊心豹子胆。"

黄熹年点着头说："对，没错，就吃了，你们能怎么着？"

"我现在命令你们，把界桩都给我插回去。"

黄熹年哈哈大笑道："笑话，还给你插回去？都给你拔了，拔得一根不留。"

怀特大声喊道："你们再不听劝阻，还敢继续拔桩，我就要放狗咬人了。"

黄熹年捡起旁边的树枝，握在手里："来吧，来人打人，来狗打狗。"

"放狗。"

两条狼狗从高处扑了下去。黄熹年和伙计奋力反击，人和狗滚打在了一起，两只狼狗死咬着黄熹年，黄熹年被咬得皮开肉绽，伙计挥舞着树枝扑打狼狗。伙计见场面失控已经惊慌失措，扔下树枝跑下山去。

黄守渊和张士林正在黄家祠堂议事，黄家伙计连滚带爬地跑了进来，说："不好了，四爷被洋人的狗咬了。"

黄守渊急忙问道："别着急，怎么回事？"

"我跟四爷从太原回来，在南天门墩台亭看见洋人的界桩，四爷就说要把那些界桩拔了，没想到洋人带着狗上来了，洋人让把拔了的界桩再插回去，四爷不听，洋人就放狗了。"

"四爷被咬了？"

伙计点点头说："被咬了。"

"厉害吗？"

伙计大哭道："铸公，快去救四爷吧，四爷被狗咬得可厉害了，皮开肉绽啊。"

黄守渊大喊一声："来人，召集家丁。"

张士林边跑边喊："楞脖子，楞脖子，快走。"

正在院子里的楞脖子答应了一声，顺手拎起了一根棍子。黄家的人马冲了出去。

＊＊＊

刘懋赏走进了渠府客厅，看见渠本翘和乔殿森正在议事，赶紧打招呼："渠先生，乔东家。"

渠本翘扭头看了一下，问："劝功啊，你怎么来了？"

"渠先生，上次提到要成立一个公司与福公司对抗，我想看在法律上是否能行得通，于是就找了梁善济和崔廷献。他们都是我留学日本的同学，他们是学法律的，我跟他们一说，他们一致认为可行，我就赶紧来找您，这事儿可以商议一下。"

渠本翘招呼着刘懋赏："你来得正好，这不我和乔东家正在商议呢，你先看看乔东家写的简章。"

刘懋赏趴在条案上看着，说："这个写得太好了，我完全赞成这个简章。"

乔殿森问道："你还有什么其他想法吗？"

刘懋赏摸摸头，说："我是想，既然要成立公司，就要搞成一个全省性的矿务公司，把晋省所有的煤炭资源全部囊括进来，统一进行运作。"

渠本翘点点头说："这个想法好。现在各地都成立了矿产公会，把各地的矿产资源都管理了起来，可其职能大多是限制保护，没有运作，如果能统一运作，那这个公司的实力就不能小觑，别的公司就很难插手晋省的矿产，就能更好地保护晋省的资源。"

乔殿森说道："我看这样，我们分两步走，首期成立公司先以洋元和现金入股，第二步增资扩股的时候，我们可以以土地煤矿实物入股。这样是不是更加稳妥？"

刘懋赏点头道："我看行。"

渠本翘说道："雨亭，除了写简章以外，再把设想也写出来，我们一步一步探讨。"

＊＊＊

黄家的队伍抬着一副树枝做的担架回来了。黄家的女眷冲出大门，哭喊着扑向了担架。黄守渊和张士林垂头丧气地走进了屋子。张士林咕咚咚喝完了一碗水，说："洋人也太狠了，老四被咬得太惨了。"

楞脖子脱下了外衣，将衣服裹在棍子上，扔在了地上，从台案上拿起一个煤油灯"啪"地摔在了上面，楞脖子拎着火把就往外冲。

黄守渊大喊一声："楞脖子，你要干什么？"

"我要把那狗屁福公司点了，为四爷报仇。"

"你给我回来。"

"我就要去。"

黄守渊挥了一下手，说："来人，把火把给我拿下。"

有人从楞脖子手里抢过了火把，楞脖子气得蹲在了地上。张士林走了过来，说："铸公，你说怎么办吧？"

黄守渊坐到椅子上，说："容我想一想。"

楞脖子冲了过来，说："有什么好想的？这洋人不仅仅是欺负四爷，欺负黄家，这是欺负了中国人。"

"正因为不单单是黄家的事儿，所以我们才不能头脑发热，才不能冲动。"

张士林问道："你是怕影响到矿权的事儿？"

"这么多人为了矿权奔波了这么多日子，如果我们为了老四的事儿一时冲动，怎么对得起大家啊？"

楞脖子说道："有什么怕的？怕这怕那，洋人放狗咬人都不怕，我们还怕什么？"

张士林靠近黄守渊，说："铸公，洋人这次做得太过分了，我们一定得给他们一个教训。"

楞脖子说道："就是，不教训教训他们，洋人还会坐在我们头上拉屎。"

张士林说道："组织人马把洋人抓回来，为老四报仇。"

这时有人进来轻声地说："四爷走了。"

楞脖子大喊道："铸公，四爷走了，杀人偿命，天经地义，你说一句话，我们听你的。"

黄守渊腾的一下从椅子上站了起来，其他人都凑了过来。黄守渊咬着嘴唇说道："报官。"

***

平定州府衙里，王为干端坐公堂。黄守渊带领黄家族人跪在公堂下面。黄守渊哭诉着："知府大人，以上就是我黄氏族人熹年被洋人狼狗咬死的经过。目击证人也已陈情，英国洋人横行市井有目共睹，窥视矿苗心知肚明，今又放狗咬人，我乡民众何以安身，何以生存？望大人秉公查断，以平国人之辱。"

王为干"啪"地拍着惊堂木，说："黄氏熹年被英国洋人狼狗所咬，呜呼哀哉，人死为大，殡葬为先，事因后查，现判纵狗洋人披麻戴孝，跪灵三日。"

师爷凑了过来，说："大人，那可是洋人啊！"

王为干摘下了官帽，说："我这官帽是皇上所赐，我靠着它养家糊口，更想靠着它光宗耀祖，一直以来我为官谨小慎微，就怕丢了这顶帽子。可今天我真有可能丢了这顶帽子，洋人可能大为恼火，上告朝廷，引起国事纠纷。我保，也是这顶帽子，丢，也是这顶帽子，我今天豁出去了，我的头都准备不要了，我还在乎这顶帽子吗？"

王为干拔出令牌，说："来啊，拘人。"

王知府说罢，扔出了令牌。

萧蜜德在福公司的客厅里来回走动着，听完怀特的汇报后，说道："怀特先生，你这次捅了大娄子了。"

"您是说南天门的事情吗？"

"你这件事情处理得很不妥当。"

"萧蜜德先生，这些刁民不听劝阻，我也没有办法。"

"吓唬一下就行了，不能让狗真咬。"

"可他们就是不听。"

萧蜜德说道："我们来到这里，仅仅是为了生意，现在闹出人命，就会惹怒当地的平民。如果平民闹事，就连清国的政府也没有办法保护我们。"

"那我怎么办？"

萧蜜德停住了脚步，说："你最好离开这里，躲一躲。"

"我能躲到哪里？"

"去太原休个假，放松一下吧。"

"谢谢萧蜜德先生。"

怀特走了出去，萧蜜德看着怀特的背影叹了一口气。

怀特拎着箱子打开院门，一队官兵推开大门冲了进来。带队官兵问道："您就是怀特先生吧？"

怀特点点头。

"知府大人有令，请您跟我们走一趟。"

怀特有点慌张，说："你们不能抓我，我是大英帝国的公民。"

"我奉命抓的就是你。"

怀特被架着往外走。

萧蜜德从后面大喊一声："慢着。"

众人闪开一条道，萧蜜德走了出来，说："我们大英帝国的人，你们不能抓。"

带头官兵说道："对不起，萧蜜德先生，我是奉命行事，请不要为难我。"

"你奉的是谁的命令？"

"我是奉知府王大人的命令，带走。"

众人押着怀特离开。

楞脖子牵着两条戴着竹藤嘴罩的狼狗走进了黄府。张士林看到后说道："楞脖子，你这是做啥了？"

楞脖子牵住了狗说："官府只治凶人，未治凶狗。我把这两只凶狗抓来了，这才是杀人元凶，必须严惩不贷。"

一伙计跑了过来说："杀了炖肉，以解心头之恨。"

另一伙计说道："直接活埋。"

"扒皮抽筋，为四爷祭灵。"

黄守渊走上前说道："你想如何处置？"

楞脖子看着黄守渊，说："洋人使狗，我也使狗，洋狗咬人，我就用土狗咬洋狗。"

张士林笑了起来，说："这办法好，以其人之道，还治其人之身。"

黄守渊挥了一下手说："牵到后院去。"

楞脖子一边牵着狗一边对周围人说道："谁家有狗，皆可咬之。"

"我家有狗。""我也去牵。"十几个人呼啦啦跑到院外。

＊＊＊

萧蜜德带着安原书怒气冲冲进了平定州府衙，见到了王为干。萧蜜德暴跳如雷地说："我抗议，我要让清国政府撤你的职。"

王为干面带微笑，说道："萧蜜德先生，稍安勿躁，欢迎光临府衙，来人，上茶。"

萧蜜德坐在椅子上，一把将茶杯推到了地上，说："我不是来喝茶的。"

王为干反而是心平气和，慢条斯理地说："何事惹怒了您，让您心情不悦？"

"你这是明知故问，你抓我大英帝国的公民。"

"我是抓了怀特，那又怎么样？"

"你这是严重违法行为。"

"萧蜜德先生，您这是在吓唬我，我抓了怀特就违法了？"

"是的。根据《江宁条约》和《虎门条约》，我们大英帝国的公民是受我们大英帝国的法律保护，你们无权抓捕和处置，这叫治外法权。"

王为干哈哈大笑道："我乃堂堂的知府，难道我不知道洋人享有治外法权吗，难道我不知道《江宁条约》和《虎门条约》吗。"

萧蜜德愣了一下说："既然你知道，为什么还抓人？"

"你以为我是明知故犯吗，你以为我就不怕丢官坐牢吗？"

萧蜜德问道："那是为了什么？"

王为干猛地回头："是为了你。"

"怎么是为了我？"

"萧蜜德先生，你知道被狗咬死的是什么人吗？"

"不知道。"

"被狗咬死的是本地大户黄家的族人，黄家的势力非常大，族人众多，据我得到的可靠消息，他们要把你们洋人包括女眷全部烧死，其中就包括——你。"

萧蜜德停顿了一下，说："怀特放狗，实属无奈，只为阻止拔桩，并非有意杀人。"

王为干说道："可黄家族人不这么想，他们的家人死了，他们必然会有报复行动，你们这些洋人包括家眷不想被他们杀掉吧？"

"所以我要求你们保护我们的安全。"

王为干嘿嘿一笑道："我也相信如果没有我的保护，你们离不开平定半步。"

萧蜜德指着王为干道："王大人，这件事儿人命关天，你必须重视此事。"

王为干凑了过来说："那黄家死去的人，人命关不关天，我要不要重视已经死去的人？"

"那你说要怎么办？"

231

王为干扭过身，背过手道："我有两个条件，只要你答应了，我保你们平安无事。"

"请讲。"

王为干扭了过来说："第一个条件，怀特必须给黄家死者披麻戴孝。"

"这个不行，我们是英国人，没有这个习俗。"

王为干哈哈大笑道："没错，这是我们中国人的习俗，但是我们中国有句古话叫，入乡随俗，中国人认为死者为大，披麻戴孝是对死者的尊敬，你们只有尊重这个习俗，才能让黄家人感觉到你们的真诚和歉意。你们只是穿了孝服，总比丢了性命合算吧？"

萧蜜德考虑了半天，问："那第二个条件呢？"

"第二，你萧蜜德先生，赔银两万，亲自谢罪道歉。"

萧蜜德拍案而起，说："王大人，也许我想去谢罪，但是不知道我们大英帝国舰队的火炮是不是答应。"

"萧蜜德先生，远水救不了近火，你们的火炮再厉害，现在能保得住你们的性命吗？你等着它们来到这里，是想让它们来收尸吗？"

萧蜜德呆在了那里，说："你——"

"萧蜜德先生，你们也就是商人，来我们大清就是为了赚点钱，不会想着丢掉性命，那就成了有得赚，没得花。中国古语说，识时务者为俊杰，通机变者为英豪。相信萧蜜德先生是个聪明人，能够识别轻重，分清利弊。总而言之，言而总之，就是个赔情道歉，与你们高贵的性命相比，判若云泥，有霄壤之别。"

萧蜜德盯着王为干说："这样做，我们大英帝国的尊严何在？"

王为干也瞪大了眼睛说："你们攻占了北京城，火烧了圆明园，我大清的尊严何在？你们在这占矿霸地，垄断利源，我晋省的尊严何在？你们放狗咬人，黄家人失去生命，黄家的尊严何在？我乃大清官吏，子民丧身，让我漠然处之，渎职懈怠，我的尊严何在？办法给你想了，我的话也说尽了，你做也罢，不做也罢，悉听尊便吧。"王为干拂袖而去。

＊＊＊

平定黄家祠堂的前厅搭建起了灵堂，怀特披麻戴孝跪在黄熹年的灵前，有两个官兵看押着。渠本翘、刘笃敬和刘懋赏都来到灵前祭拜。

"开始写祭词。"有人拉着长音喊道。

旁边的条桌前摆着纸张笔墨，众人来到桌前提笔写祭词。

渠本翘首先写道："艾固公会领头羊。"

刘笃敬写道："京都辅臣涌权襄。"

张士林写道："东升旭日天地红。"

渠本翘走在一旁往墙上粘贴祭词，看着别人的祭词："遥向君子心可控""双塔隔河披素帽""吊君千里奔艾号""凉亭护界君子抗"等。当看见旁边一条祭词"可叹矿产无常叼。署名：崇儒公"时，脱口说道："胡大人。"

渠本翘转身问黄守渊："胡大人也来了？"

黄守渊点点头，轻声说道："昨天晚上来的，不方便出头露面，在后厨做大师傅呢。"

祭奠的宾客络绎不绝，熙熙攘攘。渠本翘随众人走进里院，路过厨房，转头一看，正与身穿围裙的胡大人四目相对，渠本翘正要开口，胡大人做了个手势，渠本翘的嘴没有张开，低头走了进去。

入夜，黄守渊、张士林、渠本翘、胡聘之、刘笃敬、张鸿寿和刘懋赏悉数到齐。胡聘之还穿着厨师的衣服，低着头捋着胡子说道："人背点，喝口凉水也塞牙，熹年见了我就再也没有回来，老夫我是造了什么孽啊？"

黄守渊说道："胡大人，这怪您不得，怪就怪洋人，他们不来这儿弄矿，哪会有这事发生？"

张鸿寿在一旁嘟囔着："四爷也是个直性子，势单力薄怎么能打得过洋人？打不过就跑啊。"

张士林说道："我们不能这样软弱了，我要去买洋枪，成立洋枪保矿队，现在整天拔旗拔桩子，这不是个事儿啊。"

张鸿寿接话儿："爹，咱家不是有个'二人扛'吗？先捐出来。"

张士林说道："'二人扛'能打过洋枪啊？我要买的是洋枪，快枪。"

233

刘懋赏说道："这洋人的洋枪队叫护矿队，理直气壮地就把这矿叫成他们的了。"

张士林看了一下众人，说："这矿是咱们的，所以咱叫保矿队。"

张鸿寿问道："那你的洋枪能打过洋人的洋枪吗？"

张士林回答："他们已经没几支洋枪了，楞脖子还是很能干的，抄了他们的老底了。"

胡聘之捋着胡须说："这样对抗下去不是长久之计，人物财力消耗很大，必须在根本上解决，才能一劳永逸。"

张鸿寿说道："可现在咱们没有其他办法，只能跟他们耗着，咱们是本土人，生死都在这儿，洋人耗不过我们。"

刘笃敬看着胡聘之说："最终拿回矿权才是根本之计。"

"没错。"

渠本翘说道："我觉得最后还得依靠朝廷，才能解决此事。"

刘懋赏接过话："别指望朝廷，朝廷就想息事宁人，吞吞吐吐没痛快话儿。"

黄守渊说道："我们现在只有把声势造大，弄个翻天覆地，让洋人知难而退，朝廷才能顺水推舟。"

刘笃敬点点头道："此话有理，目前朝廷已无力正面抗击外侵，我们只能让洋人啃不动这块骨头，并且硌了牙，才可能出现我们翻盘的机会。"

黄守渊说道："熹年之死实属不幸，但是也给了我们一个机会，此事洋人理短，我们把声势造大，必将波及晋省各地，群起而攻之，洋人一定难以招架。"

渠本翘点点头道："疏通官路，多启奏折，群言可畏，朝廷必定痛下决心。"

刘懋赏说道："渠先生，您话里话外还是没离开朝廷，现朝廷已经昏弱无力，按孙文先生的意思，借此就驱除鞑虏，恢复中华了。"

渠本翘回应："朝廷虽弱，但还天下一统，若崩塌倾覆，必将狼烟四起，百姓涂炭。"

黄守渊问道："那眼下具体怎么做为好？"

渠本翘停顿了一下："收矿地。"

张鸿寿说道："把所有涉及矿苗的矿地都收了，让洋人无地开矿。"

刘懋赏看着张鸿寿问："那怎么知道哪儿有矿苗，这九峪十八沟那么多地怎么收啊？"

张士林说道："这个我有办法。"

黄守渊问道："你有什么办法？"

张士林说道："平定福公司总部里有我的耳线。"

黄守渊笑了一下说："你还有如此本事？"

张士林说道："平定城里人孙筍经在为福公司做事，他告诉我他曾见过萧蜜德的矿苗勘探图。"

黄守渊点点头说："那太好了，让他拿出来，我们就知道洋人要在哪儿开矿了。"

刘懋赏问道："此人可靠吗？"

"可靠，登庚寅科的进士，曾做过吏部郎中，他被洋人所聘，也是顺水推舟，已经几次密告我洋人虚实，让他拿出矿苗勘探图没问题。"

渠本翘拿出一张银票给黄守渊，说："铸公，这是二十万两银票，收下以备收购矿地之需吧。"

黄守渊抬起双手说："渠东家，这可使不得，如此大宗，你让平定士绅颜面难容啊。"

渠本翘说道："矿权之事不只是平定之事，黄家捐命保矿已经让民众敬佩，区区钱款何能与之相比？"

黄守渊收过了银票说："多谢少东家慷慨大义，黄某在此多谢了。"

渠本翘又拿出一张银票递给张士林，说："张东家，这一万两银票请收下。"

张士林愣了一下，问："这是做什么？"

渠本翘说道："民众聚集演剧都需要钱，这点银子就当是化妆眉黛之费用吧。"

张士林说道："渠东家，我张士林已经对外承诺，所有在平定境内有关矿权之费用，都由我承担，少东不必挂念了。"

"你们身居一线，责任重大，还担负风险，我们一点资助，以表同舟共济。"

胡聘之说道："众人拾柴火焰高，楚南的心意你是知道的，收下吧，不必客气了。"

张士林收下了银票，说："那恭敬不如从命，既然胡大人开话了，我就收了，多谢。"

胡聘之看看周围，说："时候不早了，明天大家还要打发熹年，我不便出面，各位代劳了。"

"好了，大家早点歇息吧。"

＊＊＊

黄家祠堂人头攒动，哀乐声响，佛号齐鸣。有人高喊一声："准备起灵。"

六十四个抬灵手和三十二个扶灵手一身白衣弯下了腰，做好了准备。

突然，有人大喊一声："知府王大人到。"

王为干带着一队官兵走进了院门，萧蜜德跟随其后。官兵分列两排，左右展开。祠堂里顿时一片肃静。

张士林说道："搞什么把戏？"

萧蜜德跟随着王为干来到黄守渊的面前，鞠了一躬问："请问哪位是主事？"

黄守渊说道："有什么事情跟我说吧。"

"本人是英国福公司的代表萧蜜德，因我公司怀特先生疏忽失手，纵容了狼狗，咬伤了黄家族人，以致不幸亡故，对此我深表歉意，愿上帝收留其在天堂，不再痛苦，不再怨恨。这是两万两银票，作为我们的赔偿，也是对逝者的安慰，请接收我们的诚意。"

萧蜜德一边说，一边递过了银票。黄守渊愣了一下，不知所措地看了一眼王为干，王为干微微点了一下头，黄守渊接过了银票。萧蜜德走到黄熹年的灵前，"扑通"跪了下去，连叩三头。众人都愣住了，谁也没有想到会出现这样一幕。

王为干点香三叩首。

王为干上香后，走到了前面说："我乃平定知府，官俸于大清国皇帝，罩庇一方百姓，现我辖一绅民遭犬狗撕咬，不治而亡，本官令纵容者跪灵抚丧，以告慰逝者，其责任者赔银两万，叩拜道谢，现都已兑现承诺。死者不能复生，活者仍将继续，其责任者向我表示要彻查此事，州衙也将视其诚意裁定案情，此事就此了断。望黄氏族亲，节哀顺变，不起争端，平定州域祥和平安。"

萧蜜德走到身披孝服的怀特面前，扶起了怀特，转身走出了院门。

王为干高喊一声："撤。"

两列官兵转身离去。

一片宁静。黄守渊仰天长叹："苍天啊，感谢你显灵关照了黄家，熹年之死，令我黄家悲恸万分，洋人披麻扶灵，赔款下跪，前所未闻，光耀宗族，助我国威，此生休矣，不再冤魂。"

"抬杠听号。"喊号子的拉着长音。

六十四名杠手喊道：

抬头看天，嘿！

叉腰上肩，嘿！

双腿用力，嘿！

扶灵两边，嘿！

熹年壮士，嘿！

英勇无边，嘿！

抗英保矿，嘿！

为我利源，嘿！

平定百姓，嘿！

感恩永远，嘿！

雄壮宏大的场面，气势磅礴的号子，整齐划一的动作，让悲伤的葬礼好似成了为壮士送行的仪式。

送灵队伍游街至福公司门口，安营扎寨。楞脖子砸开大门，黄熹年的灵柩停放在大门口，鼓乐齐鸣，传诵的经声缭绕。夜深了，楞脖子带

237

人围着福公司门口敲锣打鼓，院内的人像惊弓之鸟。天亮时分，萧蜜德下令，全体致哀。福公司男女老少身披麻衣排队到灵柩前上香。

　　楞脖子大喊："起灵。"

第十二章
英国公使威逼清廷退让
商部敷衍推诿转责晋省

***

渠本翘的马车停在书业诚的门口，渠本翘坐在车内等候着。乔石头跟着渠仁甫快步从院内走出。渠仁甫上了车说道："二伯，咱们这是要去哪儿？"

渠本翘说道："赶快上车。"

渠仁甫上了车，问："这么着急吗？"

渠本翘对着乔石头说道："石头，去'若虚斋'。"

渠仁甫问道："去书斋干什么？"

"我约了戴家的后人，他们搜集了一些戴公的手稿，所以我让你也去看看。"

"祁县的戴公？"

"是啊，常赞春联系我想出一本戴公文稿的集子，所以我托戴家后人搜集文稿。"

"听说戴公的《半可集》只收录了他很少一部分文稿，其他的大部分都遗失了。"

"正因为如此，所以常赞春和我想再出个集子。"

渠仁甫说道："这可是个好事儿啊，晋地的文化亟待保存，如果湮灭或散逸，我们就真的没希望了。"

"是啊。文化就像流淌的血液，躯体可以萎靡，但是有血液的滋养，就有康复强壮的希望。"

"戴公和傅山先生可谓一代名儒，是我们晋人的骄傲。"

渠本翘点点头道："没错，戴公和傅山可谓岁寒之友，亦师亦友，两人博雅能文，造诣颇深。戴公更是清操自守，气节凛然，虽出身官宦之家，但未染奢靡之气，没有声色犬马之喜好，心高志远，好学不倦，让人敬佩。"

"那戴公自书《半可集》，为何自称半可呢？"

"半可，也就是在可与不可之间，是他对自己诗文创作的中肯定位。"

"明白了。"

渠本翘问道："你的书业诚最近可有收获？"

"珍文善本可遇不可求啊。"

"耐得住性子，沉得住气才能大事所成。"

渠仁甫笑了笑说："我就是这么想的。"

刘掌柜揣着手在"若虚斋"门口等候着，见马车已到，迎了上去。渠本翘和渠仁甫下车。刘掌柜赶忙招呼："二位东家，赶紧进屋吧。"

渠本翘问道："戴家的人到了？"

"到了，等您多时了。"

三个人走进了屋内。戴家族人起身迎了上来说："二位东家，路上辛苦了。"

渠本翘问道："戴公的文稿可有收集？"

戴家族人打开一包文稿道："二位东家，请看。"

渠本翘顿时惊喜，说道："有这么多啊！"

戴家族人说道："我给族人说明了您的用意，大家翻箱倒柜，只要是戴公的笔墨，一张不落，他们都渴望戴公的文集早日问世。"

"非常感谢戴氏子弟的全力相助。"

"族人们让我带话儿，表示感激之情。"

"这有什么道谢的？都是情理之中的事情。"

戴家族人叹了一口气说："当今风俗鄙薄，戴家衰败没落，渠东家却不嫌不弃，还为我族先贤出书立传，道谢是我们应该的。"

渠本翘说道："戴公与我同籍，英明一世，轻财乐施，结交甚广，实为晋人之楷模，为乡土先贤着力宣扬，楚南义不容辞。"

"这些手稿你们先看着，如果还能收集一些，我就再交给你们。"

"那样就太好了，我这里还有一些，榆次的常东家那里也有一些，我们尽量搜集得完整一些。"

"好的，二位东家，那我就先告辞了，多谢二位了。"

戴家族人离开。

渠仁甫翻看文稿，说："戴公的诗句可谓文如其人，清华其外，淡泊其中，还有超群脱俗之傲骨。"

渠本翘点头道："常赞春看到这些宝贝，一定开心得蹦高。"

"二伯，我先拿着看看，等看完了，我给子襄叔送去。"

"好的。"

"那咱们顺脚去长裕川看看，听说来新茶了。"

"那走吧。"

***

英国大使馆，位于京城御河西岸。这儿以前只有淳亲王的府邸（梁公府），《辛丑条约》后英国借机把北边的翰林院、西边的兵部衙署、西北边的外銮驾库的部分廨舍划到了使馆，占地面积较原来扩大了两倍之多。

哲姆森走进使馆，见到了沙道义公使。

哲姆森谈着自己的看法："公使先生，虽然我是个商人，但是我知道如何跟中国人打交道。"

沙道义说道："那倒未必，哲姆森，你们只知道站在商人的角度去看问题。"

"我来到中国就是为了做生意。"

"我找你来这里就是想告诉你，不要只想着做你那生意，眼界要再开阔一点，要考虑到全局，考虑到我们大英帝国在中国的整体利益。"

"既然你想让我考虑整体利益，我早就想和您谈谈我们大英帝国在中国的地位问题。"

沙道义喝了口咖啡，说："请讲，哲姆森先生。"

"我认为我们大英帝国的威望正在消失，我为我们在中国陷入的种种困境和蒙受的损失感到伤心。"

沙道义看着哲姆森说："您是因为福公司的矿权纠纷，才把这个问题放大化了。"

"我是在说我的亲身感觉，公使先生。庚子年后，我们在中国，本应处于首屈一指的地位，我们的利益本应远远超过其他任何国家的。然而，真正得到好处的是谁呢？是日本人和德国人。我们的利益降低到六大强国中最弱的水平。"

"您这是怪罪我吗，还是在怪罪朱尔典先生？"

"我没有针对某个人的意思。"

"那您是针对英国驻华使馆的工作不力吗？别忘了，我们为了你们福公司，动用了大量的外交资源，这一点您不能忽视。"

哲姆森说道："这不仅仅是我个人的观点，莫理循先生在《泰晤士报》发表了文章，直指我们的对华政策的短视，我们应该像在印度和东南亚一样，进行更深层次的控制，把真正的命脉掌握在我们的手里。中国的大门已经让我们打开，可是我们只掌控了路权、矿权和学校这些皮毛的东西。"

"哲姆森先生，政治上的问题是很复杂的问题，解决这些问题不能着急，是需要时间的。我不想跟您说得太透彻，您也不必考虑太多，这些都留给政治家去考虑为好。"

"政治和商业是密不可分的，正是你们所谓的政治出了问题，商业才被弄得如此被动。各地的铁路和煤矿都受到冲击，山西大学堂是我们大英帝国一手创办的有声誉的学府，可是我们英国人正在被排挤出去。山西的煤矿，至今我们仍然无法采煤，难道不是你们的政治失败吗？"

沙道义站起了身，说："您不能把中国和印度以及东南亚相提并论，这里的汉文化，这里的汉人，与我们在全世界任何地方遇到的文化和人都不一样。我们是需要一个适应过程，不要说我们，清国政府统治这片土地两百多年了，您觉得他们适应了吗？这个民族不是个刚烈的民族，但是个有韧性的民族，纠缠、粘黏、使暗劲儿是他们的特点，就像他们的太极拳一样，好似无力还击，但是暗藏杀机。在遇到强大的压力下，他们能忍受难以想象的痛苦和屈辱，但是他们的内心里从来没有放弃抵抗，只要让他们抓住机会，他们就会爆发出巨大的能量，摧毁对手。您不要觉得福公司一时受阻就失去了耐心，您必须也要学会缠绕、学会粘黏，遇刚则刚，遇柔更柔，这才是我们正确的对策。"

哲姆森也站了起来说："我不赞成您的看法，用我们不擅长的对付他们擅长的，只能掉入他们的陷阱。我们必须用我们的强大，碾碎他们的软弱，一举摧毁他们。"

"那您用您的棍棒去猛击一坨糖稀，用您的佩刀去劈砍一股流水，您会得到什么结果？糖稀不会被打散，反而沾满了你的棍棒；流水也不会被砍断，它照样在流淌。"

"只要我们足够强大，一切抵抗都会被摧毁。"

沙道义停顿片刻，说："哲姆森先生，我知道您在为山西的矿权发愁，我们也在尽力帮助您，但是您不能一味地强硬。在中国这片土地上，商业的利益是既得利益，我们能得到多少就尽量得到多少，我们在下一盘大棋，也许会舍弃一些既得利益，但是我们布局长远，涉及几十年甚至是上百年，这个道理我说明白了没有？和中国人打交道是很棘手的难题，希望您能考虑清楚，做好充分的准备。"

"可我等不了几十年，我要的是立竿见影。"

沙道义停住脚步，说："如果你不能理解，那你就必须执行，不要鲁莽行事。"

"我准备在山西平定跟他们开战。"

"不行，绝对不行。"

哲姆森说道："那您就看着这群中国人不服管教，粗鲁无礼，愚昧无知。"

"那也不能开战。"

哲姆森轻声说道："我已经在囤积军火了。"

"立刻停止，不能擅自行动。"

"如果我自己干了呢？"

"如果您不听劝告，捅了娄子，惹下麻烦，别怪我丢车保帅，您将会是个弃子。"

哲姆森愤然离开。

沙道义喊道："来人。"

有人走了进来。

"备车，去外务部。"

***

渠本翘和渠仁甫站在渠家茶馆的门口，看着大门上的对联。渠本翘念着："千秋事业原非易，万代根基由来深。"

"二伯有什么感悟啊？"

渠本翘看着对联，说："个人、家族、国家各有各的难处，各有各的烦恼啊。"

"这千秋万代不都是这样延续下来的吗？"

"是啊，祖祖辈辈代代相传。"

渠本翘和渠仁甫走进屋内，喝着茶。

渠仁甫问道："二伯，您留过洋，您见识广，您说咱们这祖祖辈辈代代相传的东西很多，跟其他的族裔最不同的是什么？"

"这句话问得好，我们身在其中，其实很多人都弄不明白。"

"我就是弄不明白，祖宗留下来的物件啊、规矩啊、习惯啊，很多很多，有的丢失了，有的改变了，有的不执行了，那不变的是什么，永远不会丢的是什么啊？"

渠本翘说道："自然的东西都会消失，只有超自然的东西才能永固心中，不会消失。"

"您说的是宗教信仰吗？可周围的人信佛信道的并不多啊，大多数的老百姓都没宗教信仰啊。"

"中国人超自然的东西远远超越了宗教的范畴，好似信教的人不多，其实每个人都有自己的宗教，而且是出奇的一致，这就是中国人。"

渠仁甫凑近了身子问："二伯，您说说看，我很想知道，我这个不信佛不信教的人有什么神奇的与众不同的地方？"

"你活着为了什么？"

"二伯，您这话问得我不知从何说起了。"

"这个问题特别简单，但是回答起来却特别复杂。我只问你，你活着是为了你自己吗？"

渠仁甫说道："我怎么只为了我自己啊，我有老婆孩子，虽然我爹死

244

得早，但爷爷还在，这个家的老老少少，里里外外哪个不要操心啊？"

"看见没，不只你一个人会这样想，你问每一个中国人，他都是这样想的，这就是我们民族和其他民族不一样的地方。我们还不只是为了这些活着的人，我们还想着死去的人，我们把祖宗的牌位供在那儿，逢年过节我们都去烧香磕头，都去念叨上几句，都想着光宗耀祖。世界上任何一个民族都不像中华民族这样，自己活着要为家里的其他人活着，自己活着要为祖宗活着，自己活着要为子孙后代积累财富。这个共性就是中国人的宗教，这个内心里磨灭不掉的精神支撑，是这个民族繁衍发展的动力。你说说，还有哪个民族和我们一样？"

渠仁甫点点头说："您别说，这个理儿还真的很深奥。"

"只是我们平时不在意，没有把它当作宗教去整理归纳，只是潜伏在中国人的内心里，但是千年不变。"

"没错，不认祖宗是遭人谴责的，不顾家人是道德缺失的，不顾后代是让人不齿的。"

渠本翘说道："这个东西能变吗？我想再过几百上千年，这些念头还是根深蒂固在中国人心里面。"

"这个我相信，海枯石烂了，中国人的这个念头都不会变。"

院子里突然闹哄哄的，像在迎接什么人。

渠仁甫问道："外面是怎么回事儿啊？"

一个伙计撩帘回了一句："仁甫东家，是长裕川恰克图分号的程掌柜回总号了。"

渠本翘说道："这从外地一回来就开始享福了。"

渠仁甫点点头道："他们也算回家了。"

渠本翘说道："我总觉得这用人的规矩有问题。"

"二伯，你是指调回总号的事儿吗？"

"是啊，在外地的分号干活儿都是苦差事，在分号干好了，就被提拔回总号。最有才干的人都被调回这总号深蛰了，本来在外面是通江达海，可回到这深宅大院里，一个个都变成了双手套在袖筒里，蹲在墙根儿晒太阳的人了。"

"这条规矩是为了奖赏。"

245

"奖勤罚懒成了由勤变懒。"

一个伙计进门说道："程掌柜要见二位少东家。"

渠仁甫回应："叫他进来吧。"

程掌柜进门拱手打招呼："见过二位东家。"

渠仁甫说道："程掌柜，辛苦了，坐下来倒歇（方言，聊天）。"

程掌柜说道："我从恰克图带回来一样东西，正想给东家说这事儿。"

渠仁甫问道："什么东西？打开看看。"

程掌柜打开了一个布包，露出一块砖茶，说："二位东家请看，有人在恰克图仿做川字牌砖茶。"

渠本翘和渠仁甫站起身子，走过来观察。

"二位东家看看，咱们的川字牌砖茶上的川字是竖着的，他们做的是横着的。"

渠本翘问道："这是哪儿产的？"

"湖北咸宁。"

渠仁甫接着问道："到底是怎么回事儿？"

"在恰克图有十几家商号在做茶叶，咱们川字牌砖茶名声显著，俄国人都用咱们的砖茶当银子使。现在俄商也到湖北去办茶了，点名要川字牌砖茶。以前给咱们长裕川做茶的一家湖北茶场跟俄国人说，他们就是做川字牌砖茶的，就把川字横过来，卖给了俄国人，价钱比咱们长裕川的砖茶便宜，俄国人也分不大清楚，市面上就出现了横着的川字牌砖茶了，他们还说这种川字牌青砖茶有五百多年历史了。"

渠仁甫皱着眉头说："这不是盗用我们的名号吗？"

渠本翘说道："盗用不可怕，怕的是混淆视听坏了'川'字的名声。"

渠仁甫问道："要不咱们通报商会，予以严惩。"

"没此必要。从福建到恰克图这条茶路，上下百年，行程万里，是晋省的先辈们呕心沥血开拓出来的，这不属于某一家商号，这是我们共同的利源。独棵不成树，独木不成林。我们只是名气大，别人借用我们的名气，只要品质好，不以次充好就让他们借用吧，有银子大家一起挣。"

"那也没给我们说一声，再说了，咱们都知道了，也不能不吭声吧？"

渠本翘问道："在哪里还能看到这样的货？"

程掌柜说道："祁县鲁村就有他们的货。"

渠仁甫说道："程掌柜，你先回总号休整，在外多时辛苦了，抽时间咱们去鲁村看看。"

"好的，两位东家告辞了。"

程掌柜转身离开。

＊＊＊

外务部尚书翟鸿禨正在办公，侍郎唐绍仪走了进来说："大人，英国公使沙道义先生求见。"

翟鸿禨放下书卷，说："请进。"

沙道义快步走了进来，翟鸿禨拱手相迎道："沙道义先生，什么风把您吹到我这儿来了？"

"翟大人，你们中国话是说无事不登三宝殿，我当然是有事才来啊。"

"没有关系，有事儿没事儿您都可以来找我，请坐。"

"翟大人，我今天登门拜访是想敞开窗户说亮话，来个公事私聊。"

"沙道义先生，您来中国五六年了，我们也认识五六年了，我感觉您说话和办事的方式已经是个中国通了。公事、私事我们都可以聊，就怕您对我们不满意。"

"翟大人，这话让您说对了，我作为英国公使如果说公对公的话，我对你们外务部很不满意。"

翟鸿禨问道："沙道义先生，您是指哪方面？"

"关于山西矿权的事情，我们已经照会了几次，你们都是敷衍了事，一拖再拖，所以我才会来亲自见您。"

翟鸿禨笑了笑说："看把您急的，别着急上火，啥事儿也得慢慢来，先喝点茶。"

"喝茶喝茶，你们中国人一说喝茶，那就是准备开始敷衍了。"

"看您这话说的，关于山西矿权的事情，我认为并未敷衍，此事我们皇上也有亲批谕旨，我们外务部也未敢怠慢，已经责令晋省的商务局与贵国福公司紧密沟通，磋商讨论，希望能尽快了结此事。"

"翟大人，中国话讲，公说公有理，婆说婆有理，我认为这种争论毫

247

无意义，执行条约是一国政府守信的标志，是树立国际公信力的基础。"

翟鸿襪有点不高兴了，说："沙道义先生，我大清国守不守信，遵不遵约，这您应该比我还清楚。"

"此话怎讲？"

"辛丑年间，您亲自主持了我大清国与多国的赔偿谈判，从庚子年起，我大清国是否按时如数地将银子赔偿给你们，您应该比我清楚，条约的内容是否执行，您应该最有发言权。这个外务部也是按照您的要求撤掉了总理衙门而设立的，我翟鸿襪都得感激您啊，因为有了您，才有了这个尚书的位缺。难道这不是守信吗，难道这不是为了所谓的国际公信力吗？"

"翟大人，'胜者为王，败者寇。'这是你们中国人的话。我来中国时间不长，但是我喜欢研究中国的文化，并对其悠长的历史和深奥的内涵抱有兴趣。你们中国在过去很长的一段时间里都是将自己视为天朝上国，与外界的整体发展潮流绝缘。由于你们的孤傲和冷漠，让我们之间的沟通交流非常困难，我们也是迫于无奈才派出了舰队，用我们的方式拉近我们彼此的距离。我知道你刚才所说的话带有情绪，这我可以理解，让我感到欣慰的是，中国人开始反思了，开始推行新政了，这是我们乐意看到的，我这次来，并不是来怪罪于你，而是想尝试用一种私下的方式解决我们的问题。"

翟鸿襪问道："什么私下的方式？"

"翟大人，您刚才也说了，我们相识已久了，对您的为人，我也是有所了解的，您是太后的宠臣，您也对大清国忠贞不贰。关于山西矿权之事，我们虽然不是国与国之约，但也是国与国的认可，您效忠您的国家，我也在维护我们大英的利益，虽然叫作各为其主，但是此事还不会导致兵戎相见，引发刀戈之争。如果发生刀戈之争，我们的舰队也就不会在塘沽按兵不动了，也就谈不上我此次的登门拜访。相信您是愿意为太后排忧解难的，如果能解决了山西矿权的纠纷，相信您也一定会让太后晋爵嘉奖的。"

"真没想到您沙道义先生在中国几年就学会了绵里藏针、刚柔相济，说起话儿也是绕来绕去啊。"

"中国话叫'入乡随俗'。"

翟鸿禨问道："那就捅破窗户纸直说，让我怎么办？"

"福公司代表我们大英帝国的利益，所签协约你们应当遵守，若双方对其中条款有所争议，我同意谈判协商，但是不能敷衍应对，谈就得谈出个结果。翟大人有义务和责任敦促双方的谈判，我希望能有个满意的结果。此事我不认为是在难为您。"

"既然沙道义先生是为我考虑，也亲自上门给我这个面子，我当然也是知趣之人。晋省矿区纠纷，不是我推诿敷衍，只是此事涉及民众，搞不好会造成地方动荡，如果像您刚才所说，避免兵戎相见用谈判方式解决，我翟某愿意周旋此事。"

沙道义点点头道："翟大人不愧为明智之人。"

"不过周旋此事，我也有言在先。"

"请讲。"

"此事仅限于商务范畴，如果上升到国事，我翟某担待不起。"

"好的，我也不想让此事闹大，我能理解您的担忧。"

翟鸿禨看着沙道义，说："那就恪守成约，彼此相安。"

"信守条约，按约办事。"

"一言为定。"

"一言为定。"

翟鸿禨指着茶杯说："那话到如此，可以喝茶了吧？"

沙道义点点头说："可以，可以，哪天我请您去喝咖啡。"

"看看，这话锋一转就亲如兄弟，喝茶喝咖啡总比我们见面就吵架要好吧。"

沙道义笑了笑说："您以为我想来找您吵架啊，这不是叫'各为其主'吗？"

"好了好了，晋省的事情，我抓紧安排就是了。"

沙道义喝了一口茶，说："这茶的味道感觉不错啊。"

"这可是上等的好茶。"

沙道义点着头说："我也给您备着上等的咖啡呢。"

"好的，哪天去尝尝。"

***

刘笃敬正在商务局办公，李廷飏手里拿着一份电报走了进来，说："京城外务部的电报。"

刘笃敬接过电报看着，说："翟大人亲自过问此事了？"

李廷飏说道："这是个好事儿，就怕他们不管不顾的。"

刘笃敬点点头说："通知刘懋赏，咱们一起去一趟京城。"

"好的，我这就去安排。"

李廷飏转身走了出去。

渠仁甫手拎着一个箱子走出了书业诚大门。车夫上前准备接过箱子，渠仁甫护了一下，说："不用，我自己来。"

渠仁甫上了马车，对着车夫说道："榆次常家庄园。"

常家庄园内，常旭春站在书案旁边看着常赞春写书法，常旭春说："哥，您这篆体字写得越来越有神韵了。"

常赞春说道："我都感觉不是在写字，好像是在画画。"

"这就是意境啊。"

伙计进门通报："二位东家，渠家的仁甫东家来了。"

"快请进。"

常旭春见渠仁甫拎着箱子走进房门，说："贤侄，第一次见你拎着箱子来我们常家啊，这是送什么大礼来了？"

渠仁甫放下箱子，说："晓楼叔，还真让您猜对了，这可是宝贝啊，堪称大礼，不过可不是给您的，这是给子襄叔的。"

常赞春停下手中的笔，说："哦，给我送礼，我是珠光宝气山珍海味啥也不稀罕。"

渠仁甫指着箱子说道："祁县戴公的手稿。"

常赞春惊了一下，蹦了起来，说："什么，戴公的手稿？"

渠仁甫笑道："不要啊，那我就拿回去了。"

常赞春上去抱住了箱子，说："要要要，仁甫啊，快给我给我，我就待见你，这是我梦盼已久的东西啊。"

渠仁甫哈哈大笑道："子襄叔，我只是借花献佛，这是我二伯让我给您的。"

常赞春还抱着箱子，说："猜出来了，猜出来了，他是从哪里弄来的啊？"

"我二伯动员了戴家的族人，他们翻箱倒柜搜集了这些。"

"就你二伯脑子活，办法多，他要做什么事儿啊，想着法儿的都能做成。咱们这个圈子里没几个能让我佩服的，可你二伯让我佩服得五体投地。"

渠仁甫打开了箱子，说："快来看看这些宝贝吧。"

常赞春翻看着手稿，说："好东西啊，都是稀罕物件，真是太难得了。仁甫啊，你跟你晓楼叔先聊着，我得自己静下来好好看看。"

渠仁甫见常赞春抱着箱子要走，说："子襄叔，您这就走了，我还想求您一贴篆隶墨宝呢。"

常赞春抱着箱子说："没时间没时间，仁甫啊，等我把戴公的手稿看完，你要我写什么，写多少我都给你写。"

"此话当真啊，可不要骗我。"

常赞春边走边说："当真当真，骗你就不是你叔了。"

渠仁甫看着常赞春的背影，说："出了戴公的集子，也要送我一本。"

"放心吧，没问题。"

常旭春哈哈笑道："仁甫啊，快坐，看他兴奋的样子都失态了，那真是没把你当外人啊。"

"没关系的，就不是外人啊，这渠常两家本来就是亲戚，就是一家人啊。"

"这话没错。"

渠仁甫看着书案上的墨宝，问："子襄叔的这墨宝是给谁写的？"

常旭春看了一下书案，说："不是给谁写的，这是习作。"

"子襄叔的篆隶苍劲高古，我想要这幅墨宝。"

"喜欢就拿去吧。"

"合适吗？"

常旭春哈哈大笑道："有什么合适不合适的？看他今天那高兴的样子，你要他什么他都会给你的。这事儿我做主了，拿去吧。"

"太好了，今天我算没白来。"

"你要是常来啊，每次都不让你空手而归。"

"那还真说着了，我还想要您的行楷墨宝呢。"

常旭春说道："你快成打劫的了，来一趟绝不空手啊，想要可以，拿你的一幅咱们交换。"

渠仁甫笑了笑，说："我那字您能看得上啊？"

"别看你年纪小，可你那行书小楷，令人观之爽爽，有君子之风，心胸豁然，比肩铁山。"

"您这夸赞我可收受不起。谁不知道'两常一赵'啊？你们才是咱晋省书法的翘楚。"

"那都是市井玩笑，你还当真了。"

"那可不是玩笑，常家本来就是书香世家，才俊屡出。"

常旭春看着渠仁甫说："你的意思是想让我说说你们渠家吗？"

"好了，咱们说点别的吧，我早就想找你说说恰克图茶业的事情，最近这事儿让我挠头得很。"

"你是说西伯利亚大铁路通车的事儿吧？"

渠仁甫点头道："是啊，这事儿对我们的茶业影响太大了，听说俄国最大的茶商莫勒恰诺夫在汉口、九江和福州都设立了砖茶分厂，改手压机制茶为蒸汽机制茶，所制的砖茶成本低、质量高、产量大。我们制造的砖茶还是依靠手工坊，显然不能与机器产品相比较，他们一年贩茶六七十万担，我们只有几万担，俄国的中小茶商也都被他挤垮了。我为了改变现状，同意赊账给俄国的茶商，可他们都倒闭了，赊的账款我又要不回来了。"

"有些事情是人意不如天意啊。"

"你们'玉字号'占了恰克图茶业的四成多，你就不担心吗？"

"担心有什么用？时过境迁，我也回天无力。"

"这万里茶路是我们先祖留下的百年基业，我是不想在我们手里断送了。"

"仁甫，买卖的事情不要太在意了，先祖留下的基业不外乎是一个财字，财为何物，财为何用呢？"

"有财就有吃喝，有财就能住行。"

"如果有财就为了吃喝住行，那你爷爷埋藏的那些窖银够你们几代吃喝不愁了。"

渠仁甫问道："那就不要了吗？"

"怎么能不要呢？我们中国人都看重财，我们晋省人更珍惜财，聚财有聚财的手段，茶业不是唯一手段。"

"我也知道时过境迁的道理，但就是难以割舍。"

"不要只盯着聚财的手段，你只要明白了聚财的目的，手段可以千变万化。"

"那您说，这聚财的目的是什么？"

"我觉得聚财就是为了聚人、治人，家如此，国亦然。"

"叔，这怎么解释？"

"聚集一定的财富不仅是我们得以生存的基本保证，而且也是聚集人心、团结民众、增强国力的必要条件。家穷难以有聚，国穷民生凋敝。明白了聚财致富和以财积善的道理就不会烦恼于多一个或少一个聚财手段，面对时过境迁，那就与时俱进，没什么大不了的。我们晋省的买卖人自古以来就是一个营商牟利的商帮，之所以百年不倒，之所以百年赢利，是因为有一个坚持百年的赢利秘诀，那就是赢理、赢德、赢义和赢人。这个秘诀是我们聚财的不变手段，有了这个手段，你还对一条西伯利亚铁路烦恼吗？"

"叔，听了您这些话，我茅塞顿开，我说你们怎么都不急不躁的，原来有此秘诀啊。"

"你看你二伯，你们家的祖业是茶业和票号，你看他继承了哪个？他没有临渊羡鱼，而是敢思敢想、创新改造，实实在在做实业，与时偕行做新业，我们要想向前、向上、向荣、向优，就要有这种精神，否则再好的买卖都会断送了。"

"叔，今天我真是顿悟真谛，受益匪浅。"

"还有一个字，那就是'忠'字，忠乃不二，即无妄，就是为人做事要真心诚意、尽心尽力。忠于家族，忠于民族，忠于自己的信念，忠于自己的追求，忠于自己的作为。认准要做的事就要一心一意，无怨无悔。

这一点我们都要向你二伯学习，能压住自己的心，憋住一口气，不屈服淫威，经得住诱惑，此乃立身之本。"

"这个我知道，忠孝仁爱信义和平，忠为八德之首。"

"曾国藩的《治心经》所言，天下大乱之时，人们大多畏难避害，不肯出力拯救天下之危难，只有忠义之人，视死如归，匡正时乱，君子之道就是重在以'忠诚'二字倡导天下，担当责任。我们虽是买卖人，但不能放纵物欲，不使奸耍滑，不相互吞并，不以阴谋争胜负，危难之际，自己历经，不拖累别人。这种买卖人做什么买卖都会久立不倒。"

"叔，世侄记住了。"

***

萧蜜德背着手在福公司大厅里来回走动着，说："这个安原书跑到哪里去了？一上午了没看见他的影子。"

怀特摊开手摇着头。

安原书手拎着一个瓦罐锅在平定的街上晃悠着。街边的一个小摊主吆喝着："花生米，花生米，水煮的花生米。"

安原书走到摊子跟前，说："小小六子，来——一份花生米。"

"呦，这不是安三爷吗，您这是给洋人买东西啊？"

"什么什么给洋人买东西，我买买的都是我自己吃的用的，看看见没，新鲜的羊奶，每天一斤。"

"那给您热热，就在这儿喝吧。"

安原书犹豫一下，说："热热就热热，三爷我，我的日子就是这么有滋有味。"

小六子接过瓦罐放在火上，递过一包花生米，说："三爷您先吃着。"

安原书吃着花生米问："买，买卖还好吧？"

"我这叫啥买卖，哪能跟三爷您比啊，看您这吃的穿的戴的，我们可是比不了啊。"

安原书撇着嘴说："你你这是在嫉妒我啊。"

"不敢不敢，我怎么敢嫉妒您啊！"

安原书嚼着花生米说："没没错，我是在给洋人做事情，但但这不丢

254

人啊，我也是凭本事吃饭，再再说了，我也是吃洋人的喝洋人的拿洋人的，咱占的是洋人的便宜，不不丢中国人的脸。"

"您这么说，我还是头一回听到，不过琢磨琢磨，还真有那么点理儿。"

"那，那是当然了，哪儿不是养家糊口啊？再再说了挣洋人的钱，比你这小买卖强，强多了。"

小六子拎过瓦罐，说："三爷您的羊奶好了，给您倒一碗？"

安原书顿了一下，说："倒，倒一碗。"

小六子倒出一碗羊奶，安原书喝了一口，说："有有糖吗？"

"没糖，有盐。"

安原书放卜碗，说："放，放点盐。"

小六子捏了一点盐，又拿开瓦罐的盖子。安原书急忙拦着说："别，别放罐子里，放这儿，碗碗里。"

小六子往碗里放了一点儿盐。安原书喝了一口说："美，鲜，看看到没，你你三爷的日子怎么样？"

"那还用说，三爷，说实话，我现在还真的羡慕您了。"

"买，买卖如果做不下去了，你就，就找三爷我，我也给你介绍个洋人的活儿干干，保你吃香的喝辣的。"

"谢三爷了，我记得了。"

安原书喝完奶，撂下碗，拿起花生米就走，说："记，记得就行，我不多待了，还，还有要紧的事儿呢。"

"三爷，您这这花生米还没给钱呢。"

"看看我这记性，三，三爷我就这脾气，有钱现结，概，概不赊账。"

安原书摸着口袋说："可可是今天没带。"

"三爷，你看我这小买卖，经不起赊账。"

"我我不赊账，赊账就是耍，耍无赖。"

安原书提起瓦罐往碗里倒了一碗羊奶，说："咱，咱今天以物换物，也让你尝尝羊羊奶的鲜美。"

小六子不知所措，说："三爷，这？"

"这，这什么这，三爷从不亏待别人。"

安原书看了看瓦罐，说："拿，拿一大碗水来。"

255

小六子拿来一大碗水，安原书倒进了瓦罐，说："这这羊奶啊，不能稠了，稠稠了不好喝。"

安原书晃着身子走了。

安原书拎着瓦罐锅，哼着小曲走进了福公司大门，一边走一边向空中抛着花生米，用嘴接住。萧蜜德站在台阶上一把抓住了抛上去的花生米，安原书正张着嘴等着接花生，被一巴掌拍在额头，正要发火，看见是萧蜜德，便说："啊，萧萧蜜德先生。"

"安，我给你吃给你喝，给你银子让你替福公司办事，可你每天吊儿郎当，不务正业，你辜负了大英帝国对你的期望。"

"萧萧蜜德先生，我没没有吊儿郎当，我务务正业啊，您看。"

安原书举起手里的瓦罐，说："这这是您太太让让我买的羊奶，新新鲜的，还热热着呢。"

"我是让你给公司办事的，你却每天往我太太房间跑，你是什么意思？"

"萧萧蜜德先生，您这就冤枉我了，不不是我想往您太太的房间跑，是您太太每天让我给她买这买那的，我我有什么办法？"

"以后这事儿你不用管了，让怀特去买，你给我安心地做点正事儿。"

怀特在旁边插话："萧蜜德先生，这事儿就得他办，我办不了。"

"为什么？"

"我出去买东西，这里的老百姓不卖给我。"

萧蜜德指着安原书，说："先把羊奶送过去，然后立刻到我房间来，我有要事找你。"

安原书应了一声，跑向后院。

安原书把瓦罐递给萧太太，说："太太太，这是您要的羊羊奶，新鲜的，您摸下，还还热着呢。"

萧太太接过瓦罐，说："谢谢安，非常感谢您的帮助。"

安原书搓着手说："只只是您给给我的银子不够了，我我还贴了我自己的银子。"

"为什么不够了，是不是因为是热的？"

"对对对，热热的就贵，因为是刚挤得，新鲜，新鲜。"

"很好，以后就要买这种热的，这样新鲜，给你这些银子够了吧？"萧太太递过了些碎银子。安原书接过银子，看了看，说："够，够了。"

安原书转身往外走，转过头说道："太太，以后要买买什么东西尽管给我说，你们洋人啊，都都不要出去买东西，现在平定城里都恨洋人，你们出去啊，很很危险的。"

"安，你真好，谢谢你的提醒。"

安原书掂着银子转身走出了房间，快步走进前厅，说："萧萧蜜德先生，羊羊奶给太太送去了，太太说很很满意。"

"安，我是要问你，矿地的事情办得怎么样了？"

"萧萧蜜德先生，您怎么忘了？矿矿地的事情我们买不了，这些老百姓不不卖给我们福公司，这不都都是由同治公司出面替我们买的吗？"

"那他们现在进展到什么程度了？"

"这这我就不大清楚了。"

"他们管事的是谁？把他叫过来。"

"萧萧蜜德先生，管事的叫叫孙筼经，是个翰林。"

"叫他过来见我，我给出去那么多银子了，可买了多少地，我一点都不清楚。"

"萧萧蜜德先生，他得晚上才能来见您。"

"为什么要晚上？"

"不不能让人看到他是为我们办事儿啊，要要是让外人看到了，他们也买不到地地了。"

"我等不到晚上了，你现在就去叫他来，从后门进来。"

"那那没问题了，我这就找他过来。"

"快去，让他把地契都拿来，我要看看，越快越好。"

安原书一溜烟儿跑了。

萧蜜德看着安原书的背影对着怀特说道："怀特，你说我们要不要换一个人？"

"您是说换掉安？"

"是的，这个人实在是让我憋气窝火，简直就是个笨蛋。"

"安的确是笨了点儿，可是他对我们还是很忠诚的，我觉得他不会给我们坏事儿的。"

"坏事儿到坏不到哪里去，可好事也办不了。"

"现在我们跟中国人的关系比较紧张，能找到这样对我们忠诚的人已经很难了，我们只能凑合用他了。"

"可他真的是气得我没办法。"

　

孙笪经抱着地契跟着安原书走进后门。安原书左右看了看，关上门。"快，快，快点走，那个萧萧蜜德已经等急了。"

"你这大白天的找我来见洋人，这要是被人看到了，那咱们的计划就全泡汤了。"

安原书边走边说："我我是说要晚上见，可洋人急急得不行，非要现在见你，我我有什么办法？"

"但愿刚才没人看见我。"

"快快别说了，来都来了，赶赶紧走吧。"

安原书和孙笪经走进房间。安原书指着孙笪经说道："萧萧蜜德先生，孙管事来了。"

孙笪经点头道："萧蜜德先生。本人孙笪经，是同治公司的管事，专门负责收购矿地。"

"孙管事，我就是想问你，这矿地收购得怎么样了？"

"萧蜜德先生，已经收了一部分矿地，但是这些矿民成立了保艾会、固本会、矿产公会，这矿地实在是不好收啊。"

"拿来地契我看看。"

孙笪经递过了地契。萧蜜德翻阅着说："我给了你们那么多银子，你们就收了这么点矿地，还是这一块那一块的，都没有连成片，这让我们以后如何使用？还有这些，这些都是水塘、耕地，这都不是矿地。"

孙笪经说道："萧蜜德先生，这就不能怪我们了，我们挨家挨户地说服矿民卖地已经很不容易了，只能是大概估计哪里是矿地，尽量连成一片，我们也不知道哪里有矿苗，哪里是矿地啊。"

萧蜜德转过身说："怀特，把勘探图拿来。"

怀特在桌子上展开了勘探图。萧蜜德指着勘探图说："你们看，这里才有矿苗，这里的地白买了，这里的地没有买到。"

孙笃经看着地图说："萧蜜德先生，你们也不早点告诉我们，如果有这个地图，我们不是就照着地图买地了吗？"

"孙管事，你可以把这些矿苗的位置记住了，这都是我们勘探的结果。"

孙笃经摸摸头说："我怎么可能记得住这么多呢？"

萧蜜德犹豫了一下，说："那好吧，你去隔壁房间照着再画一张图，然后交给安来保管，地契也交给安保管。你们每收一块矿地就在图上做个标记，一定要连成片。我给你们的银子足够买这些矿地了。"

孙笃经答应了一声拿着地图跟着安原书往外走。萧蜜德叫安原书："安，你等一下。"

安原书走了回来。萧蜜德问道："这个人可靠吗？"

"可可靠，这个人是个书书呆子，不会耍花样的。"

"你去盯着他，这些资料一定要保管好，不是矿地的地都不要，买来的地一定要是矿地。"

安原书眼睛一亮，说："您您的意思是把不是矿地的地再卖出去？"

"我们的银子也不是白来的，花就要花在有价值的地方。"

"您您就放放心吧，我一定把这事儿给给您办好。"

安原书转身出去。

怀特问道："萧蜜德先生，这个安能办成吗？"

"我相信他一定会谋私利的，但是中国人有句话，水清则无鱼，给他点好处，让他给我们办成了事儿就行了。现在矿地是重中之重，有了矿地才能保住我们的矿权。"

安原书来到了隔壁房间，看着孙笃经画地图，突然捂着肚子说："孙管事，您慢慢画，我去一趟茅厕啊。"

"快去吧，你这是吃什么了？"

"喝了点羊奶。"

"一定是没煮熟。"

安原书边跑边说："他妈的，没煮。"

孙笃经见安原书跑了出去，看了一下外面，急忙拿出另外一张纸，铺在了桌子上。

第十三章

刘笃敬据理力争保利源
东瀛技师改进火柴药头

***

外务部的议事厅里，外务部侍郎唐绍仪端坐中央，刘笃敬带着李廷飏、刘懋赏坐在条桌的一侧，哲姆森和梁恪思坐在另一侧。

刘笃敬打着招呼："哲姆森先生，我们又见面了。"

"这次见面要感谢唐大人的召集。"

唐绍义咳嗽了一声，说："在座各位，我奉外务部尚书翟鸿禨翟大人的指派，召集你们坐在了一起，目的就是为了山西矿权之事，想必在座的双方以前都有过接触，我知道你们为此事是各持己见，互不相让。对于此事，翟大人和英国公使沙道义先生都甚为关切，之前皇上对此也有圣谕，才使得双方得以商议谈判。我个人认为能够协商谈判就是不想对此大动干戈，既然大家都认可这种方式，就应该针对条款的约定落实具体的步骤，不必纠结在你对我错的争论之中，条款已经约定的，我们就按照约定去办，条款没有约定的，我们就不办或者另行商定。总而言之，我们双方都不要推诿搁置，要解决此事，要平息纠纷，这是皇上的旨意，也是我们外务部的责任。你们双方还有什么意见啊？"

刘笃敬说道："唐大人，当时所签章程既非条约也非协议，本身就有很多的瑕疵，是否在法律上成立还尚待商榷。您这样设定了前提，我们还如何谈判？"

唐绍义摆摆手说："刘总办，这个问题不要再吞吞吐吐了，虽然文书表面未有'条约'或'协议'的字样，但实际的内容是当时双方的真实意愿，瑕疵固然存在，否则我们今天就不必坐在这里了。我是设定了前提，这个前提就是协议，不论字面上写的是'章程'还是其他什么，这就是一份协议。英国人之所以多次照会外务部就是凭借这份协议，如果我们不承认有这份协议，就很难与其他国家进行外事往来了。"

刘懋赏接过了话："唐大人，晋省的学生和百姓游行抗议就是不承认此协议的有效性，他们认为此内容不公平，要求解约或废约。"

唐绍义说道："这话就前后矛盾了，不承认此协议，可它事实上已经存在了；解约或者废约那就是承认其存在，只是其中内容不公平。我并不是在偏袒英国人，如果能通过谈判修正为双方都可接受的内容，或者英国人接受条件同意解约或废约，外务部都给予支持。"

哲姆森点头道："我非常赞赏唐大人的表态，这是我至今听到的最公正的表态，拖是解决不了问题的，赖是让人鄙视的。我们来贵国是做生意的，希望能得到公正的对待。"

李廷飏说道："我们中国人是不要赖的，我们山西人更是以诚信赢天下，哲姆森先生所说毫无根据，我要求哲姆森先生对此道歉。"

唐绍义点点头，说："哲姆森先生在用词方面缺乏依据，我希望哲姆森先生注意用词。"

"那好吧，我收回不妥的用词。"

唐绍义说道："既然是谈判，我希望双方都能拿出诚意和善意，就事论事，不要攻击和诽谤对方，这样才有利于尽快解决此事。"

哲姆森看着刘笃敬说："矿权的问题必须尽快解决，相信刘总办来京城是带着诚意的。"

刘笃敬说道："我们一直是有诚意的，几次谈判都是你们拂袖而去，我们没有消极推诿，都是积极与福公司进行联络，这就是诚意，不然我们也不会千里迢迢坐在这张桌子前了。"

"其实这也没什么可谈的，只是协议执行的问题，条款中已经明确写明由福公司专办晋省矿务，但是我们受到了阻力，无法正常推进而已。"

"哲姆森先生，既然你谈到了条款内容，那咱们就谈谈条款的约定，刚才唐大人表态不再追究章程的法律有效性，我们也就保留意见。为了让谈判进行下去，咱们就向前推进，谈一下我们对条款内容的理解。我认为也许是哲姆森先生对其内容理解有误，这一点必须和你们谈清楚。"

"这个态度我们接受，我哪里有理解的错误？刘总办可以指出来。"

刘笃敬态度严肃地说："章程第一款所载，专办盂县平定州泽州潞安和平阳府煤铁。这里所谓的'专办'，是加以限制之词，并非专门授予谁权力的意思，你们错误地认为是你们福公司专办，这是错误的。"

哲姆森说道："我们不认为这是错误，当时签约的意思就是要让福公司专办，而其他公司不能办。"

"这里的'专办'只有两个含义：一个是地域，专办盂县平定泽州潞安和平阳，其他地方不能办；第二个含义就是专指，专办煤铁，就是除此之外，不得涉及。就是只能办煤铁的意思，你们却理解成独办，是只有你们福公司能办，这是错误的理解。这里的'专办'不是独办。"

梁恪思接话道："专指煤铁没有问题，但是由谁来办理呢？你们的语言也是有主语的，这个主语是什么呢？"

刘笃敬说道："中国的语言是要有主语，由谁来办理说得也非常清楚。"

"那请刘总办回答，由谁来办理呢？"

"章程也载明，各事获得批准，转请福公司办理。"

哲姆森哈哈大笑道："刘总办，我就认为您是个诚实可靠的人，这说来说去，还是由我们福公司办理，那我们为什么就办不下去呢？请问为什么不发给我们开矿凭条？请问这是不是你们单方违反协议？请问这是不是你们不讲诚信，故意作梗？"

刘懋赏慢慢站起身来，说："请问哲姆森先生，你们所做的各事获得了批准吗？请问你们勘探了哪块矿地，位于何乡何山，是何种煤炭？请问你要开的煤矿是否波及现有的矿窑？请问是否涉及河流和地方情形？请问是否侵占了民产，是否向业主言明你们是要租还是买？请问你们绘图贴说了吗？这些都是章程中明文规定的，你们做到了吗？你们什么都没有做到，每件事都没有得到我们的认可，我们如何转请福公司开矿呢？"

"这，我们还没有来得及做这些事情。"

"你们几次三番申领开矿凭条，我们予以拒绝，你们就说我们违反协约，不守信誉，而恰恰是我们在尊重条款，遵守协议。"

"你们拒绝发放开矿凭条，我们认为你们就是违背承诺，故意刁难，我们的理解就是你们不诚信，这是我们不能接受的。"

"哲姆森先生，谁不诚信，谁违背承诺？事实胜于雄辩。不是我们故意不发放开矿凭条，是你们没有具备了开矿条件。再者，你们在矿地插旗立桩，查封民窑，引起百姓愤怒，已经违反了条约上'预息民怨'之规定，本来此事乃商业之行为，可如今变成了霸占土地、侵犯主权之事。这是我们绝对不能答应的。"

唐绍义挥着手，说："请双方保持冷静。"

哲姆森说道："刚才刘总办谈到了插旗立桩，那是我们的无奈之举，学生不好好上课上街游行，鼓动暴民拔旗毁桩，这是因为你们政府的无能，是政府无力。"

刘笃敬看着哲姆森，说："你们洋人来到我们中国，宣扬你们西方的民主和自由，推崇舆论的监督，学生反对不公平条约，怎么成了政府的无能和无力？百姓争取自己的利源，反对霸凌和侵占，怎么就成了暴民？哲姆森先生满口的文明，怎么这个文明的标准对我们中国来讲就不一样了呢？你们的人就是民主自由，我们的人就成了暴民，这如何解释？"

唐绍义说道："大家不要把话题越谈越远。我说上几句，近期以来，晋省矿权之纠纷愈演愈烈。山西商务局虽隶属农工商部，但其由士绅组成，享用自主之权利；福公司乃英国公司，关系政府之外务。英国公使多次照会，皇上已下令必有答复。当前的局势双方都心知肚明，不必多言。如今主要公干就是妥善平息纠纷，各取其利。双方都勿独占立场，各让一步，皆大欢喜。如此争论，何时休矣？"

刘笃敬点头道："唐大人所言甚是，条款内容和操作步骤可以商榷，但主权原则岂容讨论？"

唐绍义说道："不必小题大做，主权归属乃皇上定夺，你我只管操办就是。"

梁恪思插了一句："唐大人，既然都不想无休止地争论下去，我们福公司愿意首先提出让步。"

唐绍义兴奋地说："这个态度值得称赞，梁先生请讲。"

"我们愿意搁置盂县泽州潞安和平阳四地，首开平定之煤矿。"

唐绍义点头说："此诚意可赞可贺，山西方面意下如何？"

刘笃敬想了想，说："此言所出，甚是突兀，不便立即答复，容我们协商后再做答复。"

唐尚义说道："好，英商已做退让，可见其诚意。毕竟协议签订多年，事实既定。久拖不决，恐节外生变，望山西方面视为机会，尽快发其凭条，开矿采煤，此事即可休矣。"

哲姆森说道："我们是有诚意的，但是我们的退让是有限度的。"

唐绍义接着说："另外哲姆森先生，我也奉劝您几句，采矿之事乃商业之事，乃关系商人之间筹借款项开办矿务等事宜，与中国国家毫无干涉，不必劳烦公使反复照会，惊上动下，有何不妥，均可与山西商务局商酌。"

"那是出于无奈，如果能顺利开矿，我对你们其他人不感兴趣。"

"此事乃晋省地方事务，如果不是你们频发照会，我们外务部也不会插手其中，如果我们不能妥办此事，上有怪罪，下有民怨，翟大人也不好交代。今天双方谈判我觉得富有成效，只容山西方面协商后就可答复福公司。我希望这样的谈判能继续下去，你们双方多多沟通，多多体谅。"

哲姆森和梁恪思站起身来，傲慢地离去。

唐绍义看着刘笃敬，说："你们几个怎么垂头丧气的？"

刘懋赏说道："唐大人，您觉得我们能高兴起来吗？"

"为什么不高兴啊？这次谈判你们是大获全胜，英国人让你们说得哑口无言，最后他们让步了，搁置四处，只开一处，这不是胜利吗，这不应该高兴吗？"

刘懋赏说道："我的大人，非法的变成了合法的，这是胜利吗？谈论非法协议的合理性，您觉得这应该高兴吗？"

"话不能这么说，签订了协议这已经是铁的事实，这个不能不承认，如果我们不承认这个协议，英国人一定会动用在塘沽的舰队和我们讲理的。"

刘懋赏说道："英国人的舰队有什么可怕的？他们来了，我们就打。"

唐绍义啪地拍桌子，说："无知，就凭你说句话就能打过英国人的舰队吗？辛丑年间，我们不想打吗，我们没有打吗？我们打了，是打不过。"

刘笃敬接过了话："好了,我们自己人就不要争吵了,事已至此,就不要再说合不合法了,那就说说合不合理。"

唐绍义说道："这样才是明智和识时务的,你们的心情我可以理解,但是不能将商务之事演变成国事,国事为大啊。"

刘懋赏反问道："出卖矿权,丧失利源,这不是国事吗?"

"该说的我都是了,你们好自为之吧。"

唐绍义拂袖而去。

＊＊＊

乔殿森站在火柴厂的门口,迎着渠本翘的马车。渠本翘走下马车,看到了乔殿森,问:"怎么站在门口啊?"

"我估摸着你该到了。"

"你乔东家一个指令,我哪儿敢怠慢啊,这不撒着欢儿就跑来了。"

"楚南啊,就你爱跟我开玩笑,我哪里敢指令你啊?这不是有事儿想跟你商量商量。"

渠本翘笑着说道:"走吧,进去说吧。"

"你进去也不用我请吧,这不也是你的买卖啊?"

渠本翘说道:"谁的买卖不重要,这重要的是啊,我每次来都能闻见一股子臭大蒜的味道。"

"这次你可是说到点子上了,这就是咱们厂子的味道,让你来就是和你商量解决这个事儿。"

渠本翘吸吸鼻子,说:"这事儿啊,还真的得解决一下。"渠本翘走进了大厅问道:"刚才你说的那臭大蒜的味道是怎么回事儿啊?"

乔殿森说道:"我们生产的是黄磷火柴,你闻到的臭大蒜的味道是硫黄、硝酸和磷的味道,不仅是难闻,关键是有毒。"

"真的有毒?上次官府查封,我以为是故意刁难。"

"的确是有毒,长期接触对工人的身体损害很大,还有我们工厂的周围有很多居民,我们火柴头蘸料烘干都会散发出磷毒,这些有害气体对周围居民影响也很大。"

"那这个问题很严重,必须解决,我们有办法吗?"

265

"松本先生刚从日本回来，他带回来一盒日本火柴，完全是一种新概念的火柴。无毒，安全。"

渠本翘问道："他现在在哪里？"

"在后院研制新火柴的配方呢。"

渠本翘站起身说："走，去看看。"

渠本翘和乔殿森走进了后院的车间。松本站起身，说："二位东家。"

渠本翘说道："松本先生，听说您从日本带回来了一种新型的火柴。"

松本拿出两个火柴盒说："渠东家，您看看这两盒火柴有什么不同？"

渠本翘拿着两盒火柴翻来翻去看着说："这两个也看不出有什么区别啊？"

松本拿过火柴盒，说："表面上看不出什么大的区别，关键是这个药头。我们现在生产的火柴是黄磷火柴，主要是用氯酸钾和黄磷制成药头，这火柴盒的旁边是一层沙皮，药头和沙皮摩擦就能发火。这种黄磷火柴虽然使用方便，但着火点极低，发火太灵敏，一摩擦就发火，容易引起火灾，在生产和使用过程中还会散发磷毒，危害人们的健康。这一盒是我从日本带回来的，他们叫它安全火柴。这是法国人和德国人研制的配方，他们用氯酸钾、二氧化锰、硫黄制成药头，用硫黄产生火焰，氯化钾用来供应氧气，然后用红磷和玻璃粉涂在火柴盒的侧面做成摩擦层，火柴头在摩擦层上摩擦使红磷发火，从而引起火柴头上的硫黄燃烧，火柴就划着了，这样既代替了黄磷，又把红磷与氧化剂分开，既安全又无毒。所以称为安全火柴。"

渠本翘点点头，说："这太好了，松本先生，你能搞出配方吗？"

"原理我是知道的，也不复杂，我正在做试验，估计没问题，就是以前的工艺流程都得改，需要追加一笔投资，另外每盒火柴的成本比以前增加不少。"

乔殿森在一旁说道："我们火柴厂刚刚盈利，这成本增加了，我怕我们承受不起，弄不好就得亏损倒闭。"

渠本翘说道："成本的问题我们再想想办法，看还有什么办法能够分摊，但是工艺配方必须改。我们建工厂是为了挣钱，可我们不能建个毒工厂啊，伤害工人，危及大众，这种昧良心的钱我们不挣。"

"我们在交城建了木柴厂以后，其他方面的成本大大下降，火柴梗、火柴盒皮、火柴箱板都在那集中加工，我们在这里引进了排杆机，效率提高了很多，成本也降了不少。现在主要是火柴头的蘸料，红磷替代黄磷，但是增加了硫黄的用量，再增加一道石蜡的工序，这块成本是个大头。"

渠本翘说道：红磷只是用在火柴盒旁边的涂层，这个量不会太大，至于硫黄的供应，你不必担心了。

乔殿森问道："怎么，你有办法？"

"刘笃敬在太原阳曲王封山筹办了一个硫黄矿，好像已经开始生产了。"

"这么巧，好像是为我们准备似的。"

渠本翘笑了笑说："人算不如天算，就这么定了，你盯着松本抓紧研制配方，尽早替换掉黄磷火柴。另外还得——"

话没说完，院子里传来"砰"的爆炸声。

"怎么回事儿？"

两人急忙冲出门外。

院子里一片慌乱。乔石头搬运着火柴箱，说："快把没爆炸的火柴箱搬走。"

院子外面，车夫高声吆喝着赶着马车，伙计们搬运着箱子。有人用扫把扑打着燃烧着的火柴箱。渠本翘和乔殿森冲到门口问："这是怎么回事？"

"二位东家，是伙计搬运火柴箱，有一箱子掉下来了，就给爆炸了。"

渠本翘看着还在燃烧的火柴箱，说："赶快把火扑灭，大家离远点，这种烟有毒。"

有人捂住了口鼻。

渠本翘对着乔殿森道："在院里院外要准备沙土和水缸。"

"看来必须得下决心淘汰黄磷火柴了。"

渠本翘点点头道："这是性命攸关的大事儿，宁可关掉厂子，也不能祸害一方。"

***

夜深人静，平定银圆山庄的灯笼在微风中晃动着。孙筃经左右巡视见无人走动，叩响了张府的门环。

伙计在里面问："谁啊？"

"啪啪啪"，孙筃经没有回答，继续叩门。

大门开了一个缝儿，伙计一看是孙筃经，立刻打开了大门。孙筃经一闪身快速进了大门，径直走向书房。

张士林抬头看见了孙筃经，说："孝如兄，这么晚了，您怎么来了？"

孙筃经神秘地看了一下伙计，伙计知趣地退了下去。孙筃经说："张东家，您托我的事儿，我办了。"

"太好了，带来了吗？"

孙筃经一边从怀里掏出了一张地图，一边说："带来了。"

张士林非常兴奋说道："孝如兄，您可是办了件大事儿啊。"

"张东家，您看，这就是福公司的矿苗勘探图。哪里有矿苗，有多少，这上面标记得清清楚楚。"

"真的太好了。你怎么得到的勘探图？"

"我早就知道萧蜜德手里有这张图纸，我是逼着他拿出来的。"

"你动武了？"

孙筃经笑了笑说道："我这一个文弱书生哪能动武啊，我用的是计谋。"

"真有你的，孝如兄，太感谢你了。"

"我能为矿权之事出点力，义不容辞。"

张士林看着地图说："你拿来了地图，不会惊动他们吧。"

"不会的，我是照着原图又画了一张，他们不会知道的。原图现在在安原书手里，买矿地的地契也在他手里。"

"同治公司替洋人买矿地，这事情确切吗？"

孙筃经点点头说："确切，虽然同治公司买的矿地都在同治公司名下，但购地用的钱大部分是福公司的，老百姓搞不清楚真相，好多人都把矿地卖了，以为不是卖给洋人就行。"

"这些消息太重要了，我和铸公马上商量对策，绝不能让洋人的阴谋得逞。"

"张东家，我不宜久留，我要走了，有什么新消息，我会立刻告诉你的。"

"等等。"

"张东家，还有什么吩咐？"

张士林从兜里拿出一张银票，说："这是一百两银票，算是辛苦钱。"

"张东家，这可使不得，洋人占了我们的矿，老的小的都在抗争，我能帮着你们做一点事儿，已经很满足了，我怎么能收钱呢？"

"让您冒风险，心里过意不去啊。"

"这话见外了，国难当头，我是平定人，凭良心做事对得起祖宗，对得起父老乡亲。还有我能帮忙的，尽管说话。"

张士林扣手行礼道："士林在此多谢了。"

"不必客气。"

孙笤经小心翼翼地离开了银圆山庄。

***

一大早，乔殿森就来到渠府。

"楚南。"

"雨亭，这么早就来了？"

乔殿森说道："我都转了一大圈了。"

"去哪儿了？"

"先去商务局找刘笃敬，他们说刘总办被外务部急召进京了，还没回来。"

渠本翘问道："你是想跟他说硫黄的事儿啊。"

"是啊，这事儿事不宜迟，松本先生干了一个通宵，配方的事儿估计很快就能研制出来。硫黄的事儿得抓紧啊。"

"我也琢磨了一宿降低成本的事儿，你看这样可行不？把火柴盒糊制工序的工人撤掉，把糊盒的事儿外包出去。"

"怎么个外包法儿？"

渠本翘说道："把闲散的市民动员起来，让他们把火柴盒皮和包装领回家里，在家加工，然后交回厂里，论件付酬。"

"这是个好办法，既降低了人工费用，也让闲散的人有个活儿干，手脚麻利的能挣不少银子啊。"

"这样我们工厂就能减少几十个人，让他们回家干活儿一样挣钱啊，还能动员他们家里人一起糊盒，收入比以前还多啊。"

"这样我们负担就小多了。"

渠本翘说道："昨天厂子里的爆炸真的吓了我一跳，亏得是炸了一箱，如果引起连锁爆炸，后果不堪设想。"

"我已经安排把库房和车间分开，离远点，再出问题也不至于连锅端。"

渠本翘点点头道："现在就看松本的了，他要把配方研制好了，立刻就改。"

"这个就放心吧，松本先生很敬业的。"

"要不是松本先生回了一趟日本，我们根本就不知道外面发生了什么，火柴的技术都更新了，我们一点都不知道。消息的闭塞，就是导致我们落后的根本原因。"

"洋人现在热衷于发明创造，我们现在正能跟着学，就怕跟都跟不上。"

渠本翘问道："你刚才说你去商务局了？"

"是啊。"

"他们说刘总办什么时候回来啊？"

"没有说。"

渠本翘说道："他们去京城是和英国人谈判去了，也不知道他们谈得怎么样了。"

"估计不会有什么进展。"

"你怎么这样认为？"

乔殿森说道："我觉得现在的谈判就是个瓶颈，你说你的我说我的，你不认我的我不认你的，这不就成了拉锯了吗，这样怎么会有进展啊？"

"不管什么结果，我们做我们的。对了，那个公司章程写得怎么样了？"

"写是写好了，但这有什么用呢，说成立就能成立吗？这只不过是个理想罢了。"

"尽己所能，事在人为，争取矿权就不是个容易的事儿，谈判是必须的，拉锯战是必然的。我们着急，英国人也着急，就看谁能沉得住气，现在的关键是不要出错，一出错就会被对方抓住把柄,时局就会瞬间扭转，我们该做什么继续做什么。等刘总办他们回来了，看看情况再说。"

乔殿森"哼"了一声，说："现在的焦点都集中在谈判上了，其他方面都没什么消息，好像格外寂静，也不知道是好事儿还是坏事儿。"

"平定那边的消息一直是传到胡大人那里的，他也没有找我，也不知道平定那边是什么情况。"

＊＊＊

平定黄家祠堂内室，黄守渊和张士林正在桌案前查看地图。张士林指着地图说："铸公，你看简子沟的这块地。"

"你是什么意思？"

"这块地位于矿苗的交叉地段，如果我们能收了这块地，他们就连不成片了。"

"这块地已经让福公司收购了，我们怎么能买回来啊？"

"看能不能想个办法。"

一个伙计跑了进来，说："铸公，十七都总会的董保长来了。"

黄守渊说道："请他在前厅稍候，我们就去。"

董保长见黄守渊和张士林走了进来，赶紧拱手行礼道："铸公，张东家。"

黄守渊摆了一下手，说："董保长请坐。"

董保长坐了下来说："铸公叫我来是有何事？"

"听说董保长已经将村里的矿地出让，可有此事？"

"确有此事。"

张士林按捺不住了说："矿产公会成立之时，你是签字画押的，同意矿地不售租于外人，现出此事，你如何解释啊？"

"矿地虽已出售，但并未卖给外人，是卖给了同济公司了，这不算违背协议吧？"

张士林说道："成立矿产公会意在晋人办矿，同济公司怎么就不是外人？"

董保长解释："同济公司的总办董崇仁是太原人，是我的远房亲戚。他给我看了农工商部的关封文件，我亲眼所见文件上写着'晋绅公立'的字样。"

黄守渊说道："董保长，你受骗了。在收购矿地这事儿上，同济公司突然出现，横插一杠，你不觉得奇怪吗？"

"这事儿我也掂量了很久，可我觉得他们是为了防止洋人收购，先下的手。"

张士林说道："有肉必招群狼，那董崇仁只不过是个办事的，真正的东家是盛宣怀、袁世凯和张曾易，他们哪个是我们山西人？"

"董崇仁多次派人找我商谈矿地，说同济公司乃官批的矿务公司，为避免洋人收地而立，专为维护地方利权，确保产业自办。还说要完备晋矿必须齐心协力，不应有地域界限，所以要急速购地，迟了会让英洋人渔利。我是听此言论，才与其签订协议。你们看，这是我们签订的《购地合同及规条》。"

董保长拿出了合同，又说："你看这合同上明文确立，无论买到何村地亩，永不转售外人。"

张士林说道："他们就是用这句话欺骗了你们，你上当了。"

黄守渊拿过了合同，说："董保长，据查，同济公司的确是官批公司，但农工商部的回话是他们只有购地权，并无开矿权。他们是想趁火打劫，看见洋人收不到地，就成立公司四处购地，再以矿地为股，要价洋人的福公司，以达到从中牟利之目的。"

张士林接了一句："他们现在已经是沆瀣一气了，福公司直接出钱由同济公司出面购地。"

董保长吸了口气，说："怎能如此阴险？"

张士林说道："为了这点儿利益，他们什么招数都使出来了。"

董保长说道："据我所知，他们已经在平定周边购买了百余亩矿地，果真如此，这董崇仁岂不是害我落入陷阱，我们还是亲戚呢。我是保长，这让我怎么面对乡民父老啊？"

272

黄守渊说道："谁都有一叶障目的时候，谁都难免出错。"

张士林挥挥手说："你也不必自责，纠正便是。"

董保长点头道："那我立即书写废约函，退钱收地。"

黄守渊说道："好的，那你这就去办吧。"

董保长转身走了。

张士林看着董保长的背影，说："铸公，咱们去一趟福公司。"

黄守渊问道："什么目的？"

"看看能不能拿下简子沟的那片地。"

"好的，走。"

两人来到了福公司的大门口，张士林和黄守渊阔步走了进去。张士林一边走一边大喊着："这有人吗？是人是鬼出来一个。"

安原书走了出来，诧异地看着两人，说："今儿，今儿怎么太阳从西西边出来了，你们二位也有来来洋人公司的时候？"

张士林说道："少废话，平定的地盘儿我们哪儿都能去，快把萧蜜德叫出来，有事儿找他。"

安原书晃着脑袋说："知知道二位是平定州有脸有面的大人物，但但，这是福公司，洋人的地盘，我是这里的主主事，有事先先跟我说。"

张士林指着安原书，说："你主个屁事儿啊，你就个狗腿子，狐假虎威，你算哪根葱？"

"张张东家，话不能这么说，谁都是为为了讨个生计，都是乡里乡亲的，我也不和和你多计较，想和我说就就说，不想说，对对不起，萧蜜德先生没空。"

黄守渊说道："好了好了，别打嘴仗了。是这么回事，风水先生给我家老太爷看了一块寿地，结果我一打听，说已经让你们福公司收购了。今天来的目的是想问问，看你们能不能出让啊？"

"想，想买地啊，早早说啊，土地交易的事儿找我就就对了，萧蜜德先生是个洋人，根本不熟悉咱们平定的地形地貌，所有土地的买卖都是我我掌管的，您说的是哪哪块地啊？"

黄守渊说道："简子沟南坡小溪北边大槐树那块。"

安原书大笑了起来，说："铸，铸公，您真会看地儿，那那可是块风水宝地。"

"我不太懂，是风水先生说的。"

"真真的是给老太爷买买？"

张士林说道："废那么多话干什么？就一块寿地，能不能卖，开个价，不会亏待你的。"

"只只要是生意，就没有不能的，就看二位东家出什么价，价了。"

张士林伸出两个手指，说："二百两。"

"张张东家果然是生生意人，对行市掌握得一清二楚，如果是平平时，二百两足够了。但但是这块地是在萧蜜德先生勘探的矿地里面，照常理是绝绝对不会出让的。但是你们遇上我我了。不瞒二位，所有地契资料都在我我手上，我可以私下运作，成全你你们。可这价价钱。"

黄守渊伸出三个手指，说："三百两。"

安原书晃着头说："跟着洋洋人干事不容易，钱没多少，还还要背着乡里邻居的流言蜚语，再说私下里运作，我要冒冒着很大的风风险啊。"

张士林说道："听你说话，真是费死劲儿了，能不能干脆利索点儿，别废话一堆，来个痛快话儿。"

"既既然张东家是个爽快人，我也就不绕来绕去了，五五百两现银，外加后街的黄黄家花园。"

张士林暴跳如雷，骂道："姓安的，你敲竹杠敲到了天上了，狮子大张口，你不怕撕烂了你的嘴？"

"张张东家没必要生生气，这就是个买买卖，答应就交易，不答应咱们仁义还还在，都是乡里乡亲的，低头不见抬抬头见。"

黄守渊说道："好，我答应了。"

张士林看着黄守渊，说："铸公，这小子是在敲竹杠。"

"为了家人，为了养我育我的父母，我认了。"

张士林皱着眉头问："这么大的事儿，是不是要跟家里人商量一下？"

黄守渊说道："正因为是个大事，我就自己做主了，黄家的花园没有这件事儿重要。"

"还还是铸公痛快，不愧是做大大事儿的人，就是有气气魄。"

张士林说道:"屁话少说,说,怎么交易?"

"把把黄家花园过户到我我的名下,咱们一一手交钱,一手交地地契。"

黄守渊说道:"好,咱们一言为定。"

"这……"张士林已经无话可说了。

＊＊＊

乔殿森从渠本翘屋内走出,说:"楚南,你回去吧,不要送了。"

"走吧,送送无妨。"

升儿、鹤儿和渠传耀围坐在院内的石凳旁,每个人前面堆了一堆火柴。三个人都举着一根划着的火柴,眼睛看着火苗。渠本翘大声呵斥道:"升儿,你们在干什么?"

三个孩子一下子愣住了,赶紧吹灭火柴。

乔殿森喊了一句:"石头,快把火柴都收起来。"

乔石头跑了过来。

渠本翘绷着脸说:"你们太不像话了,坐在一起玩火柴,不用读书了?"

升儿委屈地说道:"爹,今天放旬假了。"

渠本翘呵斥道:"为什么要玩火柴,这样糟蹋火柴你们知道有多浪费吗?"

乔殿森接了一句:"关键是玩火柴很危险。"

鹤儿说道:"爹,我们是在看火苗里的烧鹅。"

"火苗里怎么会有烧鹅,你是馋晕了吧?"

"哥哥说,划着第一根火柴能看见洋人的壁炉,第二根里就能看见烧鹅,第三根能看到洋人的圣诞树。"

渠本翘看着升儿说:"升儿,你这不是一派胡言吗?"

"爹,不是我胡说,是书上说的。"

"什么书上说的,我怎么没读过?"

升儿从屁股底下拿出了一本书,说:"你看。"

渠本翘拿了过来,说:"童话,这是谁写的?"

乔殿森接过书,看了看,说道:"商务印书馆孙毓修,是翻译洋人的。"

"这是谁给你的书?"

275

"这是仁甫哥给的，他说是写洋人小孩子的故事。"

渠本翘问道："里面说了划火柴了吗？"

升儿回答道："是啊，写了一个小女孩划火柴，能看到壁炉、烧鹅和圣诞树。"

乔殿森说道："升儿，这是洋人的童话，也就是我们的神话故事，是有一些好玩的故事，都是举例子打比方，但是不要当真。"

渠本翘说道："火柴是用了点火烧饭的，你们这样划着玩是不应该的，但是你们是尝试模仿书里写的故事，这点还是要表扬的，说明你们读进去了、动脑子了。洋人和我们中国人的思维不一样，写的故事也不一样，你们了解洋人的故事是好的，看这种书我是赞同的。爹今天发脾气了，是我不应该。只是这个火柴以后就不要动了。"

乔殿森指着升儿说道："你们等着叔伯造出了新火柴，你们再玩啊。"

乔石头拿着火柴走进了杂间。渠珍珍问道："石头哥，这是怎么了？"

"这些火柴是你给升儿少爷的吧？"

"是啊，怎么了？"

"被东家骂了。"

"啊，怎么了？少爷要火柴，我就给了。"

乔石头说道："以后啊，离这些火柴远一点，点了火就吹灭，别让它长时间燃烧。"

"为什么啊？"

"为了你自己。"

渠珍珍皱着眉头问："石头哥，你说的是什么意思啊？我都糊涂了。"

"这种火柴有毒，明白了吧？"

"这种火柴有毒。"

乔石头说道："也别害怕，东家和乔东家正在让日本人造新的火柴，很快就造出来了。"

渠珍珍擦了一下汗，说："你吓死我了。"

"把这些火柴放好，不要给其他人用了。"

渠珍珍瞥了一眼乔石头，说："乔石头，你现在也会使唤人了，跟着东家时间长了，长本事了吧？"

乔石头笑着说道："珍珍，你这说的是哪里的话，我怎么敢使唤你啊？您是前辈。"

"记得这事儿就行，敢在我面前指手画脚的，你小心着点。"

乔石头做出鬼脸，说："我在你面前都是蹑手蹑脚的，生怕惹你生气。"

渠珍珍说道："告诉你，想讨好我的人可多了，要想讨好我，我还不一定接受呢。"

"这个我懂，张公子就想讨好你，你就没接收，对吧？"

"哪个张公子？"

"平定的那个啊，你还别不承认。"

"我承认什么啊？这怎么和张公子联系上了，你什么意思啊？"

"我只是顺口一说，没什么意思。"

渠珍珍笑着说道："石头哥，我只是跟你开玩笑，逗着玩儿，你可别啥事儿都当真啊。"

乔石头一边往外走一边说着："我也是跟你开玩笑，逗着玩儿。"

第十四章

黄铸公出让老宅换矿苗
渠楚南说文解字释家国

***

黄守渊的父亲拄着拐杖走进了黄家祠堂院子，骂道："你个败家的东西，你给我出来。"

黄守渊迎了出来问："爹，您怎么来祠堂了？"

"我不来祠堂，我怕你把祠堂也给卖了。"

黄守渊搀扶着老爹走进屋内。

"爹，您这是生的哪门子气啊？"

"我问你，后街的黄家花园是怎么回事啊？"

"爹，我把它给卖了。"

"你个败家的东西，你到外面打听打听，咱们黄家几代人读书做官也好，经商做买卖也罢，都是兢兢业业、勤劳持家，攒下的这些家业不容易啊，不能轮到你这儿了，就给败光了啊。"

"爹，我现在有个非常重要的事情，我必须卖掉那个花园。"

"铸儿，我知道又是和洋人争矿权的事儿。为了这事儿，我没有挡你，你说你要用咱们黄家祠堂，这不你们就是在这祠堂里聚事，你说你要拿出银子资助他们，我也没有反对，熹年和兰溪相继去世都是为了这个矿权。我就是想问问你，为什么都是咱们黄家啊？这还不够，还要把祖宗留下的花园卖掉，你是想就此毁掉咱们黄家啊！"

黄守渊说道："爹，咱们黄家受惠于皇恩，得益于社稷，现在国难当头，社稷危亡，我们黄家不能无动于衷。爹，您不要怪我。每个人在此时都会做出自己的选择，可以选择挺身而出，可以选择事不关己，我选择了

278

前者，为的是忠君报国，匡扶正义，也是为了我们黄家的家业兴旺。矿权是我们的祖业利源，没有了矿权就没有了利源，我们靠什么兴业？我们靠什么发达？皮之不存，毛将焉附，这个道理您老人家应该明白。"

"铸儿，道理我都懂，可我心里过不去这个坎儿啊。"

"爹，这件事儿不是我一个人在干，也不是只有咱们黄家做贡献，平定、太原，乃至整个晋省有许许多多的人都在参与。洋人盯着我们已经很久了，现在他们对我们的矿权咬了一口，不吞下去是不会松口的。在这个关键时刻，我们必须有钱的出钱有力的出力，不要在乎现在这点损失，这是为了防止利源枯竭的损失。如果矿权丢了，我们黄家再是家大业大，也会坐吃山空，家破人亡。"

"如果像你所说，我心里好受一点了，可是街上有人说，后街花园你是卖给了安原书，他可是给洋人做事儿的，人们都骂他汉奸狗腿子，人们说你卖给他，是为了巴结他，也是为了巴结洋人。我听了这些话，气得要命，你不能名利都不保啊。"

张士林和张鸿寿走了进来，说："黄老爷子，您就放心吧，名和利都不会丢的。"

黄守渊问道："墨卿，你怎么来了？"

"铸公，这是后街黄家花园的地契，你收起来吧。"

黄守渊接着问："这是怎么回事儿？"

"别问那么多了，收起来就是了。"

"那怎么行啊，我总得弄个清楚。"

张鸿寿插了一句："我爹把黄家花园赎回来了。"

黄守渊说道："墨卿，你这是干什么啊？"

"铸公，安原书那个小子也是欺人太甚，不就是想要点钱吗，给他就是了。"

"又给了他多少钱？"

"这你就别人问了。买矿地的事儿不是你一个人的事儿，矿产公会筹到的银子就不少了，你忘了，渠东家还给了二十万两用于购地呢。"

"好了，这事儿以后再说，算是我先欠着你的。"

张士林说道："铸公，这话就见外了，你和我还算那么细干什么？你为矿权出了那么大的力，我不能眼睁睁地看着你把祖业都丢了啊，老爷子也不干啊。"

黄守渊拿着地契，说："爹，这是花园的地契，您老好好拿着吧。"

黄父接过了地契问："怎么又不卖了？"

"是墨卿给赎回来了。"

黄父看着张士林说："墨卿，那就太感谢你了。"

"老爷子，不用谢我，要谢还得谢铸公的忠义品德。"

黄守渊说道："好了，爹，您就先回去吧。我和墨卿还有点事儿。"

黄父拿着地契走了出去。

"墨卿，简子沟这矿地算是落到实处了，洋人的购地计划就算是破灭了。"

张士林哈哈大笑道："他们是铁定办不了开矿凭条了。"

"这件事要马上告诉胡大人和渠东家。"

"好的，让他们心里有数。"

黄守渊说道："那我就赶紧给他们写信。"

张鸿寿向前跨了一步，说："我去送信。"

"好。"

＊＊＊

渠本翘走进内屋，看见太太忙碌着，就问："升儿和鹤儿都上学堂了啊？"

"升儿去学堂了，鹤儿没去。"

"为什么没去？"

"他说他病了。"

"是他说自己病了。"

"是的。我摸着没啥事儿。"

"好吧，那我去看看他得了什么病？"

渠本翘来到鹤儿的房间，在门外大声说道："鹤儿，你是生病了吗？"

鹤儿在屋里正和渠传耀拍元宝，听到渠本翘的声音一骨碌滚到了炕上，蒙住了被子。渠本翘走进了房间问："传耀，你怎么在这儿？"

280

渠传耀头上还冒着汗，说："东家，我，我在陪少爷。"

"他怎么了？"

"估计是病了。"

渠本翘来到床边，用手摸了摸鹤儿的额头，说："额头很烫，浑身大汗，呼吸急促，这病得很重啊。"

渠本翘看了看地上的元宝，说："鹤儿，你病得很重啊，我让大夫给你煎上几十服中药，十天不要出门，你看可好啊？"

鹤儿撩开了被子慢慢地坐了起来，说："爹，我不想吃药，我没病。"

"说说看，为什么不想去学堂啊？"

鹤儿下了炕走到了书案前，说："爹，先生让我抄写一遍《柳河东集》，今天让交给他，我没抄完，不想让先生骂我，所以我就不想去学堂。"

鹤儿噘着嘴，手里拿着未写完的书稿。

渠本翘说道："还有多少没抄完的，爹替你抄。"

"爹，这不可以的。"

"怎么不可以？爹喜欢柳宗元，也喜欢他写的《柳河东集》。"

鹤儿噘着嘴说："写这么多字，我都快烦死了。"

"你之所以感到烦，不愿意写字，是你还不知道这字里有很多有意思的故事。"

"这些字有什么意思啊？不就是横竖撇捺。"

"鹤儿，这些字都是咱们祖先智慧的结晶，横平竖直皆风骨，撇捺飞扬是血脉。"

"爹，您说的都是什么啊？我听不懂。"

渠本翘一边说着一边提笔在纸上写："这样说吧，我们中国字是从象形文字发展而来的，比如这一撇一捺是什么字啊？"

鹤儿说道："这是'人'字。"

渠本翘加了一横，问："叉开两条腿就是一个人。那人把双臂展开呢？"

"这是'大'。"

"对，大人的'大'，那大人都要出外去干活儿，烈日当头，怎么办呢？"

"戴上草帽。"

"对，那就再加一横，这是什么字啊？"

281

"是'夫'字。"

"对啊，种田的是农夫，打鱼的是渔夫，赶车的是车夫，都戴着草帽。"

鹤儿顿生兴趣，说："这字还这么奇妙啊。"

渠本翘在纸上写了一个"或"字，说："是啊，我们中国字的内涵是非常丰富的，你再看这个字。这是什么字啊？"

"这是'或'字。"

"对，古音也念域，地域、土地的意思。有了土地干什么呢？"

鹤儿想了想说："能在土地上种庄稼，盖房子。"

"说得对，土地对于我们来说非常重要，种了庄稼，我们就有饭吃，盖了房子，我们就有住的地方，那这土地能不能让别人拿走呢？"

鹤儿看着渠本翘说："不能，让别人拿走了，我们就没吃的、没住的了。"

"非常对，所以我们的先人加了一个口，把土地给围了起来，这是什么字啊？"

"國。"

"'國'，国家的'國'，国家就是为了保住我们的土地和房子，让我们有吃有住。"

鹤儿有点兴奋，说："爹，这些字也太神奇了，我以前就不知道。"

"鹤儿，我们的国家就叫中国，我们的祖先聪明智慧，我们的文化深厚而博大，我们的文字形美如画、音美如歌、意美如诗。学堂的先生教你识字写字，让你多去练习，就是想让你领悟到我们的祖先造字的奥妙，一字一世界，一笔一乾坤。"

乔石头走了进来，正欲说话，被渠本翘挥手挡住了。

渠本翘说道："鹤儿，还让爹给你抄写《柳河东集》吗？"

"我可没让您写，我要自己抄写。"

"这个柳河东啊，是咱们山西人，是唐代的大家，他写的诗句啊，美轮美奂，奇妙无穷。"

鹤儿提笔抄着诗集，有一个字写错了，鹤儿团了纸扔在了地上，说："这写错了，我再重写。"

渠本翘捡起纸团扔在废纸篓里，说："鹤儿，爹为什么给你准备了一个废纸篓？"

"是不要乱扔垃圾。"

"不完全对。读书人有一句话叫作'敬惜字纸'，就是要敬重那些写过字的废纸片，这是对知识的尊重，也是文明高雅的表现。"

"我明白了，爹。以后啊，我再不扔写过字的纸了。"

渠本翘说道："另外啊，如果一个字写错了，可以把纸放在木板上，用小刀轻轻一刮，把墨刮掉，纸却不破，还可以重新写。"

"节约纸张。"

"对。"

鹤儿有点不耐烦了，说："爹，您别说了，石头哥找您呢，您快忙去吧，都影响我写字了。"

渠本翘笑了笑，边说边往外走："好的，好的，爹走了，想给你写几笔都不让了。"

渠本翘停住了脚步，看着渠传耀。渠传耀手足无措，赶紧把地上的元宝收了起来。渠本翘指着渠传耀说："忠诚是必须的，但是不能为了忠诚而去说谎。"

渠传耀低下了头。

渠本翘走到了院内，问着乔石头："怎么了，有什么事儿了？"

"东家，商务局派人传话，说刘总办让您现在就去一趟。"

"这么大的事儿你不早说，快走。"

乔石头无奈地跟在身后。

屋内，鹤儿写字格外用心。渠传耀问道："鹤儿少爷，老爷走了，还打元宝吗？"

"打你个头，没听见我爹批评我？"

"我也被东家骂了啊。"

鹤儿说道："快帮我砚墨。"

渠传耀一边砚墨一边说道："要不咱俩比赛写字。"

"好啊，一人一张，看谁写得好。"

"谁输了，谁研墨。"

鹤儿说道："好啊，那就比一比，你要赢了我，我给你砚墨。"

283

"一言为定。"

"八匹马不回。"

两人展开纸张，写了起来。

＊＊＊

胡聘之坐在院内看着天空。侄子胡青松拿来一封信，说："叔伯，湖北老家来信了。"

"快拿过来。"

胡聘之打开信件，看完后叹气。

胡青松问道："是问您什么时候回去吧？"

胡聘之点了点头。

胡青松说道："叔伯，您说咱们什么时候才能回湖北啊？"

"一失足成千古恨，再回头是百年身。"

"叔伯，您不要惭愧自责，人非圣贤，孰能无过？谁的一生都不是白玉无瑕，事已至此，您已经尽力而为了。"

"我现在早就不想我自己的事儿了，为官时，我仰不愧于天，俯不怍于人，站得如松如槐，走得昂首挺胸。就算是现在，有人说我是民族的罪人，我坦然视之。我在意的是晋省的矿权，失之容易，复得难。如果能把矿权的事情办妥了，死无憾事了。"

"叔伯，尽力而为，不愧于心就行了。家里来信还说什么了？"

"你婶子说，院子的西墙塌了，需要修缮，问我们什么时候回去。"

"那院子年久失修，早该翻新了。"

胡聘之捋着胡子说："这些事情都是小事，拖一拖无妨。"

张鸿寿敲门走进了院子，说："胡大人。"

"鸿寿啊，你来了啊，平定有消息了？"

"铸公和我爹让我给您送信了。"

"快拿来，我看看。"

张鸿寿递过信件。胡聘之看完信，说道："这真是个好消息，洋人买不到矿地就拿不到开矿凭条，我们就有理由先挡住他们开矿了。"

张鸿寿说道："光挡住有什么用？这不成了小孩子过家家了，你要拿

284

我不让，你还要拿，我藏起来。这也没解决了什么问题啊？"

"能挡住已经是很不容易了，现在要想从根本上解决矿权，还没什么好办法。"

"胡大人，要是我们平定把英国人赶出去，他们不走就杀了他们，这样不就解决了？"

"那然后呢？"

"还有什么然后？都没英国人了，矿权自然是我们的了。"

胡青松插了一句："鸿寿，义和团杀红毛，最后吃亏的是我们。你赶走平定的洋人，就会引起两国战争，关键是我们打不过洋人啊。"

胡聘之点头道："这件事不能选择武力，武力会导致战乱，我们的民族是个修墙的民族，修长城就是为了防御，我们从不单独挑起事端，选择谈判是最佳的办法。"

"可这谈来谈去，谈到什么时候才是个头啊？"

"砰砰砰"，有人敲门。

胡青松问道："谁啊？"

对方没有回答，胡青松走过去开门。

胡聘之说道："鸿寿，你就住这吧，等我写了回信，你再回去。"

张鸿寿说道："胡大人，我想一会儿去一下渠东家那里。"

"好啊，那你把这封信也给他看看。"

"好的。"

胡青松急匆匆地走了过来，在胡聘之的耳根前说了几句。胡聘之站起身子，说："鸿寿啊，我有点急事要出去一下，你就自便吧。"

"好的，您就不用管我了。"

胡聘之低着头背着手，快步走了出去。

＊＊＊

渠珍珍正在屋内剪纸，渠太太走了进来。渠珍珍赶忙停下手里的活儿，问："太太，有事儿吗？"

"没事儿，我看看你这是在剪什么了？"

"太太您看，麒麟送子，鸳鸯戏水，龙凤呈祥。"

渠太太看着渠珍珍，问："这是有嫁娶之事啊？"

"我的一个表姐要出嫁了，我想送她点窗花。"

渠太太不经意地问："你什么时候嫁人啊？"

渠珍珍扭了一下脸，说："我才不嫁呢，我要一辈子待在您身边。"

"我可不敢耽误你一辈子啊。"

渠珍珍看着太太说道："太太，您是什么意思，您是在赶我啊？"

"男大当婚女大当嫁，你总有一天是要嫁人的。"

"我现在挺好的，我可没想过嫁人。"

渠太太看到剪刀筐子里一个红布包，拿了起来，问道："这是什么啊？"

"这是，是张公子送的。"

渠太太打开了红布包，说："是个银镯子，这很贵的，还说不想嫁人，这聘礼都收了。"

"不是的，太太，我没要，可他让升儿转给了我。我也没办法，就一直放在这儿，都没动过。"

"是那个平定的张公子？"

渠珍珍噘着嘴点点头。

渠太太说道："我上次见过一面，人长得挺精神的，听说他爹是个财东，家里很有钱的。"

"太太，您说什么啊？不是你想的那么回事。"

"人都说凤凰落梧桐，俊鸟攀高枝。"

"我可不是什么俊鸟，我就是个小麻雀。"

"小麻雀也能登枝头啊。"

渠珍珍说道："登上枝头心发慌，门当户对才踏实。太太，您看您和东家多好啊，简直是天做一对，地配一双。"

"我们有什么好啊？当时在京城，我干爹徐大人做媒，将我嫁给了你们东家，本想着他能在京城仕途发达，我和孩子尽享繁华，没承想还是回到他山西老家，和我们山东没什么两样。"

"东家是个做大事儿的人，只有胸怀大志才是真正的男子汉。"

"我倒是不反对他做事情，可他做事一根筋，外面的事儿谁找他，他从不推辞，家里的事却不闻不问。嫁他我也没觉得有什么好。"

"太太，您可不能这么说，东家是有学问的人，斯文有礼、屈己待人，外面有多少人夸赞东家啊。"

"好了好了，不说他了，那你说说，张公子的这个镯子，你想怎么办？"

"我想给他退回去。可他就是不接，我也不知道该怎么办了。"

渠太太说道："那是他的一片心，你要退回去，他当然不接受啊。"

渠珍珍问道："太太，您说该怎么办？"

这时，张鸿寿走进院门，一边走一边高声喊着："渠先生，渠先生。"

渠珍珍往窗外望去，说："太太，是那个张公子，这可咋办啊？"

"慌什么？我出去看看。"

"太太，要是他找我，就说我不在啊。"

渠太太走出屋门，说："是张公子啊。"

"渠太太，您好，渠先生在吗？"

"他出去了，有什么事儿吗？"

"我爹让我给先生捎了一封信。"

渠太太说道："那你是等他啊，还是把信留下？"

"我把信留下吧，麻烦您交给他。"

渠太太接过了信件。张鸿寿扭着身体，欲言又止。渠太太问道："张公子，还有什么事儿吗？"

"没什么了，您把信件交给渠先生就行了，我住在胡大人家，明天我再来。"

"好的。"

张鸿寿鞠了个躬，转身走了。

渠珍珍跑了出来，说："太太，张公子走了？"

"走了啊，他明天还来。"

"明天还来啊。"

渠太太用手指顶了一下渠珍珍，说："人家没说来找你。"

＊＊＊

渠本翘走进商务局，看见刘笃敬、李廷飏和刘懋赏已在屋里。刘笃敬迎了上来，说："楚南，你来了。"

287

"你们什么时候回来的？"

"昨天晚上回来的。"

渠本翘说道："我一直忐忑不安的，两个晚上做噩梦，不知道是好事坏事。"

刘笃敬招呼渠本翘坐下，说："我们也是一刻也不耽误地往回赶。"

渠本翘问道："胡大人没来啊？"

话音未落，胡聘之走了进来，说："来了，来了。"

渠本翘急忙站起身招呼胡聘之。

胡聘之说道："几位旅途劳顿，应该歇息一下。"

刘笃敬给胡聘之倒上茶，说："矿权之事有所变化，事关重大，我们不敢擅自定夺，所以赶回来找大家紧急商议。"

"哦，有什么变化了？"

李廷飏插了一句："洋人让步了。"

渠本翘问道："哦，怎么个让步法儿？"

刘懋赏说道："洋人说，先搁置盂县、泽州、潞安和平阳四地，先开平定之煤矿。"

几人都沉默了片刻，没人作声。

胡聘之问道："外务部什么意思？"

刘笃敬说道："他们是能推就推，能了就了，就怕担责任，来回和着稀泥。"

胡聘之接着问："你们怎么答复的？"

刘笃敬说道："我们说此事所出突兀，容商议后再定。"

胡聘之点点头道："暂缓表态也对，这对局部而言，是个进步，但对全局来说，还未做到彻底。"

李廷飏说道："这个搁置并不是放弃，只能判定洋人的决心已有松动。"

刘懋赏接过话："要我的意思是绝不答应，要收就全部收回，留个半搭子算什么事儿？"

胡聘之问道："楚南，你怎么看这件事？"

"事情走到这一步，再强调协议是否有效已经毫无意义了，只能抓住条款内容，力争对我们有利的条件。现在洋人主动退让，搁置四处，开发一处，能得一处是一处，说明他们也感觉到此事难办，光这么耗着他们也耗不起。"

刘懋赏说道："那就这么答应他们？"

众人又默不作声。

李廷飏打破了沉默："关键是谁说了算呢，我们几个说了算数吗？学生游行了，矿民闹事儿了，奏折写了，皇上批了，让妥办。谁来妥办，以前是农工商部牵头，这次是外务部召集，开矿凭条是巡抚批准，我们商务局算什么？我们几个又算什么？和洋人谈了几次了，扯了几次皮，现在洋人要开平定，要我们商议同意不同意，我们商议的结果就是结果吗？再这样下去，民众都会感觉无望，我们凝聚的力量都会松懈，连我都快没信心了，这不就成了瞎胡闹了吗？"

渠本翘说道："说得有道理，矿权之事之所以久拖不决，我们是怨气十足，谋略不够，倒是多点开花,但都是蜻蜓点水,千条线却找不到一根针,用什么来抗衡洋人，没有一个主体承载。"

刘懋赏打断了话："用我们的公司啊，上次咱们不是讨论了用我们的公司对抗福公司吗？就算不能一下子赶走洋人，那也能此消彼长，一点儿一点儿排挤他，这样就有把他挤出晋省的可能。"

刘笃敬点点头道："办公司这个办法是可行的，我们把所有的力量都用在这个公司身上，用商业对抗商业，洋人要开矿，我们也开矿，洋人要买矿地，我们也买矿地，他们的协议就算有效，那咱们也得比一比，赛一赛。洋人就算拿到开矿凭条，他们也没有我们有优势，我们是地主，以逸待劳，拖得起耗得起，就算那个英国公使也没什么理由再提什么照会了，皇上的压力不也就减轻了吗？"

李廷飏问道："可这公司在哪儿了，说来说去还不是纸上谈兵？"

胡聘之说道："楚南，上次让乔殿森起草的公司章程怎么样了？"

"基本上写好了，就是没有名字。"

刘懋赏说道："名字好办，他们叫福公司，我们叫寿公司。"

李廷飏接话："这个公司是为了晋省矿权而斗争的,应该有个'争'字。"

渠本翘说道："用'争'，不如用'保'。'争'是为了得到更多的利益，

289

'保'是为了守住自己的东西，争是私事，保是国事，用'保'字更为贴切。"

胡聘之点头说道："那就叫'保晋'。"

"保晋公司。"

"这个名字好。"

"不错。"

渠本翘说道："就叫山西商办全省保晋矿务有限公司。"

几个人喝彩鼓掌。

一个差役急匆匆地跑了进来，说："刘总办不好了，出事了。"

"出什么事儿了？"

"街上满是人，都在向海子边聚集呢，马上就到我们门口了。"

"为什么聚集？"

差役说道："有一个日本留学生为了山西矿权跳海自尽了。"

几个人面面相觑，惊愕万分。

刘笃敬问道："还知道更详细的吗？"

差役说道："跳海的留学生叫李培仁，是阳高人，就是因为矿权之事久拖不决，写了绝命书，在日本跳海了，四省留学会已经在东京举行追悼会了。听说灵柩已经运回山西了。"

刘懋赏站起身来说："各位，我要先走一步了，尽快在报纸上登出消息。"

刘笃敬挥手让差役下去。

胡聘之也站起了身，说："此事可能是个转折之机，缉臣。"

"胡大人，现在我们要怎么办？"

"你把保晋公司之事速报农工商部，申请关防。"

"好的。"

胡聘之说道："廷飏。"

李廷飏点了下头，说："在"

"你通过你的渠道报知太后和皇上，就说山西可能大乱。"

"知道了。"

胡聘之又说："楚南。"

"大人。"

290

"如果人们聚集是为了举行追悼会，你代表晋省士绅表个态度。"

"明白。"

胡聘之一边往外走一边说着："我得赶快回家，张鸿寿还在我家等我，我得让他速回平定，通知铸公和张士林配合太原一起行动，大家分头准备吧。"

胡聘之走了出去。

刘笃敬看着胡聘之的背影，说道："年近古稀，实属不易啊。"

李廷飏说道："本是颐养天年的时候，还在为晋省之事奔波，也不知道什么时候他才能回湖北天门。"

刘笃敬扭头看见渠本翘说："楚南，怎么在发呆啊？保晋公司之事我会立刻报请抚宪的。"

"我正在想这个巡抚衙门呢。"

"巡抚衙门，你又有什么想法了？"

渠本翘说道："成立保晋公司抗衡福公司这只是解决了责权的承担者，那谁来支持这个承担者呢？"

李廷飏接话道："晋省的百万民众啊。"

"此话不实。"

刘笃敬问道："那你的意思是？"

"我们都在说齐心合力，那么谁来聚集心，谁来凝结力。商务局虽然能竭力相佐，但毕竟还是半官半绅，力道不够。"

刘笃敬点点头道："我明白你的意思了，那你觉得巡抚衙门里谁敢出头呢？"

渠本翘站起身说："我去一趟按察院。"

刘笃敬自言自语道："丁臬台。"

渠本翘点了点头。

第十五章

留日学子蹈海为矿绝命
矿民围堵英商无奈撤离

***

山西巡按御史察院简称按察院，是山西行省第二大衙门。一个差役领着渠本翘走了进来。按察使丁宝铨迎了出来，说："楚南兄，你可是很少来这儿走动啊，稀客稀客啊。"

渠本翘赶紧拱手行礼道："丁臬台，您这儿的门槛儿高，不便随意走动啊。"

"这是什么话，门槛再高能挡得住你楚南兄？"

差役站在旁边没有离开。

丁宝铨问道："还有什么事儿啊？"

差役回道："臬台大人，东关的兵士扣住了三个日本人，不知如何处置。"

"他们是干什么的？"

"据他们自己说，他们是要去西安游历的，可他们自绘的地图上标记了详细的山川河流、驿站旅店，还有军营驻扎地。"

"有没有其他不轨？"

"其他倒是没有。"

丁宝铨挥挥手说："放他们走，这些外国人以游历之名，勘探地形，绘制地图，很难确定他们的目的，律例也没有明确禁止，多一事不如少一事。"

"明白了，臬台大人。"差役退下。

渠本翘说道："丁臬台。"

丁宝铨急忙打断渠本翘说："楚南兄，不必官称，你我之交情，还是叫我衡甫吧。"

"你现在是我的父母官儿，怎能不恭不敬啊？"

"楚南兄，这话你就说远了。想当初，咱们在京城的时候，我在吏部，你在内阁，过从甚密，庚子年咱俩一起随太后和皇上西狩，一路到了西安。这种交情，是要我恭敬你啊，还是让你恭敬我啊？"

"你要说到庚子西狩，我至今印象深刻。"

丁宝铨兴致颇高地说："我们一路上可谓是风餐露宿，饥肠辘辘。记忆最深的是到了原平镇你给我吃了一碗羊汤面，那是我一生中吃得最香的一碗面。"

渠本翘哈哈大笑道："那是你肚子里没油水，饿的。"

"反正是再也没有那么香的面了。"

渠本翘说道："这几年你在山西尽是吃面了吧？你个江苏人，也难为你了。"

"天下面食，尽在三晋，我在此为官，享尽了各色面食，人生幸事啊。"

"在晋为官，感受如何啊？"

丁宝铨说道："三晋大地，人杰地灵。关云长、薛仁贵、柳宗元、罗贯中可谓灿若繁星，加之本地银号发达而备受瞩目。可如今，教会和煤矿纷争集中爆发，在此为官就像坐在了火山口上啊。"

"衡甫兄，你在晋为官三年，勤政爱民，与晋人相处以诚，极为晋人所悦服。你现在是晋省按察首长，晋省百姓还仰仗你平暴安良、排忧解难呢。"

"你这话中有话啊，楚南兄，你来找我是有什么事吧？你就直截了当，直说吧。"

渠本翘说道："我只是随口一说，你刚才提到了煤矿的纷争，衡甫兄为何不挺身而出，为朝廷解此忧困呢？"

"楚南兄，矿权之事我有所了解，关键是涉及洋人，之所以我没出头露面，一是我职掌司法刑名，我的任务就是赴各道巡察，考核吏治，主管刑法之事；二是你也知道，晋省的事情的确复杂，你看看这抚衙，走马灯似的换人，期满一任的寥寥无几，不是被革职就是被调离，外省的大

293

吏都拒绝来山西任职，都说官难当，为官不易，可在这山西为官就是在过绳索桥，稍不留神就人仰马翻。再若涉及洋人更是敏感和棘手，稍不留神，都不知道射你的箭是从哪里来的。"

"衡甫兄，我自然知道晋省官场之风险，晋省乃朝廷之银库、钱袋子，当然是众人关注的焦点，晋官自然容易成为靶子。我知道衡甫兄一向谨小慎微，保守行事，可你一路为官，不停地调动，每调必升，你靠的是什么？靠的不就是公忠体国、洁己爱民吗？朝廷欣赏你，晋人爱戴你，可到了晋人矿权被掠，利源丧尽的时刻，你还能坐得住吗？臬台之职就有监察之责，矿争不平，晋省必将大乱，皇上怪罪，你也难辞其咎，还望衡甫兄明大理，识大局，不求你独挡凶险，只望你顺势而为，借水推舟。我坚信你必得英明之声，忠臣之誉。"

"楚南兄，你这是软硬兼施，让我无路可退，不得已而为之啊。"

渠本翘哈哈大笑道："那你觉得我是拉你进火坑，还是推你见光明啊？"

丁宝铨笑着说道："我觉得二者皆有。"

"其实我来找你还有一件事情。"

"楚南兄，请讲。"

渠本翘说道："敦崇礼先生逝世，很是遗憾，你现在是山西大学堂的监督，你对西斋有什么打算？"

"这件事我也正想和你探讨，西斋目前还是由英国人代管，所学课程有英文、算学、物理、化学、博物、历史、地理、画画和体操。这些课程还是以基础知识为多，既然是大学堂，就应该注重专业技能，培养各行业所需人才。"

"这个想法很好，那你想出什么具体举措吗？"

"我想增设铁路、采矿和机械几门课程，这些都是咱们晋省所需。"

渠本翘点点头道："这些课程很有必要。"

"楚南兄，有何建议？"

"致天下之治者在人才，成天下之才者在教化，教化之所本者在学校。山西大学堂就是我文化传承之根本，由于早先原因分为了中西两斋，尤其是西斋由洋人掌管，对文化的传承造成了割裂。上次李提摩太先生来太原之时，我与他谈到中西斋合并之事。"

"他怎么讲？"

"他拿出了与李傅相签订的'山西教案章程七条'，说章程规定西斋管理为期十年，期满后再交还山西当局。"

"你觉得现在有什么问题吗？"

"目前西斋由洋人教授，原本规定外国的教授不得在课堂宣教耶稣教义，学堂和教会不得发生关系，可实际上，外国教授依旧在不合时宜的时机宣讲耶稣教义，尤其是在西洋史课堂，这样影响非常不好。但是西斋教务由洋人掌管，此事应该得以解决。"

"你的意思是中西两斋合并才是解决此事的根本。"

渠本翘说道："没错，现在中西斋学生的矛盾冲突也日渐显现，也到了非解决不可的地步。"

"你是指哪方面？"

"中斋的老师大多来自令德堂，依旧沿用令德堂的旧制，老师和学生都是顶褂整齐，红顶花翎、蓝顶花翎、水晶顶花翎等级分明。他们对西斋师生无别、衣冠不整嗤之以鼻，双方争论时有发生，'数典忘祖、舍己之田而耕他人之田'的言论不绝于耳，中斋学生在校外的地位也高人一等，都以老爷相称。而西斋学生受西方思潮的影响，对中斋学生的顽固保守加以诽谤和鄙视。这种碰撞是两种思想之碰撞，这也是相互融合之必需。"

"中西斋合并时机尚未到来，我可以写信给李提摩太，择时商议。可当前是否有办法整合矛盾？"

渠本翘说道："可以给中斋学生发放蓝洋缎子操衣一件，皂布操靴一双，让两斋学生表面无异，再把两斋教学时间统一，这样两斋趋于一致。"

"这个办法好，可谓暂缓之计。"

"这样可以促进两斋学生感情融洽。"

丁宝铨点点头道："此事我会着手办理。"

一官兵跑了进来，说："臬台大人，巡抚大人有请。"

"知道什么事情吗？"

"大批的民众在向海子边聚集，巡抚大人请臬台大人速到抚衙议事。"

丁宝铨站起身，说："楚南兄，我有公务在身，咱们改日再叙。"

渠本翘拱手道："衡甫兄，后会有期。"

***

丁宝铨快步走进巡抚衙门。巡抚宝棻和布政使刘大人正等着他。丁宝铨拱手行礼道："见过二位大人。"

宝棻问道："看到街上的人群了吗？"

"看到了。"

宝棻叹了一声，说道："学生们真是不省心，这又有人在日本跳海自杀了，闹得满城风雨，各大报纸都刊登出来了。"

丁宝铨说道："矿权之事不解决，这种事情就会源源不断。"

刘大人插了一句："这也不是我们能解决的事情啊。"

宝棻说道："矿权之事我们一直在回避，是因为京城方面就没有个明确的意见。可看这情况，他们是要给日本跳海的这个李培仁召开追悼会，我们估计很难回避了，可如何表态啊？"

刘大人搓了搓手说："我认为这事还得慎重行事，不能轻易表态，万一和皇上的思路不一致，咱们都吃不了兜着走。"

宝棻说道："可他们已经给巡抚衙门发出邀请，让我们派人参加集会。我们如果参加了，咱们能不表态吗？"

刘大人说道："那就不参加，只是视为民间集会，和官方没有关系。"

宝棻摇摇头说："这样不妥吧？这样不好交代啊。"

"不好交代总比交代错了强，不出错是为官之根本，咱们晋省的官场都快成走马灯了，不都是因为冒头出错吗？"

宝棻背着手来回踱步。

"丁大人，你的意见呢？"

丁宝铨说道："这件事情对晋省关系重大，从我的职责角度来看，我更希望社会稳定，不想看到民怨沸腾、社会动荡，而不是官场稳定。"

刘大人看着丁宝铨，说："丁大人，唱高调谁都会，我刚才的意思也是为了你好。"

"为官不为事，还为什么官？"

"你也有老婆孩子，你也要穿衣吃粮，你做错了事，丢了官没了职，

296

倒霉的可不是你一个人，那是一大片。"

"矿权就是我们的利源，晋省的利源，千万人的利源。晋省的百姓就是靠着煤炭穿衣吃饭，学生市民都在支持矿区争取矿权的行动，官府没有任何表态，这能说得过去吗？"

"他们那是瞎胡闹，朝廷已经和洋人达成了合约，这就是既定的事实。你说希望社会稳定，国泰民安，可你撕毁合约，洋人会干吗？那不是又会引发事端？如果因此诱发战争，我们的损失会更加巨大。你认真算计算计利弊，为了大局考虑，为了不给宝大人惹麻烦，也为了你我的前程，我们现在不能掺和这件事儿。"

"我不跟你争吵这些，如何决定就听宝大人的吧。"

宝棻还在踱步，说："别吵了，别吵了，我也拿不定主意了，我再考虑考虑。"

＊＊＊

太原街市上，熙熙攘攘，报童沿街吆喝着："看报，看报，《晋阳公报》，《李烈士蹈海绝命书》。"

海子边文瀛湖北一座小楼前悬挂着"李培仁烈士公祭大会"的条幅，刘笃敬、渠本翘等人就座主席台。

台下学生、市民们挥舞着标语，呼喊着口号："还我矿权，晋省自办。"

刘懋赏双手示意大家安静，情绪激昂地演讲道："大家请安静，李培仁烈士公祭大会现在开始，我首先给大家介绍一下李培仁烈士的生平。李培仁，山西阳高县人，生于丙寅年，是山西大学堂的学生，被选送到日本政法大学留学。李烈士为了晋省矿权，以命相搏，蹈海而死，惊天地泣鬼神。生命可贵，谁会白白一死？就像他遗言所说，实不忍见紫胡子绿眼睛的洋人坏我利权，实不忍见以矿为生的同胞穷困潦倒。李烈士之死是为了晋省的父老兄弟，是为了国家的荣辱得失。矿权纷争由来已久，但不见朝廷奋勇担当，时至今日还是扯皮推诿。李烈士在遗言中号召我们，如果朝廷放弃保护利权之责任，晋人即可停止纳税之义务。矿约一日不废，税就一日不纳。"

"废除矿约，废除矿约。"台下又是喊声四起。

297

刘懋赏继续说道："李烈士号召山西父老兄弟奋起争矿，如果和平手段不足，与其坐以待毙，不如先发制人，遇见掠矿洋鬼，遇见卖矿民贼，破其脑，爆其身，山西人未全死，不容外族侵我尺寸土地。"

"收回矿权，收回矿权。"口号声又起。

刘懋赏高声喊道："下面请晋省士绅代表渠本翘讲话。"

渠本翘走到台前说："各位父老乡亲，绅民学子，今逢重阳，全省悲哀，李烈士面对矿权被掠，不忍苟活，蹈海殉国，实乃壮烈。他忧国忧民，坚贞不屈的气节是他人格品性之表现，我们理当传承和颂扬。大清百年，没有像现在遭受如此多的列强，有多少义士拼死护国，抵抗外侵？李烈士就是其中之一。我们祭奠他，缅怀他，不只是因为悲伤，不只是抒发愤怒，通过公祭是要驱散我们内心之萎靡，拨亮我们惆怅之目光。同学们，振作起来吧，列强入侵，我们不能懈怠和彷徨，忠于民族忠于社稷，不枉为中华少年郎！父老乡亲们，让我们行动起来吧，晋人永远是勤奋团结、并肩同进的一群人。李烈士不会白死，李烈士永在心中。"

"并肩同进，并肩同进！"口号声回荡。

突然人群外一阵骚动，口号顿时停止了。

"官兵来了。"有人喊道。

一队官兵冲了进来。刘懋赏跑到台前张望了一下，对着渠本翘说道："是按察使丁宝铨大人。"

"让开，让开。"官兵们围裹着丁宝铨在人群中开了一条道，丁宝铨来到了台上。

丁宝铨登台后和台上诸位示意免礼，来到侧旁的台案前，提起笔，写着挽联。

一个官吏手捧着挽联宣读："青主后一人，三晋多才，后先麟凤自辉映；白登有志人，重阳独吊，满城风雨助悲哀。"

台下掌声响起。

丁宝铨放下了毛笔，有官兵把挽联别上了花圈，丁宝铨用双手抚顺了挽联，鞠了三个躬，然后走到了台前，高喊了一声："壮士蹈海，晋省悲哀。"

台下的人们鼓起了掌，还有人感动得流下了眼泪。

丁宝铨收拾了一下官服，说："我乃晋省按察使丁宝铨，到此哀悼，是受晋抚宝大人之托。晋省矿权，关乎民生，也是朝廷之重事。宝大人已经上奏朝廷说明此事。今英商福公司想独揽矿权，查封私矿，我晋省官衙竭尽阻遏，固知其必不甘心。商务局与洋商多次谈判，成绩斐然。也请全省晋人放心，李烈士为我省忠烈，血不会白流，矿权之事定有着落。巡抚衙门特批专款以资抚恤。对于洋商之谈判，官绅商学联合而为之，我丁某人决意亲自出马，增派专业谈判人士，誓与洋人一决高下，不了晋矿纠纷，我愿辞官还乡。"

台下的掌声经久不衰。

＊＊＊

平定矿区的小道上，楞脖子带着十几个人寻找洋人的旗桩。

"这里有几根。"有人说道。

楞脖子看着写有"福公司"的木桩，说："都给我换了。"

有人用白漆刷盖住"福公司"的字样，又用红漆写上"固本矿界"。他们把能找到的木桩都刷了油漆，楞脖子随后带人回到了黄家祠堂。

张士林迎了上来，说："楞脖子，你去哪里了？到处找你。"

"我带人上山了，把洋人的木桩都给换了。"

"快，快，你快过来，要有大动作了。"

楞脖子一听来了精神，说："大动作，好啊，我就等着这一天呢。"

黄家祠堂里已经聚集了很多人，黄守渊和张士林站在大厅前的台阶上。张士林高声喊道："楞脖子。"

"在。"

"先给你安排个事儿，你必须完成。"

"我楞脖子从不含糊，您就交代吧。"

"你给我把平潭剧社、三宝板唱社、拾为板唱社，还有所有能找到的戏班子都找来，堵在福公司的门口轮流唱，不能让洋人出来，直到让他们滚出平定，你明白了没有？"

楞脖子高声回应："明白，这事儿你们就瞧好吧。"

"好了，你去办吧。"

楞脖子转身走了。

黄守渊喊道："蔡蓉田。"

"我在这儿呢。"

"你趁着现在街上人多，宣读平定州十七都都长的联合声明。揭露同济公司欺骗群众、隐瞒真相的罪行，让人们不要再卖地给他们，卖了矿地的解约退款。"

蔡蓉田答应一声，转身离去。

张士林喊道："张鸿寿。"

张鸿寿举了一下手，说："爹，我在呢。"

"你找几个人，组织一个纠察队，围着洋人住的院子巡逻，防止洋人狗急跳墙，同时告诉周围所有的小商小贩，不卖给洋人任何东西。楞脖子堵前门，你给我堵住他们的后门和墙头，懂了没？"

"懂了。"

"去办吧。"

张鸿寿转身离开。

黄守渊高喊着："好了，剩下的人上街游行，为李烈士鸣冤喊屈。以后我们就住在街上了，洋人不走，我们不回家。"

众人喊着："洋人不走，我们不回家。"

＊＊＊

平定福公司总部的大门口，一左一右搭了两个戏台，左边的唱着平潭小调，右边的演着滑稽的小戏。台下有人起哄："来一段高跟鞋来细尖尖。"

其他人跟着起哄。

一个男的穿戴着西洋裙帽，穿着高跟鞋，装扮成洋女人，一扭一扭地在台上走着。后面一个男的调戏着唱道："高跟鞋来细尖尖，走起道来忽颠颠，吆五喝六路人闪……"

台下的人们吆喝着，喝彩着。

楞脖子和几个人摆了一张桌子，正摆在福公司的大门前，把门堵了个严严实实。桌上放着酒菜，几人喊："哥俩好啊，五魁首，六六六。"

划拳声震耳欲聋。

蔡蓉田坐在一辆马车上，举着个大喇叭高喊着："下面宣读平定州十七都都长的联合声明：各都、各里、各保、各甲，近段时间山西同济矿务公司假借保矿之名与本州矿民签订购地合同，名为保矿，实为英商福公司之帮手，我们对此隐瞒实情、愚弄百姓之行为深恶痛绝，我们这次发表联合声明，呼吁民众停止出售矿地……"

小巷里，张鸿寿带着几个人，胳膊上戴着纠察袖标，在围墙周围溜达，对着小商小贩和看热闹的闲人喊道："大爷大叔，咱们不要卖给洋人任何东西啊，这些洋人害苦我们了，李烈士也是被他们害死的。大妈大婶，帮着看好这里的院墙啊，别让洋人翻墙跑了，发现情况就喊我们。"

萧蜜德站在福公司正厅门口的台阶上，看着院门口发呆。安原书跑了过来说："萧蜜德先生，我们被包围得水泄不通，这可怎么办啊？"

"不必慌张，过两天他们就坚持不住了。"

＊＊＊

盛宣怀快步走进袁世凯的官邸。

袁世凯躺在摇椅上微睁着眼睛，问："盛大人，你这样匆匆忙忙的，又是什么事情啊？"

"袁大人，瞧瞧你的得意门生董崇仁都干了些什么事儿？"

"怎么回事啊？"

"这是他拍的电报，你自己看看吧。"

袁世凯接过电报看着。

盛宣怀拉过一个板凳坐下，说："同济公司现在是彻底完蛋了。"

袁世凯把电报啪地摔在扶手上，说："这个董崇仁，真是个笨蛋。"

"当时你推荐他去主事，我就觉得他不靠谱儿。"

袁世凯站了起来，说："这董崇仁以前没跟我共过几件事儿，是其父在皇宫包揽修缮工程时与我相识的，我还觉得他忠实可靠，没想到他的能力实在不济。"

"我倒是不在乎这点买卖，我是害怕这件事儿弄不好会引火烧身，搞

301

得咱俩狼狈不堪。"

袁世凯问道:"你觉得会牵连到咱们身上?"

"之所以骂这个董崇仁就在于此,本来同济公司在商部注册,我弄得干干净净,看不到与咱俩的任何关系,可这个董崇仁,到处宣扬咱俩是他的后台靠山。现在这平定州的百姓都认为咱俩勾结洋人发国难之财,群起抵制同治公司。商部的载振早就盯着咱俩了,这要是让他在皇上面前奏上一本,我们可是有嘴难辩啊。"

"你说得也对,要是为了这点事儿,让别人抓住我们的小辫子,会耽误今后的大计的。"

盛宣怀也站起身,说:"那您的意思是?"

"当断立断,立刻注销同济公司,把董崇仁撤出山西。你找个借口去日本考察一圈,我留在朝廷与他们周旋,这样可以让同济公司买矿地的事情迅速降温,谁再说起,无从对证,咱俩也就干干净净了。"

"这样安排也好,这点银子咱们不赚了,估计英商也很难赚到。"

袁世凯叹了一口气说:"看这情形,估计会来一场暴风骤雨,咱们还是躲躲为妙。"

＊＊＊

楞脖子垂头丧气地走进了黄家祠堂。

黄守渊问道:"楞脖子,让你去堵门,你怎么回来了?"

"铸公,我们几个弟兄天天堵着门喝酒吃肉,实在是吃不动了也喝不动了。"

张士林说道:"给你们这么好的差事,你们却有怨言了。让你们冻着饿着,你们才舒坦啊?"

楞脖子拍打着肚子,说:"你瞧瞧这肚子,都要撑爆了,还得想个别的办法啊。"

黄守渊看了一下,说:"这样的确不是长久之计,我们要做好长期围堵的准备啊。"

张士林说道:"这有什么难的啊?楞脖子,你去把平定周边的罗锅、残障、盲人、乞丐、老道尼姑,还有孤寡无依之人都聚拢起来,发给他

302

们银两，让他们堵住大门，敲锅打盆，乞讨念经。我就不信，烦不死洋人。"

"这个主意好。"

楞脖子转身就往外走，说："我这就去办。"

黄守渊喊道："回来，你给我记住了，不管怎么折腾，千万不要伤人，否则我们就理短了。"

楞脖子应了一声，跑了出去。

＊＊＊

怀特喘着粗气跑进了福公司的屋内，说："萧蜜德先生，门口的酒席桌子好像撤走了。"

萧蜜德哈哈大笑道："哈哈，看来他们也坚持不住了，走，看看去。"

萧蜜德带人站在台阶上，看着门口。安原书说道："萧蜜德先生，这都好几天了，他们可算撤走了，咱们的米面油菜刚好用完，我这就出去着手采购。"

突然，门口一片嘈杂，乞丐、残障老翁、道士尼姑等几十人发出各种声响。敲盆的、敲碗的、念经的，什么声音都有。

安原书伸出头看着，自言自语道："这是怎么回事？"

萧蜜德观察了一下，说："看来他们这次是想彻底封死我们了。"

怀特问道："我们怎么办？"

萧蜜德看着安原书问："安，现在我们的给养还能坚持几天？"

安原书回道："一天也坚持不下去了，东西都吃完了。"

萧蜜德说道："怀特，你想办法出去，先弄点儿吃的。"

"前后门都被他们堵住了，我怎么出去啊？"

萧蜜德大怒道："翻墙出去，你不会吗？"

张鸿寿带着人正在巡察，有人跑过来喊着："张公子，有个洋人跳墙出来了。"

"在哪里呢？"

"在后墙根呢。"

303

"跑了没有？"

"没跑了，让一群小脚老太给堵在茅厕里了。"

张鸿寿一挥手，说："走，看看去。"

福公司大院的后墙根聚了一群人，一群老太太围着茅厕，指手画脚地议论着。张鸿寿带人赶到，问："洋人在哪儿了？"

"被堵在茅厕里了。"

张鸿寿站在最前面，对着茅厕大喊道："出来，你跑不了了。"

怀特突然冲了出来，将一把刀子捅在了张鸿寿的大腿上。人们一惊，怀特趁机逃跑。张鸿寿捂着大腿大喊："快抓住他，别让他跑了。"

怀特又从后墙跳进了福公司的大院。

萧蜜德问道："你怎么回来了？"

怀特喘着粗气，说："出不去，到处是人，这个院子周围到处是人。"

"给哲姆森先生发电报，请示怎么办？"

怀特说道："发不出去了，发报机没电了。"

"那发电机呢？"

"早没有柴油了。"

萧蜜德背着手来回走动着。安原书也跟着走动，问道："厨房里什么吃的都没有了，怎么办啊？萧蜜德先生。"

萧蜜德突然转身对着安原书呵斥道："你能不能不要在这里晃来晃去。"

福公司的大门突然打开，萧蜜德带人就往外走。坐在外面的人呼啦一下堵住了大门。一乞丐敲着碗，说："老爷，可怜可怜我吧，给点吃的吧。"

残疾人、道士、尼姑等，都涌了上来。

萧蜜德大喊一声："闪开。"

人们闪开了一条道，正中间站着楞脖子和几个人，他们都叉着腰，横眉怒视着。萧蜜德轻轻地说道："我要见官。"

***

平定州衙内，王为干端坐在书案后面批阅着文书。萧蜜德带人走了进来。

王为干急忙迎了上去，满脸堆笑地说道："萧蜜德先生，听说您被围住了，怎么出来了？"

萧蜜德怒斥道："知府大人，你这是幸灾乐祸吗？你这是严重失职，这里已经没有法制了。"

"萧蜜德先生，此言怎讲？"

"王大人，你这是明知故问。我们已经被暴民围堵了几天几夜，吃的喝的已经耗尽，再这样下去是要死人的。这件事情土大人既不严查，又若无其事，这法制何在啊？你作为州官，你要负责的。"

王为干说道："萧蜜德先生，我也刚刚收到外务部的指令，让我严查不怠。可此事我早有掌握，我并未发现有萧蜜德先生所言的暴民，他们有唱有跳，喝酒吃肉，并未殴打何人，也未听说有何人喊冤。最新的通报是说福公司周围老弱残疾人士增多，丐帮定点乞讨，道士尼姑在你们门前讲道诵经，这并没什么不妥啊，丝毫没有触犯大清国律，我要负什么责啊？"

萧蜜德瞪起了眼珠子，说："王大人，你我心知肚明，不要揣着明白装糊涂，不就是留日学生蹈海自尽的事情吗，这与我们又有何干？矿权之事，我们有约在先，我们争取权益无可厚非，说话不算数的是你们，不是我们英国人。你们这样对待我们是极其不公平的，现在我们被暴民围困，已经危及生命，你们官府必须出面平息，否则会出人命的，那你可就吃不了兜着走了。"

"萧蜜德先生，那我就把明话放到这儿，矿权之事，我不在公堂上评议，我只管市面上的事情，我只看到莺歌燕舞，并未看到暴民围困，没有违法的，我就无从执法。我行得正立得端，我不怕你向上挑拨事端，外务部我也一样如此回复，你可听明白了？"

萧蜜德问道："你的意思是你不管了？"

王为干两手一摊说："我要管何事，何事需要我管啊？"

"那你想让我们怎么办？"

"我个人认为你们有两条路可走。"

"说说看。"

王为干说道："一种办法是待在家中不要出来。你既然说外面有暴民，我也不想让你们受到伤害，不接触不相处，平安无事。如果生活上多有不便，我可以派人帮你们采购生活之需。"

"那第二种呢？"

"这第二种嘛，就是远离是非之地，保障家眷之安。你们也是买卖人，不就是想在这儿弄点煤炭，挣点银子吗？现在生命不保，实不划算，撤离是最好的选择，这里本就是穷乡僻壤，又不是山清水秀，也没什么可待的，你们可以选择去太原府，去京城，毕竟那里条件相对优越，如果有事，你也可回来办理，总比待在这里每日心惊胆战，坐卧不安好。萧蜜德先生，您觉得呢？"

萧蜜德看着王为干问："你这是打定主意赶我们走了？"

"我可没有赶你们走的意思，我是让你在两条路中选择其一，并未说你只有此路一条啊。"

"你这明明是告诉我只有一条路可选。"

"不管你怎么理解，我该说的话都说了，怎么选择由你来定。"

"容我几天考虑，我要请示一下。"

王为干说道："据我所知，你们的发报机已经无电可发，所以近期之内你也收不到你所谓的上级指令，你们的给养已经耗尽，更等不了几日。"

"你——"

王为干说道："您刚才说了，出了人命你我都不好交代，何况你们洋人的命更加金贵，妇孺家眷更不能有所闪失。如果出了问题，萧蜜德先生，您可是吃不了要兜着走了。"

萧蜜德点点头说："好吧，我选择撤离。"

"此话当真？"

"当真。有什么事，我一个人承担。"

王为干猛地拉下了脸说："话既然说到这儿，你们还走不了了。"

萧蜜德看着王为干说："这是你的建议，你不能出尔反尔。"

王为干说道："不是我不让你们走，是刚才有民来报，怀疑有一洋人持刀伤人，我必须查明原因，惩治凶手。"

萧蜜德摆摆手说："知府大人，你什么都不要说了，也不必缉查了，我出钱赔偿，并留下洋药给伤者疗伤。我现在要求你立刻下令放行。让我们尽快离开此地。"

王为干又转成了笑脸，说："萧蜜德先生，我本应公事公办，但是你我相处多年，你要离开我怎么能不表示表示？伤人之事，按你说的意思办；撤离之事，我现在就派人员和车辆护送你们安全离开平定州界。"

萧蜜德怒气冲冲地离开。

王为干在后面挥着手说道："一路走好，萧蜜德先生。"

***

楞脖子上气不接下气地跑到黄家祠堂，说："洋人撤离了，洋人撤离了。"

黄守渊问道："楞脖子，此话当真？"

"我亲眼看见的。"

张士林端了一碗水过来，说："你喝口水，到底怎么回事儿？"

楞脖子咕咚咚喝完水，说："是知府王大人派的官兵，把洋人都带走了。"

黄守渊问道："知道是去哪里吗？"

"听说是去太原府。"

张士林接着问："是所有的洋人都走了？"

"是的，男的女的老的小的都走了，坐了十几辆马车。"

"真没想到，洋人就这么走了。"

黄守渊说道："我们终于打了一个胜仗啊。"

张士林哇哇大哭起来："苍天啊，我平定州的百姓感谢你啊！多少个日夜，我们历经了家园破碎、兄弟死难，才换来了今天。"

黄守渊说道："墨卿，不必太伤心了，这是个高兴的事儿啊。再说，事情尚未完结，洋人是撤离了，可矿权并未收回，以后的事情还多着呢。"

张士林擦了把眼泪，说："这事情怎么这么难啊，这是要把我们折腾到哪一天啊？"

黄守渊说道："洋人的事情我们先放到一边，咱们快去看看鸿寿的伤情吧。"

有人高声喊着："铸公，官府来人了。"

众人来到院内。

两个差役径直走向了张士林，说："张东家，知府王大人让我们把这些银子送给您。"

"这是什么意思？送我银子。"

"王大人说这是洋人赔给张公子的一百两赔偿金，还有一些洋药敷伤。"

张士林接了过来，说："多谢二位，辛苦了。"

黄守渊见差役离开，说："快去给鸿寿上药敷伤吧。"

张士林点了点头。

＊＊＊

渠本翘的马车来到了胡府，渠本翘下车后走进了院子，胡聘之的侄子胡青松忙着端茶倒水。

胡聘之问渠本翘："楚南，听说了没有？福公司把总部迁到太原了。"

"是啊，他们在平定一带被困得寸步难行，无计可施了。"

胡聘之点点头说："铸公和墨卿功不可没啊。"

渠本翘坐到了胡聘之的身旁，说："蔡蓉田给我来信说，已经看不到一个洋人了。"

"这洋人是想干什么，就这样退还矿权吗？"

渠本翘摇摇头说："不大可能吧？越是这样，我越是感到紧张，不知道会发生什么事情。"

"没事的，不用紧张。你一向谨小慎微，想当年，渠老东家就和我说你是顺了他的性格，谨小慎微。"

"我爹一向不支持我，我做什么，他都说不对。"

胡聘之笑了一下，说："做爹的都这样，这都是为了儿子好。你爹他深知官场之残酷，尤其是在晋省为官，更是深浅莫测。我来山西十年了，巡抚和布政使换了也有近十拨人了，不论是满人还是汉人，不都是灰溜溜的，包括老夫在内，更是自身难保啊。"

渠本翘说道："晋人重商轻仕，吝财惜金，无可厚非，但人各有志，不会千篇一律。"

"我知道你心怀抱负，思虑长远，对于矿权一事，思虑更显深厚。"

"我只是思量着，不做则罢，要做就成事。"

胡聘之问道："楚南，心里的结果是什么样子的？"

"现在还说不准，只知事情稍有进展，这得益于多方众人的努力，我是感觉离结果越来越近了。"

"但愿如此吧。"

渠本翘说道："我想去一趟京城。"

"去京城何事？"

"如今大势向好，尤其是晋抚明确支持收回矿权，我只感觉京城方面发力不够。此事其实关乎国家外务，最后的定夺还在各部大臣，甚至是皇上。"

"此话甚是，矿权涉及协议，京城不力，是因为他们深知如果拿捏不当，将引火烧身。"

"所以我必须去一趟。我在京城为官多年，都是资朋助友，从未有求于人，今事到如此，必须全力以赴，动员可能的渠道，奏明皇上，愿求皇上一句圣言，立断矿权纠纷。"

胡聘之点点头道："我倒觉得可以一试，老夫隐身晋省，不便露面，只能烦劳楚南竭心尽力，不辞辛苦，游说一趟了。"

第十六章

保晋公司保矿惠裕民生
京城晋官聚首共谋大计

***

渠本翘和乔石头来到火柴厂的大门外，很多人进进出出，好不热闹。

一个伙计站在高处吆喝着："已经会糊洋火盒的就到里面去领材料，不会糊的来我这边看我给大家做个示范啊。这洋火盒分外盒和内盒，外盒大家一看就知道怎么糊，我现在教大家糊内盒：这第一道工序就是打条，将这几沓纸条排齐，刷上糨糊，把这个窄木条放上去；第二道工序是圈盒，左手拿住木条，右手这么一捏，圈成盒状；第三就是封底，把这个套在模子上，盖上木底片，两边的纸按下，粘牢。大家会了没有？"

有人问道："这糨糊用什么熬啊？"

"用红薯面和土豆面都行啊。会了的就去领材料，都拿回家糊盒子。"

渠本翘绕过人群走进厂里。

乔殿森迎了出来，说："楚南来了。"

渠本翘问道："火柴盒子改成木盒了？"

"是啊，咱们现在的火柴安全性可比以前强多了，用木盒了，这样成本也就降下来了。"

渠本翘点点头说："这个松本，咱们是请对了。"

"可不是吗，从配方到工序全靠他了。"

"该奖励的还是要给奖励。"

"这个我明白，咱们出的薪水也不低啊。"

"他帮咱们做买卖，咱们也不亏待他。"

"我懂，今儿怎么有时间过来啊？"

渠本翘说道："我准备去一趟京城，所以过来看一下。"

"还是矿权的事儿啊？"

"是啊。"

"前几天商务局刘总办叫我去合计了一下公司章程的事儿，那名字起得好啊，保晋公司，有气魄。"

渠本翘问道："最后的章程定了吗？"

"基本上算是定了，刘总办说要递交巡抚大人批准，也不知道批了没批？"

"那我一会儿去他那儿一趟，如果批了，我正好能带到京城去。"

乔殿森点点头说："但愿保晋公司能建立起来，矿权也能收回来，我们就能放开双手挖煤采煤。有此利源，晋省百姓乃至子孙后代能因煤炭受益百年啊。"

"不是但愿，而是一定，这不就是我们抗争之目的吗？"

"是啊，人都说靠山吃山靠水吃水，我们晋省有什么啊，说农业，我们十年九旱，只能是靠天吃饭。制酒制醋、盐业绸业要解决整体民生那也是杯水车薪；背井离乡，外出经商只能是缓解生存的压力。只有这个煤炭，才有让晋省繁荣百姓富足之可能，可我们坐在这块黑金子上，挖不出来，运不出去，真是让人心焦啊。"

渠本翘说道："这一点说到我心坎儿上了。雨亭，我也只给你一个人说这话了，你知道朝廷现在为何这么重视咱们晋省啊？"

"是因为银子。"

"那银子在哪里呢？"

"在晋省的买卖人手里。"

"晋省的买卖人靠什么赚的银子？"

"靠的是银号和茶业。"

渠本翘又问："那银号和茶业现在如何呢。"

"你的意思是？"

渠本翘表情严肃地说道："危在旦夕。"

乔殿森看着渠本翘说："有这么严重？"

"有过之而无不及，现在你看到的只是表面的繁荣，其实地下暗潮涌动，危机四伏。说得不好听，这两条财路有可能一夜崩塌，不复存在。如果我们晋省的买卖人没银子了，朝廷就没银子了。"

"那就必须早做打算，另辟蹊径。"

渠本翘说道："我想了很久，要想辟利源、兴地利、裕民生，只有煤铁了。"

"可这煤铁已被外域视为一块肥肉，他们都虎视眈眈地盯着呢。"

"所以要成立保晋公司，我们自己挖自己采，否则终将为外人所掠。"

"我跟刘总办专门强调了这一点，只收华股不收洋股。"

渠本翘点点头道："这一点很重要的，这要是让他们掺和进来啊，后患无穷。"

屋外传来吵吵嚷嚷的声音，松本拿着好几大包火柴与乔石头推搡着。渠本翘和乔殿森走出屋门，问："松本先生，这是怎么了？"

乔石头抢着说道："东家，松本先生非要让我拿这么多火柴，我说太多了。"

松本笑了笑，说："渠东家，我知道您来了，想让你拿些火柴回去，这是刚刚做出来的新火柴。"

渠本翘大笑道："松本先生，我知道是新的火柴，安全的火柴，可是我哪能用得了这么多啊？"

松本说道："留着家用或者送人都好啊。"

渠本翘笑了笑说："好了，石头，就多拿几包吧。"

乔石头收起火柴。

渠本翘说道："松本先生，那咱们去看看你的火柴新工艺。"

"请，二位东家。"

几人走向后院。

乔石头追了进来，说："东家。"

渠本翘停住脚步问："怎么了？"

"刘总办派人送信儿，让您现在马上过去一下。"

"这么着急？"

乔殿森说道："估计是有什么急事儿了。"

"那我就先去商务局了，改天再来看吧。"

312

"那你赶紧去吧。"

渠本翘说道："那你们抓紧生产安全火柴，尽早把以前的火柴都替退下来。"

"好的，你就放心吧。"

***

渠本翘走进了商务局。

刘笃敬拿着文书说道："楚南，抚台大人同意成立保晋公司了。"

渠本翘赶紧接过了文书说："太好了，晋省批准了，就赶紧报京城吧。"

"我已经电传赵国良了。"

渠本翘点点头说："有赵国良在京，商部那边没什么问题。"

"楚南，胡大人说你要去一趟京城。"

"是啊，不亲自去一趟，矿权这事情推进得很慢。"

刘笃敬说道："我知道你在京城根基深厚、人脉广博，但此次进京为晋省矿权奔走呼吁不要想得太容易，也许会大费周章。"

"这个我有心理准备，矿权之争原本就不是一件易事，现在好就好在民众起来了，抚衙也支持了。"

刘笃敬说道："我这次到抚衙批签，丁臬台正好也在，他们明确表示支持保矿。"

"这是好事啊。"

"抚衙支持晋煤晋矿这无可厚非，可京城的老爷们不这么想，尤其是此事涉及洋人，朝廷的心思是不起事端，几次败仗几个条款已经是力不从心了，如果此事惹恼了洋人，引起了战事，朝廷一定会处置出头之人。"

"缉臣兄，这话不应出自你口，你一直不是这个态度啊。"

"我知道我自己的状况，我是担心你啊。"

"缉臣兄，你是不是想起我老师了？"

刘笃敬点点头道："我一直觉得对不起你老师杨深秀。"

"何出此言啊？"

刘笃敬说道："戊戌年间，你老师为了新政时务，为了变法自强，百天内上奏十七本折子，尤其是那本请定明国事的折子，时机未到，发力过猛，才引来杀身之祸。"

"杨老师深为甲午之耻而愤恨，极言改革，力荐'不革旧无以图新，不变法无以图强'之思想，他动以忠义，俾救主上，正直不阿，彦士良臣。"

"可有句古训，木秀于林，风必摧之。"

"缉臣兄，我明白你给我说这些的用意。可你又为何从幕后走到台前，你又为何不隐忍中庸，要出这个头呢？"

刘笃敬说道："你老师在京城住了二十年，恶衣恶食，破车老马，清正廉洁，生活艰苦，但是他那种忠诚的气节，君子的风范无人能比。"

"他过世了，我只是自恨，但没有后悔。他在狱中留下一句话，'未知谁复请长缨。'我俩亲如兄弟，胜似兄弟，这个缨我不请谁请，这个头我不出谁出？"

"缉臣兄，你也不必为我担心，我不敢自诩为出头之鸟，就算是出头之鸟那又何妨？君子有所恃而不恐，小人有所畏而不为。大家都期盼着出头鸟，但是谁也不愿意做这只出头鸟，那事情如何推进？只求安身利己，谁来对道义担当？选择了高飞，就不惧风雨。"

"楚南，你说这话我就放心了，京城之行多多保重。愿出头之鸟飞得更高，风雨过后，依然可以振翅飞翔。"

两人的手紧紧地握在了一起。

＊＊＊

夜深了，渠老太太还在院内走动，老太太来到渠本翘的屋子外咳嗽了一声。

渠太太在屋里问道："谁啊？"

渠老太太说道："还没睡吧？"

渠太太急忙打开了房门，说："娘，您怎么在这儿啊，怎么还不睡啊？"

"桥儿明天一早出远门，不知怎的，我也睡不着，就想在院子里溜达溜达。"

渠本翘也走到门口，说："娘，您进来说啊。"

"不了，我只是想跟你说一句，天儿冷了，多带几件衣裳。"

渠太太接过了话："知道了，娘，我正在准备呢。"

314

"那你准备吧，你们早点歇着，我也就回屋了。"

渠本翘说道："您慢走啊，娘。"

渠本翘和太太关门回屋，渠太太赶紧收拾着东西。一边收拾一边问道："这次去京城，要多久回来啊？"

"难说，看事情的进展吧，怎么也得十天半个月的。"

"去这么久啊？"

"那也得事情顺利了。"

渠太太问道："这官服要带上吗？"

"不必带官服，简单收拾几件，交给石头就行了。"

渠太人叹了一口气说："我们离开京城也快有六七年了，不知道还有没有机会回去。"

"你是想回京城了？"

"我只是问问。"

渠本翘躺在炕上看着太太："这些年辛苦你了，跟着我离开京城回到山西，拉扯着两个孩子，挺不容易的。"

"我倒没什么，孩子也逐渐长大了，娘的身子骨也硬朗，这都是好事。我只是怕你委屈了自己，总觉得你留恋着京城。"

"我的心思你懂，可这世道就赶到这儿了，不是你想回就能回的。"

"这次去京城，多带点银子，该疏通的就疏通疏通，你不让人家关照怎么行呢？说不准你还能回去做官。"

"我不会用银子去疏通的，以前就没有过，现在为什么要这么做？"

"现在这世道兴这个，只是闷头干事，人家不认。"

渠本翘说道："别人认不认没关系，我自己心里认就行，坏了名声不值得。"

"你从来就不听劝。"

"我去京城是为了晋省的事儿，不是为了去跑官。"

渠太太停下手里的活儿，说："你就一根筋啊，不知道活泛点儿。"

"这事儿你就不用管了。"

"哦，对了，抽时间去看看徐老师和师母，好久不见了，挺想他们的。"

"这事儿你真的提醒我了，我会抽时间去的。"

"以前我在京城还能跟他们走动走动，现在我哪儿也走动不了。"

渠本翘把被子一卷，说："好的，时候不早了，早点歇了吧。"

＊＊＊

鸡鸣报晓，乔石头一骨碌从炕上爬了起来，利索地穿好衣服，来到脸盆前，撩水洗脸，一手拿着脸盆，一手拉开门闩，正要开门把水泼出去。

眼前隐约有个人影，"哎哟妈呀！"乔石头大喊了一声，收住了脸盆。

渠珍珍微笑着站在门前，说："石头哥。"

"珍珍，你怎么在这儿？差点泼你一脸水。"

渠珍珍双手往前一推，说："石头哥，给你的。"

"这是什么啊？"

"我给你织了一条围脖。"

乔石头拉了一把渠珍珍，说："进屋说。"

乔石头接过了围脖，抬头看着渠珍珍问："你织的啊？"

"是啊，我织了一晚上，还怕赶不上了。"

"眼睛都肿了，你一晚上没睡啊？"

渠珍珍说道："没关系的，天儿就要冷了，戴个围脖，保暖。"

"我这就戴上。"

乔石头戴上了围脖，嘿嘿地笑。渠珍珍上前一步，帮着整理围脖，说："去京城路远，一定要注意安全。"

乔石头抓住了渠珍珍的手，说："谢谢你，珍珍。"

渠珍珍的脸上泛起了红晕。

渠传耀睡眼蒙眬地从炕上坐了起来，说："你们在干什么呢？"

渠珍珍捂着脸，扭头跑了出去。乔石头拍了一下渠传耀，说："传耀，你醒得可真是时候啊。"

渠传耀往炕上一躺，说："好吧，那我接着睡。"

***

渠正财路过学堂，看见了渠家的马车，驾辕的马正吃着布袋子里的草料。渠正财转身走进了杂货铺。

"掌柜的，火柴多少钱一盒？"

"四个小钱。"

"这么贵啊？"

掌柜说道："这还说的是双福火柴，要其他牌子的还更贵啊。"

渠正财翻着口袋，掏出了几个小钱，说："拿一盒。"

渠正财找了个没人的地方，把火柴盒扣过来，拿出火柴，把火柴头都掰了下来，握在了手里。

渠正财走到了学堂门口和渠家的车夫搭讪："你这马还在这里吃料啊？"

车夫抬头一看，说："这不是送牛乳的吗，怎么好久不见你了？"

渠正财说道："你没看见你家少爷换别人家的牛乳喝了，我那个东家不干了。"

"这我还真没注意，我都是在外面等着，也不进去，所以也不知道喝的是谁家的牛乳。"

渠正财趁机将火柴头放进了饲料袋子，向车夫摆摆手，说："那你忙着吧，我到前面有点事儿。"

"您忙着，你忙着。"

渠正财躲在对面的街边上等了半天，没看见那匹马有任何的异常，转身又走进了杂货铺。

"掌柜的，再拿两盒火柴。"

"要什么牌子啊？"

"还要双福的。"

掌柜给渠正财拿了两盒火柴，渠正财付了银子，转头就走。

掌柜说了一句："这双福火柴好使吧？"

渠正财也没有理会，又躲在街角掰着火柴头，留下半盒放进了口袋里。渠正财在路边拔了一把草，走向学堂。

317

渠正财来到马车旁边，把草塞进了饲料口袋，说："这是新鲜的草料，给你添一把啊。"

车夫顿了一下，才明白过来，赶忙说道："那谢谢了，事儿办完了？"

渠正财边走边说，也没回头："办完了，我走了啊。"

渠正财依旧躲在远处观察着，那马吃得很带劲，没有一点中毒的迹象。渠正财掏出火柴盒看了一眼。转身离开。

路边徐记火烧的伙计吆喝着：驴肉火烧，新出炉的。

渠正财走了过去，说："来两个，多加点肉。"

"好嘞，驴肉火烧两个。"

伙计切肉包好，递给了渠正财。渠正财边走边吃着火烧，掏出了火柴，把火柴头上的药末倒进了另一个火烧里。

圆眼镜端着一壶茶走到萧蜜德身旁，说："萧蜜德先生，您来太原府已有几日，不知是否习惯，有什么差事敬请吩咐。"

萧蜜德放好了茶杯，说："我是想问太原府安全吗？"

圆眼镜赶忙倒上水，说道："相对于平定州，太原府要安全很多，尤其是对你们洋人而言，在这里您可以高枕无忧，不必担心安全问题。"

"为什么，这不都是在山西吗？"

"这里是抚衙所在地，在中国，官越多官越大的地方越安全。"

萧蜜德点点头说："这几日我一直恍惚不定，我在思考一个问题，你们中国的老百姓到底是一群什么样的人？"

圆眼镜哈着腰说："您有答案了吗？萧蜜德先生。"

"真是难以捉摸，我们刚来中国的时候，面对的是一双双呆滞的目光，可在平定州看到的却是一双双愤怒的目光。"

"您是觉得不正常吗？"

"中国人不可思议，难以理解。你们中国乞丐成群，贫穷程度惊人，疾病横行，社会混乱。可你们的老百姓对此无动于衷，麻木不仁，他们就像等待着苏打水的泡沫会自行消失一样，等待着这些弊端自行消失。"

圆眼镜凑近了萧蜜德说："萧蜜德先生，那您不觉得他们是一群最能忍耐的人吗？"

"这种忍耐不可思议。我曾经坐在轿子里视察平定的矿区，那山丘地带崎岖险峻，抬轿子的十分辛苦，我预计到了山顶他们一定会抱怨，会要求加钱，但是到达山顶后，他们拿出烟袋，有说有笑。这就是他们的忍耐吗？"

"中国的每一个劳苦百姓，或多或少都保持着自我尊重和人格尊严，就是我们所说的面子，只要你不侮辱他，他们什么都能忍受的。"

萧蜜德说道："我们的军队和你们的军队打仗，山坡上站满了中国的老百姓，他们就像看热闹一样无动于衷，但为什么我们想开采煤炭帮助你们改善生活，他们却群起攻击我们？"

"中国有句话叫作'事不关己，高高挂起'，萧蜜德先生，如果您饿了几天了，却有人拿了您眼前的面包，您会有什么反应？"

"可我觉得他们只会有怨气，因为他们胆小怕事，就是有苦有怨，他们也不敢声张，中国人可算不上是勇敢的人民。"

"但您忽略了一种人。"

萧蜜德问道："哪种人？"

"就是你们英语中的 HERO，我们称之为好汉、强人、带头人。中国人有从众心理，他们表面上是麻木、软弱，无论集体表现有多么不堪，但是只要有人出头带领他们，他们就会义无反顾，奋起反抗。"

"这一点我已经看到了，这些带头人就像河边的纤夫，掌握着船的进程，我们需要和他们谈谈，不要让他们因误解而走向极端，不要成为不顾一切的冒险者。"

"您说得非常正确，萧蜜德先生。"

萧蜜德看着圆眼镜说："没想到你这个人考虑问题还是很深刻的。"

"不敢当，不敢当。"

萧蜜德问道："这太原府有什么好吃的啊？"

"好吃的还是挺多的，萧蜜德先生想吃点什么？"

"去买点味道香的东西，最好是有肉的。"

"好了，我去看看。"

萧蜜德挥挥手。

圆眼镜走出屋门，正碰上渠正财进门。

"少爷，您这是干什么去？"

"洋人要吃点香的东西，最好是带肉的。"

渠正财举起火烧，说："我刚给您买了一个火烧，您先尝尝。"

"好啊，我尝尝。"

圆眼镜大口吃着火烧，渠正财在一旁观察着。圆眼镜嚼得满嘴都是油，说："这个味道挺不错的，和以前的不一样。"

渠正财观察着圆眼镜，问："有什么感觉？"

圆眼镜吧嗒着嘴："有股特殊的味道。"

渠正财问道："是想吐吗？"

"胡说八道，这么香的东西，我哪里舍得吐？"

渠正财比画着说："我是说身体有什么反应？"

圆眼镜揉着肚子说："你说肚子？"

"对对，肚子。"

圆眼镜揉着肚子说："舒服，真舒服。"

"还有什么感觉？"

"香，这驴肉火烧真香。"

渠正财叹了一口气，说："我的一块二啊。"

圆眼镜愣了一下，问："什么，一块二一个火烧？"

渠正财摆着手说："不是，不是。"

＊＊＊

渠本翘带着乔石头来到了北京，在"福兴居"设宴招待以前的朋友。恩贵兴奋异常，说："楚南啊，你离开京城，一别就是好几年，再次相聚真的不容易啊。"

田思亮说道："今天咱们再来一次老规矩。"

渠本翘笑着问道："一人一菜？"

恩贵鼓着掌道："好，一人一菜。"

纪汝为说道："好久没这么玩了，我先点，来个黄焖块鸭。"

饭店伙计应着。

赵国良喊了一嗓子："青椒土豆丝。"

恩贵笑着说道："你就永远离不开土豆。"

"山西人怎么能离开土豆呢？"

大家你一言我一语地点菜。

渠本翘对着恩贵问道："听说你又加品了？"

"我都熬了这么多年了，那算个什么啊。我可比不了你渠楚南脑子活套儿，跟着太后和皇上一趟西狩就加官进品了。"

"太后和皇上西狩山西，我作为山西人怎么能不随行啊？"

"赵公不也是西行一趟，回来就提成军机章京了。早知道我也跟着去了。"

纪汝为说道："赵国良靠的可是一手漂亮的蝇头小楷，太后看折子舒服，你非要扯到什么西狩。"

赵国良笑着说道："我那叫什么官啊，也就是给太后和皇上写字的。"

恩贵说道："你这官可是厉害了，天天能在太后和皇上身边。我们满人干不了这活儿，汉字写得不好。"

酒菜都上齐了，渠本翘端起酒杯，说："各位，几年不见了，楚南无时不怀念当初，想当年咱们几个下朝无事就把酒寻欢，虽然官品不高，但咱们开心、痛快。今又相聚，着实不易，干掉这杯酒，情谊永在。"

"情谊永在。"众人应和着，一饮而尽。

纪汝为擦了擦嘴，说："楚南就是会煽情，一语说来，我都想哭，在京城十几年了，我都不知道干了啥事，也不知道自己能干啥事儿，就这么庸庸碌碌半辈子了。"

田思亮说道："我们能干什么啊？都是听差的，把握不了局势，朝廷就那几个人掌控着，跟着混就是了。"

赵国良打断了田思亮的话："倒不必那么悲观，军机处处理的折子里，很多都是进言献策的，能看出他们的担当。"

恩贵说道："我倒觉得为官就得论政，倒不是因为我是满人，太后和皇上也不容易，为了大清社稷也是操碎了心，虽然当下时局不好，我们就更应该出力相助，反正我是尽力而为，要不我就回草原养马去。"

渠本翘问道："我离开京城几年了，我对京城的事情知之甚少了，这几年都有啥变化了？"

纪汝为说道："这几年跟以前大不一样了，义和团的事儿让洋人有了插手的机会，从此一切都变了。"

"太后和皇上不是重掌朝廷了吗？"

"是重掌了朝廷，但李傅相的那个条约快把朝廷压垮了。"

"你是说庚子赔款？"

"可不，庚子赔款四亿五千万两银子都是子民的血泪之银啊。"

"听说美国人建立了一个教育基金资助中国留美学生。"

田思亮说道："这你得问恩贵，他从内阁去了礼部，负责联络各国使节，他最清楚内幕。"

恩贵接过话："没错，美国人的这点儿花花肠子我最清楚了，美国人没要中国的土地，而是要在精神和经济上取得最大的利益。美国伊利诺大学校长给总统罗斯福的建议是追逐精神上的支配比追逐军旗更可靠，所以美国政府要用庚子赔款资助中国留学生，要造就一批从知识和精神上为美国所支配的中国领袖。"

纪汝为说道："他们一点儿都没吃亏，其实这些钱大部分都花到了美国。"

恩贵问道："楚南，说说你吧，这次来京城是什么目的？是想疏通渠道，准备班师还朝啊？"

"我这次来京的确是来疏通渠道的，但我对做官不感兴趣。"

"哪有对做官不感兴趣的？疏通渠道那就是为了做官。你是票号的少东家，我们可没办法和你比，升官进品了，可别忘了我们这些兄弟啊。"

"恩贵，来京的第一件事，就是咱们相聚，我真的是想你们了。"

"这我相信。"恩贵说道。

"我也实话实说，来京城是为了晋省矿权的事儿，也许大家听说了，我们晋省的矿权纠纷，多年未决，而且愈演愈烈，也许现在到了关键时候了，我在家待不住，就跑到京城了。"

"我听说了，是和英国人的纠纷。英国公使来外务部照会了几次。"

"是的。"

"我就猜到你一定有事，你是个有情有义的人。我们虽然官品不高，但都是京城为官多年，你说吧，我们能帮上什么忙？"

"上奏皇上，定决晋省矿权。"

赵国良插了一句："楚南之意，保我晋省利权，也关乎国家社稷。"

田思亮问道："楚南的意思是几个部院一起写奏折？"

渠本翘点点头道："正是此意。"

恩贵说道："这个没问题，我们虽然无权直接写奏章，但我们可以动员部院的尚书和侍郎奏明皇上，奏折多了，就一定会得到重视。"

"没问题。"几个人都争相表态。

渠本翘起身端杯，说："我本想逐个拜请部院的尚书，今各位兄弟相助，帮了楚南大忙，楚南在此表谢了。"

赵国良跟着端起杯，说："我也代表晋省父老，多谢了。"

恩贵说道："赵公，你个军机章京，起草奏章可是近水楼台啊。"

"晋省乃我家乡，我当全力以赴了。"

渠本翘说道："我们干了这杯。"

众人响应着，一饮而尽。

众人落座。

赵国良接着说："晋省的保晋矿务公司，已经呈请农工商部奏准立案，等待批复，推举楚南为首任总理，王用霖为协理。"

恩贵点点头说："这可是个大事啊，恭喜楚南，恭喜山西，咱们今夜不醉不归。"

渠本翘说道："还没批复，你恭喜个什么啊，是想找借口多干几杯汾酒吧？"

"此话也没错，酒对好事不嫌多。"

"咱不缺的就是汾酒，一会儿散去，每人两坛子带回家。"

"票号的少东家就是排场。"

众人响应着。

***

在京城的山西买卖人是松散的一群，但是山西人在京城建的会馆就有几十个，主要的作用是"报神恩、联乡情、诚义举"。下斜街的云山别墅里，渠本翘正在房间里踱步思量。乔石头进屋通报："东家，有人送了一个帖子。"

渠本翘问道："我们刚来京城，谁就送帖子了？"

"是直隶总督兼北洋大臣袁世凯。"

"啊，快拿来。"

渠本翘接过帖子看罢脸色凝重。乔石头看到渠本翘脸色不好，急忙问道："怎么了，东家？"

"孙悟空就跑不出如来佛的手心啊。"

乔石头问道："您是说这个袁世凯是如来佛吗？"

"是啊。"

乔石头小声地问道："东家和这个袁世凯熟吗？"

渠本翘背着双手又开始踱步，说："以前很熟的，现在很多年不来往了。"

"东家是不想见他吗？如果不想见，我就回了他。"

"的确不想见，但又不得不见。"

乔石头问道："这个袁世凯很厉害吗？"

"我们刚进京两天，他就知道我的行踪，派人送贴，说明他在京城的耳目众多，京城的风吹草动，他都了如指掌，你说他厉害不厉害？"

"那他这么急着派人下帖，一定是有要事找您。"

渠本翘说道："我是真的不想见他，戊戌年间太后在珠市口杀了六个人，我的老师就是那时候死的。有人说是他给太后告的密。"

"这样的人不见也罢。"

渠本翘说道："此人比我大三岁，连个秀才都不是，却升得很快，现在官阶从一品。身居高位，把控着朝廷的重权，不见不妥。"

"为什么告密的人升官就升得快啊？"

"那只是传言，我也无法确定，官场的事情很复杂，有些事情你不懂，可是也有些事情我还真的佩服这个袁世凯。"

乔石头问道："他害了您的老师，您还佩服他？"

"这是两码事。当年日本人出兵朝鲜，朝鲜向我清廷求救，就是这个袁世凯带人冲进王宫，赶走了日本人，后来他还帮朝鲜国王训练了五百人的'镇抚军'。"

"这么说，他是个能带兵的武将？"

渠本翘说道："除了武，他还能文，他还上奏皇帝要求废除科举，推荐新学。"

"您不是说他连个秀才都不是吗？不会是他没考上科举，嫉恨在心，才举荐废除科举吧？"

渠本翘摇了摇头说："这总是利国的好事啊。"

"那您说，什么时候去？"

"备车，现在就去。咱就会会这个袁世凯。"

第十七章

袁慰庭拉拢晋商办银行
渠楚南京城串联谋御批

***

渠本翘车子来到法华寺。渠本翘一见到袁世凯急忙拱手行礼，说："渠楚南拜见袁大人。"

袁世凯坐在椅子上没有动身，笑着说："楚南，这么快就来了。"

"袁大人，刚收到帖子，楚南不敢怠慢。"

"不必拘礼，还是直呼慰廷更加亲切。"

渠本翘小心翼翼地回答："大人乃朝廷重臣，楚南不敢失礼。"

"好了好了，不必奉承了，我们这么多年交情了，我还没变，我还是你那个愚兄。"

渠本翘落座后，看着袁世凯，心里有些忐忑，说："不知慰廷兄此次找我何事啊？"

"楚南，你回到京城也不告诉为兄，实不仗义吧？"

渠本翘有点害怕，不安地说："楚南不敢，因回京办一小事，实不敢惊动兄长。"

"想当年我们在京城来往颇多，戊戌年后你就一直躲着我，是不是有什么误会啊？"

渠本翘说道："兄长国事繁忙，楚南怕误国误事，加之举家回迁山西，料理家事，还望兄长见谅。"

"听说你在为晋省矿权之事奔波，是票号买卖不好了，在另谋生计吗？"

渠本翘心情更加紧张，低声说："家乡的事儿，我只是想尽点微薄之力。"

"这倒是没什么，我只是担心你赶走了洋人，煤炭还是挖不出来啊。"

"楚南没有明白兄长的意思。"

"山西的买卖人擅长票号和贸易，挖煤还是洋人的优势。"

渠本翘说道："煤炭是晋省的利源，晋省百姓的生活指望着它呢。"

"楚南啊，还是做点自己擅长的事儿为好。"

渠本翘问道："兄长的意思是？"

"我找你来不是说矿权的事儿，还是想说说你们本家擅长的事儿。"

"票号？"

袁世凯停顿了一下，说："不，是银行。"

"银行？"

"对，我知道户部银行成立以后对宝号影响很大，但当时朝廷动员你们山西票号加入，你们都犹豫不决。虽然李宏龄最感兴趣，但他毕竟是个掌柜，再积极也无济于事。这次我想再给你们一个机会，宝号也能顺风搭车，可期大展宏图。"

渠本翘问道："兄长，您是想再立一家银行？"

"还是楚南聪明。户部银行乃朝廷官办银行，负责综核度支、厘整币制、交纳公款，对朝廷财政贡献很大，但是自从铁良换任户部尚书以后，他挟持户部，枉用权力，以己私心分配财利，尤其是克扣北洋新军的粮饷，误国误民。现农工商部、邮传部有意牵头组建一个官商合办的商业银行，新的银行提倡商务，筹集资金以振兴农工路矿各项实业。楚南，你这个少东家如果感兴趣，必将前途无量啊。"

"兄长可能有所不知，你们都称呼我少东家，楚南实在惭愧，三晋源、百川通票号是家父的生意，大德通、大德恒是我舅爷的买卖，我倒是都能说上话，但是山西的字号都是'东伙合作'的，买卖上的事情都是掌柜的说了算，东家都不能插手，我只能是把消息传给他们，是否成事儿得由他们来定夺。"

"银行这件事儿上，我感觉山西帮不如江浙帮积极，我只是想关照一下你们，才找你来说这事儿，你也不必有什么顾虑，实话给你说，有没有山西票号，交通银行也一定能立起来。"

渠本翘问道："名字都起好了？"

"先给你透露一点儿风声，你也给宝号吹吹风。"

渠本翘说道："组建银行，我是很感兴趣的，这关乎整个票号汇业的前程，抱残守缺必将衰落，革故鼎新才能昌盛。我会尽心操办的，具体的消息我让京城分号跟您联络。"

"还是楚南办事缜密严谨。这事儿就说到这儿，几年不见了，我们也应该唠唠嗑，叙叙旧，我收了几幅字画，还请楚南给鉴赏一下。"

渠本翘说道："楚南不才，不敢妄评。"

袁世凯哈哈大笑道："不必客气，来吧，到里面去看看。"

袁世凯说着起身，渠本翘无奈地跟着走了进去。

＊＊＊

渠本翘走出袁府，钻进车里。渠本翘对着车夫说道："去一下蔚泰厚分号。"

车夫问道："这蔚泰厚是在哪儿啊？"

乔石头说道："山西的银号。"

"这北京城里山西的银号有几十家，我分不清是哪一家。"

渠本翘说道："前门外草厂九条。"

"得了，这就知道了。"

渠本翘的马车来到了京城蔚泰厚分号。

蔚泰厚的伙计一眼就认了出来，赶紧招呼着："渠少东家来了。"

李宏龄在院子里迎住渠本翘，说："楚南东家，大驾光临，有失远迎啊。"

渠本翘边走边说："得了吧，子寿兄，我以为你一个时辰之前就在院门口迎着我了。"

"此话怎讲？"

"你李掌柜在京城可谓是通达四海、八面玲珑啊，我渠楚南就算是孙猴子也跑不出你的掌心啊。"

李宏龄哈哈大笑道："我知道您在说什么，我这不是在意您吗？"

"我以为这如来佛是谁呢？原来是你。"

李宏龄嬉皮笑脸地问道："刚从袁府来吧？"

渠本翘瞥了一眼李宏龄，两人进屋。入座后，李宏龄吩咐上茶，李宏龄把身子凑了过来，说："袁大人找您了？"

"我一猜就知道是你的意思。"

李宏龄笑着说道："在东家里面，我跟您是最投缘的，我对别的东家也只是应付而已，可只要对汇业有点想法，我就想找你商量。"

"那你直接找我不就行了，还用转弯抹角让慰蔚廷给我说啊？"

"我们俩昨个儿不是在一起喝茶吗，他非要下帖子见你，我也就应了。"

渠本翘喝了一口茶，说："这下你满意了吧？我一离开他的府宅就得来见你。"

李宏龄哈哈大笑，说："蔚泰厚的大门永远给您开着呢。"

"我要是不来，都怕又出什么幺蛾子了。"

"那倒不至于，我找您永远是正事，旁门左道、鸡毛蒜皮的事儿绝不找您。"

"那就快说说你的正事吧。"

"说事儿之前，您还得答应我个事儿。"

渠本翘问道："我来这儿听你说事儿还带附加条件的？"

李宏龄头一歪，说道："不答应，就不说了。"

"说吧，什么条件？"

李宏龄说道："中午必须在蔚泰厚吃饭，我这就安排。"

"李掌柜，你这是请客吃饭习惯了吧，把吃饭当成条件了。"

李宏龄表现得很为难，说道："楚南，你要答应了吃饭，我就知道这时间如何掌握，我也就能把事儿展开好好说说；要是待一下就走，我就不知道如何说了。"

"真是厉害，请人吃了饭，还让人感觉是必须的。"

李宏龄一副无奈的样子，说："你以为做掌柜就那么容易啊？"

＊＊＊

渠本翘从蔚泰厚出来，马车行驶不远，便叫住了车夫，渠本翘下车，

329

走到胡同口，左右瞧了瞧。渠本翘拦住一路人问道："请问您是在这个胡同住吗？"

"是啊，怎么了？"

"请问李御史住在哪儿啊？"

"御史，您在说笑话啊，这个胡同住的都是小商小贩，没有做官的。"

渠本翘接着问道："那有没有坐车的或者坐轿子的？"

"没有。"

渠本翘带着乔石头继续往前走，看见一个晒太阳的大爷。渠本翘上前问道："请问您知道李春溥住哪儿吗？"

大爷用手指了指，说："李春溥啊，前面十字口第二家那个小门里。"

渠本翘连忙道谢："谢您了。"

渠本翘来到一个小院门口，看起来很久没有维修了。渠本翘上前拍打着院门，院内有人喊话："谁啊？"

"是荫南兄吗？"

李春溥开门一看，甚为惊喜，说："楚南兄，你怎么来了？"

渠本翘拱手行礼道："我刚到京城。"

"快进来，快进来。"

李春溥走到院内说道："楚南，真不好意思，屋中简陋杂乱，我就不请你进屋了，咱们就在这儿坐坐吧。"

渠本翘看着四周，说："荫南兄，住得如此简陋啊！"

"这就是个临时住所，就我一个人，家眷也不在。"

"这都好多年了，还是个临时住所啊？"

"平时我都在外地出差，只要回京城有个落脚地儿就行了。"

渠本翘扭头说道："石头，你帮着把屋子收拾一下。"

李春溥急忙阻拦："不用，不用，我习惯了，一收拾啊，我还找不到东西了。你等着啊，楚南，我去给你烧点水。"

乔石头跑了过去，说："那我去烧水，您跟我东家说话。"

李春溥看着渠本翘问："楚南，什么时候到京城的？"

"刚到两天。"

李春溥问道:"来京办事啊?"

"我是专为矿权之事而来,我怎么也要来见见你,蔚泰厚的李掌柜告诉我地址,我就过来了。"

李春溥说道:"我们有好几年没见了,真的很想你,李掌柜给了我你写给我的信,我马上就写了奏折,也不知效果如何?"

"真的顶了大用了,皇上批转了你的奏折给外务部,外务部没敢耽误,责成山西商务局与洋人谈判了。"

李春溥问道:"谈判得怎么样?"

"还在相持阶段,各说各的理儿。不过洋人提出要先开平定一地的煤矿,正赶上李培仁烈士蹈海,我们也就没做答复。"

李春溥接着问道:"外务部是什么态度?"

"外务部一直强调以前的协议有效,但可商讨。"

李春溥笑着说:"那是皇上的意思。"

"是皇上的意思?"

李春溥站起身说:"你等一下,我给你看个东西。"

李春溥走进屋子,乔石头拎着壶出来,倒了两杯水。

李春溥去院子里拿回一张纸,说:"这是皇上的御批,我摘抄下来了。"

渠本翘接过来,念道:"团体原宜固结,而断不可有仇视外洋之心,权利固当保全,而断不可有违背条约之举。"

"看到了吧,这是皇上的本意。"

渠本翘说道:"原来如此,那这么说,不能仇洋,不能毁约,这是底线?"

"是的。"

渠本翘问道:"那你觉得应该怎么办?"

"你知道现在洋人是什么动向吗?"

渠本翘问道:"什么动向?"

"英公使已经要求外务部请丁宝铨出来调停。"

"丁桌台?"

"是啊。"

"他们为什么要找丁桌台出来调停呢?"

"洋人认为丁宝铨可能会倾向于他们。"

渠本翘说道："那不可能，前段时间我刚见过丁桌台，他态度坚决，还曾公开表态，收不回矿权，辞职谢罪。"

李春溥看着渠本翘，说："虎豹不堪骑，人心隔肚皮。"

渠本翘问道："丁桌台和洋人有交情？"

"前一任英国公使朱尔典与丁宝铨私交甚好，来往密切。"

"此事当真？"

"千真万确。"

"那你觉得丁宝铨会倾向于洋人吗？"

李春溥说道："这就难了，但是不得不防，我已经准备了奏折，直接点名丁宝铨，不要受洋人愚弄，要磋商就要全力以赴，否则将造成重大外交纠纷，国家损失不可估量，其罪过不可饶恕。"

"这样太冒险了吧？还未有既定事实就如此假设，你会犯欺君之罪的。"

"顾不上那么多了，宁信其有，也不信其无，不堵上这个窟窿，才是最大的风险。"

"荫南兄，你剀切陈词，披肝沥胆，令我渠楚南敬佩不已。"

"不必如此，我也是山西人，自己家乡的事我都不敢谏言，我枉为御史之职。"

渠本翘说道："此次进京，我联络了我以前共事的同僚和兄弟，他们都表态会联名上奏，我可以让他们给你呼应，这样可以避免独言刺耳，不至于引起皇上的反感。"

"多谢楚南细致周到。另外做好应对的准备吧，一场暴风骤雨就要来了。"

渠本翘问道："荫南兄是有何暗示吗？"

"我也不知道矿权之事将走向何方，我只是提醒你，一切都有可能，遇见难以接受的结果，望深思熟虑，高瞻远瞩。"

"楚南记住了。"

李春溥笑着说道："我都忘记了，水都要凉了，快喝点水。"

"水就不喝了，我想请荫南兄吃个饭，以表谢意。"

"楚南，你不是想谢我，你是想害我啊，虽然我们是同乡，虽然我们是朋友，但外人不知。我是御史，如果有人告我吃请，你岂不是害了我。"

"既然说到此，我就不请饭了，那拿着这个。"

李春溥问道："这是什么？"

"这是二百两银票，你拿上，收拾一下这个宅子，买一件像样的衣服，我知道你清廉俭朴，但是你不要让咱山西人脸上无光。"

李春溥把钱推了回去，说："这钱我不能要。我领朝廷俸禄，这就足够了，再说了我不会给山西人丢脸的，光鲜不在外表。"

渠本翘说道："就算是你借我的，我是要你还的。"

"楚南，咱俩是君子之交，我不想坏了咱们的关系。"

渠本翘收回了手，说："好吧，那我就不多打扰了。"

两人走出了院子，李春溥站在门口，挥着手说："楚南兄，慢走。"

渠本翘回头说道："荫南兄，你不要站在门口看着我，你先回去，关上门，我才好走啊。"

李春溥点了点头，关上了门。

渠本翘一边走着一边掏出手绢，将银票包了起来，说："石头，看门关上了吗？"

"关上了。"

"把这个扔到院子里去。"

乔石头接过手绢，说："明白。"

渠本翘挺起胸，快步走着，夕阳的余晖照在渠本翘的脸上，显得棱角分明，眼角的泪水反射着金黄色的光芒。

＊＊＊

李大人身穿便装，唐绍义带着李大人走在万牲园院内的小路上。

李大人问道："唐大人，您带我到这万牲园是何意啊，难道是要我来看这里的野兽禽鸟？"

唐绍义笑着说道："这是万牲园不假，可这万牲园里别有洞天啊。"

"有什么稀罕玩意儿啊？"

"洋餐，吃过吗？"

333

"您是说番菜？"

唐绍义一副神秘的样子，说："我带您啊，就是来开开眼的。"

两人走到一座气势恢宏的建筑前，唐绍义说道："看到没，畅观楼，洋人开的馆子，吃的是洋餐。"

"还是你们外务部见多识广啊，不过这么高级的地方如果让巡城御史看到了，咱们不就惹麻烦了吗？"

唐绍义笑着说道："你也太高看他们了，御史能找到这地方来？再说了我让你穿便装，就是为了不扎眼，就放你的心吧。"

两人走进饭馆，梁恪思迎了出来。

梁恪思拱手行礼道："二位大人，有失远迎啊。"

唐绍义做着介绍："这位是工商部的李大人，这位是英国福公司的梁恪思先生。"

李大人拱手道："梁先生好。"

梁恪思往里面一指，说："二位请坐。"

洋人侍者给每人端上两片面包和一盘菜汤。

李大人用胳膊撞了一下唐绍义，问："不是你请客啊？"

唐绍义笑了笑说："谁请不一样啊。"

梁恪思说道："今日恰逢假日，我请二位来此就餐没有别的意思，就是想请二位大人了解一下我们西方的餐食。这畅观楼的西餐原汁原味，可以和我们家乡的味道媲美。我希望二位能品尝到地道西餐的同时，能够加深我们彼此的了解，增进我们的友谊。另外我想强调的是西餐是你们中国人的叫法，我们却没有这个概念，英国人做的菜就是英国菜，法国人做的菜就是法国菜。"

唐绍义对着李大人说道："看到没，梁先生的几句话颇有我们中国人的味道，不愧为中国通啊。"

梁恪思笑了笑说："我来中国多年，深受中国文化的熏陶，你们中国的文化广博厚重，我只是学了一点皮毛而已。"

李大人问道："梁先生和我们唐大人相识很久了吧？"

"时间倒是不长，但是唐大人在外务部对我们关照有加，我理当设宴款待啊。"

334

唐绍义说道："说不上关照，你我都是代人办事，与人方便，与己方便而已。"

梁恪思拿起了菜单，说："二位大人，请点菜吧。"

李大人说道："唐大人，您就给点了吧。"

"你这就外行了吧，西餐点菜是一个必不可少的程序，是一种优雅的表现，他们的皇帝国王也是看着菜单自己点菜的。"

李大人接过了菜单，说："好好，唐大人我只能跟着您点，您点什么，我就点什么。"

侍者收走了菜单。

梁恪思说道："我们开始吧。"

李大人问道："这还没上菜呢，吃什么啊？"

"请先用汤。"

"这是菜汤啊。"

"这是法国洋葱汤。"

李大人哈哈大笑道："这菜汤可够素淡的。"

梁恪思说道："我们西餐比不上你们中餐丰盛靡贵，我们讲究的是做得精、吃得精。"

这时从餐馆门口走进来两个差役。李大人赶紧用手挡住了半张脸，轻声说了一句："唐大人。"

唐绍义也用手挡住脸。

进来的差役高声喊着："把你们掌柜的叫出来。"

一个洋人迎了上去，说："我们这里没有掌柜，我们这里有经理。"

"哦，洋人啊，不管是掌柜还是经理，管事儿的就行。"

"请问二位差官有什么事情吗？"

"我们是巡警部警保司卫生科的，向你们宣读卫生公告。"

"好的，请讲。"

差役拿着公告宣读："为晓谕事，照得饮食中最要紧的是水，水不净则病生，水不开则腹泻，本部屡次出示，告知你们吃水之方法。现河水浅落，水中毒虫甚多，故朝廷推广自来水，望广为接纳，但是吃河水者不少，在此强调凡吃河水，需用白矾澄清一个昼夜，烧开饮用，若喝生水，

335

轻则闹痢疾，重则闹霍乱。要紧，要紧。所有卖水的生意，务要遵照前法办理，如果用水不净，则是有心害人，本部随时查验。一经查出，从重罚办。听明白了吗？"

"明白了。"

"那我们要进去检查一下用水。"

"二位差官请进。"

唐绍义把遮挡脸的手拿了下来，说："现在这巡警都管上卫生了。"

梁恪思放下了汤勺，说："这就是你们中国的进步，这些措施是你们留学人士带回来的。人们就应该讲究卫生，从喝水吃饭开始。"

李大人说道："梁先生说得也有道理，你看你们西餐是一人一份，自己吃自己的，这样很干净卫生。"

梁恪思点点头说："你们中餐吃的是热闹，但是一群人去吃一个菜，是很不卫生的。你们应该向我们学习，实行分餐制。"

李大人摇着头说："我们中国人喜欢热闹，红火，一起吃一起喝，才表现感情深厚啊。"

唐绍义说道："我倒是主张向西方学习，但不局限于餐食，我们皇上力推洋务，取长补短，不正是在学习西方吗？"

梁恪思伸出了大拇指，说道："思变进取，这是很积极的信号。"

李大人说道："现在朝廷有些人认为，全变则强，不变则亡，如何变，看西方。他们希望你们洋人也能帮助我们。"

"没错，我们福公司勘探开矿，技术一流，也是为了帮助你们增添采煤的设备，提高采煤的效率。"

"我们是在学习，你们福公司会采煤，我们也要成立公司采煤。"

梁恪思有点惊讶，问："哦，你们也要成立矿务公司吗？"

李大人说道："山西官绅已经向我们商部申请成立矿务公司，决定自己开矿采煤了。"

梁恪思问道："但是不知道山西方面是否有此方面的人才？"

"他们推举分省尽先补用道渠本翘担任总理，据说此人见多识广。"

唐绍义打断了李大人的讲话，说："李大人，饭桌之上就不讲公事了，看，牛扒上来了。"

梁恪思赶紧拿起了刀叉，说："我给你们演示一下如何使用刀叉。"

两个人瞪大了眼睛看着。

***

恩贵走进山西会馆，直接推门进了渠本翘的房间。

渠本翘站起身，说："恩贵，你怎么来了？快坐。"

"我今天正好去下斜街办公务，抽着空儿也来看看你。"

"不愧为好兄弟。"

"我们虽然几年不见了，但是见到你，我亲得不行。"

"是啊，这情谊割舍不断啊。"

恩贵坐在了椅了上说："可不，记得咱们一起在内阁供职的时候，咱们就有说不完的话，唠不完的嗑。"

渠本翘给恩贵倒了水，问："你还记得那次咱俩一起值更吗？"

"当然记得了，咱俩从文渊阁到文华殿，偌大的皇城里面，没看见其他人，你一直往我身后躲呢。"

"谁说的，咱们不是还遇见东华门的守卫了吗？"

"他们都说满人和汉人有隔阂，可我跟你就没觉得，比我亲弟弟还亲，我跟我亲弟弟就没啥说的。"

渠本翘说道："现在不时兴说满人和汉人了，前些日子，梁卓如说了个新词，叫'民族'，以后啊叫'满族'和'汉族'。满汉蒙回藏都是中华民族，只要有这个认同，我们就是一家人。"

"说得好，我们虽然不是一个家族，但我们是一个国族，保住这个国族，抛弃成见，保国保种，需要满汉蒙回藏一起使劲儿。"

"没错，现在是我们最弱的时候，朝政被外国人把控，他们要怎样，我们都不敢拒绝。"

"我也是向往'康乾盛世'，我们不再是天朝上国了，不知道还能不能回到那个辉煌年代？"

渠本翘说道："怎么不可能？只要能守望相助、休戚与共，历尽艰辛、踏遍坎坷，知耻而后勇，就能复兴。"

恩贵点点头说："但愿如此吧。"

"你这有气无力的，还想什么'康乾盛世'啊。"

"我想起来了，你刚才说洋人控制朝政的事儿。昨天我在部里看到英国人的照会，和你们山西有关。"

渠本翘问道："哦，说什么了？"

"英国人说请派丁宝铨来京办理。这丁宝铨不就是你们的按察使吗？"

"哦，这事儿我知道了。"

"反正啊，你多有准备就是了。"

渠本翘说道："好了，这时间不早了，我请你吃顿山西饭，就在这山西会馆，这儿的山西饭是最地道的了。"

"那敢情了，能不能再喝一口？"

渠本翘指着墙角的酒罐子，说："看到没？汾酒管够。"

两人开门走了出来。

***

福公司总部的汽灯把房间照得通亮。哲姆森看到萧蜜德和怀特走了进来，站起身来说："欢迎二位，一路辛苦了。"

萧蜜德来到了哲姆森身旁惭愧地说道："哲姆森先生，我让您失望了。"

哲姆森面带笑容走上前去，示意二人落座，说道："萧蜜德先生，不必这么说，我给你们准备了新到的印度咖啡，你们尝尝。"

大家倒着咖啡。

哲姆森看到萧蜜德喝了一口咖啡后问道："味道如何啊？"

"我们撤离了平定，我哪有心情品尝咖啡啊！"

"萧蜜德先生，不必这么沮丧，任何事情都是会变化的，喝第一口咖啡您会感到一丝苦涩，但是您不停地搅拌，正如您不断地努力，第二口您就会感到甜美和醇香。"

"道理谁都懂，可事实却让人无法接受。平定是我们最重要的基地，我们没有守住，怀特还受到了屈辱，我作为大英帝国的公民，我感到羞耻。"

哲姆森说道："这就是您的不对了，萧蜜德先生，我们是大英帝国的公民，但更重要的是我们是商人，我们千里迢迢来到中国，为的是获得利益。你们撤出平定回到太原，一是为了保证你们和家眷的安全，其二这也是为了等待最佳时机的出现。"

"哲姆森，咱们认识十几年了，我太了解你了，我知道你内心的用意，也不必这样安慰我，我也知道我们目前面临的局势，我是可以自我调节的。"

梁恪思走了进来，说："欢迎二位的到来，我正好给你们带回来一个消息。"

哲姆森接过了话："梁恪思，谈谈你去万牲园的收获吧。"

"我正要说这个，今天我请外务部和商部的人吃饭，无意之中他们透露出晋省正在申请成立矿务公司的消息。"

哲姆森问道："成立矿务公司是想与我们福公司抗衡？"

梁恪思点了点头。

萧蜜德接着问道："知道谁是他们的头吗？"

"说是一个叫渠本翘的人。"

哲姆森问道："渠本翘又是个什么人？"

萧蜜德说道："渠本翘，这个人我在平定的时候见过一面，据说是一大户家的公子，在他们朝廷里做了一个不大不小的官，表面上低调不张扬，但是我觉得他是幕后推动者。"

哲姆森低下了头，喝了一口咖啡，说："对于我们来说，形势的确不容乐观。"

梁恪思说道："据我所知，京城多个部院联名上报奏折，给清国皇帝施加压力，很多以前观望不愿表态的皇族大臣，都表态支持收回矿权，这对我们越来越不利。"

萧蜜德说道："我们是应该重新考虑我们的对策了。"

哲姆森喝了口咖啡，说："我们是感到压力了，但是清国政府也感到了压力，现在正是双方较劲的时候，其实双方都没有更好的办法解决此事。"

萧蜜德说道："哲姆森，他们成立矿务公司的事情，我们必须坚决反对，他们如果自己开矿采煤，我们就很难插手了。"

"我们怎么反对？协议上没有规定不让他们成立相应的公司啊。"

"还是要坚持专办、独办，这是排他的约定。"

"谈判还得继续，我已经请求沙道义先生照会清国外务部，让山西的丁宝铨参加谈判，这个人与我们英国人来往颇多，尤其是与朱尔典先生私交甚好，但愿他能倾向于我们。"

"据我所知，这个人曾经在公开场合的表态对我们不利。"

梁恪思说道："这个您不用担心，表面上跟我们过不去不要紧，我不相信他会跟银子过不去。"

萧蜜德说道："我认为我们还是要利用我们大英帝国的优势，在政府层面上给他们压力，让他们屈服。"

哲姆森点点头说："我明白你的意思，沙道义先生给我强调了多次，大英国的利益必须争取，不能损失，但是必须掌握一个尺度，那就是不要惹恼了中国人，不要形成外交对峙，不要发生武力战争。"

梁恪思接着说："清国政府也是这个态度，他们的皇帝曾经下旨，不放弃权利，不违反协议，不仇视外国人。"

萧蜜德说道："所以说只有谈判这一条路可走了？"

哲姆森站起身，说："是的，但是如何谈，谈什么，这就应了中国人的一句话：'斗智斗勇。'"

萧蜜德接着说道："中国人计谋很多，应变能力很强，一会儿一个鬼主意。"

"他们现在并没有主意，他们现在的主意就是拖，是在等待时机。"

"我们没有他们的时间，我们拖不起，我们只有推，必须推着这件事情尽快解决。"

"我们必须找到中国人的弱点打击他们，削弱他们的锋芒，打击他们的抵抗意志。"

"中国人有句话叫作'枪打出头鸟'，我们就用他们的办法对付他们。谁是带头的就先打击谁。"

"这是个好办法。"

哲姆森说道："梁恪思先生，英国公使的照会，外务部一定会照办，他们一定会让这个丁宝铨参加谈判。如何左右丁宝铨，由你来办。"

"明白。"

"至于那个渠本翘，也不能不防。萧蜜德先生，您也尽快返回山西，查明这个渠本翘的底细，动用当地的力量，阻止他，干扰他，让他这个出头鸟不敢出，出不来。"

"哲姆森先生，我知道该怎么办了。"

"我会密切关注局势的变化，调整我们的策略，要在他们还没有完全醒悟之前完成我们的谈判，我还会继续让沙道义施压清国政府，他们在多管齐下，我们也要全面开花。各位先生，真正的较量才刚刚开始，谁赢谁输，我们拭目以待。"

第十八章

楚南拜访京城晋商票号
乔石头借机浏览逛京城

***

深秋朝阳的柔光洒落京城，故宫的屋顶金碧辉煌。渠本翘的马车紧贴着故宫北侧行驶。马车停了下来，乔石头说道："东家，北池子到了。"

渠本翘下车，走到了徐会沣宅院门口，乔石头拎着礼物跟在后面。渠本翘仰头看着大门楼上的牌匾，对着乔石头说道："看到这个牌匾了吗？"

"养兵蓄锐。"乔石头看着鎏金牌匾念出声儿。

"这是太后亲手所书。"

乔石头惊愕地问："真的是太后写的啊？"

"是啊。"

渠本翘看着发呆的乔石头说道："敲门啊。"

乔石头回过神儿来。

"砰砰砰"，乔石头拍打着门环。

大门打开，一个家丁露出了半张脸，问："你们谁啊？"

渠本翘赶忙说道："这位门官，太原府渠本翘求见徐大人。"

"我们家老爷暂不见客，请回吧。"

乔石头插了一句："我们从太原府来，大老远的，您就给通报一声儿。"

"多远都不行，老爷不见客。"

渠本翘说道："我不是客人，我是徐大人的学生，他是我的老师，以前我经常来府上的。"

"我没见过你，我们老爷的学生多了去了。"

342

乔石头说道："能不能通融一下，给通报一声？如果徐大人不见，我们就走。"

"没什么好通融的，我接到的指令就是概不见客。"家丁说着，咣当一声关上了大门。

乔石头看着渠本翘问："这可怎么办啊？东家。"

渠本翘看了看四周，说："我们等一下吧。"

两人走到了大门对面，左右观望着。

乔石头说道："东家，这样等也不是个事儿啊，我绕到后院翻墙进去，给您去通报一声儿。"

"那样不妥，太失礼了。"

"您看那把门的一点不松口，再等也没希望啊。"

"那也不能翻墙啊。"

这时一辆马车停到了院门口，马车上下来了一位夫人。

"师娘。"渠本翘边喊着边迎了上去。

徐夫人顿了一下，扭头看到了渠本翘。

徐夫人惊讶地说："楚南，怎么是你啊？"

"师娘，我来京城办事儿，所以来看看老师和师娘。"

"那怎么待在门口啊。"

"家丁说老师概不见客，就没让进去。"

"快快快，进来进来。"

渠本翘跟着徐夫人边走边问："老师和师娘都还好吧？"

乔石头拎着礼物跟在后面。

"我还可以的，你老师身体不太好，所以最近一直不见外客。"

"来的时候，媳妇千叮咛万嘱咐说一定要来看看你们，还给你们带了礼物。"

"亏着她还惦记着我们，我们也常提到她。她还好吧？"

"挺好的。"

来到屋内，徐夫人招呼渠本翘坐下，边转身就往里屋走，边说道："楚南，等一下啊，我去叫你老师出来。"

"东家，我在外面等您啊。"

乔石头放下礼物，转身走了出去。

徐会沣在夫人的搀扶下，颤颤巍巍地从里屋走了出来，说："楚南啊，你来了。"

渠本翘扑通一下跪在地上，说："老师，楚南来了。"

徐会沣坐在了椅子上，说："快起来，快起来。"

渠本翘眼睛都湿润了，跪在地上没有起来，说："老师，您身体怎么这样了？"

徐夫人走了过去，扶起了渠本翘，说："起来说话吧。"

徐会沣一边咳嗽着，一边说："都说啊，人生七十古来稀。我都不知道能不能过得了这个坎儿。"

"老师一世英名，必得上苍眷顾，一定能延年高寿的。"

徐会沣喘着粗气说："我都不指望那么多了，我准备回山东老家料理后事了。"

"老师不必悲观，您是朝廷的宠臣,太后和皇上还指望你很多事儿呢。"

徐会沣还在咳嗽着，说："说说你吧，楚南，这离开京城几年，怎么样啊？媳妇还好吧？我和你师娘还念叨她了。"

渠本翘说道："媳妇好，她让我捎话问你们好了。我从日本横滨回来就一直在山西了，家里有很多事儿需要打理。"

"这次来京城是为了什么啊？"

"老师是否知道晋省和英国人的矿权之争？"

"听说过一些，不就是那个胡聘之弄得那个糊糊事儿吗？"

"是的，我就为了这事儿来京城的。"

徐会沣喘着粗气说："那个胡聘之不是已经被解职了吗？"

"胡大人是被解职了，可矿权还在英国人手里,晋省的百姓怨声载道，非要收回不可。"

"楚南啊，我猜到这事儿你会管的。想当年我在山西做会试官，你中了解元，我就看到你与众不同，把你的'桥'改成了'翘'，就是希望你能成为翘楚，为百姓谋事，为朝廷排忧。"

渠本翘站起身子，深深鞠了一躬，说："老师的恩情，楚南今生今世不会忘记。"

徐会沣摆摆手，示意渠本翘坐下，说："这矿权之事，你是怎么想的啊？"

"晋省的矿权乃百姓的利源，英国人夺得了矿权，就是卡住了晋人的脖子。可我们又打不过洋人，不能御敌于域外，让洋人踏入了国门，洋人挖了我们的煤再卖给我们，这种屈辱难以忍受。我来京城只是想拜会旧友，疏通渠道，给太后和皇上联名上奏，希望能为矿权之争出一份力。"

"楚南啊，我已经老了，身体也成这个样子了，晋省矿权的事儿我可能帮不上你什么了，既然你来了，我只想嘱咐你两件事儿。"

"老师，您说，楚南一定铭记在心。"

"现在朝廷帮派林立，人事复杂，一些人和事儿看不清楚，就不要妄动。尤其是要提防袁世凯这个人，此人心机颇多，野心又大，我预感在此人身上要出大事儿，他现在手下的新军几十万人，还在竭力地扩充。我去过一趟天津小站，得见新军装备精良，给养丰足，可谓顿顿有肉吃。他从哪里弄来这么多钱呢？据说直隶的煤铁都由袁世凯控制，还在插手河南和山西的煤铁。所以提醒你矿权之事不能简单看成只是和英国人之间的事儿，也许其中关系千丝万缕。"

渠本翘点点头道："知道了老师，我会留意的。"

"这其二就是要依靠朝廷，不要以为学生罢课，百姓罢市，游行请愿就能成事儿，归根结底是要想办法让朝廷出面解决。洋人讲究契约，不论契约公平与否，他们凭此护身，矿权也是这样，他们凭借的就是与胡聘之签署的那个契约。要想收回矿权，就要收回那份契约。要收回契约就得仰仗朝廷。你明白不明白？"

"老师，我一直找不到解决矿权的最终办法，您的一席话，让楚南茅塞顿开，我明白了。"

"虽说要你仰仗朝廷，但是你也知道，现在朝廷积贫积弱，已不在鼎盛之时，与洋人的抗争屡战屡败，洋人更是步步紧逼，得寸进尺。这种颓势何时才能止住，是否还有复兴之日？我是看不到了。"

"老师，您还是好好保养身体，不必过于担忧。虽说我们屡遭屈辱，也许短期无法翻身，但我们讲究礼尚往来，我坚信否极泰来，洋人越是欺压，反抗更是强烈，我们民族的坚韧是无法比拟的，华夏大地藏龙卧虎，终究一日我们会赶走洋人，复兴中华。"

"楚南，我没看错你，有你这样的人是朝廷的幸事，多有你这样的人何愁复兴。"徐会沣情绪激动地说着，随即咳嗽不止。

徐夫人在一旁说道："老爷，你不要太激动了。"

徐夫人上前搀扶着徐会沣，不停地给他捶着背。

渠本翘凑过身子问："师娘，要叫太医吗？"

"不用了，这是老毛病了，他不能太激动了。"

"那楚南就不打扰了，您扶老师进屋休息吧。"

徐夫人搀扶着徐会沣，说："好的，楚南，那就不送你了，回家问你媳妇子好，有时间了也出来转转，就说师娘想她了。"

"谢谢师娘。"

徐会沣扭头说了一句："楚南，你也保重啊。"

渠本翘扑通跪在了地上，连连磕头，大哭着说道："老师的嘱托，楚南永世牢记。老师，您多多保重啊。"

徐会沣边走边摆了摆手。渠本翘已经泪流满面。

＊＊＊

渠本翘的马车行驶在京城的街道上，乔石头和车夫坐在马车前头。乔石头问："东家，咱们现在去哪儿啊？"

渠本翘问道："现在走哪儿了？"

乔石头扭头问车夫："这是哪儿了？"

"崇文门外大街。"

渠本翘说道："那就去一趟大德恒。"

乔石头问车夫："大德恒银号，知道吗？"

"知道的，在巾帽胡同。"

车子向右一拐，不远处看到了写着"大德恒"字样的灯笼，车子停稳，渠本翘刚下马车，郝掌柜就在院里看到了，赶紧迎了出来。

"外孙少爷来了，少见，少见。"

"正好路过，到你们这儿吃个饭。"

"您快请进，您可是稀客啊。"

346

郝掌柜一边陪着渠本翘往里院走一边说着：“正好让您赶上了，新来个太原的厨师，外孙少爷想吃什么啊？”

　　“那就来碗刀削面吧。”

　　两人在堂屋里就座，伙计给上茶水。

　　郝掌柜说道：“听说外孙少爷来京城了，我估摸着您一定是事务繁忙，轮不上来大德恒，您这是从哪儿来啊？”

　　“你们这些掌柜的，真是消息灵通，我一来京城你们就都知道了。我刚才去看了一下我的老师，几年不见了，临来京城时，媳妇嘱咐了好几次。”

　　“听说您来京城是在忙活儿晋省矿权的事儿。”

　　“什么事情都瞒不过你们掌柜的。”

　　郝掌柜笑着问道：“外孙少爷来大德恒不只是为了吃一碗刀削面吧，不会也是为了矿权之事吧？”

　　“这次你还真的猜错了，我来这儿是想和你说说银行的事儿。”

　　郝掌柜凑了过来问：“您见过李宏龄了？”

　　“这你也知道。”

　　“他早就琢磨着办个山西的银行，还想推举您为总理。”

　　“所以我想找你说说这事儿。”

　　这时一个伙计走了进来，说：“掌柜的，刀削面做好了。”

　　郝掌柜招呼着渠本翘走到外屋，说：“外孙少爷，咱们先吃饭，吃完饭咱们再细说。”

　　渠本翘和郝掌柜坐到了餐桌旁，看到桌上摆上了过油肉、土豆丝、醋熘白菜，还有两碗刀削面。渠本翘高兴地搓了搓手说：“呦，这可是地道的山西饭啊。”

　　“那您就多吃点儿。”

　　渠本翘说道：“我的伙计，你给招呼一下。”

　　“放心吧，外孙少爷，外面给招呼着呢。”

　　渠本翘大口大口地吃着刀削面。

　　郝掌柜笑出了声儿，说：“外孙少爷，您倒是慢点儿吃，别光吃面，吃点菜。”

　　渠本翘边吃着面，眼睛边盯着桌上的菜，说：“嗯，好吃，好吃。”

渠本翘吃了一大碗刀削面，碗筷一放，舒了口气，说："家乡的味道真好。"

"您再来碗面汤。"

渠本翘端起碗喝了一碗面汤，揉了揉肚子，说："舒服。"

"外孙少爷，您这是怎么了？好像几天没吃饭似的。"

"你还真的别说，这几天不是请客，就是应酬，可就是没吃上几口饭，说的话比吃的饭多。到你们这儿了，好像有了到家的感觉，突然有胃口了。"

"那就再吃点。"

"不吃了，不吃了，都已经吃撑了。"

两人吃完饭，又回到了里屋。

郝掌柜给渠本翘倒上茶，说："外孙少爷，咱们继续说说银行的那点事儿。"

"我刚来京城，就被袁世凯找去说筹备新银行的事儿。"

郝掌柜凑过身子，说："新银行，是哪儿筹备的？"

"好像是邮传部和农工商部牵头。"

"哦，这个我也听说了。听说户部银行给朝廷办了很多事，都是铁良大人一人把持，别人根本得不到好处。看来袁大人想筹备个银行。"

"没错，看来办银行势头很猛啊。"

"上次户部银行的事儿，我就找闫大掌柜商量过，我是觉得咱们的票号应该跟着变变了，可大掌柜们考虑的角度不一样，他们既想着为东家赚钱，又考虑着票号的招牌，还有自己的掌控权。银行也许是以后的趋势，可谁又能说得准呢？咱们要是加入了会不会被踢出来？咱们山西的买卖人是讲诚守信的，可谁又能保证他们是不是讲诚信？"

"其他的掌柜都是啥意见？"

"在京城的掌柜们大多都倾向于参股银行，可总号的大掌柜们都默不作声。"

"我现在不当家，可听到这消息，总想让咱们票号有个好的发展，没想到这里面还真的很复杂。我现在没精力去协调这些事儿，只能给你们通通消息，也想看看有没有机会。"

"外孙少爷，您是见多识广，能够接受新鲜的事儿，咱们票号经百年传承，要想说服各大东家和大掌柜们，这真的很难。如果仅仅是拿钱，这都好办,但如果是想改规矩,换招牌,那就好像是动他们的命根儿一样。"

"那你有什么建议？"

"外孙少爷如果回到山西总号，可以当面和他们说说。有时候我总觉得各大总号都设在老家，虽然各地的分号不断地往回传递外面的消息，毕竟老家还是闭塞保守,时间长了,老家的人都不如在外面的人灵光了。"

"有道理。"

"外孙少爷还要在京城待多久？"

"我这几天就要回去了。"

"您的事情办得怎么样了？"

"我已经尽了最大的努力了，但愿能帮得上家乡父老。"

"外孙少爷，在京城有什么要我们帮忙的，出钱、出人、出力，您就捎个话儿。关于银行的事儿，我也跟其他票号掌柜说说，大家都跟自己的总号说说，希望能把这事儿办成。"

渠本翘点点头说："好的，那我就先走了。"

＊＊＊

渠本翘的马车离开大德恒，行驶在京城的街道上。渠本翘在车轿里喊了一声："石头。"

"东家，什么事儿？"

"告诉车夫到前门路口停一下。"

乔石头应了一声。

马车左转右转到了前门口。乔石头挑起了车帘，说："东家，前门到了。"

渠本翘下了马车，说："石头，你第一次来京城，我就带你转一转。"

"谢谢东家。"

两人顺着前门大街向大栅栏走去。

渠本翘指着周围的商铺说道："这就是京城最繁华的街道了，这里日日开市，百货云集，繁华盛况延续了几百年了。先人描述它是'五色迷离眼欲盲，万方货物列纵横。举头天不分晴晦，路窄人皆接踵行'。京城土话叫这儿'大石烂儿'。"

乔石头东瞧西望，说："东家，这明明是写着'大栅栏'，他们怎么非要念'大石烂儿'？"

"这片区域由很多胡同组成，以前是给朝廷制作珊瑚制品的，所以每个胡同口都设有栅栏，白天开，晚上关上。蒙古语的'珊瑚'就念'沙拉'。北京土话是不卷舌头还吞音，每句后面加儿音，所以就叫成'大石烂儿'了。"

"京城的地名起得都有意思。"

"是啊，这北京人啊，直率实在，所以啊，他们给胡同起名也是实实在在，直截了当。凡是抽象的、文雅的、古典的都叫不开，叫得响的，流传广的，都是通俗、好记、上口的。"

乔石头问道："东家，你和太太以前在京城住什么胡同啊？"

"椿树胡同，因为胡同口有棵大椿树，两人合抱那么粗，老树成精啊。"

乔石头指着熙熙攘攘的人群说道："东家，您看这地方真的好热闹啊。"

"是啊，光绪二十六年，洋人一把火把这儿给烧了，是朝廷凑钱又给修复了。"

乔石头又问道："东家，这里面有咱们山西人的买卖吗？"

"那可多了，这里面应该有三成是山西人。"

"有这么多吗？"

"你看这京城的买卖啊，七十二行哪行都有山西人，票号、钱铺、绸缎庄、布庄、茶庄、药铺、烟铺都有，还有开粮油店、颜料店、古玩铺的，棚行、杠房、彩子活儿都有山西人。"

乔石头问道："山西人也到京城开杠房啊？"

"有，还不少。"

乔石头还问："那京城本地人怎么不干呢？"

"京城人都不干，这买卖都是辛苦行当，本地人有依有靠，又多懒散，看不起贱业。"

乔石头继续问："东家，你给指一下，哪个是山西人开的买卖啊？"

"看前面那家，'王麻子'剪刀就是山西人的买卖，还有'六必居'酱菜、'都一处'烧卖、'源升号'二锅头。"

"东家，咱山西人的买卖是柴米油盐酱醋茶，什么都做啊。"

"那也不见得。山西人在京城从不与外省人和本地人争一日之短长，有些行业从不介入。"

"东家，哪些行业山西人不做啊？"

"拉洋车、当巡警、摆地摊的，看不到山西人。"

乔石头看着渠本翘问："东家，那，有祁县人的买卖吗？"

"看前面有个铺子，那门头上写着'长义德'的干果子铺，那是祁县人的买卖。"

"东家，咱们进去认个老乡吧。"

"好啊。"

***

两人走进了"长义德"果脯店。掌柜看见有人进来，吆喝了一嗓子："客官请进。"

乔石头看了看店铺的货品问道："掌柜的是祁县的？"

掌柜感到突兀，说："是啊，你们也是吗？"

乔石头笑着说道："老乡。"

"也是祁县的？"

"祁县南庄的。"

掌柜说道："我是来远的。"

"离得很近啊。"

掌柜很是兴奋，说："快坐，快坐。"

渠本翘说道："不坐了，我们就是来逛街转转。"

掌柜打量着渠本翘，说："看这位客官非官即富啊。"

"掌柜的褒奖了。"

掌柜问道："您也是祁县的？"

"是啊。"

351

掌柜追问着："敢问客官贵姓啊？"

"姓渠。"

"祁县渠家的？"

"正是祖家。"

"难不成您是少东家？"

"鄙人渠本翘。"

"真是渠家的少东家，我说呢，今天大早上左眼皮一直跳，原来有贵人临门啊。"

渠本翘笑着说道："过奖了。"

掌柜赶紧倒水，说："我们来京城也很多年了，一直听说渠少东家在朝廷里做官，就是一直没见过，后来听说您被派往东瀛了，再就没您的消息了。今天能见到您，真是三生有幸啊。"

"我现在回到家乡了，这次是为了一些事情才来京城的。"

"渠少东家，我们都以您为荣啊。"

"也没能帮到乡友什么事情，自感惭愧啊。"

"我们山西人的名气都归功于你们几个大家的招牌，我们已经沾光不少啊。"

渠本翘问道："最近买卖还好吧？"

"不如以前了。我们干果蜜饯都指望旗人的喜好。现在听说朝廷为了给洋人赔银子，都减少了族亲的'养赡银'，皇族子弟也不好过了，虽然不至于流荡街头，但手头上都不宽裕了。"

乔石头问道："旗人连干果蜜饯都吃不起了吗？"

"可不，听说现在皇上都节俭开支了。"

渠本翘说道："买卖是长期的，坚持住就可能会有起色。"

"我们这是小买卖，好坏就那么回事，养家糊口而已。"

渠本翘说道："我们就不打扰你们做买卖了，我们再去转转。"

掌柜拿着几大包干果蜜饯往乔石头手里塞，说："这点小吃你给渠少东家带走。"

乔石头推辞："不行，不行。"

掌柜说道："这是我给少东家的，你必须拿上。"

渠本翘见纠缠不过，说道："好的，那就拿上吧，盛情难却。"

乔石头只好拿上了礼盒，双方告辞走了出来。

走出不远，渠本翘停住了脚步。乔石头看着渠本翘问道："怎么了？东家。"

渠本翘拿出些银子，说："这些银子你送给掌柜，放下就走啊。"

"明白了。"乔石头接过银子，转头跑了回去。

＊＊＊

李宏龄站在山西会馆的大门口四处张望，见渠本翘走下马车迎上前去。

"我的楚南东家，您这是去哪儿了？我都等您半晌了。"

渠本翘说道："李掌柜，你怎么来了？我去了一趟大德恒。"

"我说呢，一定是郝掌柜请您吃刀削面了。"

"你怎么知道？"

"他那儿来了一个新厨子啊。"

"我真是服了你们了。找我什么事儿啊？"

"进去说吧，我都口干舌燥的了。"

李宏龄走进房间，端起了茶杯咕咚咚喝完凉茶，摸摸了嘴说："我是想和您商量个事儿。"

"说吧，什么事儿啊？"

"您好不容易来一趟京城，我想把咱们晋省银号的掌柜们都聚集一下，您给他们讲讲银行的事儿啊。"

渠本翘点点头说："这倒是个好事儿，不过也不要是我来讲什么，就是大家一起商议商议。"

"可别小看这帮在京城里的掌柜，他们可都是八面玲珑的主儿，在京城，没有他们敲不开的门，没有他们办不了的事儿。"

"这个我早就领教了，而且消息灵通得让我吃惊。"

李宏龄说道："他们的思想开化，银行的事情他们大多都能接受，只是各打各的小算盘，拧不到一根绳上。你的威望高，你给大家鼓鼓气，吹吹风，我就不信咱这个银行闹不成。"

"好的，我会尽力而为的。"

"下午还有什么安排？"

"暂时没有。"

李宏龄说道："从现在起，你就不要安排事情了，你的时间我接管了，好不容易来一趟京城，我带你出去走走，看看，晚上我定了广和楼看戏。"

"我不想去了，有点累，我想休息了。"

"累什么累，想休息啊，回到山西再休息，这出门在外啊，就是累。"

渠本翘想了想，说："那我想去以前我那旧宅子看看，好几年了，想看看有什么变化。"

"好的，说走就走。"

李宏龄拉着渠本翘就往外走。乔石头问道："东家，咱们现在去哪儿？"

李宏龄说道："我带你们东家出去办点事，你就放假休息了。晚上我们晚点回来，你就不用管了。"

渠本翘对着乔石头说道："石头，你自己可以出去转转，有李掌柜陪我，你不用管我了。"

"好的，东家。"

渠本翘和李宏龄出门坐上马车走了。乔石头转身问会馆的伙计："这附近有卖手镯子的吗？"

"什么镯子？"

"银镯子。"

"你到街上往东走，不远处就是琉璃厂，那地方啥都有，想买啥有啥。"

乔石头点着头说："谢您了。"

伙计对着乔石头的背影说着："您要是去那儿买东西啊，记得能砍价。"

乔石头停住了脚步，问："怎么砍啊？"

伙计比画着说："拦腰一刀。"

"得了。"

琉璃厂的空地上，小商小贩们摆着各式各样的东西。乔石头逛着，看见有个摊子上摆满了银镯子，凑过去问道："这银镯子怎么卖啊？"

摊主满脸堆笑地问着："您是要刻花的还是素面儿的？"

乔石头说道："贵的我买不起，我要便宜的。"

"那就买素面儿的吧。"

"多少钱啊？"

"五百文。"

乔石头摇摇头，说："那太贵了。"

"这可是纯银的镯子。"

乔石头用手颠了颠镯子，说："是纯银的，一两银子一千五百文，你这个这么轻，就要五百文。"

"好好，那就三百文。"

"三百文我要那个刻花的。"

"客官，您是外地人吧？您可能不懂我们这儿的规矩，我这是小买卖，从不报高价的。"

乔石头说道："我山西人。"

"山西人啊，这儿有不少山西人的买卖。"

乔石头问道："这儿也有山西人的买卖啊？"

摊主指了一下，说："瞧那边，英古斋、德宝斋、永宝斋、晋秀斋、渊识斋、永誉斋，这都是山西人的买卖。"

"这么多。"

"山西人就会做买卖。"

乔石头说道："我可不会做买卖，关键是我就这么多银子。"

"三百文，我不挣钱。"

"我是不想说二百五，说个三百，我给你的不少了。"

"行啊，拿这个素面儿的吧？"

乔石头说道："能卖我就买，不能卖啊，我不强求，我还就要那个雕花的。"

乔石头转身就走。

摊主赶紧招手，说："回来回来，认了，认了，给你刻花的。你啊，是遇见我了，现在买卖不好做，您算是捡漏了。"

乔石头说道："漏不漏的我不知道，关键是再贵啊，我就买不起了。"

摊主包着银镯子，说："您不愧是山西人，真是会买东西，雕花银镯子，拿走。"

乔石头拿上镯子，揣到了兜里。

摊主还在后面喊着："慢走啊，您嘞。"

乔石头继续逛着集市，小吃摊一个挨着一个。

"茶汤，滚开的茶汤。"

"豆汁儿，新鲜的豆汁儿。"

乔石头凑过去闻了一下，捂着鼻子离开。

"卤煮，火烧卤煮。"

"炸豆包，炸豆包。"

乔石头凑过去问道："豆包还有炸的啊？"

掌柜说道："客官，这是满人的吃法。"

"没有炸糕啊？我喜欢吃炸糕。"

"客官，您还别说，这炸豆包啊就是炸糕的前身。您吃过炸糕，但是您不一定吃过炸糕它祖宗。您尝尝好吃不好吃，您吃过了，以后啊，您不是也有的说？"

乔石头点点头，说："有道理，多少钱一个啊？"

"三个大钱。"

"好，来一个尝尝，我也好给别人讲炸糕的来历。"

"好的，炸豆包一个，您慢吃啊。"

乔石头接过豆包吃了起来。

＊＊＊

广和楼戏院里人头攒动，戏台上唱着京剧《斩秦洪》，渠本翘和李宏龄坐在楼上包间里。

李宏龄说道："这《斩秦洪》我不知道看了多少遍了，只要有这个曲牌我就来看，而且百看不厌。"

渠本翘笑了笑说："说明你内心里藏着'忠孝'二字。"

"这两个字说起来容易，做起来难啊，忠谁孝谁，怎么忠啥是孝，每个人都有不同的理解。"

渠本翘点点头说："忠孝不单指国家和父母，你李宏龄只是个掌柜，可你为了银号的未来，不怕冷嘲热讽，不计个人得失，这就是对行业对职务的忠孝啊。"

"楚南东家，还是您理解我啊，我其实可以本本分分，稳稳当当地做我的掌柜，没必要去得罪大掌柜和东家的，可我发现了问题，察觉了危机，我不去说，不去做，愧对良心啊。"

"在其位不谋其职，在其职不尽其责，那是懒政。不愿为，不敢为，才是最大的不忠不孝。"

"我们现在制定的规矩大多是处理流弊和过失的。抱着无为而治心思的人大有人在。"

"无为，不等于不作为。"

李宏龄说道："有人不在正事儿上作为，却在花花肠子上有所作为，看对面那人。"

渠本翘顺眼望去，唐绍义和梁恪思走进了包间。渠本翘问道："那是什么人？和洋人这么熟。"

"那是外务部的唐绍义，唐大人，每天和洋人混在一起，吃喝玩乐，你说咱们的外交怎么能强硬起来啊？"

"但愿不要有什么徇私舞弊。"

李宏龄"哼"了一声，说："这就难说了。"

第十九章

票号掌柜探讨银行能事
楚南寻旧友回忆当年情

***

清廷外务部是光绪二十七年由总理衙门转变而来的。外务部尚书翟鸿禨喝着茶水。

唐绍义走了进来，说："下官唐绍义拜见翟大人。"

"唐大人，皇上关于晋省的批谕已过多时，你办得怎么样了？"

"皇上圣谕的原话，'团体原宜固结，而断不可有仇视外洋之心；权利固当保全，而断不可有违背条约之举。'下官熟背于心。"

"熟背于心有什么用？我要的是如何解题。"

唐绍义说道："现在我们外务部是夹在中间，两头受气。我已经周旋双方进行了谈判，其结果是势均力敌，平分秋色，毫无结果，双方各执一词，互不相让，你说专办，他说独办，你说遵章，他说违章，我们又不好评定，只能是和和稀泥，蹚着浑水。如果还这样谈判，此题无解。"

翟鸿禨问道："洋人不是退让了？"

"那哪是退让，那是以退为进，明眼人谁都能看得出来，晋省人至今不回答，以拖为主，洋人却是如坐针毡。"

"那照你这么说，洋人提议让丁宝铨来京办理，也会无果而终了。"

"翟大人，根本谈不成结果。"

"你说这话应付得了我，我能说这话应付得了皇上吗？"

唐绍义低下了头，说："下官不敢。"

翟鸿禨大怒道："我没让你分析题意，我是让你解题，解题，拿出答案。"

唐绍义说道："下官刚才之所以说此题无解，是因为此题题目太大，回答是非对错，就会形成各执一词的局面，无果而终。"

"别跟我绕来绕去的，你就直说怎么把题目缩小，就好回答了。"

"让他们回答'行还是不行'。"

翟鸿襫问道："如何才能让他们回答'行与不行'？"

"下官还没考虑妥当，怕有所冒犯。"

"直说无妨。"

唐绍义问道："如果给钱让洋人退出，问他们'行还是不行'。"

翟鸿襫反问道："你是说赎？"

"我只是脱口而出，只是假定。"

翟鸿襫停顿了一下说："这看似可行，但这是不是犯忌啊，搞不好我们就成了第二个胡聘之了。"

唐绍义赶紧说道："就算是下官胡说八道。"

"此事要慎之又慎，不可轻易透露出去，由谁来说这话，怎么说，一定要考虑周全。"

唐绍义问道："翟大人认为可行吗？"

"有可行之处，也许是个办法。"

唐绍义说道："我之所以想出此法，是因为双方都没有办法，其实双方都想解决问题，都不想拖延，都想有立竿见影的结果。之所以僵到那里，是那里没有梯子，如果赎矿是个梯子，那么双方一定就都下来了。大人您也就好给皇上交代了，这可不是两全其美，这是皆大欢喜。"

翟鸿襫点点头说："你先探探洋人的口风，如果一方有意，就好说服另一方。他们的焦点说一千道一万不就是为了钱吗，有了钱一切矛盾就迎刃而解了。"

唐绍义问道："那钱从何来？"

"这就不关我们的事了。外务部只管牵线搭桥，不管实际操作。"

"我这就去探探洋人的口风。"

翟鸿襫说道："一定要讲究技巧和策略，千万不敢给我引火烧身。"

"放心吧，翟大人。"

京城大德恒分号大厅里，票号分号的掌柜们悉数到齐，坐了二十多人。李宏龄和渠本翘坐在最前面。

李宏龄走到中间的位置，高声说道："今天是咱们京城山西汇业公会的例行会议，正赶上渠少东家在京，我就盛情邀请列席参加。各位掌柜手上拿着的是朝廷新近颁布的《银行通行则例》，这对于咱们票号汇业影响很大，明确要求对票号进行验资注册，各位掌柜都说说这事。"

大德恒郝掌柜说道："这注册验资就是让我们票号亮家底啊。"

日升昌许掌柜接着说道："这个新词叫'银行准备金'，就是买卖人的本钱。这下就把咱们票号弄住了，准备金不足就得补缴，这事儿要是传出去，对咱们票号的声誉很不好。"

"这明显的是让咱们往银行的路数上靠拢，银行是靠雄厚本钱也就是他们说的准备金做后盾，而咱们票号是靠信誉做买卖，本钱非常少。银行每年必留公积，咱们票号是得利均分。如此下去，咱们票号会越来越弱，无法抗衡银行了。"

三晋源梁掌柜说道："还有就是目前时局不稳，很多借了银子的赖账不还，更有甚者跑路失踪了，咱们又没有抵押，这部分就损失惨重。"

李宏龄点点头说："所以说现在的情形十分严峻，到了不得不改的地步了。虽然票号的买卖是东家的，但跟我们掌柜的命运息息相关，不能在我们的手里面把买卖搞黄了。再一个就是往后的日子会越来越不好过。外洋银行凭借外力，户部银行依仗官权，汇兑钱款他们收十成，咱们票号只能收五成，有何公理可言。我们只有加入这个行列才不会被排挤。"

徐掌柜说道："李掌柜，我们都没问题，主要是总号的大掌柜们。他们不发话，我们怎么能行动呢？"

李宏龄转向渠本翘，说："下面就让渠少东家说说看法。"

渠本翘站起了身，说："各位掌柜，你们身处京城消息通达、嗅觉灵敏，不用我多说，你们各自的心里跟明镜一般，各自都知道应该怎么办。我想要说的是面对如此情形，咱们山西人必须同舟共济，才能驶出这个漩涡。目前来看票号的规矩越来越落伍了，必须革故鼎新，顺应趋势。朝廷的《银行则例》我们不要抵制，信誉不能丢，但要加大准备金应对周转。每年的盈余不能吃干分净，必须留有公积，滚动增资。我们也要认事儿不认人，借钱必须抵押。如此做来，这就是银行了。咱们错过了户部银行的成立，也不想参与其他银行的组建，咱们山西人可以自己组建个银行，事前和李掌柜合计了一下，如果把山西所有汇业字号全部联合起来，山西票号分布在一百二十四个地方，总号和分号有六百四十七家。如果加上在日本朝鲜印度的九地十家，一共是一百三十三地，六百五十七家。你们可以想象，这个银行是多大的规模，还有哪一家银行能跟咱们抗衡，外洋银行在这里将无立足之地。这个银行如能成立，将成为咱们晋省百年票号的新基大业，此乃晋省之幸事，乃天下之幸事。"

渠本翘话音刚落，全场掌声雷动。

李宏龄说道："各位掌柜，渠少东家的一席话振奋人心，让我听得心潮澎湃，想到就说，说了就做，不要犹豫不决，空言误事。我已经起草了山西汇业银行的组建章程和实施办法。首先每家出资五万两，并对外发股募资，募集五百万两本金，其次不再实行信誉借款方式，而是实行抵押贷款。新成立的银行实行有限责任，设立董事局。鉴于渠少东家高瞻远瞩、博学广识、人脉广泛、能力超群，我力荐其为山西汇业银行的总理。"

李宏龄说到这儿，会场又一次响起掌声。

李宏龄说道："下面就看各位掌柜的了，各自说服本号的大掌柜和东家实属不易，但是如不改弦易辙，又无立足之地，处此时局，非办不可。办不办成，仰仗各位了。"

李宏龄说着举手行礼。

渠本翘站起身拱手行礼道："让我们一起努力，同舟共济。"

"同舟共济。"

所有人都站了起来拱手行礼。

李宏龄和渠本翘来到了内室。李宏龄说道："这会是开了，意思也给大家说明白了，就看山西老家的态度了。"

渠本翘说道："看来京城的掌柜都态度明确，他们应该会积极地说服总号的。"

李宏龄摇摇头，说："我不是很乐观啊，他们是会给总号反映时局，提出策略，但也仅限于一封长信。谈不上据理力争，因为谁都不想得罪大掌柜，我怕这事儿会流于形式。"

渠本翘说道："我回山西了，会联络各家总号。"

"我们尽其所能，竭力而为吧。"

渠本翘点点头说："还是咱们说的那句话，忠于职守，不愧对良心。"

＊＊＊

渠本翘在山西会馆的房间里收拾着书籍和行李，乔石头抱着大包小袋子的礼品，双手还拎着几包，走了进来，东西快遮住了眼睛。说道："东家，东家，您快看。"

渠本翘停下手里的事儿问："这是怎么了？"

乔石头放下大包小包说："这都是三晋源的梁掌柜拿来的。"

梁掌柜跟着乔石头身后，手里也拿着大包小包，说："少东家。"

渠本翘的山西话都出来了："梁掌柜，你这是闹甚了。"

"少东家，您这要回太原了，我准备了一些礼物给您带回去。"

"那也不至于拿这么多啊。"

"您来京城一趟，回去每个人都得有点礼物啊。"

梁掌柜摆弄着礼品盒子说："有给女东家的，少奶奶的，还有两个孙少爷的，都是些酱菜点心干果什么的。"

渠本翘说道："我就佩服你们这些掌柜的礼数，没有比你们做事儿更周全的了。"

"就算是我给您送个行。"

渠本翘问道："前两天咱们说的那个银行的事儿，怎么样了？"

梁掌柜说道："我已经给总号写信了，把情况都给他们说了，估计大掌柜也做不了主，还得和老东家商议。"

"我就怕我爹还是认老理儿，不想改变。"

梁掌柜："也不能怪他，老东家一定有他的想法。"

"这事儿不论办成什么样，还是我说的那事儿最关键，一定要多到袁府走动，不能没有音信了，那样我们就失礼了。"

362

梁掌柜说道："放心吧，少东家，平时我们走动得就多，你又吩咐回应银行的事儿，我更会经常去袁大人那里的。"

"这样就好，我一来京城袁世凯就找我去谈银行的事儿呢，他倒也不是全指望咱们票号集资筹款，只是借此来跟我叙叙旧，他现在是位高权重，我不想得罪他。"

梁掌柜说道："那咱们自己筹建汇业银行，这要是让他知道了，他肯定会不高兴的。"

"那就没办法了，我们自己筹办都不一定能闹成，参股他们的银行那是一定闹不成。"

梁掌柜说道："不过，少东家也不必过于担心，我们不参加，江浙商帮一定参加，袁世凯应该不会计较是谁入股参加的。"

"我倒不担心得罪他，因为以前就不是一路人。只是我做事小心，能不得罪的尽量不得罪。"

梁掌柜说道："这个我明白，您就放心吧，少东家，该走动的，我还是会走动的。"

乔石头站在外面敲门，说了声："东家。"

"进来，什么事儿？"

乔石头说道："有人来找您。"

声音刚落，赵国良已经推门而进，见渠本翘和梁掌柜后说道："呦，在谈事儿啊？"

"国良来了，快坐，梁掌柜给我来送行。"

梁掌柜站起身行礼，说："赵大人。"

赵国良问道："是不是打扰你们了？"

梁掌柜说道："赵大人请坐，我只是来送行的。少东家，您先忙吧，我就告辞了，回去代问各位东家好。"

"好的，那你就先走吧。京城的事儿就多操点心吧。"

"放心吧，少东家。"

梁掌柜又跟赵国良告辞："赵大人，您在，我先走一步了，告辞了。"

赵国良迎合了一声，乔石头送梁掌柜出去。

赵国良凑近了渠本翘说："楚南，朝廷有消息了。"

渠本翘也凑近了身子说："快说说看。"

赵国良压低了声音："太后为咱们晋省矿权的事儿，把皇上骂了一顿。"

渠本翘提起了精神，问："到底是怎么回事儿？"

"最近一段时间太后和皇上接连收到礼部、吏部、外务部、军机处的奏章，有奏学生罢课的，有奏民众请愿的，有奏平定罢市游行的。太后感到山西事态严重，就在昨天太后把皇上叫到了颐和园，一通怪罪，责问皇上山西矿权为何久拖不决。"

渠本翘问道："皇上什么反应？"

"皇上没敢吭气，回来对着翟鸿禨和载振大发雷霆，责成农工商部与福公司谈判，收回矿权。"

"看来皇上的态度是明确了。"

赵国良点点头说："是的，以前都是含糊其词，就怕得罪了洋人。"

"那现在翟鸿禨和载振的压力就大了，就看他们是如何处理此事了。"

"他俩是无法推脱了，相信他俩会想尽办法了结此事的。"

"你估计会用什么办法？"

"这个我倒猜不到，但有一点可以明确，又一轮谈判即将开始了。"

渠本翘说道："这个消息太好了，我也没枉来京城一趟，也多亏了你们的帮忙。"

"我怎么叫帮忙呢，山西也是我家乡，又不是别人的事儿，是咱自己的事儿。"

渠本翘问道："那我们下一步该怎么办？"

"楚南，你尽快回到山西，把京城的情况带回去，让大家都做好准备，随时应对两部的消息。"

"我明天一早就动身回山西。"

赵国良站起身说："好的，明天我就不送你了，路上一切顺利。"

"好的，一起在会馆吃饭吧。"

"不了，我还有事儿，就先走了。"

赵国良走到了门口，转身说道："对了，保晋公司的事儿我已经转报给商部了，估计也很快就有消息了。"

"有劳你了。"

赵国良说道："不必客气，如果有急事儿，咱们就电报联系。"

"好的。"

乔石头送走了赵国良，回到了房间，看见渠本翘还在收拾东西，问道："东家，咱们明天回山西吗？"

"对，明天回去。"

乔石头转身就往外走，说道："那我也抓紧收拾东西。"

渠本翘突然想起了什么，说："回来。"

"怎么了，东家？"

"先别收拾东西，赶紧备车，我要去见一个人。"

乔石头问道："现在就去？"

"对，你把我送过去，你就回来吧，不用管我了。"

乔石头急忙出去。

***

渠本翘的马车行驶在京城的街道上，渠本翘撩开车帘看着车外。

渠本翘问道："这是东单二条吗？"

"没错，东单二条。"

"前面停一下。"

车子停稳后，渠本翘下了马车，站在一个大宅子前，抬头仰望，站了很久，一动不动。

乔石头不知道渠本翘要做什么，走了过去说道："东家，这个宅子好气派。"

渠本翘点点头，说："这是我老师的宅子。"

乔石头问道："上次我们去的是徐老师家，这个老师是哪位？"

渠本翘没有吭声儿。

乔石头接着问道："那您不进去看看？"

"人去宅空了。"

渠本翘指着门口的对联问道："这对联上的字，你认识吗？"

乔石头摸着头："认不全。"

渠本翘念着："盍簪喧枥马，束带听鸡鸣。"

"这是什么意思？"

"这是我老师写的，意思是皇上要上早朝，文武百官则在鸡叫天明之前，就要起床着装，跃马扬鞭奔向紫禁城。表示为臣做官要勤快，要忠于朝政。"

乔石头点点头，说："做官也不容易啊。"

"做官是个辛苦活儿，脑勤腿勤嘴勤，哪儿有闪失都不行。"

"我以为当官就是有权有钱。"

"那是你没当过官，当过官就知道仕途艰难了。"

渠本翘带着乔石头围着院子转了一圈。渠本翘正准备上车离开，一辆马车停到了门口。

背后有人喊他："楚南，是你吗？"

渠本翘回头一看，说："毁夫兄，你怎么在京城？"

翁斌孙说道："我还想问你呢，你怎么在京城？"

渠本翘赶紧上前，说："我来京城办点事儿。"

翁斌孙说道："啥也别说了，先进屋再说。"

渠本翘跟着翁斌孙走进院子。

翁斌孙边走边问道："到了门口，怎么不进来啊？"

"我以为你还在大同，我就不便进来了。"

"亏得我看到了你，我们能在京城一聚实属难得。"

渠本翘看着花园问道："那只鹤和水缸的乌龟还在吗？"

"早就不在了，那些都是家叔祖的宠物，我是没兴致养的。"

渠本翘问道："后面的马厩怎么人来人往的？"

"我租给电铃公司了。空着也是空着，租给他们还能添补点家用。"

渠本翘问道："电铃公司，不是电报公司？"

"不是，是电话，一家丹麦的公司，据说现在皇上不用每天往颐和园跑了，在宫里一摇电话就能跟太后说事儿了。"

"这是个新鲜事儿。"

翁斌孙说道："那八间马厩里装了一百多个机器，要把各衙署、外国使馆和王公大臣都通了电话。"

"这些洋玩意儿真的很神奇。"

两人来到屋内，刚刚入座，一个女孩跑了进来，说："爸爸，你回来了"

翁斌孙脸上顿时笑开了花，说："花儿，过来，叫叔父。"

翁之菊鞠了一个躬，说："叔父好。"

渠本翘急忙点点头，回道："你好啊，你叫什么啊？"

"翁之菊，菊花的菊，小名花儿。"

渠本翘说道："多好的名字啊，翁家的花朵。"

渠本翘问翁斌孙："这是老几啊？"

"这是三闺女。"

"都这么大了。"

"是啊，我总不在家，这一回来啊，闺女就缠住了。"

渠本翘笑着说道："闺女比儿子亲。"

"花儿，去看书吧，大人要说会儿话。"

翁之菊对着渠本翘鞠了个躬，说："叔父再见。"

"好有礼貌的孩子。"

翁斌孙看着渠本翘，问："说说，你怎么来京城了？"

"还不是晋省矿权的事儿。"

翁斌孙点点头，说："你来京城这路子是对的，矿权之事在晋省闹得沸沸扬扬，那都解决不了根本问题，要想彻底解决此事，必须通过朝廷。我去找盛宣怀说事儿，还听他安排同治公司在平定的事儿。"

渠本翘问道："你找盛宣怀干什么？"

"还不是我家叔祖的事儿。你上次提醒了我，朝廷对家叔祖总要有个说法吧，这一直是我的心病。我此次回京，找了庆亲王、那相、盛宣怀还有鹿传林，联络疏通一下。"

"他们觉得应该是什么结果？"

"恢复名誉，开复原官。"

"如果是那样，就最好了。"

翁斌孙"哼"了一声，说："估计问题不大，两江总督端方和江苏巡抚陈启泰联名上了折子。"

"老师就应该得到应有的赐谥。"

"是啊，这事儿总要有个说法的，你什么时候回太原？"

"我打算明天就回去啊。"

"这么着急，事情办妥了？"

"基本上都安排好了。"

"还需要疏通什么渠道，看我能帮上什么忙？"

"不用了，需要的时候再找你。"

"虽然我不是山西人，但是现在也在山西任职，又是你渠楚南惦记的事情，我于情于理都应该出一份力的。"

"心领了。"

翁斌孙站起身说："一会儿在家吃饭吧，我这就安排一下。"

渠本翘跟着站起身，说："你不说我都忘了，我约了原来内阁的同年，他还在家等着我呢。"

"谁啊？"

"恩贵，现在在外务部供事。"

"就是那个慈安太后的内侄。"

"对，就是他。"

"好吧，那我就不留你了，咱们回山西以后再见吧。"

翁斌孙送渠本翘往门外走，渠本翘问道："我记得以前厅房里挂着老师收藏的《长江万里图》，今天没看见。"

"家叔祖的东西基本上都让我收起来了。怎么，想看呢？"

"下次有机会我一定让你拿出来看看，那可是王石谷的倾力之作，也是老师的得意收藏啊。"

"好的，那就等你有时间吧。"

翁之菊跑了出来，问："爸爸，你刚回来就要走吗？"

"我不走，是送送你叔公。"

翁之菊说道："叔公您慢走。"

渠本翘点着头，说："这孩子真灵气。"

翁斌孙笑着说道："能看得上我们花儿，你就收了做儿媳妇啊。"

渠本翘哈哈大笑，说："你还别说，我还真有这心思。"

"那我让花儿叫你一声'老公公'啊。"

渠本翘摆摆手，说："开什么玩笑，你这不是难为孩子吗。"

两人大笑，花儿跑开了。

渠本翘上了马车，突然想起了什么，对着翁斌孙问道："我还差点忘了，铁路的事情怎么样了？"

"谢荣辂、刘笃敬还有李延飚他们提了一个方案，正式定名为同蒲铁路，正给皇上准备奏折呢。"

"这个消息不错。"

翁斌孙大笑着说："你就准备着筹银子吧。"

"好的，知道了。你进去吧，我走了。"

翁斌孙挥挥手，说："回头再见。"

两人都挥着手道别。

***

恩贵引着渠本翘走向里院。

渠本翘说道："上次来你家记得是你家在搞中秋祭祈仪式，这都好多年了。"

"所以啊，你这次来京城我一定要你来我家一趟，要不啊，还不知道你什么时候才能来啊。"

渠本翘笑着说："今天请我吃什么啊？"

"满人，不，满族烧烤。"

"哦，那可要多吃点。"

"我们满族的烧烤有三百年的历史。"

"那就见识一下啊。"

院内摆放着一个陶瓷的烤炉，各式各样的肉类。

渠本翘在屋内溜达着，看着博古架上的东西，问："怎么还有两个兔儿爷？"

"这是八月十五在琉璃厂买的。哦，对了，你现在几个孩子？"

"两个。"

恩贵伸手拿过两只兔儿爷，说："正好，一会儿走的时候，把这对兔儿爷拿走，给孩子们玩儿去。"

369

两人坐在桌前，恩贵说道："楚南，虽然是来我家，可咱们还是喝你给的汾酒，这汾酒啊，比其他的酒好喝。"

"你就尽管喝，喝完了，我再从山西给你送。"

"这都成什么了，好像我赖住了你似的。"

"这我可不怕赖，别的不敢说，汾酒啊，管够。"

恩贵指着桌子上的菜，说："好啊，烤鸽子、烤小猪、牛羊肉，今天啊，我烤肉管够。"

渠本翘看着这么多菜说道："你家底子还是真厚啊，不愧是慈安太后的内侄。"

"别提了，慈安太后一死，我就完了。"

"有什么完的，那也是皇亲国戚啊。"

恩贵叹了一口气，说："说起来惭愧，慈安太后在的时候，每年多给我两千两银子，可现在我只能靠我的官俸了。"

"听说啊，皇上又裁减年俸了。"

"是啊，裁减了族亲的养赡银，我的那点俸银禄米少得可怜，就算裁减了也无所谓，我靠的是养廉银过活，那可比年俸高出几十倍了，反正我是够吃够喝了。再说了，就算裁剪年俸，我也请得起你烧烤啊。"

渠本翘笑了笑，说："在京城六部为官还是比做外官好啊，能节省很多的费用。"

"是啊，我也不用雇那些师爷、差役的，不过啊，我开销最大的就是规礼。所以啊，我要是不调动、不升迁，我就成只出不进了，那我可就亏大了。"

"那些都是陋规。"

"谁都知道是陋规，但是耗羡归公和养廉银管的是表面，可私下的节礼一点不少，名目繁多，都成了我的包袱了。"

渠本翘问道："那外官来京办事不也得给你部费吗？"

"那你不说外官的养廉银比京官高多了，高得让我们眼红啊，收点部费稍微平衡了一点。不过那都成了一种默契了，你不收吧，他会说你不想给他办事。"

"皇上的养廉初衷是好的，但是实施过程没成定规，后期监管查办不力，所以让一个好端端的规章流于形式。"

恩贵说道："谁监管谁啊，上有所好，下必甚焉，官职越大收的越是罕见珍品，官小的那都是搂草打兔子，不值一提。"

渠本翘点点头道："奢必贪，贪必腐，腐必败。"

恩贵大笑起来，说："这都扯到哪儿去了，不说那么远的事儿了，先解决眼前的事儿吧。烤肉都快凉了，啥也别说了，吃肉喝酒，喝酒吃肉。"

渠本翘举起酒杯，说："来，我的好兄弟。"

恩贵也举起酒杯，说："楚南，都在酒里，干杯，我们各自珍重啊。"

"各自珍重。"

恩贵放下酒杯，说："楚南，还记得咱俩那次在宫里当月吗？"

"记得啊，我还想问你了，那次你找出来的象棋子还在吗？"

恩贵给渠本翘夹了一块羊肉，说："早就不在，也不知道谁给拿回家了。"

"记得你说是明宣宗给阁老们玩的。"

"是啊，有四五百年了，象牙的。"

"那可是个宝啊。"

"谁说不是啊，以前一直放在文渊阁，后来我就找不到了。"

渠本翘吃了一块羊肉，说："我现在还记得，那是个蓝布包着的圆盒，棋盘是折叠的，也是象牙做的，棋子儿是黄白色，像小鼓似的。"

恩贵端起酒壶倒上酒，说："不知道哪个缺德鬼占为己有了，宫里的东西就没数，谁拿出来算谁的。"

渠本翘点点头，说："那真是个好东西。"

恩贵问道："你现在收藏东西了？"

"也没有，说不上收藏，就是看见好的东西就喜欢。"

没一会工夫，两个人都醉了。

恩贵瘫躺在椅子上，说："现在这日子不管怎么过，我也觉得没有咱们在内阁的时候好。那时候轻松，啥也不想。"

"是啊，现在越活越累。"

恩贵借着醉意，唱起了小调。

"中书好，中书好，官守最清高，守夜也逍遥。"

渠本翘也跟着唱："想中书，真美官，抬头看见金銮殿，低头便是金水河，宰相是堂官，见多还数咱。"

歌声回荡。

汾酒坛子空了，恩贵又拿出了乳酒。

"今天我们一定要喝他个不醉不归。"

两人推杯换盏。

渠本翘站起身晃晃悠悠的，说道："我要上茅厕。"

恩贵也醉了，用手指了指，说："自己去吧，出门左拐。"

渠本翘回来后，两人继续喝酒。

渠本翘已经大醉了，哇哇大哭："恩贵，我的好兄弟，今天是我最舒坦、最轻松的一天。我想哭，我想痛快地哭一场，我他妈其实是个软弱的人，一点也不坚强，一点也不想担责任，我在人前装得人模狗样的，其实我最痛快的就是像今天一样醉生梦死。你别笑话我兄弟，这是我的真心话。"

"我相信，这是真心话。"

说完，趴在了桌子上。

两人都趴着不动了。

第二十章

英商启用内奸劝降弃权
楚南怒斥奸贼迷途知返

***

圆眼镜正在福公司的屋内收拾东西，萧蜜德和怀特走了进来。

圆眼镜赶忙打招呼："萧蜜德先生，您回来了。"

萧蜜德一屁股坐在了椅子上，对着圆眼镜问道："我让你打探平定的消息，你打探得怎么样了？"

"我派人去了一趟平定，你们以前的那套院子被丐帮占据了。"

"那个看门的老头呢？"

"看门的老头不干了，回家了。"

"那个姓安的呢？"

"自从你们撤到太原府后，他就在平定待不下去了，一家子跑外地了。"

萧蜜德站起身，在房间里走来走去，怀特和圆眼镜站在旁边不敢吭声。

突然，萧蜜德停住了脚步，对着圆眼镜问："你和山西的买卖人有接触吗？"

"和买卖人有接触啊。"

萧蜜德问道："你都认识什么人啊？"

圆眼镜扳着指头数着："粮油店的李掌柜，绸缎庄的胡掌柜，点心铺的王掌柜。"

萧蜜德打断了圆眼镜的话："什么乱七八糟的，我是说认不认识山西的大户，开银号的大户。"

"那我不认识。"

"你去打听打听，有谁和他们联系密切，记住是要找我们的人，可靠的人。"

圆眼镜应了一声，退出了房间。

圆眼镜走出屋子，不时地回头嘟囔着，一不留神正撞上了迎面走过来的渠正财。

渠正财闪了一下身子，问："怎么了，少爷，挨骂了？"

圆眼镜整理了一下衣服，说："洋人最近就是脾气大，没事儿，我根本不往心里去。"

"对啊，你不总是对我说，咱们就是吃他口饭，不值当生气。"

圆眼镜瞥了一眼渠正财，说："说得轻巧，事儿没到了你头上，要是赶上你，你也会生气的。"

"我渠正财能屈能伸，我憋了这么久，总有一天有我出头的日子。"

圆眼镜愣了一下说："我差点忘了，你姓渠。"

"对啊。"

圆眼镜一拍脑门说："你出头的日子到了。"

渠正财一头雾水，问："啥意思，我咋出头啊？"

圆眼镜拉着渠正财就往屋里走。

渠正财不知所措地问："少爷，这是要闹甚了？"

"来来来，进来再说。"

萧蜜德见圆眼镜又回来了，问："怎么这么快就回来了？"

"萧蜜德先生，刚才我没反应过来，这个人叫渠正财，来咱们这儿有一阵子了，他家就是渠家，是银号的大户。"

萧蜜德看着渠正财问道："你叫什么名字？"

渠正财一脸疑惑地答："渠正财。"

萧蜜德问道："你们姓渠的都是一家人吗？"

"可以这么说，只是有近有远，有亲有疏。"

"那你认识一个叫渠本翘的吗？"

"认识。"

萧蜜德接着问道："渠本翘是你什么人？"

"应该说是远房亲戚吧。"

"那你们现在有来往吗？"

渠正财摇摇头，说："没有。"

"为什么不来往？"

"我们算是远房亲戚，渠本翘这个人虽说是渠家的少东家，但是此人无情无义，看不起穷亲戚，所以我就没再和他来往了。"

萧蜜德问道："这么说，你和渠本翘有过过节。"

渠正财点点头，说道："以前我曾经在他的火柴厂做工，一盒火柴里我少放了几根，本想着替他省点钱，结果被他开除了，所以我才来了福公司。"

"太好了。"

渠正财问道："什么太好了？"

"现在我想让你去见他，你肯去吗？"

渠正财摇摇头说："我不去，我不想见他。"

"为什么？"

"我是被他开除的，他本身就瞧不起我，我现在是福公司的人了，我混不出个模样，我不会去见他的。"

萧蜜德背着双手，非常严肃地说道："正因为你是福公司的人，所以我才派你去，从现在起，你就是大英帝国福公司山西公司华经理的协理，提职加薪。"

圆眼镜在旁边捅了一下渠正财，说："看看，我说你该出头了吧。"

渠正财的心突突地跳着，有点不知所措了，说："多谢萧蜜德先生，您说要我见他说什么？"

"不只是要说什么，是要办件事。"

"什么事儿？"

萧蜜德说道："你不必紧张，事情说难也难，说简单也简单。渠本翘这个人不务正业，不好好做官，不专心经营他的票号，却偏偏插手山西矿权的事情。据我所知，他纠结了一伙人，跟大英帝国作对，通过各种手段争夺矿权，我们山西总部之所以从阳泉迁到了太原，都有他的影子。我想派你去说服渠本翘，停止和大英帝国作对，不要插手山西矿权的事务。这事情你能办得到吗？"

渠正财皱着眉头说："萧蜜德先生，这事儿我恐怕办不了。渠本翘，表面看着文质彬彬，性格软弱，可实际上数他最有主意，我们中国话叫蔫儿坏，蔫儿坏的，他要打定的主意，他爹拿他都没办法。我虽然和他沾一点亲戚，但毕竟还是个外人，我怎么能说动他不要去管矿权的事儿？"

"用钱，多少钱都可以，只要能让他停手。"

圆眼镜听到这话有点坐不住了，说："萧蜜德先生，渠本翘是票号的少东家，渠家虽不能说富可敌国，但他家不缺的就是钱，用钱收买他，怎么可能？"

萧蜜德说道："这你们就不懂了，有钱就不在乎钱吗？越是有钱人越在乎钱，只要你给的钱够多，你们中国不是有句话'只要给钱，鬼都能给你推磨'。"

怀特在一旁插嘴道："那叫'有钱能使鬼推磨'。"

萧蜜德靠近渠正财说："我要用钱让渠本翘卸了这磨，你能办到吗？"

渠正财想了想说："萧蜜德先生，还能用别的办法吗？"

"可以，当然可以，你用什么办法都可以。任何办法，你能听明白吗？"

渠正财点点头说："我试试看吧。"

"不是试试看，是一定要办到。有钱能使鬼推磨，我先让你这个鬼把磨推起来，我会给你很多钱，你先试试看能不能从我这里拿走钱。"

"好的，萧蜜德先生，我明白了。"

圆眼镜和渠正财走出了房间，来到院内，圆眼镜迫不及待地说道："渠正财啊，渠正财，我说什么来着，你就要发财了，而且是正财。"

渠正财大口喘着气，镇定了一下自己说："少爷，这事儿我忘不了你，如果我把事情办成了，我要重谢的第一个人就是你。"

圆眼镜哈哈大笑道："咱俩是好兄弟，你不忘这份恩情就好啊，我也盼着你能办成，我也指望着你发大财啊。"

渠正财歪了一下嘴，说："等着吧，我渠正财已经熬出头了，我也是华经理了。"

圆眼镜说道："是华经理的协理。"

渠正财点着头，说："能粘上经理的边儿就行啊，我要回去给他们看看，我渠正财也是个人物。"

***

升儿和鹤儿在院子里玩耍，升儿打开大门往外看看，关上了门。

鹤儿跑过去也要开门。

升儿问道："你又开门干什么？"

"我看爹回来没。"

"我已经看过了。"

"我再看看啊。"

"没有就是没有，还看什么？"

鹤儿执意打开大门，说："我就要看看。"

升儿问道："爹回来了？"

"没有。"鹤儿关上了大门。

"告你没有就没有，你不信，非要看一遍。"

"你能看，怎么我就不能看了？"

升儿说道："你看也是白看。"

鹤儿又去拉门，说："我就要看，我还要看一遍。"

"你看一百遍，爹也没回来啊。"

"我这次就把爹看出来。"

升儿撇着嘴说："哼，你要把爹看出来，我就服了你了。"

鹤儿又打开大门，渠本翘和乔石头走进了院门。鹤儿大为惊喜地说："看，爹回来了。"

升儿和鹤儿冲了出来，说："爹回来了，爹回来了。"

乔石头拿着一堆的行李跟在渠本翘的身后。鹤儿跑得最快，一跃而起扑到了渠本翘的怀里，说："爹，我好想你。"

升儿见弟弟在爹的怀里撒娇，自己只是站在了渠本翘的身旁。渠本翘一手抱着鹤儿，一手拉着升儿，说："感觉你们都长个子了。"

渠太太站在台阶上，见渠本翘走了过来侧了一下身子，说："回来了。"

渠本翘应了一声。站在渠太太身后的渠珍珍接过了乔石头手里的东西。

渠本翘走进屋里，见渠老太太站在桌边看着他微笑，赶紧放下怀里

377

的鹤儿，说："娘，我回来了。"

渠老太太点着头，说："好啊，好啊，桥儿可算回来了，这次走的时间可不短啊。"

"是啊，娘，您身体可好啊？"

渠老太太笑着说："还好，没什么大碍，媳妇子照顾得挺好的。"

渠太太递过一条毛巾，渠本翘擦了一把脸。鹤儿站在旁边拉扯着渠本翘的衣服，问："爹，带回什么好吃的了？"

升儿在一旁说着弟弟："你就知道吃。"

渠本翘放下了毛巾，对着鹤儿说道："有，爹给你们带回来很多好吃的，别着急啊。"

乔石头把行李打开，一件一件拿出来。

渠本翘拿过了一件羊剪绒坎肩，说："娘，这是给您的，羊皮的坎肩，穿着可暖和了。"

渠老太太接过坎肩，渠太太在旁边帮衬着说："娘，穿上试试啊。"

渠老太太满脸堆着笑容，穿上坎肩，说："合身，挺合身的。"

渠本翘拿出老北京糖果给了鹤儿和升儿一人一盒，说："拿去吃吧，到外面玩儿去吧。"

两个孩子拿着糖果开心地跑了出去。渠太太看着孩子们喊道："别跑远了，马上要吃饭了。升儿，你看着点弟弟。"

升儿回应着："知道了。"

乔石头收拾着东西，扭头对着渠珍珍说道："珍珍，这是六必居的酱菜，我帮你拿到厨房吧？"

渠珍珍点了点头说："好的。"

乔石头和渠珍珍拿着东西走进了杂间，放好了东西。乔石头看着渠珍珍，问："珍珍，你挺好的吧？"

"挺好的啊。就是觉得你们出门挺长时间的。"

"这次东家办了很多事儿，我倒是觉得时间过得可快了。"

渠珍珍问道："京城好玩吗？"

"可好玩了，这次我可开了眼了，那城楼子可高了，比咱太原府的高多了，人也多，好吃的东西也多。"

渠珍珍笑了笑说："到京城又去找炸糕了吧？"

"你咋知道？"

"我咋能不知道，你不就喜欢吃个炸糕。"

乔石头摆出神秘的样子，说："不过啊，没吃上炸糕，却吃上了炸糕的祖宗。"

"炸糕的祖宗是什么？"

乔石头认真地说："是炸豆包。满人吃的。"

"好吃吗？"

"好吃。另外啊，我还给你……"

"珍珍，看饭好了吗？好了就开饭。"远处传来渠太太的声音。

渠珍珍高声答应："好的，太太。"

乔石头说道："完了再给你说啊，先张罗着吃饭吧。"

"好的，石头哥。"

渠家一家人坐在一起吃饭，渠老太太一边吃饭一边说道："这一晃就要到年根儿了，听说啊，你在中堂的舅老爷一直卧病不起，我也想抽个时间回去看他一下。"

鹤儿插了一句："爹的舅老爷是在祁县吗？"

"是啊。"

"爹，我也想爷爷了，咱们啥时候回祁县啊？"

渠本翘说道："好的，等我忙完这段时间，就带你们回去。"

渠本翘和太太吃完饭回到了自己的屋里。渠太太拧干一块毛巾递给了渠本翘说："这次出门这么长时间，孩子们天天念叨着你。"

渠本翘接过了毛巾说："你不念叨我啊？"

渠太太一甩毛巾说："去。"

渠本翘笑着擦脸，问："孩子们学堂上得还好吧？"

"都挺好的，升儿一直很听话，鹤儿认了很多字，字也写得挺好，老师夸奖了好几次了。"

渠本翘放下毛巾，从包里拿出一盒东西，说："这次我给带回来一盒广誉远的定坤丹，你补补身子吧。"

渠太太问道："到京城了还买广誉远的东西？"

"是京城掌柜们送的。"

"每次出门都带礼物回来，让你费心了。"

"你在家也很辛苦，照顾娘和孩子也不容易的。"

渠太太抬起头问道："没忘了去看徐老师和师娘吧？"

"看了，怎么会忘记呢。"

"他们都好吗？"

"老师的身体不好，师娘还说挺想你和孩子的。"

渠太太点点头说："去看了就好，我也挺想他们的，咱们在京城的时候，他们一直关照着我们。"

"是啊，我有点累了，想躺一会儿，一会儿还想去一趟火柴厂。"

"那快躺会儿吧，你盖上点儿，别着凉了。"

渠太太收拾着被子给渠本翘盖上。

＊＊＊

乔石头来到了杂间，问："珍珍，忙完了吗？"

"忙完了，啥事儿啊？石头哥。"

乔石头掏出了红包，说："刚才也没来得及说，我给你买了一个礼物。"

"怎么又给我买礼物？"

"这不出远门了吗，总得给你带点什么。"

渠珍珍低着头说道："我什么也不要，只要你平平安安回来就好了。"

"说是那么说，那也得有个心意啊。你看下，喜欢不？"

"是什么啊？"

乔石头说道："是个银镯子，刻花的。"

"这么贵重啊，你哪来的钱啊？"

乔石头笑着说道："我平时就不花钱，我就想着攒够钱了，给你买个银镯子。"

"为什么啊？"

"不知道为什么，不过啊，你要是有银镯子了，就不要收下，你要是没有，就请收下这个。"

渠珍珍问道："石头哥，你这是什么意思啊？"

"珍珍，我也笨，也不会表达什么，你也知道我这人，贫苦人家出身，不是公子少爷的，但是我愿意给你买东西，你要能收下这个银镯子，我就会感觉心里踏实很多，我只会说这些了。"

渠珍珍点点头说："石头哥，我没有银镯子，这个镯子我很喜欢，我收下了。"

"太好了，太好了，我太高兴了。"

"石头哥，你还想说什么吗？"

"不说了，不想说什么，我去给东家备车。"

乔石头跑了出来，突然转过身喊道："你就带上吧。"

升儿和鹤儿一人抱着一个兔儿爷跑进了堂屋。

升儿跑到了奶奶身旁，说："奶奶，你看这是什么啊？"

渠老太太看了看说："这是兔儿爷，在京城啊，八月十五都时兴拜兔儿爷，你们从哪里拿的？"

鹤儿说道："是在我爹的行李里找到的。"

升儿问道："为什么要拜兔儿爷啊？"

渠老太太说道："传说啊，这兔子在月亮上是给嫦娥捣药的，你看它手里拿的，就是个捣药锤。这京城闹瘟疫，嫦娥就派这兔子来到地球上给人们看病，就把这瘟疫治好了，人们为了感谢兔子，就做了这个兔儿爷。想保佑身体健康的时候，就拜拜兔儿爷。"

升儿接着问："这兔子怎么骑着老虎啊？"

"兔子为了给更多的人看病，他就骑上了马、老虎、鹿还有狮子，为的是能跑得快，这是人们的一种想象。"

鹤儿看着升儿说："哥，那咱们也拜拜啊，保健康的。"

升儿问道："奶奶，我们能拜吗？"

"当然能拜了。"

升儿把兔儿爷摆在桌子上，拉了一下鹤儿，说："磕头。"

渠老太太看见两个要跪下，急忙说道："别跪地上，地上凉。"

升儿四处找不着垫子问："没垫子怎么办？"

鹤儿从里屋抱着枕头跑了出来，说："就用这个吧。"

渠老太太说道："不行，那是枕头，不能放地上。"

"那怎么办？"

渠老太太抬起身子拿出椅子上的坐垫，说："就用这个吧，用完了拍拍土。"

渠老太太转身走进了里屋。两个孩子跪在了地上，渠太太正好走了进来，问："你们干什么呢？"

升儿抬头说道："拜兔儿爷啊，保健康的。"

"胡闹，快起来，别拜兔子。"

鹤儿说道："那不是兔子，是兔儿爷。"

"都一样，从哪里弄得这东西。"

"我爹行李里的。"

渠太太发着脾气："搞什么名堂，都起来，把这兔子扔了。"

"这兔子怎么了？"

渠太太大声喊着："你们没听过，'男不拜月，女不祭灶'？日属阳，月属阴，这兔子是阴的东西，男的不要拜。"

鹤儿说道："奶奶说可以拜。"

"那我说不能拜，这兔子有什么好的？不男不女的。"

升儿说道："奶奶说，兔子是看病的。"

"别说那么多，反正男孩子别玩这兔子，快拿走，要不我给你们摔了。"

鹤儿说道："那是我爹的。"

"谁知道他从哪弄来的这不正经的东西。"

渠本翘走了进来问："这是怎么了，什么东西不正经了？"

鹤儿赶紧说道："我娘说这兔子不正经。"

"哦，这是内阁的恩贵送孩子们玩的，就是个玩具。"

渠太太拉着脸说："反正，男孩子不准玩兔子。"

渠本翘笑着说道："那不就是个玩具，京城人不都玩吗？"

"京城是京城，太原府是太原府，这儿就不兴玩兔子，我就不准玩。"

"你别生这么大的气，刚才不好好的吗？"

382

"刚才是刚才，现在是现在。你们扔不扔？不扔我就给你们摔了啊。"

渠本翘挥挥手说："快快，拿走吧，别玩了。"

两个孩子抱着兔儿爷跑了出去。

渠本翘摇摇头，转身往外走，说："哦，我要去火柴厂看看啊。"

渠太太摔了一下袖子，说："爱去哪儿，去哪儿，别给我玩兔子。"

渠本翘摇着头走了出去。

***

双福火柴厂院内热闹非凡，进进出出的伙计们有的扛着箱子，有的抱着麻包。渠本翘带着乔石头走进大门，人们和他打着招呼。

乔殿森迎了出来说："楚南，你从京城回来了啊，也没打个招呼。"

"这不刚回来就来厂子报到了。"

乔殿森问道："京城的事情顺利吗？"

"还算顺利，事情是向前推进的。"

"那就好。"

两人走进堂屋坐下，伙计给倒上了茶水。渠本翘问道："买卖如何啊？"

"你没看见啊，热火朝天，一片繁荣景象。"

渠本翘笑着说道："雨亭啊，真是让你费心了。"

"松本又买回来一套日本的排杆机，产量大增，现在一天能产一百二十箱。"

"能产这么多啊？"

"是啊。"

"东洋人现在就是比我们厉害，就是他们搞了机器，按他们说的就是搞了工业。这工业啊，能给国家带来巨大的能量，它要是爆发了，可不得了啊，能带动各行各业的发展。"

"楚南，我觉得你每天琢磨的事儿都是皇上应该琢磨的。"

"那我琢磨一下就怎么了，会犯戒律吗？"

"那倒不会，但是人们都说在商言商。"

"谁说我是个商人了。"

"怎么，你又想去做官了？这刚消停几天。"

"还没想好，咱们还是别把诗文给丢掉了，读诗会是不是该召集了？"

乔殿森看着渠本翘说："亏你说得出，每次都是因为你没时间，这次可算你倡议了。"

"那我也不能保证随叫随到，你先和仁甫说一声，去他那个'渠家茶庄'，听说有好茶叶了。"

"仁甫都问了好几次了，是我把他挡了。"

"好的，那就听你的安排。"

"等我安排好了，你可再别说没时间啊。"

渠本翘站起身说："好的，好的，我这次不能再爽约了。"

"这是又要走了？"

渠本翘笑了笑说："我就是想来看一下你，这不还有其他事儿吗。"

"这火柴厂是咱俩合伙干的，可你这个甩手掌柜的，连伙计都不认识你了。"

"我就是每天待在这儿也干不了什么事儿，还是有劳你吧，你是做买卖的好手。"

"我就知道你的心放不到这小小的火柴厂上。"

"当初你可是支持我去和英国人争夺矿权的，你是反悔了吗？"

乔殿森说道："当初支持，现在依然支持，去干你的大事儿吧，夺回了矿权，比挣这点儿小钱有意义。"

渠本翘突然回头问道："你刚才就说热火朝天，一片繁荣景象，火柴厂到底是个多大的买卖啊，到底是小钱儿还是大钱儿啊？"

"你瞧瞧，你哪像个火柴厂的东家啊，对买卖上的事儿从来就不闻不问。"

"我这不是问了吗？"

"我的渠东家，今年买卖好，能有好几万呢。"

渠本翘点点头说："是吗？不小，不小，这火柴厂不小，这买卖就是个买卖。"

"你不在这儿吃饭了啊？"

渠本翘头也没回说："不吃了，给你省点儿吧。"

乔殿森调侃着："那多谢了渠东家，您走好啊。"

渠本翘也跟着斗嘴："回去吧，乔东家，不要送了。"

乔殿森看着渠本翘的马车背影，微笑着摇了摇头。突然乔殿森想起什么，喊："石头，石头，回来。"

乔殿森对着身边的一个伙计说："快去，把渠东家的马车追回来。"

渠本翘的马车又回来了。渠本翘问道："这是怎么了？我的乔东家，不想让我走啊。"

"我差点忘了一个重要的事儿。"

"啥事儿啊？这么重要，还把马车追回来。"

乔殿森摆摆手说："你下来，我给你悄悄说。"

渠本翘下车后，乔殿森上前咬了一会儿耳朵。渠本翘有点兴奋，说："知道了，这的确是个大事儿。"

渠本翘的马车行驶在太原府的街道上，渠本翘挑帘见车到了路口。"石头，你在这停一下，去一趟靴儿巷，找下仁甫东家，就说我在家等他。"

乔石头跳下马车，回道："好的，东家。"

***

乔石头带着渠仁甫走进了渠本翘宅院的大门，乔石头紧赶几步进到屋里通报，"东家，仁甫少东家到了。"

渠仁甫急走了几步，说："二伯，您找我啊？"

"仁甫啊，来了，坐。"

渠本翘背着手，把玩着手里的玉秤砣，看着墙上的字画，慢慢转过身。

"二伯，您找我来有事啊？"

"仁甫啊，书业诚的买卖如何啊？"

"买卖还行。"

"仁甫，你爱读书，爱收藏，不糟蹋钱，这个习惯很好，一定要传承下去。收藏古书字画，不仅仅是要自己阅读和欣赏，更重要的是你要给后人留点东西。"

"二伯，您说这些话一定是有什么事儿吧？"

渠本翘坐了下来，喝了一口茶，慢慢地说道："戴家的人在悄悄卖家底呢。"

渠仁甫凑了过来，说："什么，戴家在卖家底儿了？"

"是啊，我也是刚听到这个消息。"

渠仁甫说道："他家可是有好多宝贝啊，那要是流到了外边就太可惜了。"

"是啊，所以我才来找你商量此事。"

"二伯，您的意思是？"

渠本翘站起身，说："戴家也是咱们祁县的大户，现在没落了，我们也应该帮他一把，以后有押镖的买卖尽量找戴家镖局押运。"

"知道了，二伯。"

"我现在最担心的是傅山先生的那些东西，戴家已经无力保存了，听说乔家和何家都在惦记着呢。"

渠仁甫腾地站了起来，说："二伯，我花多少钱也要买下他们，只要他们肯卖。"

"别着急啊，我这不已经告诉你消息了吗。"

"我是着急了，上次咱们见了戴家的族人，也没听他们说什么啊，我其实早就想问了，就是不好意思说。"

"他们也一定是想留下先人的东西，但是如果有人出的价钱好，转给别人也是个办法。"

"二伯，你觉得他们的家底子，哪一件最值得收藏？"

渠本翘来回踱着步，说："戴廷栻和傅山是同学，也是好朋友，傅山为丹枫阁留下三件宝贝，一匾一记一跋，这些都是书法精品，值得珍藏。"

"那你刚才说，乔家何家都惦记着是什么意思？"

"好东西谁不想得到啊。"

"那就凭实力吧，我出不起那钱，我就找我爷爷。"

"亏你还是读书人，怎么总是说钱，有些事儿不是钱的事儿，收藏这东西不是为了独享，归根到底是为了共享。"

渠仁甫问道："难道还得平分吗？"

"这样吧，你找下你雨亭叔，跟他商量一下。"

"好啊，那我现在就去。"

渠本翘笑着说道："看把你急的。"

386

渠仁甫转身就走，说："二伯，我真的不跟您聊了，我立刻就去找雨亭叔。"

乔石头看见渠仁甫走出了屋门，赶紧迎了上去，说："您走啊，仁甫东家。"

渠仁甫"嗯"了一声。渠仁甫突然停下脚步,转身对着里屋喊道:"二伯，记得到我那儿参加读诗会啊。"

渠本翘在里屋答应着："记得了。"

乔石头送走了渠仁甫，看见渠珍珍在院子里洗着衣服，乔石头走了过去，挽起袖子说："珍珍，我帮你洗吧。"

"不用了，石头哥，我自己能行的。"

乔石头看见了渠珍珍戴着银手镯，问："手镯合适吧？"

渠珍珍不好意思地说："那得看是谁送的了。"

乔石头笑着说道："哦，这是谁送的啊？真会选东西，这镯子就是好看。"

"瞧你得意的。"

***

有人敲大门。乔石头紧跑几步，问："谁啊？"

"渠东家在吗？"

乔石头打开门，渠正财一手扶着大门，站在大门口。

"渠正财，怎么是你？"

"呦，这不是乔管事吗，你怎么在渠府啊？"

"我怎么不能在这儿啊？"

"这是渠家，乔家人来这儿干什么？"

"我现在是渠东家的常随。"

"难道是把我弄得开除了，你立功受奖了吧。"

"我现在跟你没关系，你来这儿干什么？"

渠正财晃着脑袋，说："我是渠家人，我想来就来。去，通报一声，就说渠正财来了。"

"我怎么不知道渠家还有你这么个人。不好意思，东家休息了，你改天再来吧。"

"你东家可能不知道我，也不记得我了，但是他一定知道大英帝国的福公司，也一定记得萧蜜德先生。你就说福公司的萧蜜德先生派人和他谈点事儿。"

乔石头问道："什么事情？"

"轮不到你问什么事，因为你没这个资格。"

"你现在给洋人做事了，你仗着洋人腰板硬了啊？"

渠正财撇着嘴说："没错，还真的让你说对了，我就是仗着洋人了，我就是给洋人干事儿了，没洋人做后台，你今天就真的把我赶出去了。可有了洋人，我是跟你的主子平起平坐，你就是个下人，就是个小跟班。"

"你——"乔石头火气都上来了。

"你什么你，赶紧通报去，耽误了大事儿，你担待得起吗？"

"那你就到堂屋里等着，东家现在不一定有时间见你。"

渠正财晃着身子往里走说："没关系，我有的是时间，我就等着，等不着我就在这吃，在这儿住了。"

"你现在成了癞皮狗了。"

"我不介意你怎么说，你能把我怎么着吧。"

乔石头刚来到里屋门口，渠太太走了出来。

"有事儿啊，石头？"

"太太，东家在忙吗？"

"刚刚躺下，想歇会儿，怎么了？"

"倒没什么大事儿，来了个人要见东家。"

"要是事情不急，就让他等等，东家累了，先让他睡会儿吧。"

乔石头说完，转身往外走，说："好的，太太。"

渠本翘在屋里喊了声："进来吧，石头。"

乔石头走进了内屋。

"是谁来了？"

"是以前火柴厂的渠正财，他投靠英国人了，说是代表英国人来找

388

你的。"

渠本翘披衣服走了出来，问："哪个渠正财？"

"就是在火柴厂和我吵架，被乔东家开除的那个。"

"哦，想起来了，那个人投靠英国人了。"

"他说是代表福公司萧蜜德先生找你谈事儿。"

"走，去看看。"

乔石头跟着渠本翘走进了堂屋。渠正财在堂屋里溜达着，一副得意扬扬的样子，来回晃着脑袋，见渠本翘走进了屋子，立刻收敛起来，说："渠东家。"

"你找我有什么事儿啊？"

"渠东家，我是代表福公司的萧蜜德先生来找您的。"

渠本翘坐在了椅子上，说："说吧，什么事儿？"

渠正财看了看渠本翘身后的乔石头，说："渠东家，萧蜜德先生让我单独和您谈谈，外人在场是不是不方便？"

渠本翘拿起茶碗，说："这里没有外人。如果你觉得不方便，就回去告诉萧蜜德先生，就说没有方便的机会和渠本翘说话。石头，送客。"

乔石头手一指，说："请吧，大门你知道在哪儿。"

"别别，我不是这个意思，您要觉得方便，我就说。"

"那就快说。"

"渠东家，萧蜜德先生让我捎话儿，说自从在平定见到您以后，他就对您敬佩尤佳，不论从风度仪表，还是谈吐学识，也不论是为人处世，还是忧国忧民，他都是佩服得五体投地。"

"恭维的话就不必说了，他是个英国人，我是个中国人，这大老远的，他不会是来找知己的吧？"

"您还真的说对了，萧蜜德先生在敬佩之余，就是想结交您这样的朋友，他让我捎个话儿，他说'中国之大，人口众多，惟能做知己者，渠东家也。'"

"我怎么好像是在听笑话，他与我只是一面之交，从何谈起知己。好了，别绕弯子了，说正经事儿，他到底是想干什么？"

渠正财有点诡异地说道："渠东家，萧蜜德先生想结交渠东家就是想

389

通过渠东家更好地了解中国文化，比如文玩字画。"

"他是盯上我的什么物件了？"

"又让您给猜对了。"

"直接说吧，是想要我的什么东西？"

"准确地说是买，无论什么价钱？"

"要买什么？"

渠正财一指，说："您手里的玉秤砣。"

渠本翘把玩着那个玉秤砣，说："这就是块普通的和田玉，是马帮路过新疆给我带回来的。你确定萧蜜德先生是对这块玉石感兴趣？"

"萧蜜德先生不仅仅是对这块玉石把件感兴趣，更感兴趣的是这个把件的器形。"

"秤砣。"

"没错，只要渠东家肯出让这只秤砣，只要开个价钱，萧蜜德先生绝不还价。"

渠本翘站了起来，说："好个萧蜜德，算你是个中国通，主意都打到我的手把件上来了。"

"渠东家是个明白人，一个玉秤砣的手把件对您来说不算什么。"

"和田玉我多得是，手把件我也多得是，比这成色好的我也有很多，你问问萧蜜德先生，是一定要这个秤砣吗？"

"没错，萧蜜德先生说了，他对其他的不感兴趣，只对这个秤砣感兴趣。"

渠本翘笑了笑，说："这些文玩把件对于我来说的确算不了什么，可是这是个秤砣，那意义可就不一样了。"

"所以说萧蜜德先生让您开个价钱。"

渠本翘看着渠正财，说："他买得起吗？"

"萧蜜德先生代表的是英国的福公司，福公司的股东都是英国的皇家贵族，实力非凡，只要您能开出价，萧蜜德先生和福公司就能买得起。"

"好的，我同意出让，满足萧蜜德先生的愿望。"

"东家，您——"乔石头都憋不住了。

渠正财连连鼓掌道："渠东家，不愧为精明的商人，更是个明白人。那您出个价吧。"

渠本翘"啪"摔碎了茶碗，说："山西百姓的利源，晋省的矿权。这就是我的出价。"

渠正财嘿嘿笑了笑，说："您这是在开玩笑吧？"

"你们来买我的玉秤砣才是个玩笑。我因晋省的矿权与萧蜜德先生相识，现在他要买我的玉秤砣，我是真的佩服萧蜜德先生对中华文化的领悟，秤砣也叫权，让我出让秤砣，就是让我弃权，好深刻的用意啊。转了这么大一个圈，不就是想让我不要管矿权之事？回去告诉萧蜜德，这个玉秤砣不卖，如果他真的喜欢文玩把件，把晋省的矿权归还给晋省百姓，我亲自上门奉送。"

渠正财咧了一下嘴，说："既然渠东家把事情说开了，那咱们就敞开窗户说亮话，萧蜜德先生的意思就是只要您不要再参与争夺矿权的事情，一切的条件都可以答应。"

"真是可笑至极。争夺，何为争夺？大清的矿权本来就是属于大清，他们是霸占和掠夺，我们是争取回归。他大英的东西，我们不去争，我们没有夺，我们只是想守住自己的东西。我们是不如他们强大，我们没有他们的坚船利炮，可是我们也要生存，我们的百姓本本分分地守着这块土地，没有更多的奢求，只求自己的衣食住行。开条件让我弃这个权，想都别想。"

"渠东家，大道理我不懂，我只知道奉命行事。"

渠本翘看着渠正财说："你姓渠，也算我们本家，但是你要明白你是地道的中国人，不能为了一口饭去奉侵略者的命，不能为了一己之私，损害了父老乡亲的利，我劝你改邪归正。如果你愿意，我仍然会收留你，望你三思。"

"渠东家我是伺候不起，走什么路，奉谁的命，我自有主张，不必渠东家操心。"

"好。石头，送客。"

乔石头说道："走吧，还在这磨蹭什么？"

渠正财继续说着："渠东家，我再说最后一句话，萧蜜德先生说了，您要是执迷不悟，那后果不堪设想。"

　　"这是萧蜜德说的？"

　　渠正财嘿嘿一笑，说："不管是谁说的，反正后果非常严重。"

　　"我只送你一个字，'滚'。"

第二十一章

京城官僚会商赎矿之策
晋省无奈准备谈判砝码

***

刘笃敬在山西商务局处理着事务。李廷飏拿了份电报走了进来，说："缉臣，京城商部的电报。"

刘笃敬接过电报，看完后皱起了眉头，说："这可怎么办？"

"我也不知道这是好事还是坏事。"

刘笃敬说道："这么重大的事情，还是找大家商量一下吧。"

"好的，你说到哪儿？"

"渠家茶庄吧，听说渠少东家回来了，通知他一声儿。"

一差役大喊着跑进来："报。"

刘笃敬问道："什么事儿？"

"刘大人，巡抚大人和臬台大人让您速到抚衙议事。"

"知道了。"

李廷飏问道："这又是什么事？"

"我估计是和这份电报有关，你还是召集他们在渠家茶庄等我，我议完事就过去。"

李廷飏应了一声，走了出去。

刘笃敬走进巡抚衙门，宝巡抚和丁臬台正在等他。

刘笃敬拱手行礼道："见过宝大人、丁大人。"

宝棻问道："刘总办接到商部的电报了吗？"

"回大人，刚刚收到。"

393

"对于这个事情，你怎么看待啊？"

"此事关系重大，刚接电文，倍感突兀，也未经会商，不知是喜是忧，下官还不知如何表态。"

"这有什么，这显然是晋省保矿之胜利，洋人知难而退，我们何不乘胜追击？"

"洋人霸占矿权，晋省百姓群情激愤，奋力抗争已有数年，现如今要千两宝银赎回矿权。此举何为胜利，只能称之为懦弱妥协。"

"刘总办此话差异，你我都是公职之人，不能像百姓一样感情用事，常言道识时务者为俊杰，我们应该面对现实，晋省矿权纠纷久拖未决，已经给皇上和朝廷各部添乱不少，洋人更是恼羞成怒，今商部和外务部痛下决心，与洋人私下沟通，探明底数，才提出赎矿之策，此乃皆大欢喜之对策，别无更加高明之办法。此时我们不应该犹疑不决，贻误了时机，不要计较手段之高低，收回了矿权才是根本之目的。"

丁宝铨接过了话题："刘总办，你接到商部电报的同时，我也接到了外务部的电报，这次是商部和外务部联合会商，共同出面，针对出钱赎矿之问题召集晋省精英和英国商方进行谈判，点名要求由我牵头，共商可行之策。你尽快拿出列席谈判的名册，我们抓紧准备，早日赴京。"

"我明白了，下官告辞了。"

刘笃敬的马车来到了渠家茶庄，李廷飏和渠仁甫等在门口。渠仁甫招呼着刘笃敬下车。李廷飏迎了上去，问道："见到二位大人了？"

"见到了。"

"这边人都到齐了，就等你了。"

刘笃敬大步流星走进了包间，说道："让各位久等了啊，我刚从抚衙来，之所以召集大家是有一个重要的消息要传达给大家。"

胡聘之首先开口："你说吧，是好消息还是坏消息？"

"洋人提出让我们用一千一百万两宝银赎矿。"

"啊？"所有人惊愕。

片刻宁静。

刘懋赏站了起来，说："让我们自己出钱买我们自己的东西，还要一千一百万两，这就是敲诈。"

胡聘之问刘笃敬："你刚去了抚衙，宝棻是什么意见？"

"宝大人说这是晋省保矿之胜利，洋人知难而退，我们何不乘胜追击。"

刘懋赏说道："洋人到底是真退还是假退？这里面肯定有诈。"

李廷飏插了一句："夺矿变成了赎矿，这是多大的糗事啊。老百姓要是知道了，非骂死我们不可。"

胡聘之问道："楚南，你刚从京城回来，你怎么看待这件事？"

"此事我倒不觉得突兀。此次进京多方渠道伸手相助，几个联名奏折都送到了太后和皇上之手。太后为此还责怪了皇上，听说载振和翟鸿機都被皇上斥骂了，商部和外务部同时发文推进矿权谈判，我自认为是在情理之中。不过一千万两赎矿之事，我也琢磨不定，不知可否。"

刘懋赏说道："这个结果坚决不能接受。"

"这个结果是不能接受，但是我觉得此事已经出现转机。"

"此话怎讲？"

渠本翘说道："我们开始策划夺回矿权两年多时间了，历尽了艰辛和困难，你们想想，英国人何尝不是，他们也和我们一样绞尽了脑汁，耗费了精力。我们是本地人，他们是外地人，要是说耗时间，他们耗不过我们，虽然他们强大，但也要适应当地的态势，虽然朝廷的态度一直含糊不清，但是也没有给英国人什么利好，学生的罢课游行、商贩的罢市抵制、文人的口诛笔伐、平定州当地的直接抵抗。英国人比我们要难受得多。这次突然转变态势，让我们出钱赎矿，说明他们已经疲惫不堪了，他们是想用这种简单的方法了解此事。"

李廷飏点点头道："楚南说得有道理。"

渠本翘接着说道："英国人要想执行原来的协议，落实开矿采煤已经非常困难，福公司山西总部已经迁到了太原，洋人几乎不敢在平定的街头出现。可放弃此事，他们绝不心甘，所以敲一笔是一笔，拿钱走人，对于他们来说，不是个坏事儿。"

刘懋赏说道："对于他们不是坏事儿，对我们也不是什么好事儿啊。"

刘笃敬拿出电报说道："这还不是最后的结果，你没看到电报上所说，此乃英人提议，望山西从速组团赴京再商。"

李廷飏说道："那既然英国人已经失去了耐心，既然这不是最后的结果，我们就继续按照以前的办法走下去。楚南说了，他们耗不过我们，那我们就这样跟他们耗下去，直到归还了我们的矿权为止。"

刘懋赏点点头说："这说得也对，我们就这样继续下去，绝不妥协。"

李廷飏说道："胡大人，你倒是说个话儿啊。"

胡聘之捋了捋胡子说："先前楚南分析得有一定的道理，但我并不认同英国人已经失去了耐心，我认为他们在走一步一箭双雕的好棋。"

刘懋赏问道："洋人出这一招，是一步好棋吗？"

"是啊。你们看，一千一百万两白银是什么概念？我们晋省的煤炭都挖出来，能不能值一千万两白银？他们断定我们不会答应的，就算是答应了，钱从哪里来？朝廷几次败仗之后都是割地赔款，就以前的赔款朝廷已经不堪重负，国库空虚连正常运转的银子都没有了，皇上在宫里都削减各项费用，谈何再拿出一千万两银子。拿不出银子就只能给矿权，那对英国人来说，就是赚得了。"

"好阴险的洋鬼子。"

"那我们怎么办？"

胡聘之低下了头说："如何破解？我还没有更好的办法。"

刘懋赏说道："我把这个消息登到《晋阳公报》上去，让所有人都知道英国人的险恶用心。"

渠本翘摆摆手说："万万不可，此事还必须封锁消息，一是这不是最终结果，二是此消息一出，必将掀起千层波澜，说什么话的人都有，局势一乱，我们会非常被动，朝廷也会更加为难。"

"朝廷，朝廷，您总是顾及朝廷，什么时候能顾及一下我们自己？"

"这并不矛盾，我们和朝廷本来就是一回事儿啊。"

"这个朝廷已经不再顾及百姓，也无力顾及百姓，大家都对这个朝廷失去了信心。还是孙文先生说得对：驱除鞑虏，恢复中华。"

"同盟会的事情我不管，只要朝廷在，我们就要仰仗朝廷，毕竟矿权之事涉及外事的规矩和我们国家的信誉。"

李廷飏说道："好了好了，不必为此事争吵了，当务之急是我们要怎么办，到底是夺矿还是赎矿？夺又夺不回来，赎又没有钱，这可怎么办啊？"

刘懋赏问道："刘总办，您一直在看这份电报，又在琢磨什么呢？"

"我在琢磨着谈判的事儿，京城电报上说，'要我们从速组团赴京再商'，我觉得这里面话中有话。"

刘懋赏问道："这里面还有什么话？"

"你们看，以前也让我们去人参加谈判，可从来没有用过'组团'的字眼，这说明京城希望我们增加人员数量，加强谈判的筹码。'赴京再商'说明还有争取的可能。"

胡聘之点点头，说："有道理，那你想怎么办？"

"此次赴京，估计会是最后的谈判机会，不论英国人如何施加压力，还不排除他们会在谈判之外做些偷鸡摸狗的龌龊勾当，我们都要顶得住，还是那个原则——据理力争，寸土不让。此次进京谈判，楚南，你要辛苦一趟了，你这次必须参加。另外我想让崔廷献和梁善济参加谈判，因为他们都曾留学海外，是专门研学法律的专业人士，可以在法理和用词方面斟酌把握。这样官绅商学都配齐了，为此我们进行最后一搏吧。"

刘懋赏说道："这个班底也是相当强大了，那到底是为了夺矿还是接受赎矿呢？"

大家都没接话。

＊＊＊

萧蜜德对着渠正财大发雷霆。

"你不是说你的办法可行吗？非要去买渠本翘的什么秤砣，结果也是碰了一鼻子灰。"

"萧蜜德先生，这只是我的一个借口。"

"看来这个借口并没有起什么作用，依旧没能阻止他的行动。"

圆眼镜插嘴："此办法不行，我们是不是要采取其他的办法？"

"我不管你们采取什么办法，必须阻止这个渠本翘。现在到了能否开矿采煤的关键阶段，我们必须全力配合北京总部的行动，否则会前功尽弃，我们大英帝国将蒙受巨大损失，连你们华人经理都会受到影响，这是我们共同的利益。这一点你们要考虑清楚。"

圆眼镜说道："我们会再想想办法，萧蜜德先生。"

萧蜜德说道："你们的办法永远不会奏效，我们去后院，今天让你们见识一下。"

几个人跟着萧蜜德来到了后院，怀特正在空地上擦拭着枪支。

"怀特，你给他们介绍介绍你拿的是什么。"

怀特拿起一支步枪，说："这是我们大英帝国工业革命的巨大成果，李－恩菲尔德弹匣式短步枪 MK－1 型，7.7 毫米口径，弹匣八发。"

圆眼镜瞪大了眼睛，说："我还从来没有摸过洋枪。"

圆眼镜兴奋地拿着步枪扭头问渠正财："你摸过吗？"

"没有。"渠正财摇着头。

萧蜜德说："怀特，给他们演示一下。"

怀特拿起了步枪瞄准二十米开外的瓦罐。"砰"的一枪，瓦罐被击碎。

萧蜜德拿过了步枪交给渠正财，说："你也试试。"

渠正财摆摆手，说："我不会使枪。"

"从今天开始由怀特教你。"

渠正财一头雾水，说："萧蜜德先生，您这是什么意思？"

"这就是我要说的对付渠本翘的手段。"

"这可不行，打死了渠本翘，我可没有办法交代。"

"我说让你打死了吗，就你的射击技术，瞄准了也会打偏的。"

"这样不妥吧？萧蜜德先生。"

"有什么不妥？一是你根本不可能打中他，二是没有人知道是你打的。只要起到吓唬的作用就足够了。我就不相信，这么大票号的少东家被洋枪袭击，他还敢出来活动。"

圆眼镜插了一句："萧蜜德先生说得对，只是要你吓唬一下他。"

"还有没有其他的办法？这样太冒险了。"

"富贵险中求，你们不想荣华富贵吗？错过了这个机会，你们可能一辈子也等不到了。"

圆眼镜接过话儿："当然想，当然想。渠正财，你就先练练，不妨事，不妨事。"

一个洋人走了过来，说："萧蜜德先生，哲姆森先生电报，让您速去北京城。"

萧蜜德看着电报，说："你们先练习着，等着我的消息。"

刘懋赏走进了晋阳报馆。王职员走了过来，说："师兄，这是刚收到的朝廷的报律。"

刘懋赏拿过来读着："'不得诋毁宫廷，不得妄议朝政，不得妨碍治安，不得败坏风俗。'这是什么报律？明明是妄图钳制舆论。"

王职员说道："今天有人来催促我们去抚衙注册登记，否则邮局概不递送，轮船火车也不运寄。"

"咱们的报纸仅限晋省，他们限制不住，有报童就足够了。"

"你看看下期的稿子。"

"好的。"刘懋赏翻着其他的报纸，"小王。"

"师兄，什么事儿？"

"把《申报》的这一段转登出去，我来念，你来记。"

"好的。"

***

乔石头三步并作两步从院子里奔向渠本翘的书房，渠仁甫腋下夹着一个锦缎的包裹跟在后面。乔石头来到了书房门口，小声说道："东家，仁甫东家来了。"

渠本翘抬起头，合上手里的书。渠仁甫已经面带笑容地走了进来。把东西往桌上一放说道："二伯，好东西，拿到好东西了。"

渠本翘向乔石头摆摆手，乔石头会意地退出了书房。渠本翘看着兴奋的渠仁甫说道："什么好东西啊？把你高兴成这个样。"

渠仁甫打开了包裹外面的锦缎，一本书法册页展现了出来。渠本翘眼睛一下子瞪大了，站起身子，问道："《丹枫阁记》？"

渠仁甫点点头说："是啊，我刚刚拿到手，花了大价钱了。"

渠本翘一边小心翼翼地翻开了册页，一边说道："这宝贝的价值不是

399

能用银子衡量的。"

渠仁甫用袖子擦了一下额头，说："这幅墨宝的一记一跋我是拿到了，可那幅画到乔家人手里了。"

渠本翘欣赏着册页说道："只要能妥善收藏，在谁手里都无所谓。"

渠仁甫看着趴在桌子上的渠本翘笑出了声儿，说道："二伯，看你趴得那么近，好像是在闻味似的。"

渠本翘说："你还别说，我好像真的闻到了两百年前的味道。"

渠仁甫说道："那桌子上的拓本都让您翻破了，看到真迹感觉不一样吧？"

渠本翘点了一下头，说："拓本和真迹怎么能比？看照片和看真人那是两码事啊。"

渠仁甫说道："我刚拿到这本册页的时候，也是看了许久，爱不释手啊，傅青主的这幅字真的让人叹为观止。"

渠本翘抬起头，说道："傅山这书法文极诙诡，字极老辣，诚不朽之杰作也。更可贵的是戴廷栻写的内容也是文辞雅致，意境飘忽，能看出一番藏于心底而不可言述的心情。实为旷世名篇。"

渠仁甫翻动着册页问道："有这么深奥吗？我只看到了他以梦开篇，叙事生动，好似真情流露。"

渠本翘说道："正是这个'梦'字蕴藏着不屈的倔强。通篇叙梦，梦乃心中所想，当时国难当头，民族危亡，可见此梦乃国家之梦，民族之梦。戴公和傅青主励志图强，渴望复兴，借梦接景，以景寄情，此乃强国之梦，富民之梦啊。"

渠仁甫看着渠本翘说道："二伯，我这才明白您为何一直关注这件宝贝，原来寓意如此深刻。"

渠本翘上前拍了拍渠仁甫的肩头，说："好好珍惜，妥善收藏吧。"

渠仁甫点点头，说道："放心吧，二伯，我已经派人进京，订购京庄雪白云龙裱绫，回来后精心重裱。"

渠本翘会心地点了点头。

渠仁甫合上了册页，看着渠本翘说道："另外，关于晋省矿权的事，我想了许久，有些话想对您说。"

渠本翘坐在椅子上，喝了一口茶水，看了一下渠仁甫，说道："坐下来，慢慢说。"

渠仁甫紧走两步，坐在渠本翘身旁。

渠仁甫说道："二伯，矿权的事情虽然我不懂，但是我也听得明白，现在是两难选择，对和错可能都会名留史册。对了，万古流芳；错了，人所不齿。我们渠家一向低调为人，不冒尖行事，还望二伯为了这个家，三思而为。"

渠本翘说道："国不宁，何以为家？我何不想息事宁人、相安无事，过平静的生活？可洋人乘虚而入，攫取了晋省矿权，等于掐住了晋省的咽喉。现在谈判多次，互不退让，此事不决，后患无穷。"

"可你不是当事之人，身为局外人可进可退，何必非要得罪洋人，惹祸上身啊？"

"这关乎国事，也关乎渠氏家族，谁能是局外之人？不思近虑，必有远忧，你不管他不管，看似躲过一劫，总有一天灾难会找到你头上。"

渠仁甫看着渠本翘，说："那一定要这么强硬吗？"

"我们中国人一向是受儒家教育，不惹事，但也不怕事，兵法上有句话叫作'以战止战'，对方欺负你了，你连反抗的意志都没有，对方就得寸进尺，嚣张跋扈。洋人屡次变招，更多的是在恐吓，在试探我们的反抗意志。我们不能被吓倒，以其人之道还治其人之身，强硬反击，以战止战才是对付入侵者的最好选择。"

"反正我是想提醒二伯，洋人不是那么容易被打败的，他们达不到目的，会狗急跳墙，什么事情都可能做出来，我是担心二伯的安全。"

渠本翘说道："现在想那么多也无济于事，既然已经扛上了这个事儿，只有义无反顾地走下去。国安才能家安，家安才能事事安。"

"看来二伯是心意已决，坚定不移了。"

渠本翘说道："有首诗说得好：'咬定青山不放松，立根原在破岩中，千磨万击还坚劲，任尔东西南北风。'"

＊＊＊

渠本翘在家收拾着东西。渠太太在旁边张罗着，说："这刚从京城回来就又要去啊。"

"这次事发突然，我也始料未及，你把我的官服收拾好，到京城要用。"

渠太太问道："你要去给娘说一声吗？"

"我这就去。"

夜深了，渠本翘在床上辗转反侧睡不着觉，坐起身子拨了一下灯芯，屋里的光线明亮了许多。渠太太披衣也坐了起来，说："这么晚了，怎么不睡觉啊？"

"睡不着。"

"是遇见什么烦心事儿了吗？"

"没什么事儿，你赶紧去睡吧。"

"你不睡，我心里也不踏实，也睡不着啊。"

渠本翘说道："那就聊聊天，我每天在外面瞎忙活，也没时间和你聊天。"

"我倒没什么，可我总希望你能躲在家陪陪孩子们。在京城做内阁中书的时候，你每天都是准时整点回家，孩子们都有个盼头，现在出门回家都没个准点。"

渠本翘用肩膀靠近太太："这也是没办法，跟我回到山西，你觉得后悔吗？"

"我有什么后悔的？嫁给你就是渠家人，你走到哪儿，我就跟到哪儿。只要娘在，孩子在，我们走到哪儿，都是家。"

"你每次说话都能站在理儿上。"

渠太太扛了一下渠本翘，说："我还不是跟你学的？这么多年我一直看着你做事儿，很多吃亏受委屈的事儿，要我就不会去做，可你做了，事后我就琢磨着你为什么要这么做。"

"那是为什么呢？"

"你是怕缺了理儿。"

渠本翘问道："你真的这么觉得？"

"是啊，所以我也经常跟升儿和鹤儿讲，做事儿不要怕吃亏，也不要怕受委屈，就怕丢了理儿。丢了理儿，拿多少银子也买不来；丢了理儿，挣多少银子也不光彩。"

"做事儿不丢理儿，说得好，你还真的给我提了个醒儿。"

"提什么醒儿？"

"没什么，最近真的有些事儿很麻烦，我自己都不知道应该如何去选择，你今天的话儿，还真的让我下定了决心。"

"我的话啥时候有这么重要了？"

"这真的太重要了。"

"把我都搞糊涂了。"

渠本翘说道："我倒觉得最明白的就是你了，没想到你还这么用心。"

"我不对你用心还能对谁用心啊？"

渠本翘又问道："那再说说，你还看出我什么了？"

"你对新鲜的东西感兴趣，对老的东西不是很感兴趣。"

"喜新厌旧那是人之常情，每个人都是这样的。"

"我不是这个意思，你看你们家祖传的买卖比如银号、茶庄，你哪个想做了？火柴厂这样的洋玩意儿你却愿意去做，而且接受这样的新买卖，你自己都不确定会不会赚钱，可你还要做，就像爹说你那样，你想的总是和别人不一样。"

渠本翘问道："你觉得我这样做像个买卖人吗？"

"不像，买卖人在乎钱，可你不在乎。"

"那我像个官人吗？"

"也不像，做官的心都硬。"

"那我像个文人吗？"

"还不像，文人不管别人的事儿。"

渠本翘说道："打住，那我不敢往下问了。"

渠太太疑惑道："怎么了？"

"现在已经三不像了，再问不就是个四不像吗？"

渠太太说道："那你再问一个，我就说像。"

"好了，已经很晚了，咱们睡觉吧。"

渠太太撒娇道："人家还想回答呢，再问一个。"

"好了，不问了，也不答了，这次进京城估计是和英洋人的最后谈判，我要养足精神。"

渠太太问道："你估计能谈赢吗？"

"不知道。"

"那你知道什么？"

"知道现在要睡觉。"

渠太太还嘟囔着："你再问我一次啊。"

"就不问。"

"就问一次。"

渠本翘拧灭了油灯。

＊＊＊

天色朦胧，刘笃敬还在睡梦中，"砰砰砰"，大门被敲得很响，刘家的伙计从侧厢房里跑了出来，对着大门问道："是谁啊，这么早敲门？"

乔石头探着头回答着："是渠少东家。"

伙计开了门说："渠少东家，我们家老爷还没有起床，您这是？"

"你通报一下刘总办，就说我有急事找他。"

"好的，那你们到大厅等一下，我这就去通报。"伙计说着把渠本翘迎进院里。

刘笃敬一边穿衣服一边走了进来，说："楚南，这么早找我，有什么事？"

乔石头见刘笃敬进来，转身走到了院子里。

"我一晚上没睡着，翻来覆去的，矿权的事儿考虑再三，这事儿一定要想法一致才行。"渠本翘说道，"所以天不亮就来找你了。"

"我也是想了一晚上，天快亮了我才睡着。"

渠本翘问道："你想通了？"

"想通了。"

渠本翘问道："夺还是赎？"

"你觉得我们还有选择吗？"

"如果面对现实的话，我们已经没有了。"

"没错，楚南，你走南闯北的，见识多，看得远，可你知道多少人是不想看到这个现实，他们还是停留在满腔热情上。"

"这的确是个两难的选择，但是时机稍纵即逝，我们必须做好万全的准备。"

"楚南，你就直截了当说说你的看法。"

渠本翘说道："现在的中国积贫积弱，没有实力与外部强国据理力争，务虚言而高谈法理，不是适宜之策，强权下不得不低头，赎矿也许是我们最好的选择。"

刘笃敬问道："你就不怕被骂软弱和妥协？"

"守信是我们中华民族的立世之本，不论协议是否公平，契约精神是不能抛弃的。争矿是我们保护利权的不二选择，赎矿是我们争矿的方法和手段，这不是软弱和妥协，这应该看成我们的智慧，中华民族的精髓就是软而不弱，强而不霸。"

"说得好，楚南，我也觉得赎矿可能是我们最好的办法，但就是说服不了自己，你这一席话，说得透彻。"

"只要我们能拿回矿权，付出任何代价都是必须的。"

刘笃敬问道："那赎矿的银两从哪里来筹措，你渠楚南扛得动吗？"

"我是扛不动，但是我们有更加坚实的后盾。"

"晋省各大银号吗？"

"不是。"

"那是谁？"

渠本翘斩钉截铁地说道："晋省一千四百万民众。"

"这话说得对，这一千四百万人平时看似散沙，但是只要有一声呐喊，他们就会抱团，国难当头的时候，他们就会坚若磐石。"

第二十二章

丁枭台携众人京城较量
光绪御批赎矿国库无银

***

京城山西会馆门口。掌柜在门口迎接，招呼着收拾行李，丁宝铨和渠本翘一行人走进了会馆。大门对面有人在偷偷地观察着门口的动静。

丁宝铨等人走进了厅房。丁宝铨环顾四周，说："虽说我们来到了京城，可这山西会馆却是我们晋省的地盘啊，住在这里感觉踏实。"

渠本翘说道："这里的厨师也是从山西过来的，要让我们山西人到了这里有到家的感觉。"

"这都是你们晋省绅商的功劳啊。"

刘笃敬问道："丁枭台，明天我们就要会见英国人了，关于谈判之事，您还有何吩咐？"

丁宝铨正坐在椅子上，说："我们此次京城之行，兴师动众，就是为了与英商福公司进行一次重要的谈判，我们身兼重任，背负嘱托，必须严阵以待。谈判中以刘总办为主谈，我最后定调，其他人等都可指出瑕疵，但是要注意礼仪身份，注意谈吐用词，不谩骂攻击，不污蔑诽谤，公平公正，展现出我大清之风度。赢要赢得光明磊落，输要输得明明白白，赎矿是目的，数额要争取。"

刘懋赏问道："丁大人，赎矿是必然选项吗？"

丁宝铨说道："事到如今这个问题我们就不要争论了，矿是我们晋省的矿，英国人凭着协议拿到了矿权，这已经是既定事实，我们硬要推翻协议，会让我们大清失去道义。既然英国人提出拿钱赎矿，也难说我们是否吃亏上当，此机会出现，实属不易，我们不能再犹豫不决，顾左右而言他。现在我们必须把焦点集中到赎矿一事上来，这是我们晋省矿权的最后希望。"

刘懋赏轻声地问道："如果此事引来非议怎么办？"

丁宝铨腾地站了起来，说："我顶着。"

刘懋赏接着问道："那钱从何来？"

"此事暂且不议，谁都不可能先知先觉，只有走一步看一步了。"

渠本翘说道："我赞同丁臬台的果敢坚定，车到山前必有路，船到桥头自然直，不论是荆棘路还是拦路虎，无须自怨自艾，努力去做就是了。"

丁宝铨说道："刘总办，你和崔廷献、梁善济再研判一下协议的条款，找出我们可以利用的词义，力争有凭有据，实事求是。"

"好的，大人。"

会馆掌柜走了进来，说："丁大人，外务部来人传了个话儿。"

"说什么了？"

"外务部唐大人请你速到外务部议事。"

"好的，知道了。"

丁宝铨边转身往外走，边说："大家各自准备吧。"

丁宝铨来到大门口，坐上了马车，对面有人迅速离开。

***

丁宝铨来到了外务部，唐绍义正在大厅来回走动着，看见丁宝铨走了进来，说："丁大人，稀客，稀客啊。"

丁宝铨拱手行礼道："唐大人，关照关照。"

两人入座。

唐绍义说道："丁大人一路舟车劳顿，真是辛苦了。"

"唐大人为了晋省之事劳心劳力，才是含辛茹苦啊。"

唐绍义摆摆手，说："不提这些了，咱们言归正传，我知道你们今天抵京，我已经告知英国人，明天正式谈判。"

"哦，这么快。"

"此事不等人啊，我找你来就是想把此事之重要性告诉你。太后和皇上对晋省矿权问题大为不悦，载振和翟鸿禨两位大人被皇上训斥，商部和外务部两部联合责成我来召集谈判，现在我们压力很大啊。"

丁宝铨说道："所以我立刻到京，不敢怠慢，已感此事之严重。"

"不是我们推诿懈怠，你现在成了关键人物。你的态度直接关系到大家的前程和命运。"

"此话怎讲？"

"丁大人，两部被训其实是替你们背了锅，洋人对着我们，皇上也对着我们，可我们只是调停，从中撮合，关键是你们晋省和英商的矛盾，现在你代表着晋省，何去何从关系重大，你必须当断立断啊。"

丁宝铨说道："还望唐大人指点方向。"

"丁大人，恕我直言，你此次被点名赴京，是英国人照会专指，我知道你与英国人颇有来往，但此时此刻，希望丁大人光明磊落，不要错判形势。"

"唐大人，您多虑了，我丁宝铨和英国人是有结交私好，但是我能分清主次，辨明是非。"

唐绍义点点头说："这就对了，丁大人是个聪明人，此事万众瞩目，稍有偏差，就会毁人毁己。"

"多谢唐大人提醒。"

唐绍义拿出一份文稿，说："这是皇上最新的批谕，你看看。"

丁宝铨接过手稿，念道："竭力磋磨，勿稍退让，以保权利。"

唐绍义看着丁宝铨，问："明白了吗？"

"明白了。"

＊＊＊

在福公司的大厅内，一帮人也在商量对策。哲姆森说道："山西方面的人已经到了京城，明天的谈判对我们很重要，我们要做好充分的准备。梁恪思，你应该制定备选方案以应对不测。"

梁恪思点点头说："放心吧，哲姆森先生，我们的方案进可攻，退可守。这次我们一定要把他们逼进死胡同，掉进我们设好的陷阱里去，淹死他们。"

萧蜜德接过话："梁恪思先生，也不要太乐观了，这次山西方面由他

408

们的按察使丁宝铨亲自带队，那个商会的会长渠本翘也来了，这些都不是等闲之辈，还是不要大意啊。"

梁恪思大笑道："萧蜜德先生可能有所不知，这个丁宝铨就是沙道义公使函告清国外务部请来的，关于那个渠本翘，他来只能装装样子，起不了什么大作用。"

哲姆森问道："你拜访了朱尔典先生了吗？"

"已经拜访过了，朱尔典先生非常支持我们的想法，他已经按照我们的意愿做了他应该做的事情，相信这个丁宝铨不会不买账的。"

"那就好，另外山西的财力方面你确切吗？"

"非常确切，这里是我掌握的具体数字。山西的主要收入来自地丁银、厘金和杂赋，去年收入498万两银子，支出主要是典礼经费、官俸及行政经费、教育、采办、驿站、军政、社会救济和宗教经费。山西地方只有征收权，没有支配权，所有的收入要听从户部的统一调拨，大部分需要上缴部库，小部分作为地方留支。甲午和庚子两次赔款，摊派到山西每年是116万两，他们的办法是增加税种和提高税率，现在已经增加到一百多种税赋，还难平衡现有的支出。"

哲姆森问道："这么说，山西根本拿不出任何多余的银两？"

"正是如此。"

"那让他们赎矿，岂不是我们最好的办法？"

萧蜜德说道："这一招真是高明，我刚听到此事时，不理解我们为何退让，现在才觉得这简直是神机妙算。"

哲姆森点点头说："只要他们拿不出钱，矿权永远是我们的。"

"这个内容一定要重点强调。"

"另外还要尽量缩短付款时间，让他们在短时间内无法拆借到其他地方的银两。"

梁恪思频频点头道："明白，哲姆森先生。"

哲姆森举起了酒杯，说："诸位，我感到我们的计划已经周密而细致，让我们举起香槟，提前庆祝一下，放松一下吧。"

众人举杯。

***

夜幕降临，渠本翘来到了李春溥屋内。

李春溥说道："楚南兄，真没想到事情如此突然，赎矿之事虽有一线希望，但是风险的确很大。"

"所以我一到京城第一个就来找你，看有何可参考的消息。"

李春溥问道："丁宝铨来了没有？"

"来了，这次是丁臬台领队。"

"据我所知，丁宝铨是英国公使沙道义亲自点名的。"

渠本翘看着李春溥，说："可今天下午，丁大人的态度非常坚决，看不出任何倾向洋人的迹象。"

"丁宝铨混迹官场多年，一直以老辣圆滑著称，上得君心，下得民意，一路走来步步高升，从未失手犯错，可不能小看此人啊。"

"我以前曾经与他共事，总觉得丁臬台不至于媚外求荣、卖国求利。"

"楚南，现在没有任何证据显示丁宝铨倾向洋人，关键是他与朱尔典的关系才让我们不得不有此戒心，但是你放心，我已经给他上了一个紧箍咒，以防万一。"

渠本翘问道："哦，什么紧箍咒？"

"我也是拼死一搏，给皇上奏了一本，直接点名丁宝铨与朱尔典私有交情，若受洋人愚弄，不但大伤晋人之感情，中国之主权亦随之俱亡，望皇上明点丁宝铨上顾国计，下顾民生，妥慎会议，竭力磋磨，勿失主权，以保权利而系人心。"

"荫南兄所言真是荡气回肠、感人肺腑啊，你冒死上谏，让楚南我自惭形秽啊。"

李春溥说道："形势所迫，我也是无奈之举，即使如此，也并非万全之策啊。"

***

夜已经深了，山西会馆被罩在黑幕之中。丁宝铨准备脱衣休息，房门咣当响了一声。

"谁啊？"

没人答应。丁宝铨走近房门，见门底下塞进一个信封。丁宝铨打开信封，自言自语地念道："朱尔典。"边从信封里抽出一张一千两的银票。

外面有走动声，丁宝铨急忙把信封揣到怀里，吹灭了油灯。

＊＊＊

外务部大厅里，显得比平时热闹了很多。唐绍义依然居中而坐。中英双方人员各坐一侧。中方一侧，丁宝铨、渠本翘、刘笃敬坐在前排，李延扬、崔廷献和梁善济坐在后排，都身着官服，阵势气派。

英方哲姆森、梁恪思、萧蜜德西装笔挺。

唐绍义扶了一下眼镜，提高了嗓门："奉皇上谕旨，遵翟大人、载大人之命，本官再次召集英国福公司和山西商务局进行谈判，关于晋省矿权之事，我们已经历经数载，多次谈判协商，今有山西按察使丁宝铨大人亲临现场，可见晋省之重视，只望能和平解决双方之异议。下面我给大家介绍一下双方嘉宾。"

唐绍义手指向丁宝铨，介绍道："晋省方面，山西按察使丁宝铨，丁大人。"

丁宝铨看着哲姆森微微点了一下头。

唐绍义继续说着："山西商务局总办刘笃敬，山西商会会长渠本翘。"

唐绍义又指英方一侧，介绍："英国福公司方面，福公司董事长哲姆森先生，谈判专家梁恪思先生，福公司山西经理萧蜜德先生。你们也都是老相识了。"

哲姆森面部轻松，说："第一次见到丁大人，实感荣幸。以前李提摩太先生给我提及过丁大人，说丁大人为人友善，讲诚信，务实事，今能与丁大人谈判桌前相见，不胜荣幸。"

丁宝铨说道："哲姆森先生，我们各为其主，各据其理，不必客套，请直议主题吧。"

哲姆森笑了一下，说："我们已经向清国外务部阐明了意愿，如果你们执意为了晋省矿权而撕毁协议，必须支付白银一千一百万两对大英帝国进行补偿。"

丁宝铨也笑了一下，说："哲姆森先生，刚见面您就给我戴上了一顶'讲诚信，务实事'的帽子，我当仁不让，接受，但是诚信和务实应当双方同时具备，我们才有谈判下去的可能。我在这里给您交个底，如果您想在法理上追究对错，在道义上评判是非，我丁某人只字不退，谈个十年八载，我奉陪到底。如果您想在经济上得到补偿，我们就务实地谈谈生意，狮子大张口，怕您一块小肉都咬不着啊。"

刘笃敬接过了话题："丁大人所言极是，我们以前的谈判对法理各执一词，难分伯仲，哲姆森先生谈及的撕毁协议实乃无稽之谈。"

梁恪思说道："各位不必计较措辞了，福公司乃商务实体，当然首先在意的是利益得失，只是晋矿之事，福公司已经投入巨大，终止协议必将蒙受损失，提出的补偿合情合理。"

"我们中国人重义讲理，但是一千一百万两的要价是想再造几个英国女王的王宫吗？"

"我们也不是无理取闹，一千一百万有根有据，请查阅双方的合同便知。"

刘笃敬手拿出协议，说："没错，山西晋丰公司与英国福公司签署的《请办晋省矿务借款合同》的确载明借银一千万两。"

梁恪思哈哈大笑道："这不就是理所应当吗？"

刘笃敬说道："既然是晋丰公司向福公司借钱，福公司应只享有收回利息和本金之权利，可第三条和第四条却给予了福公司经营矿务和获取矿产利润之利权，第五条又规定委用洋商经理和限办六十年，名义上是借钱，实际上还是福公司管理和经营，相当于你的钱还在你的口袋里。"

梁恪思说道："因为你们没有技术，没有设备，没有人才。"

"我们是没有技术、设备和人才，但是再笨的人都知道，我有钱了或者是我借到钱了，我们可以买你们的技术和设备，可以高薪聘用你们的人才。可实际上我们没有拿到钱，借钱只是个文字游戏。"

梁恪思说道："就算是我们掌握着钱，可是我们也有费用，也有开销，你们延误了采矿时间造成了经济损失，这些必须赔偿。"

"你们福公司未开一矿，我们商务局未拿一钱，'赔偿'二字，万难从命。"

哲姆森说道："签订了协议是既定的事实，赔偿问题是今天谈判的主要议题，不接受赔偿，谈判将毫无意义。"

唐绍义急忙插了一句："这谈得好好的，怎么就卡壳了呢？我倒觉得双方各有各理，大家还是要各退一步，不要因小失大，错失这难得的机会。"

渠本翘说道："福公司谈到开支花费，我们不是不予考虑，但是措辞的运用对于我们是必须的考量，为了能使谈判继续，是否改用'补偿'二字？"

丁宝铨说了一句："福公司是商业实体，利益的实惠应当是重中之重，这个措辞应该可以接受。"

梁恪思看了一下哲姆森。

哲姆森说道："既然你们这般看重措辞，我们也可不必计较，补偿也在情理之中。"

唐绍义哈哈一笑说："中西方的文化的确差异明显，但这并不影响我们的诚意，这就是诚意，这就是务实，此问题解决了，我们就能延续谈判，不至于破裂。"

刘笃敬说道："既然谈到了诚意，也接受了补偿，来而不往非礼也，根据我们的测算，福公司来华人员的数量和时间，舟车费用和给养消耗，我们愿出一百万两，给予补偿。"

哲姆森立刻拒绝，说："不行，这个数字不能这样计算，虽然我们接受了'补偿'的措辞，并不等于就能否认你们违约的事实，惩罚的因素必须考虑进去，没有五百万两，我们绝不接受。"

唐绍义面带笑容地说："目前谈判到了最实质的阶段，我希望大家都不要意气用事。这不仅仅是个数字问题，它里面蕴藏着的深刻含义，双方应该是心知肚明。我们暂且休会，双方都可三思而后行。我们为大家准备了茶点，大家放松一下，商量一下，我们过一会儿再谈。"

外务部的小厅里，双方各自围坐一桌。

＊＊＊

在故宫御书房里，光绪皇帝翻阅着奏折。太监手捧装有奏折的折盒，匆匆忙忙走了进来，说："皇上，外务部和农工商部两部急奏。"

光绪皇帝翻阅着奏折，不由得自言自语道："二百七十五万两赎矿。"

太监低声说道："皇上，农工商部尚书载振、外务部尚书翟鸿禨和山西按察使丁宝铨在外面候着呢。"

"让他们进来吧。"

三人进屋后叩见皇上。

"翟鸿禨。"

翟鸿禨急忙应和："臣在。"

"晋省矿权之事已经有好几年了吧，这算是最后结果吗？"

"秉皇上，晋省矿权牵扯了方方面面，错综复杂，能得如此结果已经实属不易，还望皇上准奏此折，以平息多年的争端。"

"英国人是什么态度？"

"英国人认可了。"

光绪问道："载振，你怎么看啊？"

"皇上，晋省的学生和乡民为了收回矿权已经多次闹事，朝廷中的晋官也联名上书，海外的留学生更是在报纸上发文呼吁，他们都在盯着这次谈判的结果，但这个结果微臣觉得不妥。"

"有什么不妥？"

"臣以为外务部急于求成、敷衍了事，早已失去了与洋人谈判的耐心，最终出钱赎矿了事。暂不说世人如何评价，就说赎矿的银两从何而来？完全不切实际，拿不出赎银，这个结果就是废纸一张。"

翟鸿禨插了一句："载大人此言差矣，微臣恪尽职守、毫无懈怠，严格遵照皇上的旨意行事，此结果已是最佳的选择：一是固守主权，保住利源；二是恪守协议，勿失信誉；三是没得罪洋人，没增添仇恨。"

光绪说道："听翟大人所言，感觉这是个皆大欢喜的结果了？"

"正是如此。"

载振说道："自己的矿，自己出钱赎回来，这让舆论如何评判？"

光绪点点头："此事事出有因，也不是所有人都知根知底。有此结果，我倒觉得翟大人功不可没。"

"多谢皇上。"

"丁宝铨。"

丁宝铨急忙答应："臣在。"

"你对此结果有何看法啊？"

"臣以为翟大人和载大人都对皇上忠心耿耿、披肝沥胆，一心一意想着为皇上排除忧愁，两位大人更为晋省矿权冥思苦想、煞费苦心，屡次谈判，终成结果，这都是两部大人的心血所成。赎矿实乃最切实之策，既顾全桑梓，保住了矿权，又遵守理道，不失公义，避免用蛮横之力解决对抗，利国利民。"

"还是丁宝铨会说话。"

载振说道："可这赎银从何而来啊？朝廷可拿不出这么多银子啊。"

翟鸿禨接过话："赎银之事并非没有考虑，多方筹集也不是没有可能，只是目前尚未落实。"

载振说道："皇上，按照此协议所示，一经签署，三十日内一次性补偿洋人白银一百三十七万两，否则协议无效。我不知翟大人可否考虑到，这笔银两数额巨大，如若筹措不齐，晋省矿权将名正言顺地落到了英国人的手里，朝廷的利权将无法挽回，这个责任谁来承担，不知翟大人担待得起吗？"

翟鸿禨说道："皇上不必多虑，协议签署之初，我已明确强调，此协议为商务协议，并非国与国之协议，朝廷只是协调会商，监察督办，并不承担主体责任，协议的结果一切由晋省担负。"

光绪点点头，问道："丁宝铨，你们晋省是什么意见啊？"

"的确，晋省乃国家之领土，晋矿乃晋人之利源，收回晋矿，晋省当仁不让，只是晋省抚衙财力不济，我们想借助晋省绅商合聚之力。"

"这是个办法。"

翟鸿禨说道："晋省绅商财力雄厚、富可敌国，如能合聚，百万两银子不成问题。"

载振接着说："翟大人，你何时见过他们有合聚之力？晋省绅商喜欢各自为政，不屑合作，捐银买官不遗余力,寻租自保倾其所有,他们在银号、茶盐行当如鱼得水，想让他们为陌生的矿业捐银筹钱，可想难度之大。"

光绪打断了他们的争辩："好了，不必争论了。丁宝铨。"

"臣在。"

"矿权之事关乎国家外交事务，也关乎晋省百年利益，民众收回矿权的意愿强烈而持续，得此结果已属不易，晋省抚衙应多方举措平抚此事，按现有财力，你们能拿出多少？"

"竭尽所能，筹措二十万两。"

"那剩下的缺口如何弥补？"

"回皇上，只能靠晋省的绅商了。"

"这赎矿合同，朕就准了。晋省的绅商在朝廷危难的时候是出过力的，我相信他们不会坐视利权丧失的。"光绪说完，在奏折上画上了批阅。

三人抖袖下跪，齐声道："谢主隆恩。"

＊＊＊

竣工不久的正太铁路上，一台蒸汽列车喘着粗气奔向黄土高坡上的太原，车灯照射的光柱像一把钢剑刺向前方。

丁宝铨端坐在车厢里，侧脸看着漆黑的窗外。渠本翘问道："丁大人，您在想什么啊？"

"楚南，你看这窗外，漆黑一片，其实在它的里面万物俱在，可我们什么都看不到。明明知道再过几个时辰，天就亮了，可我们在黑暗中还是有一种恐惧感。"

"丁大人还惦记着晋省矿权的事儿吧？"

"协议是达成了，皇上也允准了，晋省矿权已经拿到身边了，可赎矿的银两在哪里？如果我们筹不到银两，晋省矿权将与我们擦肩而过，我们将成为历史的罪人。"

"丁大人，这话是在提醒我啊。"

"此话只能是我们共勉。"

渠本翘说道："此次能与洋人达成协议，丁大人是功不可没啊。"

"楚南，你这话是话里有话吧？我其实比你们谁都清楚，此前你们最担心的不是洋人，而是我。"

"既然事情都过去了，大家的担心实属多余，你再次展现了赤胆忠心，这是大家有目共睹的。"

丁宝铨说道："大家的疑心也不是没有根据，我的确与朱尔典私交甚好，但是我能够公私分明，事先也有人给我提过醒。这不仅仅是忠义为国，造福百姓，这与我自己的前程命运也是息息相关，我还不至于离经叛道，自毁前程。"

丁宝铨拿出一张银票，又说："哈哈，一千两银子就想收买我啊。"

渠本翘非常吃惊，问道："洋人真的给你银子了？"

"所以说我不会怪你们，你们的猜疑是对的。"

渠本翘哈哈一笑，说道："您真的让我敬佩，我坚信丁臬台前程似锦，官运亨通。"

丁宝铨把银票往前一递，说道："楚南，你就别说这话了。给，这一千两就当是我们的第一笔筹银了。"

"丁臬台先声夺人，何愁赎银筹措不到啊？"

"咱们言归正传，我还是想和你说说这筹银之事。楚南，离开京城时，皇上一再强调，晋省矿权就靠晋省自己了。你说怎么靠？你也很清楚，巡抚衙门只能挤出二十万两，唯一的希望就是晋省的绅商了。"

"晋省绅商虽有积蓄，但更多关注自身利益。赎矿之事实为与洋人争权夺利，而采煤制铁与银号盐茶相距甚远，只怕晋省绅商不感兴趣。我渠楚南愿意鼎力相助，可能不能说服大众，我也心中没底啊。"

丁宝铨捋着胡须看着漆黑的窗外，自言自语："这是个留名千古的大事啊，机会难得。"

渠本翘也看着窗外，陷入了沉思。

车厢门口，刘笃敬和列车长交流着什么。刘笃敬从车厢的前端走了过来，说道："丁大人，前方就要到阳泉车站了，平定州府携绅商民众已在车站列队迎接大人，希望大人留驻几日，以为大人庆功贺喜。"

丁宝铨说道："事情还没有最终定论，请什么功，贺什么喜？"

"地方官绅只知事情之表象，不知内幕之隐情，大人还是在此停顿少时，以抚民意。"

"好吧，只停一个时辰，就算休整一下。"

刘笃敬答应了一声，转身离去。火车缓缓地开进了阳泉车站。丁宝铨看了一下车窗外，昏暗的灯光下人影攒动。火车停稳后，丁宝铨率众走下了火车。以知府王为干为首的一群人迎了上来，顿时鼓乐齐鸣，声响震天。

王为干高声喊着："平定州知府王为干携士绅民众候迎丁臬台光临本州。"

"王大人，让鼓乐停了吧，深更半夜的。"

王为干侧身挥手，说："停止奏乐。"

火车车头的蒸汽弥漫整个站台。王为干上前了一步，说："丁大人，请到休息室暂坐。"

王为干引领着丁宝铨走进休息室，渠本翘、刘笃敬、李廷飏、刘懋赏等跟随其后。众人落座。

王为干指着身后众人，说道："这几位是平定州士绅代表。"

黄守渊、张士林、蔡蓉田等人见过丁宝铨。

丁宝铨说道："平定士绅保矿护艾可谓出力巨大，王知府更是目光远大，身先士卒，英洋在平定身陷纠葛，裹足不前，此乃王知府率士绅民众合力而为之成效。此事你们功不可没，我必将请功论赏，奖励大家。"

"下官不才，只是未敢懈怠，仅尽应尽之义务，唯有平定士绅同仇敌忾、勠力共心，捐钱捐物，以命相抵，恳请大人褒奖激励。"

"此事过后，抚衙一定会论功行赏。"

黄守渊说道："丁大人，平定是我们的家园，矿权乃我们的利源，英洋人要在我们家里拿东西，我们理当全力抗争，分内之事，不论奖赏。"

王为干接过了话："丁大人，此次京城归来，可谓威名远扬，外界盛传丁大人与英洋交涉，保住了晋省利源，造福百姓，功勋卓著。本州民众力邀大人停留几日，以表答谢之心。"

丁宝铨说道："王大人，与英洋人交涉，与其说是晋省矿权，可事出平定，所涉矿区也实为你平定州直隶管辖，我也就实不相瞒：虽说与英洋初定意向，可矿权归属并未实锤。"

"丁大人，此话怎讲？"

"协议规定三十日内，必须首付白银一百三十七万两赎矿，否则协议失效。现宝银的筹措还无着落，我内心更是忐忑不安。"

"丁大人，矿权关乎平定州民生死存亡，为与英洋抗争矿权，已有数人捐躯，现到此紧要关头，我等绝不能错失机会，我王为干为官一日，就要力保矿权不失。"

黄守渊、黄汝彦和张士林等人起身跪地，说道："丁大人，平定士绅愿竭尽全力筹措宝银，赎回矿权。"

丁宝铨上前搀扶众人，说道："众人请起，大家之意我甚为感动，容我回到太原府与巡抚大人商议出具体对策，会立即告知你们。如若可能，还望大家鼎力相助。"

站台上，乔石头看见张鸿寿一瘸一拐的，主动搭讪："张公子，您这是怎么了？"

"石头兄弟啊，洋人翻墙逃跑，我上前阻拦，被扎致残了。"

"张公子真是义勇双全。"

张鸿寿用手扶着围栏，说："石头兄弟，我是去不了太原府了，我有一事相求，还望石头兄弟能答应我。"

"您说吧，张公子，如果我能办到，我一定尽我所能。"

张鸿寿看着乔石头说道："就是关于渠珍珍。"

"珍珍？"

"是啊，自从我看到珍珍的第一眼，我就喜欢上她了，可她并没表示喜欢我。这并不碍事，毕竟我们只见过两面。如果我没有残疾，我还会进一步向她表示，直到她认可为止，可是我残疾了，这也许是老天爷的安排，可我心里还是惦念着她。石头兄弟，你和珍珍相处的机会很多，我只是想拜托你，能够照顾好珍珍。不论她喜欢谁，只要她能平平安安，开开心心地过日子，我心里也就满足了。"

乔石头问道："要告诉她，你的情况吗？"

张鸿寿摇摇头说："不要告诉她，就当我们是擦肩过客，彼此留下当初的印象就好了。"

"放心吧，张公子。我会尽力而为，我也相信珍珍会过上好日子的。"

张鸿寿点点头，说："谢谢了，石头兄弟。"

车站的休息室里，刘笃敬走到丁宝铨跟前说："丁大人，时辰已到，火车要开了。"

丁宝铨站起身，向站台走去。众人簇拥着丁宝铨走向车厢。丁宝铨站在车厢门口向众人挥手。汽笛声响，火车慢慢开动。众人呼喊着跪倒一片："丁大人，一定要保住矿权啊。"

　　丁宝铨眼眶湿润了，频频向大家挥手，说道："有此众民，晋矿有望。"

第二十三章

推举楚南总理承担筹款
筹款花样百出杯水车薪

***

火车拖着黑烟到达了太原火车站。丁宝铨和渠本翘等人刚出车站，鞭炮齐鸣，锣鼓喧天，门口站着几匹挂着红布的大马。

丁宝铨问道："这是怎么回事儿？"

"巡抚宝大人安排你们必须披红戴彩，骑马巡街。"

"好吧，恭敬不如从命，上马。"

几个人戴上红花，翻身上马。街道两边都是欢迎的人群，有人向他们抛洒彩纸。

一辆马车缓慢地行进，挡在了马队的前面。

"快点让开，挡住臬台大人的路了。"

马车还是不紧不慢，官兵上前打着马屁股，马猛地一蹿，车轴断了，马车塌在了丁宝铨的马前。丁宝铨和渠本翘翻身下马。

车子上面下来三个洋人，苏慧廉、太太和女儿。

丁宝铨问道："你们是什么人？"

苏慧廉回答着："我们是英国人。"

"你们来太原府干什么？"

"我是来接管山西大学堂西斋的,我叫苏慧廉,这是我的太太和女儿。"

渠本翘走上前去，问道："您是李提摩太先生请来的，接替敦崇礼职位的苏慧廉？"

苏慧廉点点头，说："正是我。"

渠本翘指着丁宝铨说道："苏先生，这位是山西抚衙的臬台丁宝铨丁大人，我是现任山西大学堂的监督渠本翘。"

"你们好，很高兴遇见了你们。"

丁宝铨问道："先生的马车怎么了？"

"我也不知道，可能是车轴断了。"

渠本翘说道："先用我的马车送你们回去。"

丁宝铨翻身上马说："苏慧廉先生，非常抱歉，因我们另有公干，今天不能亲自招呼你们了，改日我在省府衙门接待你们。"

苏慧廉说道："不必了，我也着急接管学堂事务，安顿下来，我请你们到我家里做客。"

"那也好。"

渠本翘转身说道："石头，安排马车把苏先生一家人送回去。"

乔石头答应一声。

＊＊＊

山西抚衙议事厅内，巡抚宝棻翻阅着丁宝铨拿来的文件。丁宝铨看见宝棻读完了一份文稿，便说："这就是协议的文稿，议定三十天后签字生效。"

宝棻自言自语："《赎回开矿制铁转运合同》，好，以前设想的废约自办，现在变成了赎回矿权。虽然不够圆满，但这也是个不错的结果，总算能收回矿权了。"

"我个人以为这已经是最好的结果，此协议一签，以前所订协议尽行作废，即达到废约自办之目的。"

"这就是我们希望达到的目的。"

丁宝铨说道："为难的是首款赎银，是一百三十七万两宝银。英洋起初要价一千一百万两宝银，大家据理力争，最终他们答应了二百七十五万两，实属不易。"

宝棻抖动着手稿，说："也就是说，如果我们拿不出赎矿的银两，我们只能换来这张废纸。"

"可以这么说。"

"你给皇上说咱们东拆西凑也只能挤出二十万两？"

"说了。"

宝棻问道："皇上怎么说？"

"皇上听取了翟大人的意见，协议属于商业行为，晋省承担全责，除了抚衙的财力，更多要依仗晋省绅商的合力。"

宝棻放下了文稿，说："这个翟鸿禨，真会两头讨好。"

丁宝铨说道："皇上也很清楚，户部根本没有这个预算，只能推到晋省的头上。"

"那你觉得剩下的赎银缺口怎么解决，向晋省的绅商筹集吗？谁去筹集，怎么筹集？"

"在回来的路上，我给渠本翘吹了个风，他没有痛快地答应，但是也没有拒绝。"

一差役进门通报："商务局总办刘笃敬求见。"

宝棻招招手道："来得正好，让他立刻进来。"

差役引着刘笃敬进来。

刘笃敬说道："二位大人，我刚收到农工商部的奏准批函，山西商办保晋矿务公司正式批准设立。"

宝棻面带笑容地说："这是个好消息，赶快拿过来，我看看怎么批的。"

刘笃敬递过文件。

宝棻念着批文："推举三品衔分省尽先补用道渠本翘为总理，山东试用道王用霖为协理，所拟章程亦尚详妥。据查晋省矿产甲于天下，创设公司，集股开采，属力谋公益，自保利权。此事造福宏大，务宜先行探勘，迅速开办，保持全局，慎重经营，是所切望。"

宝棻转身高声喊着："来人，赶快把渠本翘给我找来。"

差役答应了一声。

宝棻哈哈大笑道："这个批文来得正是时候。"

丁宝铨问道："您的意思是渠本翘理应承担筹款？"

宝棻看着丁宝铨，说："这可以作为一个理由和借口，要不你如何与他谈呢？"

差役拍打着渠府的院门，喊道："开门，开门，快点开门。"

乔石头打开大门，问："差官，什么事啊？"

"你家老爷在吗？"

"在啊。"

"快快，巡抚大人让他立刻赶往抚衙。"

"知道了，我这就传话。"

"一刻都不要耽误啊。"

乔石头已经跑了进去。

抚衙议事厅里，刘笃敬说道："二位大人，我倒觉得筹集赎银乃晋省大事，关乎所有晋人利益，应动员全省之力，合力而为之，不应仅仅指望个别绅商解此危机。"

宝棻站起了身子，说："刘总办，你只是说到理儿上，但是没办到点儿上。全省九成人口的资产加到一起也抵不过那几家绅商大户的，动员全民筹措谈何容易，耗时费力也可能只是杯水车薪。"

丁宝铨点点头道："宝大人言之有理，平民百姓的财力只是养家糊口，虽说晋矿利益晋人享用，那也只是个大概说法。俗话说无利不起早，你总要给那些出力的人以回报吧，他们没有回报，凭什么捐助啊？"

宝棻说道："我看这样处理此事，渠本翘以保晋公司总理身份，负责筹集保晋公司原始股本，抚衙以亩捐为抵，担保背书，所筹款项用于支付赎银和开办公司之费用。原始股本不掺官股，全为商股，公司盈利一律按股份分配，你们意下如何？"

"这个办法好。"

刘笃敬说道："这是宝大人对保晋公司的最大支持和帮助啊。"

渠本翘已经来到了门口，说："渠楚南拜见大人。"

宝棻招招手说："楚南啊，快进来。"

宝棻正喂着笼中的鸟。

"楚南，你来看看我这个鸟怎么样？"

渠本翘走过去，说："您这鸟就是只乌鸦。"

宝棻哈哈大笑道："没错，是乌鸦，你们这里也叫黑老鸹。"

"宝大人，您怎么养了一只乌鸦？"

宝棻说道："你们汉族都不喜欢乌鸦，有人还非常厌恶它的叫声，但是我们满族却有一个乌鸦救主的故事。传说皇太祖努尔哈赤被敌人追赶，累倒在毫无遮挡的旷野，追兵就要到了，突然天上飞来一群乌鸦落在了太祖的身上，追兵过来一看，以为是老鸹叼尸，就过去了，太祖得救了。可别小看这乌鸦，乌鸦有五德，反哺、长生、多智、警示、无二过。尤其是它能预测未来，先知先觉。为了报答鸦鹊救主，我们满族特别喜欢鸟类，你看官服就是最好的验证，官至九品，从仙鹤到练雀，足见对鸟的崇拜。一只鸟做了好事，让整个鸟类全部受益啊。"

渠本翘说道："原来乌鸦还有这个故事。"

宝棻说道："关于晋省矿权的事儿，但愿我们能是一群乌鸦。"

渠本翘说了一句："乌鸦救主。"

"这次不是救主，是救民。"

渠本翘点点头。

宝棻说道："楚南啊，你先看看这个，保晋公司批下来了。"

渠本翘拿过文件看了看，说道："保晋公司此时获准开办，意义非凡。渠楚南担当此任，深感责任重大，压力倍增，只是生疏矿产行业，如有闪失，无法交代。"

宝棻走到渠本翘身边，说："楚南，咱俩在京城已有过往，以前对你的印象就是学识通达，我任职山西后更深佩你能把持大体，尤其是矿权之争，更能力持正论，顾全桑梓。你就不必客谦了。现在事已至此，全靠晋省协作之力，如能顺利地筹款签约，夺矿的目的自然达到。但如何自办，就要靠保晋公司了。你担当公司总理是众望所归，没有再比你更合适的人选了。"

刘笃敬接过了话："楚南，商务局已竭尽全力，矿权之争也已显见成果，只有你担此重任，晋省煤炭才有一线光明。"

丁宝铨说道："你也不必太过担心，晋省的军政商界全力支持，只要你提出条件，一定最大限度地满足。"

宝棻点点头说："我赞成丁大人的表态，你来牵头筹款，抚衙用晋省每年的亩捐担保，所筹款数，按一分计息。楚南，你意向如何？"

渠本翘停顿了一下，说："话到如此，已捧杀楚南，我也无言推辞，楚南必将竭尽全力。"

太原府海子边旁小二楼前，人头攒动，门口红绸子倒映在水中，渲染着喜庆。

宝棻站在人群中央，提高了嗓门："经农工商部核准，山西商办保晋矿务公司正式成立了。"

鞭炮齐鸣，锣鼓喧天。

渠本翘招了招手，说："宝大人，请。"

渠本翘和宝棻拉下牌匾的红绸，众人鼓掌。

众人走进公司大厅。

渠本翘说道："宝大人，我们已经商量过了，根据保晋公司的章程，只收华股，不收洋股，但是并没有规定不收官股，抚衙承诺的二十万两赎银，我们准备折成四万股，山西抚衙就算是第一个股东了。"

宝棻点点头道："官扶民，官帮民，此乃为官之根本，官扶民则民富，民富则国强。保晋公司为晋省的矿产利源而成立，理当受到官府的支持，这也是咱们晋省最大的工业，希望大家不要辜负重托，用百般努力造福晋省的百姓啊。"

渠本翘说道："请大人放心，收回矿权是所有晋人之期待，如果煤业发达必将造福晋省百年，我们不会辜负父老乡亲，也绝不辜负宝大人的信任。"

"好了，楚南，交付赎银迫在眉睫，时间不等人啊。"

"明白。"

宝棻站起身，说："你们抓紧时间干你们的事情吧，我也要回府处理我的事情了。"

渠本翘微微鞠了一躬，说："大人，慢走。"

宝棻回到抚衙议事厅。师爷走了过来，说："大人，京城各部函电颇多，就等着您阅批。"

宝棻坐在案前翻阅着，突然问道："布政使刘大人怎么多日未曾露面？"

师爷说道："听说刘大人身受风寒，已在家养病数日。"

"公务如此之多，还有心思居家休养？你去传令，就说公务紧急，让他立刻赶到议事厅。"

师爷应了一声，退下。丁宝铨走了进来。宝棻招招手，说："衡甫啊，来得正好，我刚刚给保晋公司揭了匾，他们用股票的形式募集赎银，我们答应的二十万两赎银，楚南折股四万股，作为首期股本，可咱们说是说出去了，如何落实却没有影子了。"

丁宝铨说道："这要与刘大人商议商议。"

宝棻"哼"了一声，说道："刘大人，刘大人已经几日不见行踪，据说是伤寒袭身，在家休养呢。这都要急死我了。"

"宝大人不必心急，二十万两赎银关乎抚衙之信誉，众目睽睽，不能反悔，刘布政一定有办法迎刃而解的。"

"我要是指望着他，这黄花菜都得凉了。"

这时，布政使刘大人咳嗽着跑了进来，气喘吁吁道："宝大人，丁大人，多请谅解，我不慎感染风寒，休息了数日，刚刚好转。"

宝棻说道："刘大人，辛苦了，只因公务紧急，不得不与你商量，否则也不会劳你大驾。"

"不敢不敢，个人实属次要，公务不得耽误啊。"

宝棻问道："刘大人，不知你是否得知，丁大人赴京与洋人谈判，战果卓著，洋人已经答应拿到补偿金后交出晋省矿权。"

"我只是听到市井消息说是赎矿。"

"不必计较措辞。总之，晋省矿权就要回归晋省，皇上的意思是晋省之事晋省来办，丁大人在皇上面前承诺晋省抚衙出资二十万两，其余赎银由保晋公司筹集。找你商议的目的就是探讨这二十万两从何而出啊。"

"宝大人，晋省财政您也可能略知一二，藩库银两乃户部统筹，地方无权支取，所有开支都是量出为入，户部审核以后拨付使用。您别说二十万两，您让我拿两万两，我都拿不出来啊。"

宝棻问道："大清律例我当然清楚，可这事发突然，又相当重要，丁大人已经做出承诺，你说怎么办啊？"

"丁大人只顾讨好皇上，出言不慎，故出此纰漏，当然应由丁大人承

427

担后果啊。"

宝棻说道："刘大人，此言有挑唆之嫌，丁大人之所以做出如此承诺，实为保全晋省之矿权，赴京之前也与我沟通商议，绝不是只代表他个人之意。"

"果真如此，我也就无话可说了。"

"刘大人，你身为布政使，为我直接僚属，承宣政令、教化于民是你职能所在，更应为我出谋划策，让民心感佩，不应该掺杂私情，嫉妒同事，你做出如此的回答，让我倍感失望啊。"

"宝大人，我也是秉公办事，实话实说，并未掺杂私情，嫉妒同事。关于二十万两赎银，我是爱莫能助。"

"好吧，刘大人，既然如此，咱们也就不多说了。"

"那我就告辞了，我还得休养身体。"

宝棻看着刘大人的背影，突然想起了什么，开口道："刘大人。"

"宝大人，有何吩咐？"

"既然刘大人身体不适，也不要勉强自己，我劝刘大人申请长假休养，既不耽误公务，也能休养生息。"

刘大人点点头道："我身体的确是不堪公务，那我就恭敬不如从命了。"

宝棻见刘大人走出了屋门，大喊一声："来人。"

师爷跑了过来。

"下发抚衙通告，从即日起按察使丁宝铨兼管布政使司，代理布政使职责。"

"好的，大人。"

宝棻说道："另外，书写奏折禀报皇上。"

"大人请讲。"

"臣山西巡抚宝棻跪奏，为举荐丁宝铨升任承宣布政使司布政使事。"

丁宝铨插话道："宝大人。"

宝棻挥手制止，说："近期晋省公务繁多，大事不断，布政使之职尤显重要。现任布政使身患风寒，卧病不起，已耽误国政，必取而代之。晋省现任提刑按察使司按察使丁宝铨清白其心、恪守法纪、勤修职业、公而忘私。尤其是与洋人谈判矿权，表现突出，升迁布政使职，必能担当，故以臣举荐之。"

师爷说道："记下了，大人。"

"令折差快马加鞭，速送提塘。"

"是。"

丁宝铨在一旁拱手行礼道："感谢大人提携。"

"好了，现在不是说客气话的时候，我着急的是那二十万赎银怎么办。"

丁宝铨说道："大人，晋省九府十六州九十个县，就算平摊也就两千两，按照贫富之差，多少有别，这对他们不是大事。别看各府州县上缴藩银时都叫苦连大，其实私下都有截留，只要下令按时摊交，大人尽可放心，我妥办就是。"

宝棻哈哈大笑，说："衡甫，只有你忠心耿耿，只有你在我身边，我才能放心啊。"

***

海子边保晋公司的堂屋里，渠本翘和刘笃敬相对而坐，乔殿森在书案前写着东西。刘笃敬问道："楚南，赎银之事你想好办法了吗？"

渠本翘说道："我们现在只有一条路可走，那就是筹集保晋公司股本。"

"宝大人是做出了承诺，但是官府的话仅作参考，还得我们自己想办法。"

渠本翘问道："刘懋赏在吗？"

"在隔壁房间。"

正说着，刘懋赏走了进来。

渠本翘说道："来得正好，你抓紧在报纸上多做宣传，把保晋公司的声势造出来，告诉大家煤业待兴，前途似锦，鼓励大家积极认股。"

"我知道了，先生。"

渠本翘说道："下面就看我们的了，拜访亲朋好友，动员私交旧好，集资入股。"

"这样的话，要做的事情就很多了。"

渠本翘说道："雨亭，你做好登记建册的准备，我们现在要全面开花，不能指望个别的绅商大户，他们入股那更好，如果他们不入股，也必须筹集到所需的赎银，以人名、堂名入股可以，以村、社、保、甲、会等名义入股也可以，以行业入股还可以。总之，全民动员，掀起浪潮来。"

"好的，我这就去安排。"

"那我们各自行动吧。"

渠本翘和乔石头走在街市上。报童卖着报纸，喊："看报，看报，保晋公司成立，开始集资入股了，莫失良机啊。"

两个商人打扮的人一边聊着天，一边闲逛着，一个人招手说："报童，过来，买份报纸。"

一个人看着报纸问着另一个人："听说煤炭将是最挣钱的行业，你不打算入股啊？"

"别听他们瞎咧咧，这么好的事儿能轮到咱们？还不知道这里面有什么陷阱呢。他渠本翘不是家大业大吗，真要是挣钱的好事，他早就一家独吞了，还会有这见者均摊的好事儿啊？"

"说得也有道理。"

"听我的没错，我有内幕消息说这里面要贴一百多万的黑窟窿呢。"

"那咱就瞧瞧热闹吧。"

渠本翘没有吭声，快步从两人身边走了过去。

***

渠本翘回到了家中，走进房门，见一家人都在忙活着。升儿鹤儿给渠本翘打招呼。

渠本翘问道："你们这是干什么呢？"

渠太太说道："这不就要过小年了，梁掌柜送来了麻粘儿和黄历，还有一堆东西。"

渠本翘走过去问道："鹤儿，这麻粘儿好吃吗？"

"爹，可甜了，给您吃一块，上面有芝麻。"

"那你就好好吃吧，爹不吃。升儿，看什么呢？"

升儿抱着黄历，说："我在琢磨还有几天过年啊。"

"就快了，没几天了。"

渠老太太说道："桥儿，你这还在忙啊？马上可就小年了。"

"娘，我还有点事儿，就快办完了。"

乔石头走进了杂间，看见渠珍珍正在忙活着，便问："珍珍，在干什么呢？"

"石头哥，回来了啊，我这不瞎忙着呢。"

"累了就歇会儿啊。"

"石头哥，我还正想问你呢。"

"啥事儿？"

"我听说东家要办煤矿了。"

"不是办煤矿，是成立了矿务公司。"

"矿务公司是啥玩意啊？"

"什么啥玩意啊，就是可以开很多煤矿。"

渠珍珍问道："我知道你们男人在外面都是在办大事情。上次张公子就给我说过咱们东家和他爹在和洋人夺煤矿，现在这是夺回来了，是不是？"

"还不能这么说，东家现在四处筹钱，等筹到了钱，给洋人付了赎金，煤矿才能是咱们的。"

"那外面到处吵吵说全民捐款，入股煤矿，就是说这事的吧？"

乔石头笑了笑说："珍珍，你真聪明。"

"石头哥，我也想入股。"

"你想入股，你哪有钱啊？"

"你不想入吗？"

"我每天都在听东家说煤矿的事情，我当然想入股了，关键是入了股就能增添一份力，就可能从洋人手里夺回矿权，可我也没钱。"

渠珍珍说道："咱们一起凑钱入股怎么样？"

"这个办法好，你等着我，我拿东西去。"

乔石头冲进房子，在自己的铺位上翻腾。渠传耀看着乔石头问道："石头哥，你翻腾什么呢？"

"我看看我有多少家底子。"

"你是要干什么啊？"

"我和你珍珍姐要凑钱入股。"

渠传耀一骨碌爬起来，问："是入股煤矿吗？"

"你怎么知道？"

"现在满大街都在说这事儿。"

"是啊。"

乔石头跑回了杂间，拿出手里的东西，说："珍珍，看这就是我的全部家底子了。"

渠珍珍数着钱，说："一共五百文和一个玉坠子。"

"是啊，你有多少？"

"我也有五百文，还有一个簪子。"

乔石头说道："不是还有两个银镯子吗？"

"你怎么知道的？"

"啥都不要管了，一起拿出来当了吧。"

渠珍珍从口袋里拿出两个银手镯，说："一个是你的，一个是张公子的。"

"珍珍，张公子让我给你传个话儿，他个人发生了点事情，以后就不来见你了。"

渠珍珍问道："你什么时候见他的？"

"是从京城回来，坐火车路过阳泉见到了张公子。我一直跟着东家忙事，还没来得及告你。"

渠珍珍想了想，说："好的，当一个留一个。"

"把我送你的也一起当了吧。"

"不，我想留着。"

"等我有钱了，给你买一个金镯子。"

渠珍珍点点头，说："好吧，听你的。"

乔石头看着这些东西，说："这样加起来一共有二两银子，每股是五两银子，咱们还差三两啊。"

渠珍珍问道："能不能跟太太说说，预支咱们的工钱。"

"这是个好主意，咱们预支三两，凑成一股。"

渠传耀跑了进来，说："我也要参加。"

乔石头挥挥手，说："去去，你有钱啊？"

渠传耀说道："我爹有钱，我先借上，然后让我爹还了。"

乔石头看了下两个人，说道："那咱们一起跟东家说去。"

"走。"

乔石头、渠珍珍和渠传耀三个人并排站在门口。渠本翘和太太走出了屋门。

渠本翘问道："你们三个这是怎么了？"

乔石头说道："东家，我们想提前预支工钱。"

渠太太上前一步，问："珍珍，我平时什么都给你，你也不缺钱花，你怎么也要预支工钱啊？"

渠珍珍点点头道："是的，太太，我也想预支工钱。"

渠本翘说道："说说看，什么理由啊？"

乔石头说道："东家，我们想集资入股煤矿。"

渠本翘哈哈大笑起来，说："哦，你们是想预支了工钱然后入股啊？"

三个人点点头。

渠本翘问道："你们想预支多少啊？"

乔石头拿出手中的钱物，说："我们三个一共有这么多，大概二两银子，我们想预支三两银子，三个人凑五两银子，入一股。"

"哦，不错啊，已经有做买卖的思想了。"

乔石头说道："东家，我天天跟着您办事，也知道您在做什么事情，我们并不是想入股赚钱，我们是想为收矿尽自己的力量。我们没有钱，但是我们有体力，我们能干活儿，我们三个人凑成一股，就算我们的心意吧。"

渠传耀接着说道："东家，太太，我是学徒，没有工钱，但是我爹有钱。我只借一两银子，过后我写信让我爹拿钱还给您，就算我也入股了。"

渠本翘点点头，说："你们的心意，我心领了。五两银子对于你们来说，是个不小的数目，你们就不要入股了，好好干活儿，就算是你们为赎矿做贡献了。"

渠珍珍说道："东家，说归说，做归做，虽然我们起不到什么作用，但是我们还是想真真切切地参加进去。"

升儿和鹤儿站在渠本翘和太太的身后对视了一下，跑了进去。

两人跑进了内室，升儿从桌上取下存钱的陶瓷罐子，"啪"地摔在了地上，两人捡起地上的银圆，跑了回来。

升儿说道："爹，我和弟弟也要入股，这是五块大洋，是我们攒的压岁钱，我们俩也要入一股。"

渠本翘大笑了起来，说道："既然如此，好，我就答应你们，升儿和鹤儿交来五块大洋，算一股，你们三个算一股，钱我给你们三个垫上了，以后在工钱里慢慢扣，我代表保晋公司，代表三晋父老，感谢你们了。"

几个人高兴得又蹦又跳。渠珍珍眼圈湿润，不时地擦着眼泪。

太原府福公司内，圆眼镜拿了一份《晋阳公报》慌慌张张地跑了进来。

"萧蜜德先生，大事不好了。"

"慌张什么？"

"萧蜜德先生，您看看今天的《晋阳公报》，上面说，大清国取得了重大胜利，晋省矿权即将回归清国，由保晋公司经营，渠本翘被任命为公司总理，现动员大家集资入股呢。"

萧蜜德接过报纸看了看，摔在了桌子上，说："他们这是虚张声势，蛊惑人心，为自己打气壮胆。要想筹银赎矿，没那么容易。"

＊＊＊

太平县街市，有人敲着锣，吆喝着："保晋公司，集资入股，煤业大兴，一本万利。"

墙上贴着告示，人们围观着，议论着。

县令的师爷拿着文书跑进了县衙。

"老爷，刚接到州衙的通令，让我们二十天内筹措八千两宝银上缴州衙。"

李县令说道："这都要到年根儿了，怎么又要收税？"

"老爷，这不是税，是摊派的杂费。"

"知道是做什么用途吗？"

"通令上没写，但是我已经多方打探，是为了从洋人手里赎矿。"

李县令捋着小山羊胡子，说："赎矿跟咱们有什么关系？咱们太平县多为农耕，少有煤矿，洋人又没有抢了我们的煤矿，凭什么让我们出钱赎他们的矿啊？"

"说得也是啊，但是这不是均摊吗，上封指派，咱们有什么办法？"

"而且是二十天内，这就要过年了，从哪里弄这么多银子啊？"

师爷嘿嘿一笑道："老爷，这挣钱的买卖，咱还管他过不过年啊。"

"怎么是挣钱的买卖？"

"老爷，您不觉得这是个好事吗？"

"师爷，说说看。"

"咱们每年征收的地丁亩捐都是丁是丁卯是卯，一分不差上缴藩库，因为那都是朝廷登记注册的，我们根本没有结余，但是这种临时摊派就不同了，多也是它少也是它。只要我们有州衙的通令，别说收它八千两，就是八万两，咱们也能收上来，就看怎么收了。"

"你的意思是咱们要严遵通令，超额完成？"

"正是如此。这大过年的，您这年货还没有预备齐了吧？"

"师爷给我提了个醒儿，你们这一班衙役，也辛苦了一年了，我正愁着如何给你们犒赏。"

"多谢老爷还想着我们这帮兄弟们。"

李县令问道："那你想好了如何征收啊？"

师爷点点头回道："通令并未提及是何税何费，只是要求限时足额缴纳。我是想着先给他起一个好名字，让他们无法拒绝，交多交少咱们都能弹性把握。"

"那起个什么名称呢？"

"就叫'皇恩税'，士读于庐，农耕于田，工居于肆，商贩于市，各安生业，共乐承平，这些都要感谢汪洋帝德、浩荡皇恩。谁不交皇恩税，谁就是不感谢皇上，这样一来，看他们还有谁敢抗交！"

李县令哈哈大笑道："师爷，你真有高招啊，就这么定了。你带着人手即刻下去征收，今年我让你们过个肥年。"

"老爷，您就等好吧。"

师爷带着一帮人急匆匆走出了太平县衙。刘笃敬的马车正好路过此处。

车把式问道："刘大人，前面是县衙，您是先到县衙歇歇还是直接回家啊？"

刘笃敬在车里说道："直接回家。"

刘笃敬的马车在市井街道上缓慢行驶。

路边一人看着马车自言自语："这怎么像是刘大人的马车？"

路人对着车把式问道："是刘大人回来了吗？"

刘笃敬撩起车帘，往外看去，说道："哦，是董掌柜啊。"

董掌柜笑着问道："刘大人，我看着就像您的马车，您这是刚从太原府回来啊？"

"是啊，你怎么在这儿啊？"

"我要去绸缎庄，这儿人多车挤，我就走着过来了。您是回家过年吗？"

"是啊，回来待几天。"

"太好了，您先回家看看老人，明天咱们再唠唠。"

"好的，明天我在家等你。"

董掌柜摆摆手，说："好的。那您快走吧，我去绸缎庄啊。"

董掌柜刚进绸缎庄，看见县衙师爷坐着喝茶。

师爷跷着二郎腿说："呦，董掌柜，可算等到你了。"

董掌柜赶紧上前，回道："师爷，什么风把您吹到我这儿来了。"

"董掌柜，我是来收税的。"

"我们该交的税都已经交了啊，这年根底下了，怎么又来收税啊？"

师爷放下茶杯，说："不瞒您说，朝廷新下来的通令，这个税啊，还必须得交。"

"是什么个说法啊？"

"年底了，要收一个'皇恩税'，你们生意兴隆，财源亨通，多亏了大清皇恩浩荡，咱们得知恩图报，有情有义才是啊。"

"师爷，您说得也在理儿，可我从来没听说过什么皇恩税啊？"

"这是临时增收的，就是因为要过年了，才要感受一下皇恩啊。"

436

董掌柜问道："那是要交多少啊？"

"你家是咱们县的大户，绸缎庄和一仙居酒楼，你一共就交五百两吧。"

"天爷啊，您这是来要命的吧？五百两，我卖了这所有家当也不值五百两啊。"

"这事情好商量。我作为师爷也是听差办事的，我和您董掌柜一向交情甚好，虽然核定你们必须上交五百两，但是我也不能让你为难，能帮你的，我会给你想办法的。"

董掌柜皱起了眉头，说："那就拜托师爷了，您说说怎么个帮助法儿？"

"董掌柜，你看这样行不行，筹集这么多的现银可能的确困难，那就拿出藏青棉布十匹，绸缎五匹，现银一百两，另外把我在一仙居的账单免了，怎么样啊？这可是我冒着风险帮你啊。"

董掌柜不紧不慢地坐了下来，说："您要这么说，我就明白了。这样吧，师爷，您容我两天时间，我凑够了数，给您送到县衙去。"

"爽快，不愧是太平大户，那就一言为定，不多打扰了，我还得去别家征收呢。"

"那您慢走。"

师爷嘿嘿地笑着，说："不用送，不用送。"

伙计看着师爷离去，上前说道："掌柜的，这是来敲诈勒索啊。"

董掌柜点点头道："看出来了，他这是拜庙走错庙门了。"

"那我们怎么办？"

董掌柜站起身说道："你们在这好好看着店，我出去一下。"

刘笃敬正洗着脸，董掌柜走了进来。

刘笃敬放下了毛巾，说："董掌柜，您不是说明天来吗？"

"刘大人，这不是遇见事儿了吗，就赶紧来问问您。"

"遇见什么事儿了？"

"刘大人，您刚从太原府来，最近抚衙有什么大事儿吗？"

刘笃敬招呼董掌柜坐下，问："你是指哪方面啊？"

"刚才县衙的师爷到我店里说，各县收到紧急通告，要征收什么皇恩税，数额还特别巨大。"

"征收皇恩税，岂有此理。"

437

"我也觉得不对劲，而且上交的数额还可商量，还可以用绸缎布匹相抵，我一看就知道他们是想过年穿新衣裳了。"

刘笃敬说道："我没听说这个，只是最近晋省与洋人争夺煤炭矿权之事需要筹集赎银，但绝没有什么皇恩税。"

"那一定是他们借此说法，贪赃枉法，中饱私囊。"

刘笃敬站起身，说："走，去一趟县衙。"

刘笃敬和董掌柜走进了县衙。李县令小跑着迎了出来，说："稀客稀客，这不是刘大人吗，您不是在省城了吗，什么时候回来的啊？"

刘笃敬边走边说："你这个县令当得不错啊？"

"感谢皇恩，感谢刘大人的关照。"

刘笃敬"啪"的一掌拍在了书案上，说："你好大的胆啊，可以为所欲为，如此猖狂。"

"刘大人，我是个小县令，您是大道员，我对您也没有不尊敬之处，您这话说得可就莫名其妙了。"

刘笃敬一屁股坐在了椅子上，说："皇恩税是怎么回事？"

"皇恩税，什么皇恩税？"

董掌柜质问："你不要揣着明白装糊涂，师爷到处在收皇恩税，难道你不清楚吗？"

"哦，师爷收税的事情啊，那是州衙的通令，我们也是不得已而为之啊。"

刘笃敬说道："拿通令给我看看。"

"这通令嘛，师爷拿着呢，具体情况我也不大了解。刘大人，您有什么疑虑吗？"

刘笃敬站起了身，说："大清皇恩当然是浩荡无边，你我都是在朝为官，拿大清的俸禄，吃大清的皇赏，不论官阶大小，我们都得对得起良心，为官一时，做人一世啊，做官要为民，为钱莫做官。大过年的了，我不想追究什么，只是来给你提个醒，苍天有眼，国法威严。我就当你不知师爷的所作所为，让他矫正错误，回头是岸。我才能保你平平安安过了这个年，安安稳稳做这个官，明白了吗？"

李县令低下了头，说："听明白了，我的确不知师爷的所为，我一定查问清楚，有则改之，无则加勉。谢谢刘大人的善言奉劝，差一点我就被带入万丈深渊。"

刘笃敬转身就走，头也没回，又说道："提前给县令大人拜个早年了。"

李县令连连鞠躬，回道："给刘大人拜年，给刘大人拜年。"

第二十四章

楚南马车遭遇枪击暗算
省城宅院又被煤油焚毁

*****

渠本翘走街串巷，拜访着各大商家客户，说服动员更多人加入保晋公司。

渠本翘走出院门抱拳道："黄掌柜，那我就告辞了。"

黄掌柜也抱拳行礼道："楚南兄，入股之事我们一定竭尽全力，容我商议一下。"

"好的，我就等您的消息了。"

圆眼镜躲在街边大树后面，偷听到对话。圆眼镜又跑到海子边，远远地看着保晋公司的动向，出入的人们熙熙攘攘，圆眼镜转身离开。

圆眼镜急匆匆回到福公司，喘着粗气说道："萧蜜德先生，保晋公司现在热闹得很，这个渠本翘是串亲朋访好友，四处筹集银两，您不得不防了。"

萧蜜德瞪大眼睛看着圆眼镜，问："他们现在到底是采取什么办法筹集赎银？"

"晋省的抚衙用亩捐为抵，五两银子为一股，他们计划筹集六十万股，三百万两银子。抚衙已下通令，各府州县筹集二十万两作为公股，其余商股由渠本翘负责筹集。报纸现在是疯狂鼓动，学生也在到处宣传，说要全省募捐赎矿的银两。"

萧蜜德背着手来回走着，说："整个清国政府都拿不出这么多钱，靠平民老百姓凑钱，简直就是无稽之谈，他们只会是竹篮子打水一场空。"

怀特在一旁说道："萧蜜德先生，我们还是不能掉以轻心。"

萧蜜德对着圆眼镜问道："你们中国有句话叫'打蛇打七寸'，你说现在这个七寸在哪里？"

圆眼镜想了想说："我觉得现在的关键是这个渠本翘，只要打住他，他们就会前功尽弃，空欢喜一场。"

萧蜜德点点头，说："有道理，你是个很聪明的人。现在是我们英国福公司关键的时刻，也是你千载难逢的挣钱机会，我以前还指望着那个渠正财有所作为，现在看来应该指望你才对。我现在愿意出五百两白银，只要你能阻止渠本翘筹款，只要能达到这个目的，我不在乎你用什么手段。"

"谢谢萧蜜德先生的信任，我愿意为您分担烦恼，也愿意为福公司出这份力。"

萧蜜德停住脚步，说："不过，话要说在前面，你需要配合，我会全力支持你的，但是我只是出钱，你来办事，任何后果都与我们英国人无关，不知道你听明白了吗？"

"放心吧，萧蜜德先生，这个我明白，我是拿人钱财替人消灾。我也有我的办法，我怎么做也与您无关，您等着结果就好。"

"这正是我想说的，那咱们就一言为定。"

"一言为定。"

夜色昏暗，圆眼镜抱着用毡布裹着的步枪走进了渠正财的房间。渠正财正喝着闷酒。

圆眼镜进门问道："一个人喝闷酒啊？"

渠正财急忙站起身说："少爷，您也忙着不回来，我只有一个人喝了。"

"这不回来了吗？"

"您那拿的是什么啊？"

"枪。"

"拿枪干什么用？"

圆眼镜把枪往旁边一放，说："给你用的。"

"给我用的，你什么意思？"

圆眼镜坐在了酒桌旁，自己倒了杯酒，说："来，正财，咱俩干一个。"

两人碰了一下杯子，一饮而尽。

圆眼镜夹着菜，吃了一口，说："还记得上次萧蜜德先生给你的发财机会吗？"

渠正财点了一下头，说："我去诈唬了一次渠本翘，可没取到效果，再过激的办法我觉得也不合适。"

圆眼镜又喝了一杯酒，说："渠正财，以前咱俩就说过这事儿，我们是图了啥？不就是为了能挣点钱，养家糊口吗。他们那些纷争啊，咱们也管不了，也懒得管他谁对谁错的，咱们只做咱们能做的，有钱挣，咱就做。"

渠正财看了一下枪，说："但是用枪的事儿，我做不了。"

"你怎么死心眼啊，用枪也是为了吓唬他，又没让你打死他啊。"

"那万一呢？"

圆眼镜伸出一个手指。

"什么意思？"

"一百两。"

"一百两银子？"

圆眼镜说道："你只要肯打一枪，吓唬一下渠本翘，就能得到一百两银子，这可是个大数目啊。你想想，你要多少年才能挣到一百两银子啊。"

渠正财端起一杯酒，一饮而尽，问："打一枪就行。"

"只要打一枪，能让渠本翘不再出来走动，哪怕是吓得他在家休养个十天半个月的，这些钱你就挣到了，怎么样？"

渠正财又喝了一杯酒，咬了咬牙说："行，我试试看。"

"这次可不是试试看，是一定要办到，一百两银子啊。"

渠正财有点醉了，说："把枪拿来。"

圆眼镜递过了包裹，渠正财拿出了步枪。圆眼镜说道："但愿怀特教你的要领，你没有忘记。"

"放心吧，这枪我会使了。"

***

阳光斜射进屋内，温暖而明亮。渠太太坐在梳妆台前涂脂抹粉打扮着，说："这来了太原还是第一次见洋人。"

渠本翘在一旁说道："你不是一直嫌弃周围人太土吗，这回可是真正的洋人太太还有一个女儿。"

"不知道他们会说中国话吗？"

"会说的。他们来中国很久了，一直在温州，我倒觉得他们满嘴的温州口音。"

渠太太站起身，说："我看看那两个孩子收拾好了没。"

升儿鹤儿冲了进来，说："我们都收拾好了。"

渠本翘说道："一会儿啊，见到洋人要有礼貌，尤其是还有一个小姐姐。"

鹤儿问道："洋人小姐姐？"

"是啊。"

升儿问道："那我们要说洋人话吗？"

"你要会说就可以跟她交流交流啊。"

升儿嘟囔着英语跟着上了第二辆马车。

渠家的两辆马车停在了一个木栅栏的院门口。在院内，丁宝铨一家已经到了，渠本翘一家人下车，大家迎了上去。

苏慧廉迎了出来，说："渠先生，欢迎你们光临。"

"苏先生，这是我的太太和两个孩子。"

苏慧廉说道："见到你们非常高兴，这是我的太太露西和女儿谢福云。"

露西和谢福云微微点头。渠本翘率先走进了院子。

"衡甫兄，你们早到了啊？"

丁宝铨往前走了几步，说："我们也是刚到。"

苏慧廉的住处有一个栅栏围着的院子，虽然已是冬季，院子里也摆着桌椅，佣人们架起烧烤炉在忙碌着。人们自然分成两堆儿，苏慧廉、丁宝铨和渠本翘坐在一桌，三个太太，五个孩子聚在一起。

渠本翘拿过了一个盒子，说："苏先生，这是一个明代的鉴赏花瓶，不成敬意，请收下。"

苏慧廉接过了盒子，说："中国的艺术品寓意深刻，值得研究和观赏啊。非常感谢啊，渠先生。"

三人入座。

丁宝铨问道："苏先生来了一段时间了，还适应这里吧？"

苏慧廉说道："太原这里海拔高，气候干爽，和温州潮湿阴沉的气候截然相反，我倒觉得这里更加宜居。"

渠本翘笑了笑，说："在这里就是要多喝点水，防止上火。"

丁宝铨接着问道："学堂的事情还顺利吧？"

"非常顺利，但是我觉得我很难继续追随敦崇礼先生的脚步了。"

"那是为什么？"

"可以这么说，现在山西大学堂已经和英国本土大学没什么区别，教学的模式和课程的设置是非常专业和富有成效的，它已经成为全亚洲最好的大学了，敦崇礼博士的工作已经做到了辉煌的顶点，这些成就实属不易啊。"

丁宝铨点点头，说："学堂也是一直在做调整，不过还有很多需要改进的地方。"

渠本翘说道："我尤其觉得学科的专业术语方面还很混乱，每位翻译都是用自己的词汇生造出术语的解释，这样就不统一了，同一个术语在不同地方，不同的翻译版本意思都不一样。"

苏慧廉把椅子往前挪了一下，说："渠先生真的是说中了要害，这个问题我也发现了。在中国，人们提及欧洲的名词的时候都是采用日语音译，再转换成中文的意思，这样就容易有偏差，这个问题是很严重的。中国孔子说过：名不正，则言不顺；言不顺，则事不成。名词解释必须准确，我下一步准备成立一个术语部，以求将科学的名词术语统一规范。"

渠本翘说道："这可是一项庞大的工程。"

丁宝铨点着头说："但是此事如果做成，对中国人学习西方文化作用非凡。"

苏慧廉说道："这件事是非常重要的，我会一直推进下去。"

露西在另一个桌子旁招呼着大家："这是我们从英国带来的咖啡，你们尝尝。"

鹤儿说道："我们是小孩子，不能喝咖啡吧？"

"谢福云，你把那几瓶橘子汁拿出来给弟弟们喝。"

谢福云挥挥手，说："我是你们的姐姐，你们跟我进屋里来吧，给你们喝橘子汁。"

几个男孩跟着谢福云跑进了屋子。

渠太太看着露西的衣服说道："你的衣服真漂亮，那花边做得很精致。"

露西摆弄着衣服边，说："这种花边是机器织出来的，可以按照图案织出各种各样的花边。"

丁太太说道："我们中国都是手绣的，机器要比手工快得多吧？"

"是的，我们喜欢穿裙子，所以用花边的地方很多。"

几个孩子跑进屋内东张西望，看到好多西洋东西。谢福云拿出橘子汁分给大家喝。谢福云问道："好喝吗？"

鹤儿吧嗒着嘴儿说："真好喝。"

谢福云问道："你们都叫什么名字啊？"

丁宝铨的儿子说道："我叫丁晋生。"

升儿接过话："你叫晋生，我也叫晋鉎。"

鹤儿拿着橘子汁就跑了出去。

"爹，那个小哥哥和我哥是一样的名字，也叫晋生。"

丁宝铨笑着说："他是叫晋生，是'生命'的'生'。"

渠本翘对着鹤儿说道："你哥哥是金字旁的'鉎'，是铁锈的意思。"

鹤儿又跑了回去。

"我爹说了，他们不是一个生，我哥哥是金字旁的'鉎'，是铁锈的意思。"

谢福云问道："那你叫什么名字啊？"

鹤儿说道："我叫渠晋鹤。"

丁晋来说道："我叫丁晋来。"

谢福云点点头，说："我中文名字叫谢福云，我给你们玩个彩包爆竹吧，这是我们圣诞节玩的，可有意思了。"

谢福云拿出几个外面包着装饰性硬纸片的小圆筒，里面装有糖果和彩纸，一端拉下纸绳，发出爆炸声，里面的糖果和彩纸就被炸出来。

丁晋生看着非常惊喜，说："晋来，给咱娘也玩一个，她一定喜欢。"

鹤儿也拿了一个，说："我也给我娘玩一个。"

孩子们又跑到了院子里。

丁晋来说道："娘，给你玩个彩包爆竹。"

丁太太推辞着："那是小孩子们玩的，我不玩。"

"你就拉一下。"

丁太太拉了一个，"砰"的一声，彩纸被炸了出来。丁太太吓得大叫一声，其他人跟着大笑。

渠太太瞪大眼睛看着，说："这玩意好玩啊。"

鹤儿递过来一个彩包爆竹，说："娘，你也玩一个。"

渠太太接过彩包爆竹用力一拉，"啪"的一声，糖果喷了出来。

"我这个还炸出一个糖果啊。"

大家欢笑着，鹤儿捡起了糖果。

厨师走了过来，说："先生太太们，羊肉烤好了，请吃饭吧。"

谢福云高兴地大喊："吃人肉了。"

众人惊愕。

升儿问道："你说吃什么？"

谢福云诧异道："怎么了？人肉啊。"

苏慧廉大笑着走了过来，说："她的温州口音太重了，'羊'和'人'的发音不清，是'羊'，不是'人'。你再读不清楚，别人还以为我们是食人族呢。"

大家笑着坐到了座位上。

谢福云说道："中国话的发音各地都不一样，我觉得很难学。"

升儿吃了一口羊肉，说："你们外国话才不好学呢，我爹教我学洋文，我就总记不住。"

丁晋生说道："我爹也教我们洋文了，我也觉得很难学，那单词刚记住就忘了。"

谢福云一边吃一边说："英文的单词是有技巧的，你们要是死记硬背，当然很难记了。"

升儿说道："那你教教我们啊。"

渠本翘打断了升儿的话题："升儿，先吃饭，吃完饭再学啊。"

苏慧廉说道，说："没关系的，孩子们有兴趣，就让他们交流交流。"

丁宝铨摆摆手，说："那让他们说他们的，咱们说咱们的。"

谢福云问升儿："你知道耳朵怎么拼读吗？"

"ear。"

"那前面加一个 h 呢？"

升儿说道："那就是 hear，听到。"

"对。那加一个 b 呢？"

升儿挠着头。

丁晋生抢了一句："bear，狗熊。"

众人大笑。

"正确。再换成 n 呢？"

升儿说道："near，附近。"

"换成 t 呢？"

丁晋生说道："tear，眼泪。"

"再换成 d 呢？"

升儿说道："dear，亲爱的。"

众人又笑。

谢福云说道："你们看，就一个 ear，你们是不是记住了五六个单词了？"

升儿说道："这个方法好，还很有趣。"

鹤儿晃着脑袋，说："dear，亲爱的，我也记住了。"

升儿推了鹤儿一把，说："你就在这儿捣乱。"

大家热热闹闹地吃完了饭，露西说道："谢福云，你给大家唱一首歌吧。"

"好啊，那让爹地给我伴奏，我给大家唱一首鲜花调。"

渠本翘拍拍手，说："鲜花调也就是茉莉花。"

丁宝铨也鼓起掌来，说："好，苏先生伴奏。"

大家来到了屋内，苏慧廉弹奏着钢琴，谢福云唱起了茉莉花。

结束了苏家的宴会后，渠本翘一家人回到了家中，两辆马车停了下来，孩子们跳下马车跑进了院子。

渠本翘对着太太，说："你招呼孩子们吧，我去一趟渠家茶庄，雨亭和仁甫都等着我呢。"

"好的，早点回来。"

渠本翘来到渠家茶庄，渠仁甫招呼着给大家倒茶。乔殿森打着算盘看着账本。渠仁甫问道："雨亭叔，这赎矿款筹得怎么样了？"

乔殿森头也没抬，说道："能不能别跟我说话啊，你没看见我正在忙着吗？"

渠仁甫吐了一下舌头，拎着茶壶走开了。渠本翘背着手低着头在屋里面来回踱着步。

渠仁甫说道："二伯，您都走了半天了，坐下来喝点水吧。"

渠本翘坐在了椅子上，长长地叹了一口气。

一个伙计挑帘探进半个身子对着渠仁甫说道："东家。"

渠仁甫转头问道："怎么了？"

"胡大人来了。"

"快请进来。"

渠仁甫说着迎了出去。渠本翘和乔殿森都站起身来。胡聘之走了进来。

渠本翘问道："胡大人，您怎么来了？"

胡聘之拿着手里的报纸说道："《晋阳公报》已经连续几天刊载文章，动员全省民众捐款赎矿，市面上也很热闹，都在积极捐款。"

"是啊，还有很多人变卖衣物捐款呢。"

胡聘之坐到了椅子上，说："可是我并不看好，我思量着这时候你应该也高兴不起来，所以我来找你了。"

渠仁甫说道："我二伯也在发愁呢，他在这屋里走了一上午了，快走到京城了。"

渠本翘说道："胡大人，还是您判断得准确啊，我也有这个担心，就怕这表面热闹，最后弄个空欢喜。"

胡聘之点点头，问道："雨亭啊，大概多少数了？"

"刚十几万两，还数太原府和平定州的多。"

渠本翘说道："十几万两，这已经不是个小数目了。"

"是啊，我是了解晋省百姓的状况的，能够筹到这么多钱，的确不是个小数目了。"

"可这只是杯水车薪，解决不了根本问题。"

胡聘之抓起桌子上的茶杯喝了一大口，说："楚南，这日子越来越近了，我来就是想告诉你，全省的百姓都顶不了几个大户。你还在太原府待着，这事儿就会黄。"

"您的意思是我得回祁县？"

"那是你的根儿，也是最大的钱库，你不去祁县找钱，还能去哪儿啊？"

渠本翘说道："您也知道，我和我父亲合不来。上次筹建祁县中学，亲戚朋友相与们资助了我很多。我很少回祁县，好像每次回去都是有求于他们，矿权之事跟他们的主业相差甚远，我是独自参与，并不想让他们牵扯其中。本想着我做我的事情就好了，可事到如今还是脱离不了他们。"

"你怎么可能脱离开他们啊？瓜儿离不开藤，花儿离不开枝，父子之间再怎么不合，那也是血脉之亲。这次你牵头保晋公司，责任重大，在最关键的时候，还得仰仗你最亲近的人。"

渠仁甫说道："二伯，我陪您回祁县吧，我能保证说服我爷爷，但是我不能保证说服二爷爷。"

"你快算了吧，你给我好好守住这个茶庄，各地各界的捐款都要汇集到这儿。你离开了，谁还能招呼啊？"

渠仁甫委屈地说："我也是想回祁县了。"

"等把这事儿办完了，你再回吧。"

"那您准备一个人回祁县吗？"

"我和你玉亭叔一起回去啊，他了解你二爷爷的底细。"

渠仁甫问道："玉亭叔，我二爷爷到底有多少钱啊？"

乔殿森说道："这我哪里知道啊？"

"您怎么能不知道啊？谁不知道我二爷爷的银子是让您的天合德钱庄熔成五十两的大元宝给藏起来了。"

"这是谁说的？"

"这都是公开的秘密了，您也不必给他隐瞒了。"

"给你二爷爷铸过五十两的银锭这是事实，可是你二爷爷的银子也是在买卖里流动着的，到底他手上能有多少银子，我哪里知道啊？"

胡聘之说道："好了仁甫，你也是买卖人，打听人家底细干什么？知道你二爷爷有钱就行了。"

"那好吧，二伯您就回去做二爷爷的工作，我捎信给我爷爷，让他也捐，如果他不肯捐，就当我借他的，也得把这钱凑齐。"

胡聘之哈哈笑了一下，说："看见没，还是年轻人脑子灵活啊。"

＊＊＊

日落黄昏，天空中飞翔着一群归巢的鸽子，渠正财趴在渠府对面的屋顶上瞄准着。渠本翘的马车由远而近，慢慢停在了渠府的门口。

乔石头跳下马车，摆好凳子，渠本翘准备下车。渠正财端枪瞄准，此时，归巢的鸽子降落，一只落在渠正财的肩膀上，一只落在步枪的枪管上。渠正财抖动枪管，子弹击发。一颗子弹擦着车轿子打在了旁边的墙上，被打碎的土片溅落开来，乔石头一个猛扑，把渠本翘压在了车辕旁边。

渠正财惊慌失措，向下一看，渠府大门对面又响起两声土枪的声音，"砰砰"，火药弥漫。渠正财自言自语："怎么回事儿？"

渠正财扔下枪，转身跑掉。

车夫跳下马车冲到大门口对着里面大喊道："快来人啊，东家中枪了。"

渠本翘俯卧在马车与围墙的缝隙之间动弹不得，身上严严实实压着个乔石头。

渠本翘拍打着乔石头的身子，说："石头，石头，快起来。"

渠太太和渠珍珍也冲了出来，说："怎么了，怎么了？"

众人扶起了乔石头，乔石头的肩部已经被鲜血染红了一大片。渠本翘坐起了身子。

渠太太张着大嘴，急切地问道："怎么样，你没事儿吧？"

"我没事，是石头中枪了。"

渠珍珍扶着乔石头，说："石头哥，石头哥，你怎么样？"

乔石头晃了晃脑袋，说："我没事，就是肩膀疼。"

渠本翘说道："快扶到屋里去，派人请大夫来。"

渠传耀机灵地蹲在乔石头身旁问："石头哥，你看到是哪儿放枪了吗？"

"对面屋顶一枪，巷子口两枪。"

渠传耀转身就跑。

众人搀扶着乔石头走进屋里。渠老太太来到前厅询问渠本翘："桥儿，你没事儿吧？"

"娘，我没事儿，是石头挡了枪。"

"好险啊，怎么会有人开枪啊？"

"这不没事儿吗，您老先去吃饭，歇息着吧。"

渠本翘给丫鬟使了个眼色，丫鬟扶着老太太往后屋走去。

乔石头赤裸着上身，大夫在清理伤口。渠本翘走了进来，看了一下伤势，问道："大夫，伤情怎么样？"

"对方使用的是火药枪，只中了十几个铁砂，只伤及皮肉，问题不大。"

大夫给乔石头上了药，打上了绷带。

一个伙计掀起了门帘，说："东家，官府来人了。"

渠本翘应了一声走了出去。

两个捕快在正屋里等着渠本翘。渠本翘进屋就问："两位有何公干啊？"

"渠大人，我们接到报告说您中枪了。"

"我没有中枪，是我的常随被击中了。"

"是什么人向您开枪啊，您知道吗？"

"我也不大清楚。"

"渠大人，最近您得罪了什么人了吗？"

451

"没有啊，我从不得罪人的。"

渠传耀抱着一支步枪跑了进来，说："东家，就是这支枪打的。"

捕快接过步枪，说："这是洋人的快枪，这是从哪里找到的？"

渠传耀指着外面，说："在门口对面的屋顶上。"

"这是英国造的快枪。"

渠传耀说道："那就是洋人放的枪。"

"这还很难说。"

渠传耀说道："我石头哥还说对面巷子口还放了两条火药枪。我去了巷子口，没有找到什么，我又爬上了对面的屋顶找到了这支枪。"

捕快对着渠传耀说道："你再带我们去查验一下。"

"好的。"

"渠大人，我们先去办差了。"

渠本翘点点头。

渠珍珍端着脸盆走进了乔石头的房间，问："大夫，还要水吗？"

"不用了，已经弄好了。"

渠珍珍看着乔石头，眼泪在眼眶里打着转，问："石头哥，还疼吗？"

"没关系了，不是很疼。"

大夫说道："好了，你先休养吧，我给东家打个招呼就回去了。"

"好的，大夫，珍珍送一下大夫。"

渠珍珍送大夫出门。

渠太太在内室里哭着埋怨渠本翘："告你不要乱管事儿，你偏不听。这可好，都有人开枪打你了。"

"你哭什么？这事儿还没闹清楚。"

"怎么不清楚啊，传耀都找到洋人的快枪了，就是你得罪了洋人，洋人要刺杀你。"

"没那么严重吧？"

"还不严重，要不是石头替你挡了枪，今天中枪的就是你了。"

渠本翘不再吭声，坐在了椅子上。

渠太太哭着说道："他们堵到家门口放枪，这是多么大的仇恨啊？"

452

"现在赎矿筹款正是关键时候，莫非他们是想阻止我？"

"爹和娘一直劝你接管家里的生意，你就是不喜欢，总想干点儿新奇的事儿，和洋人争什么煤矿啊。洋人势力多大啊，连太后和皇上都畏惧他们三分，你惹他们干什么？"

"我不是想招惹洋人，是他们占了我们的矿。"

渠太太说道："哪儿是你的矿，和家里有什么关系啊？"

"那是咱们中国的矿，是晋省的矿，是我们所有人的矿，我能不管吗？"

"你说是为了中国，为了晋省，为了所有人着想，可谁为你着想啊？今天如果打中了你，你就死了，爹妈就没了儿子，我就没了丈夫，孩子们就没了爹爹，你替我们着想了吗？表面看着你是大公无私，实际上你是真正的自私，你有没有考虑我们的感受？"

渠本翘大吼一声："别说了。"

渠太太被渠本翘的发怒惊呆了，稍微缓了一下神，坐在了椅子上掩面大哭。

渠本翘也调整了一下情绪，上前搭住了太太的肩膀。

"好了，别哭了，我也不想给你讲什么大道理了，只要你能记住，我想着你们，我记得你们，我也是为了你们。"

渠太太转身抱住了渠本翘，说："我们离开这里吧，我们回京城，去过安生的日子。"

渠本翘抚摸着太太的头，安抚着："好的，把这里的事情办完了就回京城。"

＊＊＊

渠正财怒气冲冲地走进了福公司，喊："眼镜儿，你给我出来。"

渠正财在大厅里来回寻找着，圆眼镜不紧不慢地走了进来，说："叫少爷。"

渠正财冲到了圆眼镜的面前，说："你在骗我，说是要吓唬一下渠本翘，可你是要杀了他。"

圆眼镜一把推开了渠正财，说："谁能证明是我要杀他，所有的证据表明是你要杀了渠本翘。"

"我只是胡乱开了一枪，可是马路两边又有两个人同时开枪，这是怎么回事？"

"这个我就不得而知了。"

"我不干了，我要辞工。"

圆眼镜问道："那支枪去哪里了？"

"我扔在房顶上了，我可以给你们拿回来。"

圆眼镜哈哈大笑道："你拿回来，已经晚了。官府的人已经拿到了。刚才萧蜜德先生让我已经报了官府，说福公司丢了一支自卫防身的步枪。如果你敢辞工，萧蜜德先生就会说是你偷了枪，逃跑了。你就会是官府的通缉犯，杀人犯，不管你跑到哪里，总有一天会被官府的人抓住，你会被砍头，你的家族也将因你而蒙羞，你将永世不得翻身。"

渠正财瘫坐在椅子上，说："你，你们太阴险了。"

圆眼镜走到渠正财的身边，说："渠正财，咱俩是患难的兄弟，我不会不管你的，我可以跟萧蜜德先生说说，就能保住你。但是你现在别无选择了，只能听我的下一步安排。"

渠正财指着圆眼镜，问："是你在背后策划的？"

"你现在只有两个选择，要么人头落地，要么就听我的指挥。"

渠正财低下了头。

**

夜深人静，渠府院内栽种的树木被风刮得刷刷作响，突然，有人大喊一声："着火了。"

渠宅的寂静顿时被打破。

"着火了，快起床啊，房子着火了。"有人高声喊着。

乔石头一骨碌爬了起来，肩膀上的疼痛让他皱着眉头。

"传耀，传耀，快起床，看是哪儿着火了？"

渠传耀爬了起来，打开了屋门，说："石头哥，你去东家房间，我去少爷房间。"

"都去前院空地集合。"

"好的。"

乔石头咬着牙，跑向了渠本翘和太太的卧房。渠本翘和太太正一边穿衣服一边往外走，看见乔石头冲了过来，

渠本翘说道："快去救老太太和孩子们。"

渠传耀拉着升儿和鹤儿冲了出来。渠珍珍搀着老太太出来了。渠太太怀里抱着一个包袱皮在空地上大喊着："快救火啊，快救火啊。"

火越烧越大。

乔石头帮渠珍珍搀扶着老太太来到了前院空地上。乔石头转身告诉其他的伙计："尽量把东西搬出来。"

渠本翘搂着两个惊恐万分的孩子看着熊熊的大火。乔石头和伙计们从屋里往院子空地上往返着搬东西。

渠本翘大声地问着："到底是哪里着的火？"

"好几处都着了。"

"赶快泼水。"

乔石头来到渠本翘的面前擦着汗水，满脸漆黑，看着大火说了一句："没救了，是煤油，有人在周围泼了煤油。"

渠太太双拳捶打着渠本翘哭喊着："都是你惹的祸，我们的宅子没有了。"

渠本翘突然想起了什么，说："我的玉秤砣，玉秤砣没拿出来。"

渠太太说道："都什么时候了，还要你那个秤砣。"

乔石头问道："东家，在哪里放着呢？"

"在炕上枕头边。"

"我去拿。"

乔石头转身就跑，突然肩伤疼痛得蹲在了地上。

渠传耀看见乔石头蹲在了地上，大喊一声："我去。"

渠传耀说着冲进了火海。渠本翘大声喊着："传耀，别去拿了，房子就要塌了。"

渠珍珍焦急地喊着："传耀，房子要塌了。"

渠传耀已经冲入了火海。

人们焦急地等待着。

一个火球滚了出来。

渠传耀身上披了一床被子冲了出来，被子和衣服都着了火，有人拿着扫帚拍打着。渠珍珍端着一盆水劈头盖脸地泼了下去，渠传耀身上的火被浇灭了，单腿跪在地上，手里拿出了漆黑的玉秤砣。

"东家，玉秤砣。"

"臭小子，好样的。"

大火吞噬的房子，轰隆一声塌了下来。

渠珍珍上前抱住了渠传耀。

升儿和鹤儿来到渠传耀的面前，伸出了大拇指。

＊＊＊

靴儿巷"书业诚"里，渠本翘一家老小分住在楼上楼下的几个房间里。渠本翘收拾着东西。渠仁甫站在一旁说道："二伯，你们就在我这儿住着吧。"

"我还是把他们送回祁县吧，这就要过年了，总要有个安顿的地方。"

渠太太摔着东西，又哭闹了起来："这日子没法过了，人差点被打死，这房子又被烧了，这就是家破人亡，这还怎么过日子啊？"

渠本翘看了一下太太，说："怎么又开始唠里唠叨的？"

"谁有我这么倒霉啊，京城京城住不了，省城省城待不住，这又要回县城啊，下一步还要去村里住，住窝棚呢。"

"你这是说什么话呢？仁甫还在呢。"

"仁甫又不是外人，怎么就不能说了，情况不就是这样吗？"

渠仁甫走了过去，说："二婶，您要是不想回去，就留下，住我这儿，住多久都行。"

渠本翘说道："别听她唠叨，一家子走到哪里都得在一起，不能分开。"

渠太太哭着说道："要不是我想着两个孩子，我才不跟你去什么县里呢。"

升儿在外面大喊着："奶奶摔倒了。"

众人大惊，冲出屋门。

渠本翘第一个跑到了屋外，问："怎么了？"

升儿说道："奶奶在楼梯口摔倒了。"

众人跑下楼梯。

渠老太太躺在地上。

渠本翘跑过去扶住老太太，问："娘，您怎么了？"

渠老太太扶着栏杆坐了起来，说："我没事儿，这走楼梯不习惯，脚下绊了一下。"

"摔着了没？"

"没事，好像磕了一下头。"

渠太太也跑了过来，说："看，头都破了，快找大夫来吧。"

渠老太太说道："没事的，就是点外伤。"

渠仁甫搀扶着老太太，说："快扶到屋里歇一会儿。"

大家扶着老太太往屋里走，鹤儿胳膊肘挽着一个包袱皮，蔫蔫的，低着头。

渠太太问道："鹤儿，你怎么了？"

鹤儿低着头不说话，渠本翘摸了一下他的额头，说："这么烫，是发烧了。"

渠太太过去也摸摸头，大哭起来："老天啊，这是怎么了？这倒霉的事儿全来了。"

第二十五章

楚南回乡恳求父亲遭拒
平定乡绅率先筹款赎矿

***

祁县县城的街道上，熙熙攘攘，小孩子们在街边放着鞭炮，有的嚷嚷道："过小年了，过小年了。"

几辆马车缓缓地进入了祁县城。

车队停到了大院的门口，渠本翘跳下马车，乔殿森也从后面的马车上下来，来到了渠本翘的身旁，两人仰头看着渠家大院门楼匾上的"纳川"两字。

"少东家回来了。"有人喊了一声，顿时大门口热闹了起来。渠老太太、渠太太和两个孩子相继下车。

有人通报旺财主："老东家，女东家、少东家、少奶奶和小东家都回来了。"

旺财主不动声色，继续抽着烟袋锅。

一行人走进了堂屋，乔殿森上前一步，拱手行礼道："渠老东家，一向安好。"

旺财主抬头看了一眼乔殿森，说："雨亭也回来了？"

"是啊，我也回来过年了，先来给你问个好，我就先告辞了。改天再来跟您叙旧。"

旺财主摆摆手，说："走吧，走吧，忙你的去吧。"

乔殿森看了一眼渠本翘，告辞离去。渠本翘向旺财主深深地鞠了一躬，渠太太也跟着鞠躬，然后跪下。

"爹，我们回来了。"

旺财主低着头，面无表情，摆弄着烟袋锅。

"爷爷，爷爷。"升儿和鹤儿跑了进来。

旺财主顿时脸色大悦，说："我的孙子回来了，快来，快来，来爷爷这儿。"

升儿和鹤儿扑到了旺财主的怀里。

渠本翘和太太侧在了一旁，略显尴尬。

渠太太说道："升儿、鹤儿别趴在爷爷的身上，出去玩吧。"

旺财主开心地笑着说："不要走，就在爷爷这儿玩儿吧。来来，爷爷给你们拿好吃的。"

两个孩子高兴地跳着。

渠本翘和太太走了出来。

渠珍珍和乔石头在院子里搬着行李。渠珍珍对着乔石头问道："石头哥，没来过我们渠家大院吧？"

"没进来过。"

"瞧见这气势了吧，比你们乔家大院如何啊？"

"说实话，乔家的大院我也没进去过。"

渠珍珍瞥了一眼乔石头，说："亏你还姓乔。"

"姓乔怎么了？姓乔的不是所有人都住在那个大院里。"

"也在理儿。"

乔石头抢过一件重的行李，说："这个给我拿，你拿那个小的。"

"我能行的，你肩上还有伤呢，我能拿得动。"

夜幕降临，渠家大院灯火通明，相比白天的喧闹，安静了许多。堂屋里只剩下了渠本翘和旺财主。

渠本翘小心翼翼地问着："爹，我这次回来，您不高兴啊？"

旺财主抽着烟袋锅，浓浓的烟气弥漫在四周，说："你是让我高兴什么？你是逃荒回来了啊，还是避难来了啊？"

"爹，太原的事儿您都知道了。"

旺财主看着渠本翘，说："你是赫赫有名的渠少东家，大名鼎鼎的大学堂的监督，威风八面的横滨领事，前途无量的尽先补用道。你的消息谁能不知道，我是不想知道你的消息，可现在祁县城里的每个角落都在传你的消息，我想不知道都不行啊。"

渠本翘低着头，说："我也没想到会是这样。"

旺财主用手指点着渠本翘，说："你看看你活成什么样了？让你接管银号，你却要去走仕途，劝你循规蹈矩，你说你要自己闯一条路子。你的路子是什么？就是差点被人开枪打死，房子被人家烧了，最后带着家眷回来投靠我。"

"爹，这次也许我是得罪了什么人。"

"你能得罪什么人，这不明摆着吗？你得罪了英洋人，谁都能看明白，难道你看不明白吗，还也许，这还会有疑问吗？"

"爹，英洋人霸占了我们的矿权，我不能不管啊。"

"你管什么，我不管，也管不了。我只是担心我的孙子们，洋人什么事情都干得出。你回来了，带回了我两个孙子，他们是我渠家的根脉，跟着你很不靠谱，他们这次就不要走了。"

"爹，他们还要上学。"

"我留他们在这儿是考虑到他们的安全，我没说不让他们上学。关于上学，我就是办个私塾，甚至办个学堂也让他们好好地上学。你从不考虑渠家的事儿，是不是渠家的人也不在乎，你就认为你是朝廷的人，干的都是大事业，我没你那么心怀远大，我要考虑渠家的事儿，更在意渠家的根苗，他们在祁县上学，会受到更好的教育。"

"爹，咱们能不能先不说他们的事儿，我这次回来是为了……"

旺财主打断了渠本翘的话，说："银子，是银子吧？何不直入主题，你就是为了银子而来。"

"正好要过年了，我回来也是为了给您拜年。"

"别跟我藏着掖着了，我吃的盐比你吃的粮还多，你的那些小心思还能瞒得住我。"

"爹，的确，我也有想跟你借银子的意思。"

"打住，不借，我一两也不借。"

渠本翘说道："我这次回来之前，胡聘之胡大人让我代他问您好。"

"别打岔子，胡大人，胡大人怎么了？他当巡抚的时候，我没少赞助

460

他银子。"

"胡大人是湖北人，来山西的七八年里，也没少给晋省办实事，我们都要感谢他。"

"那是你的事儿，你当然要感谢胡大人了，他办了山西大学堂，你做了学堂的监督；他办了火柴局，最后你成了东家；他开矿修路，才有了你现在出头露脸的机会。只可惜你房子被人点了，人也差点被杀了，现在丢人现眼了。"

"爹，您能不能不要再讽刺挖苦我了？我难得回来一次，您说我这么多难听的话。"

"怎么了？嫌话难听啊，你难得回来一次，我也难得见你一次啊，生你养你这么大了，我一共跟你说过多少话，你心里有数。你现在有出息了，不能说了。可你再有出息，你给老渠家做过什么？老渠家又沾过你什么光啊？"

旺财主停顿了一下，又说："老渠家唯一沾你的光就是那屋顶上的开口兽，因为你是个官儿。"

"爹，我不是这个意思。"

"那你是什么意思？就算我多说了几句，你啥时候听过我的。你都是自作主张，认准一条道儿，摸黑儿走到头，认起死理儿来，就像吃了秤砣，每天手上还玩了个秤砣，我看你啊，不撞南墙不回头。"

"爹，我也不是喜欢自作主张，有些事我也是身不由己。大家推举我到了那个位置，我不去担当也不行啊。再说了，晋省矿权的事儿，太后和皇上都十分重视。"

旺财主抽了一口烟袋锅，说："别拿太后和皇上来压我。"

"我不是用他们来压您。太后和皇上避难山西的时候，您老不也捐了不少银子吗？"

"那是他们遇到难处了。"

"他们现在同样是遇见难处了，洋人得罪不起，老祖宗留下的利源又不能丢，洋人要拿银子来赎，朝廷又拿不出那么多银子，你说他们有多难。我是朝廷的人，我做这事儿，当仁不让。您老也做过朝廷的官，朝廷现在有难处了，你出点力也是应该的。"

"应该的事儿多了，矿权的事儿跟我有什么关系？这是他胡聘之做的糊糊事儿，就应该他来擦这个屁股。"

"胡大人已被解除官职，今年六十有五，本可告老还乡，颐养天年，可他又从湖北返回山西，为矿权之事四处奔波，只为了弥补过失，不愧对列祖列宗。"

"那是他活该。"

"爹，话可不能这么说，胡大人在位时对您不薄，'三晋源'的官储银都是胡大人关照的，咱们做事不能没有良心。渠氏家训木屏风的第一匾上就写着要'救人之难，济人之急'，第三匾上写着'为国救民，忠主效亲'，我们时刻不能忘记'处事近厚，存心诚实'。"

"啪"的一声，旺财主把烟袋锅子摔在了桌子上。

旺财主大发雷霆，说道："你就是个逆子，你拿家训教育起你爹了，你给我滚。"

"爹。"

"我不是你爹，你才是我爹。我再给你说一遍，晋矿之事关我个屁事，我有的是银子，但是，一两不借。"

"爹。"

"滚。"

***

夜已深了，渠太太在卧房里收拾着被褥，渠本翘黑着个脸挑帘进来。

渠太太问道："和爹谈得怎么样了？"

渠本翘一边脱衣一边回应着："谈崩了。"

"好不容易回一趟家，你就不能好好和爹说会儿话？"

渠本翘叹了口气，说："从小我爹就不待见我，我说什么，他都没好话。"

"你就顺着他吧，他是爹。"

渠本翘躺在了炕上，双手抱着头，说："要不是这次有事儿，我真不想回这个家。"

渠太太给渠本翘盖上了被子，说："想不想回，也是你的家啊。"

渠本翘问道："娘怎么样了？"

"坐了一天的车，估计是累了，在东屋早早睡了。"

"头上的伤怎么样了？"

"没事儿，也没说头疼，估计就是磕破了一点儿皮。"

"孩子们呢？"

"升儿和鹤儿可开心了，感觉新鲜得不得了。"

"他们也睡了吧？"

"珍珍招呼着他们呢，估计也睡了。"

"爹今天说，想让他们留下来，在祁县上学。"

"我倒是没意见，咱们太原的宅子被烧了，总住在仁甫的书业诚那里也不是个事儿。如果留在祁县上学，他们一定高兴，这里比太原好玩。"

"最高兴的是爹，他就待见这两个孙子。"

两人躺下，渠太太依偎着渠本翘，说："他们留在这儿，我就得陪着他们，那你怎么办？"

渠本翘抚摸着太太的肩膀，说："我当然不能留在这儿了，我得回太原，还有很多重要的事儿要办啊。"

"可我担心你的安全。"

"我没事儿的，有石头陪着我，你不用担心。"

"我怎么能不担心啊？晋矿的事儿一天不解决，你就一天不会安全。"

"快了，解决也好，不解决也罢，没有多少日子了。"

＊＊＊

清晨的阳光洒落在渠家大院的各个院落，牌楼在阳光的照耀下巍峨壮观，眺阁玲珑精致，木、石、砖雕俯仰可见，题材广泛，寓意祥和。

渠本翘径直走向东厢房，驻足在门口停顿了一下，说："娘，您起来了吗？"

渠老太太打开了屋门，说："起来了。"

"您住得还习惯吧？"

"这刚回来，还真有点不习惯了。"

"要不要去见一下我爹？"

渠老太太摆摆手，说："一会儿我去吧，你就忙你的吧。"

"好的，娘，洗漱完了就吃早饭啊。"

渠本翘说完向院门口走去，迎面险些撞上乔石头。乔石头闪了一下身子，说："东家，乔东家来了，在前院的厅房等您呢。"

"好的，知道了。"

渠本翘穿过过堂，来到了前院。

渠本翘看见了乔殿森，问："玉亭，吃早饭了吗，一起吃啊？"

"我已经吃过了。"

"吃什么了？"

乔殿森笑着说道："脂油饼、连汤面、炒土豆丝。"

"还挺好啊。"

"是啊，祁县有很多好吃的。"

"这么早，你也不多睡会儿？"

乔殿森叹了口气，说："我来是想告你个消息，你也有个思想准备。"

"你说说看。"

"昨晚和几个银号的掌柜走动了一下，对于筹款赎矿，反应都不积极，我怕你登门拜访的时候会碰钉子。"

"为什么会不积极呢？"

"这不难理解，他们都是经商之人，商者唯利是图也，再说了，他们都是掌柜，管好自己的买卖是最重要的，其他的事他们不感兴趣。"

渠本翘问道："那东家们会同意吗？"

"这也难说，我觉得东家们要是回绝你有千万个理由，但是如果答应你可能只有一个理由。"

"什么理由？"

"攀比。"

渠本翘又问道："不是利益？"

"我觉得不是。"

渠本翘自言自语着："攀比，怎么会是这样？"

乔殿森问道："你可记得光绪二十六年，皇太后和皇上避难山西，晋

464

省各个大户争相捐助的事儿。"

"当然记得。"

"当时是乔家大德通票号首先给太后捐款，晋省各家大户争相响应，形成了相互攀比之势。如果能造成那种效果，何愁百十万两银子！"

渠本翘说道："话是这么说，现在的情况和当时不一样了，当时乔家起得头，可现在谁能起头啊？"

乔殿森看着渠本翘，说："渠家啊，上次是乔家，这次必须是渠家。"

渠本翘叹了一口气，说："我跟我爹谈过了，谈崩了。"

"楚南，你是保晋公司的总理，虽然也代表着抚衙的意愿，但别人的眼光一定盯在渠家的身上。如果渠家首先行动了，大家一定认为此事稳妥，再加上亩捐的担保，还有一分的利，也许朝廷还会嘉奖，一定会争先恐后的。"

"这么说，关键的关键落到了我爹的身上，你觉得我用什么办法能说服我爹？"

"你和渠老东家不合，世人皆知，但是解铃还须系铃人，我帮不上你的忙。"

渠本翘咬了一下嘴唇，说："我就不信这个邪了，离开了我爹，我就做不成事了。"

乔殿森点点头，说："这话也中听，以前你没靠渠老东家，啥事不也都做成了？"

渠本翘指着乔殿森哈哈大笑，说："你这是一话儿两头说啊，谁都不得罪。"

乔殿森笑着说道："好了，你再想想吧。我就先走了。"

渠本翘看着乔殿森的背影说道："雨亭，抽时间去祁县中学堂看看。"

"好的，看你的时间，咱俩一起去，你也去看看你小舅舅，也许他能给你出点主意。"

渠本翘看着乔殿森的背影走出了大院，转身就往回走。

升儿和鹤儿从过堂里跑了出来，喊道："爹，爹。"

渠本翘问道："升儿，鹤儿，你们这么早这是要去哪里啊？"

鹤儿抢着回答："爹，是爷爷要带我们去街上买'到口酥'。"

渠本翘向后一看，旺财主黑着个脸跟在孩子们的后面。渠传耀拿着旺财主的烟袋锅也跟在后面。

渠本翘赶紧打招呼："爹，您早啊。"

旺财主没有吱声，依然低头走着。

渠本翘说道："升儿，看好弟弟，听爷爷的话啊。"

"知道了。"

乔石头推着独轮车准备进大门。

鹤儿向前跑了几步，问："石头哥，能不能用独轮车推着我们玩儿啊？"

乔石头问道："你们想坐吗？"

"想坐。"

渠本翘说道："鹤儿，你石头哥还有伤呢。"

"不要紧的，来，你们俩都坐上来。"

升儿和鹤儿一边一个坐在了独轮车上。

"坐好了啊。"

乔石头推着两个少爷走了出去。

渠本翘看着几个人的背影，摇了摇头，穿过弄堂，走向明楼院。

＊＊＊

渠本翘来到明楼院门口，高声喊着："大伯，在吗？"

田喜财主在里屋问："谁啊？"

"大伯，是我，楚南啊。"

"楚南啊，快进来，快进来。"

渠本翘走进了明楼院的堂屋，问："大伯，您身体可好啊？"

田喜财主招呼着渠本翘："还好啊，快坐。"

"您老吃了早饭了？"

"刚吃过，你爹昨个还说早上过来吃油糕，也没过来。"

渠本翘说道："刚才我在门口碰上了，他带着升儿和鹤儿去买到口酥了。"

田喜财主问道："孩子们也回来了？"

"是啊，一家子都回来了，我娘也回来了。"

466

田喜财主点点头，说："那我抽时间过你院里看看，你娘身体还好吧？"

"还好，回祁县都有点不适应了。"

"她就不想在祁县待着，你爹的脾气你也知道，一言不合就吵架。"

"是啊，我爹就那脾气，所以我就一直带着我娘，我走哪儿，她就跟着我去哪儿。"

田喜财主问道："回来得住一阵子吧？"

"我过完年还得回太原，我爹倒是想让孩子们留下。"

田喜财主看着渠本翘，问："听说你的房子让人烧了？"

"这事儿，您老也知道了？"

"听说的。"

"房子是烧了，但是不是被人烧的，现在还难说。"

田喜财主说道："现在外面说什么话的都有啊。"

"我这点事儿，谁也瞒不住啊。"

"祁县就不大，再说了，都是一大家子，消息当然传得快啊。"

渠本翘往田喜财主身边凑了一下，说："大伯，我来找您，还想跟您说个事儿。"

"是筹银子的事儿吧？"

渠本翘低下了头，说："我都不知道该怎么说了，你们谁都知道这事儿了？"

"都知道了这才正常啊，这就叫满城风雨。"

"虽然满城风雨了，但这事儿还是没有着落。"

田喜财主问道："跟你爹说过了吗，他什么意见？"

"说了，说崩了，他说他钱有的是，就是一两不借。"

田喜财主点点头，说："他还是在跟你怄气啊。"

"他说只有咱家屋顶上的张嘴兽是沾了我的光，其他的没得到过我任何好处。现在缺银子了，想到家里了，所以他不借。"

田喜财主问道："楚南啊，筹款的事儿你是怎么想的？"

"大伯，我被朝廷推举为保晋公司的总理，掌管晋省的矿产事务，整个晋省为了收回矿权，抗争了好几年了，现在到了关键的时刻，可以这么说，只要把钱凑够了，英洋人以前签署的协议就会作废，晋省的矿权

467

就夺回来了。此时容不得我有丝毫的懈怠,应该而且必须承担起这个责任,巡抚宝大人和布政使丁大人全力支持,答应用亩捐来做担保,给一分的利。晋省各界都行动起来了,无奈基层贫弱,根本筹集不了这么大的数额,也就是咱们山西的买卖人有这个能力。雨亭也和我说了,上次太后和皇上避难山西,乔家发起了捐款行动,这次一定要由我们渠家带头发起。和我爹一说,就说崩了,没有办法,我只好找您了,您是他哥,他能听您的。”

田喜财主摇着头,说:“楚南,我是他哥不假,但是你也知道,你爹办事一根筋,自己想好的事儿,九头牛也拉不回,你娘不就是被他气走的啊?你让我去劝他,估计也是白费功夫。”

“大伯,您还有什么办法吗?”

“楚南,刚才你说得对,咱们渠家这次应该带这个头,带头的目的是要让晋省大户们放心,最终还是要大家一起参与进来,不管你爹借不借钱,我们都要跟大户们说一下,动员他们拿出银子来,把矿权保下来。”

“大伯,您说得没错,我也就是这个意思,可我是晚辈,不能全权代表渠家,我说话的力度跟你们说话的力道不一样,我动员我爹的目的就是想让大户们看一看,我们渠家带了这个头。”

“楚南,如果你爹那儿谈不妥,我愿意牵这个头,代表咱们渠家召集各银号的东家来叙一叙。”

“太好了,大伯。您是渠家长子,最能代表渠家,您如果一号召,各银号一定积极响应。”

“那可不一定,他们是在看着渠家,更会看着你,看着你一定会看着你爹。”

“大伯,咱们走一步说一步吧,先由您来召集,看看大家的反应再说。”

“好的,我立刻派人给他们发帖子,这事儿得尽快。”

渠本翘看着田喜财主,说:“大伯,太感谢您了,真没想到,您会这样的支持赎矿,支持我。”

“你不用感谢我,要谢就感谢仁甫吧。”

渠本翘问道:“怎么要谢仁甫?”

“仁甫这小子都跟我要赖了,他写信给我,告诉了我你的情况,让我无论如何要全力帮助，如果我不帮你，他说他就不理我了。你也知道，仁甫的爹死得早，我把他看得既是孙子又是儿子，我是不得不帮你啊。"

渠本翘笑着点点头，说："仁甫这小子，真的很灵气。"

＊＊＊

渠太太在屋里收拾着小包袱，渠本翘走了进来。

渠太太问道："去哪儿了？"

"去我大伯那儿看了看。"

"仁甫回来了吗？"

"没有。"

"也不知道他回不回来过年？"

渠本翘看着太太的小包袱，问："你这是收拾什么呢？全是金银细软。"

渠太太赶紧抱了起来，说："这是我的家底。"

渠本翘笑着说道："都是好东西啊。"

渠太太瞥了一眼渠本翘，说："我可也是大家闺秀，你以为就你们渠家有钱？"

"我可没这么以为。"

渠太太放下手里的东西。

"当时徐老师和师娘说媒，说在山西收了个进士，还是三家票号的少东家，在内阁里做中书，我以为你官虽然不大，但嫁给你应该不会差了。没想到越活越差，我爹带着全家人去了广西任职，我就跟没娘家人似的，也没有撑腰做主的人了，你就随意欺负我，我尽受你的气了。"

"我啥时候欺负你了？生气那是你脾气大，自己要生气。"

渠太太看着渠本翘，说："你还不是欺负我啊？我说什么你也不听，每天让我提心吊胆的，你也不管这个家，在外面忙些不靠谱的事儿。"

"哪件事儿不靠谱了？"

"你能不能让我说完啊？"

渠本翘挥挥手，说："你说，你说。"

渠太太摸了摸脑袋，问："我说哪儿了？"

469

渠本翘笑着说道："你脑子都是乱的，不靠谱。"

"你才不靠谱呢，哦，对，就说到你不靠谱了。"

渠本翘笑了笑，问："还有什么不靠谱的？"

"弄什么跟你八竿子打不着的煤矿，还要筹那么多银子，你以为你有金山银山啊，使不完的银子啊，你就是驴粪蛋子表面光。"

"还有什么？"

"我说你这么多，怎么就没有反应啊？"

"你让我怎么反应啊，揍你一顿？"

"你敢，你这个没良心的。"

"好了，好了，快别说了，快把你这些宝贝收起来吧。"

渠太太一把推开了渠本翘的手，说："收什么收，这些都是给你的。"

"给我的，给我干什么？"

"把这些先当了，赎你那矿权吧。"

渠本翘看着太太，问："媳妇儿，这是说真的啊？"

"你以为我像你们山西人那么抠门，我们山东人啥时候不是豪爽的？"

渠本翘摸摸太太的手。

"干什么你？大白天的。"

"真的这么豪爽。"

渠太太说道："瞧你每天愁的，拿去吧，这些值不少银子呢。"

"你这么豪爽，我心里记住了，等有了钱，给你买几个价值连城的首饰。"

"得了吧你，就你这矿权啊，等你弄完了，咱们能有吃的就不错了。"

"这时候怎么想开了？"

"我有什么想不开的，嫁鸡随鸡，嫁狗随狗，谁让我这么倒霉，嫁给你们渠家啊，婆家公公都不理人，还有什么想不开的？"

"我爹就那样，你别计较他。"

渠太太说道："不说爹了，说你呢，快拿走，要不我就后悔，不给你了，那好多都是我娘家陪嫁过来的。"

"好的，就算我收下了，你先替我保管着，如果最后不够了，再当你的宝贝。"

渠太太拿过了小包袱，说："小心我反悔啊。"

"反悔我也得认，先拿着吧，自己的媳妇就是最亲的。"

"吵归吵，闹归闹，我不支持你还能有谁支持你？"

渠本翘抓住了太太的手，说："亲媳妇，我的亲媳妇。"

"干什么你？快松开手。"

"我还就松不开了。"

渠本翘抱住了太太，压在了炕上。

渠太太轻声地说着："大白天的，你……"

***

旺财主兴高采烈地走在祁县的街上，见人就打招呼。乔石头推着独轮车驮着两个少爷跟在后面。

"老东家，您这是带着谁啊？"

旺财主背着手走着，说："孙子，两个啊，刚从太原府回来的。"

"您怎么让他们坐着独轮车啊？"

"城里的娃，没见过独轮车，稀罕。"

老爷子说起话来眉飞色舞。

"渠东家，这是到哪儿啊，今天怎么这么高兴啊？"

"两个孙子回来啊，我想给他们吃到口酥。这是咱祁县的特产，在太原府吃不到。"

旺财主带着孩子们来到东街十字路口的"是盛楼"点心铺，吆喝道："龙掌柜，拿二斤到口酥。"

孩子们冲了进来。

龙掌柜迎了出来，招呼道："呦，老东家来了，您想吃点心还用来铺子里啊？您说一声儿，我让伙计给您送过去。"

旺财主乐呵呵地说着："我孙子们回来了，从太原府回来的，我是带他们出来玩，让他们吃点咱祁县的特产点心。"

龙掌柜赶紧拿出点心，说："二位小少爷，来尝尝咱们的到口酥。"

鹤儿问道："为什么叫到口酥啊？"

升儿说道："这还不知道啊？一进嘴里就酥了。"

旺财主笑着回道："对，说得很好。"

升儿拍了一下鹤儿的头，说："你真笨。"

鹤儿对着爷爷告状："爷爷，哥哥说我笨。"

旺财主说道："鹤儿不笨，鹤儿还小，鹤儿爱说爱问，这就是聪明的表现。"

鹤儿捅了一下升儿，说："爷爷都说我不笨，我就看你有没有笨的时候。"

升儿得意地吃着点心，说："好吃。"

升儿手里拿着，嘴里嚼着到口酥，摇摇晃晃地走出了点心铺。

门口外面拴着一匹马，升儿好奇地走了过去，撩逗着，拿出一块儿到口酥送到了马嘴边，那马一口就叼了过去。

旺财主从屋里看到了，大喝一声："升儿。"

升儿被吓得一激灵。旺财主走了过来，呵斥着："点心是给人吃的，不是给牲口吃的。"

升儿委屈地低下了头："爷爷。"

旺财主语气缓了下来，说："升儿，我们是富裕人家，有吃有喝，但是也不能糟蹋粮食啊。"

升儿噘着嘴，说："我知道了，爷爷。"

升儿说道："传耀，你过来一下。"

渠传耀急忙走了过去。

升儿把到口酥交到了渠传耀的手里，说："拿着，你和石头哥都尝尝。"

渠传耀不敢接，推辞道："不用了，我们不吃。"

"吃吧，可好吃了。"

渠传耀接过了到口酥，升儿自己拍拍马头，抚摸着。升儿摸到了马的耳朵，马头猛地摇摆，躁动不安，嘶叫着抬起前蹄。渠传耀猛地抱住了升儿，一只马蹄子重重地踢在了渠传耀的手臂上。渠传耀抱着升儿摔倒在地上。

众人惊呼："怎么了？"龙掌柜冲过去一把抓住缰绳，马被安抚住了。众人扶起渠传耀和升儿。

旺财主上前问道："踢到了没？"

龙掌柜拉着马缰绳，说："忘了告诉少爷，这马耳朵是不能摸的。"

升儿爬了起来，说："传耀被踢着了。"

渠传耀捂着胳膊，说："没事儿的。"

旺财主说道："到药铺里看看。"

龙掌柜应了一声，搀扶着渠传耀。

永春原药店里。坐堂郎中给渠传耀脱去上衣，胳膊上一大块黑青。

"问题不大，没有骨折，抹点跌打药水就行了。"

升儿抹着鼻涕哭着。

渠传耀说道："少爷，别哭了，我没事儿的。"

鹤儿指着升儿说道："你真笨。"

鹤儿头一甩，背着手大步走出了药铺。

乔石头搀扶着渠传耀回到了自己的房间，扶着渠传耀躺下，说："快歇着吧。这可好了，咱俩都受伤了。"

"我就是被踢了一下，不算什么伤。"

乔石头竖起了大拇指，说："好样的传耀，起码是保护了少爷。"

"那你不是也保护了东家？"

"事情到那儿了，那就是该做的。"

"你去忙吧，石头哥，别管我了。"

"那你就歇着吧，我去扫一下地。"

"好的，石头哥。"

乔石头在院子里扫地，渠珍珍拎着个小包袱走了进来。

渠珍珍看见乔石头在扫地，打了声招呼："石头哥。"

乔石头抬头一看，问："珍珍，你这是去哪里了？"

"太太准了我一个假，让我回家看了一下我娘，这不，刚回来。"

"回祁县了就应该看看娘。"

"石头哥，你不回家看看你娘啊？"

乔石头低头扫地，说："我娘不在了。"

"那你不想回家？"

乔石头停下手里的活儿，说："人都说娘在家就在，娘不在了，我也就不想回去了。"

乔石头说着低下了头继续扫地。

渠珍珍打开了包袱皮，拿出两张石头饼，说："石头哥，这是我娘亲手做的石头饼，给你两张，可香了。"

"那是你娘给你的，还是你留着吃吧。"

渠珍珍说道："你没娘了，吃了我娘做的饼子，就能感觉到娘做的饭的味道，还能感受到娘的温暖。你想娘了，我就让我娘给你做饼子。"

乔石头眼泪都流了出来，接过了石头饼，点点头。

***

平定黄家祠堂里坐满了矿产公会的人。张士林站起身说道："诸位，今天临时召集大家开会，是要给大家宣布两个消息，一个好消息，一个坏消息。"

"张东家，您这是卖的什么关子啊？赶紧说好消息吧。"

"是啊，咱们好久没有好消息了。"

大家七嘴八舌地说着。

张士林咳嗽了一声，说道："我首先宣布一个好消息。我们与英国洋人谈判晋省矿权的事儿，终于有了结果。"

"快说啊，什么结果？"

"丁桌台在京城与洋人已经签订了赎回矿权的协议，这就意味着，晋省的矿权回来了。"

黄家祠堂一片欢呼。

"张东家，怎么是赎回矿权，还让我们掏钱吗？"

会场顿时鸦雀无声。

"所以我还要宣布一个坏消息，那就是要拿银子赎。"

会场上一片嘘声。

"这成什么了，我们自己的东西自己赎？"

"我们不答应，这几年不是白干了？"

"这不便宜了英国人啊？"

"这不是很滑稽吗？"

"我也反对。"

会场上你一言我一语，说什么话的都有。

黄守渊站了起来，说："乡亲们，我知道你们的心情非常复杂，我和你们一样也像是打翻了调料罐子，什么味道都有啊。我刚听到这个消息的时候，我也是无法接受。可大家也静下心来想一想，我们这几年多难啊，和洋人你来我往，寸步不让，每天都在煎熬中度过，就怕突然发生什么，让我们功亏一篑。现在协议达成了，但是要让我们掏银子，不管是用银子赎矿还是给洋人补偿损失，我们总算能拿回矿权了。也许有人说我们受欺负了，我们被侮辱了。我们受的欺负还少吗？几千个洋人就打进了京城，把太后和皇上赶出了紫禁城，掠夺了财物，火烧了圆明园，这不是被欺负了吗，这不是被侮辱了吗？为了夺回矿权，咱们抗争好几年了，我黄家也搭上了两条性命。这就是被欺负了，这就是被侮辱了。我们想这样吗？我们不想，我们不想被欺负，我们不想被侮辱，可是我们又有什么办法？因为我们打不过洋人。国弱就会被欺，兵败必将受辱。今天能赎回矿权，我个人觉得是最好的结果了。我们保住了矿权，就保住了利源，咱们还能休养生息，也有了今后复兴的可能。"

张士林点点头说："铸公说得有理，国力落后，战备不佳，使得我们对抗洋人屡战屡败。我们在战场上得不到的，不要指望能在谈判桌上得到。朝廷同意赎矿也是无奈之举，更是可悲之策。可是接受现实并不等于放弃自尊，承认自己贫弱，才能奋力赶上去。晋省夺矿平定起，赎矿岂能落后人。赎不赎矿，我们说了不算；凑不凑这银子，你们说了算。"

黄守渊接着说道；"各位乡亲父老，自矿权抗争以来，咱们平定捐银资助已经有七次了，大家可能都已经精疲力竭了，最后时刻了，让我们咬住牙，含着泪，共同闯过去。我黄家捐银一万两。"

张士林举起手，说："我捐三千两。"

"魁盛号捐银一千八百两。"

"赛鱼村捐银五百两。"

声音络绎不绝。

黄守渊说道："在座的各位，也就要过年了，今天晚上黄家火铺的所

475

有的烟花爆竹全部燃尽，以庆祝这场悲壮的胜利。"

　　平定的夜空没有繁星，几颗努力发光的星星，孤独而迷茫。

　　突然，缤纷的烟花冲天而起，五彩的斑斓瞬现即失，爆竹升空，声音沉闷而犹豫，鞭炮声干裂而嘶哑。

　　黄守渊和张士林一行人，面带凝重的表情看着烟火。

第二十六章
大伯出面召集晋商东家
旺财主终被感动捐窖银

***

渠家大院厅房里，各大商帮的东家基本上到齐了，田喜财主坐在主席的位置，旁边空着一张红木圈椅。渠本翘在次席就座。

田喜财主面带微笑说道："各位相与，非常欢迎你们的光临，我渠家大院今天也是蓬荜生辉，你们都是威震八方的商贾大户，也是我多年的老朋友，能在此一聚真的是开心，高兴。我们年龄越来越大了，感觉聚一次就少一次了。各家的买卖也大多是年轻的一辈接管了，外面的事情跟我们的关系也越来越少了。"

太谷曹老东家说道："田喜子，我们也是感谢你的召集，就当是串个门子，走个亲戚，相互见见，唠唠闲嗑。"

介休侯东家接过了话："渠老东家，我猜你绝不是像曹老东家所言，只是为了唠闲嗑才召集我们的，有什么事情就直说吧，大家都乡里乡亲的，又都是多年的相与，没什么不能直说的。"

常旭春插了一句："楚南回来了，那一定是和楚南有关啊。"

田喜财主笑呵呵地说："既然大家这么说，我也就打开窗户说亮话，直截了当了。没错，这次召集各位东家的确和楚南有关。晋省矿权的事儿和英国人已经闹了好几年了，大家也都略有耳闻，这次楚南回祁县，就是为了矿权之事。朝廷和英国人达成了协议，要让我们大清国拿出二百七十五万两宝银赎回矿权，现在朝廷无力拿出这么多的宝银，如果不按时付款，晋省的矿权将正式落入英国人手中。楚南现被推举为山西保晋矿务公司的总理，负责掌管全省的矿产事宜，山西抚衙宝大人和丁

477

大人同意用亩捐担保，向我们绅商大户借款，一分的利。楚南责任重大，我渠家不能视而不见，所以我田喜出面召集大家，商议此事，还望各位东家慷慨解囊。"

曹老东家说道："田喜子，这事儿啊倒是听说了，但是咱们自己的矿要让咱们自己赎，哪有这个道理啊？"

常旭春接着说："曹老东家，以前和人家签了协议的，不拿银子赎回来，也是失信于天下。"

田喜财主问道："合理不合理，那是朝廷的事儿，现在眼下是朝廷要跟我们借银子，您是什么意见啊？"

曹老东家说道："咱们开票号，就是给人借银子，关键是要有借有还。朝廷是承诺了还，还给一分的利，可这事靠谱吗？我是担心有借无还啊。"

侯东家说道："是啊，大家做个买卖不容易，手上是积累了不少银子，可银子也不是大风刮来的。我们晋省的买卖人靠的是勤和俭，才建立起现在的基业，不靠谱的事儿还是不能做。"

田喜财主点点头，说："朝廷不是答应还了吗？抚衙都签字了。"

曹老东家说道："朝廷的话有时可信，有时也不可信。这矿产经营的事儿咱们都不懂，就算收回了矿权，经营的事儿就是个大问题，隔行如隔山啊，如果经营不好，赚不到银子，朝廷拿什么还啊？亩捐是朝廷的命根儿，到那时候，绝不可能拿命根子还咱们的银子。"

田喜财主问道："曹东家，现在是说借，不是说捐。光绪二十六年，太后和皇上避难山西，你们曹家不是也捐了不少银子吗？"

"那可不一样，那是太后和皇上遇见劫难了。我们是大清的子民，皇恩浩荡，我们获利其中，感恩戴德，忠孝皇上是应该的。"

侯东家说道："曹东家说得有理，当时晋省大户们争相捐助皇上，后来都获利匪浅，太后和皇上对我们也不薄啊。这次不一样，就算是借款，借到了是楚南名利双收，很可能名扬千古，借不到也只是楚南做事不力，跟我们也没多大关系。"

渠本翘站了起来，说："各位东家，这件事情大家多有疑虑是可以理解的，我渠楚南正像我大伯说的那样，是受抚衙的委托筹款赎矿。能不能筹到银子，能不能赎回这个矿权，对我和对在座的各位影响其实都不大，筹不到银子赎不回矿权能把我们怎么样呢？我们一样该吃吃，该喝喝。但对咱们晋省的各家字号影响很大，关乎我们的子孙后代，也关乎我们的江山社稷。有句话说，麻雀能飞到的地方，就有咱们山西的商帮。我们的前辈靠的是辛勤，开拓了商道，你们在座的各位靠的是俭朴建立了家业。勤为本，俭为根，是咱们的魂。咱们正是靠宽厚待人、以义取财、以利厚人、忠孝皆有才取得今日的辉煌。但是诸位是否想到我们到底是受到了谁的恩惠，受到了谁的庇护。曹老东家刚才说了，皇恩浩荡，我们获利其中。可我们晋省商帮的前辈创业至今几百年了，改过多少朝，换过多少皇上，很难有人能数得清楚。唯一没变的，是我们一直拥有自己的江山社稷，这里面的土地、粮食、衣物是我们赖以生存的根本。我们只有忠于社稷，守住江山，才能守住我们的家业，才能传承给我们的子孙。现在英洋人霸占了我们的矿权，就是霸占了我们的江山社稷，就是夺走了我们祖先留给子孙后代的利源。保住矿权就是保住了我们的江山社稷，这是我们不可推卸的责任，'知责任者，大丈夫之始也；行责任者，大丈夫之终也。'我们晋省的买卖人拥有了财富，不应该只专注亲情眷念、自我圆满，更应该关注社稷的存亡、民族的荣辱。如果让英洋人夺走了我们的矿权，我们将愧对祖先，愧对子孙后代啊。"

常旭春高喊一声："说得好。"

侯东家说道："楚南的一席话，说得有理儿，让我心里豁亮了很多。可说得好不如做得好，渠家要是先行，我必跟随。刚才田喜东家表了态，可怎么旺东家不在啊？那张椅子就一直空着啊。"

"谁说我不在了？"旺财主在门外喊了一声，大家目光转向门口。旺财主走进了屋子，坐到了那张空着的红木圈椅子上。

旺财主双手拍了拍椅子扶手，说："这张椅子不能空着，各位东家，对不住大家啊，我没有进来，却一直在屋外听着你们说话。也让大家见笑了，我和儿子楚南一向不合，我本想着让他弃学经商，继承家业，可他却心不在此，投身仕途，我也上演过跪迎中举的闹剧，这也是众所周知的。楚南此次回乡筹款，我是拒绝借款的。可他刚才的一席话，戳进我的心窝子，让我自感耻辱，也顿悟楚南这些年在外奔波之用意。人人都有家，家家都有祖，爱家敬祖，天经地义；忠于社稷，造福子孙，这是责无旁贷的。眼下从英洋人手里夺回矿权，就是保社稷，护子孙。我若推辞，岂配为人。楚南，我出五万两宝银，是捐是借，不足道也。"

田喜财主接着说道："二弟，你不愧是豪情万丈的汉子，我也出五万两，捐借不道。"

渠本翘"扑通"一下跪在地上，眼含热泪，说："爹，大伯，楚南在此跪谢了。"

旺财主拿出了烟袋锅子，说："你不用谢我，因为我不是看你的面子，更不是为了讨好朝廷，我是想起了孙子，还有孙子的孙子。如果我们现在保不住矿权，百年之后，子孙后代吃什么喝什么？他们会咒骂现在的我们，他们会说我们是一帮混蛋。"

渠本翘连连叩头说道："爹，大伯，楚南永远记住今天。"

田喜财主扶起了渠本翘。

旺财主吐出了一口烟，说："楚南啊，我之所以不想让你混迹仕途，是因为我知道仕途险恶，要想升官加品，大多需要溜须拍马、掇臀捧屁，钻门子打洞子，恭迎求荣。有几个想着国家，想着老百姓的？这次你让我改变了印象，你们做得好，做得透亮，这就是做官的本，执道循理，必从本始，有了这个本，老百姓就会捧你们，家族就会认你们，国家靠你们，我老汉也服你们。"

田喜财主带头鼓掌，啪啪啪，大家跟着鼓起掌来。

乔尚谦站在门外挥着手。渠本翘也挥了一下手。乔尚谦走进了屋子。

"小舅舅，你怎么来了？"

乔尚谦凑到了渠本翘的身边，耳语了几句。

渠本翘吃惊了一下，说："是吗？那咱们赶紧走。"

＊＊＊

在祁县乔家堡在中堂里，乔致庸病入膏肓，亲人家属站立左右，面色凝重。

"渠少东家来了。"有人高声通报。

渠本翘走进院子，常赞春迎了出来，说："楚南来了？"

渠本翘轻声地问道："怎么样了？"

常赞春摇摇头，说："你快进去看看吧。"

乔致庸迷迷糊糊地问道："谁来了，是谁来了？"

乔景俨凑到乔致庸耳边，说："爹，是楚南来了。"

渠本翘趴在乔致庸的病床前，说："老舅舅，是我啊，楚南。"

乔致庸咳嗽着，说："是楚南来了，来得好，来得好。"

"老舅舅，您怎么样了？"

"不怎么样，感觉不舒服。前几天我还能看报纸，还能和他们聊天，突然就感觉不好了，估计啊，也没几天了。"

"老舅舅，您会好起来的。"

乔景俨说道："爹，您就少说几句吧。"

"我必须说，我必须赶紧说出来。"

"老舅舅，想说什么您就说吧。"

"楚南啊，你来得好，你要是不来，我还想让他们去找你呢。"

"您要找我，有什么事儿啊？"

乔致庸吃力地喘着气，说："我看到报纸了，你现在是保晋公司的总理了，我想和你说的是矿权的事儿，我知道你在挑头从英国人手里夺矿，你做得好，做得对。这个矿权啊必须夺回来，想尽各种办法也要夺回来，那是我们子孙后代的饭碗子，那不能丢，你听见了吗？"

"听见了，老舅舅您放心吧，楚南我一定会尽力而为的。"

"不只是尽力而为，是一定要办到。"

"我记住了，老舅舅。"

乔致庸抬起了一只手，说："景俨，你在吗？"

乔景俨赶紧凑到了床边，说："爹，我在呢。"

"景俨，你筹集五万两银子给楚南，让他去把那矿权夺回来。"

"爹，我知道您的意思了，可当下哪有那么多闲银？"

乔致庸喘着粗气，说："谁让你等到有闲银的时候才给了？买卖人永远没有闲银的时候，你把改造后花园的银子拿出来。"

"爹，那可是一栋院子的钱。"

乔致庸挥着手说："我宁肯让那块地永远种花长草，也要为夺回矿权出份力，你懂了吗？"

481

"我懂了，我照办就是了。"

渠本翘跪在了床前说："老舅舅，您永远都是楚南心中最崇拜的人。"

"楚南啊，你从小在乔家保元堂长大，一群孩子里，我就看出你的志向远大，是个干大事的人，你还是那些小舅舅们的头。乔渠本来就是一家人，你不必客气，钱不够用就来找老舅舅，只要老舅舅还活着，老舅舅死了就拿老舅舅说过的话，找他们要银子，只要是为了矿权的事，你，渠楚南，说句话，好使。"

渠本翘满眼是泪，说："老舅舅，矿权的事，您老就不要惦记了。"

"不惦记怎么能行啊？晋省的矿权要是落在洋人手里，我乔致庸死不瞑目。"

"您就放心吧，我爹和我大伯都答应出银子了。"

"你爹也同意出银子了？"

"是啊，我刚从县城里来，他们还在开会商量。"

"你爹这个抠门鬼，哪根筋松开了，真是难得啊。"

"这也出乎我的意料。您就放心吧，收回矿权有希望的。"

"好的，好的。我累了，我要休息了。"乔致庸说着，慢慢闭上了眼睛。

"老舅舅，您放心休息吧。"

渠本翘走出房间。

常赞春跟了出来，说："楚南，要不在这儿住几天吧？"

"不住了，什么事情都是往一块儿赶，赎矿的事儿正是要紧的时候，老舅舅的事情我顾不上了。你就在这儿多住几天，当个帮手，帮着照顾照顾。"

常赞春说道："你就忙去吧，这儿你就放心吧，人手挺多的，但愿爷爷能挺过来。"

"好的，有什么情况及时告我。"

常赞春点点头。

渠本翘走到了大门口，准备上马车。

乔尚谦走了过来，说："楚南，你这就走啊？"

"小舅，我想去一趟平遥办点事。"

"你什么时候去学校看看啊？"

482

"学校的事儿，你就多给操点心吧，我顾不上了。"

"好吧，从德国买的显微镜运到了，本来想让你去看看。"

"哦，对了，课本的事儿我让他们去铅印了，等印回来孩子们就不用手抄课本了。"

"我知道你忙，还有什么事儿你就交代给我。"

"小舅，你是我最好的小舅舅。"

"快走吧，天黑前你还能赶回县城。"

渠本翘上了马车，撩起车帘，说："好的，小舅。"

＊＊＊

渠本翘的马车来到平遥县城的蔚泰厚票号门口。

"渠少东家，您来了？"

渠本翘问道："毛大掌柜在吗？我找他有点事儿。"

"大掌柜在，在后院呢。我去告一声，您在客房坐一下。"

渠本翘背着手，看客房里的牌匾和字画。

毛大掌柜拱着手走了进来，道："渠少东家，稀客稀客啊。"

"毛大掌柜，打扰了。"

毛鸿翰问道："渠少东家怎么有时间来蔚泰厚啊？听说少东家回祁县是为了筹款赎矿。"

"我去乔家堡看了一下我舅爷，突然想起毛大掌柜了，这不就转道平遥了。"

"少东家，我们侯老东家回来给我说了，他被你们渠家感动了，为了晋省的利源，为了子孙后代，同意捐款赎矿。您还要说什么呢？"

"毛大掌柜，我来找你不是为了矿权的事儿，我是想和你说说银行的事儿。"

毛鸿翰背着手踱着步，说："少东家，您不提还好，一提这事儿我就来气。"

"这气从何来啊？"

毛鸿翰叹了一口气，说："这个李宏龄狂妄自大，简直就是无法无天了。他鼓动各分号的掌柜写信传话给各大总号，说现在票号岌岌可危，

483

不改成银行就崩塌在即。这简直是一派胡言，颠倒是非，用心叵测。"

"毛大掌柜，李掌柜也是居安思危，担心票号汇业的前程，也是用心良苦啊。"

"这银行和票号有什么区别啊，这不大同小异吗？只是换了一个名号而已。他危言耸听就是内藏私心，图谋不轨。"

"毛大掌柜，此言差矣。银行和票号表面看无大差异，实质上有天壤之别。银行的兴起是大势所趋，其中必有道理，咱们票号已是百年行当，总有落伍的地方。"

"少东家，我不是故步自封，想当初蔚家字号从无到有，由弱到强，我也一直秉持推陈出新。票号的很多规矩的确需要改变，银行的新规也值得借鉴。我无法接受的是这个李宏龄，聚众逼宫，藐视号规。以前这人就是我行我素，独断专行，要不是看他的分号买卖尚有盈余，我早就把他开除了。"

"李掌柜的办事策略也有许多不妥，但我觉得他并无二心，你蔚家五连号在咱们票号汇业中地位显赫，李掌柜也是不想让字号衰败而已。"

毛鸿翰说道："有什么衰败的，现在买卖不是挺好吗？虽然不如从前，这是时局所限，并非自身能及。我倒觉得组建银行才是衰败的开始。渠少东家，虽说您走南闯北，见多识广，但是票号乃先人留下的百年基业，我们不能触动。如果改建成银行，谁说了算？好，您说大股说了算。那小股拖累了怎么办？我不是没有琢磨，是这些问题琢磨不透。再说了，现在掌柜们都有自己的东家，组建银行以后，掌柜们的东家是谁？东家的字号没有了，那买卖就没有了，这不就是衰败吗？这是断送。"

"毛大掌柜，我听明白了，您不是琢磨不透，是私心私利在作祟。我劝你到外面去走一走，看一看，呼吸呼吸新鲜的空气，也许这老宅子里的浊气太重了。"

"渠少东家，此话我就不爱听了。李宏龄闹事这是我们蔚泰厚的私事儿，如何定夺，我们自有主张。我蔚泰厚的买卖就不烦渠少东家多虑了。"

"毛大掌柜，你们蔚字号有过两个毛大掌柜，此毛大掌柜已非彼毛大掌柜了。"

"渠少东家，话说到此，那就各自安好吧。少东家诸事繁忙，我就不

484

多留了。"

渠本翘拂袖而去。

***

渠家大院厅堂里，乔殿森看着账本，打算盘。渠本翘背着手在一旁观看着。武荣光和乔尚谦走了进来。

渠本翘抬头问道："七哥，您怎么来了？"

武荣光从怀里掏着一张银票，说："你小舅来学堂给我说了筹款赎矿的事儿，我们武家怎么能缺席呢？这不一共凑了一万两，我给你送来了。"

"多谢了，七哥。"

武荣光说道："谢什么啊？这是咱晋省的大事儿，这时候不出力，还等到什么时候啊？"

"七哥把银票给了雨亭吧，让他给记上。"

武荣光应了一声。

渠本翘和乔尚谦坐到了茶台旁的椅子上。

渠本翘说道："小舅，我想跟你说个事儿。"

乔尚谦问道："啥事儿啊？"

"保晋矿务公司的关防已经下来了，意味着正式开张营业了，事务繁忙，人手不够啊，雨亭已经忙得四脚朝天了。我想请你来公司做事，不知道小舅意下如何？"

"你跟我客气什么？还用了'请'字，你就说过来做事就行了。"

渠本翘笑着说道："那怎么行啊？你毕竟是我的小舅舅啊。"

"我就是个名义上的舅舅，从小到大都是我跟着你，咱们几个发小，数我辈分小，但大家都是围着你转。给我们面子时，你叫我们个小舅舅，不给面子，你就是老大。以前就有人说一个渠家的毛小子，领了一帮乔家的老爷们。"

"话可不能这么说，我可是一直尊重你们的啊。"

"只是开个玩笑，我们谁都不介意。你说吧，让我去干什么？"

渠本翘说道："到公司来做董事，要做的事情很多。"

"做董事，首先得做股东吧？"

"那当然，不是股东，怎么做董事啊？"

乔尚谦指着渠本翘说："哦，原来你是在这儿等着我呢？"

"绝不强求啊，自愿的。"

"你这是指派，然后再让我自愿。"

渠本翘一脸神秘地说道："矿产业一定是大有前途的，你就换个行当吧。"

乔尚谦点点头说："好吧，好吧，我自愿了。"

渠仁甫在门口大声喊着："二伯，我回来了。"

渠本翘自言自语："是仁甫。"

渠仁甫已经冲了进来，说："各位叔伯都在啊？"

"你怎么回来了？"

渠仁甫说道："晋省各地筹集的款项基本上到齐了，我是给雨亭叔报账的。"

渠本翘问道："你那里有多少啊？"

"一共是三十五万六千两。"

"不少啊。"

乔殿森说道："仁甫，你把数目拿过来，我合一下。"

渠本翘转过身子说道："七哥，学堂的事儿，我也给我小舅说了，你们都担待着点，你看我这儿也顾不上，等这事儿过去了，我就去看看。"

武荣光摆摆手，说："你就别操心学堂了，学堂走上了正轨，孩子们学习得都挺好的，你忙你的大事儿吧。"

乔殿森说道："数目合出来了。"

乔尚谦着急地问道："多少，多少了？"

"目前筹款的总数是一百九十二万八千八百零六两六钱。折股是三十八万五千五百五十五股，股东户名三万四千余名。"

渠本翘问道："各大银号是什么情况？"

"各大银号几乎都出钱了，大德通、大德恒、三晋源、存义公、大盛川、合盛元、世义信、平遥天成亨、蔚丰厚、新泰厚、百川通、榆次世荣堂、象贤堂。"

渠本翘又问道："公股的情况呢？"

渠仁甫说道："公股超出了预计，太谷六万股、祁县四万股、平遥两万股、平阳一万股、太原九千股、榆次八千股、汾州府五千股、盂县两千股。"

乔殿森说道："这些都是截至目前的数目，看这种势头，追加扩股的可能性很大。"

渠仁甫接着说道："刘总办回太平县过年，动员当地乡绅踊跃筹款，给我捎信说，太平县的董家打算追加六百股，如果落实了，他回太原府的时候就带过来。"

乔殿森吐了一口气说："这真的是晋省第一次如此大规模的筹款啊，踊跃程度超出了以前和想象。"

乔尚谦兴奋地说道："三万多股东，真是个庞大的数目啊。"

武荣光哈哈大笑："这次可是让洋人傻眼了。"

渠本翘说道："我们希望这次能筹集到三百万两，但愿最后能够实现。"

渠仁甫高兴地说道："总之现在已经超过了赎银的首款，晋省的矿权是我们的了。"

渠本翘摇着头，说："话还不能说得太早，不到最后的交接，都可能出现闪失。"

乔尚谦问道："你的意思是英洋人还会在其中作梗？"

乔殿森点点头，说："很有这个可能，上次有人向楚南开枪很可能是英洋人的卑鄙手段，他们不会轻易地让我们拿到矿权的。"

渠仁甫问道："那他们还会对什么下手呢？"

"赎矿的银子。"

乔殿森说道："这也是我所担心的，到了签约日英洋人拿不到银子，我们还是个输。"

渠本翘点点头："说得没错，他们很可能会对赎矿款下手。"

乔尚谦说道："那我们就得早做防范。"

渠本翘站起身子，在屋子里踱来踱去。

武荣光说道："这可到了最关键的时刻了，必须有万全之策。"

渠仁甫问道："二伯，我去找戴家帮忙吧？"

"对，找戴家，戴家的镖局是咱们这块儿最有名望的了。"

渠本翘问道："你最近和戴家还有来往吗？"

"有啊，一直来往密切。"

"上次说的那事儿，你办了吗？"

"办了。"

"好的，这事儿你来办。"

渠仁甫调皮地说着："绝对没问题，这事儿交给我吧，但是二伯也得答应我个事儿。"

"你还带讲条件的，说吧，啥事儿？"

渠仁甫腻到了渠本翘的身上，说："一起去趟鲁村。"

"你小子还在惦记你的事儿。"

乔尚谦问道："你们这么神秘，是在说什么事儿呢？"

两个人哈哈大笑。

渠仁甫神秘地说道："不告诉你。"

第二十七章

百万赎银汇聚昭馀古城
戴氏镖局勇挑押镖重担

***

渠本翘、渠仁甫和程掌柜来到祁县鲁村。一条石板铺的官道穿村而过，两旁的货栈车马大店就有十几家。三人走在街道上，左右观望。

一群孩子在石板道上嬉闹。

"我找到了一个铜钱。"

"这有一块马掌铁。"

孩子们在石缝里寻找着驼队遗留下的东西。三人来到门头写着"万顺"字样的车马店。

"少东家来了。"

店掌柜急忙跑出来迎接，说道："二位少东家怎么来了？里面请。"

渠本翘问道："不进去了，知道最近谁家运俄国人的茶叶啊？"

"是从哪里来的货啊？"

程掌柜说道："湖北咸宁。"

店掌柜想了一下，说："好像长胜店在走这条线。"

渠仁甫说道："那我们过去看看。"

长胜货栈的王掌柜正指挥着卸载骆驼背上的货物。渠本翘三人走了过来。

"渠少东家，你们来了，快请里面坐。"三人坐下后，王掌柜急忙给三人倒茶。

渠本翘问道："王掌柜，最近是在给俄国人运茶吗？"

"是啊，少东家，我们一直在走俄国人的货。"

渠仁甫接过话："是从湖北咸宁过来的吗？"

"是啊，怎么了，有什么不妥吗？"

渠本翘问道："他们有压货的掌柜吗？"

"没有，他们没人跟着，我们是负责全程的，都是熟客了。"

程掌柜拿出了带回来的砖茶，问道："掌柜的，您来看看，是这样的货吗？"

王掌柜接过来看了一下，转身从货堆里拿出了一块砖茶，对比了一下。

渠仁甫点点头，说："是一样的。"

王掌柜突然看出了什么，说："我都没注意到，怎么这个'川'字是横过来的啊？"

程掌柜说道："他们在做假冒的川字牌砖茶。"

"川字牌砖茶是你们渠家的字号，在恰克图非常吃香。他们可能也想做俄国人的生意，俄国人去办茶，他们就给改了个字号。"

渠本翘说道："王掌柜，我想请你帮个忙。"

"渠东家，您这就客气了，有事儿您直接吩咐。"

渠本翘拿着砖茶，说："你到了咸宁见了茶场的东家帮我捎个话儿，就说我说了，把这个'川'字竖过来吧，不论谁去办茶，他们都可以用这个川字，只是这茶的品质必须符合《行商遗要》上所写的办茶标准，我们贩茶的和做茶的是一家人。"

渠仁甫不高兴了，说："二伯，这？"

渠本翘摆了一下手，说："多一个铃铛多一份响，多一支蜡烛多一分光。做买卖莫学蜘蛛各织网，要学蜜蜂共酿蜜，他们可以给俄国人办茶，不必换字号，就用我们的川字吧。"

王掌柜点了一下头，说："渠东家，您的意思我明白了，我一定转告给茶场的东家，'川'字不能毁掉，只能发扬光大。"

"是这个意思，另外请你转达的是，湖北咸宁青砖茶的历史也许有五百年以久，但是渠百川创建的长裕川、长盛川的川字茶也就一百多年，虽然我们同意他们共用川字牌，但历史还是要尊重的，川字牌砖茶就是一百多年，不是五百多年。"

"放心吧，少东家，茶场的东家会懂得礼数的。"

"那就拜托了。"

＊＊＊

渠家大院的主院里有一座十几米高的木制牌楼，檐下十一踩斗拱繁复，富丽堂皇。渠本翘坐在书案前翻阅书籍。

乔石头走了进来，说："东家，有人要见您。"

"谁啊？"

"祁县广胜镖局的戴镖头要见您。"

"快请进。"

戴镖头进门拱手行礼道："广胜镖局戴大奎见过渠少东家。"

"戴镖头请坐。"

渠本翘问道："是仁甫东家找你了吧？"

戴镖头瞪眼看着渠本翘，说："我没见到仁甫东家啊，我去太原府押镖刚回来，还没回镖局，怎么他找我有事儿吗？"

"那你来找我有什么事儿啊？"

"实不相瞒，我这次来是为镖局揽活儿的。"

"噢，那你说说看，想揽什么活儿啊？"

戴镖头说道："少东家，现在外面的人都知道，渠少东家身负重任，筹款赎矿，晋省商帮的大户纷纷响应，积极出手，光祁县城内就聚集了将近百万两宝银，这些银子将运到太原以应对赎矿之需，我来揽的就是这个活儿。"

渠本翘笑着说道："你说的是事实，我们下一步也有此想法。戴家也曾经是名门望族，设号运镖更是诚信可靠，广胜镖局名声在外，是祁县最好的镖局。我是有意寻求与戴家镖局合作，所以还让仁甫去找你们东家商谈。"

戴镖头哈哈大笑道："不用来找，我这不自己找上门来了。"

"那好，戴镖头，那你就报个价吧，押运这么多银子需要多少镖利？"

戴镖头一脸严肃地说："我家东家对此事非常看重，给我捎信让我一定要揽上这笔买卖，镖利的事儿也一定要说。"

"那镖利是多少？"

491

戴镖头伸出一根手指头，说："镖利是一两。"

"我没听错的话，你说的是一两？"

"没听错，少东家，只收镖利一两。"

"戴镖头，广胜镖局收取的镖利一向是最高的，你今天跟我说只收镖利一两，此为何意啊？"

"少东家，筹款赎矿是晋省的大事，官府绅商还有平民百姓都在捐款出力。我家主人说了，戴家自有镖局，此时不出力还等待何时，但是我们不能坏了镖局的规矩，押镖就得出镖单，有了正式的镖单就得为镖负责，出镖单就得写镖利，收一两镖利，就是无懈可击的正规走镖，我们镖局愿负全部责任。"

渠本翘点点头，说："明白了，戴镖头，回去转告戴东家，此番心意我们领了。不过戴镖头，你可知道此镖的重要性？"

"少东家，此镖的重要性我心知肚明。我干镖局几十年了，只押过两种镖，一种是私镖，一种是官镖，这次我要押的是第三种镖。"

渠本翘看着戴镖头问道："哦，那是什么镖啊？"

"国镖。这种镖是我第一次押运，与以前的完全不同，它关系到民族的尊严和晋省的利源。我家主人说了，失镖的前提是所有的镖师人头落地，只要还有一个人还有一口气，此镖绝不能失。"

"太好了，戴镖头，赎矿款由乔殿森乔东家全权负责，我的常随乔石头负责你们之间的联络。你们现在就开始精选镖师，制定方案，分析各种突发情况，准备好应对手段，确保赎矿的宝银万无一失。"

"少东家就放心吧。我家主人说了，此镖若有半点闪失，广胜镖局摘匾封号。"

"好的，戴镖头，我在太原府等你们的好消息。"

***

光绪三十四年的春节，渠家大院张灯结彩。街上鞭炮声响成一片。天还没亮，渠本翘就走进了厨房。渠家厨师贵根急忙迎了上去，说："少东家，您怎么到厨房了？"

渠本翘挽着袖子，说道："过年了，我给大家也做一道菜。"

"您说，你要做什么菜？我给您备料。"

"拿猪肉来，我要做一道满族的菜，白水煮肉。"

贵根拿过来一大块猪肉往案板上一放，问："少东家，这块够吗？"

"够了，够了。"

渠本翘拿着菜刀刮猪皮，滚水下锅，说："就这样，皮朝上，要放一点大葱、姜片、大料，煮一个小时。"

"少东家，就这么白水煮啊？"

"对啊，这可是京城的名吃，关键是要调好配汁，韭菜花、蒜蓉、辣椒油、香油、腐乳、香葱末，再加点香菜。"

"那我来调吧。"

渠本翘边向厨房外走，边说："一会儿我来切片啊。"

渠家祠堂布置得金碧辉煌。渠本翘和太太站在祖先牌位前拱手祭拜三次，又磕头三次。渠本翘自言自语："天地诸神、宗亲三代，楚南给你们磕头了。"

旺财主和渠老太太端坐椅子上，渠本翘和太太带着升儿、鹤儿跪地磕头。

渠本翘和太太一起说道："爹，我们给您磕头拜年了，祝您老健康长寿，吉祥如意。娘，我们给您磕头拜年了，愿您身体健康，流年顺利。"

升儿和鹤儿接着跪在地上说："爷爷，我们给您磕头拜年了，祝您身体健康，寿比南山。"

旺财主乐得合不拢嘴，说："起来吧，升儿、鹤儿，爷爷给你们压岁钱，这红包啊，一人一个。"

升儿鹤儿又转向渠老太太跪地磕头，说："奶奶，我们给您磕头拜年了，祝您身体健康，福如东海。"

"好，奶奶这儿也有压岁钱。"

渠本翘说道："好了，升儿鹤儿你们放鞭炮去吧，然后咱们吃饺子了。"

升儿和鹤儿冲了出去。

渠本翘又回到厨房，手握菜刀把煮肉切成薄薄的片，端了出来。

孩子们都跑到了屋外，渠传耀拿着竹竿挑着鞭炮，升儿手里拿了一支长香点着了鞭炮。

天蒙蒙亮了，渠家一家老小聚在堂屋里，一张大八仙上摆满了各色菜肴。

渠本翘说道："尝尝我做的白水煮肉。"

鹤儿问道："爹还会做菜啊？"

"我做得好吃着呢，这是在京城学的，满族人的吃法，看着都是肉膘子，可吃起来啊，肥而不腻。"

升儿和鹤儿眼睛直勾勾地盯着大白肉。

渠本翘说道："爹，娘，你们先尝尝。"

旺财主拿起筷子往桌子上敲了一下，渠老太太赶紧说道："来，升儿鹤儿吃吧。"

升儿鹤儿一人夹了一大片肉就往嘴里送。

"要沾点酱汁吃。"

渠本翘问道："怎么样，好吃吗？"

鹤儿嘴里还嚼着肉说道："好吃，以前没这样吃过。"

升儿瞥了一眼鹤儿，说："你没吃过的东西多了。"

鹤儿看着升儿，说："你吃过的东西就多啊？"

"当然了，我比你大，就比你吃过的东西多，知道的东西也比你多。"

"那我问你，过年为什么要磕头啊？"

升儿夹着菜，说："那你问爹啊。"

"看，不知道了吧？"

渠本翘说道："这是咱们民族的礼仪，跪拜是对天地君亲师的关爱和尊重，是一种情感表达方式，是一种感恩。过年磕头是感谢父母的生养之恩，身体发肤，受之父母，不敢毁伤，孝之始也。百善孝当先，这是我们中国人的传统。"

旺财主打断了渠本翘的话："行了，别说那么多了，快让孩子们吃饺子吧。"

鹤儿问道："爷爷，那为什么要吃饺子啊？"

旺财主顿时又喜笑颜开道："问爷爷就对了，这饺子啊，在东汉时期就有了，你看这饺子扁扁的，两头有角，如食扁食，名角子，取其更岁交子之意，吃了饺子啊，终岁大吉，寓意吉祥。这饺子用水煮就叫水饺，用笼蒸就叫蒸饺，用油煎就叫煎饺。这过年一家人吃一顿饺子啊，寓意着团团圆圆，和和美美。"

渠老太太说道："你这说的不是更多吗？"

旺财主看着老太太，说："我不是为了让孩子们多了解吗？"

渠本翘赶紧打圆场："好了好了，吃饺子了。升儿鹤儿这饺子里啊还包了一个小元宝，谁吃到就一年都有好运气。"

升儿鹤儿狼吞虎咽。

天已大亮，鞭炮声依然不绝于耳。升儿和鹤儿在院内玩耍，鹤儿指着门框说道："哥，看那儿有只兔子。"

升儿踮着脚尖从门框上拿下了兔子，说："是兔子馒头。"

鹤儿一把就抢了过来。

"给我"，升儿追赶着鹤儿。

"我去问奶奶啊。"

两人冲进了屋里。鹤儿抢先说道："奶奶，门框上有个兔子馒头。"

"那是吉兔兔，是我让他们蒸的，放在门框上啊，叫开门大吉，谁看见吉兔兔，今年就有好运气。"

升儿和鹤儿跑进了里屋，高兴地喊着："我们看见吉兔兔了，开门大吉了。"

渠太太穿着红棉袄收拾着东西，扭过头说："怎么又是兔子？"

鹤儿说道："奶奶说这是吉兔兔。"

升儿插了一句："就是花馍，用面蒸的。"

"别玩那东西，难看死了。"

渠本翘说道："让孩子们玩吧，这是辟邪的。"

渠太太看着渠本翘，说："什么辟邪？用兔子辟邪，哪有这话？男人喜欢上兔子，那就是沾上了邪气，快扔了。"

"这大过年的，你吵什么吵？"

"怎么是我吵了？知道我不喜欢兔子，这到处是兔子，这不是故意气我吗？"

"你怎么能这样想啊？"

"那你让我怎么想？扔不扔，不扔我就给你们扔了。"

渠仁甫踩着鞭炮的响声走了进来，说："二伯，给你们拜年了。"

升儿看了一眼，说："仁甫哥来了，快出去。"

渠仁甫给两个孩子发着红包。渠本翘说："仁甫，你来了。"

"二伯、二婶，给你们拜年了。"

说完就跪。渠本翘赶紧扶起，说："不用跪，不用跪。"

突然，天色黑了，大家抬头看天。

"怎么回事？"

"天狗吃太阳了。"

"是日食。"

渠本翘指挥着大家："仁甫，快去放炮。石头，把脸盆和桶都拿出来敲。"

渠本翘边说着边往后面跑。

渠太太问道："你到哪儿去？"

"我换官服去。"

"换官服干什么？"

"救日啊。"

天色昏黑，乔石头、升儿、鹤儿拿着脸盆和能敲响的东西狠命地敲着。

渠本翘一身官服跪在地上磕头，渠仁甫点着了鞭炮。

太阳出来一个边儿，露出月牙儿，再变成红彤彤的太阳。

"太阳出来了！"

"太阳出来了！"

渠仁甫擦了一把汗，说："这大年初一就有日食，不知是吉是凶。"

渠本翘站起身，摘下了官帽，说："不论吉凶，太阳总会出来的。"

渠仁甫自言自语着："也不知预示着什么。"

渠本翘问道："你爷在家吗？"

"在啊。"

"走吧，给他老人家拜年去。"

祁县城内热闹非凡，人们穿着鲜艳的衣服背铁棍、闹社火、跑旱船。乔石头、渠珍珍、渠传耀、升儿和鹤儿挤在人群中看着热闹。

夜深了，渠太太给渠本翘梳着辫子。

"明儿你就去太原啊？石头你也不带着，你一个人，我真有点不放心。"

"没事的，你就放心吧。"

"你回去了可别乱跑，现在是非常时期，矿权的事儿如果办妥了，才可能安全点，现在啥事儿都难说。"

"你就不用操心我了，我倒是担心你和孩子，也不知道在这里上学，他们适不适应。"

"孩子们在这儿好着呢，你没看见爹高兴的，就是宠着他们。"

"你就多操点心吧，等我安顿好了，我就来接你们。"

渠太太梳好了辫子，拿出一个护身符，说："我去庙里给你求了一个护身符，给你拴到辫子上吧。"

"那怎么能行，那不是让我出笑话吗？"

"那你说拴在哪里啊？"

渠本翘拿出玉秤砣，说："就拴在这儿吧。"

渠太太拿过玉秤砣拴上了护身符。

渠本翘说道："早点休息吧。"

渠太太吹灭了油灯。

***

渠家大院门口，聚集了很多人，渠本翘准备乘车返回太原，马车的周围站了十几名渠家家丁。

田喜财主和旺财主带着众家人在门口欢送。

渠本翘看着旺财主，说："爹，就让我娘和媳妇孩子们在家住段日子，我把赎矿的事儿办好了，再来接他们，让您老费心照顾了。"

"楚南，放心去吧，爹以前错怪你了，很多事情对你不公，现在我也剩一把老骨头了，今后还有需要我的时候，尽管开口。你在外面注意身体，尤其是和英洋人打交道，要格外小心，家丁你就带去用吧，安全是第一位的。"

渠本翘扑通一下跪在地上，喊了一声"爹"，连磕三个响头。

渠本翘站起身来给其他人一一道别。

渠仁甫跑了过来,说:"二伯,我这次就不跟您回去了,爷爷年纪大了,他让我把长裕川的买卖都接过来,等我交接完了,我立马就回太原找您。"

"你先忙你,不着急,等安顿好了再回。"

渠本翘坐上马车,乔石头掀起门帘说道:"东家,我不在您身边,您一定保重好自己啊。"

"石头,你就不用操心我了,我把你留在这儿,你一切都听乔东家的调配,记住我交代的话。"

"放心吧,东家。"

马车在十几个家丁的簇拥下驰离了渠家大院。

在不远处,渠正财的身影闪了一下,看到了马车离开,他也转身消失在人群中。

＊＊＊

福公司北京总部里,梁恪思拿着一份电报走了进来。梁恪思递过了电报,说:"哲姆森先生,萧蜜德先生从太原发来的电报。"

哲姆森看完了电报,把电报拍在了桌子上。英国公使沙道义走了过来,问:"什么情况,哲姆森?"

"萧蜜德的电报上说,山西的官绅正在筹集赎矿款,很有可能凑齐首付款。"

哲姆森把电报交给了沙道义。

梁恪思说道:"如果2月20日前他们交付了首款,那么协议就会正式生效,我们就与山西的煤铁无缘了。"

沙道义看完了电报,说:"哲姆森,你是福公司的董事长,你对这个结果是什么意见?"

"当时之所以提出赎矿,是在赌他们赎不回去,现在如果他们凑够了钱,把矿赎回去了,这就背离了我们的初衷。"

梁恪思问道:"那现在怎么办?"

哲姆森大声喊着:"怎么办,怎么办,能怎么办?绝不能让他们赎回去。"

沙道义点点头,说:"如果让他们赎回去,就是我们在山西办矿的失败。开了这个头儿,河南的煤矿怎么办?湖南湖北的铁路怎么办?这个

498

连锁反应的后果是我们大英帝国无法接受的。"

哲姆森对着梁恪思大喊："你现在立刻告诉萧蜜德，让他想尽办法也要阻止此事，不能让他们在 20 日交接仪式上交出首付款。另外告诉他，我们明天动身前往太原。"

梁恪思应了一声，转身离去。

沙道义靠近哲姆森，说："这已经没有几天了，我很担心此事。"

"公使先生，您也不必太担心，就算他们凑够了钱，赎回了矿，我们只是没有得到大的利益，但是也没什么损失。"

"那是你的观点，你只考虑个人利益，福公司是没有损失，可大英帝国的颜面损失了，法国俄国还有日本会看我们的笑话。希望你不要只看重金钱，也要全面考虑大英帝国的综合利益。"

"公使先生，我们只是个商业公司，当然首先考虑的是公司的利益，关于颜面的问题也许不是我们要考虑的。"

"哲姆森先生，请不要忘记，福公司在中国的所有业务，都是基于大英帝国的威名，没有大英帝国给你做后盾，你们福公司在中国是寸步难行。"

"这一点我不否认，也请公使先生不必过于担心，晋省的矿权还没有最终的结论，我们会竭力争取的。"

沙道义点点头，说："必须竭力争取，但愿不要让我失望。"

＊＊＊

渠珍珍从屋子里出来，抬头看到乔石头坐在屋顶上发呆。她沿着渠家大院门楼旁的楼梯上了屋顶，走到了乔石头的身旁。

"石头哥，你怎么在这儿发呆啊？"

乔石头扫了扫身旁的台阶，示意渠珍珍坐下。乔石头说："东家回太原了，我有点担心。"

渠珍珍坐在了乔石头的身旁，说："没事儿的，你没看见老东家派了十几个家丁保护少东家吗？"

"我不在他身边，我都感到不习惯。"

"东家为什么不带你走呢？让你留在了祁县。"

499

乔石头看着远方，说："这是男人之间的事，有些事呢你不用知道。"

渠珍珍噘着嘴，说："男人就怎么了，不就是矿权的那点事儿吗。"

"矿权的事儿越来越复杂了，在这个关键时刻，洋人什么事情都可能做出来，不告诉你是怕你担心。男人有时候就得去冒风险，你看咱们东家被暗杀、放火都遇见了。"

渠珍珍看着乔石头，说："人家是担心你，怕你也遇见这些事儿。"

"我不会有什么危险，他们不会对我怎么样的，我只是个常随，又不是大人物。"

"你还不危险啊，那子弹怎么打中你了？"

乔石头岔开话题："好了，不说这些了。珍珍，你们渠家房脊上的动物怎么和我们乔家的不一样啊？"

渠珍珍转身看着房顶，问："怎么不一样了？"

"渠家房脊上的动物都是张着嘴的，我们乔家的都是闭着嘴的。"

渠珍珍得意扬扬地说："这你就不懂了吧，你们乔家的房顶上都是吻兽，是不张嘴的，我们渠家的都是张嘴兽，渠家和乔家还是有些不一样的。"

"张不张嘴就是不一样啊。"

渠珍珍瞥了一眼石头，说："那当然了，只有官宅房脊上的动物才能雕成张嘴的，这叫张嘴兽，别的宅子就不行，再有钱也不行，这是规矩。"

"谁定的规矩？"

"朝廷定的。"

"我怎么觉得是你定的？"

"反正渠家的是张嘴兽，乔家的是闭嘴兽。"

乔石头晃着脑袋，一副得意样子，说道："我东家是正儿八经的官，那还不是沾我东家的光？"

渠珍珍不屑地说："你还挺会套近乎的啊。你姓乔，我才姓渠呢。"

"本来就是啊，我虽然姓乔，可我是东家的常随，你能说我不是渠家的人吗？那也是一家人啊。"

"我没说是两家人啊。"

乔石头问道："那你再说说，渠家和乔家还有什么不同？"

"那光说宅子吧。"

"行啊，渠家宅子和乔家宅子有什么不同？"

渠珍珍咳嗽了一声，说道："乔家的宅子南北六个小院是按照一条中轴建的，渠家宅子是按偏轴建的，逐渐偏东；渠家宅子里有个戏台子，乔家没有；渠家宅子有个石雕栏杆院，乔家没有；渠家的砖雕是镂空雕，乔家的砖雕都是浮雕；渠家房脊上的兽首是开口的，乔家是闭口的；渠家有人做官，所以有牌楼院，乔家是商贾人家，所以没有牌楼院；渠家的门墩上有石雕，乔家的门墩上没有；乔家的门楼是由两根柱子支撑，渠家的两根柱子外还有四根垂花柱；乔家的台阶是沙石的，渠家的台阶是青石的；渠家有描金墙围，乔家没有。"

乔石头眼睛直勾勾地看着渠珍珍。

渠珍珍抬头看着乔石头问："你怎么了石头哥？"

"珍珍，我对你真是刮目相看啊，我只是开个玩笑，随便说了一句，没想到你知道得这么多，好像这两个宅子是你建的似的。"

渠珍珍哈哈大笑道："实话告你吧，我爷爷是个石匠，在渠家宅子和乔家宅子干了一辈子活儿，都是他告诉我的。"

"难怪呢，我说怎么这么在行啊。"

"我懂得还可多呢。"

乔石头接着问："珍珍，你还知道什么啊？"

"雕刻的图案是什么花纹，花纹是什么意思啊，可多了，你想听不？"

"想听，你能不能再给我讲讲啊？"

渠珍珍一扭脸，说："我为什么要给你讲啊？"

"讲完了，我给你买到口酥。"

渠珍珍来了精神，说："一言为定。"

"绝不反悔。"

渠珍珍伸出小拇指，说："拉钩。"

"拉钩上吊，一百年不许变。"两个人开心地手钩住了手。

"我带你去看看，边看边讲。"

渠珍珍拉着乔石头的手跑下了楼。

第二十八章

运镖车队遇劫险象环生
乔石头无奈放信鸽报警

***

祁县广胜镖局的大门红漆鲜艳，门上对联写着：兄玄德，弟翼德，兄弟有德；师卧龙，友子龙，师友皆龙。横批：义薄云天。

厅堂上摆着十八般兵器。

祁县广胜镖局的操练场上，几十名镖师腰系镖囊，内装飞镖，手持钢刀，列队操练。戴镖头站立中央，大声发号施令，镖师们动作整齐划一，威猛雄壮。几个镖师列队对着五米开外的靶标投掷飞镖。操练结束，戴镖头集合队伍训话。

戴镖头绕着队伍转了一圈，站在了高台上，说道："各位兄弟，我给大家说个事儿，这件事儿很重要，所以要和你们把话说到前头，总的一个原则是自觉自愿，绝不强求。"

下面有人说道："镖头，有什么话就说吧。"

戴镖头点点头说："两天以后我们将押运一个特殊的镖单，东家说了，此镖的酬劳是平时的三倍，但是要求人在镖在，人死镖失。自愿选择，你们考虑一下，这可能是掉脑袋的差事。"

"镖头，这是个怎样特殊的镖单啊？"

"说他特殊，不是镖物特殊，是它的主人特殊，不是私镖，也不是官镖，它是国镖，此镖的主人是两千万晋省的民众，责任之重大可想而知，风险之大也能猜得到。所以说，要不人头落地，要不三倍的赏金，你们可以选择了。"

"镖头，您是在说赎矿款吧？"

戴镖头瞪了一眼说："不打听镖物，这是规矩。"

"镖头，咱镖行讲究的是'情、义、礼'三分保平安，您却要求人在镖在，人死镖失，那就应该告诉我们这趟镖到底是什么，大家也落个心知肚明，就是死也死个明明白白。"

戴镖头背起了双手，说："既然说到这儿了，我也就实不相瞒了，最近筹钱赎矿的事儿谁都知道了，我不必多说，这趟镖就是赎矿用的赎金。两天后押运到太原，运到了，我们晋省的矿权就回来了，运不到，我们子孙的利源将落入英洋人手里，我说明白了吗？"

"所以您说这是国镖。"

"没错，此次押镖插'国字'镖旗，不喊镖号，不讲'情、义、礼'，谁敢劫镖，直接亮青子，佛挡杀佛魔挡杀魔，所以风险极高，望各位斟酌定夺。咱们东家只收了一两的镖利，但是对镖师付三倍的酬劳。"

"这么说就明白了，镖头，算我一个，但是我有个条件。"

戴镖头看了一眼镖师，点点头，说："你说吧。"

镖师说道："此镖押成，我分文不取，如果我死了，请将三倍的酬劳转给我爹和我娘。"

戴镖头问道："为何你分文不取？"

"镖头，虽然我是练武之人，但我更是晋省的子民，我能参与这次押镖是我三生有幸。造福子孙，出此微力，我还收取酬劳？枉做人也。"

有人喊道："也算我一个，我也是这条件。"

"还有我。"

"还有我。"

戴镖头眼睛都湿润了，说道："弟兄们，咱们平时出生入死，押镖运镖，只是在做一个糊口生存的营生，此次押镖非同凡响，我深感各位都是深明大义的汉子，热血沸腾的男儿。愿此镖平安无事，愿矿权永存。"

"平安无事，矿权永存；平安无事，矿权永存。"镖师们群情振奋。

戴镖头转身对着乔石头说道："乔管事，这些镖师跟随我多年，他们的表态你也看到了，都是忠心耿耿、诚实可靠的自己人。押镖的人员没有问题，你可以转告乔东家，请他放心。"

"好的，戴镖头，这里的情况我都看到了，我现在就去告诉乔东家，

503

看他还有什么安排。"

"乔管事辛苦了。"

"不必客气，那我告辞了。"

戴镖头拱手行礼道："慢走，不送了。"

＊＊＊

乔石头走出广胜镖局，沿着西大街快步走着。

"乔管事，留步。"

乔石头愣了一下，没有反应过来是谁喊他。转身看了一下身后，以为自己听错了，又迈步走着。

"乔石头。"

乔石头确认是在喊自己，停下脚步转过了身。渠正财从街旁胡同口走了出来。乔石头满脸疑惑地说："渠正财？"

渠正财眯着眼睛，说："乔管事，多时不见，一向可好，没想到在祁县碰上了。"

"你怎么在祁县？"

"我是专门来找乔管事的。"

"找我干什么，你怎么知道我来祁县了？"

渠正财摇晃着脑袋，说："你是大名鼎鼎的渠少东家的常随，当然渠少东家在哪儿，你就在哪儿了。"

"找我什么事？"

渠正财指着小胡同，说："能不能借一步说话？"

乔石头环顾了一下四周。

"放心吧，乔管事，我只是不想让更多的人知道咱俩说话。"

乔石头走进了胡同。

"说吧，什么事情？"

渠正财向前靠了靠，说道："乔管事，我长话短说，直入主题了，两天后你要押送一批货物到太原，只要你能延误半天时间，你将立刻拿到五百两银子。乔管事，你是个聪明人，你应该明白我在说什么。"

乔石头看着渠正财，问："你在说赎矿款？"

渠正财点点头说道："聪明，就是赎矿款。"

"你想让我推迟押运。"

渠正财伸出了一个巴掌，说："五百两啊。"

乔石头突然意识到什么，自己也镇定下来。

"你在给谁做事，是洋人吗？"

"给谁做事并不重要，重要的是能挣下钱，五百两银子可是个大数目啊，够你荣华富贵一辈子的。"

"我如果不答应呢？"

渠正财突然拉下了脸，说："不答应也许你就得死，陪着那批货一起殉葬。"

乔石头哈哈大笑道："难不成你还有本事劫了这批货？"

"不是我有本事，而是有人有这个本事，我也把话放这儿了，这批货绝不可能运到太原。你如果能答应此事，对你来说，推迟半天轻而易举，五百两银子立刻到手，如果不答应，估计你很难活着再回到祁县城。"

"渠正财，你这是在做大梦，我也把话放这儿了，这批货一定能完好无损并且准时准点运到太原。如果你能劫了这批货，我乔石头的人头送你了。"

"乔石头，你不要执迷不悟，胳膊拧不过大腿，识时务者为俊杰，这也许是你一辈子最大的转折，你还是慎重地考虑一下为好。"

"看来你渠正财真的是英洋人的狗腿子了，这么力劝我和你同流合污，英洋人给你一点骨头你就当了一条狗。你还有脸回祁县，你还有脸见乡亲？你就是个最大的败类。"

"别跟我说那些虚头巴脑的东西，最后问你一句，你干还是不干？"

乔石头怒视着渠正财，双手攥紧了拳头，说："干。"

渠正财欣喜若狂，向前凑了一步，说："太好了，你想怎么干？"

乔石头大喊一声："我干死你。"

乔石头话音未落，直扑渠正财。

渠正财向后一退，两人打了起来。

***

夜色笼罩着祁县古城。

乔石头在屋子里整理衣物，一身短打装束，精气神十足。乔石头换上了便装，把短打衣装放到了一旁。

有人敲门。

乔石头问道："谁啊？"

"石头哥，是我啊，珍珍。"

乔石头赶紧打开了屋门，问："珍珍，你怎么来了？"

渠珍珍走进屋里，说："石头哥，我知道你明天要去太原了，就想来看看你还要准备什么？"

"基本上准备好了。就等着明天了。"

"石头哥，我总觉得有什么事情要发生，特别为你担心。"

"当然有事情要发生，而且是大事。后天上午我们和英洋人签署的协议就要正式生效，晋省的矿权就要正式回归了，这事情当然是大事儿了。"

"可你明天要去押运赎银，我是担心这件事儿。"

"这个你就放心吧，乔东家和戴镖头都做好了充分的准备。你都没看到，那些镖师个个武功高强，士气高昂，一定能安全运到的。"

渠珍珍轻轻地问道："那要出了意外怎么办？"

"别说这种话。"

"我只是担心。"

乔石头看着渠珍珍，说："珍珍，我心里一直憋着一件事儿，现在我想和你说了。"

"你说吧，石头哥。"

"这次东家让我负责押运赎银，是对我的极大信任，我一是要完成东家交代的任务，再者我也想为夺回我们晋省的利源出把力，虽然我们做好了周密的安排，但是也不能排除会出现意外，我已经做好了准备，人在赎银在。"

"石头哥，你别说这话，我想让你人在。"

"珍珍，我想对你说的是，如果我活着回来了，我想娶你。"

506

渠珍珍低下了头，说："你会活着的，你一定会回来的。"

"如果我死了，就当我没有说过这句话，你就找个好人嫁了吧。"

渠珍珍抱住乔石头大哭起来。

***

天色朦胧，渠家大院已经人头攒动。乔殿森拿着账本和戴镖头在库房门口清点钱箱，乔石头指挥着镖师搬运，几十个钱箱足足装了十几辆马车。马车上插着"国"字的三角旗，装载完毕。

乔殿森面对戴镖头抱拳道："戴镖头，钱箱已经按镖单交付了，我的职责就到此为止了，下一步就有劳各位了。"

戴镖头抱拳行礼道："乔东家，您就放心吧，我们保证按时运到太原府。"

"天就要大亮了，抓紧上路吧。"

戴镖头转身向车队猛一挥手，压低了嗓门："出发"

镖师手持武器，腰上别着飞刀。马车队在镖师的护卫下驰出祁县城。乔石头手持一把钢刀，肩背一个信鸽笼子，走在队伍中间。

山西巡抚衙门的议事厅，丁宝铨拿着一份电报走了进来，说："宝大人，京城外务部的电报。"

宝棻背着手看着笼子里的乌鸦，问："又是英国人告什么黑状了？"

"这次不是英国人，这次是美国人。"

宝棻转过身子，问："怎么又有美国人了，电报怎么说？"

"外务部的电报里说，有个美国博士克拉克带了两名印度助手要来晋省测量勘探、绘制地图。让我们予以保护，避免民间纠葛。"

"这都是什么事儿啊？英国人还没走，美国人又来了。观光游历，我敞开大门欢迎，要测量勘探，这又是动的什么脑筋？"

丁宝铨说道："测量勘测就是为了绘制地图，东洋人已经来过好几拨了。"

宝棻点点头道："地图可以用于游历，也可用于军事，这事儿很难把准。"

507

丁宝铨试探着问道："那大人的意思是？"

"我有什么意思，晋省多有险关要塞，历朝历代都是兵戎相见的战场，到此绘制地图是什么用意，我们谁能清楚？万一泄露险要处所，责任由谁担当？电告外务部，此事不妥，我省不予接待。"

"大人，如此回绝外务部，恐怕会引起美国公使的照会，不如婉转迂回，能拖即拖，最后敷衍了事。"

宝棻问道："那你如何回复啊？"

"就说测绘制图与晋省之意图不谋而合，但与当今事务冲突，我省正在实施此项事务，晋省的山河地名，宽高尺寸、要塞标记均在落实之中。请告美国使馆，先赴河南、陕西等地测绘，待晋省自测完毕，再请克拉克先生拾遗补阙。"

宝棻伸出手指点着丁宝铨，说："你啊，你不愧是我的得力助手啊，就按这个意思办。速速回电吧。"

丁宝铨应了一声，离去。

蔚泰厚京城分号里，李宏龄把一个信封交到一个穿青衣的伙计手里。李宏龄低声说道："要用最快的时间，把事情办好，而且要绝对保密。"

青衣伙计应了一声，坐上了门外的马车，飞奔而去。

渠珍珍坐在院子的台阶上做着针线活儿，突然"啊"了一声，渠太太在身后问了一声："怎么了，珍珍？"

"没事的，太太，是针扎了手了。"

"你是不是有什么心事啊？一上午也没说一句话。"

渠珍珍看着渠太太问道："太太，您说赎矿的银子能运到太原府吗？"

渠太太也坐在了台阶上，说："哦，你是在担心石头吧？"

"从昨天我的右眼皮就一直跳，我就怕石头哥完不成东家交代的事情。"

"不要瞎操心了，东家和乔东家为这事合计了很久了，我就坚信他们能把事情办成。"

"以前石头哥做事情看起来都很轻松的，昨天下午就感觉他特别紧张，我觉得他遇见非常棘手的事情了。"

渠太太看着渠珍珍，说："珍珍，你给我说实话，你是不是喜欢上石头了？"

"太太，我还正想让您给出个主意呢。"

"你说吧。"

渠珍珍害羞地说道："昨天晚上，石头哥对我说，如果这次押运成功了，晋省的矿权就收回了，那时他就娶我。"

"这是个好事啊，你愿意嫁给他吗？"

"我是在想，石头哥一直招呼着东家，我也跟您这么久了，如果他娶我嫁，那谁来招呼东家和太太您啊？"

"傻丫头，没有你们，我们还不过日子了？别担心我们，你就说你愿意嫁给石头吗？"

渠珍珍低下了头，说："这事我想听太太您的。"

"石头是个好人，心地善良，手脚勤快，对东家也是忠心耿耿，你要嫁给他，一定是你的福气。"

渠珍珍抬起了头说道："太太，您应该说他娶了我，是他们乔家的福气。"

渠太太笑出了声儿，又说："那是当然了，我们珍珍长得漂亮，里里外外一把手，乔石头娶了你，是他们乔家积了善德。"

"太太，那您是答应我出嫁了？"

渠太太戳了一下珍珍，说："死丫头，给我绕了个圈子，在这儿等着我呢？你瞧瞧你，看把你急的，只要你愿意，我就同意。"

永定门火车站人头攒动，青衣伙计普普通通的打扮，背着个小包袱排队等车。

＊＊＊

山西的冬天干冷干冷的，植被褪色，山上都是光秃秃的。从渠家大院出来的押运车队缓缓地行进着，渐渐驶入山区道路。

戴镖头吆喝着："弟兄们，要走山路了，大家留点神，注意两侧的山坡。"

509

话音未落，前面的头车停了下来。

戴镖头高声问道："怎么回事，怎么停下来了？"

"镖头，荆棘挡道。"

戴镖头激灵了一下，跑到了队伍的前面，一大堆荆棘堆在路的中央。

戴镖头拔出了钢刀，喊："亮青子。"

呼啦一下，几十个镖师亮出了兵器，把十几辆马车围在了中央。乔石头也手握钢刀对着戴镖头问道："戴镖头，怎么办？"

戴镖头不慌不忙地环视着四周，拉长了声调，喊出了黑话："合——吾，瓢把子出来亮个腕儿，递个门槛儿。"

四周静悄悄的，没有回音。

戴镖头又喊一遍："合——吾，瓢把子出来亮个腕儿，递个门槛儿。"

还是不见动静。

戴镖头摘下了佩刀放在了马车上，对众人说："并肩子，我去看看是老合还是点子？"

戴镖头赤手空拳跑上山坡瞭望，也未发现异常情况。戴镖头回到马车旁，戴好佩刀。拉着长音喊道："并肩子，挑开荆棘，此地不宜久留，赶路了。"

众镖师有的用手，有的用棍子挑着挡路的荆棘。

正在此时，只听"轰隆"一声，地面突然塌陷，前面的几辆马车陷入了近一米深的坑里，白色的尘土飞扬，马嘶人叫。

乔石头和戴镖头扑打着灰尘，眯着眼睛冲了过来。

戴镖头大喊着："是白石灰，捂住眼鼻。"

众人急忙用围巾挡住了眼鼻。石灰的尘土落下，两人才看清楚现场的情况。

一个镖师跑了过来，说："镖头，马车陷进去了。"

"有几辆车陷进去了？"

"镖头，陷进去五辆车。"

戴镖头往前面跑着说："把车拉出来。"

有人牵马，有人推车，陷进坑里的马车被拉了出来。那五匹马的眼睛和嘴巴里都是白灰，不停地甩着脑袋，打着喷嚏，嘶叫着。

"镖头，这五匹马都不能用了。"

"卸下辕马，用人拉车，轮子顺溜了。"

戴镖头发号施令，满身的白灰，只露出红红的眼睛。山间道路上，押运车队继续行驶着。没有辕马的车子用绳子拴住前面马车的车尾，前面的辕马相当于拉了两辆车的重量，人和马走得都非常吃力。其他镖师除了外围的护卫，其他人都像拉纤一样，抓住绳子，助力向前。乔石头满头大汗，汗水和白灰粉尘混杂在一起，皮肤被蜇得生疼。车队进入狭窄的山谷，两侧山坡的树丛里沙沙作响。

乔石头高喊一声："戴镖头，快看两侧坡顶。"

戴镖头扭头看了一下，高喊一声："山坡上有点子，亮青子。"

镖师们又一次亮出兵器，面朝山坡围住了马车。两侧山坡上白烟四起，声音轰隆。戴镖头的面部紧绷，大脑高速地运转，要在最短的时间里做出判断。戴镖头大喊："不好，是滚石。"

镖师的队伍开始混乱，不知所措。

"赶快上车顶。"乔石头大喊一声，一脚踏住车轮，纵身一跳上了车顶。其他人学着他的样子都飞身跳到了车顶上。两侧的滚石轰隆隆地垮塌了下来。

滚石堵死了道路，夹住了马车动弹不得，辕马基本上都被砸伤了，流着血痛苦地嘶叫着。乔石头站在车顶上对着两侧的大山高喊着："渠正财，你有种的出来，咱们一对一单挑。"

戴镖头说道："看来这不是土匪劫道，这是针对赎银而来。"

"镖头，车马都被困住了。"

"有没有伤亡？"

"有几个并肩子被石头砸中了，都是轻伤，无妨。"

戴镖头喊道："把钱箱从石头里扒出来，肩背人扛也要运到太原府。"

众镖师甩开膀子扒着石头，钱箱一个一个被抬了出来。

乔石头看着钱箱问道："钱箱有没有损坏？"

"乔管事，钱箱全部都在，也没有破损。"

乔石头问道："戴镖头，这要是抬着钱箱就非常艰难了，要不要放飞鸽救援。"

"不到最艰难的时刻，不要放飞鸽，我们抬着走。"

从永定门开往太原府的火车车厢内，青衣伙计睡眼蒙眬，但是怀里紧紧抱着那个小包袱。

哲姆森和梁恪思分别乘坐两辆马车行驶在太原的街头，哲姆森看着窗外，一脸严肃。车子停到了太原海子边福公司的太原寓所，两人匆匆下车，怀特打开大门，两人快步闪了进去。

萧蜜德站在屋门口打着招呼，两人没有回应径直走进了屋内。

哲姆森一屁股坐在了椅子上，问："萧蜜德先生，明天就是正式签约的日子了，你这里准备得怎么样了？"

"哲姆森先生，您就放心吧，山西的矿权依然还会在我们手里。"

"千万不要松懈大意，尤其是那个渠家票号的少东家，他是铁了心要从我们手里拿回矿权，我得到的全都是他的消息，千万不敢低估他。"

"这个渠本翘的确不好对付，我在他身上用了很多种手段都没有见效，但是这次他会失算的，我会让他前功尽弃。"

"你不要弄成个人赌气，我来太原之前，沙道义公使一直强调，这关系到大英帝国的颜面和整体利益，如果我们失去了晋省矿权，河南的矿权，湖南湖北的路权将全面受到影响，所以说无论你采取何种手段，都不能让晋省的矿权从我们手里失去。"

"放心吧，哲姆森先生。我已经用尽了所有手段，而且此时此刻正在实施当中。"

＊＊＊

靴儿巷书业诚后院，渠家家丁戒备森严，有人跑进来通报。

"少东家，刚才有两个英洋人进了福公司的寓所。"

渠本翘答应了一声。

刘笃敬说道："看来哲姆森他们从京城赶到了。"

渠本翘对着刘笃敬说道："我们去趟抚衙吧，再见一下宝大人和丁大人。"

"好的，我们现在就去。"

渠仁甫说着转身下去，说："二伯，我这就去给你们备车。"

两驾马车在众家丁的严密保护下，驰进了巡抚衙门。渠本翘和刘笃敬拱手行礼道："拜见二位大人。"

宝棻摆了一下手说："楚南，刘总办，你们来得正好，我们正有事要商量，快坐。"

"刚得到消息，英洋人都已经到齐了。"

"宝大人，我也得到了消息，所以才来找二位大人商量一下应对策略。"

丁宝铨问道："楚南，赎矿用的银子筹备得怎么样了。"

"放心吧大人，都已经筹备齐了。"

宝棻说道："听说从祁县运往太原府的银子走的是明道，押的是威武镖，是不是太张扬了？容易遭到算计。"

渠本翘说道："大人不必担心，我有我的打算。"

刘笃敬接过话："这事儿本来就是个明事儿，谁也瞒不住，所以楚南就让他们走明路，押威武镖。"

宝棻点点头，说："我相信你们的判断。楚南，只是不要硬扛，遇见困难就放出抚衙的信鸽，我会全力帮你的。"

"多谢宝大人，我已经吩咐下去了，不到万不得已，他们是不会放信鸽的。"

"好的，但愿平安顺利。另外出于礼节，今天晚上我会在抚衙宴请英洋人，你们都参加，随时观察他们的情绪变化，确保明天的签约仪式正常举行。"

天色将暗，镖师们扛着钱箱艰难地走着。有的镖师的肩膀被箱子磨破了，有的人鞋都磨破了。

乔石头环顾了一下四周，说："戴镖头，镖师们太累了，这样下去我们明天也到不了太原府。"

戴镖头点点头，说："是要休息一下了，这样下去不行的。"

"让大家吃点东西，喝点水吧。"

戴镖头大喊一声："轮子盘头。"

镖师们将钱箱集中在一起，所有镖师围住了钱箱。

戴镖头把双手合成喇叭状，说："并肩子歇了。"

两个镖师离开了队伍，爬上山。镖师们把钱箱围在中央，有喝水的，有吃东西的，有的干脆躺在地上喘着粗气。

乔石头坐在一块石头上，看着四周，说："戴镖头，我总觉得有人一路跟着我们，周围的山林里一定有人。"

戴镖头也向四周看了看，说："我们人手不多，只能护住钱箱了。"

"这些贼人也不露面，看来不是为了劫道。"

戴镖头点点头，说："没错，他们是在给我们发难，所以我们也没必要出击。"

"报……"派出的探子慌慌张张地跑了过来。

探子上气不接下气地跑了过来，说："镖头，树林里面有十几个蒙面人，都带着弓箭。"

戴镖头一骨碌爬了起来，说："轮子盘头，亮青子。"

镖师们迅速聚集，把钱箱围了起来，手持兵器面朝四周。

戴镖头问道："在什么方向？"

"东南方向。"

众镖师瞪大眼睛注视着树林里的动静。

突然，一道火光画出半圆的弧线，"砰"的一声落在了钱箱上。

乔石头定睛一看，一支弓箭的箭头上裹着浸了火油的麻布射中了钱箱。

乔石头大喊："是火矢。"

紧接着一支接一支的火矢射了过来。

戴镖头大喊："并肩子，拦住火弓箭。"

镖师在空中挥舞着佩刀，试图挡住火弓箭。拦截下的和未拦截下的火矢在钱箱和周围引起了大火。

戴镖头高喊着："来三个并肩子跟上我，去抹了点子。"

戴镖头握着刀高喊着，冲向火弓箭发射的地方。乔石头脱下衣服扑打着钱箱上的火焰，喊："快扑火，不能让钱箱着了。"

火弓箭发射了几十支后停止了。戴镖头也跑了回来，看到乔石头带领镖师扑打着熊熊大火，喊道："用沙土埋箱子。"

众人用刀插向河床，撬送沙土，抛向钱箱。火势终于被控制住了，几十个黑黢黢的钱箱还冒着烟和气。戴镖头看此情景，扑通双膝跪地,说："天杀我也。"

戴镖头伏地大哭。乔石头凝视了许久，解下了身上斜背的鸽笼，把两只信鸽捧在手里。

"红血蓝，这次就看你们的了。"

乔石头双手向上一抛，两只红血蓝鸽腾空而起，瞬间消失在夜空中。

第二十九章

清兵手持火把出城接应
赎矿签约仪式如期举行

***

北方的冬夜漆黑一片，山西抚衙的厅堂被蜡烛和汽灯照得通亮。哲姆森、萧蜜德、梁恪思和怀特走了进来。

哲姆森对在门口等待多时的宝棻说道："巡抚大人，非常感谢您的邀请。"

"哲姆森先生，你们远道而来，我今晚特意给你们准备了自助晚宴，欢迎你们的光临。"

哲姆森抬手介绍道："这位是萧蜜德先生、梁恪思先生和怀特先生。"

宝棻转过身子，说："这边几位我就不用介绍了吧？你们都是老熟人了。"

"丁大人、渠大人、刘大人。"哲姆森一一点头问候。

渠本翘身穿官服，显得格外精神。

"请。"

四个英国人走进了抚衙的厅堂。厅堂的条桌上铺了一块白布，上面摆放着各种菜肴，渠本翘端着盘子，用筷子夹着菜。

萧蜜德靠近渠本翘，说："渠大人，听说不久前有人竟敢在大街上向渠大人开枪射击，身体无恙吧？"

"何止是开枪，还有放火呢，我的宅子都被烧了。"

萧蜜德惊讶地说道："清国国土朗朗乾坤，歹人竟敢如此嚣张？"

"清国本是净土，污浊来自外部。"

萧蜜德一边夹着菜一边说道："听说歹人还是渠氏家族的？"

"官府查证现场，枪支是你们福公司的洋枪。"

"没错，我们已经报官，有枪支被盗，我们保管不善，责任难免，只要渠大人没事就好。"

宝棻站在桌子的首位，高声说道："各位让我们举起酒杯。"

众人举杯。

"我们大清国和英国合作大于冲突，友情能够弥补隔阂。明天就是我们争执多年的矿权纠纷了结的日子，今天宴请大家就是想让大家放松一下，几年来你们见面都是剑拔弩张，舌剑唇枪，也都是各为其主，各自效忠，我敬佩你们都是英豪。今天希望这杯酒化干戈为玉帛，清英两国情谊犹在，共荣共进。干杯。"

众人举杯应和着。

哲姆森一口酒下肚，立刻脸色大变，说："这是什么酒啊？太烈了。"

丁宝铨说道："哲姆森先生，这就是我们晋省的特产汾酒。"

"这酒比我们的威士忌烈了很多。"

丁宝铨点点头说："这汾酒和你们洋人的酒还是有很大区别的。"

萧蜜德插嘴说道："我在你们晋省这么久了，对汾酒我还是了解一些的。哲姆森先生，你刚才喝的汾酒产自山西的杏花村，和我们的威士忌一样都是蒸馏酒，不同的是汾酒加了一种叫酒曲的东西，所以才有一种特殊的香味。他们用的主要是高粱，我们用的是大麦、小麦和玉米。"

丁宝铨面带微笑地说："萧蜜德先生对我们晋省还是很了解的啊。"

"我来这里开矿，当然要融入当地人的生活啊。"

渠本翘说道："那萧蜜德先生这次可以多喝点我们的汾酒了，也许以后没机会喝到了。"

萧蜜德端着酒杯，说："不可能没有机会的，也许我要准备在这里养老了。明天就能验证我的说法。"

刘笃敬说道："那也许明天您就要离开晋省了，这也说不定啊。"

哲姆森打断了话题："不必争论了，中国有句古话，耳听为虚，眼见为实。我们就等着明天看吧。"

这时一个官兵急匆匆走了进来，走到宝棻的身边，说："大人，急报。"官兵递过来一张揉皱的小纸条。宝棻打开小纸条看后，腾的一下站了起来，坚定地说道："出兵。"

众人惊愕。

太原府的大南门轰隆隆向两侧打开。一队官兵举着火把冲了出来，直奔清徐方向。

＊＊＊

新的一天开始了，山西巡抚衙门的牌楼底下，一道横幅格外扎眼，上面写着：晋省矿权交接典礼。

门口搭好的台子上摆放着桌椅，台子下面的空地上也摆了几排椅子，晋省的官绅名流已经就座，空地的后面挤满了看热闹的人。人们指指点点，议论纷纷。

太原府火车站里，青衣伙计到达了太原，背着小包袱挤出了人群，坐上了人力车。

山西抚衙牌楼下，有人喊一声："巡抚大人到。"

宝棻、丁宝铨、渠本翘、刘笃敬、刘懋赏从台子的一侧走了上来。哲姆森、萧蜜德、梁恪思和怀特从另一侧走上台去。众人落座后一言不发。

有人来到渠本翘身后耳语了几句，渠本翘起身走下了台子。黄守渊和张士林迎了上去。

渠本翘紧走了几步，问："你们二位怎么来了？"

黄守渊说道："楚南，今天是最重要的日子，我们怎么能不来啊？"

张士林握住拳头，说："我们要亲眼见证晋省的矿权回到我们的手里。"

渠本翘指着台下的椅子，说："好的，你们先就座，可能还要等一会儿。"

青衣伙计挤了过来，问："请问是渠东家吗？"

渠本翘看着来人，问："是我，你是什么人？"

"我从京城来。"

青衣伙计卸下包袱，拿出一个信封交给了渠本翘，说："李掌柜让说一个字。"

渠本翘接过了信封，说："什么字？"

518

"妥。"

渠本翘把信封装进了口袋,说:"好的,你辛苦了,去休息吧。"

青衣伙计转身离开。

台上面,哲姆森看了一下怀表,说:"巡抚大人,可以开始了吗?"

宝棻看着天空,说:"哲姆森先生,不必着急,时候还早。"

一个时辰快过去了,哲姆森实在是坐不住了。

"巡抚大人,这都什么时候了,您还在等什么?"

"哲姆森先生,中国有句古话叫:着急吃不上热豆腐,性急吃不了热稀饭。"

"我们这是举行典礼,和豆腐稀饭有什么关系?"

宝棻哈哈大笑道:"哲姆森先生,这你就不知道了,我跟你好好讲讲这豆腐和稀饭的关系。"

宝棻一边扭头和哲姆森说这话,一只手在下面拉扯了一下丁宝铨的衣襟。丁宝铨会意了,扭头对着渠本翘悄声说道:"楚南,赎矿银子是什么情况?"

"应该能运到,现在也不掌握情况。"

萧蜜德站了起来,说:"巡抚大人,您这是故意拖延时间,我们不能再这样等下去了,限时半个时辰。如果半个小时内典礼还不开始,就说明你们没有能力赎回矿权,晋省的煤矿依然由我们福公司经营,你们必须履行以前的全部承诺。"

宝棻也有点着急了,转身站起来,把其他人叫到身边。

"楚南啊,到底怎么样了?英洋人已经下了最后通牒了。"

"宝大人,您就放心吧,半个时辰后咱们正式签约。"

宝棻皱着眉头说:"你说得轻巧,这怎么能开始啊,我拿什么去签约啊?"

"就半个时辰,银子到不到您都开始吧。"

宝棻背着手踱着步。半个时辰就要过去,哲姆森手握怀表说道:"巡抚大人,还有最后的五分钟。"

宝棻"啊"了一声,额头上的汗都下来了。

"来了,银子运来了。"有人高声喊道。

只见一队官兵和镖师，个个大汗淋漓，有的衣冠不整，有的蓬头垢面，有的脸部黑得看不清原样。旗子和衣服卷成的绳子捆着几十个黑漆漆、烧煳了的钱箱，四根红缨枪做成两支扛棍，四人一组扛着一个钱箱，跌跌撞撞地走了过来。见此场景，现场爆发出热烈的掌声。钱箱在台子下面的空地上依次摆开，抬杠的镖师和官兵东倒西歪地瘫坐在地上。

丁宝铨高声喊道："现在我宣布，晋省煤炭矿权交接仪式开始。"

萧蜜德高喊一声："等一等。"

丁宝铨文问道："还有什么问题？"

"协议规定首付137.5万两银子，协议才能签字生效，我们要如数验货。"

丁宝铨高喊道："兑现承诺，开箱验银子。"

"开箱验银子。"围观的人们迎合着。

乔石头走了过来，从腰中解下一串钥匙，找出一把打开了钱箱。箱子打开，人们一下子惊呆了。

"是石头。"

乔石头惊愕，又打开一箱。

"还是石头。"

乔石头拔出刀发疯似的砍向钱箱的锁头，全部的钱箱都被打开了，箱子里装得都是石头。

乔石头彻底崩溃了，不解地问道："这是怎么回事？"

萧蜜德站在高台上哈哈大笑。

"你们根本拿不出这么多钱来赎矿，装了一堆石头来充数，这是你们清国的耻辱。"

哲姆森说道："这么看来，清国晋省的煤炭开采权属于大英帝国了。"

乔石头面对渠本翘，说："东家，钱箱是我亲自从乔东家手里接管的，钥匙从未离身，赎银让人调包，我罪不可恕，我愿以死谢罪。"

乔石头双膝跪地，刀架脖颈。

渠本翘高喊一声："慢着。"

萧蜜德往前走了一步，问："渠本翘，你还想要什么招数吗？"

渠本翘看着萧蜜德，说："你们不要小看了山西人的能力，你们高兴得太早了吧。"

哲姆森哈哈大笑，走到了台前。

"山西人，不就是票号吗？我们早就算出你们想用票号汇兑，对不起，我们要的是真金白银，不要你们票号的银票。小小的票号怎么能和我们的银行相比？"

渠本翘说道："票号是小，它靠汗水和泪水铸造了强大的诚信，不掺杂一点儿血腥的味道。"

哲姆森不屑一顾地说："靠什么强大不必追究，强大了才是可信的资本。"

渠本翘问道："汇丰银行强大吗？"

哲姆森一副得意的样子，说："那是我们大英帝国的银行，比你们票号可信百倍。"

渠本翘走到了台前，从衣兜里掏出了一张纸票。

"这是英国汇丰银行的本票凭单，这上面写明福公司的账户上已经存入一百三十七万两宝银，哲姆森先生，请查验吧。"

哲姆森接过了银行凭单，前后翻转查验着。萧蜜德也拿过来票据，说："原来你大张旗鼓运银子是虚张声势，暗度陈仓，钱都汇到京城了。"

渠本翘哈哈大笑道："你们对我动手脚，也一定会对赎银动手脚，你们为了阻止赎银，机关算尽，但是你们忽略了晋商票号汇通天下的能力。"

哲姆森将银行凭单交给了梁恪思，梁恪思看了半天，说不出一句话来。刘笃敬递过来协议的文本，说："哲姆森先生，请您签字吧。"

哲姆森匆匆签了几笔，扭头就走，其他几个洋人紧跟其后。

宝菜看着洋人的背影大声说道："现在我正式宣布，大清国晋省煤炭矿权正式回归晋省！所有的厂房、机器一并收回！"

全场一片欢呼，台下的黄守渊和张士林抱在一起大哭起来。

乔石头坐在地上，哇哇大哭。

渠本翘走到台下，来到戴镖头面前。戴镖头也是疲惫不堪，看着渠本翘走了过来，泪流满面地说："渠东家，我运来了十几箱石头，这个镖能交差吗？"

521

渠本翘点点头道："能交差，这镖押得非常成功。"

"第一次遇见这种情况，我都不知道如何面对了。"

"戴镖头，这件事情太重大了，我们不得不采取了特殊的做法，没有给你交代实情，在此我表示歉意。"

"这没什么，只要是有利于矿权的收回，我们做什么都是愿意的。"

"戴镖头，这次押镖算是圆满结束了，乔东家会给你结清镖利，另外会给镖局一笔赏金，你拿去给弟兄们分一分，弟兄们都辛苦了。"

戴镖头拱手行礼道："多谢渠东家。"

渠本翘来到乔石头面前，说："怎么，感觉委屈吗？"

乔石头含着眼泪摇着头。

渠本翘拍拍乔石头的肩膀，说："石头，你是好样的，你先回家休息吧。"

乔石头强忍着眼泪点了点头。

＊＊＊

太原府皇华楼酒楼，宝棻和丁宝铨设宴款待所有保矿相关人员。

丁宝铨挥了一下手，说："大家安静，下面请山西巡抚宝棻宝大人致辞。"

宝棻举着酒杯高声说道："诸位，今天是我们晋省大喜的日子，我们晋省与英商关于矿权之纠纷历经几年时间，今天终于有了一个结果。从今天起晋省的矿权再无纷扰，煤炭资源完完全全归我们自己开采和受益。这将是晋省百姓受益百年的利源和钱仓，这要感谢在座各位的鼎力付出和不懈的追求，你们为晋省的百姓做了一件关乎生存的大事儿，也为子孙后代留下了这个取之不尽的宝藏。在此，我作为晋省的父母官感谢你们，第一杯酒，我代表晋省父老乡亲感谢你们。"

众人举起了酒杯。

"干杯。"

众人响应。

宝棻接着说道："今天我们跟英国人有了一个了断，这个矿权是合理合法地收回来了。子曰：富与贵，是人之所欲也，不以其道得之，不处也；

522

贫与贱，是人之所恶也，不以其道去之，不去也。此道为仁义之道、合法之道。我们几年来与英国人通过谈判、交涉，最后用赎银换回了矿权，有人说我们软弱，有人说我们吃亏了。可西方的报纸大篇幅报道说这是中国人文明的进步，是我们尊重契约的胜利。这第二杯酒，我敬在座的各位，你们不是舞枪弄棒的斗士，你们是中华文明的捍卫者，你们的头脑和思维更具有强大的力量，你们是晋省的榜样，也是我中华的骄傲。干杯！"

大家扬脖干杯。

宝菜又倒满了酒杯，说："此次收回矿权，朝廷安心，百姓安心，此事必将永记史册，丁大人、渠楚南、刘总办功不可没，我会向皇上论功请赏，在座的各位都会得到嘉奖。这第三杯酒，祝愿你们前程似锦、好运亨通。"

众人干杯。

乔石头推开了渠家大门走了进去，渠珍珍迎了上来。

"石头哥，你回来了。"

乔石头魂不守舍地走着，没理会渠珍珍。

"石头哥，你怎么了？"

乔石头拎着刀，一屁股坐在台阶上，目光呆滞。渠珍珍用手在乔石头面前晃了晃，问："这是怎么了？"

乔石头用手挡了一下，说："没事儿，我是被吓得还没缓过神儿。"

"什么把你吓成这个样子？"

乔石头两眼发直，说："那银箱，那银箱子里都是石头。"

"你说什么了，装银子的箱子？"

乔石头点点头。

渠珍珍问道："里面都是石头？"

乔石头又点点头。

"那银子呢？"

"没有银子，都是石头。"

渠珍珍皱着眉头，说："你越说我越糊涂了，银箱里怎么没银子都是石头啊，是你押运的银子丢了吗？"

"没丢，我把石头一个不少地运到了。"

乔石头说完，瘫倒在地上。

渠珍珍大喊着："石头哥，你怎么了？传耀，快来。"

渠传耀跑了出来，问："怎么了，珍珍姐？"

"你石头哥晕过去了，快扶他进屋里去。"

渠珍珍和渠传耀扶起了乔石头。

乔殿森的马车行驶在去太原府的街道上，乔殿森看着车外熙熙攘攘的人群。车子到了海子边保晋公司的门口，马车停稳，乔殿森下车，径直走了进去，有伙计迎了上来，招呼道："乔东家回来了？"

乔殿森走进了房间，问："渠东家呢？"

"渠东家赴宴去了。"

"谁的宴请？"

"巡抚宝大人在皇华楼宴请宾客。"

乔殿森一屁股坐在椅子上，说："这都什么时候了，还有心思大吃二喝的。"

"您要是着急，我就去请他们回来。"

乔殿森摆摆手，说："不用了，我自己去找他们。"

正说着的时候，渠本翘带着一群人有说有笑走了进来。乔殿森迎了上去，说："楚南。"

"雨亭，你回来了？"

乔殿森问道："怎么样了？"

渠本翘点点头，说："今天这个厨子的手艺地道。"

"我没跟你说厨子。"

"哦，宝大人讲的话也好。"

乔殿森急了，说："我是说矿权的事儿怎么样了？"

"哦，上午交接的，非常顺利，哲姆森在协议上签的字，宝大人宣布矿权收回晋省。"

乔殿森叹了一口气，说："可算是办成了。"

渠本翘问道："其他款项都处理好了吧？"

"处理好了，都转到保晋公司户头上了。"

渠本翘哈哈大笑道："我们的心思没有白费，终于闹成了。"

乔殿森点点头说："就是辛苦戴镖头了。"

"这个我给他解释了，他也表示理解。"

"那就好。"

渠本翘看大家都坐了下来，说道："诸位，今天我们的人员都到齐了，择日不如撞日，我说咱们就趁热打铁，就算召开一次董事会吧。"

常旭春举了一下手，说："楚南兄，今天大家都是处在一个亢奋状态，大家都急着想知道下一步该怎么办啊。"

"是啊，我也是想和大家商量这个事儿，以前都说收回矿权，晋人自办，现在矿权收回来，该我们晋人出马了。如何自办，必须有个说法了。"

刘笃敬点点头道："这是个很重要的问题，晋人自办不但要办，还要办好。这次赎矿这么多人踊跃参加，都是我们的股东啊，我们必须给他们一个最好的交代。"

常旭春说道："乔东家起草的公司章程，让乔东家说说。"

渠本翘说道："是啊，乔东家在起草公司的章程时，提出了很多的设想，下面就请乔东家把这些设想告诉大家，我们尽情地讨论，现在是该我们甩开膀子的时候了。"

乔殿森站起身，说："我就先给大家说说这些设想，大家都议议，畅所欲言啊。当时报请农工商部的文件是两个，一个是公司简章，一个是公司章程，这都是总体的想法，朝廷都已经批准了，现在我们要讨论的是一些细节的问题。首先要成立公司分号或称为分销处，其中平定、寿阳、大同和晋城经营采煤和运销，北京、天津、保定和石家庄负责运销。股东责任和公司责任相互分离，不再执行票号的总号发号施令的规矩。由各公司分号自行负责产销运作。公司只派出监察人规范和约束不当行为和监督和检查财务、财产和业务的运行情况。"

常赞春接过话："这个办法好，我们以前的票号是总号一统天下，不能及时解决瞬息万变的商机。"

刘笃敬点着头道："每个分公司独立运作，可以极大地调动他们的积极性，遇见问题再有总公司出面协调，这样很好。"

乔殿森接着说道："在用人方面，不论矿师、职员、矿工，要遵循'用人唯贤'的原则，打破以前'唯用乡人'的规矩。"

渠本翘打断了话题，说："这一点我要补充一下，只要是有能力、能胜任，就不要在乎是晋省人还是外省人或者是外国人。"

张士林站了起来，说："这一点，我反对。怎么能用外国人呢？我们刚才从外国人手里收回矿权，这又把外国人弄回来了。"

乔殿森说道："张东家，让外国人入股和入职这是两码事，我们保晋公司章程中已经明确写明了只收华股，但是我们聘请外国人来帮我们采煤这是有必要的。"

刘笃敬点点头，说："我那铁沟煤矿就是用的德国矿师，勘探这活儿我们还真的干不了。"

渠本翘接过了话："没错，采矿是个专门的技术，山西大学堂现在已经开设了这个课程，但是学生正在学习，还是请英国人和德国人来教授的，他们都还没有学成毕业。我们必须请外国的矿师帮我们勘探，寻找矿苗，合理开采。"

黄守渊说道："这个我同意，平定的几个大矿就是由外国矿师帮助采煤的，他们比我们更加有经验，我们应该利用好他们。"

张士林来回走动着，说："这成了什么了？我们费了半天劲儿，最后矿上还是由洋人做主，还得听他们的。"

渠本翘说道："这是两码事儿，我们要承认在工业方面不如洋人先进，我们要学习他们的技术，最好的办法就是聘请洋人。"

黄守渊扭过头说："士林，这点你应该能想通，聘请他们干活儿，他们就是你的伙计，这有什么不能接受的？"

张士林坐了下来，说："你要这么说，我倒是舒服了很多。"

渠本翘说道："我们现在是主人，目的是采煤，不仅只是用他们的人，还要用他们的设备，我已经派人去德国考察了，看有哪些机器我们可以使用。"

常旭春接过话："楚南，我同意上机器，坑口的提升、运输、通风和排水都应该用上机器。"

"没错，我听说外国人都是使用蒸汽动力代替人工，效率提高数倍。"

刘笃敬说道："找到矿苗开竖井是见煤最快的，也省钱，但是就是存在提升的问题。"

张士林又站了起来，说："如果能用机器提煤那当然好了，现在都是用辘轳在竖井里绞升，一天也出不了多少煤。"

黄守渊说道："还有运输问题，正太铁路是通车了，但是从矿口用人力和畜力运输到阳泉车站，速度慢，运费也不低。"

常旭春点点头，说："以后可以考虑建设轻便铁轨，从坑口修到阳泉车站附近，这样省钱省时。"

张士林插了一句："那样当然好了。"

渠本翘看着大家，说："这都是我们今后要干的事情，还有很多很多，我们一步一步地来，先解决当前要紧的事儿。"

乔殿森说道："现在最当紧的就是出煤，然后卖钱。"

刘笃敬接着说："最终的目的是赚钱，现在运费和税收占了很大一块儿。"

渠本翘说道："这个我来办，正太铁路是开通了，可管理权还是在法国人手里，要想降低运费就得去做邮传部的工作，让他们来协商此事，哪怕一吨能减少一分钱，那也不是个小数目。减免井口税那要先报请巡抚衙门批准，这些事情我会尽力而为的。"

张士林问道："楚南，我们现在能做点什么？"

"你和铸公尽快回到平定，和福公司的协议中注明，所有的厂房、机器设备都要归回我们，你们尽快清点出数目，报商务局备案，具体交接时间你们听刘总办安排。"

"好的。"

渠本翘说道："今天我们就先议到这儿吧，大家忙了一天，早点回去歇着吧。"

＊＊＊

渠本翘回到家中，夜已经深了，他脱衣准备上床。渠太太问道："累了吧，我给你按按背。"

渠本翘扭过身子，说："好啊，的确是累了。"

"你趴到床上。"

527

"坐着不能按啊？"

"趴着能使上劲儿。"

渠本翘趴到了床上。渠太太一边按着他的肩膀，一边说道："这矿权也收回来了，你也能歇歇了吧？"

"这矿权是收回来了，可事情才要开始忙啊。"

渠太太使劲按了一下，说："好像就你一个人能干似的。"

"我是保晋公司总理，这不是能干不能干的问题，有些事儿必须得我去干。"

渠太太说道："这样干下去不行的，你身体又不好，天天这样忙碌，身体非垮了不行。"

"为了赎矿，晋省三万人拿了银子，这是前所未有的，这么多人都是公司的股东，我能歇着吗，我敢歇着吗？"

"股东股东，股东就这么重要啊？"

"那是啊，没有股东就没有公司，我们必须为股东负责。"

渠太太又使劲按了一下，渠本翘"哎呦"叫了一声儿。

"那你就不为我们负责啊？"

"咋又掺和到你了，你就别来添乱了。"

渠太太"啪"地打在渠本翘的肩上，说："我怎么是添乱啊？我也捐银子了，我也是股东，怎么就不听我的话？"

渠本翘揉着肩膀，说："你这是练过铁砂掌啊，打得我这么疼。"

"你敢不听我这个股东的，我一掌打碎你的骨头。"

"你这哪像个股东啊，就是个女魔头。"

渠太太伸出手掌，问："到底听不听啊？"

"听听，你是股东，我应该听你的。"

"这还差不多，我这是为了你好，你不知道领情，还用什么股东来搪塞，好像我不是股东似的。"

"我知道你是为了我好，我怎么能看不出来呢？"

渠太太又给渠本翘揉着肩膀，说道："哦，对了，给你说个正经事儿。"

"那刚才说的都是不正经的啊？"

渠太太又拍了一下渠本翘。

渠本翘缩了一下肩膀，说道："你说，你说。"

"我是想说珍珍和石头的事儿。"

"他俩怎么了？"

"你就没看出来？"

渠本翘一脸疑惑地问："看出什么了？"

"没看出来他们俩好啊。"

"这我还没注意。"

"你就知道管你自己的事儿。"

"说啊，是怎么回事儿？"

"珍珍告诉我，说石头说了，如果赎矿款押运成功了，石头就娶了珍珍。"

"珍珍什么意见？"

"她同意了。"

渠本翘看着太太，说："这是好事儿啊。这次石头真的是立了大功，上次替我挡了子弹，这次全力以赴押运赎矿款，是个侠肝义胆的料子。"

"那咱们就帮他们张罗一下。"

渠本翘点点头，说："这事儿要闹得正式一点，你出面给说个媒，省得外人说闲话。"

"这时候就把我推出来了。"

渠本翘赔着笑脸道："都是在关键时刻你才能出马呢。"

"好像我平时啥事儿都不干似的，这家里里外外的，孩子的事情不都是我管的。"

"那是啊，你也很辛苦的，这我知道的。"

渠太太翻着白眼说："没见你有什么表示。"

"那明天上街，给你买好东西。"

渠太太撇了一下嘴说："我才不稀罕呢。"

"那我也给你按一下肩膀吧，解除一下疲劳。"

渠本翘翻身起来双手搭在太太的肩膀上。

渠太太缩着身子说："别闹，痒痒。"

两人倒在了床上。

第三十章

胡巡抚黯然离晋返家乡
乔石头喜结良缘奔前程

***

山西巡抚宝棻在抚衙的书案上写着奏折。

"禀报大人，布政使丁大人有事拜见。"有人通报给宝棻。

宝棻没有抬头，随口一声："快请。"

丁宝铨走了进来拱手行礼道："丁宝铨拜见大人。"

宝棻放下手中的笔，说："衡甫，不必拘礼，快坐吧。"

丁宝铨坐了下来，说："大人找我来，不知是何事？"

宝棻捋着胡须说道："衡甫，你想进京为官吗？"

"大人，此话怎讲？"

宝棻来回踱着步，说："晋矿之事，你功成行满，内阁王大人已经三次电邀你入职内阁，都被我回绝了，此事我没有告你。回头一想，也有点于心不忍，毕竟你的仕途还应该由你自己来决定，是去是留还是想征求一下你的意见。"

丁宝铨站起了身，说："大人，您来山西后，对我器重有加，从按察使到布政使都是您一手提拔，您对我丁宝铨恩重如山，我追随大人无怨无悔，我个人意向更希望留在山西，待在您的左右。"

"你的进奉嘉奖都是个人勤劳的成效，尤其是此次与英商的谈判，思路清晰，把捏得当，才使得晋矿顺利回归。我正在书写奏折，为你向皇上请赏。"

丁宝铨拱手行了个礼，道："多谢大人栽培，晋矿之事乃众人合力而为，我丁宝铨不敢独食结果。"

"这个我明白，晋省商帮贡献突出，尤其是渠本翘、刘笃敬甚为出力，为争回矿约，颇著辛劳，我一定会为他们邀功的。"

"赎矿的宝银之所以能在短时间筹齐，与宝大人提出的亩捐作保关系重大，如果没有亩捐作保，晋省大户们恐怕不敢如此出手大方。"

"唉，"宝棻叹了一口气，"他们也的确不容易啊。"

丁宝铨问道："您是指晋省的大户们很艰难？"

"是啊，我虽然来山西时日不多，可对晋省的商帮知之甚多。每当朝廷财力不足的时候，晋省都是劝捐助饷最多的省份，但是朝廷外部的征战也使得晋省商帮元气大伤，你知道仅甲午、庚子和日俄争斗，就使得在东北和华北的商号损失数千万之多。庚子年，晋省人在京城开的当铺有两百多座，90% 都被洋人抢劫一空。此次赎矿能拿出近两百万两宝银。超出了我的预想。所以我要奏请皇上，不要忘了他们。"

丁宝铨靠近了宝棻，说："大人一向关顾他人，有没有想过自己的仕途升迁？"

宝棻哈哈大笑道："你见过有几个从晋省升迁的大员？晋省之地尤为怪异，巡抚之职无人能过两年之久，胡聘之踌躇满志，却痛失矿权，最后落了个停职待用，那还是皇上力保的结果。我早已不多在意了。我出身正蓝旗，光绪二十六年，受张之洞大人举荐，太后和皇上在西安召见我以后，这已经是备受恩宠了。能做好眼前的事情，不突进不懈怠，以此报答皇恩，我已知足了。"

丁宝铨低声说道："大人可知，胡大人一直隐居晋省，暗中关注矿权。"

"此事是不公开的秘密，他自愧有误，希望能纠正劣迹，我早已知晓。现在晋矿回归晋省，他也能回乡休矣了。"

＊＊＊

渠本翘的马车穿梭在去太原府的街道上。渠本翘在车轿子里说道："能不能再快一点？"

"知道了，东家。"

乔石头答应了一声，然后对着车夫说道："走小东门，是不是能快点？"

马车从小东门出城，直奔正太铁路太原府站。车轮嘎吱嘎吱地响着，车子颠簸得很厉害，刚到火车站，渠本翘就跳下马车，快步向前。

"楚南，你也刚到啊？"

渠本翘听见有人喊他，扭头一看是李廷飏。

渠本翘边走边问："火车是不是就要开了？"

"还有一个时辰呢。"

两人一起向车站站台走去。李廷飏边走边说："楚南，你和刘总办都被朝廷嘉奖了，你知道了吗？"

"三品四品对我早已经无所谓了。"

李廷飏笑着说道："那是啊，你家大业大的，当然看什么都无所谓，但这个奖励是对你的肯定啊。"

"好吧，这一点我接受了，可是应该奖励的人太多了。"

"唉，只有胡大人受到了惩戒。"

两人已经走上了站台，送行的人们围着胡聘之，渠本翘听了李廷飏的话，也没来得及回应。

渠本翘来到胡聘之身旁，拱手行礼道："胡大人，楚南来给您送行了。"

胡聘之抬了一下手，示意免礼道："楚南，你来了？"

刘笃敬已经站在了身旁，问："胡大人，您这一走，还回来吗？"

胡聘之捋着胡须，说："很难说了，老夫年纪大了，回到天门老家，就想着颐养天年，也许会闭门不出了。"

渠本翘说道："胡大人，我们会想您的。"

"想我就来看我啊，尤其是你渠楚南，湖北蒲圻、湖南安化的茶叶是你渠家茶庄最好的茶源啊，水路运输又很方便，你要不来看我，那可说不过去啊。"

"一定，我一定去看您，我们一起去爬天门山。"

"一言为定啊。"

"一言为定。"

胡聘之抓住了渠本翘和刘笃敬的手，说："还记得三年前吗？我们在太原浑源会馆。"

两人都点了点头。

"老夫拜托二位的事情，今天终于有了结果。"

胡聘之说着，泪从眼角流了出来，说："晋省矿权是老夫压心的结，现在能用赎矿的方式拿了回来，我由衷感谢二位，你们为朝廷，也为晋省出了大力，也把老夫从泥潭中拽了出来。我可以这么说，现在就是让我死，我也能瞑目了。"

渠本翘扶了一下胡聘之的胳膊，说："大人，您不要这么说。"

刘笃敬说道："胡大人，这是您的心愿，也是所有晋省人的心愿啊。"

"是啊，现在还在强调个人的得失已经毫无意义了。煤铁是晋省的最大的利源，你们要好好地利用，晋省的民众靠它吃喝百年都没有问题。下一步就看你们的了。"

渠本翘点点头，说："放心吧，我们一定把它开采好，利用好，让它造福子孙，让它造福子子孙孙。"

胡青松在一旁说道："叔伯，我们该上火车了。"

"好，这火车啊，我还是头一回坐，那我就上车了。"

刘笃敬说道："大人，这火车是您张罗修建的，这回您就好好享用一次吧。"

胡聘之走到了车厢门口，说："这火车啊还要在阳泉停靠一下，见一下铸公和墨卿，我所有的心愿就都了了。"

"大人，一路平安。"

渠本翘、刘笃敬、李廷飏、刘懋赏、乔殿森、乔尚谦等人拱手行礼。

火车鸣了一声长笛，吐着白气，徐徐驰出了车站。众人目送着逐渐远去的火车，有人在招手，有人在流泪。

渠本翘突然想起了什么，扭头问李廷飏："飏公，你刚才说胡大人受到了惩戒，是什么意思？"

李廷飏说道："皇上下谕，胡大人被即行革职。"

渠本翘又问道："贾景仁和刘鹗呢？"

"永不叙用。"

黑漆漆的火车冒着白烟消失在人们的视野中。

＊＊＊

平定州衙院内，人来人往、热闹非凡。十张八仙桌上已经摆好了酒菜，

533

旁边长条桌上堆着各种的礼物。平定州通判曹连池指挥着衙役忙碌着，说："快点，快点啊，王大人就要回来了。"

张士林看着黄守渊，说："铸公，要不我们到门口迎迎？"

"好啊，估计快到了。"

几个人来到州衙门外，眺望着远处。两匹快马由远而近，王为干快马加鞭。马匹嘶叫着停在了众人面前。王为干翻身下马，快步走了过来，问："诸位在此，有何贵干啊？"

曹连池举手引导，说："大人里面请。"

王为干走进府衙，看到了满院酒席，问："这是怎么回事？"

曹连池上前一步，说："大人，您荣升巡警道，我们张罗着给您举行一个贺宴。"

王为干猛地拉下了脸，说："这不是胡闹吗？"

"恭喜大人，贺喜大人。"酒席桌边的人都起身祝贺。

王为干没有回应，大步流星穿院而过。其他人面面相觑跟在后面。王为干怒气冲冲地坐在了厅堂的椅子上。

黄守渊说道："王大人，曹通判也是好意，您就要去省城高就，搞个贺宴，大家聚到一起高兴高兴，也不为过。"

王为干说道："曹连池，你这是在害我，你知道不？"

"卑职不敢。"

"朝廷的确念我保矿有功，嘉奖于我。我只是回家省亲一天，你就给我大摆筵席。这事儿要传出去，我是要被革职的。你说你是不是在害我？"

曹连池说道："大人，酒席是张财东出的银子，没有动用府衙的一分一厘，大家只是想略表心意而已。"

"大清国已经有三朝皇帝续修《钦定台规》，明文规定为官有瑕疵者不得选任。巡警道乃新设管制，众目睽睽，我还没有去上任，你就制造瑕疵，让人抓我把柄，你这不是害我，还有何意？"

张士林接过了话："王大人，没有那么严重吧？咱大清官场本来就是个人情场子，迎来送往乃人情世故，又不是有昏谬妄为、贻误的地方，我看你就随了大家心意吧。"

"大家的心意我领了，我去了太原以后，咱们依旧常来常往，平定州

534

的事情还是我的人情，可今天这个送行宴万万使不得。"

黄守渊说道："可这酒宴都已备齐，地方官绅脸面人物悉数到齐，这可如何收场啊？"

王为干想了想，说："那改成张财东的寿宴如何？"

张士林疑虑道："改成我的寿宴？"

"五十为寿，您已到了知天命之年，但未办寿宴，何不就此机会，一来补寿添喜，二来替我圆场解围。"

张士林点点头，说："既然王大人出此主意，恭敬不如从命，那今天就是我的寿宴了。"

几人来到酒席宴前。王为干向前一步，说："诸位，今天我让曹通判召集大家到此一聚，名曰为我送行，实为张财东寿宴。张士林，张财东乃我平定名望士绅，虽到知天命之年，但未办寿宴，是因为尊亲在不敢言老。今天我在州衙设宴，一为避其双亲，二为以资奖励。张财东为保平定利源，呕心沥血，捐钱出力，本州应当予以嘉奖。此次在府衙设宴庆寿，虽首开先河，但实至名归。今天虽准备仓促，但是寿宴和寿礼都已备齐，只差寿桃。赶快蒸煮一个大号的寿桃，算我王为干所赠。"

张士林面带着笑容地说："我张士林多谢王大人的奖赏。"

王为干举起了酒杯，说："让我们举杯，祝张财东福寿双至，财源广进，身康体健，家和圆满。"

张士林也举起酒杯，说："多谢王大人如此厚赏，俗话说，五十、六十打锣通知，知府大人在府衙设宴，实乃荣幸，我张士林感激不尽。望大家开怀畅饮，不醉不归。"

***

京城蔚泰厚的账房里，李宏龄翻着账本打着算盘。一个伙计走了进来。"李掌柜，总号毛大掌柜来信了。"

李宏龄兴奋地挥着手，说："快快快，快拿过来。"

李宏龄快速地打开信封，迫不及待地展开信纸，看着信，李宏龄的双手渐渐地开始颤抖，呼吸急促，全身抖动得越来越厉害。伙计看着有点不对劲，上前扶住了李宏龄，问："掌柜的，您怎么了？"

李宏龄说话颤抖："大掌柜说，已经通告所有分号，组建银行之事是我李宏龄自谋发财，另有企图。"

"掌柜的，您先坐下喝口水吧。"

"噗"的一声，李宏龄一口鲜血喷了出来，斜躺在了地上。

"掌柜的，掌柜的，来人啊，来人啊。"伙计大声喊着。

＊＊＊

太原府三晋源票号门口，孙掌柜带着渠传耀给渠本翘告别。渠本翘说道："孙掌柜，包头一直是咱们的大本营，这次总号派你去包头开创'源恒昌'一定要办得红红火火的。"

"放心吧，东家。"

渠本翘拍了拍渠传耀的肩膀，说："传耀年纪还小，你好好带着，他将来会是个有出息的人。"

渠传耀看着渠本翘，说："东家，我不小了，我已经出徒了，我会好好干的。"

乔石头上前一步，说："传耀，出门在外，好好照顾自己。"

"石头哥，你就放心吧，另外我还有一件事。"

"说吧，什么事儿？"

渠传耀说道："咱们一起买的保晋公司的那一股股票，我那一份就算我送给你和珍珍姐了。"

乔石头笑着说道："我都忘了咱们还是股东了。"

渠传耀低下了头，说："其实我最舍不得的是二位少爷。"

"他们也一定惦记着你呢。"

孙掌柜说道："东家，那我们就走了，您也保重身体。"

渠本翘挥挥手。渠传耀站直腰板，深深地鞠了一躬。车子没走远，一辆马车停在了门前，升儿鹤儿跳下了马车大喊着："传耀。"

渠传耀也跳下了马车，跑了过来。

升儿和鹤儿扑了上去，三个人紧紧地抱在了一起。

536

***

渠家大院里张灯结彩，人头攒动。

"新娘子回门了。"有人高声喊道。

乔石头和渠珍珍披红挂绿，一身新郎新娘打扮。两人在众人簇拥下走进了厅堂。

乔石头说道："给两位老东家请安了。"

乔石头和渠珍珍一起给旺财主和老太太磕头行礼。

"旺财主"给两位新人递过了红包，说："快起来，快起来。"

渠本翘对着渠太太说道："让珍珍先回屋休息吧。"

渠太太和一群女眷簇拥着渠珍珍走向里屋。

乔石头走到了渠本翘面前，说："东家。"

渠本翘从腰间解下了玉秤砣，双手捧着玉秤砣，说："石头，这块和田玉在我心中的价值，你是知道的。"

"这个玉秤砣是您的命根子。"

渠本翘点点头，说："之所以我珍惜它，不是因为它是块和田红玉，更不是它的精美雕工，而是它的器形。这个秤砣是我的压心之器，压住浮躁，稳住公平，实心实意，忠诚永恒。现在我把它送给你。"

渠本翘递过了玉秤砣。

乔石头急忙摆手，说："东家，这可使不得。"

"石头，再过几天，你就要去天津分号做三掌柜了，身份变了，责任也变了。拿着吧，你受之无愧。"

乔石头接过了玉秤砣，眼含着泪珠，说："东家，您就放心吧，我知道您的用意，我一定好好地保存和传承下去，它是您的根，也是晋省买卖人的根，现在它是实心的，今后它依然是实心的，祖祖辈辈传下去都是实心的。"

渠本翘点着头，说："石头，好样的。"

***

火车笛鸣，乔石头和渠珍珍坐在火车里奔赴天津就职。

渠珍珍看着乔石头，问："石头哥，我们去了天津就成了天津人了吧？"

537

乔石头看着窗外，说："走到哪里都不能忘了本，我们去了天津还是山西人，可以说是居住在天津的山西人。"

　　渠珍珍调皮地说道："那我嫁到了乔家，我以为就成了乔家人了，照你这么说，我还是渠家人，不过是嫁给乔家的渠家人。"

　　乔石头扭过头看着珍珍，说："以前都是乔家人嫁给渠家，你是第一个渠家人嫁到了乔家。我们乔家有渠家，渠家有乔家，渠家和乔家本来就是一家人。"

　　"石头哥，说得好，我们永远都是一家人。"

　　火车汽笛长鸣，两侧的白气，像洁白的纱裙，翻腾着，飞舞着，冲进了火红火红的朝霞中。

后 记

小说《玉秤砣》终于出版面世了，预示着晋商的忠义爱国精神得以传扬和继承。

"玉秤砣"作为主人公渠本翘传说中的手玩把件，由小见大体现出渠本翘公平公正、忠贞执着的秤砣精神。就像书中刘笃敬面对渠本翘评价"玉秤砣"的四个字：忠沉实公。"忠"就是忠诚，认准的理儿就认到底，不动摇，不偏离，忠心耿耿，忠于职守。"沉"就是沉稳，不急不躁，沉下心，沉住气，有自信，很放心。"实"就是不空不虚，实实在在，同呼吸共命运，饱含感情和责任。"公"就是不偏不倚，分毫不差，正气凛然，公平公正。这与当前的"不忘初心，牢记使命"又是何等的契合！

晋商作为曾经傲视群雄的一代商帮，众多文学作品大多关注其勤劳、节俭以及茶庄、票号、万里茶道和诚实守信、开拓进取、和衷共济、经世济民的晋商精神，而《玉秤砣》所述的保矿运动，是当时轰动国内外的重大事件，突出表现了一代晋商反帝爱国的壮举。煤炭历来是山西人民维以生计的利源，山西蕴藏着全国 40% 的煤炭资源，可一百多年前，山西的矿权是在英国人手里。"矿权"即"国权"，"国权"即"主权"，由晋商发起的保矿运动震惊海内外。这场全民参与的御外"战争"，学、商、官、农齐上阵，上自朝廷的封疆大吏，下至普通百姓，都抱着一颗赤诚的爱国之心，他们不甘外辱，不愿矿权被洋人夺走，在强烈的爱国主义激情的催动下，人人都尽其所能，有钱出钱，有力出力，能明则明，不明则暗，在特殊的历史条件下，为保矿运动胜利做出了应有的贡献。

渠本翘是我爷爷渠仁甫的二伯，也是我的"老爷"，他是渠家唯一的"进士"，也是诸多晋商家族中罕见的"进士"，且是晋商中官位最高的人——正二品。他不仅是当时山西政界、商界的名流，更是一位爱国主义者和山西近代工业的先驱者，从忠君爱国到实业救国，渠本翘逐渐成为晋商的精神领袖。他作为保矿运动的领导者，看到了中国面临的国际形势，感受到了帝国主义的侵略压迫，体会到清政府的腐败无能，"救亡图存"的思想愈加强烈。他调动了所有资源，团结一切可以团结的力量，采取了更加文明与和平的手段，避免用暴力手段盲目反洋，完全按照现代商业规则谈判交涉。面对洋人的武力威胁和外交压迫，渠本翘带领大家不退让不蛮横，化解了多次危机，最终赎回了山西矿权，取得了保矿运动的胜利。同时，"山西保晋矿务公司"成立，渠本翘被推任为总经理，建成了山西近代最大的采煤企业，山西煤炭从此开始了百年兴旺，三晋百姓也享用了煤炭带来的"红利"一百多年。

小说《玉秤砣》的作者张军查阅了大量原始史料，搜集了众多晋商故事，熟知晋商的家史、人物、家风、习俗。他站在客观的立场，对当时的历史人物和事件不偏不倚，真实还原了保矿运动和晋商的生活，深刻挖掘了保矿运动的本质，生动展现了晋商更加光彩的一面。虽是小说，也是真实的历史写照，绝非"戏说"。我作为晋商后人对此表示认可和感谢。

另外感谢北岳出版社和王朝军主任的支持和厚爱。希望《玉秤砣》的出版能让当代年轻人了解真实的历史、真实的晋商，了解当时的晋商不仅仅是做买卖的赚钱高手，更是怀揣拳拳爱国之心的汉子，担当奉献，使命必达。更希望我们能以史为鉴，以渠本翘等晋商为榜样，增强民族意识和国家意识，激发出中华民族的强大生命力和凝聚力，自觉、自省、自强、自立，为中华民族的伟大复兴贡献力量。

山西祁县"渠家大院"二十一世　渠荣鏕